Stefanie Zesewitz

Donaunebel

Historischer Roman

Alle Charaktere, Schauplätze und Handlungen in diesem Roman sind frei erfunden. Ähnlichkeiten mit lebenden und toten Personen sind unbeabsichtigt.

Umschlag und grafische Realisierung von Sergio Vitale unter Verwendung einer Fotografie des K.u.k. Kriegspressequartier, Lichtbildstelle – Wien (vermutlich 1917).

Druck und Weiterverarbeitung: CPI
ISBN 978-3-89656-230-2
Printed in Germany

Bitte fordern Sie unser Gesamtverzeichnis an:
Querverlag GmbH
Akazienstraße 25, 10823 Berlin
www.querverlag.de

Für BN,
„Aber meine Letzte, die könntest du sein."

1. Kapitel – Wien November 1914

„Brunner Theo!“

Die Stimme des Stabsoffiziers hallte von den Wänden wider und fand so ihr Ziel. Der Angesprochene hastete an einer Reihe junger Männer vorbei, die allesamt darauf warteten, aufgerufen zu werden. Sie saßen nur in Unterhosen auf rohen Holzbänken. Er war zu spät gekommen und noch im Mantel, blickte sich ein paar Mal hektisch um und klopfte schließlich an die Tür, an der ein ungelenk beschriftetes Pappschild „Musterung“ hing.

Der Raum war bis auf einen schweren Tisch, hinter dem ein hochdekorierter Offizier und ein niederer Dienstrang saßen, denen Theo sich unvermittelt gegenübersah, leer. Ein schmaler Streifen Sonnenlicht fiel durch ein Fenster, und der Staub malte Kringel und Arabesken in die Luft. Ein älterer Herr im weißen Kittel stand Theo am nächsten. Besser gleich mit der Sprache herausrücken. Das machte es zwar nicht leichter, aber es nützte ja nichts. Theo schluckte trocken und wappnete sich gegen das, was jetzt kommen würde.

„Hat Ihm niemand angetragen, sich zu entkleiden?“

„Grüß Gott, ich …“

„Er redet nur dann, wenn Er dazu aufgefordert wird!“

„Aber …“

„Hört Er schlecht?“

„Nein, ich höre sehr gut, aber …“

„Silenzium!“ Das Gesicht des Offiziers hatte eine purpurne Färbung angenommen. Das sah gar nicht gut aus. Theo kannte diese Farbe genau. Ob es falsch war, den Oberst darauf hinzuweisen, dass er auf seinen Blutdruck achten musste? Vielleicht besser nicht. Erst einmal das Naheliegende klären. Tief durchatmen.

„Ich sollte gar nicht hier sein." Jetzt war es heraus.

„Wie bitte? Das ist ja wohl der Gipfel! Noch nicht einmal eingerückt und bereits Insubordination und Offiziersbeleidigung!"

Der Stabsarzt schaltete sich ein, vielleicht hatte auch er die ungute Gesichtsfarbe des Obersten bemerkt.

„Nun, Rekrut Brunner. Sie sehen ja gesund und munter aus, da wird Ihrem Dienst am Vaterland ja wohl nichts im Wege stehen, und wenn doch, dann werden wir das jetzt schon sehen. Hosen runter."

Theo erstarrte. „Das geht nicht – auf gar keinen Fall!"

„Nun mal nicht so schüchtern. Wir sind ja hier unter uns. Los, los." Er machte eine ungeduldige Handbewegung.

„Ich bin nicht schüchtern, aber ich kann die Hose wirklich nicht ausziehen."

„Sie handeln sich bereits jetzt großen Ärger ein, Brunner. Wollen Sie beim Einrücken direkt in den Arrest?"

Theo seufzte und versuchte sich zu sammeln. Dann ging es vermutlich nicht anders.

„Wenn Sie mich für untauglich erklären, wird in der Bescheinigung drinnen stehen, warum ich nicht eingezogen wurde?"

„Brunner! Höre Er sofort auf zu schwafeln! Draußen warten noch zweihundert andere Rekruten in spe."

Nun hieß es also Farbe bekennen. Theos Herz schlug vor Angst hart gegen die Rippen. Zuerst die Weste. Hosenträger abstreifen … Man meinte, einen Seufzer der Erleichterung hinter dem Musterungstisch zu hören. Hose aufknöpfen. Theo biss die Zähne zusammen und ließ die Unterhosen in die Kniekehlen rutschen.

Totenstille.

„Ziehen Sie sich sofort wieder an! Unglaublich!" Der Stabsarzt war aufgesprungen und keuchte vor Entsetzen.

„Ich habe ja versucht, es Ihnen zu sagen, Herr Doktor!"

„Schweigen Sie!"

„Wie konnte das passieren?“
„Ein Skandal!“
Alle drei Herren riefen aufgeregt und laut durcheinander.
„Das wird ein Nachspiel haben! Papiere!“, bellte der Protokollant.
Theo ging zu ihm und reichte ihm die gewünschten Dokumente.
„Theodora Brunner?“
Die Stimme des Offiziers wurde zu einem Krächzen. Über das Gesicht des Stabsarztes schien ein Lächeln zu huschen, das aber schnell wieder einer strengen Miene wich.
„Nun, Fräulein Brunner, Ihnen ist hoffentlich klar, dass wir so einen unerhörten Vorfall nicht auf sich beruhen lassen können?“
„Könnten Sie mich nicht einfach untauglich schreiben, Herr Doktor? Ich gehe und Sie hören nie wieder etwas von mir?“
Der Arzt trat zum Oberst an den Tisch und flüsterte ihm etwas zu. Der Oberst schüttelte den Kopf.
„Kommt überhaupt nicht in Frage.“ Zu Theo gewandt: „Wieso kommt Sie überhaupt hierher?“
„Fast die ganze Belegschaft wurde schon eingezogen. Ich bin der Jüngste, und so war ich jetzt halt dran.“
„Der Jüngste?“
„Bitte, lassen Sie mich gehen! Ich arbeite bei Pietät-Huber, dem Bestatter. Ich würde doch sofort meine Arbeit verlieren.“
„Heißt das, Er … Sie gibt sich tagtäglich als Mann aus?“ Der Oberst wurde nun eher blass.
„Ja, Herr Oberst. Ich lebe mit meinem Vater allein. Er kann nicht mehr arbeiten, und irgendwer muss doch dafür sorgen, dass Geld ins Haus kommt.“
Theo spürte, wie ihr Hals sich zuschnürte. Sie hatte nicht damit gerechnet, dass man so einen Aufstand machen würde.
„Herr Oberst, wenn ich einen Vorschlag machen darf. Ich glaube nicht, dass wir diesen Vorfall hier an die große Glocke hängen sollten. Wir schreiben ihn … sie … untauglich wegen … einer unheilbaren Geschlechtskrankheit mit bereits einge-

tretenen Auswirkungen auf die geistige Verfassung und belassen es dabei."

Vielleicht war der Stabsarzt, der bei Weitem der Vernünftigste in diesem Tribunal zu sein schien, ihre Rettung. Der angewiderte, feindselige Blick des Obersten machte diese schwache Hoffnung jedoch ebenso schnell zunichte, wie sie aufgeflackert war.

„Ich habe noch nie von einem solch unverschämten Fall von vorsätzlicher, arglistiger Täuschung auch nur gehört, geschweige denn ihn selbst aus nächster Nähe erlebt. Es muss ein Exempel statuiert werden! Wo kommen wir denn da hin? Wir befinden uns schließlich im Krieg. Der Platz unserer Frauen und Mädchen ist an der Heimatfront. Unsere Männer müssen wissen, wofür sie kämpfen …", er redete sich immer mehr in Rage, und seine feuchte Aussprache nahm die Dimensionen eines veritablen Platzregens an. Theo war froh, dass sie in gebührender, respektvoller Entfernung stand.

Der Arzt räusperte sich.

„Ich glaube nicht, dass Fräulein Brunner die Absicht hatte, uns zu täuschen. Sie hat ja versucht, uns sofort in Kenntnis zu setzen …"

„Also gut. Meinetwegen. Untauglich schreiben, aus den genannten Gründen. Aber an den Arbeitgeber ergeht ein gesondertes Schreiben von meiner Dienststelle, um ihn ebenfalls in Kenntnis zu setzen über das, was heute hier geschehen ist. Solcherlei Umtrieben muss Einhalt geboten werden." Er wandte sich an den Protokollanten: „Nehme Er dies auf." Und zu Theo: „Und Er … Sie gehe mir endlich aus den Augen."

Der Protokollant reichte dem Arzt ein Papier, das dieser unterzeichnete und Theo gab. Die ersehnte Untauglichkeitsbescheinigung.

„Hier. Ihr Arbeitgeber wird von uns hören." Leiser und warnend setzte er hinzu: „Seien Sie froh, dass keine Anzeige erstattet wird."

Damit war Theo entlassen.

Wie betäubt schloss sie die Tür hinter sich und ging den langen Gang hinunter, vorbei an der Schlange derer, die noch warteten. Wie würde es ihnen wohl ergehen? Fast wünschte sie sich, dass sie mit ihnen tauschen könnte, aber in den Krieg ziehen? Sie schüttelte den Kopf. Nach dem tödlichen Attentat in Sarajevo auf den Kronprinzen und dessen Frau im Sommer war ein Aufschrei durch Österreich-Ungarn gegangen. Überall las man nur noch von Rache, Ultimatum und schließlich Krieg. Die Mobilmachung hatte fast unmittelbar nach den tödlichen Schüssen begonnen. Nur wenige Tage später schon hatte Österreich-Ungarn Serbien den Krieg erklärt.

In den Kaffeehäusern war man geteilter Meinung, was die Ermordung des Thronfolgers und dessen Frau anging, denn die politischen Ansichten von Franz Ferdinand hatte bei Weitem nicht jeder geteilt, und sein Bruder Karl, der über Nacht zum Kronprinzen geworden war, schien gemäßigte Auffassungen zu vertreten, zumindest, was die Integration der Kroaten betraf.

Als Theo benommen vor die Tür des Bezirksamtes in der Hermanngasse trat, erfasste sie ein ungemütlich feuchter Windstoß. Es war bereits sehr kalt. Sie zog den grauen Schal fester und schob ihn bis zur Nase hoch. Die Kathi hatte ihn für sie gestrickt. Theo dachte an die kurvige Gattin des Wirts in Ottakring, die sie schon seit einem Jahr kannte und die eine der wenigen war, die wusste, warum der von den Mädchen umschwärmte Theo so zurückhaltend war, und es nie ausnutzte, dass er beim schönen Geschlecht einen solchen Stein im Brett hatte. Kathis Mann war selbst sein bester Kunde und verdankte es nur seiner zupackenden Frau, dass seine Wirtschaft nicht längst den Bach hinuntergegangen war. Sie war um einiges jünger als er und nahm es mit der ehelichen Treue nicht so genau, da der unmäßige Genuss des eigenen Rebensafts ihrem Ehemann nicht nur eine unschöne Säufernase eingebracht, sondern ihn auch in puncto eheliche Verpflichtungen weitestgehend außer Gefecht gesetzt hatte.

Auf den hübschen Theo hatte sie schon ein Auge geworfen, als er das erste Mal ihre Wirtschaft betreten hatte. Er war groß, aber im Gegensatz zu den meisten Jungen seines Alters eher feingliedrig. Er hatte rotbraunes Haar, die helle Haut, die oft mit solchem Haar in Erscheinung tritt, und seine Augen hatten eine fast hypnotische Wirkung auf Kathi, denn eins war blau und das andere schillerte in einem kräftigen Grün. Als sie sich dann endlich in einer dunklen Ecke des Gartens geküsst hatten, war es um Kathis Fassung geschehen. Mit hochgeschobenem Rock war sie auf Theos Schoß gelandet, und als sich bei ihm so gar nichts rührte, griff sie beherzt zu und ließ sich nicht abwehren. So war sie schließlich hinter Theos Geheimnis gekommen und hatte trotz einer gewissen Enttäuschung herzhaft lachen müssen. Sie hatte kaum glauben können, dass sie auf ein Mädchen hereingefallen war. Wenig später erhörte sie zwar die Gunstbezeugungen eines anderen Burschen, blieb Theo jedoch zugetan und fing stattdessen an, sie zu bemuttern.

Kathis Schal rettete Theo zwar vor der Kälte des Wintertages, aber nicht vor der Sorge, was wohl geschehen würde, wenn der Huber Post vom Militär bekam. Was ging die überhaupt an, wo und was sie arbeitete?

In Wien genossen Bestatter traditionell ein beachtliches Ansehen. Schließlich musste jeder irgendwann ihre Dienste in Anspruch nehmen. Ein umfängliches Leichenbegängnis, das dem Dahingeschiedenen zu wahrer Ehre gereichte, konnte eine Familie in den finanziellen Ruin treiben, aber beim Abschied aus dem Diesseits ließ man sich besser nicht lumpen, denn das hätte, schlimmer als das Geld, den Ruf gekostet, und das Ansehen der Familie und des Toten wäre für immer dahin.

Theo seufzte. Ihr eigener Ruf war vermutlich auch hinüber, allerdings ohne dass sie etwas getan hätte, um dies zu verschulden. Mit diesem Verlust hätte sie noch leben können, aber was sollte sie nur machen, wenn sie ihre Arbeit verlor? In ihren Zorn über die Ungerechtigkeit mischte sich leise Verzweiflung. Aber es war müßig, sich darüber bereits jetzt den Kopf zu zerbrechen. Am nächsten Tag war Sonntag, und es gab keine Post, und man sollte annehmen, das Kriegsministerium hatte jetzt während der Mobilmachung deutlich Dringenderes zu tun, als Theos Existenz zu zerstören. Mit etwas

Glück würde es also einige Tage dauern, bis der Huber Post bekam. Ob sie vielleicht versuchen sollte, vorher mit ihm zu sprechen? Aber wie sollte sie ihm ihre Lage erklären? Wie ihm verständlich machen, dass sie zeit ihres Lebens wie ein Junge behandelt worden war und die Ergreifung eines Berufes nach der wenig ehrenvollen Emeritierung ihres Vaters die einzig logische Konsequenz?

Wie die meisten Frauen hatte ihre Mutter sich einen Sohn gewünscht, als sie im fortgeschrittenen Alter von neununddreißig Jahren erstmals schwanger geworden war, nachdem sie und ihr Mann die Hoffnung auf Nachwuchs längst aufgegeben hatten. Als dann die kleine Theodora geboren wurde, hätten andere Frauen sich mit der Tatsache abfinden müssen, eine Tochter zu haben, die sie fortan nach Kräften erzogen und geformt hätten. Nicht so Elisabeth Brunner. Sie erkannte nicht an, dass sie ein Mädchen geboren hatte, bei dieser letzten, einzigen Möglichkeit, Mutter zu werden, und sprach ausschließlich von ihrem Sohn und „dem Kleinen“. Als Theo aus dem Steckkissen herausgewachsen war, nähte sie ihr Hosen. Als die ersten tapsigen Kinderschritte folgten, begann sie damit, die seidigen dunklen Löckchen zu kürzen, sobald sie über das Kinn hinauswachsen wollten.

Theo erreichte in der Gewissheit, ein Junge zu sein, knapp das fünfte Lebensjahr. Dann schwante ihr, dass da etwas faul war, als sie mit einem ihrer kleinen Freunde gemeinsam beim Spielen die Blase in einem Eck entleerte und sich anschließend der Spott ihrer gesamten Bande über sie entlud:

„Der Theo wischerlt wie a Madl!“

Theo lief beleidigt und mit hochroten Wangen nach Hause und stellte ihren Vater zur Rede.

Professor Brunner war von vornherein klar gewesen, dass diese Charade seiner Frau nicht ewig gutgehen konnte, hatte ihr aber ihren Willen gelassen. Er machte sich Sorgen um sie, dachte sogar kurz darüber nach, einen Spezialisten zu befragen, denn Elisabeth bekam regelrechte Zustände, wenn er vorsichtig versuchte, ihr klarzumachen, dass es vielleicht nicht so förderlich für Theos geistige Gesundheit war, die Kleine weiterhin wie einen Jungen zu behandeln. Professor Freud, der ein Stück die Straße hinunter wohnte, kannte sich aus mit Zuständen dieser Art. Aber da Theo ein fröhliches, aufgewecktes Kind war und Elisabeth ruhig und friedlich, solange er nicht versuchte, mit ihr über dieses Thema zu reden, unterließ er es, den Psychoanalytiker zu konsultieren. Schließlich behandelte er ja nachweislich Irre, und so weit war es nun wohl doch nicht mit Elisabeth. Theos Geschlecht war für ihre Mutter einfach nicht diskutierbar. Also blieb alles beim Alten.

Aber plötzlich stand Theo außer Atem im Arbeitszimmer ihres Vaters, konnte kaum über den Schreibtisch schauen und verlangte lautstark nach einer Erklärung.

„Komm mal her, Theo …“, er hob seine Tochter auf seinen Schoß. „Schau mal. Mama war sich so sicher, dass uns der Storch einen Jungen bringt, dass sie einfach nicht so genau hingeschaut hat … und so ist es irgendwie dabei geblieben …“ Der Professor verstrickte sich in Widersprüche.

„Warum habt ihr mich dann nicht umgetauscht?“

„Weil wir so lange auf dich gewartet haben, und als du endlich da warst, waren wir so glücklich wie an keinem Tag zuvor.“

„Aber der Franzl hat gesagt …“

„Weißt du, Theo, der Franzl ist noch sehr klein und weiß nicht, dass es gar nicht darauf ankommt, wie man … wischerlt. Wichtig ist, dass man fleißig ist, ehrlich und hilfsbereit und recht viel lernt.“

Theo schien noch unschlüssig, ob diese Dinge wirklich wichtiger waren, als im Stehen pinkeln zu können, gab sich mit der Erklärung jedoch für den Moment zufrieden.

Wenig später kamen all ihre Freunde zu Magister Rohweiler in die Volksschule. Theo bettelte lange, auch dorthin gehen zu dürfen, aber an jenem Punkt setzte der Professor dem Durcheinander zumindest teilweise ein Ende und nahm sich die Zeit, seine Tochter selbst zu unterrichten. Da ihre Mutter sich nachhaltig weigerte, ihrem Sohn das Nähen, Häkeln und Sticken beizubringen, blieb Theo in dieser Hinsicht unbehelligt, lernte aber sehr rasch Lesen, Schreiben und die Grundrechenarten. Da Professor Brunner zu jener Zeit an der Universität Botanik und Zoologie lehrte, nahm er sie oft dorthin mit. Während seiner Vorlesungen passte der Tierpräparator der zoologischen Fakultät, Wernulf Gabler, auf sie auf und lehrte sie ganz nebenbei die Grundlagen der Taxidermie. Währenddessen redete er nahezu ununterbrochen. Weniger mit Theo als mit sich selbst und den Tierkadavern, die er für wissenschaftliche Zwecke zu konservieren hatte.

Magister Gabler hatte strähniges, graues Haar, tief liegende Augen und eine ungesunde Gesichtsfarbe. In seinen Kleidern hing immer der muffige Geruch von Naphthalin gepaart mit einem leichten Hauch von Verwesung. Die Studenten behaupteten, dass er bei sich daheim gruselige Experimente durchführte.

Durch den dauernden Umgang mit verschrobenen Akademikern rundete ein solider Grundstock der lateinischen Sprache Theos Bildung ab und ebenso die verwirrende, aber nützliche Erkenntnis, dass sie selbst tatsächlich ein Mädchen war. Dieser Tatsache würde sie sich stellen müssen, das hatte sie rasch eingesehen. Nur war sie überhaupt nicht so wie die anderen Mädchen, die sie aus der Nachbarschaft kannte. Als Kind hatte sie auch nur Kleidung für Buben bekommen. Als die Zeit gekommen war, die kurzen Hosen hinter sich zu lassen, war es ihr selbstverständlich erschienen, eine Hose mit passendem Gilet und Rock zu kaufen, dazu einen guten Anzug für sonntags und Hemden mit Kragen und eine Krawatte. Sie wäre nie auf die Idee gekommen, dass sie plötzlich ein Kleid hätte tragen sollen. Professor Brunner verpasste den richtigen Moment, da er gerade einen Artikel über die Calopteryx splendens caprai verfasste, und so nahm Elisabeth Brunner die Sache in die Hand, mit der sechzehnjährigen Theo die Erstausstattung für junge Männer zu kaufen. Als Theo stolz und glücklich das Arbeitszimmer ihres Vaters betrat, um ihm die neuen Kleidungsstücke zu zeigen, tauchte Professor Brunner nur kurz aus der faszinierenden Welt der Libellen auf, konstatierte, dass Theo ordentlich gekleidet war, murmelte, wie erwachsen sie in diesem Aufzug wirke und dass er stolz auf sie sei. Theo war zufrieden und begleitete ihre Mutter zur Abendmesse in die Servitenkirche.

Am Arm ihres Sohnes betrat Elisabeth stolz das Kircheninnere und bemerkte sehr wohl die Blicke der älteren Damen und ebenfalls die von deren Töchtern. All diese Blicke umkreisten Theo wie Bienen einen Honigtopf. Wohlwollend die einen, verstohlen errötend die anderen. Theo war damit beschäftigt, einen Platz für ihre Mutter zu finden, und schob sie behutsam in eine Kirchenbank, als ein junges Mädchen in einem dunkelblauen Kleid schnellen Schrittes den Gang hinaufeilte und stolperte, so dass Theo sie gerade noch auffangen konnte.

„Alles in Ordnung?"

„Ja, danke … bitte, verzeihen Sie."

„Nicht doch. Ist wirklich alles in Ordnung?"

„Ja, meine Mutter wartet auf mich."

„Resi, kommst du?"

Die Angesprochene machte auf dem Absatz kehrt und eilte davon. Theo sah ihr nach. Sie trug ihr blondes Haar zu einem Chignon frisiert, ihr Kleid war hochgeschlossen und ließ nur am Hals ein wenig helle Spitze erahnen.

„Das erste Mal trägst du einen Anzug und schon laufen dir die Mädchen nach", stichelte Elisabeth, aber ihr Ton zeigte deutlich, wie stolz sie auf ihren Sohn war.

Theo selbst war völlig durcheinander. Resi war bei Weitem nicht das hübscheste Mädchen gewesen, das sie je gesehen hatte, aber dieser kurze Moment, in dem Theos Hände die ihren berührt hatten, als sie ihr aufhalf, bescherten ihr heftiges Herzklopfen, und Resi schien es ähnlich zu ergehen. So weit, so schön. Sehr schön sogar. Aber Resi war ein Mädchen und Theo auch. Das wirkte ziemlich kompliziert. Theo verschob das Nachdenken auf einen späteren Zeitpunkt, fand es dann aber bei näherer Betrachtung ziemlich überflüssig. Die Dinge waren, wie sie waren. Das Einzige, was sie wirklich eine Weile beschäftigte, war, ob es noch andere gab wie sie. Denn eigentlich heirateten Mädchen junge Männer und nicht andere junge Mädchen, die Männerkleidung trugen und für einen Mann gehalten wurden. Aber Theo mochte Mädchen, die wie Mädchen angezogen waren, unsagbar gut dufteten und kleine

Löckchen im Nacken hatten. Also schob sie auch den Gedanken weg, ob es andere gab wie sie selbst. Wenn schon. Die gingen sie nichts an.

In den eisigen Wind mischten sich vereinzelte Schneeflocken, die auf Theos Haut brannten. Dagegen half auch der Schal nicht mehr. Sie schauerte. Vom Bezirksamt war es nicht weit bis daheim, aber was sollte sie dort? Also ließ sie die Gardegasse rechts liegen, ging weiter Richtung Florianigasse und betrat das Café Monopol, wo überwiegend Gerichtsdiener, Anwälte und auch Richter verkehrten. Die Inneneinrichtung des lang gestreckten Gastraums mit den gewölbten Decken war schlicht und zweckmäßig. Erst einmal war Theo vorher drinnen gewesen, aber bei dem Wetter und den trostlosen Aussichten brauchte sie dringend eine Stärkung und etwas zum Aufwärmen. Da sich der Winternachmittag bereits mit beginnender Dunkelheit auf die Stadt herabsenkte, herrschte in den Kaffeehäusern ein eher mäßiger Betrieb. Die Juristen hatten offenbar für diese Woche die Talare abgelegt und läuteten den Sonntag bereits im Wirtshaus ein. Theo ließ sich an einem der Marmortische am Fenster nieder und bestellte einen Pharisäer. Sie fror und konnte keinen klaren Gedanken mehr fassen, daher lockte der Schuss Rum sie nicht weniger als das köstliche, cremigheiße Getränk mit der Haube aus Schlagobers.

„Bitt' schön, der Herr."

Der Kellner stellte ein kleines Tablett ab, auf dem ein schmales hohes Häferl und ein Glas Wasser standen.

Sie ließ etwas Zucker hineinrieseln, nahm genussvoll einen Schluck und spürte dessen Wärme fast sofort in allen Gliedern. Was sollte sie nur tun? Den Herren von der Musterungskommission zuvorkommen und selbst mit dem Huber sprechen? Am liebsten hätte sie abgewartet, ob die Sache vielleicht in Vergessenheit geriet, was aber nach dem Aufstand, den ihre Offenbarung im Bezirksamt verursacht hatte, kaum zu erwarten war. Sie rührte missmutig ihren Kaffee um und schaute in den Regen hinaus, der inzwischen mehr und mehr in Schnee überging.

Sie wurde jäh aus ihren Grübeleien gerissen, denn zwei Tische weiter wurde das Gespräch zweier Herren in dunklen Anzügen plötzlich laut.

„Ich verstehe nicht, wie Sie derart liberale Positionen beziehen können! Wieso sollten Frauen ausgenommen werden? Hundertneunundzwanziger sind Perverse. Punctum. Gleichgültig, ob Männer oder Frauen. Ein paar Jahre hinter Gittern tun denen gut."

„Natürlich haben Sie im Grunde genommen recht. Aber es steht doch wohl völlig außer Frage, dass einer Frau, auch wenn es eine Lesbierin ist, die männliche … Aggressivität des körperlichen Übergriffs abgeht. Der Tatbestand als solcher ist natürlich gleichermaßen vorhanden, ich bin lediglich der Ansicht, es sollte von Gesetzes wegen eine klarere Differenzierung geben, die nicht nur davon abhängt, inwieweit das mögliche Strafmaß zur Anwendung gebracht wird oder nicht."

Theo hatte nicht lauschen wollen, und das Juristengeschwätz war in den allermeisten Fällen auch wirklich trocken, aber das hier klang nun doch interessant. Professor Brunner hatte Theo nur einmal eine diffuse Warnung mit auf den Weg gegeben, vorsichtig zu sein, als er ihr Interesse für Mädchen nicht mehr ignorieren konnte. Einzig Kathi hatte klare Worte gefunden und ihr unumwunden gesagt, dass es illegal war, wenn sie ein Mädchen verführte. Es bestand immer die Möglichkeit, dass die Auserwählte hysterisch reagierte, wenn sie auf die eine oder andere Weise herausfand, dass der hübsche, charmante und zurückhaltende Theo in Wahrheit eine Frau war.

Sie hatte Theo klargemacht, dass sie ernsthafte Schwierigkeiten bekommen konnte, auch wenn nüchtern betrachtet kaum zu befürchten war, dass eine ihrer Eroberungen Anzeige erstatten würde. Kathi selbst hatte über den Irrtum lachen können, aber die meisten anderen würden vermutlich vor Scham im Boden versinken bei dem Gedanken, dass jemand davon erfahren könnte, was aber nicht zwingend ausschloss, dass sie trotzdem auf Rache sannen. Sie hatte einfach gewollt, dass Theo sich des Risikos bewusst war, das sie einging.

Was, wenn man ihre Entdeckung beim Militär so auslegen würde, dachte Theo. Für die Herren von der Musterungskommission war sie sowieso eine Betrügerin, die sich widerrechtlich als Mann ausgab, um sich Vorteile zu erschleichen. Wenn einer von denen auf die Idee käme, dass sie gegen das Gesetz verstoßen hätte? Verdammt! Dann saß sie noch mehr in der Patsche als befürchtet …

Unwillkürlich lockerte sie sich den Hemdkragen – trotz der Kälte draußen war ihr heiß geworden, und das lag nicht nur an ihrem Pharisäer. Sicher, die beiden Juristen beschäftigten sich Tag für Tag mit Gesetzesverstößen. Theo war nicht übermäßig empfindlich, aber die Art und Weise, wie am Nebentisch über sie und ihresgleichen gesprochen wurde, als wäre es ein ebensolches Delikt wie Raub, Diebstahl oder Schlimmeres, ging ihr nah. Sie hatte niemals einem Mädchen gewaltsam Zuneigungsbekundungen abgerungen! Ganz im Gegenteil. Manchmal warfen sie sich ihr regelrecht an den Hals. Theo selbst bevorzugte aus den bekannten Gründen eine eher langsame Gangart und bedrängte niemanden. Manchmal war es wohl gerade ihre zurückhaltende, vorsichtige Art, die solche heftigen Reaktionen erst provozierte. Aber das konnte ja nun kein Verbrechen sein! Niemand hatte einen Schaden davon, ganz im Gegensatz zu den Burschen, die Mädchen in Schwierigkeiten brachten. Nein. Theo war sich sicher: Dieses Gesetz war völliger Schmarrn. Man musste sich vorsehen. Das stimmte sicher. Aber gerecht oder angemessen war es nicht – mehrere Jahre im Häfn … Einfach nur dafür, dass man sich verliebte? Das war einfach lächerlich! Wütend trank sie den letzten Schluck des inzwischen erkalteten Kaffees aus, legte vierzig Heller auf das Tablett und erhob sich.

Auf der Straße fand sie den Schnee nicht mehr unangenehm, er kühlte ihr erhitztes Gesicht, während sie mit großen Schritten die kurze Strecke nach Hause ging.

„Theo, bist du das?“, rief Professor Brunner aus dem oberen Stockwerk des Hauses in der Gardegasse, das sich eng an seine Nebengebäude schmiegte.

„Ja!“

Sie schälte sich aus dem Wintermantel, zog die Stiefel aus, legte den Schal und die Handschuhe ab und trat aus dem winzigen Vorraum in die kleine, düstere Küche. Auch hier war es ebenso wie in der angrenzenden Wohnstube kalt. Ihr Vater hatte das Feuer wieder ausgehen lassen. Theo stocherte mit dem Feuerhaken im Herdloch und versuchte zu erkennen, ob noch etwas glimmte. Vorsichtig stopfte sie Zeitungspapier und ein paar Späne hinein und blies in den Ofen, bis es knisterte. Theo schob Holz nach. So ausgekühlt, wie das Haus jetzt war, würde es eine Weile dauern, bis es wieder gemütlich warm wurde. Wenn ihr Vater an einer seiner Studien schrieb, die schon lange niemand mehr lesen wollte, bemerkte er nichts um sich herum. Er vergaß das Essen, den Ofen und seine Tochter.

Obwohl sie sonst über einen gesunden Appetit verfügte, hatte Theo an jenem Abend keinen Hunger. Dennoch setzte sie Milch auf und kochte für ihren Vater eine kleine Portion Hafergrütze. Mit Sicherheit hatte er nichts gegessen, und wenn er zu lange nichts im Magen hatte, bekam er schmerzhafte Koliken. Seit dem Tod ihrer Mutter musste Theo ein Auge auf den Professor haben.

„Vater?" Mit dem Fuß schob sie die knarrende Tür zu der Stube auf, die der Professor bewohnte, und stellte die dampfende Schale auf den Tisch. „Hier." Sie drückte ihm den Löffel direkt in die Hand. Und er begann, gehorsam zu essen. „Hast du geschrieben?"

„Ja, ein wenig." Er schluckte. „Aber zu dieser Jahreszeit komme ich nicht so gut voran, das weißt du doch."

Natürlich. Im Winter gab es keine Libellen, und der Professor vermisste sie schmerzlich.

„Ich glaube, ich habe das Feuer ausgehen lassen." Er sah Theo schuldbewusst an und zog seinen Schal fester um sich.

„Es war noch Glut da. Ich habe wieder angeheizt, aber es dauert jetzt natürlich ein wenig."

„Wie war es bei dir heute?"

Theo zuckte mit den Schultern. Sie konnte ihn nicht direkt ansehen. Von der bevorstehenden Musterung hatte sie ihm nichts erzählt, um ihn nicht zu beunruhigen, und außerdem war sie so sicher gewesen, dass sie diese Sache geregelt bekäme. Er hätte ihr ja nicht helfen können und sich nur Sorgen gemacht.

„Na, du bist ja wieder genauso gesprächig wie eine deiner Leichen."

„Ich bin nur müde. War ein anstrengender Tag."

„Morgen ist Sonntag."

„Dem Himmel sei Dank – ich gehe dann schlafen. Brauchst du noch etwas?"

Theo brachte dem Professor noch ein Glas Wein als Schlummertrunk, wusch sich alsdann in der Küche und streifte das Nachthemd über den Kopf, bevor sie sich in ihre eigene Stube zurückzog. Das Bettzeug fühlte sich klamm an, und Theo brauchte eine ganze Weile, um warm zu werden und schließlich einzuschlafen.

Der Sonntag im Hause Brunner begann mit einem sehr kurzen Kirchgang, überwiegend den Nachbarn zuliebe, denn als eingefleischter Naturwissenschaftler betrachtete der Professor den Glauben als ein Steckenpferd für alte Frauen, die ihre Zeit füllen mussten. Theo, die täglich dafür sorgte, dass die Dahingeschiedenen mindestens für den kurzen Zeitraum der Aufbahrung einen ätherisch-entrückten Eindruck erweckten, war zum einen viel zu vertraut mit dem unmittelbar nach dem Ableben einsetzenden Zerfall, um an irgendeine Art von Leben nach dem Tod zu glauben, und zum anderen hatte sie regelmäßig mit kirchlichen Institutionen zu tun und war oft bei Trauergottesdiensten zugegen. So gingen sie in stiller Übereinkunft weiterhin sonntags in die Kirche von St. Ulrich, wo der fast blinde und schwerhörige Pfarrer Dürnberger die Messe vortrug, bekreuzigten sich mit etwas Weihwasser, nahmen für einen kurzen Moment in den hinteren Bankreihen Platz und sahen zu, dass sie verschwanden, wenn sich die Schlange derer vor dem Altar formierte, die die Kommunion zu erhalten wünschten. Wenn sie es wieder einmal geschafft hatten, sich erfolgreich den folgenden Weihehandlungen zu entziehen, konnte der weit wichtigere Teil des sonntäglichen Rituals beginnen.

„Zwei Kipferl, a Mélange und an großen Braunen."
„Kommt sofort!"

Theo liebte die Geräuschkulisse im Kaffeehaus am Sonntagvormittag. Das Klappern von Geschirr, die auf- und abwogenden Gespräche, das Rascheln der Zeitungen. Der Duft von Kaffee, frischem Gebäck und würzigem Tabak hüllte sie ein. Sie schloss für einen Moment die Augen.

„Alle Zeitungen schreiben nur noch vom Krieg. Warum musste dieser serbische Student bloß den Kronprinzen erschießen? Um die Prinzessin ist's schad! Des woar a Fesche. An großen Braunen für den Herrn Professor und a Mélange für den Herrn Sohn, bitt' schön."

Während ihr Vater weiter mit dem Ober politisierte, vertiefte sich Theo in das Neue Wiener Journal. Herr Ludwig hatte recht: Überall ging es um den Krieg. Als ob nichts sonst mehr auf der Welt von Bedeutung wäre.

Vorwärts auf der ganzen Front … Waffenstreckung zweier feindlicher Bataillone … Afghanistan vor der Kriegserklärung an die Entente … Rumäniens Haltung … Fahnenflucht bei der belgischen Armee.

Sie blätterte weiter. Selbst im Feuilleton fand sich nur eine pathetische Geschichte über Offiziere und deren seelenvolle Betrachtungen in einer sternenklaren Nacht an der Front. Aber dann fesselte ein kurzer Artikel ihre Aufmerksamkeit derart, dass ihr fast ein Bissen ihres Kipferls im Hals stecken geblieben wäre.

Spione in Frauenkleidung – Verhaftung von fünf griechischen Offizieren in Bulgarien.

Einer aus Dedeagatsch eingetroffenen Meldung zufolge wurden gestern auf einem Bahnhof fünf alte Frauen verhaftet, die im Begriffe waren, nach Griechenland zu reisen. Die verdächtig aussehenden Frauen wurden der Hafenbehörde übermittelt, wo es sich herausstellte, dass die in Frauenkleidern befindlichen

Personen fünf griechische Offiziere waren, bei denen man diverse Briefe und Photographien vorfand. Die Spione wurden verhaftet. Der Vorfall hat in Sofia großes Aufsehen erregt.

Sie musste husten und trank hastig einen Schluck von ihrer Mélange. Das war wirklich absurd. Kein Wunder, dass zu diesen Zeiten jeder sofort übelste Betrugsabsichten vermutete, wenn jemand nicht die seinem Geschlecht entsprechenden Kleider trug. Theo sah ihre Felle weiter davonschwimmen. Nach dieser Geschichte brauchte sie dem Huber nicht mehr mit einer Erklärung ihrer persönlichen Lage zu kommen. Andererseits ... sie hatte ja selbst nie behauptet, ein Mann zu sein. Alle hatten es als gegeben hingenommen. Gut, sie hatte sich der Abkürzung ihres Vornamens bedient, mit dem niemand sie angesprochen hatte, seit der Pfarrer ihr bei der Taufe das Weihwasser auf den Kopf geschöpft hatte, aber das war es eigentlich auch schon. Sie machte die gleiche Arbeit wie alle anderen bei Pietät-Huber. Sie bereitete die Toten auf die Aufbahrung vor. Mitunter gelang es ihr, von Krankheit oder Unfällen entstellte Gesichter und Körper wieder so herzurichten, dass wenigstens eine kurze offene Aufbahrung möglich war, wobei das Wissen, das Wernulf Gabler ihr durch praktische Arbeit an seinen Präparaten und durch seinen nie versiegenden Wortstrom vermittelt hatte, sehr hilfreich war. Gelegentlich beriet sie auch unter Herrn Hubers Anleitung Familien bezüglich der Einzelheiten, die bei einer würdevollen Bestattung so wichtig waren. Inwiefern war es also von Bedeutung, dass sie eine Frau war, die Männerkleidung trug und daher von allen für einen Mann gehalten wurde? War das nicht eigentlich die Schuld derer, die nicht genau genug hinsahen?

Ich mache mir doch nur etwas vor, dachte Theo. Keine Frau, die als solche erkennbar ist, arbeitet in diesem Beruf. Keiner würde eine Frau einstellen. Mich hätten sie auch nicht genommen, wenn ich ein Kleid getragen hätte. Es hätte mir nichts genützt, dass der Franz entfernt mit Hubers Frau verwandt ist, ich mich pietätvoll benehmen kann, mich auszudrücken weiß, geschickt bin und einen starken Magen habe.

Als sie und ihr Vater das Kaffeehaus verließen, um zum Gabelfrühstück in die Goldene Glocke zu wechseln, war Theo es leid, weiter zu grübeln. Es half ja nichts. Sie musste es auf sich zukommen lassen. Appetitlos kaute sie das zarte Gulasch, als wäre es Stroh, während ihr Vater seinen Schweinsbraten sichtlich genoss und sich ein zweites Bier bestellte. Wenn der Huber sie rauswarf, womit sie nun sicher rechnete, wären diese Sonntagvormittage vorbei. Ihr Vater bezog zwar von der Universität eine kleine Pension, aber die hätte niemals gereicht, um jede Woche Extravaganzen wie Kaffeehausbesuche und aushäusige Mahlzeiten zu bestreiten. Glücklicherweise genoss ihr Vater diesen sonntäglichen Ausflug viel zu sehr, um zu bemerken, wie in sich gekehrt seine Tochter war.

„Schau mal, die Kleine da hinten am Tisch schmachtet dich geradezu an", flüsterte der Professor ihr zu. Manchmal vergaß er einfach, dass die Anziehung, die seine Tochter, die als sehr hübscher Bursche durchging, auf Mädchen ausübte, nicht gerade komplikationslos und ganz gewiss kein Grund für überbordenden Vaterstolz war.

Theo schaute in die Richtung – und wirklich, das Mädchen errötete heftig und senkte den Blick rasch auf ihren Teller.

„Was du immer siehst – sonst findest du die Brille auf deiner Nase nicht!"

„Wenn man so was nicht mehr sieht, ist man tot, das lass dir gesagt sein!"

Obwohl sie sich vor dem fürchtete, was der morgige Tag bringen mochte, musste Theo schmunzeln. Sie liebte den Professor mit all seinen Marotten, Schrullen und Kauzigkeiten. Sie winkte dem Kellner.

„Drei Wipferlschnäpse, zwei für uns und einen für die junge Dame dort ganz hinten am Tisch."

Nachdem der Ober die Gläser auf den Tisch gestellt hatte, beobachtete Theo, wie er das dritte Glas durch den Schankraum trug und ihn vor das Mädchen hinstellte, die mit weit offenen Augen zu dem Kellner aufblickte, der auf Theo wies und eine leichte Verbeugung andeutete.

Theo hob ihr Glas und lächelte. Die Kleine errötete von Neuem, nahm aber einen Schluck, kicherte und wickelte eine Haarsträhne um den Finger, bevor sie Theo zunickte. Eine ältere Frau neben ihr wandte ihren Kopf und schaute prüfend durch ihr Lorgnon. Theo deutete eine respektvolle Verbeugung an, woraufhin ihr auch von der Anstandsdame ein wohlwollender Blick zuteilwurde.

„Selbst die alten Schachteln bringst du zum Schmelzen, nicht zu fassen", stichelte der Professor noch auf dem kurzen Heimweg.

Wenn mir zur Abwechslung morgen der Huber erliegen würde, hätte diese Fähigkeit mal etwas Gutes, dachte Theo noch beim Einschlafen.

Karl Huber sah missmutig auf den Umschlag, auf dem unübersehbar „Kriegsministerium" als Absender prangte. Das Schreiben schien eilig zu sein, denn ein Bote hatte es abgeliefert. Der Brunner war am Samstag zur Musterung gewesen, daher befürchtete er, dass es wohl um den Jungen ging. Er betrachtete Theo als eines seiner besten Pferde im Stall. Respektvoll und geschickt im Umgang mit der Leiche als solcher und den Hinterbliebenen gleichermaßen. Herr Huber hatte sich schon des Öfteren gefragt, woher ein Junge vom Spittelberg solche tadellosen Umgangsformen hatte. Vermutlich hatte Theo nicht immer in jenem verrufenen Viertel gelebt. Huber wusste, dass der Junge mit seinem alten Vater allein war. Franz Achleitner, der Theo seit Kindertagen kannte, hatte gesagt, jener sei sogar irgendein Professor. Mit vielen Familien ging es bergab, wenn die Frau des Hauses zu früh starb. Huber seufzte. So war es wohl auch in Theos Familie geschehen. Aber obgleich im Hause Brunner die Frau und Mutter fehlte, waren Theos Manieren einwandfrei, und der Junge konnte es weit bringen. Es blieb nur zu hoffen, dass er nicht irgendwann ein Mädchen in Schwierigkeiten brachte und dadurch zu früh zu einer Ehe gezwungen wurde, denn wie er aus den Gesprächen der anderen Buschen heraushörte, flogen Theo die Herzen nur so zu, was die anderen neidvoll anerkennen mussten. Da Theo aber nie damit angab, war er auch bei seinen Kollegen trotzdem beliebt, obwohl er als Außenstehender durch Franz in diesen verschworenen Kreis geholt worden war. Im Moment sah es allerdings eher so aus, als müsste der Junge an die Front. Seufzend öffnete Karl Huber den Brief.

Theo und Franz schlugen den prunkvollen Sarg für das Begräbnis des Herrn Staatssekretärs mit Samt in einem sakral anmutenden Dunkelviolett aus, das nach Theos Ansicht eher zu einem kirchlichen Würdenträger gepasst hätte, aber das war natürlich nicht ihre Entscheidung gewesen. Bei Pietät-Huber erfüllte man Sonderwünsche selbstverständlich gern.

„Brunner!", donnerte es über den Hof bis ins Sarglager. Franz schreckte auf, denn die Stimme kam aus dem Büro des Chefs.

„Hast du etwas angestellt?"

Theo zuckte zusammen, antwortete nicht und setzte sich unverzüglich in Bewegung.

Sie schluckte, als sie an Hubers Tür klopfte.

„Herein … setzen. Sofort!"

Theo ließ sich auf den Besucherstuhl vor dem Schreibtisch fallen.

„Brunner." Huber versuchte mühsam, seine Stimme zu kontrollieren. „Was haben Sie uns da bloß eingebrockt!"

„Es tut mir leid, ich …"

„Es tut mir leid, es tut mir leid", zischte Huber wütend. „Mir tut es auch leid. Ich verliere meinen besten Mitarbeiter und das nicht wegen dieses Krieges, sondern weil eben dieser Mitarbeiter mich angelogen hat!"

„Sie hätten mich doch nie eingestellt …"

„Hätte ich nicht? Woher wollen Sie das wissen, Brunner?"

Huber lief im Zimmer auf und ab, brabbelte vor sich hin und tupfte sich mit einem Taschentuch den Schweiß von der Stirn. „Vermutlich haben Sie recht. Aber nachdem ich Sie dann aufgrund von Vorspiegelung falscher Tatsachen schon eingestellt hatte und mit Ihrer Arbeit mehr als zufrieden war, hätten Sie mit mir sprechen müssen. Spätestens, als diese verdammte Musterung …", er unterbrach sich.

Theo sah betreten zu Boden.

„Jetzt kann ich nichts mehr tun, Brunner. Ich bin gezwungen, Sie zu entlassen, verdammt! Wenn Sie eher etwas gesagt hätten, hätte ich Sie als Frau in meinen Büchern führen können. Das Militär hätte Sie nie in die Finger gekriegt, und hier hätte niemand etwas erfahren müssen. Herrgott nochmal! So ein Gfrett!"

Huber griff in eine Schreibtischschublade.

„Hier, den Lohn für diese Woche zahl ich Ihnen noch, auch wenn ich wirklich nicht weiß, warum."

„Danke. Herr Huber, ich … ich wollte niemanden betrügen. Ich muss doch arbeiten." In ihren Ohren klang ihre Stimme plötzlich so flach und klein. Wie hatte man sie jemals für einen Jungen halten können?

„Raus jetzt, Brunner. Und zu keinem ein Wort!"

Theo nahm das Geld und ging. Wortlos packte sie ihre Sachen zusammen.

„Was hast ausg'fressen?" Franz trat zu ihr und blickte sie entsetzt an.

Theo schwieg.

„Kannst nix sagen oder willst net?"

Franz war nicht nur ein Arbeitskollege, sondern auch ein Freund. Sie kannte ihn schon seit ihrer Kindheit, und er war es auch gewesen, der sie zu Huber gebracht hatte. Es schmerzte sie, dass sie auch ihm nichts sagen durfte.

„Sehen wir uns bei der Kathi auf ein Viertel Heurigen? Nächsten Freitag?"

Theo nickte. Das konnte sie ihm nicht abschlagen. Dann trat sie durch das Tor auf die Straße und ließ Pietät-Huber hinter sich.

2. Kapitel – Petrograd und Siverskaja Mai bis September 1915

Das Sonnenlicht fand keinen Weg durch die dicken, dunkelblauen Samtvorhänge in das Schlafzimmer, in dem Aglaja Fjodorowna Struzhanova dem Tag entgegenschlief. Da klopfte es.

„Gnädiges Fräulein?" Taissja steckte den Kopf durch die Tür und klopfte noch einmal, als sich im Bett so gar nichts rührte. Schließlich trat sie ein, stellte das Silbertablett mit einer dampfenden Tasse Tee darauf auf das Nachttischchen und zog die Vorhänge auf. Nun endlich ergoss sich ein Streifen Licht in den hohen Raum, in dem eine sagenhafte Unordnung herrschte. Überall lagen Kleider verstreut, Bücherstapel, Körbe, offene Taschen. Die Schranktüren standen sperrangelweit offen, und aus den Schubladen hingen Tücher, Strümpfe und zartere Wäschestücke. Taissja verdrehte die Augen. Wer das wohl wieder aufräumen durfte …

„Guten Morgen, Aglaja Fjodorowna."

Die Angesprochene setzte sich auf und sah erstaunlich wach aus, dafür, dass sie vor zwei Minuten noch tief und fest geschlafen hatte.

„Taissja, diese Bücher dort in der Ecke müssen unbedingt noch mit. Ohne sie kann ich nicht so viele Wochen verbringen! Und auch meine Zeichenmappe, das Skizzenbuch und die Wasserfarben."

Damit war für sie die Sache erledigt. Sie griff nach dem abgekühlten Tee, trank die Tasse in einem Zug leer, stellte sie scheppernd wieder auf die Untertasse und war auch schon mit beiden Beinen zugleich aus dem Bett. Mit einigen Schritten durchquerte sie ihr Schlafzimmer, öffnete das Fenster und sog gierig die Morgenluft ein, die bereits zu so früher Stunde einen heißen Tag versprach. Von der Straße drangen Geräusche in das eben noch so stille Schlafgemach: Stimmen, Pferdehufe und nur vereinzelt Motorengeräusche. In Kolomna bewegte man sich gern noch auf die traditionelle Weise.

„Aglaja, komm sofort da weg, du bist ja noch im Nachthemd!" Jekaterina Struzhanova, Aglajas Mutter, war in den Raum getreten und wandte sich an Taissja. „Und Sie räumt sofort dieses Durcheinander hier auf. Wir sind hier schließlich nicht in einer mongolischen Jurte."

„Aber wenn Taissja alles wegräumt, weiß ich nicht mehr, was ich mitnehmen muss!", protestierte Aglaja.

Jekaterina seufzte. Ihre älteste Tochter war manchmal wirklich anstrengend. Dabei hätte sie sich bereits mehr um ihre Geschwister kümmern sollen. Aber obwohl sie fast siebzehn Jahre alt war, benahm sie sich noch immer wie ein Kind. Nun, das würde zwar bald ein Ende haben, aber dann würde sie ihr immer noch keine Hilfe mit den fünfzehnjährigen Zwillingen, Alexej und Arkadij, sowie der elfjährigen Anastassia sein. Grigorij war erst ein Jahr alt und fing gerade an, die ersten Schritte zu tun, so dass man ständig hinter ihm herlaufen musste, damit er nicht eine der Marmortreppen hinunterstürzte oder Vasen und andere Kunstgegenstände zerstörte. Sie hatte nicht damit gerechnet, in ihrem Alter nochmals eine Kinderfrau zu brauchen, aber vielleicht konnte sie ja irgendein geduldiges, anspruchsloses Mädchen aus Siverskaja mit zurückbringen. Diese Sommerfrische hatte sie bitter nötig. Und wenn Aglaja schon keinerlei Hilfe war, so würde sie ihr auf dem Land zumindest nicht auf die Nerven gehen, denn wie immer würde das Mädchen vermutlich den ganzen Tag draußen sein und erst abends wieder hungrig und zerzaust auftauchen. Wo sie sich die ganze Zeit herumtrieb, wollte Jekaterina lieber nicht so genau wissen. Es gehörte sich nicht, und Aglaja verdarb sich den Teint. Aber dieser Sommer war der letzte, in dem

Aglajas Benehmen ihr Problem war, denn Fjodor war von all seinen Kindern und deren Eigenheiten bezaubert – ihre Unzulänglichkeiten nahm er gar nicht wahr. Aber nach der Heirat im kommenden Frühjahr würde sich Sergej mit ihrer Ältesten herumschlagen müssen, und Jekaterina sehnte diesen Tag auch aus einem gewissen Eigennutz herbei.

„Na gut, dann packen wir jetzt. Taissja, den Kleiderkoffer kann Nikodim schon in den Wagen bringen, dann sieht es gleich nicht mehr so wüst aus, ich verpacke die Bücher und meine Zeichensachen, du räumst den Wäscheschrank wieder ein und dann …"

Jekaterina fühlte sich so kraftlos. Dieser geballten Energie ihrer Tochter war sie einfach nicht gewachsen.

„Aglaja. Taissja wird dir jetzt beim Ankleiden helfen, dann räumt sie hier auf, packt, und du sitzt in fünf Minuten unten am Frühstückstisch." Jekaterina machte auf dem Absatz kehrt, um ihrer Tochter keine weitere Möglichkeit zum Protest zu gewähren.

Als ihre Mutter den Raum verlassen hatte, schnitt Aglaja eine Grimasse, schlüpfte ohne viel Federlesens aus dem Nachthemd, holte ein helles Kleid unter einem weiteren Bücherstapel hervor und zog es sich über den Kopf, ungeachtet der Tatsache, dass es völlig zerknittert war.

„Na, komm, Taissja, das muss reichen. Mach mir die Knöpfe zu. Je eher ich unten bin, desto eher habe ich fertig gefrühstückt und wir können hier weitermachen. Ich kann es gar nicht abwarten, endlich loszufahren!" Sie drehte eine Pirouette.

Kaum vollständig angekleidet, war sie auch schon die Treppe hinunter und stürmte in das Morgenzimmer.

Jekaterina fuhr zusammen. Dieses Mädchen war unfassbar laut. Was immer Aglaja tat, geschah mit einer unerträglichen Geräuschkulisse. Es war ein Segen, dass sie so gern las, denn so musste man sie wenigstens zeitweise nicht hören.

„Guten Morgen, Vater!" Aglaja küsste Fjodor Alexejewitsch Struzhanov auf die Wange, der seine Älteste wohlwollend betrachtete.

„Na, da ist wohl jemand nicht aus dem Bett gekommen, was?“

Aglaja lachte nur und nahm sich im Vorbeigehen einen Teller, füllte sich großzügig Rührei mit Schinken auf und griff sich noch ein Hörnchen, bevor sie sich setzte. Der Tee dampfte bereits in ihrer Tasse, und sie begann gut gelaunt zu frühstücken, während ihre Schwester Anastassia in der Hafergrütze nach Rosinen pickte.

„Wo sind Alexej und Arkadij?“

„Beim Fechtunterricht, wo sonst?“

„Heute noch? Aber wir fahren doch nachher schon. Nicht, dass sie wieder herumtrödeln und ...“

„Das ist ja wohl kaum ein Grund, um das Fechten ausfallen zu lassen.“ Ihre Mutter schüttelte den Kopf.

„Ich meine ja bloß, damit wir nicht wegen der Trödelei der beiden zu spät losfahren und ...“

„Es gibt Momente, in denen Widerworte weder erforderlich noch angebracht sind! Wenn ich noch einmal etwas von dir höre, bevor ich von diesem Tisch aufgestanden bin, wirst du in den Ferien jeden Tag zwei Lektionen Französischunterricht nehmen; das stünde dir als zukünftiger Diplomatengattin ohnehin gut zu Gesicht.“ Jekaterinas Stimme klang scharf. Es konnte durchaus sein, dass sie es ernst meinte.

Aglaja hasste Französisch. Der Deutschunterricht hatte ihr besser gefallen, aber als dieser dumme Krieg ausgebrochen war, war vieles anders geworden. Sankt Petersburg klang plötzlich zu germanisch und wurde in Petrograd umbenannt, und ihr Vater hatte dafür gesorgt, dass Fräulein Margarete, die österreichische Gouvernante, mit drei Monatsgehältern und ihrem Koffer schleunigst einen Zug Richtung Wien bestieg, damit sie nicht etwa verhaftet oder gar interniert würde, und das war es dann mit dem Deutschunterricht und den Herbstaufenthalten in Wien gewesen. Ihre Nachfolgerin, Mademoiselle Lambert, mühte sich nun bereits seit gut einem halben Jahr mit den Struzhanov-Sprösslingen ab. Sie fand Russland erschreckend unzivilisiert und wäre am liebsten sofort wieder zurück nach Argenteuil gefahren, aber diese Wahl hatte sie nicht, da das einzig weitere Angebot, das sie erreicht hatte, von einem Kaufmann aus Indochina gekommen war, der seine Mischlingskinder unterrichten lassen wollte, und so blieb sie, litt und versuchte, den vier sturen Kindern des Hauses etwas Bildung einzutrichtern. Deren Französisch war jedoch so beklagenswert schlecht, dass Mademoiselles Bemühungen allzu oft fruchtlos blieben.

Aglaja neigte sich über ihren Teller und schaufelte nun tatsächlich schweigend ihre Rühreier in sich hinein und verschlang anschließend ihr Hörnchen. Extra-Französischstunden waren das Letzte, was sie sich für die Sommerfrische aufhalsen lassen wollte. Die Tatsache, dass ihre Brüder den Fechtlehrer bestochen hatten, ihnen anstatt eleganter Degenhiebe Unterricht im Schießen mit Feuerwaffen zu erteilen, behielt sie für sich. Von dieser Information konnte sie ein anderes Mal sicher nutzbringenderen Gebrauch machen.

Als sich am Nachmittag endlich der Zug in Richtung Siverskaja in Bewegung setzte, war Jekaterina Semjonowna kurz vor einer Nervenkrise, und Mademoiselle musste ihr Luft mit einem nach Rosen duftenden Taschentuch zufächeln und das Riechsalz bereithalten. Alexej und Arkadij unterhielten sich flüsternd ausschließlich miteinander, Anastassia schmollte, weil sie nicht den Mantel mit dem weißen Pelzkragen hatte anziehen dürfen, und Aglaja schaute mit Grischa auf dem Schoß aus dem Fenster und konnte es kaum erwarten, die Stadt endlich hinter sich zu lassen.

„Warte nur ab, Kleiner, du bekommst dein eigenes Kaninchen!“

Grigorij quietschte voller Vorfreude oder vielleicht auch nur, weil seine große Schwester ihn im Nacken kitzelte und in die Löckchen pustete.

Immer wenn sie im Sommer aufs Land fuhren, war Aglaja noch fröhlicher als sonst. Sie hatte ein Talent für das Glücklichsein, und die Aussicht, einige Monate unbeaufsichtigt, unter freiem Himmel zu verbringen, brachte ihr Herz dazu, schneller zu schlagen, und ihr Inneres vibrierte vor Freude und Lebenslust. Die Tatsache, dass sich nach diesem Sommer vieles ändern würde, versuchte sie zu ignorieren. Außerdem konnte sie ja auch als verheiratete Frau aufs Land fahren. Dann hätte ihr auch niemand mehr Vorschriften zu machen. Im Moment war sogar noch fraglich, ob Sergej pünktlich zum 8. Februar Heimaturlaub erhalten würde. Eine Hochzeit auf Abruf.

Ihre Mutter war bereits gänzlich aufgelöst bei dem Gedanken an die Umstände, die diese Tatsache bereiten konnte. Ein paar Tage mehr machten ja nun wirklich keinen Unterschied, denn Aglaja hatte es nicht so eilig mit dem Heiraten. Sie kannte Sergej kaum, aber er entstammte einer sehr guten Familie. Einer Diplomatendynastie. Und obgleich er jetzt natürlich, wie jeder Mann mit Ehre im Leib, Zar und Vaterland diente, würde auch er, wenn der Krieg vorbei war, in den diplomatischen Dienst eintreten. Er konnte dann überall auf der Welt hinversetzt werden! Die Tatsache, dass sie in ihrer Ehe ferne Länder nicht nur bereisen, sondern auch dort leben würde, hatte ihren anfänglichen Widerstand deutlich gemildert, und Sergej war als Ehemann vermutlich genauso geeignet oder ungeeignet wie jeder andere auch, den ihre Eltern ausgesucht hätten. Immerhin war er erst fünfundzwanzig, somit noch nicht uralt, und er sah auf eine nordische Weise gut aus, war groß und athletisch, konnte hervorragend reiten und war immer geduldig, wenn die Zwillinge ihn nach seinen Heldentaten ausfragten. Aglaja war sich sicher, dass die Hälfte seiner Geschichten frei erfunden war, um ihre Brüder zu beeindrucken.

Die Abteiltür öffnete sich.

„Wünschen die Herrschaften Tee?"

Der Schaffner trug eine dampfende Kanne mit heißem Wasser und eine kleinere mit dem starken Tee-Extrakt und ein Junge einen Korb mit Teegläsern, Löffeln und einer Dose Zucker.

„Ja, bitte. Mademoiselle Lambert, wären Sie so freundlich …" Jekaterina fühlte sich schwach, und eine Tasse Tee war genau das, was sie brauchte.

Valérie Lambert fand es geradezu sträflich leichtsinnig, in einem Zug ein Getränk zweifelhafter Herkunft zu sich zu nehmen. Außerdem hatte sie für Tee nichts übrig, aber sie übernahm diensteifrig die Versorgung der Struzhanovs mit dem dunklen, starken Gebräu, in das die Kinder sich große Klumpen Zucker geben ließen. Aglaja fütterte dem kleinen Grigorij löffelweise heißen, süßen Tee, und er protestierte nicht im Geringsten, sondern öffnete brav den Mund und schlürfte ziemlich ungehörig dabei. Sie küsste ihren kleinen Bruder auf seine runden Bäckchen.

„In Siverskaja trinken wir Ziegenmilch. Ich zeig dir, wie das geht. Direkt von der …"

„Mais c'est dégoûtant!"

„Was denn?"

„Aglaja, Kind, Mademoiselle Lambert kommt aus der Stadt. Ihr ist unser sommerliches Landleben nicht vertraut", warf Fjodor begütigend ein.

„Aber sie hat doch recht! Es gehört sich einfach nicht, dass Aglaja sich draußen herumtreibt wie ein Dorfmädchen. Wir müssen jetzt wirklich auf ihren Ruf achten." Jekaterina schüttelte es bei dem Gedanken.

Fjodor lächelte seine Frau an. „Ach, Katenka, ich bin sicher, wir können unserer Großen vertrauen. Gönn ihr doch diesen letzten Sommer – Sergej hätte gewiss nichts dagegen!"

„Du redest, als müsse sie zum Schafott und nicht zum Traualtar!", wies Jekaterina ihren Mann zurecht. Sie konnte es nicht leiden, wenn er sie in Gegenwart der Kinder und obendrein der Gouvernante Katenka nannte. Das war entschieden zu vertraulich, aber Fjodor, der aus bestem Haus kam, war auch in den langen Jahren ihrer Ehe nicht davon zu überzeugen gewesen, seine Frau zu siezen, wie es sich gehörte. Sie wandte sich von ihm ab und lehnte sich zurück in ihr Reisekissen. Die vorbeifliegende Landschaft machte sie schwindelig, daher schloss sie für die verbleibenden zwei Stunden Fahrtzeit die Augen, damit sie ja niemand mehr ansprach, und wünschte sich an einen friedlicheren Ort. Und obwohl sie es bei ihrem Leben abgestritten hätte, auf Reisen schlafen zu können, so fuhr sie doch jäh auf, als der Zug bremste und an der kleinen gepflegten Bahnstation in Siverskaja zum Stehen kam. Arkadij und Alexej boxten sich gegenseitig vom Fenster weg, und Aglaja, die den Diener, Nikodim, gesehen hatte, versuchte auch noch den Kopf aus dem Abteilfenster zu stecken.

„Mama, dürfen wir mit dem Heuwagen mitfahren?“ Alexej hatte im Jahr zuvor kutschieren gelernt und brannte darauf, seine Kenntnisse aufzufrischen und damit vor seinen Geschwistern anzugeben – Arkadij hatte wenig Hoffnung, dass sein Bruder ihm einmal die Zügel überlassen würde.

„Ja, geht nur. Mademoiselle Lambert, nehmen Sie Grigorij“, antwortete Fjodor an Jekaterinas Stelle.

Der Kleine protestierte jedoch lautstark und klammerte sich wie ein Äffchen an Aglaja.

„Na gut, ich nehme dich mit.“

„Du willst doch nicht etwa auch mit dem Heuwagen fahren?“ Jekaterina spürte, dass noch vor der Dämmerung eine Migräne sie heimsuchen würde.

„Katenka, du musst ein wenig ausspannen. Du bist blass.“ Fjodor zog den Arm seiner Frau unter den seinen und geleitete sie zu dem kleinen Einspänner, der den Weg zum Landgut schneller zurücklegen würde als der Heuwagen mit dem Gepäck und den Kindern.

Als die restliche Familie das Anwesen überflutete, hatte sich Jekaterina bereits mit Mademoiselle und einem leichten Imbiss in ihr Zimmer zurückgezogen. Um sie nicht zu stören, nahm die Köchin die Kinder zum Abendessen mit in die Küche und ließ Fjodor ein Tablett in die Bibliothek bringen.

„Nun hab ich euch endlich wieder!“ Dascha streichelte Anastassia über das Haar, hielt Grigorij, in den sie sich auf den ersten Blick verliebt hatte, auf dem Schoß und stopfte ihn mit Leckereien voll.

„Maria! Sei nicht schüchtern. Komm herein und bring den Kuchen mit!“

Das Mädchen, welches auf Daschas Rufen die Küche mit einem großen Honigkuchen auf einer Servierplatte betrat, hatte Aglaja noch nie gesehen. Sie musste neu sein. Sie war in etwa so alt wie sie selbst, wirkte aber so zerbrechlich und still, dass Aglaja aufstand und ihr den Kuchenteller aus der Hand nahm.

„Setz dich doch zu uns, Maria. Seit wann bist du hier? Kommst du aus der Gegend?"

Maria schlug die Augen nieder und schien sich an ihrer eigenen Schürze festhalten zu wollen.

„Komm schon, Kind. Es ist in Ordnung", sagte auch Dascha, die Köchin.

Widerstrebend trat sie näher, und Aglaja zog einen Schemel für sie neben sich.

„Ich bin Aglaja. Das ist Anastassia, meine Schwester, und wenn du sie dazu bringst, einmal mehr als drei Worte am Stück zu sagen, wäre das ein Wunder. Das dort drüben sind Alexej und Arkadij – mach dir nichts draus, du lernst schon, sie zu unterscheiden –, und Daschas neuer bester Freund ist unser kleinster Bruder, Grigorij."

Maria schmunzelte beim Anblick des Kleinen, der mit vollen Backen Honigkuchen kaute.

„Ich bin erst seit … ein paar Wochen hier." Und schon war ihr Gesicht wieder todernst.

Dascha kam ihr zu Hilfe.

„Erst seit letztem Jahr hat Maria mit ihren Eltern im Dorf gelebt. Sie sind deutsche Einwanderer schon vor einigen Generationen. Nach ihrem Tod ist Maria zu ihrer Großmutter in das kleine Haus am Waldrand gezogen. Nun ist vor drei Monaten auch sie gestorben, Gott hab sie selig, und das Mädchen war ganz allein."

„Was ist mit deinen Eltern passiert?"

„Arkadij! Du bist unmöglich!", fuhr Aglaja ihren Bruder an.

„Wieso?"

„Hör auf mit der Fragerei! Es reicht!"

„Nein … bitte. Es macht nichts." Maria richtete ihre klaren, bernsteinfarbenen Augen einen Moment auf Arkadij, bevor sie sprach.

„Sie sind beide an der Cholera gestorben."

„Das … also … das tut mir sehr leid", stammelte Arkadij, der eben noch so forsch gewesen war. „Aber es ist schön, dass du jetzt bei uns bist …" Er schaute unsicher, wurde rot und senkte den Blick.

Nanu? Aglaja staunte. Zu den hervorstechendsten Eigenschaften der Zwillinge zählten sonst eher Egoismus und Überheblichkeit. Dieses bedauernde, mitfühlende Verhalten hatte sie lediglich bisweilen an Arkadij bemerkt, der von beiden der deutlich umgänglichere war. Maria wirkte sanft und scheu wie eine Waldelfe und schien hinter ihrem verletzlichen Äußeren, das bei Arkadij offenbar Beschützerinstinkte weckte, eine beeindruckende innere Stärke zu verbergen, die in ihrem steten, unerschütterlichen Blick zutage trat. Alexej hatte zwar nichts gesagt, schaute aber äußerst interessiert und verblüfft. Er war ein paar Minuten vor Arkadij geboren, spielte sich normalerweise als der Ältere auf und war von beiden der Wortführer. Was mochte Arkadij dazu bewogen haben, sich, ohne auf seinen Bruder zu warten, so weit vorzuwagen?

„So, nun ist aber Schluss für heute. Es ist schon spät. Seht zu, dass ihr in eure Betten kommt. Diesen kleinen Mann hier werde ich eurer Mademoiselle übergeben." Dascha kitzelte Grigorij am Bauch, bis er quiekte. „Maria, du gehst mit der Barischnja, falls sie Hilfe braucht, und ihr großen Jungs kommt ja schon lange allein zurecht."

Damit war die gemütliche Küchentafel aufgehoben. Dascha verschwand mit dem Kleinen auf der Hüfte, um Mademoiselle zu suchen, und Aglaja wandte sich Maria zu.

„Komm mit. Wir bringen zuerst Anastassia zu Bett. Nastja, komm schon, du schläfst ja fast im Sitzen."

Die Kleine folgte ihnen mit dem üblichen, mürrischen Gesichtsausdruck in ihr Zimmer, wo sie sich widerstandslos auskleiden und zudecken ließ.

„Ist alles gut, oder brauchen Sie noch etwas, Barischnja?", fragte Maria.

„Nein", murmelte Nastja undeutlich.

„Dann ist es ja gut. Schlaf schön." Maria drückte ihr einen Kuss auf die Stirn.

Zu Aglajas Überraschung sträubte sich Nastja nicht dagegen, wie sie es sonst tat, sobald ihr jemand Fremdes zu nahe trat. Vielleicht webte die Waldelfe ja in aller Stille Zauberfäden um sie alle. Sie musste lächeln bei der Vorstellung. Maria folgte Aglaja, die die Schiebetür zuzog, die ihren Teil des Schlafzimmers von Nastjas trennte. Sie überlegte, ob sie Maria schlafen schicken sollte, denn sie konnte sich schließlich selbst auskleiden, aber sie wollte so gern noch einen Moment mit ihr plaudern.

„Setz dich", sagte sie. „Wenn du magst, können wir gern deutsch sprechen."

Plötzlich schauten Marias Augen verblüfft und füllten sich gleich darauf mit Tränen.

„Ich wollte dich nicht verletzen, es war nur so eine Idee, weil … na ja. Vor Mademoiselle hatten wir eine österreichische Gouvernante. Die mochten wir alle viel lieber, und Französisch ist so eine furchtbare Sprache, aber Deutsch ist jetzt nicht mehr so … en vogue."

„Es ist schön für mich, mit jemandem deutsch sprechen zu können. Ich habe es schon so lange nicht mehr gehört", sagte Maria. Ihre Stimme klang anders in ihrer Muttersprache. Dunkler, aber auch ruhiger, und sogar in ihrem Gesichtsausdruck ging eine kaum wahrnehmbare Wandlung vor sich.

„Habt ihr zu Hause immer deutsch gesprochen?"

„Ja, als meine Eltern noch lebten. Meine Großmutter hat damit aufgehört, als der Krieg anfing. Sie wollte nicht, dass wir Schwierigkeiten bekommen."

Aglaja nickte. Sie verstand, warum Dascha das Mädchen im Haus aufgenommen hatte. Der Name Struzhanov bot seinen Bediensteten den Schutz, den eine alleinstehende junge Frau deutscher Abstammung in diesen Zeiten brauchte.

„Kann ich noch etwas für Sie tun, Aglaja Fjodorowna?"

Die Elfe lächelte.

„Vielleicht die Haare? Nach der Zugfahrt und dem Heuwagen sind sie ziemlich durcheinander." Sie nennt mich nicht „kleine Herrin" wie Nastja, dachte sie.

„Natürlich." Maria griff nach einem Kamm, löste das, was von Aglajas Frisur nach diesem langen Tag noch übrig war, begann vorsichtig die honigfarbene Mähne zu entwirren und vereinzelte Halme herauszuzupfen. „So, jetzt ist alles in Ordnung." Sie schloss den frischen, glatten Zopf mit einer kleinen blauen Schleife.

„Vielen Dank – das wäre dann alles, Maria. Gute Nacht."

Maria knickste. „Gute Nacht, Aglaja Fjodorowna."

Aglaja blies die Kerzen aus. Seit Kriegsbeginn gab es auf dem Land in den Schlafzimmern nur noch Kerzen. Das Petroleum wurde für die Lampen im Speisezimmer und in Fjodors Bibliothek gespart. Sie störte das nicht, und sie saß noch eine ganze Weile am geöffneten Fenster und lauschte den Nachtgeräuschen, die ungehindert an ihr Ohr drangen. Solche leisen Momente gab es wenige in ihrer großen Familie. Normalerweise genoss Aglaja die Stille, denn wenn alle beisammen waren, konnte sie ihre eigenen Gedanken oft nicht mehr hören. Aber in letzter Zeit hatte sie sich geradezu vor der Stille im Schoß ihrer Familie versteckt. Denn in solch nächtlichen Ruhestunden wanderten ihre Gedanken auf Abwegen, die nur allzu oft bei der großen Veränderung ihres Lebens endeten, die ihrer harrte.

Sie hatte keine Angst vor der Vermählung oder vor Sergej. Man nannte die Hochzeit ja sicherlich nicht umsonst den schönsten Tag im Leben einer Frau. Das, was ihr Sorgen bereitete, waren eher die unverhohlenen Andeutungen ihrer Mutter, die das Ende jeglicher Bewegungsfreiheit vermuten ließen, sobald Sergej ihr den Ring an den Finger gesteckt hatte. Es klang so, als würde er danach den Oberbefehl über ihr Leben erhalten. Aber vielleicht war das auch nicht immer so? Sie hatte noch nie beobachten können, dass ihr Vater ihrer Mutter Anweisungen erteilt hätte. Würde Sergej das wollen? Sie herumkommandieren? Immer, wenn sie an diesem Punkt angelangt war, schob sie ihre Sorgen beiseite und beruhigte sich damit, dass sie nach der Hochzeit ihr eigenes Haus haben würde. Sie würde Besuche machen, lesen können, was sie wollte, Mahlzeiten servieren lassen, die ihr gefielen, und sie würde ein Gewächshaus haben, in dem sie gärtnern konnte. Sergejs

Familie war zwar nicht adelig wie die Struzhanovs, verfügte aber über ein stattliches Vermögen. Die Eheschließung bot also Vorteile für alle. Sergej hob sein persönliches Ansehen durch die Zugehörigkeit zu Aglajas Familie, deren Vermögen sich zwar seit den Zeiten Peters des Großen stark dezimiert hatte, deren Name aber seit Jahrhunderten einen exzellenten Ruf genoss. Als Gegenleistung würde Aglaja ein komfortables Leben führen, das ihrer Position angemessen war, wodurch es ihr wiederum möglich sein würde, für die jüngeren Geschwister vorteilhafte Verbindungen zu arrangieren. Was spielte es da schon für eine Rolle, dass Sergej Wolkov ein Fremder für sie war? Ihre Eltern kannten seine Familie; inzwischen hatten sie sich zweimal getroffen. Einmal an dem Tag, als die Übereinkunft geschlossen worden war, und dann noch einmal bei der offiziellen Verlobungsfeier. Beide Male hatte Sergej nur kurzen Heimaturlaub erhalten, so dass sie keine Zeit gehabt hatten, sich näher kennenzulernen oder gar einige Momente miteinander allein zu sein. Als die Verlobung bekannt gegeben wurde, hatte er kurz den Arm um ihre Taille gelegt und ihr die Hand geküsst. Er hatte eine angenehme, warme Stimme und roch gut. Nein, es würde schon alles gutgehen.

Sie beschloss, sich nicht länger den Kopf zu zerbrechen – sie würde ihm am nächsten Tag schreiben, obwohl ihre Briefe für ihn eine Enttäuschung sein mussten. Sie wusste einfach nicht, was sie ihm sagen sollte, außerdem hätte sie sich am Schreibtisch festbinden lassen müssen, um länger als eine Viertelstunde ruhig sitzen zu bleiben. So wurden es selten mehr als ein paar flüchtige Zeilen. Sie nahm sich vor, sich zu bessern, solange sie auf dem Land weilten. Schließlich konnte er zu Recht von seiner Verlobten erwarten, dass sie sich zumindest schriftlich seines Wohlergehens annahm.

Am nächsten Morgen setzte sie diesen Plan direkt nach dem Frühstück in die Tat um, ging mit Papier und Schreibzeug bewaffnet in den Küchengarten, blinzelte in die Sonne und kaute auf dem Stiel des Federhalters. Sie konnte sich einfach nicht auf einen Brief konzentrieren, wenn sie sich gleichzeitig fragen musste, ob die Himbeeren wohl bald reif waren, wie hoch die Sonnenblumen dieses Jahr werden würden und ob bei dem Experiment mit den gekreuzten Ringelblumen etwas herauskäme.

„Hausaufgaben?" Maria war mit einem Korb voller Wäsche aus dem Haus getreten.

„Nein. Ich muss einen Brief schreiben und habe nichts zu sagen."

„An Ihren Verlobten?"

„Ja. Hat Dascha dir davon erzählt?"

„Dascha hat mir viel über Sie und Ihre Geschwister erzählt. Auch, dass Sie im Frühling heiraten werden. Ist er an der Front?"

„Ja, ist er. Und er hat ein Recht darauf, dass ich es ihm mit Briefen etwas leichter mache, aber wir kennen uns ja kaum. Woher soll ich da wissen, was ich ihm schreiben soll?" Missmutig trat Aglaja gegen das Tischbein. Die Tinte schwappte über und bildete einen schwarzen Tümpel auf dem Gartentisch.

„Sie kennen ihn gar nicht?" Über Marias Gesicht huschte das blanke Entsetzen, das sie aber zu verbergen suchte. „Das ist natürlich schwierig. Dann sollten Sie ihm vielleicht etwas Leichtes, Heiteres schreiben, das ihn ein wenig vom Krieg ablenkt und dafür sorgt, dass er Sie nebenbei ein wenig besser kennenlernt."

Aglaja lauschte gebannt. Dann stand sie entschlossen auf und griff sich eine große Tischdecke aus dem Wäschekorb.

„Ich helfe dir jetzt beim Wäsche-Aufhängen, und dann hilfst du mir bei dem Brief an Sergej!"

Maria lachte. „Das kann ich machen, dafür müssen Sie aber keine Wäsche aufhängen."

„Doch, doch. Das ist nur gerecht, und es merkt ja keiner. Dascha petzt bestimmt nicht."

„Na gut."

Innerhalb von zehn Minuten flatterte die Wäsche im Wind, und Aglaja saß diesmal neben Maria auf der Bank und schrieb, was diese ihr diktierte. Das Resultat konnte sich sehen lassen.

Mein lieber Sergej,

gestern sind wir nun endlich in Siverskaja angekommen. Es ist wunderschön hier, die Luft ist sauber und duftet nach Gras und Erde. Hier ist so viel Ruhe und Frieden, und ich mag gar nicht daran denken, was du gerade auf dich nimmst, um unsere Heimat zu beschützen …

„Er ist Stabsoffizier. Ich glaube ehrlich gesagt nicht, dass er mitten im Getümmel ist …“

„Das macht nichts. Es wird ihm gefallen, dass Sie es annehmen. Weiter.“ Die Elfe schien in ihrem Element zu sein.

… Heute kommt der Wind von Westen, und ich wünschte, er brächte dich zu mir, hierher nach Siverskaja, wo du dich ausruhen sollst vom Donner der Kanonen …

Aglaja prustete los. „Das reicht jetzt aber wirklich!“ Sie unterzeichnete schwungvoll mit ihrem Namen.

Maria zupfte zwei Lavendelblüten ab und gab sie Aglaja, um sie mit in den Umschlag zu schieben.

„Fertig! Vielen Dank, Maria, so schnell war ich nie! Können wir das wieder so machen? Ich helfe dir bei deiner Arbeit und du … mir bei den Briefen an Sergej?“ Sie streckte ihr die Hand entgegen.

Maria lächelte verschwörerisch und schien an dem Komplott Gefallen zu finden. Sie nahm behutsam Aglajas Rechte, und so war es besiegelt.

Im Juli wurde das Wetter immer wärmer. Aglaja hatte sich angewöhnt, Maria nach dem Abendessen, wenn sie mit der Arbeit fertig war, zu einem Spaziergang abzuholen. Anfangs hatte Jekaterina Semjonowna diese Vertrautheit nicht gern gesehen, erkannte dann aber, dass das Mädchen wohlerzogen war. Aglaja hatte in den wenigen Wochen, die die Familie vor Ort weilte, von ihr mehr gelernt, was weibliche Tugenden und Haushalt anging, als von ihr selbst in fast siebzehn Lebensjahren.

Wie an jedem Abend wartete Aglaja am Ende des Küchengartens auf Maria, wo ein kleines Tor hinaus in die Wiesen führte, als sie Stimmen hörte.

„Wohin willst du denn jetzt noch?"

„Warum fragen Sie? Ich bin mit meiner Arbeit für heute fertig und möchte jetzt noch eine Stunde den Sommerabend genießen."

Aglaja lauschte und hörte, dass Maria mit ihrem Bruder sprach. Oder eher: Arkadij sprach mit Maria.

„Ich werde dich begleiten."

„Nein. Das werden Sie nicht." Marias Stimme klang ruhig und erstaunlich bestimmt.

„Du triffst dich mit einem heimlichen Verehrer!" Arkadij klang getroffen, verärgert, beleidigt – alles in einem. Es fiel ihr wie Schuppen von den Augen: Er war in Maria verliebt!

Maria lachte – dieses kleine, aufreizende Lachen, das Aglaja selbst inzwischen auch so gut kannte. Sie liebte es, wenn sie Maria dazu bringen konnte, denn sie legte dabei den Kopf leicht schräg in den Nacken und schloss die Augen, so dass ihre Wimpern zarte Schatten auf ihre Wangen warfen. Manchmal konnte Aglaja die Halsschlagader unter ihrer zartgoldenen Haut pulsieren sehen.

Jetzt lachte Maria über Aglajas Bruder, aber sie antwortete ihm nicht.

„Gehen Sie wieder ins Haus, Barin. Ich bin sicher, Ihr Bruder vermisst Sie bereits." Dann wandte sie sich um, ließ ihn stehen und kam auf den Treffpunkt am Gartentor zu, wo Aglaja bereits unter einer Gruppe Birken wartete. Als sie die beiden hatte sprechen hören, hatte sie sich instinktiv in den Schutz der Bäume zurückgezogen, denn die Julinächte waren hell hier oben im Norden. Sie wusste selbst nicht so genau, warum sie nicht wollte, dass Arkadij sah, dass Maria mit ihr spazieren ging. Dabei hätte es ihn sicherlich beruhigt, vermutlich hätte er nur eine abfällige Bemerkung über „Mädchengespräche" gemacht und wäre abgezogen. Aber seltsamerweise wollte sie nicht, dass ihr Bruder sich sicher fühlte, wenn sie mit Maria unterwegs war – ihr eigener Zorn hierüber verwunderte sie einen Moment, als Maria durch das Gartentor schlüpfte und sich bei ihr einhakte.

„Dein Bruder hat mich gesehen."

„Das habe ich gehört. Vielleicht wärst du ja lieber mit ihm spazieren gegangen." Ihre Stimme zitterte.

„Nein, wäre ich nicht", antwortete Maria ruhig und lächelte. „Aber weißt du, was ich heute wirklich möchte?"

Aglaja schaute sie fragend an.

„Lass uns zum Fluss gehen und baden. Es ist immer noch so warm – den ganzen Tag über habe ich geschwitzt, und wir haben doch kein richtiges Bad im Haus für uns Bedienstete ... ich fühle mich einfach schmutzig. Komm mit."

Aglaja war Feuer und Flamme. Als Kind hatte sie im Sommer auch immer im Fluss gebadet, aber irgendwann war sie dabei erwischt worden. Damals hatte ihre Baba noch gelebt und das Landgut mit eiserner Faust regiert. Sie hatte Aglaja eigenhändig mit dem Rohrstock verdroschen, als sie von diesen Badeausflügen erfahren hatte. Als Baba schließlich vor einem Jahr gestorben war, hatte Aglaja am Grab ihrer herrischen, eigenbrötlerischen Großmutter keine Träne vergossen. Es erschien ihr nur recht und billig, genau jetzt wieder damit anzufangen, bevor vielleicht bald Sergej sich durch die Eheschließung das Recht anmaßte, ihre Bewegungsfreiheit zu reglementieren.

Maria führte Aglaja zu einer Stelle ein wenig oberhalb des alten, verfallenen Waschhauses, wo der Fluss in früheren Zeiten einige kleinere Becken ausgehöhlt hatte, in denen das Wasser nur mäßig wirbelte und sich über den Tag immer etwas erwärmte. Die letzten Meter waren steil und unwegsam und mit dichtem Gebüsch bewachsen.

„Das ist ein wundervoller Platz!" Aglaja war begeistert, und Maria strahlte.

„Es ist die einzige Möglichkeit, hier ein Bad zu nehmen. Ich mag noch gar nicht an den Winter denken in der Banja mit allen anderen. Komm her."

Aglaja wandte sich ihr zu und hielt den Atem an, als Maria ihr die Arme um den Hals legte. Ihre Atmung wurde schnell und flach, und sie lehnte ihre Wange gegen Marias.

„Ist dir nicht gut?", murmelte Maria an Aglajas Ohr. „Warte, ich helfe dir mit den Knöpfen."

Natürlich. Die Knöpfe. Das war der Grund für die unerwartete Umarmung gewesen. Was hatte sie sich nur gedacht? Ihre Hände zitterten, als sie dann auch Marias Kleiderhaken öffnete und das verblichene graue Kleid zu Boden fallen ließ, völlig selbstverständlich auch ihre Wäsche ablegte und sofort in das vom Fluss ausgewaschene Bassin stieg.

„Das Wasser ist wundervoll, komm schnell!"

Nach kurzem Zaudern ließ auch Aglaja ihre Kleider auf die Steine fallen. Eine Weile genoss sie den leichten Wind, der ihre Haut streichelte und Stellen ihres Körpers erschauern ließ, die sonst nie der Luft ausgesetzt waren. Sie wusste plötzlich wieder, warum die heimlichen Bäder im Fluss es wert gewesen waren, mehrfach von Baba Prügel dafür zu beziehen. Das Gefühl war einfach zu kostbar, als dass ein Rohrstock es einem nehmen konnte.

Als sie ins Wasser stieg, war sie überrascht, wie warm es im Vergleich zur Luft war. Maria hatte sich wohlig ausgestreckt und betrachtete die nur schemenhaft am hellen Himmel erkennbaren Sterne. Das Zwielicht der weißen Nächte verlieh der Umgebung etwas Magisches. Aglaja sah, dass Marias zarter Körper unter Wasser grünlich-silbern schimmerte. Ich bade mit einer Elfe in einem Feenteich, dachte sie.

„Ist das nicht wunderschön?" Maria setzte sich auf, und sofort konnte Aglaja sehen, wie sie in der leichten Brise, die ihr selbst noch so warm erschienen war, eine Gänsehaut bekam und die Spitzen ihrer Brüste sich aufrichteten.

Aglajas Mund war trocken, sie konnte nichts sagen und nickte nur, während Maria erschauernd wieder unter Wasser glitt.

„So ist es besser." Auch sie sah Aglaja unverwandt an. „Du siehst aus wie eine Wassernymphe. Die Farben deiner Haut und deines Haars verändern sich, je nachdem, wie das Licht einfällt." Sie legte den Arm um sie und zog sie an sich, bis nur noch ein dünner Wasserfilm zwischen ihnen war, und flüsterte: „Ich habe mich wertvoll gefühlt, als du eben eifersüchtig auf Arkadij warst.“ Ihre Lippen streiften Aglajas Ohr und ihren Hals und schickten flackernde, erregende Flammen durch ihren Körper, die der Fluss nicht zu löschen vermochte. „Ich bin sicher, das hätte ihm auch gefallen, und das hier …“

Aglaja spürte, wie Marias Hände ihre Schenkel sanft auseinanderschoben, sie dann ihre Beine um sie schlang und sich fest an sie presste, sich langsam an ihr rieb und dabei ihre Brüste mit den Lippen liebkoste. Sie zog Maria an sich und wusste nun, warum sie fast den ganzen Sommer davon geträumt hatte, Maria zu küssen, zu spüren, wie unendlich seidig ihre Haut sich anfühlte. Niemals zuvor war sie einem anderen Menschen so nah gewesen. Die steifen Umarmungen in ihrer Familie waren ein lächerlicher Vergleich. Eigentlich nicht einmal das. Das hier war neu.

Wenig später brauste unversehens eine Welle durch Aglajas Körper, die in einem tiefen, wilden Ozean geboren worden war und wie durch Magie ihren Weg hierher zu ihnen in diesen seichten Flusslauf gefunden hatte. Sie hielt Maria fest, wünschte sich, es wäre noch nicht vorbei, spürte dem verebbenden Pochen nach.

Maria löste die Umarmung nicht. Sie küsste sie auf den Mund, noch immer voller Verlangen. Auch Aglaja spürte, dass es erst der Anfang gewesen war. Sie schmiegte sich dicht an Maria und bewegte sich instinktiv im selben Rhythmus wie ihre Freundin, bis die Woge sie erneut erfasste und zerfließen, eins werden ließ mit dem sie umgebenden Wasser. Noch einen Moment blieben sie in ihrer Umklammerung liegen, atmeten gemeinsam die sich zunehmend abkühlende Nachtluft.

„Ich glaube, wir sollten aus dem Wasser heraus“, flüsterte Maria, „aber dazu muss ich dich loslassen.“

Sie trockneten sich gegenseitig ab und kleideten sich wieder an. Keine von ihnen sprach, als gälte es, ihr Geheimnis durch Schweigen zu schützen, von dem Moment an, da sie aus dem Teich gestiegen waren. Auf dem Rückweg durch die Wiesen nahm Aglaja Marias Hand. Bevor sie wieder den Garten durch das alte Tor betraten, küssten sie sich.

„Geh du zuerst hinein, Laja – die schönsten Träume!“ Maria nannte sie zum ersten Mal bei diesem Kosenamen, den sonst nur ihr Vater und Nastja benutzten.

Aglaja konnte trotz der Dunkelheit das Lächeln erkennen, das um Marias Lippen spielte. Rasch lief sie durch den Garten und schlüpfte durch die Küchentür, die niemals verschlossen war, und kam so ungesehen ins Haus und in ihr Zimmer, das sie mit Nastja teilte.

„Laja?“

„Ja. Alles ist gut, schlaf schön weiter.“

Sie war zutiefst dankbar, dass Nastja nicht so viel redete wie andere Mädchen in ihrem Alter. Sie zog das Bettzeug ihrer kleinen Schwester zurecht und deckte sie gut zu – Nastja schlief schon wieder tief und fest. Erst dann kleidete sie sich selbst aus. Bevor sie ihr Nachthemd über den Kopf zog, fuhr sie mit einer Hand zwischen ihren Brüsten hinunter über den Bauch, streifte ihre Hüfte und zitterte. Vor kaum mehr als einer halben Stunde hatten Marias Hände sie überall liebkost, und ihre Haut reagierte auf Berührung nun anders als vorher. Erwartungsvoller, wissend, dass es mehr gab als das, nämlich Berührungen und Liebkosungen, die ihren Weg ins Innerste fanden. Ob noch mehr Dinge nun anders waren? Aglaja kroch in ihr Bett, rollte sich zusammen und schlief augenblicklich ein.

Entgegen Marias Andeutung träumte sie weder gut noch schlecht und erwachte am Morgen erst, als Nastja bereits halb angekleidet neben ihrem Bett stand und an ihrem Kissen zupfte, weil sie Hilfe mit ihren Haarschleifen brauchte.

Schläfrig setzte sie sich auf. „Na, komm her, kleine Schwester.“

Nastja ließ sich auf ihrer Bettkante nieder, und Aglaja flocht ihr das weiche Haar, das heller als Aglajas eigenes war, zu zwei Zöpfen, die sie mit roten Schleifen befestigte, was einen schönen Kontrast zu dem weißen Matrosenkleidchen ergab, das sie trug.

„So, fertig, raus mit dir!“

Die Kleine umarmte sie und hüpfte aus dem Zimmer. Aglaja ließ sich zurück in ihr Kissen sinken, schloss die Augen und genoss für einen Moment das Alleinsein mit den Gedanken an den vergangenen Abend. An ihr Zusammensein mit Maria vom Vorabend zu denken, bewirkte, dass sich in ihr ein Gefühl von Wärme und Weichheit entwickelte, das von sich aus zu pulsieren schien, das sich zwischen ihren Beinen ausbreitete und in dieses angenehme Ziehen gipfelte, das sie gespürt hatte, als Maria sie geküsst und umarmt und sie ihren Körper an den ihren geschmiegt hatte. Aglaja streckte sich, und ihr entfuhr ein Stöhnen. Plötzlich hörte sie ein Geräusch und riss die Augen auf. Die Zimmertür war nur angelehnt, und ein Windhauch streifte ihr Gesicht. Hatte jemand sie gesehen? Sie schlug die Decke zurück und war mit einem Satz aus dem Bett; sie schloss nachdrücklich die Zimmertür, bevor sie zum Waschtisch ging, sich dann schnell ankleidete und das Haar zusammenband.

Im Esszimmer traf sie nur noch ihren Vater an.

„Guten Morgen, meine Große. Wird das Verschlafen jetzt zur Gewohnheit?"

„Guten Morgen, Vater. Ist es schon so spät?"

„Neun Uhr durch. Die Landluft macht müde. Deiner Mutter geht es nicht gut. Vielleicht solltest du nachher einmal nach ihr sehen, mein Kind."

„Das werde ich tun. Wo sind denn die anderen?"

„Nastja ist mit Mademoiselle und Grigorij ins Dorf gefahren, um Besorgungen zu machen, und deine Brüder treiben sich Gott weiß wo herum."

„Besorgungen? Wir sind doch gerade erst ein paar Tage hier." Aglaja sah ehrlich erstaunt aus.

„Frauen machen doch ständig Besorgungen … Ich hatte gehofft, dass du mir das erklären könntest?" Fjodor schmunzelte seine Älteste über sein Buch hinweg an. Er liebte alle seine Kinder, aber Aglaja, das gestand er nur sich selbst ein, war etwas Besonderes. Als er sie nach ihrer Geburt das erste Mal gehalten hatte, war ihm, als wäre auch er in dem Moment neu auf der Welt, so fremd und unendlich groß war sein Gefühlsüberschwang gewesen, der sich auf dieses winzige Wesen konzentrierte, das ihn aus leicht verschleierten blauen Augen ansah, keinen Mucks tat und dessen Aufmerksamkeit vollends auf ihn gerichtet schien. Es war ihm schwergefallen, sich Katenka zuzuwenden, die erschöpft in ihrem Kissen lehnte und leidend wirkte. Er küsste sie und dankte ihr mit Tränen in den Augen. Vier weitere Kinder schenkte sie ihm. Nach der Geburt von Arkadij und Alexej feierte man Fjodor, als hätte er eine Heldentat vollbracht: zwei Stammhalter auf einmal! Ihm war das unangenehm gewesen, denn Jekaterina hatte die Geburt ziemlich mitgenommen. Er war stolz auf seine Familie, er liebte Katenka und alle seine Kinder, aber es war nie wieder so gewesen wie jener Moment nach Aglajas Geburt. Sie hatte einen besonderen Platz im Herzen von Fjodor Alexejewitsch Struzhanov. Er gab sie nicht gern her. Aber dieser Sergej Wolkov war ein anständiger Junge. Geradeaus, aus guter Familie, nicht zu alt und mit hervorragenden Aussichten in der Welt der Diplomatie. Es würde Aglaja gefallen, mit ihm im Ausland zu leben, wenn der Krieg vorbei war. Vielleicht ja sogar in Wien, denn die Familie Wolkov teilte die Liebe zu der eleganten Donaumetropole. Bereits bei dem bloßen Gedanken wurde Fjodor zwar das Herz schwer, aber seine Kleine sollte glücklich sein! Das war ihm wichtiger als alles andere. Und er wünschte sich Enkelkinder. Sergej und Aglaja würden bezaubernde Kinder haben. Fjodor war bereit, Großvater zu sein, der Gedanke machte ihn zufrieden.

„Vater! Was hat Mutter denn? Hörst du mir überhaupt zu?", beschwerte sich Aglaja.

Widerwillig nur konnte er sich von den Gedanken an Enkelkinder losreißen. „Migräne, mein Kind. Sie hat noch nichts zu sich genommen. Vielleicht kannst du ihr etwas bringen?"

„Natürlich, ich gehe sofort." Im Aufstehen griff sie sich eine kleine Pirogge, biss hinein und verließ das Speisezimmer durch die Tür in den Garten. Dort ließ sie von Nikodim ein paar weiße, fast duftlose Rosen abschneiden und trat durch die Küchentür wieder ins Haus. Die Köchin rumorte am Herd herum, hatte offenbar bereits mit den Vorbereitungen für das Mittagessen begonnen.

„Guten Morgen, mein Mädchen."

„Guten Morgen, Dascha! Mutter geht es nicht gut. Ich will gerade nach ihr schauen. Haben wir etwas zu trinken da, was ich ihr hinaufbringen kann? Und eine Vase für die hier?"

„Kalter Kräutertee ist in der Speisekammer, und eine Vase findest du im Buffet im Speisezimmer … Kind, was machst du denn da?"

Aglaja hatte die Blumen bereits in einen Milchkrug aus schlichtem, hellem Steingut gestellt und ließ Wasser einlaufen. Dann nahm sie ein Glas, goss kalten Tee hinein und arrangierte beides auf einem Tablett. „Das ist viel hübscher als eine Vase. Die sind viel zu verschnörkelt, da sieht man gar nichts mehr von den schönen Rosen." Sie nahm das Tablett und stieg damit die Treppe hinauf.

„Mutter? Bist du wach?" Aglaja öffnete vorsichtig die Tür. Das Zimmer war abgedunkelt, die Luft stickig. Jekaterina lag in ihrem Bett und hatte ein feuchtes Tuch über den Augen.

„Mir ist so elend, Kind."

„Ich habe dir etwas zu trinken mitgebracht, es ist so warm heute." Aglaja vernahm ein würgendes Geräusch.

„Das ist sehr lieb von dir, aber ich kann nichts zu mir nehmen." Sie klang schwach und ausgelaugt.

Aglaja stellte das Tablett auf den Nachttisch. „Warte, Mutter, ich mache dir eine neue Kompresse." Vorsichtig nahm sie das Tuch vom Gesicht ihrer Mutter und tauchte es in den Krug auf dem Waschtisch und schwenkte es etwas hin und her, um es noch weiter abzukühlen. „Vorsicht, ich lege es wieder hin."

Jekaterina seufzte. „Danke dir, Kind."

„Kann ich noch etwas für dich tun, Mutter?"

„Nein, ich bin so müde …" Ihre Stimme wurde undeutlich und schien gleichsam zwischen den Kissen zu versickern.

„Ist gut, ich sehe nachher noch einmal nach dir."

Vorsichtig schloss Aglaja die Schlafzimmertür. Es tat ihr weh, ihre Mutter so schwach zu sehen. Eigentlich war sie leidend, solange Aglaja sich erinnern konnte. Die Migräne suchte sie im Sommer mehrmals die Woche heim, und dabei war es auf dem Lande sogar etwas besser als zu Hause in der Stadt. Im Winter trat zwar die Migräne in den Hintergrund, aber dafür bereiteten ihr dann ihre empfindlichen Bronchien Schwierigkeiten, sorgten oft für Husten, erhöhte Temperatur und schlechtes Befinden. Aglaja schämte sich fast ihrer robusten Gesundheit. Hatten sie und ihre Geschwister ihrer Mutter die Lebenskraft genommen? Dieser Gedanke war ihr letzthin gekommen, als sie aufgrund ihrer bevorstehenden Heirat mehr über die körperlichen Vorgänge erfahren hatte, die zur Fortpflanzung erforderlich waren. Wenn das so war, wollte sie selbst lieber keine Kinder haben, aber vermutlich würde das nicht gehen. Sergej würde einen Sohn haben wollen wie alle Männer. Sie seufzte. Also würde es sich wohl nicht ganz vermeiden lassen, aber vielleicht dann nur eins oder zwei. Am besten gleich Zwillinge wie ihre Brüder. Dann hätte sie das Ganze hinter sich.

„Laja, du träumst mit offenen Augen!" Maria war zu ihr getreten. „Wie geht es deiner Mutter?"

„Guten Morgen!" Aglaja strahlte – ihre Gedanken über die Wolkov'sche Familienplanung waren wie weggeblasen. „Leider nicht so gut."

Über Marias Gesicht huschte ein zartes Lächeln. „Solltest du dann so glücklich aussehen?"

„Ich freue mich so, dich zu sehen! Wo warst du den ganzen Morgen?"

„Ich hatte zu tun, weißt du. Ich arbeite nämlich hier."

Aglaja biss sich auf die Lippe. „So habe ich das nicht gemeint."

„Ich doch auch nicht! Komm." Maria zog sie in einen Winkel des Korridors. „Ich habe dich auch schon vermisst." Sie drängte ihre Freundin gegen die Wand und küsste sie auf eine Weise, die all die kleinen Brandherde vom Vorabend in Aglajas Körper erneut aufflammen ließ. Viel zu schnell löste sie sich wieder von ihr. „Ich muss in die Küche, Dascha braucht Hilfe beim Obst-Einkochen."

„Gut, ich komme mit. Erdbeeren schneiden kann ich auch."

Maria lachte. „Stimmt, da kann man nicht viel falsch machen." Sie gingen gemeinsam die Treppe hinab, als ihnen auf halber Strecke Alexej und Arkadij entgegenkamen.

„Na, stehst du auch mal auf?" Alexejs Tonfall war scharf.

„Was geht's dich an?" Aglaja zuckte mit den Schultern. „Komm, Maria. Hör gar nicht hin." Sie nahm ihre Freundin bei der Hand und kicherte.

„Wo wollt ihr jetzt hin? Hat sie nichts zu arbeiten? Sie ist nicht zu deiner Unterhaltung hier, falls du das noch nicht bemerkt hast."

Aglaja ließ Marias Hand los, wandte sich zu ihren Brüdern um und stellte sich dicht vor Alexej, der bereits ein kleines Stück größer war als sie.

„Hör mal zu, kleiner Bruder. Ich weiß nicht, wieso du dich hier gerade so aufspielst, aber nimm bitte zur Kenntnis, dass mich deine Großfürsten-Attitüde allerhöchstens leicht amüsiert. Mehr nicht. Und Maria hast du gar nichts zu befehlen. Sie hilft im Haus und in der Küche und erhält ihre Anweisungen von Dascha. Also: Geh spielen und tu nicht so, als wärst du erwachsen!"

Ohne auf eine Antwort zu warten, wandte sie sich von ihm ab und ging in Richtung Küche davon, als ob er Luft wäre. Maria folgte ihr.

„Komm schon, Aljosha, es sind nur Mädchen. Ignorier sie einfach." Arkadij fasste seinen Bruder bei der Schulter und wollte die Treppe hinauf, als dieser heftig seine Hand wegschlug.

„Lass mich los", fauchte Alexej und rannte türenknallend in Richtung Veranda davon. Arkadij verdrehte die Augen. Was Aljosha wieder hatte – es war wirklich albern, ihrer älteren Schwester wegen einer Lappalie so einen Vortrag zu halten. Aber so war er in letzter Zeit. Anmaßend, schnell in Rage. Die Albträume, die Alexej regelmäßig seit frühester Kindheit heimsuchten, taten dazu sicherlich das Ihre. Er kannte seinen Bruder bis in den hintersten Winkel seiner Seele wie sich selbst, aber in letzter Zeit entzog er sich Arkadij immer mehr, war wortkarger als früher, und wenn er etwas sagte, war er meist zornig. Alexej schien ständig das Gefühl zu haben, dass ihm jemand etwas streitig machen wollte, was von Rechts wegen ihm zustand, befand sich immer in Lauerstellung, stets bereit, sich wehren zu müssen. Ob es daran lag, dass sein „Vorsprung" in Sachen ältester Sohn und Stammhalter nur wenige Minuten betrug? Arkadij ging betrübt nach oben und ließ sich auf sein Bett fallen – er wollte nur die Nähe zu seinem älteren Bruder zurück, ohne den er sich der Welt nicht gewachsen fühlte.

„Laja! Post!" Nastja kam in die Küche, wo ihre Schwester zusammen mit Maria und Dascha in einer Dampfwolke stand, die erdbeerduftend und heiß unter der Zimmerdecke hing. Maria und Aglaja putzten und schnitten die Früchte in Stücke, während Dascha sie auf dem großen Herd mit Zucker einkochte und das heiße Gemisch in hohe Gläser goss, die sie mit einem Gummiring und einem Glasdeckel verschloss.

„Für mich? Aglaja wischte die Hände an der alten Schürze ab, die Dascha ihr geliehen hatte, und nahm Nastja den Brief aus der Hand.

Ihr Herz klopfte plötzlich schneller. „Der ist von Sergej."

Dascha lachte. „Ach, meine Kleine, ich vergesse immer wieder, dass du ja schon bald eine Braut bist. Mir ist es, als ob es gestern gewesen wäre, wo du, in das Fell von dem alten Hofhund gekrallt, deine ersten Schritte gemacht hast!"

„Los, mach auf!"

„Maria!", schimpfte Dascha. „Das geht uns nichts an."

Aber da hatte Aglaja bereits den Umschlag aufgerissen und überflog die wenigen Zeilen. „Hört zu."

Meine liebste Aglaja!

Mit großer Freude erhielt ich deine Zeilen, in denen du mir von der bevorstehenden Abreise nach Siverskaja schriebst. Ich bin froh, dich dort mit den Deinen in Sicherheit zu wissen. Wenn der Krieg vorbei ist, werden wir auch so einen Rückzugsort für den Sommer brauchen. Vielleicht können wir auch ein Haus in der Nähe finden, damit wir den Sommer alle zusammen verbringen können. Würde dir das gefallen?

Dein Sergej

Aglaja lächelte. Er hatte also nicht vor, sie in der Stadt einzusperren, und konnte sich vorstellen, in der Nähe ihrer Familie die Sommerfrische zu verbringen. Damit nahm er ihr einen großen Stein vom Herzen. Dann merkte sie, wie Maria sie von der Seite ansah. Ihr Blick war ungewöhnlich kühl, und sie schwieg.

Dascha klatschte in die Hände. „So ein liebenswerter junger Mann, dein Sergej, Aglaja Fjodorowna. Ein Segen! Nicht wahr, Maria?"

„Aber ja … so ein Segen." Ihre Stimme klang so gleichgültig, dass sie Aglajas gute Laune mit einem Schlag fortwischte. Was hatte sie denn nur?

„Geht ihr Mädchen mal ein bisschen an die Luft." Dascha drückte Aglaja die letzte kleine Schale mit ungeschnittenen Beeren in die Hand. „Das ist für euch, weil ihr mir geholfen habt."

Maria stand sofort auf, stieß ihren Stuhl heftig nach hinten und war bereits aus der Tür, ehe Aglaja überhaupt aufgestanden war. Am Ende des Gartens, bei der Bank zwischen den drei Birken, holte sie sie ein und stellte die Schüssel mit den Erdbeeren neben ihre Freundin, die sich von ihr abgewandt hatte.

„Was ist denn?", fragte Aglaja behutsam.

Maria fuhr herum. „Ich will nicht von aller Welt hören müssen, wie umwerfend dein Verlobter ist und wie froh und glücklich doch alle sein müssen, dass du ihn hast!"

„Aber, Dascha hat das doch nicht böse gemeint! Und der Brief war doch wirklich sehr … freundlich …" Sie zog hilflos die Schultern nach oben.

„Natürlich hat sie es gut gemeint. Ihre Begeisterung ist echt. Alle sind begeistert von Sergej, dem Großen … und du selbst jetzt auch, nur weil er dir einen Brief geschrieben hat, der offenbar nicht ganz so öde war wie die anderen." Marias Augen sprühten noch immer Funken vor Zorn.

Aglaja drehte sich weg. Ihre Freundin sollte nicht sehen, dass ihr die Tränen in die Augen getreten waren. Sie hatte sich über den Brief gefreut, das stimmte schon, aber doch nur, weil sie das erste Mal menschliche Züge durch seine Zeilen hatte schimmern sehen. Warum konnte Maria nicht verstehen, dass sie einfach erleichtert gewesen war, dass er kein herrschsüchtiger Patriarch zu sein schien, sondern ein Mann, den es kümmerte, ob seine Frau zufrieden und glücklich war? Er hatte sie gefragt, ob ein Plan, den er offenbar nur ihr zuliebe ersonnen hatte, ihre Zustimmung fand.

„Meine Mutter hat mich ganz kopfscheu gemacht mit ihrem ewigen Gerede über die Ehe und dass es jetzt vorbei ist mit meinen Freiheiten. Dass ich mich nur noch nach dem zu richten habe, was … mein Mann für richtig hält."

„Aha. Und weil dein Prinz dir hier in der Nähe bei Mama und Papa eine Sommerfrische kaufen will, ist diese Gefahr nun abgewendet? Du glaubst doch nicht im Ernst, dass nach deiner Hochzeit alles so weitergeht wie bisher? Wenn er dein Mann ist, darf er bestimmen, wie dein Leben weiter verläuft. Auch wenn er jetzt dir gegenüber großzügig tut und dich sein lässt, wie du bist, begreifst du nicht, dass du ihm ausgeliefert bist? Wenn er seine Meinung ändert oder du ihn mit irgendetwas verärgerst, kann er mit dir anstellen, was er will!"

Sie war noch immer wütend, das hörte Aglaja an dem rauen Unterton ihrer Stimme, aber Maria bemühte sich jetzt wieder, ihren Zorn zu kontrollieren. Das Schlimme war, dass sie recht hatte. Aglaja hatte sich blenden lassen von seinen Worten und dem umgänglichen Ton. Sie wusste doch gar nicht, wie er war.

„Dir ist hoffentlich bewusst, dass du ihm zu Willen sein musst, wann immer ihm der Sinn danach steht? Und ich kann dir versprechen, dass es nicht so sein wird wie zwischen uns."

Aglaja nickte wie betäubt. Diesen Aspekt ihrer bevorstehenden Eheschließung hatte sie bisher aus ihren Gedanken verbannt. In der Stadt hatte sie nur zwei Freundinnen, die bereits verheiratet waren, und sie hatte ihnen kaum Einzelheiten zu diesem Thema entlocken können. Der einen gefiel es, sie war rot geworden, hatte gekichert und herumgedruckst; die andere widerte das eheliche Beisammensein mit ihrem Gatten an. Ihre Miene hatte sich verschlossen, und sie hatte nur einige vage Andeutungen gemacht, die wirklich ganz grauenvoll klangen. Nach diesen Gesprächen war Aglaja also genauso schlau wie vorher, aber sie hatte Hoffnung, Sergej war ihr nicht zuwider, vielleicht würde es ihr ja gefallen. Er hatte sie nur einmal in den Arm genommen bei ihrer Verlobung. Das war gar nicht schlimm gewesen, hatte sich sogar überraschend vertraut und gut angefühlt, aber so sehr sie sich auch bemühte, gelang es ihr nicht, sich ein intimeres Zusammensein mit ihm vorzustellen. Und doch würde genau dies nach ihrer Heirat im Februar zu ihrem täglichen Leben gehören. Sie fröstelte plötzlich trotz der Wärme, die über den Wiesen flirrte.

„Laja?" Maria hatte sich ihr zugewandt. „Was wird denn aus mir, wenn du ihn heiratest und von hier fortgehst?" All der Zorn, die Aggression waren aus ihrer Stimme verschwunden. Sie klang traurig und ängstlich. Es war, als wäre die unbändige Kraft ihres Wutausbruchs weggeweht.

Aglaja zog sie an sich und schmiegte ihr Gesicht an Marias Hals, atmete den Duft ihrer Haut und spürte ihr Haar an der Wange. So konnte es mit Sergej niemals sein. „Ich habe doch auch Angst", flüsterte sie, „aber was soll ich denn tun? Heiraten muss man doch, und mein Vater würde nie jemanden für mich auswählen, von dem er nicht sicher wäre, dass er gut zu mir ist."

Maria richtete sich auf und sah sie an. „Dann nimm mich mit! Lass mich nicht hier, wo ich dich vielleicht nur ein paar Mal im Jahr bei einem Besuch sehen darf! Du kannst doch bestimmt eine eigene ... Bedienstete mitbringen?"

Aglaja starrte Maria an. Das war so nahe liegend! Warum war sie nicht selbst darauf gekommen? Und selbstverständlich konnte sie als verheiratete Frau eigenes Personal einstellen. Marias goldene Augen sahen noch immer voller Hoffnung zu ihr auf. Statt einer Antwort küsste Aglaja sie. Schnell und verstohlen nur, es war ja helllichter Tag und dieser Teil des Küchengartens war zwar nicht vom Haus, aber doch von der Wiese und den angrenzenden Stallungen einsehbar.

„Ich will dich doch auch bei mir haben – es wäre schrecklich, in Sankt Petersburg ... Petrograd zu sein, ohne dich."

Alexej hatte genug gesehen. Er war in den Stall gekommen, um ein Pferd zu satteln, auszureiten und die Streiterei des Morgens zu vergessen. Dass Arkadij in diese graue Maus verliebt war, hatte er sofort gemerkt, aber Aglaja? In ein anderes Mädchen? Diese neue Erkenntnis beflügelte seine Fantasie: Er hatte damit eine Möglichkeit, seiner älteren Schwester einen Teil der Demütigungen heimzuzahlen, die sie ihm in letzter Zeit zugefügt hatte. Er würde vereiteln, dass Aglaja dieses Dorfmädchen so bald wiedersah. Er wusste noch nicht genau, wie er das bewerkstelligen würde, aber ein Plan begann in ihm heranzureifen, noch bevor er seine Reitutensilien wieder in der Sattelkammer verstaut hatte. Das würde diesen beiden dummen Gänsen recht geschehen, sich vor Liebeskummer die Augen auszuweinen, während die eine weiter in dieser Einöde versauerte und die andere die ehelichen Pflichten erdulden musste. Alexej erregte der Gedanke, seiner Schwester Schmerz zuzufügen, weit mehr als das Abendritual, wenn er zusammen mit Arkadij Mademoiselle heimlich beim Waschen und Auskleiden zusah. In der Sattelkammer war es dunkel und staubig. Das triumphierende Gefühl, Aglaja wirklich wehtun zu können, wurde übermächtig. Er knöpfte seine Hosen auf, legte Hand an und erleichterte sich in wenigen Momenten.

3. Kapitel – Wien September 1915

Karl Huber hatte die Entlassung des jungen Brunner wirklich zu schaffen gemacht. Für ihn war Theo der talentierte Junge geblieben, den er in seinem Unternehmen schmerzlich vermisste. Dass sein bester Mitarbeiter eigentlich eine Frau war, scherte ihn persönlich nicht weiter; es ärgerte ihn einfach, dass er durch so einen Mumpitz gezwungen gewesen war, Theo zu entlassen. Er machte sich auch Sorgen, wie es für sie weitergehen würde, und griff auf eine seiner besseren Kaffeehausbekanntschaften zurück, um Theo eine neue Arbeit zu beschaffen, wo man nicht allzu genau hinsehen würde. Es wäre doch jammerschade, wenn so ein viel versprechender, junger … Mensch in der Gosse landete wegen jener irrwitzigen Begleitumstände. Huber gab sich der Hoffnung hin, dass vielleicht eines Tages genug Gras über die Sache gewachsen war, dass er Theo zurückholen könnte, und hoffte derweil inständig, dass dieses Fiasko ihr eine Lehre sein würde.

Theos neuer Arbeitsplatz war der Keller des Kronprinzessin-Stephanie-Spitals in der Thaliastraße, das man zum Kriegslazarett umgewandelt hatte. Sie war dazu angehalten, die Verstorbenen direkt nach ihrem Ableben aus den Krankensälen abzuholen. Dabei waren es gar nicht in erster Linie die anderen Patienten, denen man einen toten Bettnachbarn ersparen wollte, denn die meisten der im Spital eingelieferten Männer hatten alle dem Tod in Situationen ins Auge geblickt, in denen er das weit geringere Übel darstellte als ein Weiterleben mit fehlenden Gliedmaßen und höllischen Schmerzen. Es waren in erster Linie die Angehörigen, die Familien also, die Besuche machten und nicht selten um das Überleben der Ihren bangten. Sie konnten es meist nicht ertragen, den Tod so nah zu wissen.

Theo konnte diese Sichtweise nicht nachvollziehen, da ihr berufsbedingt bewusst war, dass der Tod einen immer umgab, ganz gleich, ob man nun bei Tisch eine Gräte verschluckte, bei Glatteis stürzte und sich den Kopf unglücklich anschlug oder sich bei der Arbeit einen Schnitt zuzog, den man nicht beachtete und an einer Blutvergiftung starb; oftmals waren die Ursachen gering, die Wirkung aber umfassend und endgültig.

Im Krieg potenzierte sich die Todeswahrscheinlichkeit, und die Menschen stumpften ab, weil die Gefallenenlisten täglich länger wurden. Außerdem feilschten die Ärzte um jedes leere Bett, so dass der eine oder andere Todgeweihte bereits vor dem letzten Atemzug in Theos Kellergewölbe landete. Solche Männer hatten oft keine Verwandten, die sich nach ihnen erkundigt hätten, und manchen von ihnen hatte der Krieg sogar ihre Identität, ihren Namen geraubt, weil sie oft genug ohne Erkennungszeichen oder Papiere aufgefunden wurden, nicht mehr sprechen konnten oder zu entstellt waren, als dass man sie hätte identifizieren können. Wenn das Ableben solcher Patienten unmittelbar bevorzustehen schien, wurden sie hinuntergeschafft und hauchten auf metallenen Notpritschen, die nur von einem Laken bedeckt waren, ihr Leben aus.

Diesen Eindringlingen in ihr stilles Reich stand Theo aus verschiedenen Gründen skeptisch gegenüber. Solange noch Leben in ihnen war, und sei es noch so wenig, gehörten sie nicht in den Leichenkeller, das war einfach nicht richtig. Dazu kam, dass sie nach ihrem Ableben oft länger blieben, als es Theo lieb war. Die Bestatter holten natürlich die „zahlenden Gäste" zuerst ab, die Toten, für die eine Familie ein Begräbnis ausrichtete. Die Unbekannten oder die ohne Anhang waren in erster Linie dafür verantwortlich, dass Theo sich schon im Frühling von einer der Schwestern einen Mundschutz hatte geben lassen.

Der September 1915 war ziemlich warm, und Theo hatte für jenen Samstag ihren früheren Arbeitgeber Huber dazu bewegen können, die drei Toten abzuholen, die seit drei Tagen niemand beerdigen wollte und die somit ein Kriegsbegräbnis auf Staatskosten erhalten würden. Die Bezahlung dafür war mager und traf stets nur schleppend ein, insofern schätzte Theo sich glücklich, vor dem Sonntag diese dringliche Sache erledigen zu können. Der Not gehorchend hatte sie bei den dreien bereits die gröbste Versorgung vorgenommen, um eine fortschreitende Verwesung in ihrem Keller zu verzögern.

Sie wollte gerade aufsperren, als eine Krankenschwester atemlos hinter sie getreten war.

„Der Kleine von vorgestern, du weißt schon. Ist der noch hier?"

„Der Kleine" war ein überaus hübscher Junge, dem ein Kopfschuss zwar das halbe Hirn weggerissen, aber seltsamerweise sein Gesicht einigermaßen intakt und ihn selbst am Leben gelassen hatte. Der Transport ins Spital hatte ihn dann allerdings umgebracht, was in seinem Zustand kein Wunder gewesen war. So war er gar nicht erst im Krankensaal, sondern gleich bei Theo gelandet. Sein Name war Samuel Jolacek. Verwandte hatte man in Wien keine ausfindig machen können. Es musste zwar eine Verlobte namens Veronika geben, von der er Briefe in der Uniformtasche bei sich trug, leider sämtlich ohne Anschrift, und sie hatte sich nicht gemeldet, als sein Name auf die Verlustliste gesetzt worden war.

„Ja, ist er – wird nachher aber endlich abgeholt. Warum?"

„Ach, ein Glück! Stell dir vor: Seine Verlobte ist doch noch aufgetaucht! Sie konnte nicht gleich herkommen …", Schwester Annamaria zog spöttisch eine Braue nach oben und sah Theo herausfordernd an, „weil sie damit beschäftigt war, ihrem Samuel einen hübschen, kleinen Bastard zu gebären."

Theos Blick ruhte einen Moment auf ihr. Sie war wirklich eine schöne Frau. Dunkles, fast schwarzes Haar, ebensolche Augen und eine sehr helle, makellose Haut mit einem rosigen Hauch auf den Wangen. Schade, dass sie sich so vulgär ausdrückte und in dieser Art und Weise über eine andere herzog, die den Vater ihres Kindes verloren hatte. In diesen Zeiten schaffte man es eben nicht zwingend, rechtzeitig zum Altar zu gelangen. Das war für das Mädchen schlimm genug, denn nun stand sie mit dem Kind nicht nur allein da, sondern würde nicht einmal die geringste Kriegerwitwenrente beziehen.

„Sie will ihn sehen", fuhr Schwester Annamaria fort. „Schöne Bescherung, der ist doch bestimmt schon halb verrottet …"

„Gib mir eine Viertelstunde, und dann schick sie runter."

„Ist das dein Ernst?"

„Ja, gewiss doch."

Für genau solche Fälle hatte Theo den Keller, der aus mehreren Gewölben bestand, zu Beginn ihrer Tätigkeit einer gründlichen Reinigung unterzogen und auch einiges neu geordnet. So hatte sie das Gelass mit der Stiege, die aus dem Hof hinunterging, als Arbeitsraum hergerichtet, in dem sie die Verstorbenen direkt nach dem Herunterbringen versorgen konnte. Von dort aus führte noch eine Stiege weiter abwärts. Im Untergeschoss gab es noch einen recht kühlen Keller als Lagerraum, mit grob gezimmerten Holzregalen eingerichtet. Durch eine Reihe zwar kleiner, aber rundherum befindlicher Luftschlitze herrschte fast konstant ein gewisser Zug, was sehr günstig war, denn Eis gab es kaum jemals genug zur Kühlung. Theo hatte an diesen Fensterschlitzen eine doppelte Verkleidung aus Gaze angebracht, um Insekten am Eindringen zu hindern. Eine einfache Aufzugsvorrichtung, mit der man die Körper hinunter- und wieder hinauftransportieren konnte, ohne sie tragen zu müssen, war bereits installiert gewesen. Dadurch hatte sie im ersten Kellergeschoss eine kleine Nische gewonnen, die sie weiß tünchte. Es gab einige wackelige Stühle aus Krankenhausbeständen, ein Holzkreuz an der Wand und einen kleinen Tisch, auf dem eine Vase mit Blumen stand, die Theo regelmäßig austauschte, um dem Raum eine freundlichere Note zu verleihen. Hier konnten Angehörige ihre Verstorbenen noch einmal sehen, bevor die Bestatter sie abholten, denn die meisten wollten damit nicht warten. Genau an diesem Punkt kamen die Kenntnisse ins Spiel, die Theo von dem zeitweilig als ihr Kindermädchen fungierenden Tierpräparator Wernulf Gabler mitgenommen hatte. Viele der Toten hatten grausige Verletzungen oder waren in einem schlechten Allgemeinzustand. Meistens schaffte sie es dennoch, die Verstorbenen den Angehörigen so zu präsentieren, dass diese in den allermeisten Fällen friedlich Abschied nehmen konnten, ohne einen Schock zu erleiden. Da das chirurgische Material knapper wurde, je länger der Krieg andauerte, musste sich Theo mit allem behelfen, was ihr einfiel. Da sie fest vorhatte, sich ihren Arbeitsplatz bei Pietät-Huber wieder zurückzuerobern, wollte sie nicht aus der Übung kommen, und Fälle wie der junge Jolacek waren eine Herausforderung. Aber sie hatte es geschafft, seinen zertrümmerten Kopf wieder herzurichten. Das Gehirn, welches zum Teil fehlte, hatte sie – inklusive der Dura Mater – entfernt, da beides rasch verweste, und durch eine feste Kugel aus einfachen Putzlumpen ersetzt. Alle freiliegenden Adern, die sie hatte erwischen können, hatte sie abgebunden, um zu verhindern, dass etwas durchsickerte, weil sie plante, ihm zum Schluss einen heroisch wirkenden Kopfverband anzulegen. Die offene Stelle am Hinterkopf hatte sie dann mit Wachstuch überdeckt und sorgsam mit der Haut vernäht. Danach kam dann die Binde, mit der sie ihm auch das Kinn fixierte. Da Theo ihn unmittelbar nach seinem Tod auf ihren Tisch bekommen hatte, hatte sie sorgfältig alle erreichbaren Körperhohlräume entleert, gereinigt, mit Chlorkalk desinfiziert und mit Lappen ausgestopft. Aufgrund dieser Maßnahmen, die Theo zur Übung durchgeführt hatte, war es ihr möglich, der Verlobten einen Blick auf den jungen Mann zu gewähren.

„Hilfst du mir bitte, ihn hochzubringen?"

Annamaria zierte sich. „Ich fürcht' mich in deinem Leichenkeller."

„Stell dich nicht so an. Ihr Mädchen seht und hört da oben viel Schlimmeres, während sie noch leben."

Wieder zog die Krankenschwester ihre gewagt geschwungenen Brauen in die Höhe. „Na gut. Ausnahmsweise. Aber dann musst du mich morgen nach dem Dienst auf einen Heurigen ausführen."

Theo grinste in sich hinein. Hier unten war sie fast ausschließlich von toten Männern umgeben, aber wenn sich alle paar Wochen mal eine lebendige Frau zu ihr herunterverirrte, reichte es auch noch zu einer charmanten Verabredung. „Abgemacht. Ich hole dich dann hier um sieben Uhr ab?"

Gemeinsam schafften sie den Gefreiten Jolacek in Theos kleinen Andachtsraum. Sie wischte ihm rasch das Melkfett aus dem Gesicht, womit sie seine Haut vor dem Austrocknen bewahrt hatte, und dann lag er in ein Laken gehüllt auf der Bahre und wartete auf den Abschied seiner Verlobten.

Die junge Frau kam schüchtern hinter der Krankenschwester die schmale Stiege hinunter. Sie trug ihr neugeborenes Kind auf dem Arm und tastete sich vorsichtig an der Wand entlang. Ihr blasses Gesicht und die geröteten Augen mit den dunklen Schatten machten sie zu einem Bild des Jammers.

„Guten Tag, Fräulein …?"

„Ich heiße Veronika. Veronika Bernauer." Sie sprach leise und klang unendlich müde.

„Ich bin Theo Brunner. Bitte folgen Sie mir."

„Ich muss wieder auf die Station. Bis morgen dann", flötete Annamaria und erklomm heiter pfeifend die Stiege.

Theo begleitete Veronika zu ihrem Samuel. Da der kleine Raum nur durch Kerzen beleuchtet wurde, wirkte das Gesicht des jungen Mannes friedlich und abgezehrt und ein wenig streng. Aber außer dem Kopfverband erinnerte nichts an seine verheerende Verletzung.

Die junge Frau wollte ihrem Verlobten liebevoll über die Wange streichen. Als sie seine Haut berührte, fuhr sie zurück und begann heftig zu schluchzen. Theo zog einen Stuhl für sie heran und bedeutete ihr, sich zu setzen. Sie wirkte offen und verletzlich, und ihre Augen schwammen in Tränen.

„Wenn Sie mögen, nehme ich Ihre Kleine einen Moment, damit Sie sich in Ruhe verabschieden und sich etwas fassen können."

Sie schaute Theo ungläubig an, nickte dann aber unter Tränen. „Danke. Sie heißt Klara."

„Ein schöner Name. Komm mal her, meine Kleine." Theo nahm ihr das winzige Bündel ab, das in einen hellgrünen Stoff eingewickelt war, der sich bei näherer Betrachtung als eine alte Tischdecke entpuppte. „Ich warte vorn. Nehmen Sie sich Zeit." Theo betrachtete fasziniert die winzigen Nasenlöcher, den zarten Mund und das flaumige, helle Haar, das unter einem Häkelmützchen hervorschaute. Sie hatte noch nie einen Säugling auf dem Arm gehabt, aber es fühlte sich an, als gab es nur einen richtigen Weg, sie zu halten. Und Klara schlief weiter, also schien es bequem zu sein. Theo setzte sich mit ihr auf dem Arm in den Winkel unter der Treppe, wo sie bei schlechtem Wetter ihre Mittagspause machte.

Sie hatte im Keller einen gebrechlichen, aber sehr bequemen alten Sessel gefunden und wieder hergerichtet. Dazu kam ein Tisch und auch eine kleine Kommode. Sie lehnte sich zurück, und die Kleine lag auf ihrer Brust und schlief. Sogar ihre Schnaufer waren klein und niedlich. Wie konnte Atmen so … so winzig klingen? Sie begann zu verstehen, warum die Bindung zwischen Mutter und Kind so eng war. Wenn schon ein völlig fremder Säugling dieses Beschützergefühl in ihr auslöste, wie musste da erst eine Frau empfinden, die das Kind ein Dreivierteljahr im eigenen Leib getragen hatte?

Eine ganze Weile später kam Veronika aus dem Andachtsraum und trat schüchtern zu Theo.

„Ist alles in Ordnung? Klara scheint sich sehr wohl bei Ihnen zu fühlen."

„Ja, sie ist gar nicht aufgewacht, sondern hat einfach weitergeschlafen."

„Ich weiß nicht, was ich jetzt tun soll." Sie klang verzweifelt.

„Setzen Sie sich doch." Theo stand auf und bot ihr den Sessel an.

„Vielen Dank." Veronika nahm Platz. Theo reichte ihr ihre Tochter und setzte sich auf die Kommode. „Ich weiß nicht, wie das alles weitergehen soll jetzt ohne Samuel. Auch das mit dem Begräbnis … ich meine, ich habe fast kein Geld." Sie stützte einen Moment den Kopf in die Hände. „Mein Vater hat mich aus dem Haus geworfen, als er herausbekommen hat, dass ich schwanger war. Aber dann haben Samuel und ich uns verlobt, und meine Mutter hat so lange auf Vater eingeredet, bis ich wieder zurückkommen durfte. Jetzt ist Samuel tot, ich bin nun doch eine ledige Mutter geworden, und noch dazu kann ich nicht sofort wieder arbeiten. Meine Mutter übernimmt Näharbeiten. Ich helfe ihr dabei, so gut ich kann." Sie rieb sich müde die Augen.

„Also, die Sorge mit der Beerdigung kann ich Ihnen nehmen. Der … Bestatter kommt nachher und holt Samuel ab. Wir hatten zunächst keine Verwandten ausfindig machen können, und so habe ich ein staatliches Soldatenbegräbnis für ihn angefordert … aber natürlich nur, wenn Ihnen das recht ist, Fräulein Bernauer."

Sie sah Theo ungläubig an. „Das heißt, Samuel bekommt eine anständige Beerdigung? Es wird ein richtiges Grab geben?"

„Ja. Auf dem Zentralfriedhof. Er wird dort mit vielen anderen Soldaten begraben sein, und sein Name, Geburts- und Sterbedaten werden auf einer großen Tafel mit denen seiner Kameraden stehen."

„Das ist mehr, als ich ihm geben könnte." Sie wirkte bekümmert.

„Sie haben ihm etwas viel Wundervolleres gegeben." Theo wies auf das Baby, das in Veronikas Armbeuge schlief.

„Ich wünschte nur, er hätte sie noch kennenlernen können."

„Bestimmt weiß er, dass es sie gibt, und ist unheimlich stolz auf seine beiden Mädchen." Theo streichelte die seidig zarten Haare auf Klaras Köpfchen.

„Ich glaube, ich sollte jetzt gehen." Veronika erhob sich.

„Das Begräbnis wird am Mittwoch sein, schon um sieben Uhr früh, bevor der Betrieb so richtig losgeht."

„Klara weckt mich alle paar Stunden, insofern ist das egal. Vielen Dank für alles, Herr Brunner."

„Warten Sie, ich komme mit hinauf, die Stiege ist sehr schmal. Nicht, dass Sie mit der Kleinen stolpern."

Als Veronika Bernauer mit ihrem Kind verschwunden war, fühlte Theo sich seltsam alleingelassen. Ihre Brust und Schulter, wo die Kleine geschlafen hatte, waren kalt und leer. Sie bedeckte Samuels Gesicht mit dem Laken. Normalerweise konnte sie sich gut von den Toten und deren Familien distanzieren, aber in diesem Fall fiel es ihr schwer. Dieser Junge würde niemals in die Augen seiner Tochter blicken, stolz mit ihr und seiner Frau spazieren gehen, das erste gemeinsame Weihnachten feiern. Veronika sah all dem allein entgegen. Sie war jung und wirklich hübsch, vielleicht würde sie wieder jemanden finden, der sie trotz Klara nahm. Aber sie verdiente mehr als das.

Theo nähte Samuel und die beiden anderen in die Transportplanen ein und wurde gegen Mittag damit fertig. Wenn ihre Mutter gewusst hätte, dass sie nun doch Nähen lernen musste …

„Theo?"

„Ich bin unten!" Es war wirklich nett von Huber, dass er stets Theos Freund Franz ins Spital schickte, um die unreklamierten Leichen abzuholen.

Franz polterte die noch schmalere Stiege in das zweite Kellergeschoss hinunter, in dem Theo gerade die letzten Stiche an den Transportplanen getan hatte.

„Kruzitürken!" Er hielt sich den Kopf, den er sich an einem Mauervorsprung gestoßen hatte.

„Pass doch auf!" Theo musste lachen. Franz war recht groß und stieß ständig irgendwo an. Er war ein stattlicher Kerl, und auf den ersten Blick schien es verwunderlich, dass er noch nicht eingezogen worden war. Erst in Bewegung offenbarte sich, dass er stark hinkte. Eines seiner Beine war einige Zentimeter kürzer als das andere. Er glich es durch eine erhöhte Schuhsole aus und kam an sich damit gut zurecht.

„Na, hast's fertig, die Helden des Vaterlands?"

„Ja, alle drei gut eingepackt. Einer liegt schon oben, denn die Verlobte ist doch noch aufgetaucht. Stell dir vor, sie war nur deshalb nicht eher hier, weil sie in diesen Tagen sein Kind zur Welt gebracht hat." Theo war noch immer erschüttert von der Begegnung. „Sie war todtraurig, dass kein Geld da ist, um ihn anständig unter die Erde zu bringen. Kannst du beim Pfarrer ein gutes Wort einlegen, dass er ein paar Sätze nur über ihn sagt? Ich hab's hier aufgeschrieben." Sie reichte Franz ein Stück Papier, auf dem sie Samuels Namen, den Veronikas und der kleinen Klara notiert hatte sowie die paar Einzelheiten, die sie im Gespräch mit seiner Verlobten über ihn erfahren hatte. „Vielleicht erwähnst du besser nicht, dass die beiden noch nicht verheiratet waren."

„Aber sicher. Arme Frau. Sehen wir uns bei der Kathi, morgen Abend?"

„Ja, eine der Krankenschwestern hat sich in den Kopf gesetzt, mit mir auszugehen." Theo grinste.

„Na, ich hab mich schon gewundert, ob mit dir was nicht stimmt in letzter Zeit." Franz schlug ihr die Pranke ins Kreuz und lachte. „Ist sie wenigstens fesch?"

Theo antwortete nicht gleich.

„Ich glaub's nicht, du hast dir a Schiache angelacht?"

„Nein, hässlich ist sie nicht. Im Gegenteil. Aber sie ist sehr direkt. Ich weiß einfach nicht, ob ich sie wirklich ... mag. Na, mal sehen. Vielleicht bin ich morgen schlauer."

„Na, du hast Sorgen." Franz schüttelte den Kopf. Inzwischen hatte er sich daran gewöhnt, dass dem hübschen Theo die Mädchen hinterherliefen, und nahm es ihm nicht krumm, ganz im Gegensatz zu einigen anderen Burschen, die es nicht so gut verkrafteten, wenn ein Mädchen, auf dessen Gunstbeweise sie hofften, plötzlich Theo verträumt hinterherschaute. Da er jedoch niemals versuchte, einem anderen das Mädchen abspenstig zu machen, und im Allgemeinen sehr zurückhaltend war, kam es deswegen selten zu Handgreiflichkeiten.

Sie verluden die drei Leichen in den Wagen, den Franz direkt vor dem Kellereingang abgestellt hatte. Die große Kaltblüterstute, die davorgespannt war, kaute träge an einem Zweig und wieherte, als sie Theo bemerkte.

„Orchidee! Du Schönheit!" Theo trat zu dem mächtigen Tier und streichelte ihm die Nase. „Ist der Franz auch gut zu dir und behandelt dich, wie es einer Dame zukommt?"

„Du weißt doch: Ich bin der geborene Kavalier." Franz grinste und zauste dem stämmigen Tier liebevoll die Mähne. Die

Pferde, so fand Franz, waren der beste Teil an seiner Arbeit. Um die Toten scherte er sich nicht weiter. Er behandelte sie respektvoll und korrekt, aber Pferde liebte er abgöttisch, und Orchidee war sein Liebling. Es war eine Eigenart von Huber, dass die Pferde, die die Wagen zogen, nach Blumen benannt waren. Da war er konsequent. Das galt für die kräftigen, aber eleganten Tiere, die die Wagen bei großen Leichenbegängnissen berühmter Leute zogen, aber auch für die Kaltblüter, mit den Hufen in der Größe von Kaffeehaustabletts, die für die gröberen, täglichen Arbeiten zuständig waren.

Franz stieg auf den Kutschbock. „Bis morgen dann! Ich bin neugierig auf deine neue Eroberung."

Theo winkte ab und klopfte Orchidee den Hals. „Mach's gut, mein altes Mädchen – bis morgen, Franz."

Zurück im Keller reinigte sie gründlich alle Werkzeuge und Oberflächen, bevor sie sich umzog und abschloss. Sie hoffte, dass der Sonntag ruhig bliebe und sie am Montag möglichst wenige unversorgte Verstorbene vorfinden würde, denn es war noch immer sehr warm. Keine Wolke am Himmel, die Regen und in der Folge eine Abkühlung hätte versprechen können.

Am Sonntagmorgen nach dem kurzen Kirchgang und dem umso ausführlicheren Kaffeehausbesuch hatten Theo und ihr Vater das Wetter ausgenutzt und waren eine Weile am Donaukanal entlang spazieren gegangen. Das warme Sommerwetter tat dem Professor gut, denn er spürte seine schmerzenden Knochen deutlich weniger als bei Kälte. Außerdem barg ein Spaziergang in der Nähe des Flusses auch immer die Möglichkeit, eine seltene Libelle zu sichten, was dann den Höhepunkt der Woche für Professor Brunner darstellte.

„Theo, siehst du! Eine Calopteryx splendens! Da!"

Sie musste schmunzeln. Das blau schillernde Insekt mit den markanten schwarzen Schleiern auf den Flügeln kam relativ häufig vor, aber jede Libelle reichte, um ihren Vater glücklich zu machen, und sie traten zufrieden den Heimweg an.

In ihrem Zimmer in der Gardegasse nahm sie sich Zeit für die Vorbereitungen zu ihrer Verabredung. Obwohl sie Annamaria nach wie vor eher skeptisch gegenüberstand, verwendete sie einige Sorgfalt auf ihr Erscheinungsbild, denn sie fand, dass sie es jedem Mädchen, mit dem sie sich traf, schuldete, sich Mühe mit ihrem Aufzug zu geben. Theo wäre nie schlampig gekleidet oder nicht frisch gebadet zu einem Rendezvous gegangen. Auch wenn sie den schwärmerischen Blick ihres Gegenübers nicht immer uneingeschränkt erwidern konnte, so war doch jede Verabredung etwas Besonderes, und es wäre ihr respektlos erschienen, nicht ihr Bestes zu geben.

Der helle Sommeranzug mit einem dunkelblauen Schal statt der Krawatte, dessen Farbe sich am Hutband ihres Ladstätters aus Stroh wiederholte, stand ihr gut. Den Hut setzte sie erst auf, nachdem sie ihr kurzes, kastanienfarbenes Haar mit etwas Pomade eng an den Kopf gebürstet hatte, um die Locken im Zaum zu halten. So war sie mit ihrem Erscheinungsbild zufrieden und machte sich auf den Weg zum Spital.

Sie brauchte nicht lange zu warten, bis Annamaria zusammen mit drei Kolleginnen aus dem Portal trat. Sie verabschiedete sich von den tuschelnden Frauen und kam mit schwingenden Schritten auf Theo zu.

„Servus."

„Grüß dich, Annamaria. Du siehst gar nicht danach aus, dass du gerade von der Arbeit kommst!" Sie hatte nicht beabsichtigt, Süßholz zu raspeln, aber es stimmte. Die junge Krankenschwester wirkte frisch und munter, trug ein schmales, rosa-weiß gestreiftes Sommerkleid, das modisch kurz nur bis etwas über den Knöchel ging und aparte Knopfstiefelchen sehen ließ.

„Danke!" Sie drehte sich einmal um die eigene Achse, um Theo die Möglichkeit zu geben, sie von allen Seiten zu bewundern.

„Sehr, sehr hübsch, wirklich! Wollen wir?" Sie reichte Annamaria ihren Arm, und gemeinsam machten sie sich auf den Weg.

Als sie in Kathis Baisl ankamen, war dort schon einiges los. Theo schaute nach einem freien Tisch. Als Kathi sie erblickte, kam sie sofort hinter dem Tresen hervor.

„Grüß dich, Theo! Wen hast du uns denn da mitgebracht?"

„Kathi, das ist Annamaria. Sie ist Krankenschwester im Spital."

„Na, dann geht mal nach hinten, im Garten ist noch Platz. Kommt der Franz auch noch? Wollt's ihr an G'spritzten?"

Theo bejahte beides, und auch Annamaria nickte.

Kathis Garten war lauschig, und sie fanden an einem Tisch direkt an der Rosenhecke, die bereits zum zweiten Mal in Blüte stand. Theo stockte einen Moment der Atem. Annamaria in ihrem roséfarbenen Kleid vor diesen zarten, hellgelben Rosen war ein wirklich entzückender Anblick, auch wirkte sie weicher, nicht mehr so hart und abgeklärt wie in ihrer Schwesterntracht.

„Was schaust'n?"

„Ich bin sprachlos. Die Rosen um dich herum – wie ein Gemälde."

Sie lachte, und ihr Gesicht blühte auf. Jener etwas harte, kühle Zug, der Theo stets abgeschreckt hatte, wich, und sie wirkte wie jede junge Frau bei einer Verabredung: heiter, etwas aufgedreht und nervös, bereit und willens zu bezaubern.

„Wer ist Franz?"

„Er arbeitet auch beim Huber. Ein früherer Kollege also und ein guter Freund. Der Einzige, den ich noch treffe."

„Warum hast du dort aufgehört?"

„Ich bin … untauglich für den Kriegsdienst, und im Spital kann ich nun auf andere Weise dienen. Herr Huber hat mir sogar geholfen, die Stelle zu finden." Diese Variante der Wahrheit ging ihr leicht über die Lippen. Es war ja nichts gelogen daran, lediglich den Grund der Untauglichkeit und den Rausschmiss bei Huber ließ sie aus.

Annamaria musterte Theo aufmerksam. Er wirkte an sich ganz gesund. Er war ein bisschen schmal für seine Größe, aber das war alles. Warum man ihn wohl für untauglich befunden hatte? Aber das konnte sie wohl wirklich nicht fragen. Es schien ihm peinlich zu sein, da er unbedingt danach in dem widerlichen Leichenkeller des Spitals arbeiten wollte, um das Seine zu leisten. Diese Gedanken wischte sie jedoch rasch beiseite, als Kathi mit dem Wein kam. Theo war wirklich so ein hübscher Kerl! Und selbst in diesen Zeiten würde man ihn ihr nicht wegnehmen, um ihn an die Front zu schicken und in Stücke schießen zu lassen. Sie beschloss, alles daran zu setzen, Theo für sich zu gewinnen.

Theo nahm den Weinkrug und schenkte dem Mädchen und sich selbst ein.

„Meinst nicht, wir sollten … noch schnell ganz offiziell Brüderschaft trinken, bevor dein Kollege kommt?" Sie lächelte und schaute kokett.

Theo musste schmunzeln. Die Kleine war wirklich sehr direkt. Sie wollte sie nur allzu gern küssen und im Arm halten und … Genau. Das „und" war das Problem. Sie seufzte. Wie üblich musste sie es langsam angehen lassen.

„Hier seid's ihr!" Franz lächelte breit und klopfte auf den Tisch. „Kathi, für mich auch an Viertel Weißen", rief er quer durch den Garten, „und Brot mit Grammelfett."

„Franz, setz dich hierher. Ich rutsche auf die Bank. Das ist Fräulein Annamaria. Sie ist Schwester im Spital, Annamaria, Franz Achleitner, wir haben beim Huber zusammengearbeitet."

Theo erhob sich, um Franz den Stuhl freizumachen, und setzte sich neben Annamaria auf die Bank.

Kathi kam mit einem Teller voller Schmalzbrotscheiben mit frischem Knoblauch und stellte einen großen Krug Heurigen auf den Tisch sowie ein Glas für Franz. „Ein Viertel lohnt sich bei dir ja ohnehin nicht, da muss i z'oft laufen."

Franz schenkte sich ein. „Annamaria, da wir hier nun so gemütlich beieinander sitzen, sollten wir da nicht Brüderschaft trinken?"

Theo schmunzelte. „Ich denke, das sollten wir wirklich tun, wir müssen das auch noch nachholen, nicht wahr?", erwiderte sie mit einem Seitenblick auf Annamaria.

Diese errötete leicht, nickte dann aber.

„So ist's recht." Franz beugte sich über den Tisch und verschränkte seinen Arm mit dem Annamarias. Sie nahmen beide einen Schluck aus ihren Weingläsern, küssten sich auf die Wangen und waren nunmehr offiziell per du.

„Sehr schön, und nun ihr beide." Franz lehnte sich zurück.

Theo und Annamaria wiederholten die Prozedur. Als sie die Gläser auf den Tisch stellten, sah Theo der jungen Frau tief in die Augen, berührte zart mit Daumen und Zeigefinger ihr Kinn und küsste sie schmetterlingsleicht auf den äußersten Mundwinkel. Es kostete sie eine unmenschliche Beherrschung, denn Annamarias Lippen waren leicht geöffnet und sie spürte ihren Atem, als sie ihr nahe kam.

Die sonst so selbstbewusste junge Frau wirkte nun verunsichert. Theo lächelte sie strahlend an, zog ihre Hand an die Lippen und rückte auf der Bank eine Spur näher an sie heran. Das schien sie zu beruhigen, und sie entspannte sich; Theo spürte, dass Annamaria ihren Körper gegen den ihren lehnte.

Franz war ein charmanter Plauderer, unterhielt ihre kleine Runde und warf sogar gelegentlich einen der berühmt-berüchtigten Bestatterwitze ein. Annamaria war nicht zimperlich und konnte darüber wirklich lachen. Sie war hier ganz anders als im Spital, wo sie immer ein wenig einschüchternd wirkte. Dort war sie so resolut und effizient, aber hier draußen im Garten von Kathis Wirtshaus hatte sie nicht nur die Schwesterntracht abgelegt, sondern auch die Strenge, die sie vielleicht ebenso aufsetzte wie ihre Haube, wenn sie zum Dienst ging. Und so gefiel sie Theo um Längen besser.

Annamaria erhob sich. „Entschuldigt mich einen Moment." Sie verschwand im Schankraum, wo Kathi ihr den Weg zum Abort wies.

Franz grinste Theo breit an. „Na, das sieht doch sehr vielversprechend aus heute Abend für euch."

Theo nahm verlegen einen weiteren Schluck Wein. „Ach, ich weiß nicht."

„Nun mal nicht so bescheiden. Die Kleine ist ja jetzt schon butterweich. Vergiss nicht: Ich sitze euch gegenüber und kann sehen, wie sie dich anhimmelt."

„Ach, Franz …" Theo schenkte ihrem Freund nach und stieß mit ihrem Glas gegen das seine. „Zum Wohl!"

„Zum Wohl." Der Junge war manchmal wirklich seltsam. Franz sah, dass er die kleine Annamaria mochte, und das

Mädchen schien völlig hin und weg. Schön und gut, dass er so wohlerzogen war. Die Mädchen mochten das, merkten sie doch schnell, dass Theo nie eine Frau kompromittieren würde. Aber irgendwas stimmte da doch nicht. Sein Blick fiel auf Theo. Im Garten wurde es zunehmend dunkel, und auf den Tischen waren Öllämpchen entzündet worden, die für schummeriges Licht sorgten. Als Theo sich über den Tisch geneigt hatte, um nachzuschenken, war das Licht auf sein Gesicht gefallen, und da hatte Franz bemerkt, dass ihm offenbar kein Bart wuchs, nicht einmal der leiseste Schatten. Als Theo vor fast sechs Jahren bei Huber begonnen hatte, war er noch sehr jung gewesen. Wie alt mochte er jetzt sein? Franz rechnete nach. Die zwanzig hatte er auf jeden Fall überschritten. Ob mit dem Jungen irgendwas anderes nicht stimmte? Etwas Medizinisches? War er deshalb so vorsichtig mit den Mädchen, was diese wiederum anzog wie die Motten das Licht? Theo hatte Franz zwar erzählt, dass er untauglich geschrieben worden war, aber nie, weswegen eigentlich genau. Er war ein schmales Hemd, aber ansonsten gesund und kräftig. Es schien ihm also zumindest nichts Ernsthaftes zu fehlen. Franz hatte auch nicht begriffen, warum der Huber ihn deswegen rausgeworfen hatte. Er selbst war aufgrund seiner Gehbehinderung schließlich auch untauglich für den Kriegsdienst. Allerdings hatte Huber das ja von Anfang an gewusst … Was auch immer der Junge mit sich herumtrug und nicht sagen konnte: Theo war ein guter Freund, auf den Franz sich verlassen konnte, und allein das zählte.

Als Annamaria zurückkam, tranken sie aus und verabschiedeten sich. Franz schwang sich auf sein Fahrrad und fuhr davon, während Annamaria sich bei Theo einhakte.

„Wo wohnst du denn?“, fragte Theo.

„In der Thalhaimergasse.“

„Das ist ja gar nicht weit vom Spital.“

„Nein, ich habe einen kurzen Weg zur Arbeit.“

„Ich hab es auch nicht allzu weit. Ich lebe mit meinem Vater in der Gardegasse. Eigentlich muss ich immer nur geradeaus gehen.“

„Und deine Mutter?“ Annamaria biss sich auf die Zunge. Verdammter Wein! „Entschuldige bitte, ich wollte nicht …“

Theo blieb stehen und sah sie an. „Das macht doch nichts! Meine Mutter ist schon seit einigen Jahren tot.“

„Das tut mir leid, Theo.“

„Du konntest es ja nicht wissen.“ Sie strich vorsichtig über Annamarias Hand. Das Mädchen zuckte zusammen.

„Entschuldige bitte … ich wollte dir nicht zu nahe treten. Verzeih mir. Keine Sorge, ich bringe dich wohlbehalten nach Haus.“

„Es ist schon gut … ich …“ Sie ließ ihre Linke aus Theos Armbeuge gleiten, schob sie in Theos Hand und lächelte schüchtern.

So kannte sie Annamaria gar nicht. „Na komm, dann gehen wir. Theo umfasste ihre kalten Finger. Als sie am oberen Ende der Thalhaimergasse anlangten, verlangsamte die junge Frau ihre Schritte. „Vielleicht verabschieden wir uns besser hier. Ich wohne jetzt auch nur zwei Häuser weiter.“

„Wie du meinst.“

„Es ist nur, weil … mein Vater sieht es ohnehin nicht gern, dass ich abends ausgehe, und wenn er mich allein in Begleitung eines jungen Mannes sehen würde, wäre das nicht gut – auch wenn der so einwandfreie Manieren hat wie du.“

„Ich verstehe. Dann danke ich dir für diesen wunderbaren Abend, Annamaria.“

„Ich dir auch, Theo. Es war sehr schön …“ Ihre letzten Worte flüsterte sie, und Theo fasste sich ein Herz.

„Ich würde dich gern wiedersehen. Also ich meine, woanders als im Krankenhaus. Darf ich dich noch einmal ausführen?“

Sie strahlte. „Ja! Das würde mich freuen!“

„Dann wünsche ich dir eine gute Nacht.“ Theo lächelte sie an und wusste, dass ihre eigene Zurückhaltung bröckelte. Sie konnte nicht widerstehen. Sie hatte sich mit einem keuschen Handkuss verabschieden wollen, konnte aber nicht anders, als das Mädchen dabei an sich zu ziehen. Als sie ihre Lippen von Annamarias Hand löste, waren sie sich so nah, dass nicht viel zu einem richtigen Kuss fehlte. Die junge Frau schmiegte sich eng an Theo und legte den Kopf eine Spur zurück, wie bereits in der Wirtschaft waren ihre Lippen leicht geöffnet. Theo fuhr mit einem Finger über den zart geschwungenen Bogen ihres erwartungsvollen Mundes.

„Du bist einfach bezaubernd und machst es mir nicht einfach", flüsterte Theo.

„Was denn bloß?" Aus ihrer Stimme klangen leichte Verzweiflung und eine Spur Atemlosigkeit.

„Das hier", murmelte Theo, als sie Annamarias Lippen ganz leicht mit den ihren streifte. Mehr erlaubte sie sich nicht, denn trotz der Romantik und Magie des Augenblicks stieg ein Verlangen in ihr hoch, das es so nicht geben durfte. Auch Annamaria atmete schneller, als Theo sich vorsichtig von ihr löste.

„Ich bleibe noch hier stehen, bis du sicher in deiner Haustür verschwunden bist. Schlaf gut, Kleines."

„Du auch", hauchte Annamaria, wandte sich um und ging mit unsicherem Schritt die Gasse hinunter. Bevor sie die Tür aufschloss, sah sie sich nach Theo um. Dann ging sie hinein.

Theo lehnte sich an eine Mauer und atmete ein paar Mal tief durch. Ihr Körper war in Aufruhr, und sie musste sich einen Moment sammeln, bevor sie den Heimweg antrat. Innerlich jubilierte sie, denn auch Annamaria wollte sie wiedersehen, aber dann hielt sie inne. Es war doch nichts anderes als sonst. Sie wollte Theo wiedersehen. Den charmanten, gutaussehenden jungen Mann, für den sie sie hielt. Eigentlich sollte sie es gleich beenden, bevor es schwierig wurde, denn es führte ja doch zu nichts. Am Ende würde sie sich wie üblich zurückziehen, wenn die Beziehung enger wurde, und Annamaria verfügte ohne jeden Zweifel über ein leidenschaftliches Wesen, insofern würde es sicherlich nicht allzu lange dauern, bis sie mehr von Theo erwartete als Küsse im Mondenschein. Und Theo konnte auf keinen Fall riskieren, dass Annamaria erfuhr, dass sie kein Mann war. Sie fürchtete nicht nur die juristischen Konsequenzen, es würde zudem einen Riesenskandal geben im Spital, und auch Herrn Hubers Integrität würde darunter leiden, weil er ihr diese Arbeit verschafft hatte. Verzweifelt machte sie sich auf den Heimweg.

In den folgenden Tagen wurde es endlich kühler. Ein nächtliches Gewitter brach die Hitzewelle, und es war einige Tage lang trüb und regnerisch. Theo vergrub sich in ihrer Arbeit und versuchte, nicht an Annamaria zu denken. Am Mittwoch erwachte sie außergewöhnlich früh und beschloss, zum Zentralfriedhof zu fahren, um Samuels Begräbnis beizuwohnen. In einer Bäckerei kaufte sie ein Kipferl, das sie auf dem Fahrrad aß, während sie ordentlich in die Pedale trat. Am Friedhof angelangt, kaufte sie einen Strauß Rittersporn. Um diese Uhrzeit war noch nicht viel Betrieb, und so fuhr sie durch das zweite Tor und ersparte sich den Fußweg. An der Kirche angekommen, stellte sie das Rad ab und betrat dann den Sakralbau, der gerade eingeweiht worden war, als Theo bei Pietät-Huber angefangen hatte.

„Franz!"

„Ach, gut, dass du da bist! Kannst mal mit anfassen? Den Leopold haben's nun auch eingezogen, und allein mit dem Alois wird das nichts." Alois war der neue Lehrling. Ein gutwilliger Bursche, der aber erst wenige Wochen dabei war. Da er erst vierzehn Jahre alt war, bestand nicht die unmittelbare Gefahr, dass man ihn zum Militär einzog, aber er war eben auch ein schmächtiges Kerlchen, das für schwere körperliche Arbeit nicht zu gebrauchen war.

„Natürlich." Sie half den beiden, die bereits abgeladenen Särge so auszurichten, dass der Pfarrer die Verstorbenen würdevoll aus diesem Leben entlassen konnte, ohne wild mit dem Weihwasser herumwedeln zu müssen.

„Alois, geh mal nach den Kranzschleifen schauen."

„Ja, Herr Achleitner." Der Kleine trollte sich zum Leichenwagen.

Franz wandte sich Theo zu. „Und? Wie geht es mit deiner Annamaria?"

Theo winkte ab. „Sie ist nicht meine Annamaria."

„Das sah mir aber am Sonntag anders aus."

„Sie ist ein anständiges Mädchen. Ich will sie nicht … überfallen."

„Ja, natürlich. Anständig ist gut. Aber sie hat Feuer, das merkt man. Wenn du da allzu lang anständig bleibst, läuft sie dir weg."

Theo grinste. „Das werden wir ja sehen. Du meinst also, ich sollte ‚dosiert unanständig' mit ihr umgehen?"

Franz zuckte mit den Schultern. „Als wäre ich der Spezialist und nicht du." Theo hatte mit Abstand die meisten Frauengeschichten von allen Männern, die er kannte. Also irgendetwas musste seine Art, mit dem schwachen Geschlecht umzugehen, ja an sich haben.

„Bin ich zu früh?" Eine zaghafte Stimme riss die beiden aus ihrem Gespräch.

„Fräulein Bernauer! Es ist noch früh, aber kommen Sie gern herein, wir haben alles vorbereitet." Theo ging auf sie zu und führte sie behutsam in die erste Reihe, wo sie direkt vor Samuels Sarg sitzen konnte.

Sie trug ein fadenscheiniges dunkelgraues Kleid mit einem abgetragenen, aber sauberen weißen Kragen und einer schwarzen Armbinde. Einen Hut hatte sie nicht, und ihr hellblondes Haar war zu einem schmucklosen Knoten gesteckt, aus dem sich bereits vereinzelte Strähnen lösten, die sie nervös hinter das Ohr strich. „Ich hoffe, die Kleine weint nicht während des Gottesdienstes."

„Wenn Sie wollen, kann ich Klara so lange nehmen und draußen warten. Ich komme dann hinterher mit zum Grab."

„Das würden Sie tun?" Sie sah Theo ungläubig an.

Jetzt weiß ich, wieso ich den blauen Rittersporn gewählt habe, dachte Theo überwältigt, denn ihre Augen hatten das unglaublichste Blau, das sie je gesehen hatte. Das war ihr im Keller des Spitals gar nicht aufgefallen. „Ich mache das gern. Darf ich Ihnen außerdem Herrn Achleitner vorstellen, er ist die ganze Zeit hier, Sie sind also nicht allein, und ich bin gleich draußen. Franz, das ist Veronika Jolacek, die Frau des Gefreiten, aus dem Spital."

„Mein Beileid, Frau … Jolacek." Franz verneigte sich leicht.

Veronika schüttelte ihm die Hand und sah Theo dankbar an. Die Kirche begann sich zu füllen. Immerhin wurden bei dieser einfachen, staatlichen Zeremonie an jenem Tag elf Gefallene beigesetzt, von denen einige noch Angehörige hatten, auch wenn sie sich keine eigene Beerdigung leisten konnten. Als der Pfarrer aus der Sakristei trat und zum Altar schritt, legte Veronika die kleine Klara in Theos Arme, und sie verließ mit ihr das Kirchenschiff, um der jungen Mutter Zeit und Raum für den Abschied zu lassen.

Theo setzte sich draußen mit der Kleinen in den Schatten und wartete bis zum Ende des Trauergottesdienstes. Dann nahm sie Veronika wieder von Franz in Empfang und begleitete sie zum Grab und anschließend zur Straßenbahnhaltestelle.

„Herr Brunner, ich weiß gar nicht, wie ich Ihnen jemals danken soll." Veronika wirkte erschöpft, und ihre Stimme klang brüchig.

„Es gibt absolut nichts zu danken, Veronika. Aber wenn Sie mir danken wollen, dann versprechen Sie mir, dass wir im nächsten Jahr an diesem Tag verabredet sind, um mit Klara den ersten Praterbesuch zu unternehmen, und dann möchte ich Sie ein bisschen lächeln sehen, abgemacht?"

Wieder richtete sie ihren Blick auf Theo.

„Sie sind ein guter Mensch. In Ordnung. Wir haben eine Verabredung." Sie nahm ihre Tochter in den Arm und küsste den flaumigen, kleinen Kopf. „Hörst du, Klara, wir haben eine Verabredung mit Herrn Brunner im Prater." Klara schlief völlig unbeeindruckt weiter.

„Wenn Sie vorher irgendetwas brauchen, wissen Sie ja, wo Sie mich finden können."

„Vielen Dank." Sie stieg in ihre Straßenbahn und war verschwunden.

Theo schwang sich auf ihr Rad und machte sich auf den Weg zum Spital. Als sie dort ankam, hatte sie fast die ganze Stadt durchquert, und die Unruhe, die Veronikas Blick in ihr hinterlassen hatte, war ein wenig besänftigt.

Als es Mittag war, nahm Theo ihre Jause mit nach oben vor die Tür, um etwas frische Luft zu schöpfen. Langsam roch man schon den Herbst, und die ersten Blätter verfärbten sich auch. Für einen Moment schloss sie die Augen und sog die nun kühlere, würzige Luft ein.

„Darf ich mich setzen?" Annamaria war aus dem Gebäude getreten und trug zwei dampfende Tassen.

„Grüß dich!" Theo stand auf und breitete ihre Jacke auf dem Mäuerchen aus, auf dem sie gesessen hatte, bedeutete Annamaria, Platz zu nehmen, und setzte sich neben sie. Sie reichte Theo eine der Tassen, die mit duftendem Kaffee gefüllt war.

„Hast du jetzt auch Pause?", fragte Theo.

„Ja. Aber nicht lang. Heute ist mein erster Tag als OP-Schwester, weißt du."

„Das hast du mir gar nicht erzählt am Sonntag! Meinen Glückwunsch. Das heißt, sie setzen großes Vertrauen in deine Fähigkeiten."

Annamaria nickte und legte den Kopf schief.

Theo räusperte sich. „Auch wenn ich dich vermutlich nicht vom Lernen abhalten sollte … aber … würdest du mit mir spazieren gehen? Am Sonntag?"

„Gern!" Sie strahlte. „Ich hatte ja gehofft, dass du so was sagen würdest", fügte sie mit einem koboldhaften Blitzen in ihren Augen hinzu.

Theo schmunzelte und nahm einen großen Schluck aus der Kaffeetasse. „Dann war das hier also ein ganz heimtückischer Bezirzungsversuch?"

„Genau. Und er hat ja auch den gewünschten Erfolg gezeitigt." Annamaria lachte. „Du weißt schon, weibliche List und so weiter. Widerstand zwecklos. Und im Notfall könnte ich ja als OP-Schwester auch mit Chemikalien arbeiten …"

„Na, du brauchst ganz sicher kein Chloroform, um einen willenlos zu machen."

„Ich muss wieder rein, gib mir deine Tasse." Ehe Theo reagieren konnte, hatte Annamaria sich über sie gebeugt, scheinbar, um nach der Tasse greifen, aber stattdessen zog sie Theo an sich und küsste sie genussvoll, forschend und ohne jede Eile. „Bis Sonntag dann." Sie wandte sich um und ging zurück ins Gebäude.

Was um alles in der Welt …? Theo war fassungslos. Konnte es sein, dass man einen Kuss am ganzen Körper fühlte? Außen und innen zugleich? Fahrig erhob sie sich, warf ihre Wasserflasche um, sammelte die Essensreste ein und stieg wieder in ihren Keller hinab.

4. Kapitel – Petrograd Februar 1916

Der Weg vom Portal zum Altar war lang, das hatte Aglaja natürlich vorher gewusst, aber sie hatte nicht damit gerechnet, dass Hunderte Augen einzig auf sie gerichtet sein würden. In der Nikolai-Kathedrale war allem Anschein nach nicht eine einzige Bank leer geblieben. Wer waren all diese Leute?

Bei dem Versuch, zur Seite zu schauen, skalpierte sie sich fast, denn ihr Haar war eng und straff um den Kopf geflochten, und der schwere, alte Spitzenschleier, den die Frauen in ihrer Familie seit fünf Generationen zur Hochzeit trugen, war mit mehreren juwelenbesetzten Kämmen rabiat in der Frisur befestigt worden, und ein Teil davon hing vor ihrem Gesicht. Ob es Absicht war, dass sie nur nach vorn schauen konnte?

Am Altar wartete Sergej. Wenn sie erst neben ihm stand, würde sie den Kopf nicht mehr zu ihm drehen können. Sie konnte kaum atmen. Ihr Kleid war aus schwerer, bestickter Seide und hatte eine ellenlange Schleppe. Bloß nicht stehen bleiben, dachte sie, wenn ich stehen bleibe, komme ich nicht mehr in Bewegung. Der Gesang des Chors verstärkte ihre inzwischen hämmernden Kopfschmerzen, das Räucherharz und die vielen Kerzen taten das ihre, um der Zeremonie etwas Irreales zu verleihen.

Als sie an Sergejs Arm die Kathedrale verließ, kam sie sich noch immer vor wie ein Kind, das Hochzeit spielte, aber mit Ablegen der Verkleidung wieder in sein normales Leben zurückkehrte. Sie musste sich sehr zur Ordnung rufen. Wenn sie ihren Gefühlen jetzt die Zügel schießen ließ, konnte sie nicht garantieren, ob sie in Tränen oder Gelächter ausbrechen würde.

„Ist alles in Ordnung, milaja maja?"

Warum nannte er sie plötzlich so? Am Vorabend der Hochzeit war sie noch Aglaja Fjodorowna für ihn gewesen.

„Der Schleier sitzt so fest … mir schmerzt der Kopf davon", zischte sie ihm zu.

„Halte durch! Wir sind gleich daheim, und dann kannst du dich vor dem Bankett einen Moment zurückziehen und den Schleier abnehmen lassen."

Aglaja staunte. So viel Rücksichtnahme hatte sie nicht erwartet. Sie waren nun seit einigen Minuten verheiratet, und noch immer war Sergej äußerst liebenswürdig zu ihr.

In der Kutsche, die aufgrund der schneidenden Kälte geschlossen war, legte er ihr sorgsam den weißen Pelz um, neigte sich zu ihr und murmelte: „Zu Hause wartet eine Überraschung auf dich."

„Ach, Sergej!" Aglaja umarmte ihn dankbar.

„Aglaja, ich … würde dich gern küssen, wenn du gestattest."

„Natürlich." Schließlich hatte er sie auch bei der Zeremonie schon geküsst.

Er legte nun seinerseits die Arme um sie und zog sie an sich. Das war nicht unangenehm. Er roch so gut wie eh und je, und die Art, wie er sie hielt, war irgendwie vertrauenerweckend. Der Kuss selbst war enttäuschend. Nicht direkt unangenehm, aber nicht zu vergleichen …

Wenn sie und Maria sich geküsst hatten, war die Welt um sie herum versunken, es hatte nur noch sie beide gegeben, und sie hatte den Kuss überall gespürt. Als Sergejs Lippen die ihren berührten, blieben diese Empfindungen aus. Aglaja war enttäuscht. Maria … Sie vermisste ihre Freundin so unendlich. Alexej hatte es tatsächlich geschafft, dafür zu sorgen, dass Maria nicht mit nach Petrograd durfte. Er hatte Mademoiselle gegenüber Andeutungen gemacht, dass Arkadij in das Mädchen verliebt sei und sie darüber hinaus zu vertraut mit seiner Schwester war, was sich für ein einfaches Waisenmädchen vom Land nun wirklich nicht ziemte. Die Gouvernante hatte diese Dinge unverzüglich mit Jekaterina besprochen, und so hatte alles Bitten und Betteln von Aglaja nichts genützt. Maria blieb in Siverskaja, und sie hatten sich schon seit mehreren Monaten nicht gesehen. Sie schrieben sich leidenschaftliche Briefe, die Aglaja jedoch schweren Herzens sofort nach dem Lesen verbrannte. Zwei Zeilen aus einem dieser Briefe vermochten sie mehr zu erregen als ein Kuss ihres Ehemannes.

„Was für eine Überraschung denn?“, fragte sie, um sich abzulenken.

Er lächelte sie hingerissen an. „Das wird noch nicht verraten. Wir sind ja gleich da.“

Als die Wagen vor dem Wolkov'schen Palais an der Lotsmanskaja hielten, war es bereits fast dunkel und die Lichter spiegelten sich im Fluss. An dem Portal brannten Fackeln, und livrierte Diener säumten die Treppe. Alle Fenster waren hell erleuchtet. Aglaja musste schlucken. Dies war also das Haus ihrer Schwiegereltern, hier würde sie nur so lange leben, bis der Krieg vorbei war und sie und Sergej ein eigenes Haus fanden oder er seine erste Versetzung als Diplomat antrat, aber nichtsdestotrotz war das Anwesen beeindruckend und ein wenig einschüchternd.

„Willkommen zu Hause!“ Dimitri Wolkov, ihr Schwiegervater, breitete seine Arme aus und küsste Aglaja geräuschvoll. Seine Frau, Jelena Wolkova, umarmte sie ebenfalls.

„Mama, würdest du wohl Aglaja einen Moment in ihre Räume begleiten, sie möchte sich etwas frischmachen vor dem Bankett.“

„Aber selbstverständlich, mein Sohn.“

„Danke, Mutter.“ Er wandte sich an Aglaja. „Ich würde dir am liebsten alles selbst zeigen, aber ich befürchte, das gehört sich nicht. Meine Überraschung wartet oben auf dich.“

Sie folgte ihrer Schwiegermutter die große Treppe hinauf, die die dreistöckige Eingangshalle teilte.

„Ich bin so froh, dass du nun ein Teil unserer Familie bist, mein Kind. Sergej ist sehr daran gelegen, dass du dich wohlfühlst, so lange er noch an der Front ist und sich nicht selbst um dich kümmern kann, darum hat er sich etwas für dich ausgedacht, um dir den Anfang hier leichter zu machen." Sie öffnete die Tür und ließ Aglaja den Vortritt.

„Oh!" Der Anblick des struppigen, grauen Welpen ließ das weitläufige, elegant in Seegrün und Gold gehaltene Tageszimmer in Vergessenheit geraten. Aglaja sank vor dem Hundekörbchen auf die Knie. „Ist der süß! Wie heißt er denn?"

Jelena Wolkova lächelte. „Sergej hat ihm einen Namen gegeben, frag ihn am besten selbst." Das Mädchen war zauberhaft. Eine gute Wahl. Sie zog an der Klingel. „Ich schicke dir meine Zofe, damit sie dir helfen kann. Dieser Schleier reißt dir ja fast das Haar aus."

Damit verabschiedete sich Jelena, und eine Frau im schwarzen Kleid, die nur wenig jünger zu sein schien als ihre Schwiegermutter, betrat den Raum und runzelte die Stirn. Es war im Palais Wolkov nicht üblich, die Herrschaften auf dem Boden vor einem Hund kniend vorzufinden.

„Darf ich Ihnen behilflich sein, Aglaja Fjodorowna."

„Gern, vielen Dank. Könnten Sie mich bitte von meinem Schleier befreien und mir das Haar etwas lockerer stecken, ich habe schreckliche Kopfschmerzen."

Evgenia Nikolajewna nickte, bat Aglaja, ihr in das angrenzende Boudoir zu folgen, und machte sich ans Werk. Der Hund sprang sofort aus seinem Korb und folgte ihnen auf langen ungelenken Beinen mit riesigen Pfoten und fiepte dabei.

„Mach, dass du hier rauskommst - kusch!" Die Zofe versuchte das Tier mit dem Fuß abzuwehren und am Betreten des Boudoirs zu hindern.

„Lassen Sie ihn doch mitkommen. Er ist noch ein Baby und war hier ganz allein in dem großen Raum. Bestimmt hatte er Angst."

„Ganz, wie Sie wünschen." Innerlich verdrehte Evgenia die Augen. Das konnte ja heiter werden.

Aglaja ließ ihre Hand am Stuhlbein hinunterhängen, und als der Kleine daran schnüffelte, kraulte sie ihn vorsichtig unter der Schnauze, was er mit einem wohligen Schnaufen quittierte.

„So, fertig.“ Evgenia hielt Aglaja einen Spiegel hinter den Kopf. „Ich hoffe, Sie sind zufrieden?“

„Ja, ja – alles in Ordnung, vielen Dank.“ Aglaja kraulte nun mit beiden Händen dem Hund die Ohren, der selig die Augen verdrehte und begeistert zu sabbern begonnen hatte.

Diese undankbare *malischka* hatte die Frisur nicht einmal angesehen! Evgenia war außer sich. „Vielleicht wollen Sie sich die Hände waschen, bevor Sie zu Ihren Gästen gehen?“ Mit angewidertem Blick auf den Hund goss sie Wasser aus einer Porzellankanne in die Waschschüssel.

„Das sollte ich wohl. Vielen Dank.“ Aglaja hatte den konsternierten Tonfall wahrgenommen. Jetzt war nicht der Moment, die Reviere abzustecken, und das Händewaschen war in der Tat notwendig, aber sie musste sich wirklich daran gewöhnen, sich nicht von Dienstboten mit autoritärem Auftreten herumscheuchen zu lassen. Aglaja nahm sich fest vor, sich von der Zofe ihrer Schwiegermutter nicht wieder einschüchtern zu lassen.

„Bitte rufen Sie jemanden, um mich zum Bankett zu führen.“

„Sehr wohl.“

Es klopfte. „Gnädige Frau?“

„Herein!“

„Ich bin Lidja Ivanowna, die Hausdame. Ihr Gatte erwartet Sie bereits unten, und ich begleite Sie zu ihm.“

„Oh, vielen Dank! Ich kenne mich hier im Haus noch nicht aus. Und du bleibst hier.“ Sie streichelte dem Welpen den Kopf, der sofort merkte, dass er allein bleiben sollte, und wieder zu jaulen begonnen hatte.

„Natürlich nicht. Aber dafür sind wir ja da.“

Aglaja folgte ihr die Treppen hinunter und in den Westflügel, wo Sergej sie lächelnd in Empfang nahm.

„Bist du oben freudig erwartet worden?“ Er schmunzelte.

„Ach, Sergej, er ist ganz entzückend! Vielen, vielen Dank! Wir haben uns bereits angefreundet, der Kleine und ich.“

„Klein wird er nicht lange bleiben. Es ist ein irischer Wolfshund, und er heißt Kaschmàr. Weil er bereits jetzt der Albtraum der weiblichen Dienerschaft ist.“

Aglaja musste nun herzhaft lachen. „Er ist so süß! Aber du hast recht, vermutlich sollte man ihm einen Namen geben, der seine Gestalt berücksichtigt, wenn er ausgewachsen ist. Ich mag große Hunde – bei denen muss man sich zum Streicheln nicht unter den Tisch bücken."

Sergej küsste ihr die Hand. Er war bezaubert von ihrem Lächeln, ihrer frischen unbekümmerten Art. Mit ihr würde er sich bestimmt nicht langweilen, wenn der Krieg erst beendet war. Sie hatte Temperament, Humor und war zudem außerordentlich reizend. Er hatte gut daran getan, Natalja eine Wohnung zu kaufen und sie für ihre Liebesdienste in den letzten Jahren abzufinden. Er würde sie jetzt nicht mehr brauchen. Er stellte fest, dass er dem Leben mit Aglaja sehr freudig entgegensah, und nahm sich vor, ein wirklich guter Ehemann zu sein.

Das Bankett zog sich endlos in die Länge. Aglaja gähnte verstohlen. Sie hatte irgendwann aufgehört, die Trinksprüche noch mitzuzählen, und die Gesichter der Hochzeitsgäste schienen langsam zu verschwimmen. Anfangs hatten allen voran die Zwillinge sie und Sergej mit lauten „Gorko!"-Rufen alle paar Minuten dazu genötigt, sich zu küssen, wie es der Brauch war. Je mehr getrunken wurde, desto mehr wurde auch gesungen, und der eine oder andere hatte auch zu einer zotigen Geschichte angesetzt, was aber meist im Keim von der dazugehörigen Gattin erstickt worden war.

Sie war müde, und sie wusste, dass sie nicht sofort würde schlafen können, denn da war ja noch die Hochzeitsnacht. Hoffentlich würde es schnell gehen. Diese dauernde Küsserei hatte sie bereits sehr gelangweilt. Es fühlte sich vollständig anders an als mit Maria und reizte sie nicht im Mindesten. Immerhin hatte sie inzwischen keine Angst mehr vor der Hochzeitsnacht: Schlimmstenfalls würde es langweilig sein, genauso wie seine Küsse. Dabei war er so unglaublich lieb zu ihr. Jammerschade, dachte Aglaja und knabberte lustlos an einem Stück Käsegebäck.

„Mein Kind, komm. Es wird Zeit, dass du dich zurückziehst. Dein Gemahl kommt dann nach." Sergejs Mutter und Jekaterina standen hinter ihr.

Entschlossen erhob sie sich und folgte den beiden Frauen die Treppe hinauf.

„Gehen wir nicht in mein Schlafzimmer?“

„Nein, Liebes, die Hochzeitsnacht verbringt ihr in dem Zimmer, in dem schon Sergejs Urgroßvater gezeugt wurde. Das ist Tradition in unserer Familie. Außerdem ist es weitab von der Halle im alten Teil des Palais. Wir wünschen keine unangenehmen Überraschungen für euch.“

Der Weg führte durch einige lange Flure, und schließlich schloss Jelena eine dicke Holztür auf, die in ein Zimmer führte, das auf den ersten Blick wie eine Krypta wirkte. Die Fenster waren vollständig mit dicken, dunklen Samtportieren verhängt, das Bett ein riesiges Monstrum aus fast schwarzem Holz und ebenfalls reichlich dunklem Samt. Zu beiden Seiten hingen Ikonen und über dem Kamin ein massives silbernes Kreuz von beeindruckender Größe. Außer dem Bett gab es nur noch eine geschnitzte Truhe und am Kamin, dessen Feuer den hohen Raum nicht zu erwärmen vermochte, zwei Sessel und einen kleinen Tisch, auf dem ein Tablett mit einer Karaffe Wein und zwei Gläsern stand. Aglaja erschauerte. Nicht nur vor Kälte. Was für ein fürchterlicher Raum! Das Bett war mehr ein Katafalk. Dass hier Kinder gezeugt worden waren, konnte und wollte sie sich nicht vorstellen. Das ist ja ein Ort, um Tote aufzubahren, nicht um eine Ehe zu beginnen, dachte sie.

„Komm, meine Tochter.“ Jekaterina bedeutete ihr, sich umzudrehen, damit sie ihr aus den Kleidern helfen konnte. Aglaja wusch sich zitternd vor Kälte in einem winzigen Nebenraum, wo wirklich nur der Waschtisch Platz fand. Danach schlüpfte sie in ein Nachthemd, das Jelena ihr hinhielt. Es fiel ihr bis zu den Füßen, die Ärmel waren lang, und lediglich am Hals zierte es eine zarte Spitze. Wie nicht anders zu erwarten, war es kalt und klamm. Obwohl sie fror, graute es ihr, unter die schweren Decken zu schlüpfen, denn sie konnte von ihnen keine Wärme erhoffen. Im Bett sitzend lösten die beiden älteren Frauen ihr das Haar und bürsteten es, bis es knisterte und in schimmernden Wellen den halben Rücken hinunterfiel.

Jekaterina küsste sie auf die Stirn. Das Gesicht ihrer Mutter verriet nicht, ob sie gerührt war, sich Sorgen machte oder einfach nur Mitleid verspürte.

„Ich wünsche dir alles Gute, mein Kind. Möge der Herr eure Verbindung rasch segnen."

„Danke, Mutter."

Jelena nahm ihr Gesicht zwischen beide Hände. „Mach dir keine Sorgen. Alles wird gut." Dann küsste auch sie Aglaja und flüsterte ihr zu: „Das Zimmer ist furchtbar, ich weiß – es ist nur für heute Nacht!"

„Danke", stammelte sie.

Draußen näherten sich Schritte und auch Gesang, Sergej trat ein. Er trug einen Morgenmantel aus grünem Samt und darunter offenbar einen Pyjama, und ihm folgte ein Priester. Ein Diener schloss lautlos die Tür.

Sergejs Gesicht war nun auch ernst und angespannt. Er zog den Morgenmantel und die Pantoffeln aus und stieg ins Bett, wo er sich in gebührendem Abstand zu ihr ebenfalls gegen das Polster lehnte.

Der Priester sprach einige Gebete und Segenswünsche, schwenkte das Weihrauchgefäß und schlug das Kreuz über ihrem Nachtlager. Als er geendet hatte, zogen sich alle zurück und ließen die Frischvermählten allein. Fast simultan atmeten beide hörbar auf. Sie sahen sich an. Aglaja lächelte vorsichtig und Sergej leicht verzweifelt.

„Es ist so furchtbar kalt hier drinnen. Verzeih, dass wir heute hier bleiben müssen!" Er erhob sich, goss ihnen beiden ein Glas Wein ein und kam zurück ins Bett. „Vielleicht wärmt uns das ein wenig."

Sie tranken schweigend, dann stellte Sergej die Gläser auf den Nachttisch und wandte sich ihr zu. „Hast du etwas dagegen, wenn wir die Kerzen nicht löschen?"

„Nein, ganz und gar nicht! Sonst fühlt man sich wirklich wie in einer Gruft."

Er nickte zustimmend.

„Sergej?"

„Ja?"

„Könntest du mich in den Arm nehmen? Ich erstarre sonst noch zu Eis.“ Sie klang kläglich.

„Natürlich! Komm her.“

Sie rutschten näher zueinander, und tatsächlich war es gleich nicht mehr so unerträglich kalt wie vorher. Aglaja lag auf Sergejs einem Arm, und den anderen hatte er locker über ihren Bauch gelegt. Eine Weile lagen sie einfach so da und genossen die Wärme, die sich zu entwickeln begann, bis Aglaja spürte, wie seine Hand nach ihrer Brust tastete. Sie musste zusammengezuckt sein, denn er sagte: „Wir müssen nicht … also ich meine, wir müssen es nicht heute Abend tun, wenn du nicht willst. Wir haben noch zwei Tage, bevor ich wieder meinen Dienst antreten muss. Ich will dich nicht drängen.“

Aglaja war einerseits erleichtert, andererseits verwundert, aber ihre Müdigkeit siegte.

„Ich danke dir, Sergej, du bist sehr rücksichtsvoll.“ Sie schlief fast sofort ein, vertrauensvoll an ihn geschmiegt.

Sergej atmete auf und lag noch eine ganze Weile wach. Er konnte es sich nicht erklären, warum sich nichts bei ihm rührte.

Als er am Morgen erwachte, war es noch früh und er mehr als bereit. Er hatte von Natalja geträumt und gleich etwas nachgeholfen. Er presste sich an Aglaja, die im Halbschlaf wahrnahm, dass er ihr Nachthemd hochschob. Sie wandte sich ihm zu. Nun war also der Moment gekommen.

Er lag über ihr, küsste sie verlangend und umfasste ihre Hüften. „Komm her!“

Sie überließ sich ihm, obwohl sie nur unzureichend auf den Schmerz vorbereitet war, der sie durchfuhr, als Sergej in sie eindrang und nach wenigen Momenten des angestrengten Stoßens mit einem Keuchen über ihr zusammensackte. Sie spürte, wie etwas Warmes, Feuchtes zwischen ihren Beinen hinunterlief, über ihre Schenkel rann und auf das Betttuch tropfte. Warum um alles in der Welt hatte das so wehgetan? Den vagen Andeutungen ihrer verheirateten Freundinnen hatte sie entnommen, dass es wohl so richtig schlimm nur beim ersten Mal sei. Für das, was nach der Hochzeitsnacht kam, reichten die Beschreibungen von „widerlich“ bis hin zu „ekstatisch“, so dass sie stark vermutete, dass es auch auf sie selbst und ihre eigenen Empfindungen ankam.

„Geht es dir gut? Man sagt, es tut nur beim ersten Mal weh. Mach dir keine Sorgen.“

„In Ordnung.“

„Gut, dann werde ich mal dafür sorgen, dass man dich in dein Zimmer bringt und sich um dich kümmert. Wir sehen uns dann später beim Frühstück.“ Er hüllte sich in seinen Morgenmantel, küsste ihr die Hand und öffnete die Tür. Der Diener, der offenbar die ganze Nacht dort auf einem Schemel ausgeharrt hatte, weil es in diesem Teil des Palais keine Klingelzüge gab, fuhr auf.

„Hol die Hausdame und das neue Mädchen, um meiner Frau behilflich zu sein.“

Damit verließ er das Zimmer.

Aglaja lag benommen im Bett. Es fiel ihr schwer, sich vorzustellen, dass mit „meine Frau“ sie gemeint war. Sie war ein Stück zur Seite gerutscht, um nicht auf dem feuchten Fleck zu liegen, der langsam kalt wurde. Wenig später klopfte es und Lidja Ivanowna trat ein. Gott sei Dank nicht diese Evgenia, dachte Aglaja noch, als ihr Herz einen Moment lang aussetzte: Hinter der Hausdame hatte Maria das Zimmer betreten.

Sie sah ganz anders aus als in Siverskaja, wo sie stets einfache Kleider aus Leinen getragen hatte, eine Schürze und bei der Arbeit oft auch ein Tuch um die Haare. Jetzt hatte sie genau das Gleiche an wie die Zofe von Aglajas Schwiegermutter. Ein Kleid aus schwarzem Wollstoff mit langen Ärmeln. Nur die Manschetten und der Kragen waren weiß und natürlich das Häubchen, das auf ihrem Haar saß, welches in dem kalten Morgenlicht ungewöhnlich stumpf wirkte und keinerlei Funken sprühte wie sonst.

„Maria!“

Das Mädchen schlug wortlos die Augen nieder und knickste. Lidja Ivanowna lächelte. „Das ist Überraschung Nummer zwei.“ Und an Maria gewandt: „Sergej Dimitrewitsch hat seiner Gattin einen Hund geschenkt.“

Maria sagte nichts.

„Vielleicht möchten Sie nach oben gehen und ein Bad nehmen?"

„Ja, gern."

„Komm, Mädchen, steh nicht so herum."

Lidja trat neben das Bett und bedeutete Maria, ihr zu helfen, die Decken zurückzuschlagen. Sie übersah diskret, dass Aglajas Nachthemd und auch das Laken deutliche Spuren von Blut und etwas anderem aufwiesen. Marias Augen hingegen weiteten sich, aber ihr Gesicht blieb ausdruckslos. Dann erwachte sie aus ihrer Erstarrung und legte Aglaja einen Morgenmantel aus altrosa Samt um und stellte ihr ein Paar Pantoffeln aus dem gleichen Material zurecht. Aglaja schlüpfte mechanisch in die Sachen und folgte den beiden Frauen durch das Haus in ihre Räume. Sie war sprachlos. Die Mischung aus Freude über das Wiedersehen, Scham ob ihres eigenen Zustands und Angst, wie Maria sich ihr gegenüber jetzt verhalten würde, versetzte sie in Panik.

In ihrem Boudoir angekommen, sah Lidja sich um. „Maria, wenn etwas fehlt, du weißt ja, wo du mich findest. Aglaja Fjodorowna, ich werde jetzt zu meinen Pflichten zurückkehren. Sollten Sie irgendetwas brauchen, klingeln Sie. Ich lasse Sie jetzt hier in Marias Händen zurück." Mit diesen Worten zog sie sich zurück, und die beiden jungen Frauen standen sich zum ersten Mal seit fast einem halben Jahr allein gegenüber.

Obwohl es im Boudoir nicht kalt war und der Kamin eine heimelige Wärme verbreitete, fröstelte Aglaja. Maria sah sie weiterhin nur an, sagte nichts.

„Maria … ich habe nichts davon gewusst, dass sie dich herholen. Ich schwöre es! Ich wollte dich nach Petrograd mitnehmen im Sommer, aber du weißt ja, was dann geschehen ist." Sie sah betrübt zu Boden.

Ja, Maria wusste, was danach geschehen war, aber darüber würde sie nicht sprechen.

„Hat er dir wehgetan?" In den wenigen Worten lag so viel Hass, dass Aglaja sie angstvoll ansah.

„Es hat ein bisschen wehgetan … aber sie sagen alle, das sei nur beim ersten Mal so schlimm … und …", betreten sah sie an ihrem befleckten Nachthemd herunter.

„Komm mit ins Bad. Hier entlang." Maria kannte sich in Aglajas Räumen besser aus als sie selbst.

Auch das Bad war gut beheizt, und das heiße Wasser dampfte bereits himmlisch duftend in der Wanne. Aglaja zerrte sich das Nachthemd über den Kopf, warf es achtlos auf den Boden und stieg in das warme Wasser. Erleichtert seufzte sie und lehnte sich zurück. Maria schob ihr ein zusammengerolltes Handtuch als Polster unter den Nacken. Aglaja wollte sie an sich ziehen, aber Maria wich zurück.

„Ich kann das so nicht. Nicht jetzt, nachdem er dich gehabt hat."

Da ließ Aglaja sich ganz unter Wasser sinken, bis sie keine Luft mehr hatte. Als sie wieder auftauchte, griff sie nach Marias Hand. „Dann wasch ihn von mir ab. Ich habe nicht darum gebeten, von ihm benutzt zu werden."

Maria nickte stumm, und als Aglaja nach dem Bad in einem frischen Morgenkleid am Kamin saß, um ihr feuchtes Haar zu trocknen, griff sie die Hand ihrer Freundin, die ihr gerade ein Tuch um die Schultern legen wollte.

„Ich muss das Bad aufräumen."

„Nein, bitte … jetzt nicht. Komm her." Sie zog Maria zu sich auf das zierliche Sofa, nahm ihr Gesicht in beide Hände und strich mit den Fingern zärtlich über Marias Wange. „Ich bin so froh, dass ich dich wiederhabe, auch wenn ich mir andere Umstände gewünscht hätte. Aber ich werde mit Sergej reden, und dann …"

„Tu das bitte nicht."

„Warum? Du bist nicht meine Dienerin – ich fühle mich furchtbar, wenn dich alle so behandeln, und dieses Kleid, das du trägst …"

„Aber was soll ich denn sonst sein? Aglaja, bitte denk nach! Selbst wenn dein Mann zustimmen sollte, mich als Freundin, Gesellschafterin oder Ähnliches für dich hierzubehalten: Niemand kommt einer Dame näher als ihre persönliche Dienerin, Zofe, nenne es, wie du willst. Nur so habe ich jederzeit Zugang zu dir und deinen Räumen. Na, fast immer", setzte sie bitter hinzu.

„Aber ich will nicht, dass du mich bedienst! Das ist doch lächerlich."

„Das wird nur sein, um den Schein für alle anderen zu wahren. Und im Übrigen wäre es vielleicht besser, wenn du deiner Familie nicht unbedingt erzählst, dass ich hier bin."

„Aber warum? Sergej hat dich herholen lassen, weil er mir eine Freude machen wollte. Was kann uns da meine Familie anhaben?"

„Vergiss nicht, dass deine Mutter verhindert hat, dass ich mit euch zurück nach Petrograd komme. Ich will nicht riskieren, dass uns noch einmal jemand trennt." Sie fuhr Aglaja durch das Haar, neigte sich zu ihr und küsste sie.

Endlich, dachte Aglaja. Da war es wieder, so war es richtig. Ein Kuss musste den ganzen Körper mit Wärme und Glück fluten. Dessen war sie sich ganz sicher. Alles andere war ein Schauspiel, bei dem sie gezwungenermaßen mitmachen musste. Aber niemand konnte von ihr erwarten, dass sie Maria aufgab! Daher war es vielleicht wirklich das Beste, alles so zu belassen.

„Ich glaube, ich sollte dir jetzt deinen Tee holen, bevor du zum Frühstück hinuntergehst."

„Tee will ich jetzt keinen." Aglaja hinderte Maria am Aufstehen, indem sie sich rittlings auf ihren Schoß setzte. Der Schmerz, den die erste eheliche Begegnung mit Sergej verursacht hatte, war verschwunden, und sie spürte dasselbe Verlangen, das sie stets empfand, wenn sie Maria nahe war oder sie vermisste. Seltsam, dass zwei so unterschiedliche Empfindungen an genau derselben Stelle des Körpers verwurzelt sein konnten. Ihr war nicht bewusst gewesen, wie sehr sie sich danach gesehnt hatte. Sie küssten sich wieder, und auch Maria schloss die Augen und umfasste Aglajas Taille.

„Wir sollten … besser nicht jetzt. Lass uns damit warten, bis er wieder bei seinem Regiment ist." Maria rang nach Atem und hielt Aglaja ein wenig von sich ab.

„Was? Noch zwei Tage?“ Aglaja klang so entsetzt, dass Maria lachen musste.

„Bis dahin kenne ich jemanden, der sich sehr über etwas Aufmerksamkeit freuen wird …“

Nun musste auch Aglaja schmunzeln. „Der arme Kleine! Kümmerst du dich um ihn, wenn ich es nicht kann?“

„Natürlich. Und einer der Hausburschen führt ihn aus, aber auch das können wir gemeinsam machen, wenn das Wetter besser wird. Frische Luft wird uns allen guttun.“

Sie strich über Aglajas Haar. „Ich glaube, es ist fast trocken. Dann werde ich mal zusehen, dass meine ‚Herrin‘ eine ansehnliche Frisur bekommt, mit der sie sich zum Frühstück begeben kann.“

Als Aglaja in das Morgenzimmer trat, in dem die Familie das Frühstück einnahm, lächelte sie, wirkte frisch und erholt.

„Guten Morgen allerseits.“

„Meine Liebe!“ Sergej erhob sich, küsste ihr die Hand. „Setz dich zu mir.“

Ein Bediensteter brachte ihr eilends eine Tasse Tee, während ein anderer ihr Schalen mit verschiedenen Speisen anbot. Sie lehnte das warme Frühstück ab und aß nur etwas Brot mit Honig.

„Hast du gut geschlafen, mein Kind?“

„Ja, vielen Dank … Mutter.“ War das die richtige Anrede? Jelena war so warmherzig und freundlich zu ihr, dass es ihr leichtfiel, sie so zu nennen.

Ihr Schwiegervater, der bis zu diesem Moment nicht von den *Moskauer Nachrichten* aufgeschaut hatte, ließ sie nun sinken, grinste vielsagend zu ihr über den Tisch und klopfte Sergej auf die Schulter. „So frisch und munter möchte ich sie jeden Morgen sehen, mein Sohn. Dass du mir ja dafür Sorge trägst.“

„Dimitri!“, fuhr Jelena ihren Mann an.

„Was denn? Darf ich mich nicht daran freuen, dass es meiner Schwiegertochter gutgeht?“

Ein Blick seiner Gattin brachte ihn zum Schweigen und dazu, sich wieder hinter seiner Zeitung zu verschanzen.

Sergej legte seine Hand auf die ihre. „Nimm es Vater nicht übel, er benötigt seine diplomatischen Fähigkeiten im Ministerium, so dass für die Familie nicht mehr viel davon übrig bleibt." Er zwinkerte seinem Vater zu, der den Blick schmunzelnd erwiderte.

„Es ist alles in Ordnung, wirklich. Ich muss dir noch danken, dafür, dass du Maria hergeholt hast, Sergej! Du hast mir damit die größte Freude gemacht!"

„Ich dachte, das würde dir das Einleben erleichtern. Und weißt du, wem du das eigentlich zu verdanken hast? Nastja."

Aglaja schaute ihn verblüfft an. Was um alles in Welt hatte ihre kleine Schwester mit all dem zu schaffen?

„Ich wollte deine Mutter bitten, mir eines eurer Mädchen zu überlassen, damit du hier nicht so ganz allein bist. Sie sagte zuerst, es gebe in ihrem Hause niemanden, schlug mir dann aber vor, uns eines eurer Hausmädchen zu schicken. Ich war damit nicht so richtig glücklich, denn als Zofe braucht es einfach andere Qualitäten, von denen ich keine Ahnung habe, insofern wollte ich das mit Mutter besprechen. Als ich im Begriff war zu gehen, zupfte mich die Kleine am Ärmel. Sie muss mir in die Halle nachgeschlichen sein. Zuerst war sie ein bisschen schüchtern, aber dann hat sie mir erklärt, dass ich Maria aus Siverskaja für dich holen muss." Er lächelte zufrieden.

„Sie hat mit dir geredet?"

„Ja, hat sie. Sie ist sehr vernünftig für ihr Alter."

„Sie spricht sonst kaum mit jemandem. Unsere Gouvernante ist am Verzweifeln mit ihr, und das schon, seit sie bei uns angefangen hat."

„Also, viel geredet hat sie mit mir auch nicht, aber das Wesentliche hat sie sehr klar und absolut unmissverständlich zum Ausdruck gebracht."

Aglaja war gerührt. Die Kleine! Das war für sie mit Sicherheit unglaublich schwierig gewesen. Die meisten Menschen verkannten ihr wortkarges Wesen und hielten sie bestenfalls für schüchtern. Aber Nastja war nicht schüchtern. Auch nicht verschlossen oder gar zurückgeblieben, denn wenn man sie gut kannte, konnte man an ihrem aufmerksamen Blick erkennen, dass sie genau merkte, was vor sich ging, auch wenn sie es nicht kommentierte. Sie sprach nur einfach nicht gern. Das war alles.

„So, ich muss dann leider unser erstes Familienfrühstück beenden. Sergej, du begleitest mich heute ins Ministerium? Der Staatssekretär hat Zeit für dich."

„Aglaja? Ich wäre erst am Nachmittag wieder zurück. Eigentlich sollten wir eine Hochzeitsreise machen – doch die Zeiten erlauben uns das nicht. Aber wir holen das nach, versprochen."

„Selbstverständlich." Hochzeitsreise? Das hieße, vierundzwanzig Stunden am Tag mit ihm zu verbringen und vermutlich etliche Attacken wie die am Morgen ... Aglaja hätte nie gedacht, dass ein Krieg auch Gutes mit sich bringen konnte. Sofort schalt sie sich für ihren Egoismus. „Es ist heute trocken. Ich werde mit Kaschmàr spazieren gehen und später meine persönlichen Gegenstände etwas ordnen."

„Das ist ein guter Gedanke, meine Liebste. Aber nimm einen Hausburschen und Maria mit."

„Ganz, wie du wünschst, Sergej."

Sie blieb mit ihrer Schwiegermutter allein, nachdem Vater und Sohn Wolkov sich verabschiedet hatten.

„Nehmen wir noch einen Tee? Lass uns hinüber zum Fenster gehen. Die Sessel dort sind bequemer."

Der Diener trug bereits ein Teetablett quer durch den Raum. Aglaja wäre am liebsten sofort nach dem Frühstück im Laufschritt wieder hinauf in ihr Boudoir gerannt, um mit Maria zusammenzusein, die Zeit aufzuholen, aber Jelenas Angebot konnte sie vermutlich nicht ablehnen.

„Vielen Dank, ich mache das selbst." Mit diesen Worten entließ Aglajas Schwiegermutter den Diener, der sich verbeugte und sofort zurückzog. „So können wir ungestörter plaudern, nicht wahr?"

Sie goss Tee in die Tassen und reichte eine davon ihrer Schwiegertochter. Jelena war fest entschlossen, das Vertrauen des Mädchens zu gewinnen. Auch sie war jetzt eine Wolkova, und alles, was ihre Familie betraf, wurde innerhalb des Palais geregelt. Insofern musste sie Aglajas Anlaufpunkt bei Schwierigkeiten werden.

„Danke, Mutter."

„Wir werden viel Zeit miteinander verbringen, bis dieser Krieg vorbei ist und du mit Sergej neue Wege beschreitest. Und daher möchte ich, dass du weißt, dass du mit mir wirklich über alles sprechen kannst, was dich bewegt. Auch wenn es irgendwelche Schwierigkeiten ... privater Natur gibt, kannst du jederzeit auf mich und auch auf meine Verschwiegenheit zählen."

Verwundert schaute Aglaja von ihrer Teetasse auf. Was meinte Jelena damit? Sie hatte keine Schwierigkeiten.

„Das ist sehr lieb von dir, aber es geht mir wirklich sehr gut. Natürlich muss ich mich noch eingewöhnen, aber Sergej und ihr habt alles getan, um es mir so leicht wie möglich zu machen."

„Sag mir doch, was du gern tust. Es gibt ja kaum etwas Schlimmeres, als untätig herumzusitzen, richtig?"

„Ja, das stimmt. Sitzen kann ich sowieso nur dann länger, wenn ich ein gutes Buch lese, oder beim Zeichnen."

Jelena musste schmunzeln. „Na, dann war dieses graue Ungetüm, welches Sergej uns ins Haus geschleppt hat, ja ein gutes Geschenk."

„Ja! Kaschmàr ist so entzückend!"

„Spielst du Klavier?"

Aglaja errötete. „Ich sollte, aber ... nein. Eigentlich spiele ich kein Klavier."

„Wie das?"

„Ich habe einfach kein Talent für Musik. Das wurde meinem Klavierlehrer schnell klar. Es war wirklich eine reine Quälerei. So hat er selbst die Etüden und so weiter gespielt, denen meine Gouvernante vom Nebenzimmer aus gelauscht hat, während ich gelesen habe. Unser kleines Arrangement kam natürlich schnell heraus. Meine Mutter war zu Recht sehr verärgert, hat dann aber eingesehen, dass es keinen Sinn hat. Meine Geschwister haben trotzdem ein halbes Jahr lang meinen Nachtisch bekommen." Sie schaute schuldbewusst auf ihre Schuhspitzen.

„Sehr einfallsreich." Jelena versuchte, streng auszusehen, musste aber schmunzeln. „Dann bist du ja bestens vorbereitet auf jedweden Unsinn, den Kinder so veranstalten können, scheint mir."

„O ja, ich denke schon." Aglaja musste kichern. „Ich kenne schließlich mich selbst, und als Älteste von fünf Geschwistern kann mich kaum noch etwas überraschen."

Ihre Schwiegermutter atmete sichtlich zufrieden auf. Aglaja begriff, woher der Wind wehte. Jelena wollte sie über ihr Verhältnis zu Kindern aushorchen, Klarheit darüber erlangen, ob sie die Stammhalterfrage zufriedenstellend lösen würde. Aglaja mochte Kinder genauso, wie sie auch erwachsene Menschen mochte. Oder eben nicht mochte. Das kam einfach auf den Einzelnen an. Nastja und Grischa liebte sie von ganzem Herzen. Arkadij eigentlich auch. Alexej hingegen war schon als Kind launisch und brutal gewesen. Inzwischen war er gemein und unehrlich. Dazu aber auch sehr willensstark. Sie konnte nicht beweisen, dass er es gewesen war, der vereitelt hatte, dass sie Maria sofort aus der Sommerfrische mit nach Petrograd nahm, aber sie war sich sicher, dass er etwas damit zu tun hatte, denn sonst hätte er sie mehr aufgezogen, als sie damals diesen Kampf mit ihrer Mutter verloren hatte. Aber er hatte eher triumphierend und siegessicher ausgesehen. Vielleicht ahnte auch Maria etwas? Aus welchem Grund hätte sie sonst sagen sollen, dass Aglaja der Familie besser nicht verraten sollte, dass Sergej sie aus Siverskaja geholt hatte? Aber andererseits: Es konnte sie ja jetzt auch keiner zurückschicken. Wozu also die ganze Geheimniskrämerei?

„Aglaja?"

Sie hatte ihrer Schwiegermutter nicht zugehört. Aglaja wurde rot.

„Verzeih, ich war in Gedanken."

„Das macht doch nichts, Kind. Ich fragte nur, wie es mit Handarbeiten bei dir aussieht? Man kann gerade jetzt im Winter so nett beisammen sitzen und handarbeiten."

„Ich kann ganz gut nähen und stricken. Aber mehr so praktische Sachen wie Strümpfe und Mützen. Für die Feinheiten von Häkelspitze und dergleichen fehlt mir der Sinn."

„Das ist doch ganz wunderbar! Du kannst den jungen Mädchen im Waisenhaus ein Vorbild sein – ich bin dort im Vorstand, und es ist sehr angesehen, wenn Damen der Gesellschaft sich dort einfinden. Und selbstverständlich steht in diesen Zeiten die Anfertigung von wollener Kleidung für unsere Soldaten an erster Stelle. Es ist sehr gut, dass du so etwas kannst. Also abgemacht, du begleitest mich dann ab der nächsten Woche! Sergej wird so froh sein, dass du dich für die Wohltätigkeit begeistern kannst! Aber jetzt will ich dich nicht länger aufhalten, du wolltest ja einen Spaziergang machen."

Aglaja nickte erfreut. Ihre Mutter hatte es immer für wenig nützlich erachtet, dass ihre Tochter praktische Handarbeiten den dekorativen vorzog, und ihr stets vermittelt, dass sie Aglaja für zu wenig damenhaft hielt, um ihrer Position gerecht zu werden. Sie freute sich darauf, mit den Mädchen in dem Waisenhaus zu handarbeiten. Sie würden Kaschmàr mitnehmen und Süßigkeiten, und beim Stricken konnten sie singen und Geschichten erzählen. Bestimmt hätte Maria auch Freude daran.

Jelena war sehr zufrieden. Das ließ sich wirklich erfolgversprechend an mit dem Mädchen. Unter ihrer eigenen Führung würde sie lernen, eine Wolkova zu sein. Das Zeug dazu hatte sie jedenfalls.

Aglaja war erleichtert, als sie endlich entlassen war und in ihre Räume zurückkehrte. Bisher konnte sie sich nicht über ihre Schwiegermutter beklagen. Jelena tat alles, damit sie sich willkommen und als eine der Ihren fühlte. Oben angekommen schoss ihr ein graues Knäuel entgegen.

„Kaschmàr! Aus!" Sie beugte sich zu ihm, fasste ihn am Halsband und drückte ihn herunter. Wenn er ausgewachsen war, würde er jeden umreißen, den er derartig enthusiastisch begrüßte. Daher gewöhnte sie es ihm am besten an, dass er trotz aller Wiedersehensfreude seine vier Pfoten dabei am Boden ließ. Er quiekte etwas beleidigt, folgte ihr aber weiterhin auf dem Fuß. „Du brauchst Bewegung, was? Ich auch."

Sie läutete, und bald darauf stand Maria atemlos im Raum.

„Bist du etwa gerannt?"

„Hast du eine Vorstellung, wie groß dieses Anwesen ist? Ich meine nicht den Teil, den du kennst, sondern den anderen Teil, wo ich mich bewege?"

Aglaja biss sich auf die Lippe. So hatte sie das nicht gemeint. „Komm, lass uns mit Kaschmàr spazieren gehen. Hol den Hausburschen, der sonst auch mit ihm rausgeht, und zieh dich an. Ich finde meine Kleider selbst."

„So geht das nicht, Laja." Maria zog die Stirn kraus. „Also ich gehe jetzt nach unten, sage Michail Bescheid, dass er uns draußen erwarten soll. Dann hole ich meine Sachen, komme wieder und helfe dir." Sie verschwand.

Aglaja blieb verblüfft zurück. Wie schnell Maria sich in diese neue Situation zu fügen schien. Sie wusste sofort, was richtig war und wie sie die Dinge anzugehen hatte. Aber trotzdem! Aglaja schleuderte die Hausschuhe in die Ecke und begann in ihrem Schrank nach einem warmen Kleid zu graben. Außerdem Mantel, Schal, Mütze, Handschuhe und Stiefel.

Als Maria den Kleiderhaufen auf dem Bett sah, schüttelte sie den Kopf. „Du kannst es nicht lassen, oder?"

„Ich fühle mich einfach komisch dabei, wenn du mich bedienst. Verstehst du das nicht?"

Maria drückte ihre Freundin an sich. „Das ehrt dich. Aber es ist nun einmal so, wie es ist. Ich bin einfach froh, dass ich dich wiederhabe. Mir macht es nichts aus, solange du nicht anfängst, mich herumzukommandieren", fügte sie hinzu.

„Aber, nein, natürlich nicht! Es fühlt sich nur bereits seltsam an, dich durch dieses Geläute zu rufen." Aglaja sah bedrückt aus.

Maria zog sie an sich und nahm ihr Gesicht zwischen beide Hände. „Mach dir bitte keine Sorgen. Alles wird sich einspielen. Wir finden einen Weg."

Als Aglaja angekleidet war und Kaschmàr die Leine anlegte, begann er sie kläffend mit kleinen Hüpfern zu umtanzen.

„Au! Hund!“ Aglaja stolperte fast über das grau-zottelige Knäuel. „Er ist noch ein Welpe, und es tut jetzt schon weh, wenn er einem auf die Füße steigt. Wie soll das erst werden, wenn er groß ist?“

„Dann macht er seinem Namen wahrscheinlich alle Ehre ...“

„Nein! Er hat so ein liebenswertes, sanftes Wesen und überhaupt!“ Und an ihren vierbeinigen Begleiter gewandt: „Wie konnte er dich ‚Albtraum‘ nennen? Man sieht doch auf den ersten Blick, dass du keiner Fliege etwas tust!“

Als sie vor die Tür traten, wo Michail sie erwartete, atmete Aglaja tief durch. Seit sie am Vortag aus der Kutsche in die Kathedrale getreten war, hatte sie keine frische Luft mehr gehabt. Ein Glück, dass Kaschmàr regelmäßig vor die Tür musste. Sie würde versuchen, so oft wie möglich selbst mit ihm hinauszugehen.

Es war sehr kalt, und der Schnee lag noch recht hoch, und so stapften sie zügig, um nicht zu frieren, voran. Zuerst die Lotsmanskaja hinunter, dann bogen sie in den Jekaterinkovski Prospekt ein und gingen am Kanal in Richtung Nikolski-Park. Aglaja war hauptsächlich damit beschäftigt, nicht über ihren Hund zu stolpern, der ihr immer wieder von einer Seite zur anderen vor die Füße lief und seine Leine zur heimtückischen Stolperfalle für Zweibeiner gebrauchte. Als sie das dritte Mal fast über ihn fiel und leise fluchte, trat Michail zu ihr.

„Nehmen Sie die Leine kurz, gnädige Frau. So. Und behalten Sie ihn auf einer Seite. Das ist anstrengend am Anfang, aber irgendwann gewöhnt er sich daran.“

„Danke, Michail. Kennen Sie sich mit Hunden aus?“

Er nickte. „Ja, wir hatten früher immer einen Hund, und Kaschmàr ist so ein liebes Tier. Ich bin sicher, mit etwas Disziplin kann man ihm sehr schnell alles beibringen.“

„Dann will ich immer alles so machen, wie Sie sagen, Michail, damit er schnell lernt, dass ich mit ihm spazieren gehe und nicht umgekehrt! Bitte sagen Sie mir immer, was ich tun soll. Können wir ihm auch abgewöhnen, dass er einen immer anspringt, wenn er sich freut? In ein paar Monaten reißt er uns sonst alle zu Boden.“

Der Junge lächelte. „Natürlich kann man das. Ich werde mich darum kümmern, aber wenn er bei Ihnen ist und er springt, dann drücken Sie ihn sanft nach unten und sagen dabei laut und vernehmlich ‚aus'. Streicheln Sie ihn, aber nur, solange er mit allen vieren auf dem Boden bleibt. Das hat er schnell verstanden!"

„Gut. Ich werde mich daran halten. Das wäre doch gelacht, wenn wir den Kleinen nicht einigermaßen erzogen bekämen!"

Michail nickte begeistert.

Im Park banden sie Kaschmàr los. Zuerst trippelte er weiter direkt neben Aglaja her, als glaubte er noch nicht recht an seine Freiheit, aber dann begann er, weitere Kreise zu ziehen, und zu guter Letzt fegte er zwischen den kahlen Bäumen hindurch.

„Sie müssen ihn rufen. Und wenn er dann zu Ihnen kommt, müssen Sie ihn loben und streicheln. Dann üben wir noch, dass er sich hinsetzt, wenn er ankommt, und erst dann wieder losläuft, wenn Sie ihm das entsprechende Zeichen geben."

„Das ist ja wie beim Militär … Rekrut Kaschmàr …" Aglaja und Maria kicherten.

„Es dient seiner Sicherheit. Nur wenn er gehorcht, können Sie ihn unter Umständen rechtzeitig aus einer gefährlichen Situation heraus zu sich rufen."

Aglaja bemühte sich, wieder ein ernsthaftes Gesicht zu machen, denn Michail hatte ganz offensichtlich nicht nur die allerbesten Absichten, was das Tier anging, er wusste auch, wie man mit ihm umzugehen hatte.

Auf dem Heimweg ging der Hund langsam ohne Kapriolen zwischen ihnen. Er hatte sich ganz offensichtlich ausgetobt. Aglaja nahm sich vor, im Sommer ihren Zeichenblock und ein paar Stifte mit in den Park zu nehmen, so dass sie ein wenig üben konnte, während Kaschmàr seine Runden zog. Zeichnen war wie ein Instrument spielen: Man musste üben, um in Form zu bleiben, und sie hatte schon seit Wochen keine einzige Skizze mehr gemacht.

Das Abendessen verlief in familiärer Atmosphäre. Sergejs Schwester Mascha fand sich mit den beiden kleinen Töchtern ein, die sehr lebhaft waren und am liebsten direkt zu Kaschmàr unter den Tisch geschlüpft wären. Aglaja hatte Jelena natürlich um Erlaubnis gefragt, ob sie den Hund mitbringen durfte. Er folgte ihr ohnehin auf Schritt und Tritt, und wenn sie ihn in ihr Boudoir sperrte, gab das nur ein lautes Gewinsel, wohingegen er vollkommen friedlich war, wenn er hinter ihr herlaufen und dort sein durfte, wo auch sie war.

Sergej freute sich sichtlich darüber, dass sein unkonventioneller Einfall Aglaja glücklich zu machen schien und bereits Auswirkungen auf sein Elternhaus hatte. Ein Haustier bei Tisch – das hatte es früher nie gegeben, belebte aber das Speisezimmer deutlich!

Als die Gäste sich verabschiedet hatten, begleitete Sergej sie zu ihren Räumen.

„Schicke Maria schnell weg, wenn du sie nicht mehr brauchst, ich komme in einer halben Stunde zu dir." Mit diesen Worten machte er sich auf den Weg zu seinen eigenen Zimmern.

Die Freude und Schönheit, die dieser trübe Februartag trotz aller Kälte und Dunkelheit für sie gehabt hatte, war mit einem Schlag dahin. Sie mochte Sergej. Immer noch. Aber er würde es ohne jeden Zweifel wieder mit ihr tun wollen. Das war überaus lästig. Sie hoffte inständig, dass es wenigstens diesmal wirklich weniger schmerzhaft sein würde. Und vielleicht bestand die Möglichkeit, dass er nicht die ganze Nacht in ihrem Bett blieb? Gedankenverloren läutete sie und setzte sich an ihren Toilettentisch. Als Maria klopfte, hatte sie schon ihren Schmuck abgelegt, die Haare gelöst und war dabei, ihre Manschetten aufzuknöpfen.

„Komm, ich helfe dir." Sie öffnete die vielen kleinen Knöpfe, die Aglajas grünes Wollkleid an den Ärmeln und am Hals verschlossen, und hängte es anschließend sorgsam auf, während Aglaja sich nur noch im Unterrock der Waschschüssel zuwandte. Mit einem frischen Nachthemd über dem Arm trat Maria zu ihr, und so schlüpfte sie auch aus der Wäsche. Als Maria ihr das Hemd über den Kopf streifte, streichelte sie Aglajas Brüste und Hüften, kniete sich vor sie und bedeckte ihren

Bauch und die Innenseiten ihrer Schenkel mit Küssen. Ihre Freundin stöhnte leise.

„Maria, das geht jetzt nicht. Er wird gleich hier sein. Ich befürchte, er will die Nacht mit mir verbringen." Sie spürte, dass sie dieser Tatsache nicht halb so gelassen entgegensah, wie sie sich selbst noch auf dem Weg nach oben hatte einreden wollen.

„Das weiß ich doch. Aber du gehörst mir. Ich habe dich schon viel länger als er, und deshalb will ich dich jetzt auch vor ihm." Mit diesen Worten schob sie Aglaja zum Bett und fuhr fort, sie mit Lippen und Zunge zu liebkosen, bis Aglajas Körper erbebte und die Welle der Erregung sie überflutete wie an den so fernen Sommerabenden in Siverskaja. Sie klammerte sich an Maria. „Ich will jetzt nicht aufhören ..."

Ihre Freundin lächelte. „Für den Moment muss das aber wohl leider genügen." Sie hörten beide Schritte und ein Räuspern vor der Tür, bevor es auch schon klopfte. „Das wird es dir leichter machen, du wirst sehen." Maria verschwand wie ein Schatten durch eine Seitentür.

„Herein."

Als Sergej das Schlafzimmer durch das Boudoir betrat und Aglaja bereits im Bett vorfand, mit leicht zerzaustem Haar und auch sonst etwas derangiert, verspürte er keinerlei Blockade wie in der Hochzeitsnacht, ganz im Gegenteil. Er musste an sich halten, damit er sie nicht verschreckte. Wenn sie sich erst daran gewöhnt hatte und auch Gefallen daran fand, würde es einfach unglaublich mit ihr sein. Wie viele Männer in Petrograd konnten das schon von ihren Ehefrauen behaupten? Diesmal löschte er das Licht, um Aglaja nicht verlegen zu machen, denn er entkleidete sich ganz und gar und zog auch ihr das Nachthemd aus. Ihre seidige, warme Nähe brachte ihn fast um den Verstand. Er atmete den Duft ihrer Haare und streichelte ihre zarte Haut und bahnte sich dabei den Weg auch zu den unzugänglicheren Orten der weiblichen Anatomie. Als er diesmal in sie eindrang, ging es viel leichter, und auch Aglaja schien sich zu entspannen und keinerlei Schmerz zu empfinden, was ihm das schlechte Gewissen vom letzten Mal nahm und seine Erregung schnell zum Gipfel kommen ließ.

Ob er jetzt schon fertig war? Sie hatte wieder dieses widerliche feucht-klebrige Gefühl zwischen den Beinen, aber immerhin hatte es diesmal überhaupt nicht wehgetan. Teilweise hatte es sich sogar ganz gut angefühlt, und es war zum Glück sehr schnell gegangen. Sein Körper ließ sie einfach völlig kalt. Eigenartig. Sergej war ein wirklich schöner Mann, und sie hatte durchaus wahrgenommen, dass beim Hochzeitsbankett etliche weibliche Gäste bei seinem Anblick glasige Augen bekommen hatten. Sie vermutete, dass einige sicher ausgesprochen gern mit ihm das Bett teilen würden und imstande wären, sich seinen Berührungen mit derselben Lust hinzugeben, wie sie selbst es bei Maria tat. Ihr entfuhr ein Seufzer, den ihr Gatte falsch interpretierte, und er presste sich erneut gegen sie. Schon wieder? Sie wollte sich ihm zuwenden, damit er die Sache zu Ende bringen konnte.

„Nein, bleib so."

Sie war überrascht, stellte aber fest, dass es auf diese Weise viel angenehmer war: Er lag nicht auf ihr und erdrückte sie fast, sondern umfasste sie von hinten und war dabei auch nicht ganz so tief in ihr. Zudem kam er noch viel schneller zum Ende als beim ersten Mal. Das musste sie sich merken.

„Verzeih mir, meine Geliebte", murmelte er in ihr Haar. Seine Stimme klang ganz rau.

Sie wusste nicht, was sie ihm jetzt genau verzeihen sollte. Daher sagte sie lieber nichts, sondern fuhr ihm nur einmal durch das Haar. Er küsste sie auf die Stirn und begann, im Dunkeln seine Sachen zusammenzusuchen.

„Ich ziehe mich zurück, Aglaja. Schlaf gut, meine Schöne." Und dann war das Bett neben ihr leer. Aglaja stand augenblicklich auf, zündete eine Kerze an, wechselte das Nachthemd, wusch sich und nahm eines der großen Leinenhandtücher vom Waschtisch mit, um es im Bett über die feuchten Stellen zu legen. Morgen würde er zu seinem Regiment zurückkehren. Sein Zug ging bereits kurz nach dem Mittagessen. Sie hoffte, dass ihr bis dahin nicht noch eine weitere eheliche Begegnung mit ihrem Mann blühte.

Nach Sergejs Abreise kehrte eine gewisse Ruhe im Wolkov'schen Palais ein. Aglaja nahm das Frühstück und Abendessen mit ihren Schwiegereltern zu sich, das Mittagessen hingegen oft nur mit Jelena. Zum Tee machten oder empfingen sie Besuche, aber die restliche Zeit konnte sie ohne Probleme mit Maria und Kaschmàr verbringen.

Eines Nachmittags, als Aglaja und Maria gerade mit Kaschmàr aus dem Park zurückkamen, fuhr im selben Moment die Kutsche der Struzhanovs vor, und ihr entstiegen Jekaterina und Nastja.

„Laja!" Nastja klammerte sich an ihre große Schwester.

Aglaja drückte die Kleine an sich und flüsterte ihr ins Ohr: „Danke, kleine Schwester – du weißt schon, wofür …", dann wandte sie sich um. „Mutter! So eine Überraschung."

„Deine Schwiegermutter hatte die Güte, uns zum Tee zu bitten, um dich zu überraschen." Dann fiel Jekaterinas Blick auf Maria. „Wie kommt sie hierher?"

„Sergej wollte mir eine Freude machen, und ich kann nicht ständig die Zofe meiner Schwiegermutter mit Beschlag belegen, sie braucht sie selbst. Ja, und so ist er … eben auf Maria gekommen. Eine ganz reizende Idee, nicht wahr, Mutter?" Aglaja lächelte zuckersüß und genoss deren konsternierten Gesichtsausdruck. „Aber kommt doch herein! Eine Tasse Tee wird euch guttun! Es ist noch immer so kalt!"

Der Tee wurde serviert, und die Zusammenkunft ging höflich und distanziert vonstatten. Aber Jekaterina Semjonowna war eingeschnappt. Sie hatte keine Ahnung, wie Aglaja das angestellt hatte. Andererseits: Das war jetzt nicht mehr ihre Sorge. Wenn im Hause Wolkov geduldet wurde, dass ein Dorfmädchen bei einer der ersten Familien der Stadt Zofe spielte, bitte schön. Hauptsache, Arkadij merkte nichts davon, dass sie hier war. Sonst befürchtete sie Verwicklungen. Sie wusste nicht, wie weit das kleine Intermezzo seinerzeit in Siverskaja gediehen war, aber seitdem sie zurückgekehrt waren, hatte Arkadijs Aufmerksamkeit im Unterricht nachgelassen, und sie hatte ihn mehrfach beim Gedichteschreiben erwischt.

Als der erste Besuch im Waisenhaus bevorstand, schlug Aglaja ihrer Schwiegermutter vor, Maria mitzunehmen.

„Das ist ein hervorragender Gedanke, mein Kind. Sie ist selbst Waise, sagst du? Wie traurig. Aber gerade so wird sie den Mädchen ein Vorbild sein können. Sie ist ein gutes Beispiel dafür, dass Elternlosigkeit kein Grund ist, sich gehen zu lassen und ein gottloses, unehrenhaftes Leben zu führen."

Und so fuhren Aglaja und Maria gemeinsam mit Jelena in das Heim für elternlose Mädchen zur Handarbeitsstunde. Als sie das schmucklose Haus betraten, schlug ihnen ein Geruch von Kohlsuppe entgegen. Der Boden in der Halle war alt und abgenutzt, aber so sauber gescheuert, wie es eben ging. Die Direktorin begrüßte sie unterwürfig und zeigte sich erfreut, dass Jelena Wolkova ihre Schwiegertochter mitgebracht hatte. Auch Marias Anwesenheit, die in ihrer Dienstbotenkleidung des Hauses Wolkov einen strengen, sittsamen Eindruck machte, wurde wohlwollend bemerkt. Dann wurden sie in den Aufenthaltsraum geführt, in dem die Mädchen im Alter von ungefähr acht bis vierzehn Jahren um mehrere Tische herum saßen und an ihren verschiedenen Handarbeiten werkelten. Als die Direktorin die Tür öffnete, begann ein allgemeines Stühlerücken, und die Mädchen erhoben sich rasch.

„Kinder, wir haben Besuch. Dies ist, wie ihr wisst, unsere Wohltäterin, Frau Wolkova, und sie hat heute die Ehefrau ihres Sohnes Aglaja Fjodorowna zu uns gebracht. Sie wollen sich persönlich von euren Fortschritten bei den Handarbeiten überzeugen. Ihr dürft euch jetzt wieder setzen und weitermachen." Sie nickte der beaufsichtigenden Lehrerin zu.

„Ich würde gern kurz etwas mit Ihnen besprechen, Frau Direktorin", sagte Jelena, ging wieder mit ihr hinaus und ließ Aglaja und Maria allein mit den Mädchen und der Aufsicht zurück. Die Stille in dem Raum war – bis auf das Klappern der Stricknadeln – bedrückend. Aglaja räusperte sich und trat an den ersten Tisch, an dem mehrere kleine Mädchen mit dickem, grobem Garn häkelten.

„Was macht ihr denn hier Schönes?"

Die Kinder hielten inne, starrten sie an, aber keines sagte ein Wort.

„Julja – antworte der Dame!“, herrschte die Lehrerin, eine strenge ältere Frau, eines der Mädchen an, das daraufhin sofort aufsprang und rot anlief.

„Das … sind Seifenlappen … für die Beschützer unserer Heimat an der Front.“

„Ah! Ich verstehe. Julja, du kannst dich wieder hinsetzen und weitermachen – du bist ja schon so weit gekommen! Ich glaube, der Waschlappen ist fast fertig, oder?“

Das Kind nickte schüchtern und neigte sich wieder über die Häkelei.

Maria hatte sich derweil an einen Tisch zu fünf älteren Mädchen gesetzt, die Strümpfe strickten, und es erhob sich ein leises Stimmengemurmel von dort. Immerhin schienen sie ihr zu antworten und hatten nicht das Bedürfnis, aufzuspringen, sobald sie sie ansprach. Sie entdeckte Aglaja, die am anderen Ende des Raumes unsicher herumstand, und ging zu ihr.

„Was ist denn?“, fragte Maria.

„Ich glaube, sie haben Angst vor mir. Sie sind so verschüchtert.“

„Das wärest du hier auch. Ist dir nicht aufgefallen, wie dünn sie alle sind? Und diese erloschenen Blicke … Für sie bist du eine feine Dame, niemand, mit dem man einfach so reden kann. Sie wissen nicht, wie sie sich dir gegenüber verhalten sollen. Aber ich habe eine Idee. Pass mal auf – aber wenn jemand Einspruch erhebt, musst du sagen, dass es deine Idee war!“ Sie grinste verschmitzt und ging nach vorn, wo die Aufsicht ihren Tisch hatte, klatschte leicht in die Hände. „Also, Mädchen, ihr seid so fleißig, dass Aglaja Fjodorowna euch ein Märchen erzählen wird. Da strickt es sich bestimmt doppelt so gut, was meint ihr?“

Die Augen der Kinder richteten sich nun auf Aglaja. Blicke voller Traurigkeit, Angst, aber auch Hoffnung und einige Funken Neugier. Die Aufseherin blies die Backen auf und machte ein zischendes Geräusch, konnte aber nicht widersprechen.

„Kennt ihr die Geschichte von der schönen Wassilissa? Keine von euch? Julja, du auch nicht?“ Aglaja schaute in die Runde.

Die Kleine schüttelte den Kopf.

„Ich kenne sie“, wisperte ein Mädchen zu Aglajas Rechten. „Meine Baba hat sie mir erzählt.“

„Dann musst du mir helfen, wenn ich mal nicht weiterweiß, in Ordnung. Wie heißt du?“

Die Kleine lächelte und nickte eifrig. „Oksana.“

Als Jelena zurück zum Aufenthaltsraum kam, hörte sie die Stimme ihrer Schwiegertochter.

„Was ist denn da drinnen los?“ Die Direktorin schickte sich an, die Tür zu öffnen

„Warten Sie!“ Jelena hielt inne und lauschte.

„… und so tat Wassilissa, wie ihre Mutter sie geheißen hatte, fütterte das Püppchen und fragte es um Rat …“

„Sie erzählt den Kindern eine Geschichte.“ Jelena war entzückt. „Lassen wir sie zu Ende kommen.“

Als die schöne Wassilissa der bösen Baba Jaga entkommen war und ihren Prinzen geheiratet hatte, traten die beiden Frauen wieder in den Handarbeitsraum. Die Mädchen hatten jetzt glänzende Augen und sogar ein wenig gerötete Wangen, und auch die Stricknadeln klapperten noch eifriger als vorher. Beim Eintreten der Direktorin standen sie alle auf und schlugen die Blicke nieder.

„Wie ich sehe, hattet ihr heute einen ganz besonderen Tag“, sagte diese säuerlich und lächelte verkrampft. Da Jelena aber so derart angetan war von dem Einfall der Schwiegertochter, konnte sie schlechterdings etwas dagegen vorbringen.

„Kinder, wir müssen jetzt gehen, aber wir kommen bald wieder!“, versprach Aglaja und verließ zusammen mit Maria und ihrer Schwiegermutter den Raum.

„Das war ein wirklich wundervoller Einfall, aber du bist ein wenig blass, mein Kind.“

„Ach, ich brauche einfach etwas frische Luft, glaube ich. Es war so stickig da drinnen. Das mit der Geschichte war übrigens Marias Idee.“

Jelena lächelte und schenkte Maria einen anerkennenden Blick.

Auf dem Heimweg verlor Aglaja immer mehr ihre gesunde Gesichtsfarbe, und kalter Schweiß trat auf ihre Stirn. Jelena sah besorgt aus.

„Hast du vielleicht etwas Falsches gegessen?"

„Ich weiß nicht. Zum Frühstück hatte ich etwas von dem Kaviar, aber der war einwandfrei."

Ihre Schwiegermutter fühlte ihren Puls. „Zu schnell. Maria, begleiten Sie meine Schwiegertochter augenblicklich nach oben, sie muss sich ausruhen. Ich lasse Doktor Gromow holen."

„Nein, Mutter, das ist nicht nötig. Ich lege mich hin, und wenn es schlimmer wird, können wir immer noch einen Arzt rufen. Morgen bin ich wieder auf den Beinen." Aglaja wollte niemanden sehen, nur endlich liegen und die Augen schließen.

Im Boudoir schickte Maria sich an, ihr die Stiefel aufzuschnüren, als Aglaja aufsprang, ihre Freundin hastig zur Seite drängte und es gerade noch rechtzeitig schaffte, die Tür zum Bad aufzustoßen, um sich in die Waschschüssel zu erbrechen.

5. Kapitel – Wien September 1916

Theo merkte nicht, dass ihr Vater hinter sie getreten war. Sie bürstete sich vor dem kleinen Spiegel, der an ihrer Zimmerwand hing, den Staub vom Anzug.

„Lerne ich sie auch mal kennen?"

„Was?"

„Na, dein Karbolmäuschen, für das du dich immer so fesch machst am Sonntag."

„Vater!"

„Was denn?"

Der Professor meinte es tatsächlich ernst. Mitunter war ihm durchaus bewusst, wie absurd eine solche Situation sein könnte, käme sie denn zustande, dann aber vergaß er es wieder und wollte einfach wissen, mit wem seine Tochter so viel Zeit verbrachte, wie alle anderen Eltern auch.

„Das geht nicht, und das weißt du auch." Theo seufzte. Sie hätte im Prinzip nichts dagegen gehabt, Annamaria mit dem Professor bekannt zu machen, befürchtete aber, dass dann einerseits ihre Freundin erwarten würde, dass die Dinge zwischen ihnen ernster wurden, und andererseits, dass ihr Vater sich verplappern würde, wenn er mit den Gedanken woanders war, was allzu oft bei ihm vorkam.

„Ganz, wie du meinst." Der Professor war gekränkt, das merkte sie.

„Tut mir leid. Irgendwann vielleicht, wenn ich mir sicherer bin … also wenn sie eines Tages weiß …" Sie brach ab. Ginge es nach Annamaria, wüsste sie längst, woran sie war, aber so weit hatte Theo es nie kommen lassen, was schwer genug war. Vielleicht waren sie nur deswegen noch zusammen. Wenn es Theo nicht gelungen wäre, bei den unzähligen Tête-à-Têtes, die sie im vergangenen Jahr gehabt hatten, die Kontrolle zu behalten, hätte es schon längst vorbei sein können. Als Annamaria sich anfangs noch mit Küssen auf Parkbänken zufriedengegeben hatte, war alles einfacher gewesen, aber in letzter Zeit wurde sie immer leidenschaftlicher, und Theo wusste nicht, wie viel länger sie selbst die Fassung noch würde bewahren können.

„Wie sehe ich aus?"

„Alles bestens. Ich wünsche euch einen schönen Nachmittag."

Theo schluckte. Die Wahrheit war, dass sie sich gar nicht mit Annamaria traf, sondern mit Veronika und der kleinen Klara. Sie hatte die Verabredung nicht vergessen, die sie vor genau einem Jahr vorgeschlagen hatte, und sie hatten vereinbart, mit der Kleinen in den Prater zu gehen. Dieser Spätsommertag war zwar schon etwas kühl, aber sonnig und lud geradezu ein, in dem belebten Vergnügungspark spazieren zu gehen, kandierte Äpfel zu essen und Karussell zu fahren. Annamaria hatte Dienst im Spital, und Theo hatte ein doppelt schlechtes Gewissen, denn sie hatte ihr nichts von dem geplanten Ausflug erzählt, und dafür gab es eigentlich keinen Grund. In der ganzen Zeit seit dem Begräbnis hatte sie Veronika nur einmal durch Zufall auf dem Naschmarkt getroffen, bei der Gelegenheit dem Kind eine Zuckerstange gekauft und sich nach Veronikas Befinden erkundigt. Das war alles gewesen. Aber sicher würde es endlosen Geredes und weitschweifiger Erklärungen bedürfen für etwas ganz Einfaches, das in Annamarias Vorstellung völlig groteske Dimensionen annahm, und darum hatte Theo sich gedrückt und fühlte sich dafür entsetzlich feige. Vielleicht würde sie es ihr hinterher sagen?

Da Veronika in der Kleinen Mohrengasse lebte, trafen sie sich direkt am Riesenrad. Leider drehte es sich schon seit mehreren Jahren nicht mehr, denn der Betrieb war mit Kriegsbeginn eingestellt worden. Jüngst hatte die Stadtverwaltung es sogar zum Abbruch freigegeben! Trotzdem blieb es ein beliebter Ausgangspunkt für einen Bummel im Wurstlprater.

„Grüß Sie, Herr Brunner."

„Bitte, nennen Sie mich doch Theo!"

„Gern, dann sagen Sie aber auch Veronika zu mir."

Theo nickte.

„Und wer ist dieses unglaublich große Mädchen?" Sie schaute an Veronika vorbei, an deren Rock sich auf schwankenden Beinchen ein kleines, inzwischen rothaariges Geschöpf klammerte und versuchte, sowohl Gleichgewicht als auch Haltung zu bewahren und nicht in Tränen auszubrechen angesichts des Unbekannten, der einfach so mit ihrer Mutter sprach.

„Sie ist a bisserl schüchtern mit Fremden."

Theo musste lachen. „Gehen wir ein Stück? Ich stelle mein Rad hier ab."

Veronika griff nach Klara, um sie auf den Arm zu nehmen, doch sie wollte unbedingt selbst laufen und strampelte.

„Sollen wir was anderes versuchen?" Theo ging in die Knie. Veronika verstand und setzte ihr Klara auf die Schultern. „Jetzt bin ich dein Pferd, in Ordnung?" Sie wieherte. Klara gluckerte vor Lachen und verlor prompt jede Scheu.

„Ich hoffe, sie verdirbt Ihnen nicht den Kragen, Theo." Veronika schaute besorgt auf die nicht ganz sauberen Fingerchen ihrer Tochter, die sich in Theos Hemd krallten.

„Den wasche ich dann halt. Sollen wir?" Theo hielt Veronika ihren Arm hin und diese hakte sich unter. Niemand im Strom der Sonntagsspaziergänger bemerkte, dass diese kleine Familie sich von den anderen doch sehr deutlich unterschied.

Sie machten in einem Kaffeehaus mit Garten Rast, wo Klara dann auch ihren Sitz auf Theos Schultern zugunsten eines Sandkastenplatzes aufgab. Als der Kellner Mélange für Veronika und Theo sowie ein Häferl Kakao für das Kind gebracht hatte, wandte Theo sich ihrer Begleiterin zu.

„Wie ist es Ihnen im letzten Jahr ergangen?"

Einen Moment lang schaute Veronika Theo nur an. „Es war … ist schwierig. Ich lebe noch bei meinen Eltern, aber es wird jeden Tag schlimmer mit meinem Vater. Ich finde einfach keine neue Anstellung, und das Nähen mit meiner Mutter bringt nicht genug ein."

Sie sah betrübt aus, und Theo tat es leid, dass ihre Frage das Lächeln aus Veronikas Gesicht getilgt hatte. „Was haben Sie denn vor Klara gemacht?"

„Ich habe in der Wäscherei vom Hotel Krantz gearbeitet." Sie errötete. „Eine Dame werd ich damit nimmer." Sie streckte Theo ihre Hände entgegen, die zwar klein und wohlgeformt waren, aber viele Brandnarben vom Bügeln trugen.

„Dafür muss sich niemand schämen." Theo strich zart mit dem Zeigefinger über ihre Handfläche und rief sich gleich darauf zur Ordnung. Was machte sie hier bloß? Sie fühlte sich unwiderstehlich zu der jungen Witwe hingezogen, deren Mann sie beerdigt hatte. Das war doch einfach absurd. Absurd und falsch. Veronika hatte ihre Hand nicht weggezogen und sah Theo an. Plötzlich stutzte sie und schaute noch genauer hin.

„Ihre Augen! So etwas hab ich noch nie gesehen!", rief sie überrascht aus.

Theo musste lachen. So offen erstaunt reagierte selten jemand. Allerhöchstens Kinder. Die meisten schauten zur Seite und taten so, als hätten sie nichts gemerkt.

Veronika schlug verlegen den Blick nieder. „Entschuldigung. Ich wollte nicht unhöflich sein."

„Das macht doch nichts! Besser so, als hinter meinem Rücken mit dem Finger zeigen. Manche anderen schauen und schauen, merken aber nicht, was sie eigentlich ansehen, und fragen sich wahrscheinlich noch im Weitergehen, was jetzt eigentlich mit mir nicht stimmt."

„Also ich glaube … ich finde das schön", stammelte Veronika. „Aber Sie werden jetzt immer denken, ich schaue Ihre Augen an, wenn wir miteinander reden."

„Nein, nein – nicht wegsehen, bitte. Vielleicht können Sie sich daran gewöhnen?"

Sie nickte und hob langsam wieder den Kopf. Der Blick, der Theo nun traf, war ihr allzu bekannt und berührte sie in ihrem Innersten. Sie stand abrupt auf. „Es wird jetzt schon etwas kühl. Vielleicht sollten wir aufbrechen, was meinen Sie?"

Veronika erhob sich ebenfalls und klopfte ihrer Tochter den Sand aus den Kleidern. Die Kleine schien bereits halb zu schlafen, und so trug Theo sie für den Rückweg auf dem Arm, während Veronika Theos Fahrrad schob, und erst an Veronikas Haustür wechselte Klara wieder in den Arm ihrer Mutter.

„Vielen Dank für den wunderschönen Tag, Theo."

„Ich habe zu danken."

Veronika wollte ihre Hand zurückziehen, als Theo sie an ihre Lippen führte, und errötete. „Lassen Sie das doch! Meine Hand ist dafür wirklich nicht geeignet."

„Nicht geeignet? Das gibt es gar nicht! Gute Nacht, Veronika."

„Gute Nacht, Theo, und nochmals vielen, vielen Dank."

Auf dem Heimweg geriet Theo ernsthaft ins Grübeln. Veronika mochte sie, das war eindeutig, und auch sie fühlte sich zu der jungen Frau hingezogen, die sich so tapfer mit ihrem Kind durch das Leben kämpfte. Aber da war eben auch Annamaria, mit der sie jetzt bereits seit fast einem Jahr zusammen war. Warum wurden Herzensangelegenheiten bloß immer ab einem gewissen Punkt so unglaublich schwierig und kompliziert? Ja, warum wohl! Theo versetzte sich selbst innerlich einen Tritt. Die Dinge sind kompliziert, weil ich es bin, dachte sie. Weil ich nicht der bin, für den mich alle halten. Und ich kläre ja auch niemanden über diesen Irrtum auf.

Ihr Leben beruhte in weiten Teilen auf einer Lüge. Diese hatte sie selbst zwar nie ausgesprochen, aber auch nichts dazu getan, um die Wahrnehmung der Menschen um sie herum zu korrigieren. Ihre Arbeit war der eine Grund. Die Frauen ein anderer. Aber was lag all dem zugrunde? Sie war nun einmal kein Mann, und wenn sie in den seltenen stillen Momenten in sich hineinhorchte, wollte sie auch keiner sein, auch wenn das alles viel leichter gemacht hätte. Sie wollte einfach so bleiben, wie sie war, allerdings möglichst ohne das Gefühl, die Welt und die Menschen um sich herum permanent zu betrügen.

Theo hasste Unehrlichkeit und konnte auch nicht gut lügen. Dennoch lebte sie unter wirklich verdrehten Voraussetzungen, die ein ständiges Lavieren in einer Sphäre der Halbwahrheit erforderlich machten. Würde das jemals ein Ende haben? Vermutlich nicht. Würde es jemals eine Frau geben, die um ihr Geheimnis wusste und sie einfach nur liebte, oder würde sie zeit ihres Lebens nur das an Zuneigung und Nähe erfahren, was dem allseits beliebten und begehrten Theo Brunner zuteilwurde, solange ihre Freundin nicht erfuhr, dass sie eine Frau war? Immer, wenn sie an diesem Punkt angekommen war, beendete sie energisch die kreisenden Gedanken. Es führte ja zu nichts, außer einer tiefen Melancholie, mit der sie sich am liebsten in ihrem Bett verkrochen hätte.

Zu Hause angekommen setzte sie sich zu ihrem Vater, der in dem taschentuchgroßen Garten, den er im Hinterhof angelegt hatte, den Abend mit einem Glas Wein ausklingen ließ.

„Na, hattest du einen schönen Tag, mit deinem Karbolmäuschen?"

Theo nickte. „Nenn sie doch nicht so! Ich habe mich nicht mit Annamaria getroffen."

„Nicht? Für wen hast du dich dann so in Schale geworfen?"

„Ich habe vor einem Jahr einen Verstorbenen mit einem Kopfschuss in Ordnung gebracht. Zum Glück, denn auch wenn er keine Verwandten hatte, so tauchte doch noch seine Verlobte auf. Sie ist eine sehr mutige, tapfere Frau. Sie hat ein Kind von ihrem Verlobten …"

„Und? Magst du sie?"

„Ja, irgendwie schon. Aber deswegen will ich nicht, dass sie mich zu sehr mag. Sie braucht einen Mann, der sie liebt, sich um sie kümmert und für die Kleine ein guter Vater ist. Jemanden, der für beide sorgen kann und eine ehrbare Frau aus ihr macht." Sie lachte bitter. „Dazu bin ich kaum geeignet."

Der Professor sah seine Tochter betreten an. Er hatte ja geahnt, dass es nicht richtig war, was Elisabeth da angezettelt hatte. Wenn er aber damals nur entfernt vermutet hätte, was daraus für Theo mit der Zeit erwachsen würde, hätte er der Sache einen Riegel vorgeschoben. Aber dafür war es nun zu spät, und seine Tochter musste ausbaden, was seine Frau durch ihren Wahn und er selbst durch Zerstreutheit und Nachlässigkeit verbrochen hatten. Er legte seine Hand auf die ihre. „Es tut mir so leid, Theo."

„Wie oft soll ich es denn noch sagen? Es ist nicht deine Schuld. Und auch nicht die von Mutter."

„Und wenn du es doch mal probierst? Ich meine, du könntest es doch versuchen ...", der Professor verhaspelte sich.

„Was versuchen? Darüber haben wir doch schon hundertmal gesprochen. Abgesehen davon, dass ich sofort meine Arbeit wieder verlieren würde, wenn ich morgen dort in einem Kleid auftauchte – ich will es einfach nicht. Es geht doch niemanden etwas an, wie ich mich anziehe! Ich habe nie behauptet, ein Mann zu sein, nachdem ich dann bei Gabler endlich gemerkt hatte, dass ich es nicht bin." Theo musste schmunzeln und war dankbar, dass Franz aus jenem Intermezzo, als sie beide noch Kinder gewesen waren, keine weiteren Schlüsse gezogen hatte. „Ich spiele nur so viel Theater, wie die Leute von mir zu erwarten scheinen." Sie leerte ihr Weinglas bereits zum zweiten Mal.

Der Professor sah betrübt aus.

„Mach dir bitte, bitte keine Sorgen um mich. Ich komme klar. Von Veronika werde ich mich besser fernhalten."

„Das ist vielleicht wirklich besser so – obwohl eigentlich jede froh sein könnte, dich zu bekommen." Der Professor war von dem, was er da sagte, wirklich überzeugt. Und als Theo ihn von der anderen Seite des Tisches ansah, fiel ihr eine kurze, gelockte Haarsträhne in die Stirn und das flackernde Windlicht warf Schatten auf ihre Wangen ... Professor Brunner schüttelte den Kopf. Die Menschen waren schon sehr einfach gestrickte Säugetiere. Sie machten ihre Wahrnehmung an wenigen oberflächlichen Beobachtungen fest, und das waren in Theos Fall in erster Linie die männliche Kleidung und die kurzen Haare und dann natürlich ihr Name. Niemand sah sie danach offenbar wirklich genau an, sonst würde sich keiner so leicht von ihr hinters Licht führen lassen.

„Ich glaube, ich sollte schlafen gehen", nuschelte Theo mit schwerer Zunge. Sie hatte mehrere Gläser Blauen Zweigelt getrunken – viel Wein vertrug sie nicht.

Am nächsten Morgen war das Wetter kühl und verhangen. Vielleicht hatten sie wirklich den letzten warmen Tag in jenem Jahr für den Praterbesuch erwischt.

Schon wieder Veronika, schalt Theo sich selbst. Sie ertappte sich schon den ganzen Morgen dabei, dass sie nahezu unausgesetzt an sie denken musste.

„Theo?" Die Stimme kam von oben und riss sie aus ihren Grübeleien.

„Ja, ich bin hier unten."

Annamaria kam die Stiege herunter. Sie versuchten immer, sich mittags für einen Moment zu sehen, und seit Kurzem hatte sie die Scheu vor Theos Arbeitsplatz abgelegt und besuchte sie hier unten. Sie küssten sich. Der Spitalkeller war nicht der bevorzugte Ort zum Austausch von Zärtlichkeiten, aber jetzt kam die kalte Jahreszeit. Sie mussten sich ohnehin etwas einfallen lassen. Im vergangenen Winter waren sie erst so kurz zusammen gewesen, dass sie zwar die Nähe der anderen suchten, aber es hatten noch keine wirklichen Intimitäten stattgefunden. Auch wenn sie sich immer vorsehen musste, dass die Dinge nicht außer Kontrolle gerieten, vermisste Theo bereits jetzt die Sonntage und die gestohlenen Stunden unter der Woche, die sie in den Donauauen oder auch in abgelegeneren Teilen des Praters verbracht hatten. Sie hatten es genossen, beieinander zu sein, und waren sich immer näher gekommen. Die letzte Konsequenz und damit die Entdeckung ihres Geheimnisses war nicht mehr lange hinauszuzögern. Theos Herz wurde schwer bei dem Gedanken, ob sie sich lieber vorab von Annamaria trennen oder es darauf ankommen lassen sollte.

„Es ist über Nacht Herbst geworden." Sie küssten sich, und die vibrierende Spannung zwischen ihnen ließ Theo den Gedanken an eine vorsorgliche Trennung zum Teufel jagen.

„Hör mir zu", flüsterte Annamaria zwischen zwei Küssen, „ich habe nicht viel Zeit. Also. Meine Tante in Graz ist gestorben."

„Das tut mir sehr leid."

„Mir nicht. Sie war eine starrsinnige alte Hexe, außerdem sind meine Eltern gestern Abend gleich mit dem Zug hingefahren. Heute war die Beisetzung, und morgen am Abend kommen sie wieder." Sie sah Theo erwartungsvoll an.

„Heißt das … wir wären … unter uns?"

Annamaria strahlte und nickte bekräftigend. „Ich habe um acht Dienstschluss. Sei um neun da! Jetzt muss ich wieder an die Arbeit." Sie stürmte die Treppen hoch und ließ Theo verwirrt, nervös und elektrisch geladen zurück.

Als Franz an jenem Nachmittag früher als gewöhnlich kam, um die Verstorbenen abzuholen, nutzte sie die Gelegenheit, um etwas eher Schluss zu machen. Daheim wusch sie sich, zog frische Kleider an und schwang sich dann wieder auf das Rad in Richtung Ottakring.

„Theo! Was willst du denn so früh hier?" Kathi war noch damit beschäftigt, die Tische abzuwischen, und ein Haufen schmutziger Gläser stand noch am Tresen.

„Spülen helfen?"

Sie musste lachen. „Na, da sag ich nicht nein."

Theo ging hinter den Tresen, band sich ein Handtuch vor, holte aus der Küche das bereits vorgewärmte Seifenwasser und trug den Zuber nach vorn. Kathi war mit den Tischen fertig, gesellte sich zu ihr und nahm erwartungsvoll ein Geschirrhandtuch aus dem Regal. „Nun sag schon, was du auf dem Herzen hast."

„Es geht um Annamaria."

„Dachte ich mir. Weiter." Kathi nickte ermunternd.

„Wir sind ja jetzt schon ziemlich lang zusammen und … nun hat sie mich heute Abend zu sich nach Hause eingeladen. Ihre Eltern sind in Graz …", sie geriet ins Stammeln.

„Ja, und?"

„Na, du weißt schon."

Kathi schüttelte den Kopf. „Nein. Weiß ich nicht."

„Es ist doch klar, worauf das hinauslaufen wird." Theo wand sich. „Sie war schon mehrfach haarscharf davor … also … ich habe sogar überlegt, ob ich mich unter einem Vorwand von ihr trennen soll, aber jetzt? Ich will das ja auch gar nicht", schloss sie kläglich.

„Also, entschuldige, wenn ich jetzt mal so direkt frage, aber wie hast du sie denn bisher in Schach gehalten? Die Kleine scheint mir durchaus zu wissen, was sie will."

„O ja. Das tut sie." Theo musste an all die „Beinahe-Momente" denken, die sie in den vergangenen Sommermonaten mit Annamaria durchlebt hatte.

„Ach so, der Kavalier genießt und schweigt, oder wie?" Theo musste grinsen. „Willst wissen, was du verpasst hast?" Sie zwinkerte Kathi zu.

Diese küsste Theo ohne Umschweife auf den Mund und sagte: „Glaub mir, das weiß ich!"

„Ich habe halt den respektvollen Beschützer weiblicher Tugend gegeben, der sich ihr zuliebe beherrscht und es nicht zum Äußersten kommen lässt. Habe aber eben anders dafür gesorgt, dass es ihr … gutgeht." Sie spürte wieder das Begehren, das ihr stellenweise fast den Verstand getrübt hatte, wenn Annamaria sich an sie gepresst und mehr gewollt hatte als Küsse und Berührungen. Es hatte Theo übermenschlichen Willen gekostet, sich nicht zu ergeben und nicht einfach geschehen zu lassen, was immer kommen würde. Stattdessen kostete sie es aus, Annamarias Verlangen zu stillen, was aber nur dazu geführt hatte, dass ihre Freundin mehr wollte.

Sie zerrte an Theos Kleidern, wollte sie ebenfalls berühren. Denn auch wenn sie die vermeintlichen Gründe hinter Theos Zurückhaltung zu verstehen glaubte und in gewisser Weise dankbar dafür war, so verstand sie doch nicht, warum er nicht erlaubte, dass sie wenigstens dasselbe für ihn tat …

„Du meinst also, heute Abend wird es ernst."

„Ja. Ohne jeden Zweifel."

„Schau nicht so besorgt."

„Kathi, was soll ich denn machen? Warten, bis sie mir die Hosen aufknöpft und merkt, dass sie nicht das findet, was sie erwartet?"

„Du musst dich entscheiden. Wenn du hingehst, wird sie es erfahren. Ich glaube nicht, dass sie sich weiter mit halben Sachen zufrieden gibt."

„Nein. Das wird sie nicht."

„Und was willst du?"

„Das fragst du nicht im Ernst, oder?"

Kathi sah sie mitleidig an. Seit sie Theo kannte, endeten ihre Liebschaften immer so. Meist sogar noch früher. „Das war eine dumme Frage, entschuldige bitte."

„Macht nichts." Theo fuhr sich durch die Locken, die sie heute nicht mit Pomade gebändigt hatte.

„Was glaubst du denn, wie sie reagieren würde?"

„Ich habe nicht die blasseste Ahnung."

„Aber du bist doch seit einem Jahr mit ihr beieinander."

„Falsch. Ich bin mit ihr zusammen, ja. Aber sie ist mit Theo zusammen. Ich kann nicht wissen, wie sie darauf reagieren würde, wenn Theo nicht das ist, was sie glaubt."

„Ich kann dir diese Entscheidung nicht abnehmen, aber ich bin der Meinung, dass du irgendwann Nägel mit Köpfen machen musst. All die Mädchen, die du in den vergangenen Jahren mitgebracht hast – es war keine einzige Schlampe dabei. Mit jeder einzelnen von ihnen könntest du heute glücklich sein, wenn du den Mut dazu gehabt hättest, dich mal einer von ihnen zu offenbaren."

„Ich finde nie den richtigen Moment. Ganz am Anfang? Dann nimmt sie gleich Reißaus. Wenn ich merke, dass sie sich in mich verliebt hat? Ich bringe es dann einfach nicht über mich, alles zu zerstören, was ich an Möglichkeiten spüre. Und wenn wir bereits zusammen sind und nur noch eines fehlt, dann ist es zu spät. Sie würden sich völlig zu Recht betrogen und ausgenutzt fühlen."

„Darüber haben wir schon gesprochen." Kathi klang nun leicht ungehalten. „Wenn du es einem Mädchen zu früh sagst, läufst du größere Gefahr, dass sie dir die Polizei auf den Hals hetzt. Steckt sie erst mal selbst mit drinnen, wird sie vermutlich eher den Mund halten – auch wenn sie dir davonläuft."

Kathi war pragmatisch. Theo hatte es nun einmal schwerer mit der Liebe als andere. Also fand sie es nur recht und billig, wenn sie sich ihres unwiderstehlichen Charmes auch bediente.

„Du meinst also, ich sollte hingehen und es darauf ankommen lassen?"

„Ja. So geht es doch nicht weiter." Sie goss Theo und sich selbst ein Glas Wein ein. „Den trinken wir jetzt. Dann mache ich dir etwas zu essen, und danach fährst du zu deiner galanten Verabredung."

Sie stießen an, und nach einer schlichten Mahlzeit in Kathis Küche machte Theo sich auf den Weg.

Da sie früh dran war, schob sie ihr Rad. In Gedanken probte sie, was sie Annamaria sagen wollte, sagen könnte. Schließlich war sie ganz durcheinander von ihren eigenen verworrenen Überlegungen und ließ es bleiben. Als sie in die Thalhaimerstraße einbog, war sie guter Dinge. Sicher, sie riskierte, abgewiesen zu werden, aber das Ergebnis wäre dasselbe, wenn sie sich von Annamaria trennte. Insofern hatte Kathi schon recht. Sie trat in den Hauseingang, stieg hinauf in den ersten Stock. Die zweite Tür war es. Sie atmete durch und klopfte. Drinnen hörte sie hastige Schritte, und die Tür flog auf.

„Theo", flüsterte Annamaria. „Komm rein." Rasch zog sie sie aus dem Treppenhaus in die Wohnung. Sie sah ganz anders aus. Anders als im Krankenhaus, anders auch, als Theo sie sonst kannte. Sie trug ein einfaches lockeres Baumwollkleid. Ihr dunkles Haar, das sonst immer zu einem festen Knoten gesteckt war, hing ihr offen und in leichten Wellen bis zur Taille. Theo umarmte sie und vergrub ihr Gesicht in Annamarias Haarfülle, die nach blumiger Seife roch.

„Komm rein. Ich muss dir etwas erzählen", murmelte sie, den Kopf an Theos Schulter.

„Ich dir auch, aber du zuerst."

Sie nickte und Theo folgte ihr in die aufgeräumte Wohnküche, auf deren Tisch einzig eine Flasche Wein und zwei Gläser standen.

„Ich wollte dir etwas kochen, entschuldige. Ich habe es nicht mehr geschafft."

„Das macht doch nichts. Ich bin gar nicht hungrig. Was willst du mir sagen?"

„Setz dich."

Theo nahm auf einem der einfachen Küchenstühle Platz. Annamaria blieb nicht nur stehen, sondern begann, in der Küche auf und ab zu gehen.

„Du bist ja völlig durcheinander, was ist denn?"

„Heute kurz vor Dienstschluss … nein, ich muss anders anfangen. Also vorgestern wurde ein Oberstleutnant eingeliefert. Ein übler Bauchschuss, notdürftig versorgt. Ein Wunder, dass er den Transport überstanden hat. Er muss furchtbar wichtig sein. Jedenfalls kam ein eigener Stabsarzt vom Kriegsministerium mit, der erst einen mordsmäßigen Wirbel veranstaltet und dann gemeinsam mit Doktor Schütz operiert hat. Ich habe assistiert, wie immer."

Theo hörte ihr aufmerksam zu. Sie hatte keine Ahnung, worauf das hinauslaufen würde.

„Zwischendrin hat er mich einmal wütend angebellt, weil ich die Nadeln für das Vernähen der Wunde fertiggemacht hatte, ohne auf seine Anweisung zum Nahtmaterial zu warten. Dann hat er sich aber beruhigt und den Oberstleutnant zugemacht. Ich hatte vielleicht eine Angst!" Sie setzte sich nun zu Theo an den Tisch und goss ein Glas Wein ein, trank einen Schluck und fuhr fort. „Der Patient ist natürlich noch nicht so ganz über den Berg, also habe ich mir nichts weiter dabei gedacht, als dieser Doktor Bogner heute noch mal aufgekreuzt ist. Er ist dann aber gar nicht zu dem Oberstleutnant, sondern direkt zum Doktor Schütz. Als der mich dann zehn Minuten später in sein Büro gerufen hat, habe ich gedacht, er wirft mich raus, weil der andere sich über mich beschwert hat." Sie fuhr sich durch das Haar.

„Annamaria, los, raus mit der Sprache!"

Sie zog die Füße auf den Stuhl und umschlang ihre Knie mit den Armen. „Doktor Bogner vom Ministerium wollte mich nicht rauswerfen lassen. Er wollte mich anwerben."

Theo blieb vor Entsetzen der Mund offen stehen. Das konnte doch wohl nicht wahr sein!

„Ja, stell dir vor. Er hat mich so über den grünen Klee gelobt und entschuldigte sich sogar dafür, dass er mich so angefahren hat, er habe nur überprüfen wollen, wie ich reagiere und ob ich trotzdem konzentriert weiterarbeiten würde."

„Du hast das doch nicht angenommen?"

„Theo! Das war keine Aufforderung, der man nachkommen kann oder eben nicht. Auch kein Angebot. Jedenfalls keins, das man ablehnen kann. Das war eine Anordnung. Er hat die ganze Zeit auf mich eingeredet, gesagt, solches Personal wie mich brauche man in den Feldlazaretten und wie stolz ich darauf sein kann, meine Arbeit in Zukunft noch mehr in den Dienst des Vaterlandes und des Kaisers stellen zu dürfen. Dass mir der Dank Österreich-Ungarns auf ewig sicher sei."

„Und Doktor Schütz hat nichts dazu gesagt?"

„Der hat nur genickt. Was hätte er auch sagen sollen? Der Bogner ist vom Kriegsministerium. Theo, ich hatte keine Wahl, sie haben mich gezwungen, ich musste unterschreiben."

Sie trank ihr Glas aus. Als sie es wieder hinstellte, begannen ihre Hände unkontrolliert zu zittern, es fiel um, und einige Tropfen Wein ergossen sich über die Tischplatte.

„Ich habe Angst. Ich kann das nicht!" In den großen dunklen Augen, die ihr Gesicht beherrschten, stand die nackte Verzweiflung. „Du musst mir helfen!" Sie stand auf und setzte sich auf Theos Schoß, diesmal jedoch nicht auf jene provozierende Weise wie sonst. Sie klammerte sich an Theos Jacke und begann zu weinen.

„O, mein Gott …" Theo war sprachlos.

„Es tut mir so leid. Ich hatte mir diesen Abend auch anders vorgestellt. Hilfst du mir?"

„Ja, aber wie denn? Wenn du dich jetzt absetzt, gilt das nicht auch irgendwie als Fahnenflucht?"

„Verstehst du mich nicht?" Sie nahm Theos Gesicht in ihre Hände. „Ich habe noch zwei, vielleicht drei Wochen Zeit, bevor sie mich weiß Gott wohin überstellen. Aber wenn ich ein Kind erwarte, dürfen sie mich nicht wegschicken."

Theo fuhr zusammen und wurde bleich.

„Bin ich dir denn plötzlich zuwider?“ Ihre Stimme war ein raues Flüstern. „Theo! Die Donauauen … Erinnere dich doch. Du warst immer so zurückhaltend. Ein vollkommener Kavalier. Du musst dich jetzt nicht mehr beherrschen, bitte!“ Sie küsste Theo und begann sich das Kleid aufzuknöpfen.

„Annamaria, Moment!“

„Ich will dich, Theo. Schon die ganze Zeit. Ich habe manchmal in meine Kissen geschlagen und war tagelang völlig unmöglich zu meiner Familie und den anderen im Spital. Immer wenn du wieder einmal so unglaublich anständig gewesen bist! Das ist jetzt nicht der richtige Moment für Anstand!“

Theo spürte ihre Verzweiflung und strich ihr sanft über das Haar. „Annamaria, ich kann dir nicht helfen.“ Sie dachte einen Moment nach. „Also zumindest nicht ich direkt, aber vielleicht kenne ich jemanden, der …“

„Du willst mich weiterreichen? An einen anderen?“ Sie wollte aufspringen, aber Theo hielt sie fest. Jetzt war es doppelt wichtig, dass sie verstand.

„Bleib bitte hier und hör mir zu.“

„Ach, Theo, lass es uns doch einfach versuchen. Es war doch immer so … so …“ Wieder überschüttete sie Theo mit Küssen und zerrte diesmal an ihrem Hemd.

„Annamaria. Bitte. Ich wollte dir auch etwas sagen. Lange schon und ich habe mich nicht getraut, aber ich glaube, jetzt kann ich es nicht länger verschweigen.“ Sie rang nach Luft. „Ich … ich bin kein Mann!“

„Du bist … impotent?“ Nun sprang sie wirklich auf. „So ein Glück kann auch nur ich haben.“

Damit lieferte sie ihr zwar die Ausrede auf einem silbernen Tablett, aber Theo konnte jetzt nicht mehr zurück. Die junge Frau hatte ihr Leben, ihre Zukunft und nicht zuletzt ihren Ruf in Theos Hand gelegt. Sie verdiente wenigstens die Wahrheit.

„Nein … ich bin eine Frau.“

Der Ausdruck in ihren Augen veränderte sich. Theo erwartete Zorn, Hass vielleicht, war aber nicht vorbereitet auf diesen Abgrund von Fassungslosigkeit, der sich in Annamarias Blick offenbarte. Sie stand mitten in der Küche, und alle

Energie schien mit einem Schlag aus ihrem so angespannten Körper geflossen zu sein.

„Mir ist schlecht."

Sie war wirklich ziemlich blass. Theo stand auf und machte einen Schritt auf sie zu.

„Fass mich ja nicht an."

Sie sprach leise und in einem nahezu gleichgültigen Tonfall, dennoch wich Theo unwillkürlich zurück. „Willst du, dass ich gehe? Ich habe … ich wollte das alles nicht …" Ihr fehlten die Worte.

„Ach ja? Was genau wolltest du denn nicht?" Ihre Augen waren wieder völlig klar und ruhig auf Theo gerichtet. „Mich belügen? Oder eigentlich ja alle anderen auch, oder? Untauglich geschrieben bist du, ja – was für ein Witz soll das sein?"

„Stimmt aber."

„Du lügst ja selbst jetzt noch."

„Ich habe dich nie belogen."

„Und wieso habe ich dich gerade angefleht, mir ein Kind zu machen? Das ist ja widerlich." Sie wandte sich ab.

„Habe ich jemals behauptet, ein Mann zu sein?"

Annamaria starrte sie wutentbrannt an und wandte sich dann ab.

„Nein, Annamaria. Nicht so. Sieh mich an. Du bist zu mir in den Keller gekommen. Du wolltest mit mir ausgehen, du hast mich geküsst …" Ihre Stimme brach.

„Stimmt alles, aber dir muss doch klar sein, dass nichts davon je passiert wäre, wenn ich gewusst hätte, dass du eine Frau … eine Lesbierin bist!"

„Nein! Ist es nicht. Warum hätte mir das klar sein müssen, Annamaria, und nicht dir? Nur weil ich Männerkleidung trage, kurze Haare habe und Theo genannt werde? Deshalb muss niemand mehr genau hinsehen? Du verlässt dich auf Dinge wie Kleidung, Haare und Namen bei der Auswahl deiner … Gefährten? Vielleicht war es jener erste, äußerliche Eindruck, der dich angezogen hat. Aber wir sind jetzt seit einem Jahr zusammen. Ein Jahr, Annamaria. In diesem einen Jahr muss dir wohl auch noch irgendetwas anderes an mir gefallen haben als mein Gesicht und … die Art, wie ich dich küsse!“ Annamaria stand mit dem Rücken zu ihr und sah scheinbar unbeteiligt aus dem Fenster.

„Ich glaube, ich gehe jetzt besser.“ Theo griff nach ihrer Jacke und setzte die Mütze wieder auf.

„Wie heißt du denn richtig?“

„Ich heiße Theodora – das bedeutet Geschenk Gottes!“

Als Theo am nächsten Morgen aufwachte, beschlich sie noch im Halbschlaf das Gefühl, dass etwas nicht in Ordnung war. Aber dann: der Streit mit Annamaria, die in ein Feldlazarett wechseln musste … wie ein Ziegel aus zehn Metern Höhe stürzte die Erinnerung an den Vorabend auf sie ein. Sie wünschte sich, sofort wieder einzuschlafen und erst dann wieder aufzuwachen, wenn sich die Wogen geglättet hatten, denn offenbar war sie selbst ja nicht in der Lage, etwas zu tun, das keine üblen Konsequenzen für Menschen hatte, die ihr am Herzen lagen. Und dann noch die schmerzhafte Schürfwunde an ihrer eigenen Seele.

Annamaria war so anders als alle anderen Mädchen, die Theo bisher gekannt hatte, und sie hatte sich eine viel zu lange Zeit der Illusion hingegeben, dass es mit ihr anders sein würde als sonst. Nur deshalb war sie so lange mit ihr zusammen gewesen. Ich bin doch selbst schuld daran, dass es jetzt wehtut, dachte Theo. Ich hätte es nie so weit kommen lassen dürfen.

Egal. Sie musste aufstehen und ins Spital gehen, denn ihre Arbeit konnte schlecht warten, bis sich die dunklen Wolken, die momentan über ihrem Leben hingen, verzogen hatten … sofern sie überhaupt noch Arbeit hatte. Theo konnte nur hoffen, dass Annamaria nicht zu ihrem Gönner, Doktor Schütz, gelaufen war, um kundzutun, dass sie von Brunner aus der Leichenhalle belästigt worden war. Eigentlich hatten zu viele Schwestern gesehen, dass sie zusammen ausgegangen waren und sich etwas zwischen ihnen angesponnen hatte, und zuzugeben, dass sie einer Frau auf den Leim gegangen war, würde Annamaria nicht wollen. Insofern standen Theos Aussichten vielleicht gar nicht so schlecht. Aber mit Sicherheit würde es Gerede geben, wenn man sie nicht mehr zusammen sah, und auch dann, wenn Annamaria ging. Theo schwor sich, die nächste Krankenschwester, die sich zu ihr in den Keller verirrte, sofort wieder ans Tageslicht zu befördern. Und zwar ungeküsst.

Als sie im Spital ankam und ihren Keller aufschloss, war es noch früh. Noch nicht einmal richtig hell war es geworden, und der Nebel hing zwischen den Gaslaternen. Theo machte gerade überall Licht, als sie hörte, dass die Tür oben sich öffnete.

„Herr Brunner?"

„Ja, ich bin hier." Und eingedenk des soeben gefassten Beschlusses: „Warten Sie, ich komme rauf."

Oben stand in der Tat eine von Annamarias Kolleginnen, ein schüchternes, verhuschtes Geschöpf.

„Schwester Josephine?"

Sie errötete und nickte. „Könnten Sie bitte oben jemanden abholen? Wir haben drei, die auf das Bett warten."

„Ja, natürlich. Ich komme gleich mit. Ist jemand oben, der mir helfen kann?"

Sie nickte und Theo nahm eine einfache Trage und folgte ihr. Der Krankensaal, in dem dicht gedrängt über zwanzig Betten standen, jagte ihr kalte Schauer den Rücken hinab. Die Geräuschkulisse aus rasselndem Atem, kaum unterdrückten Schmerzensschreien und im Fieber gemurmelten Gebetsfetzen bewirkte bei ihr, dass sie froh und dankbar war, sich in ihren Keller zurückziehen zu können, wo sie dafür sorgte, dass das Ende des menschlichen Lebens mit der größtmöglichen Würde begangen wurde. Und einmal mehr begriff sie nicht, warum die meisten Menschen ihren Arbeitsplatz und den Umgang mit Leichen so unheimlich fanden. Diese Männer in den Betten litten unsägliche Qualen, und in vielen Fällen konnte man wenig bis gar nichts für sie tun, außer abzuwarten und zu versuchen, ihr Leid ein wenig zu lindern. Schmerzmittel waren längst Mangelware und wurden nur noch schweren postoperativen Fällen verabreicht, und auch dann nur streng rationiert. Theo hatte den Verdacht, dass davon eine Menge in den Kreisen der Obersten Heeresleitung auf dunklen Kanälen sonst wohin floss, aber nicht dahin, wo es am dringendsten gebraucht wurde.

„Herr Brunner, hier entlang bitte."

Schwester Josephine führte ihn zu einem Bett an der Wand. Darin lag ausnahmsweise kein Held des Vaterlands. Jedenfalls nicht aus dem aktuellen Krieg. Der Mann war bestimmt an die achtzig Jahre alt, und sein Gesicht wies eine bläuliche Färbung auf. Ein verheulter Junge von vielleicht fünfzehn Jahren saß neben dem Bett.

„Herzinfarkt?"

Schwester Josephine nickte.

„Danke, Schwester. Wer hilft mir tragen?"

„Ich dachte, der Enkel."

„Das kann nicht Ihr Ernst sein!"

Sie zuckte mit den Schultern und ließ Theo stehen. Das war ja wohl nicht zu fassen! Manche dieser Frauen hatten etwa so viel menschliche Wärme in sich wie die Eisblöcke in ihrem Lagerraum.

Der Junge zog die Nase hoch. „Ich mach das schon." Dann wischte er sich mit dem Ärmel den Rotz aus dem Gesicht. Seine Augen waren rot und geschwollen.

Theo seufzte. „Also gut. Wie heißt du?"

„Max."

„Gut, Max, ich bin Theo. Also pass mal auf. Als Erstes müssen wir deinen Großvater auf die Trage legen. Dazu rolle ich ihn auf die Seite hier im Bett, und du schiebst von der Seite die Trage unter ihn. Wird das gehen?"

Der Junge nickte und tat, was sie ihm sagte.

„Sehr gut. Du nimmst jetzt die vorderen Griffe und ich die hinteren. Ich sage dir, wo es langgeht, und du bestimmst das Tempo." Auf diese Weise musste der Junge nicht beim Transport auf die Leiche seines Großvaters hinuntersehen, und sollte er stolpern, würde nicht der Kopf des Verstorbenen aufschlagen, sondern schlimmstenfalls die Füße.

Sie gingen mit der Trage über den Hof. „So, die Tür da hinten ist es. Und dann haben wir es auch schon geschafft." Sie traten ein, Theo öffnete den Aufzug, und sie schoben die Trage hinein.

„Vielen Dank, Max. Du kannst jetzt nach Hause gehen. Den Rest mache ich allein. Sprich mit deinen Eltern. Sie sollen sich bei mir melden wegen des Begräbnisses."

Der Junge nickte. „Was machen Sie jetzt mit ihm?"

Theo stutzte. Diese Frage stellte ihr eigentlich fast niemand. Aber in jedem Fall verdiente Max eine ehrliche Auskunft, wenn auch vielleicht nicht unbedingt im letzten Detail. „Ich werde ihn waschen und etwas herrichten für die Beerdigung."

Max zog den Kopf zwischen die Schultern. „Meine kleine Schwester ist vor zwei Jahren gestorben. Sie war erst drei Jahre alt. Wir hatten sie dann zu Hause aufgebahrt. Das war schlimm. Ihre Augen waren eingesunken und standen etwas offen."

Theo nickte. „Ja, das passiert bei Kindern schnell. Ich verspreche dir, dass ich mich gut um deinen Großvater kümmern werde. Keine Angst."

„Kann ich … nachher noch einmal kommen? Ich würde ihm so gern etwas zum Anziehen bringen. Er hat sich immer beklagt, im Nachthemd vor anderen Leuten im Bett liegen zu müssen."

„Natürlich kannst du das machen. Komm am besten am Nachmittag. Dann bin ich fertig, und wir können deinen Großvater zusammen anziehen, wenn du das willst. Wenn nicht, mache ich das allein. Aber keine Angst, ja?"

Max schluckte tapfer und nickte. „Danke, Theo." Dann ging er.

Was für ein netter Bursche. Sehr verständig und bedacht für sein Alter.

Sie ließ den Aufzug hinunter, der mittels einer einfachen Seilwinde bedient wurde, und stieg in ihren Keller hinab. Max' Großvater war erst seit Kurzem tot, und die Blaufärbung des Kopfes war mittlerweile noch intensiver. Mit geübten, leichten Bewegungen lockerte Theo die bereits eintretende Leichenstarre und lagerte dann den gesamten Oberkörper des Toten mithilfe eines Holzkeils hoch, den sie selbst aus einigen stabilen Brettern gezimmert hatte. Durch die Hochlagerung konnte die Verfärbung, die aus einer Stauung von Blut herrührte, in den Brust- und Bauchraum zurückfließen. Diesen Vorgang unterstützte Theo durch das geduldige Massieren und Ausstreichen der Halsvenen und an den Ohren. Den Körper reinigte sie gründlich mit Karbolseife, trocknete ihn ab, verschloss die Körperöffnungen mit Gaze, deren letzte Schicht sie jeweils in flüssiges Kerzenwachs eingetaucht hatte. Nach dem Rasieren griff sie bereits nach einem Verband, um den Kiefer hochzubinden, verwarf diesen Gedanken dann wieder. Der alte Mann war an einem Herzleiden gestorben. Es gab also keinen vernünftigen Grund, einen Verband um den Kopf zu rechtfertigen, außer der praktischen Erwägung, den Mund der Leiche geschlossen zu halten. Theo überlegte nicht lange. Sie griff nach der Schachtel mit dem Nahtmaterial und machte sich an die Arbeit. Als sie fertig war, lehnte sie sich zurück und betrachtete ihr Werk. Das war wirklich gelungen. Das Verschließen des Mundes war nicht ganz einfach. Theo war auf diese Idee gekommen, weil Gabler ihr damals gezeigt hatte, wie man die Mundöffnung eines präparierten Affen verschloss, so dass man von außen nichts davon sehen konnte. Als sie dieses Kunststück zum ersten Mal bei einem Verstorbenen durchgeführt hatte, war Huber wirklich verblüfft gewesen und hatte ihr zufrieden auf die Schulter geklopft.

Wenig später kam Max. Er hatte einen tabakbraunen Anzug, ein Hemd mit Kragen und Krawatte mitgebracht und sogar an Wäsche, Strümpfe und Schuhe gedacht.

„Grüß dich, Max. Bist du so weit?“

„Ja.“ Er nickte fest. „Meine Mutter und mein Bruder warten draußen. Er ist noch zu klein, um dabei zu sein“, fügte er entschuldigend hinzu. „Ich hole sie dann, wenn wir … fertig sind.“

„Dann willst du mir helfen?“

„Ja. Will ich.“

Viele Worte machte er nicht gerade.

„Also gut. Keine Angst.“

Der Junge folgte ihr mit dem Kleiderpaket in den Nebenraum, wo sein Großvater auf der Pritsche lag. Sie hatte die Leichenstarre in der Muskulatur des restlichen Körpers erst vorsichtig gelöst, kurz bevor der Junge wieder zurückgekehrt war.

„Er sieht viel kleiner aus jetzt."

„Das kommt davon, weil er liegt. Außerdem war er ja krank und schon ziemlich ausgezehrt, und durch den Tod treten die Linien im Gesicht stärker hervor."

Mit großer Ernsthaftigkeit half ihr Max und stellte sich ziemlich geschickt dabei an. Danach trugen sie den Toten in den kleinen Andachtsraum. Theo reichte Max einen Kamm, mit dem er seinem Großvater das elegant gewellte, silbrige Haar in Ordnung brachte. Er zog ihm noch einmal die Krawatte zurecht. „Ich hole dann mal meine Mutter. Vielleicht ist inzwischen auch mein Vater da. Mein anderer Bruder wollte ihn und meine Schwester aus dem Geschäft holen."

Theo zog sich zurück.

Der Abschied der Familie von ihrem Ahnherrn verlief zwar bedrückt und still, aber seinem hohen Alter und seiner Krankheit geschuldet, schien die Familie doch gefasst. Max' Vater, ein distinguierter, tadellos gekleideter Herr in den Fünfzigern, trat zu ihr. „Herr Brunner, ich danke Ihnen für Ihre Bemühungen." Er drückte Theo eine Krone in die Hand. „Ich habe einen meiner Angestellten sofort losgeschickt, um die Bestattung zu beauftragen, als mein Sohn kam und uns in Kenntnis setzte. Es wird noch heute jemand herkommen, um ihn abzuholen. Wir möchten, dass er zu Hause aufgebahrt wird." Er hielt inne. „Vielen Dank auch, dass Max … dass Sie ihn nicht weggeschickt haben. Er hing sehr an seinem Großvater."

„Vielen Dank. Ich kümmere mich darum."

Er nickte und wandte sich von ihr ab, um seiner Familie zu folgen.

Als es Abend wurde, wartete Theo auf den Bestatter, der Max' Großvater abholen sollte. Als sie gegen sieben Uhr endlich die Tür und dann Schritte auf der Stiege hörte, verspürte sie Erleichterung, denn sie war müde und hungrig, freute sich auf ein Glas Wein, etwas Warmes zu essen und seelischen Zuspruch bei Kathi. Umso überraschter war sie, als sie Annamaria sah.

„Was willst du denn hier?"

„Das ist ja eine Begrüßung!"

Theo schwieg. Was erwartete sie denn nach der Szene von gestern?

„Ich wollte nur ... ich ... also, mir haben viele Dinge an dir gefallen in der Zeit. Nicht nur dein Äußeres und wie du mich geküsst hast und so. Aber auch das, ja. Und ich habe einfach nicht im Traum daran gedacht, dass du ... kein Mann sein könntest. Jetzt, da ich es weiß, ist mir schleierhaft, wie ich dich jemals dafür halten konnte, aber trotzdem."

„Was willst du mir denn damit jetzt sagen, Annamaria?"

„Ich wusste, dass es so was ... gibt. Aber ich hätte nie für möglich gehalten, dass es mir begegnen kann."

„Jetzt hörst du mir mal zu: Ich bin nicht ‚so was'." Theo platzte der Kragen. „Ich bin genau dieselbe Person, mit der du ein Jahr lang zusammen warst. Wir haben über alles gesprochen, was uns beschäftigt hat, wir haben viel zusammen unternommen, und wir sind uns auch sehr nah gekommen. Es war schön mit uns, und das ist jetzt für dich ‚so was', nur weil ich nicht, wie angenommen, ein Mann bin?"

„Wir haben eben nicht über alles gesprochen", hielt Annamaria dagegen. „Du hast mir etwas sehr Wesentliches verschwiegen."

„Weil du dich sonst von mir getrennt hättest, wie jetzt, nur viel früher. Davor hatte ich Angst, verstehst du das nicht? Und wie ich jetzt sehe, mit sehr gutem Grund!"

„Ja, und selbst wenn: Habe ich etwa kein Recht dazu, diese ja nicht ganz unwichtige Entscheidung zu treffen, ob ich nur mit Theo zusammen sein will oder ob ich mich auch mit Theodora anfreunden könnte?"

Theo sagte nichts mehr und sah sie an. Es nützte nichts. Zum einen hatte Annamaria damit natürlich recht, aber zum anderen verstand sie vermutlich nicht, wie sehr die Jahre voller Heimlichkeiten, Verwechslungen und Halbwahrheiten Theo inzwischen bedrückten und hatten übervorsichtig werden lassen. Besonders im Lichte der Entwicklung ihrer Lebensumstände nach der missglückten Musterung zwei Jahre zuvor. „Ich denke, das führt zu nichts, Annamaria. Es tut mir leid. Ich wollte dir nicht schaden. Aber vielleicht habe ich das doch getan, weil ich auch mich vor Schaden bewahren wollte."

„Wie dem auch sei. Ich bin wirklich wütend auf dich, Theo, aber ich glaube dir, dass du mir nichts Böses wolltest. Ich halte dir zugute, dass du eine unfassbar gequälte, zerstörte Seele bist, und möchte nicht in deiner Haut stecken."

Und ich nicht in deiner, dachte Theo, sagte aber nichts weiter.

„Ich muss jetzt gehen. Ich arbeite nur noch morgen. Danach habe ich ein paar Tage Sonderurlaub, bevor ich … versetzt werde. Diese Tage werde ich natürlich mit meinen Eltern verbringen." Sie schien gefasst.

„Dann willst du deine Abreise also nicht mehr vereiteln?"

„Nein. Nicht so. Ich wollte schon als kleines Mädchen Krankenschwester werden und lasse mir ganz gewiss kein Balg anhängen. Das war eine saudumme Idee."

„Stimmt."

„Hör mal. Ich habe heute Abend nichts vor. Lass uns doch bei deiner Kathi zusammen etwas essen. Ich würde gern den Abend mit dir verbringen."

„Dann musst du schon mal vorgehen. Ich warte auf den Bestatter, der einen meiner Gäste noch heute abholen will. Ich weiß nicht, wie lange es noch dauert."

„In diesem Fall möchte ich gern hier mit dir warten und … Theodora kennenlernen." Sie machte einen Schritt auf Theo zu und drängte sie in Richtung des Sessels.

Eigentlich war es doch das, was ich gewollt habe, dachte Theo. Ich wollte, dass sie mit mir zusammen sein will, auch wenn sie weiß, wer ich bin. Aber nicht so! Sie räusperte sich und schob sie von sich. „Du hast recht, Annamaria. Meine Seele hat Schaden genommen, und daran sind Frauen wie du Schuld. Theodora wirst du nie kennenlernen, denn ich kenne sie selbst kaum."

6. Kapitel – Siverskaja November 1917

Sie schrie. Der Laut, der sich ihrer Kehle entrang, hatte nichts Menschliches. Trotz der eisigen Winterkälte, die durch die undichten Fenster hereinkroch, war die Luft in der Hütte am Wald stickig und roch nach Schweiß und Blut. Dascha, die Bedienstete der Struzhanovs, hatte die Ärmel hochgekrempelt und blickte konzentriert und besorgt auf die junge Frau, die vor ihr auf dem Bett lag und vor Schmerzen völlig am Ende war. Dascha hatte schon vielen auf die Welt geholfen, und nie hatte sie dabei Mutter oder Kind verloren, aber in diesem Fall sah es wirklich schlecht aus. Das Kleine schien den schmalen Körper der jungen Frau fast zu zerreißen.

„Mädchen, du musst pressen", keuchte Dascha, aber es kam keine Reaktion. „Sie ist ohnmächtig geworden! Schnell!"

Aglaja tauchte einen Lappen in ein Schälchen mit Lavendelessig, den Dascha bereitgestellt hatte, und betupfte damit ratlos Marias Gesicht, das sie kaum wiedererkannte. Ihre Freundin war bleich, die Haare klebten verschwitzt an ihren Schläfen, und dunkle Schatten lagen um ihre geschlossenen Augen. Aglaja konnte sie kaum ansehen. Wie hatte es so weit kommen können?

Im Laufe des Sommers war Maria zunehmend stiller geworden. Dünner zunächst auch, bis sich ihr Bauch zu wölben begann, und Aglaja hatte sich Sorgen gemacht. Als ihr klar wurde, dass ihre Freundin ein Kind erwartete, war sie entsetzt. Maria zog sich zurück und schwieg. Die Dienerschaft begann zu tratschen, und Jelena nahm Aglaja an einem Nachmittag Ende September ins Gebet.

„Ich weiß, dass ihr mehr Freundinnen seid als alles andere, Kind, aber du musst mit ihr sprechen. Es geht nicht an, dass eine Dienerin im Hause Wolkov einen Bastard austrägt. Was soll denn das werden? Du kannst ja nicht sie und das Kind behalten. Sie könnte vielleicht für eine Weile nach Siverskaja zurückgehen, das Kind einer Amme übergeben und hierher zurückkehren, wenn du darauf bestehst, aber die Entscheidung muss bald getroffen werden!"

Die warnenden Worte ihrer Schwiegermutter waren ruhig, aber bestimmt und ließen keinen Zweifel daran, dass sie handeln würde, wenn Aglaja es nicht selbst tat, und so beorderte sie Maria in ihr Boudoir.

„Maria, du musst mir endlich sagen, was passiert ist."

Ihre Freundin schwieg und sah teilnahmslos aus dem Fenster, als ob sie Aglaja gar nicht hörte und sie selbst mit all dem gar nichts zu tun hätte.

„Jelena will, dass ich dich nach Siverskaja schicke." Sie seufzte. „Verstehst du nicht? Sie will dich wegschicken! Wenn das Kind da ist und du es dann dort einer Amme übergibst, könntest du zurückkommen. Aber wenn du das nicht willst, werde ich dich nicht zwingen …" Sie schluckte. Was konnte sie noch sagen? Wie hätte sie wissen sollen, wie man mit so einer Situation umging? Vielleicht hätte sie das ihrer Schwiegermutter überlassen sollen? Aber das ging doch nicht. Maria war offiziell ihre Bedienstete, halb offiziell ihre Freundin und ganz und gar inoffiziell ihre Geliebte. Sie musste das also allein klären.

„Maria! Es reicht! Ich will jetzt sofort wissen, wer der Vater ist, wie es dazu kam und was du jetzt tun willst! Wann ist es mit dem Kind so weit?" Sie war mit ihrem Latein am Ende. Die Tatsache, dass Maria sie mit einem Mann betrogen hatte, war das eine. Weit schwerer wog jedoch, dass sie ihr jetzt nicht sagte, was los war. „Ich verstehe ja, dass es schwer für dich war, mich mit Sergej zu sehen, aber du weißt doch, dass ich das nicht freiwillig tue! Ich bin schließlich mit ihm verheiratet, verdammt noch mal! Ich kann ihm sein Recht nicht ständig verweigern!"

Maria schien aus ihrer Versunkenheit aufzutauchen und sah Aglaja mit Augen an, die in Tränen schwammen.

„Selbst du kannst es ihm nicht immer verweigern … und ich erst recht nicht …"

„Was?" Aglaja war fassungslos! „Willst du damit sagen, Sergej hat … dich dazu gezwungen?" Bisher hatte sie versucht, ihrem Ehemann gegenüber ein Gefühl der Sympathie zu wahren, trotz der ehelichen Pflichten, die er einforderte, wann immer er zu Hause war. Offenbar hatte er ihre gelegentlichen Weigerungen nicht so gelassen hingenommen, wie es den Anschein gehabt hatte. Sie schloss Maria in die Arme. „Ich bin schuld daran, dass er dir das angetan hat!"

„Das ist nicht dein Fehler!" Es war das erste Mal seit Wochen, dass Maria überhaupt mit ihr sprach. Ihre Stimme war dabei erstaunlich klar, fast schneidend. „Er war es – nicht du."

Aglaja war in Tränen ausgebrochen, und schließlich hatte Maria sie in die Arme genommen und getröstet. Der Plan, in aller Stille Petrograd gemeinsam zu verlassen, war nach und nach herangereift. Aglaja hatte keine Gelegenheit, Sergej zur Rede zu stellen, denn das Kriegsgeschehen wurde immer unübersichtlicher, und Sergej kam nicht mehr nach Hause.

Auch sonst hatte sich alles verändert – in Russland stand kein Stein mehr auf dem anderen. Die Bolschewiken hatten triumphiert und die Macht an sich gerissen; das Chaos nahm von Tag zu Tag zu. Bereits im Februar war der Zar entmachtet worden, und man versuchte das Land durch Räte zu regieren. Aglaja verstand nichts von Politik, aber der Ernst der Lage war ihr sehr wohl klar. Die Wolkovs waren zwar nicht von Adel, aber sehr vermögend, und das wurde plötzlich nicht gern gesehen. Der einfache Arbeiter war nun das Idealbild der neuen Machthaber. Schwer schuftend von früh bis spät, um die mehrköpfige Familie zu ernähren.

Viele Adelige versuchten, sich um die im Entstehen begriffene Republik verdient zu machen, kämpften in den weißen

Garden, aber man musste vorsichtig sein, denn die Zeichen standen noch immer auf Sturm, und die Lage blieb gespannt.

Der Zar hatte abgedankt und auch im Namen des kleinen Zarewitsch auf den Thron verzichtet. Großfürst Michail, der Bruder des Zaren, lehnte die Krone ebenfalls ab. Damit war die dreihundertjährige Romanov-Ära beendet, während sich der russische Adel noch die Augen rieb und sich nicht so recht vorstellen konnte, was diese Tatsache bedeuten würde. Spätestens jedoch, als die Zarenfamilie aus dem Alexanderpalais in *Zarskoje Zelo* bei Petrograd in den Ural verbracht wurde, weil sie angeblich in der Stadt nicht mehr sicher war und damit de facto in Haft genommen wurde, dämmerte der Aristokratie, dass ihre Stunde geschlagen hatte.

Viele der Familien, mit denen die Struzhanovs in gesellschaftlichem Kontakt standen, schlossen ihre Häuser und verließen Russland. Die russischen Adelsgeschlechter bluteten aus und verstreuten sich über ganz Europa. Fjodor sträubte sich dagegen. Er wollte nicht wahrhaben, dass das Leben, wie er es kannte und schätzte, offenkundig vorbei war. Aglajas Vater hoffte, dass der Irrsinn früher oder später ein Ende haben würde, und verlegte sich darauf auszuharren.

Als Marias Schwangerschaft immer offensichtlicher wurde, drängte Jelena Aglaja, sich der Sache anzunehmen. Das tat sie auch und verließ gemeinsam mit der hochschwangeren Maria in einer finsteren Nacht Ende Oktober die Stadt in Richtung Siverskaja. Sie nahmen den jungen Michail mit. Er hatte in Aglajas Auftrag die Bahnfahrkarten besorgt und geholfen, die Reise vorzubereiten. Alles musste sehr schnell und diskret vonstattengehen. Er hatte Angst gehabt, etwas hinter dem Rücken der Wolkovs zu tun, und ahnte, dass er in große Schwierigkeiten geraten konnte, aber Aglaja wollte auch Kaschmàr mitnehmen, und da er an dem Hund hing, war er am Ende doch über sich hinausgewachsen.

In Siverskaja angekommen, bezogen sie das kleine Haus am Waldrand, das Marias Eltern gehört hatte. Die Villa der Struzhanovs war inzwischen das Hauptquartier eines Revolutionskomitees geworden. Aglaja, die sich im Dorf auskannte, hatte Dascha schnell ausfindig gemacht, und die ehemalige Dienerin der Struzhanovs hatte sich der beiden Mädchen augenblicklich angenommen. Michail, der sich bei seiner Herrschaft in Petrograd nicht mehr sehen lassen konnte, hatte von ihr einen Schlafplatz in ihrem Haus zugewiesen bekommen. Er half ihr mit ihrem alten Vater, der sehr gebrechlich war und dessen Versorgung ihr allein schwerzufallen begann. Michail konnte schließlich nicht mit den beiden jungen Frauen allein in Marias Elternhaus wohnen. Das ging nun wirklich nicht. Aber er war ein guter Junge und kam täglich vorbei, um bei allem zu helfen, was die beiden im Haus nicht selbst bewältigen konnten.

Aglaja mit ihrem Sinn für das Praktische hatte schnell das Kommando übernommen, zumal Maria aufgrund ihrer fortgeschrittenen Schwangerschaft ohnehin nicht mehr viel tun konnte. So hatte Aglaja zusammen mit Dascha das kleine Holzhaus aufgeräumt und geputzt, und Michail hatte ihnen geholfen, die Ritzen zwischen den alten Balken abzudichten. Ob das Dach noch in Ordnung war, würde sich im Frühling zeigen, wenn es taute. Wenn allzu viel Schnee darauf lastete, stieg er hinauf und schaufelte ihn herunter. Der alte Ofen hatte sie in den ersten Tagen stets in Rauchwolken gehüllt, bis Michail mit einem langen Haken, den er von den Nachbarn für diesen Zweck geliehen hatte, ein verlassenes Vogelnest herausfischte. Danach heizte er gut und verbreitete wohlige Wärme. Da das Haus nur aus der Küche und einer kleinen Schlafnische bestand, konnten sie es mit dem Brennmaterial, das er heranschaffte, gut warm halten.

„Schnell!“, herrschte Dascha sie an und riss sie aus ihren Gedanken. „Sieh zu, dass sie wieder zu sich kommt, sonst sterben sie beide!“

Aglaja rieb Maria ratlos die Hände und strich ihr über das Gesicht.

„Dascha, ich glaube, sie atmet nicht mehr!“ Ihre Stimme überschlug sich vor Panik. Sie schüttelte den gequälten Körper ihrer Freundin an den Schultern und schlug sie kräftig ins Gesicht. „Maria! Du musst atmen, hörst du!“

Maria stöhnte leise auf.

„Jetzt gilt es! Du musst pressen, Mädchen." Dascha schaute skeptisch. „Sie kriegt es nicht heraus." Aus ihrer Tasche nahm sie ein Instrument, das sie wohlweislich weder der werdenden Mutter noch Aglaja gezeigt hatte, die bei dem bloßen Anblick nun kreidebleich wurde.

„Dascha, du bringst sie damit ja um!"

„Sieh nicht hin, das ist die einzige Möglichkeit für beide zu überleben."

Sie tastete sich mit einer Hand in Marias Leib vor, die vor Erschöpfung kaum noch in der Lage war zu schreien. Lediglich ein Wimmern zeigte an, dass sie überhaupt noch lebte. Dann führte sie behutsam das Instrument ein. Aglaja wurde schwarz vor Augen. Sie kämpfte gegen das schwitzig-kalte Prickeln im Nacken an und zwang sich, nicht ohnmächtig zu werden. Maria brauchte sie. Dascha konnte sich nicht um Maria und das Kind gleichzeitig kümmern, wenn es denn endlich da wäre.

„Komm her, schnell!" Dascha schwitzte, und ihre Hände waren voller Blut. „Ich ziehe es jetzt raus. Du musst es sofort einwickeln und dafür sorgen, dass es schreit. Gib ihm einen Klaps auf den Hintern."

Sie nickte und stellte sich neben Dascha, die mit der Zange einen stetigen Zug ausübte. Endlich wurde der Kopf sichtbar. Aglajas Augen weiteten sich. Maria bäumte sich auf und schrie, bevor sie auf ihr Lager zurückfiel und verstummte.

„Schnell jetzt!" Dascha nabelte das Kind ab und übergab es Aglaja. „Über Kopf halten und einen Klaps verpassen."

Sie tat, was Dascha ihr sagte, und ein dünnes Quaken wie von einem Frosch im sommerlichen Teich kam aus dem winzigen Mund. Die zusammengekniffenen Augen wollten offenbar die Welt, in die es soeben geboren worden war, nicht sehen. Aglaja wickelte es in eine Decke und setzte sich mit dem Bündel an den Ofen, von wo aus sie verstört beobachtete, was Dascha mit Maria anstellte. Die Nachgeburt lag auf einem Lumpen und würde einfach in den Wald gebracht werden, denn vergraben konnte man sie in dem eisig gefrorenen Boden beim besten Willen nicht. Aglaja schauderte bei dem

Gedanken, dass vermutlich irgendein wildes Tier etwas fressen würde, das noch vor Kurzem ein Teil von Marias Körper und dem ihres Kindes gewesen war. Dann hatte Dascha Maria gesäubert, ihr einen stärkenden Kräutersud zu trinken gegeben und Aglaja angewiesen, die Suppe warm zu machen.

„Wir brauchen alle eine Stärkung, und Maria wird das auch guttun, sobald sie ausgeschlafen hat."

Dascha blieb über Nacht, denn sie wollten nicht riskieren, dass etwas passierte. „Wie soll das denn jetzt alles weitergehen?", fragte sie zaudernd.

Aglaja schwieg. Diese Frage trieb sie bereits um, seit sie aus Petrograd geflüchtet waren. Es würde vermutlich nicht mehr lange dauern, bis man ihnen folgte, um sie zurückzubringen. Vermutlich würde man sie und Maria dann für immer trennen. Ihre Gedanken irrten im Kreis, und sie kam und kam beim besten Willen zu keiner Lösung. Sicher war nur eins: „Ich gehe nie wieder zu ihm zurück!"

Dascha sah sie nachdenklich an. „Er ist aber dein Ehemann. Wenn er dich zurückholt, musst du ihm folgen."

„Das kann ich nicht. Nicht nach dem, was er ihr angetan hat."

Die Dienerin seufzte. Aglaja Fjodorowna war zwar verheiratet, aber dennoch sehr unerfahren. Zweifellos erschien ihr die Situation als das größte Drama ihres jungen Lebens. Aber so etwas kam nun wirklich jeden Tag vor. Es konnte jedoch nicht ihre Aufgabe sein, die Tochter ihrer Herrin über derartige Dinge aufzuklären.

„Ach, Kind! Du solltest das nicht so schwernehmen, wirklich. Ich verstehe, dass du Angst um sie hast und dich die Umstände sehr erschrecken, aber so sind die Männer nun mal. Ein junges, hübsches Mädchen kann nur versuchen, ihnen aus dem Weg zu gehen."

Aglaja sah sie sprachlos an.

„Schau nicht so. Ich bin sicher, dein Sergej liebt dich. Das war bestimmt nur ein Ausrutscher."

„Das ist mir egal. Es wird jedenfalls nie wieder vorkommen. Dafür sorge ich, denn ich habe ihn verlassen."

Als sie es aussprach, setzte ihr Herz einen Schlag aus. Diese Formulierung hatte sie einmal in einem sehr unmoralischen, französischen Roman gelesen und damals nicht verstanden. Als ihr die volle Tragweite der Worte klar wurde, hatte sie die Passage mit einer widerwilligen Anziehung und einer Art wohligen Schauderns immer wieder gelesen. Frauen, die ihre Männer verließen, landeten unweigerlich als Dirnen in der Gosse und wurden fortan von flegelhaften Männern zweifelhaften Rufes nur noch weiter in den Ruin getrieben. Diese Aussicht machte ihr zwar Angst, aber sie wusste, dass Fjodor nicht zulassen würde, dass man seiner Tochter so etwas antat. Er würde sie unterstützen und vor dem Schicksal bewahren, das ihresgleichen sonst offenkundig ganz unweigerlich beschieden war.

Dascha runzelte die Stirn. Fjodor Alexejewitsch würde dem Kind den Kopf gehörig geraderücken müssen, um ihr diese Spinnereien auszutreiben und sie zurück zu ihrem Mann zu schicken. Bis dahin würde sie dafür sorgen, dass ihr nichts zustieß. Das war sie den Struzhanovs schuldig, auch wenn sie nicht mehr bei ihnen angestellt war, seit die Revolutionäre die Villa enteignet hatten.

„Laja?“

Aglaja und Dascha erhoben sich, um nach Maria zu sehen. Sie lag blass und übermüdet in den Kissen. Dascha deutete es dennoch als gutes Zeichen und brachte ihr das Kleine zum Stillen.

„Hier, schau, Kleines, deine Tochter ist genauso schön wie du!“

Maria schaute erschöpft dabei zu, wie Dascha ihr die Kleine an die Brust legte, die sofort zu saugen begann.

„Wie geht es dir?“

Maria schloss die Augen und antwortete nicht. Sie war sehr blass. Aglaja sah besorgt zu Dascha, die Maria die Stirn abtupfte.

„Sie glüht ja.“ Daschas Stimme klang besorgt. Sie ging vor die Tür und kam mit einer Schale voller Schnee zurück. „Das wird unangenehm für sie sein, hilf mir.“

Sie tupften Marias Gesicht, ihre Arme und Beine mit Schnee ab, der unmittelbar zu Wasser zerfloss, sobald er ihre Haut berührte. Sie warf sich unruhig hin und her und wimmerte. Aglaja und Dascha wiederholten die unangenehme Prozedur alle halbe Stunde, bis Maria ruhiger wurde und regelmäßiger zu atmen begann.

„Wird sie es schaffen, Dascha?"

„Ich weiß es nicht, Kind. Viele Frauen kriegen Fieber. Aber dann staut sich die Milch und manchmal versiegt sie ganz ..." Sie beendete den Satz nicht, und Aglaja wusste, was das heißen sollte. Im schlimmsten Fall würden beide sterben.

Plötzlich hörten sie Geräusche an der Tür.

„Wer ist da?"

„Ich bin's ..."

Aglaja riss die Tür auf. „Michail! Was machst du hier? Ist etwas mit Daschas Vater?"

Als der Junge in den Raum taumelte, sahen sie, dass er verletzt war. Er blutete aus einer Platzwunde am Kopf, und er hielt sich die Seite.

„Im Dorf haben sie nach Verrätern gesucht."

„Wer?"

„Männer mit Fackeln. Ich weiß nicht, wer das war." Ein paar dicke Tränen rollten dem Jungen über das Gesicht.

„Was ist mit Väterchen Dimitri?"

„Er wollte sie nicht ins Haus lassen und ist ihnen mit seinem alten Säbel entgegen..." Er begann hemmungslos zu schluchzen. „Sie haben ihn einfach erschossen!"

Aglaja blieb der Mund offen stehen, und Dascha schlug die Hände vor die Augen und begann zu schluchzen. Selbst Kaschmàr spürte das Entsetzen, das sich in der kleinen Hütte ausbreitete, und stupste Dascha mit einem leisen Jaulen.

„Setz dich erst mal und iss was." Aglaja schöpfte ihm einen Teller Suppe auf und holte das Verbandsmaterial.

Er schlang die Suppe hinunter. „Ich glaube nicht, dass Sie hierbleiben können."

„Wieso das denn? Wo sollte ich denn jetzt hin?"

„Sie haben den Popen umgebracht. Und die Familie aus Moskau, die das Landgut etwas weiter südlich von hier bewohnt."

„Was?" Aglaja befiel Panik. Mit den Lebeds hatte die Struzhanovs zwar keine enge Freundschaft verbunden, aber man hatte sich in der Sommerfrische wenigstens ein paar Mal pro Jahr bei Picknicks oder Gartenfesten getroffen. Und nun sollten sie tot sein?

Dascha hatte regungslos zugehört. „Aglaja, du musst weg von hier. Wenn sie uns finden, werden sie uns nichts tun. Eine alte Frau und eine Wöchnerin werden sie am Leben lassen. Aber du musst weg. Schnell." Sie begann in einer Truhe zu wühlen und förderte ein verschlissenes Kleid zutage, das Marias Mutter gehört haben mochte. „Michail, du gehst mit ihr. Und auf gar keinen Fall den Helden markieren. Ihr geht ihnen aus dem Weg, kapiert! Aglaja, du weißt, wie du von hier zum Bahnhof kommst. Mit etwas Abstand folgt ihr den Gleisen. Und haltet euch von den Straßen fern!"

„Dascha! Es ist dunkel, es schneit – du kannst uns doch nicht rauswerfen!"

„Ich muss versuchen, dafür zu sorgen, dass du heil und unversehrt zu deiner Familie zurückkehrst. Wenn sie herkommen und dich hier finden, bist du geliefert. Der Name deiner Familie und der der Wolkovs sind kein Schutz mehr, im Gegenteil!"

„Aber was soll ich denn tun? Wohin soll ich denn gehen?"

„Zuerst nach Gatschina. Das sind knapp dreißig Werst. Von dort aus könntet ihr einen Zug nach Petrograd bekommen. In der Stadt werden sie die Ordnung leichter aufrechterhalten. Dort wird euch nichts passieren."

„Aber was wird mit Maria? Ich kann sie doch nicht allein lassen!"

„Du kannst ihr nicht helfen. Ich verspreche dir, dass ich alles dafür tun werde, dass sie überlebt. Aber jetzt schnell!" Sie drängte Aglaja in die Schlafnische und drückte ihr das Kleid in die Hand. Weil Aglajas Mantel zu auffällig gewesen wäre, gab sie dem Mädchen ihren eigenen. Zum Glück hatte Aglaja gute, feste Schnürstiefel ohne modischen Schnickschnack. Sie war jung und stark und sollte den Fußmarsch nach Gatschina schaffen. Immerhin war sie keine von diesen verwöhnten Zimmerpflanzen, die nie einen Schritt vor die Tür taten. Es würde zwar hart für sie sein, acht oder vielleicht auch zehn Stunden zu laufen, aber sie würde es schaffen, das wusste Dascha. Der Junge kam zwar nicht aus der Gegend, aber er war ebenfalls vom Land und in der Lage, sich draußen zu orientieren. Sie bekreuzigte sich.

Aglaja küsste Maria auf die fieberheiße Wange. „Ich lasse dich holen, sobald es dir besser geht und ich weiß, wo wir bleiben können!"

Maria nickte zwar schwach, aber Aglaja war sich ganz und gar nicht sicher, ob sie begriffen hatte, was vor sich ging, denn ihre Augen waren glasig, und sie atmete angestrengt und stoßweise.

Als Aglaja und Michail mit Kaschmàr aufbrachen, schneite es noch immer. Das war gut, dachte der Junge im Stillen, so wird man nicht sehen, dass Spuren vom Haus wegführen. Aber der Schnee machte das Gehen beschwerlich. Aglaja war erschöpft und verwirrt, schlug aber den richtigen Weg zum Bahnhof ein, wo sie ein Stück abseits der Bahntrasse den Gleisen Richtung Norden unbehelligt folgten.

Als es hell wurde, ließ auch der Schneefall nach und sie machten eine Pause, um etwas von dem kalten Pilaw und den Blini zu essen, die Dascha ihnen mitgegeben hatte. Sie waren niemandem begegnet, und die versprengte Truppe, die das Dorf überfallen hatte, hatten sie nirgends gesehen. Dennoch trauten sie sich erst in jenen frühen Morgenstunden, ein kleines Feuer zu machen, um Schnee zu schmelzen und in der leeren Pilaw-Büchse Tee zuzubereiten. Kaschmàr hatte es da einfacher. Er fraß einfach Schnee. Der heiße Tee belebte ihre Sinne, und Aglaja, die ihre Hände und Füße kaum noch gespürt hatte, als sie durch den Schnee vorwärtsgestolpert waren, bekam etwas Farbe.

„Wie geht es Ihnen, gnädige Frau?"

„Michail, lass diesen Blödsinn, bitte! Nenn mich nicht so. Ich meine, wir laufen seit Stunden gemeinsam nachts durch den Wald, und ich bin so froh, dass du hier bist. Außerdem, wenn jemand hört, dass du mich ‚gnädige Frau' nennst, kriegen wir bestimmt Schwierigkeiten. Bitte! Nur Aglaja, in Ordnung?"

Der Junge nickte. „Wir sollten weitergehen. Bald müssten wir in Gatschina sein."

Aglaja nickte. Sie war müde, aber es nützte ja nichts. „Ja, du hast recht. Lass uns weitergehen. Kaschmàr – komm!"

Sie legten die letzten zwei Werst zurück und erreichten Gatschina am hellen Vormittag. Die Stadt war voller Milizen. Aglaja und Michail drückten sich an den Häusern entlang.

„Eine Cousine meiner Mutter lebt hier. Wir könnten uns dort aufwärmen, etwas essen und dann zum Bahnhof."

„Wenn Sie meinen … Aglaja."

Sie schmunzelte. Michail biss sich jedes Mal fast auf die Zunge, wenn er ihren Vornamen aussprach.

Als sie am Haus von Anna Valentinowna ankamen, wimmelte es auch dort auf der Straße vor Menschen. Entsetzt bemerkte Aglaja, dass die Tür offenstand, und sie eilte die Stufen hinauf. Oben angekommen, stellte sich ihr eine vierschrötige Frau breitbeinig in den Weg.

„Wohin des Weges, Genossin?"

„Sie sollten mir sagen, was Sie hier tun. Wo ist Anna Valentinowna? Dies ist ihr Haus. Also? Wer sind Sie und was wollen Sie hier?" Aglajas Gesicht war rot vor Zorn.

„Ich bin hier die Sprecherin der Hausgemeinschaft. Genossin Anna Valentinowna ist in ihrem Zimmer. Die Treppe rauf, dritte Tür rechts – das Haus wurde wohnungslosen Arbeitern zur Verfügung gestellt, aber sie durfte hier wohnen bleiben – so viel Platz braucht ja kein Mensch allein!"

Aglaja setzte zu einer wutentbrannten Antwort an, aber Michail griff sie hart am Arm. „Danke, Genossin." Er zog Aglaja und den knurrenden Kaschmàr die Treppe hinauf.

„Das kann doch wohl nicht wahr sein! Was bildet diese Person sich ein! Sieh doch nur – die Möbel. Überall diese Unordnung. Sie kochen im Kamin!"

„Lassen Sie uns rasch zu Ihrer Cousine hineingehen." Er klopfte an der Tür, die ihm die Haussprecherin genannt hatte.

„Herein", erklang es verschüchtert von drinnen.

Der Anblick, der sich den beiden in dem kleinen, vollgestopften Zimmerchen bot, war bemerkenswert. Ein altertümliches Himmelbett mit schweren Samtportieren nahm zwei Drittel des Raumes ein. Darin saß eine winzige, ältere Dame in ein flauschiges Mohairbettjäckchen gehüllt. Das graue Haar war zu einem Zopf geflochten, der unter ihrer Nachthaube hervorschaute. Auf dem Bett stapelten sich Decken, Kleidung, Bücher und allerlei Papier und einiges an Schachteln und Mappen. Auf dem Nachttisch stand eine Flasche Portwein mit einem randvollen Glas; überall lagen Gegenstände des täglichen Gebrauchs. Auf dem Waschtisch standen ungespülte Gläser, Tassen und Tellerchen mit Goldrand. Inmitten all diesen Durcheinanders summte ein Samowar auf einem Intarsientischchen – der ruhende Pol in der aus den Fugen geratenen Welt der Anna Valentinowna.

„Junger Mann! Wie können Sie es wagen, das Schlafzimmer einer Dame zu betreten!" Sie zog die Decke unter das Kinn und tastete in dem Tohuwabohu auf ihrem Bett nach dem Brillenetui.

„Cousine Anna, ich bin es, Aglaja Fjodorowna."

„Aglaja! Kind! Was um Himmels willen tust du denn hier? Wer ist der Junge? Und dieses riesige Ungetüm ist ja wohl kaum der richtige Hund für eine Dame. Bist du etwa deinem Sergej weggelaufen? Was für Zeiten, was für Zeiten … Gieß euch bitte Tee ein. Dann sehen wir weiter." Sie zog eine Keksdose unter dem Kissen hervor und klopfte einladend auf die Matratze.

Sie bahnten sich einen Weg durch das Labyrinth, nahmen sich wie geheißen Tee und schließlich neben Anna Valentinowna Platz.

„Was ist denn bloß passiert?" Aglaja war immer noch entsetzt.

„Ach, Kind, ich weiß nicht so recht. Es ist so ein furchtbares Durcheinander! Manche von diesen Bolschewiken sind wirklich furchtbar ungehobelt, aber gottlob sind nicht alle so." Sie nippte an ihrem Portwein.

„Den hat mir der Kommandant mitgebracht, er kannte meinen Arkadij. Sie haben wohl in einem Regiment … Aber das ist ja völlig egal. Wie kommt ihr hierher, und was ist passiert? Aglaja, die Wahrheit." Sie versuchte streng auszusehen.

„Wir kommen aus Siverskaja."

„Von wo? Ich höre wohl nicht recht. Was bei allen Heiligen macht ihr mitten im Winter in Siverskaja? Du bist also doch durchgebrannt." Der letzte Satz klang wie eine Feststellung.

„Aber nein! Sind wir nicht. Ich habe Sergej verlassen, das ist richtig, aber ich bin nicht mit Michail durchgebrannt."

„Michail. So so. Aus welcher Familie stammen Sie, mein Junge?"

Die Tatsache, dass die Abstammung ihres vermeintlichen Liebhabers interessanter war als die Tatsache, dass sie ihren Mann verlassen hatte, beruhigte Aglaja seltsamerweise nicht.

„Nein, Cousine Anna! Er ist ein Bediensteter der Wolkovs, und ohne ihn hätte ich niemals den Weg von Siverskaja hierhergefunden."

„Wie soll ich das verstehen? Du bist allein mit ihm gereist. Das ist sehr kompromittierend, das muss dir doch klar sein!"

Aglaja schüttelte den Kopf und musste sich nunmehr wirklich das Lachen verbeißen. Die Uhren in diesem Raum gingen anders. Oder besser: Sie waren 1914 stehengeblieben, als noch alles in Ordnung gewesen war.

„Entschuldige uns einen Moment, Cousine Anna." Sie zog Michail vor die Zimmertür. „Ich glaube nicht, dass wir ihr verständlich machen können, was los ist. Aber sie kann nicht hierbleiben! Wir müssen sie mitnehmen."

Michail seufzte. „Ich glaube nicht, dass das so eine gute Idee ist. Erstens wissen wir nicht, was wir vorfinden, wenn wir in Petrograd ankommen, und wir können nicht ihren gesamten Hausstand transportieren. Und was, wenn sie ihr Zimmer dann jemand anderem geben?"

Aglaja stutzte. „Das geht ja nun wohl wirklich zu weit."

„Ich habe auch keine Ahnung, wie das System jetzt funktioniert, aber der Türdrachen scheint mir ehrlich gesagt zu allem fähig."

Sie überlegte, nickte dann. „Also gut." Sie gingen zurück.

„Cousine Anna? Können wir uns ein wenig bei dir ausruhen und aufwärmen? Wir müssen weiter nach Petrograd. Ich werde aber zu Hause berichten, was sich hier zugetragen hat, und dann wird Vater dich und deine Sachen holen lassen. Mach dir bitte keine Sorgen!"

„Ach, Kind, mir geht es doch gut hier. Sicher, es ist momentan etwas beengt, aber diese armen Menschen müssen ja irgendwo hin, und es ist ja auch wirklich besonders kalt dieses Jahr. Stell dir vor, die meisten von diesen Kindern können weder lesen noch schreiben. Das geht doch nicht, so was. Ich bin eine alte Frau, aber das lasse ich diesen Bolschewiken nicht durchgehen. Selbst die können doch keinen analphabetischen Nachwuchs gebrauchen. Da habe ich dem Kommandanten ganz klar die Meinung gesagt. Große Reden schwingen, aber nicht einmal dafür sorgen, dass Kinder lesen und schreiben lernen! Wir werden hier im Haus Unterrichtsstunden organisieren, damit die Kinder wenigstens ein Mindestmaß an Bildung bekommen. So eine Barbarei!"

Aglaja staunte. Anna Valentinowna schien weniger Probleme mit der neuen Zeit zu haben als sie selbst.

„Also ihr könnt ruhig ohne mich fahren. Ich werde hier gebraucht, das versteht ihr sicher. Vielleicht könntest du aber deinen Vater bitten, einen Karton Fibeln und Schiefertafeln aus der Stadt zu schicken? Das bräuchte ich hier wirklich dringend."

Als sie gegen Mittag mit getrockneten Kleidern und gestärkt durch Tee, Kekse und Portwein zum Bahnhof aufbrachen, stand Anna an ihrem Fenster und winkte ihnen hinterher.

„Ich glaube, Sie müssen sich keine Sorgen um sie machen", sagte Michail, der Aglajas sorgenvolles Gesicht bemerkt hatte.

„Nein, es scheint ihr den Umständen entsprechend gut zu gehen."

Das Durcheinander am Bahnhof glich dem in Annas Haus, aber sie fanden einen Fahrkartenschalter. Der Zug war voll besetzt, und überall standen Berge von sichtbar eilig zusammengetragenem Gepäck herum. Käfige mit Hühnern, Möbelstücke, Bündel mit allem Möglichen darin.

„Unfassbar, wie kann man so ein Monstrum mit in einen Zug nehmen!“ Eine dicke Frau, die mit einem rotznasigen Kleinkind, zwei Gänsen und einem Koffer reiste, beschwerte sich lauthals.

„Er ist ein Wolfshund, kein Monstrum!“ Aglaja strich Kaschmàr über den Kopf. „Er macht sich wirklich so klein er kann.“

Sie sah sich hilfesuchend nach Michail um, der immer bereit war, den Hund zu verteidigen, aber der blickte mit vor Entsetzen geweiteten Augen aus dem Zugfenster, wo sich schneebedeckte Landschaft mit Dörfern abwechselte.

„Das sieht aus wie auf einer Photographie, so verschwommen in schwarz und weiß ...“ Aglaja hatte den Satz noch nicht beendet, als ihr klar wurde, wie diese Ähnlichkeit zustande kam. Die meisten der kleinen Weiler an der Bahnstrecke waren nämlich niedergebrannt. Verkohlte Mauerreste und Balken staken aus dem Schnee, manchenorts gab es noch einen geisterhaft anmutenden Glutschein. Es überlief sie kalt, und ihr Herz schlug schneller.

„Das waren Monarchistennester – so was hat in der neuen Ordnung keinen Platz mehr.“

Die Frau, die sich über Kaschmàr beklagt hatte, schien nun geneigt, den Waggon an ihren politischen Ansichten teilhaben zu lassen.

„Was hat denn genau wo keinen Platz mehr? Ich glaube ja, Russland ist wahrlich groß genug für alle, und wie sinnvoll kann es sein, den Menschen die Häuser über dem Kopf anzuzünden, damit sie in die Städte fliehen, wo man Häuser enteignet, um sie notdürftig unterzubringen?“ Aglaja platzte vor Wut über so viel Dummheit.

„Was sind Sie denn für eine? Wahrscheinlich auch so eine Aristokratenschlampe!“

Allmählich wurden auch andere Mitreisende aufmerksam.

„Es tut nichts zur Sache, wer oder was ich bin. Aber mein Vater hat mir beigebracht, dass man nachdenkt, bevor man den Mund aufreißt!"

„Das muss ich mir nicht gefallen lassen!" Die Frau packte Aglaja am Mantel, schüttelte sie und versuchte, ihre Haare zu greifen.

Bevor Michail Aglaja oder ihre Gegnerin zu fassen bekam, war Kaschmàr zwischen die Streitenden getreten, mit einem finsteren Knurren in der Kehle, das sich gegen die Angreiferin richtete.

„Ich rufe den Schaffner! Diese Volksfeindin hat ihren abgerichteten Wolf auf mich gehetzt!"

„Reden Sie doch nicht so einen Unsinn. Wir haben alle gesehen, dass der Hund nichts getan hat. Jetzt beruhigen wir uns alle ein wenig und setzen unsere Fahrt fort."

Aglaja fuhr herum. Die Worte kamen von einem Herrn im Anzug, der lesend in einer Ecke des Waggons saß.

„Ich danke Ihnen."

„Keine Ursache, Teuerste." Er deutete eine Verbeugung an. „Kornej Ivanowitsch."

„Aglaja Fjodorowna Struzhanova. Und das ist Kaschmàr, er ist wirklich völlig harmlos. Aber er mag es nicht, wenn mich jemand anschreit."

„Sehr erfreut, Aglaja Fjodorowna und Kaschmàr." Er schmunzelte. „Fahren Sie nach Petrograd?"

„Ja. Nach Hause."

„Oh."

Kornej Ivanowitsch nickte und schwieg. Er konnte sich in etwa vorstellen, was sie vorfinden würde, wenn sie zu Hause ankam, falls ihr Zuhause dort war, wo er es vermutete, nämlich in den Distrikten der Reichen, wie in Kolomna etwa. Denn darüber, dass sie von vornehmer Herkunft war, ließ er sich nicht von bäurischer Kleidung oder der Anwesenheit ihres sehr undamenhaften Hundes täuschen. „Wir sind bald da."

„Ja." Aglaja sah aus dem Fenster. Die Petrograder Vorstädte zogen vorbei und zeigten sich in einer winterlichen Tristesse, die Aglaja nicht kannte, da sie immer nur im Sommer mit dem Zug nach Siverskaja und zurück gefahren waren und dann auch umgeben vom Komfort der ersten Klasse, der einen leicht vergessen ließ, was draußen vor sich ging.

Als der Zug in den Witebsker Bahnhof einlief, hatte Aglaja sich bereits an den Anblick der wimmelnden Menschenmassen gewöhnt. War denn ganz Russland auf den Beinen? Gab es niemanden mehr, der zu Hause blieb?

„Wir sollten uns umgehend zum Palais Wolkov begeben … Aglaja." Michail sah besorgt aus. Ihm war das alles nicht geheuer, und selbst auf die Gefahr hin, bestraft zu werden, weil er bei diesem irrsinnigen Unterfangen, mitten im Winter nach Siverskaja zu fahren, mitgemacht hatte, wäre er froh gewesen, die Verantwortung für die junge Ehefrau von Sergej Wolkov endlich loszusein. Sie hatte sich ihm gegenüber stets aufrichtig und in einer Art und Weise respektvoll verhalten, die er in den Diensten der Wolkovs nicht gekannt hatte, aber sie war auch eigensinnig, und man wusste nie, was sie sich als Nächstes ausdenken und wohin es führen würde.

Als hätte sie seine Gedanken gelesen und wollte ihm eins auswischen, schlug sie den Weg zum Haus der Struzhanovs ein. Als sie in die Kazanskaja einbogen, eine große Straße, die direkt vom Newskij abzweigte, befiel sie beide ein dunkles Gefühl der Beklemmung, das sie nicht zuordnen konnten. Die Straße wurde etwas schmaler, nachdem sie die Kathedrale passiert hatten und moderne Fassaden das Bild zu dominieren begannen. Aglajas Schritte beschleunigten sich, je näher sie ihrem Elternhaus kamen, zum Schluss rannte sie fast, so schnell es der hohe Schnee eben noch erlaubte. Hier stimmte etwas nicht. Michail wusste nicht, was es war, aber auch er spürte das lauernde Unheil.

„O mein Gott!"

Wie in Gatschina beim Haus von Anna Valentinowna stand die Tür weit offen, und eine Schneewehe hatte sich in der Halle gebildet, und niemand verwehrte ihnen den Eintritt.

„Vater?" Aglaja stob die Treppe hinauf, so schnell, dass Michail ihr kaum folgen konnte.

„Warten Sie! Aglaja, vielleicht sollten wir besser nicht … wir sollten nicht allein hineingehen."

Doch sie hörte nicht auf ihn. „Nikodim? Taissja!“ Ihre Stimme überschlug sich, aber niemand antwortete. Michail atmete auf, das Haus schien verlassen. Immerhin keine Milizen, dachte er noch, als er einen Schrei hörte.

„Michail!“

Als er die Bibliothek betrat, bot sich ihm ein grauenvolles Bild. Fjodor Struzhanov saß zusammengesunken an seinem Schreibtisch. Sein Kopf mit teilweise zertrümmertem Schädel lag auf der ledernen Schreibunterlage, in einem kleinen See aus gefrorenem Blut, und seine Augen blickten glasig ins Leere. Sein Gesicht und sein Körper waren bereits von Raureif überzogen.

Aglaja kniete vor der Leiche ihres Vaters und starrte ihm ungläubig in die Augen, deren grausiger Ausdruck im Todesmoment durch den Frost festgehalten wurde. Wäre er nicht tot gewesen, hätte man von einem lebenden Bild sprechen können.

Michail fasste Aglaja an den Schultern und versuchte, sie fortzuziehen. „Kommen Sie, wir müssen hier weg. Wer immer das war, würde auch mit Ihnen kurzen Prozess machen.“ Vielleicht waren diese Mörder noch in der Nähe? Der Zustand der Leiche ließ aufgrund des Frostes keinerlei Rückschluss darauf zu, wie lange die Tat her sein mochte.

Sie stand auf. „Wir müssen nach den anderen sehen. Nastja und die Zwillinge. Mutter.“ Ihre Stimme klang hart in dem Versuch, nicht zu zittern oder zu weinen.

Er nickte. Auch wenn es vielleicht gefährlich war zu bleiben, so konnte er doch verstehen, dass sie wissen musste, was mit ihrer Familie geschehen war, auch wenn vermutlich Anblicke auf sie warteten, die sie ihr Leben lang nie wieder loswerden würde.

Sie fanden Jekaterina in ihrem Boudoir. Auch sie hatte man mit einem Kopfschuss hingerichtet, nachdem man sie gewaltsam entkleidet und geschändet hatte. Sie lag bäuchlings auf dem Bett, die Rückseite ihres Unterkleides blutverschmiert. Michail zog eine Decke über sie. Eine Dame sollte nicht einmal im Tod in einem solchen Zustand den Blicken anderer ausgesetzt sein.

Aglaja war bleich. „Nastja! Michail, sie werden doch nicht auch sie …? Sie ist doch noch so klein!" Jetzt begannen doch die Tränen zu fließen.

Sie durchsuchten das ganze Haus, fanden aber nur noch die Leichen von Nikodim, dem alten Diener der Struzhanovs, sowie die der Haushälterin.

Sie deckten die Toten zu, das war alles, was sie tun konnten. Es war überall im Haus eiskalt, denn fast alle Fenster waren zerschlagen.

„Wir können nicht hierbleiben, Aglaja. Wir müssen ins Palais Wolkov und …" Weiter kam er nicht.

„Ach ja? Und was veranlasst dich anzunehmen, wir wären dort sicherer als hier? Vermutlich sind dort ebenfalls alle tot." Ihr traten Tränen in die Augen. „Ich weiß doch auch nicht, wohin."

„Das soll jetzt nicht respektlos sein, aber wissen Sie, ob Ihr Vater irgendwo … Geld oder Wertsachen versteckt hatte?"

Aglaja sah Michail fassungslos an.

„Sie werden Geld brauchen", sagte er ruhig. „Um Ihre Familie zu finden."

Sie verstand, was er meinte. „Ich weiß vielleicht etwas."

„Gut, sehen Sie nach. Ich bleibe hier."

„Aber es ist … in der Bibliothek." Sie sah verzweifelt aus. „Kannst du … bitte mitkommen?"

Sie gingen gemeinsam hinauf, und Aglaja versuchte, nicht zum Schreibtisch zu sehen, wo sie Fjodors Leiche mit einer großen Bahn Vorhangstoff überdeckt hatten.

„Er hatte ein Geheimfach in *On the Origin of Species.*" Sie kramte im Bücherregal und tauchte einen Moment später triumphierend mit Darwins Evolutionstheorie auf, einem dicken Folianten. Als sie ihn aufklappte, sah Michail, dass aus den Seiten sorgfältig das mittlere Quadrat ausgeschnitten war und einen Hohlraum bildete, der eine schwarze Börse enthielt.

Aglaja öffnete sie hastig und entdeckte einen stattlichen Haufen Goldrubel darin. Michail atmete auf. Damit konnte man eine ganze Weile auskommen.

„Sie sollten das Geld in Ihrer Kleidung tragen", riet er.

Sie nickte, drehte sich um, knöpfte den Mantel und ihr Kleid auf, das Dascha ihr gegeben hatte, und ließ die Börse in ihrem Leinenmieder verschwinden. Bis auf zwei Münzen, die sie in die Manteltasche steckte.

„Wir müssen etwas Ordentliches essen und schließlich auch irgendwo schlafen. Ich kann hier nicht bleiben." Sie rappelte sich auf und verließ fluchtartig die Bibliothek. Michail folgte ihr. Wie es weitergehen sollte, konnten sie auch unten beratschlagen. Er musste ihr auch vorsichtig beibringen, dass man kaum mit Goldrubeln in eine Suppenküche spazieren konnte, um für drei Kopeken Borschtsch zu essen.

„Lass uns gehen. Wir müssen zusehen, wo wir bleiben heute Nacht. Morgen sehen wir dann weiter." Sie fühlte sich hin- und hergerissen. Einerseits wollte sie nicht gehen. Dieses Haus war ihr Zuhause gewesen. Nastja war sogar hier geboren worden … und ihre Eltern waren hier gestorben. Sie hatte zwar keine Ahnung, wo sie anfangen sollte, aber sie musste doch nach ihren Geschwistern suchen, denn immerhin bestand doch Hoffnung, dass sie noch lebten.

Sie nahmen aus dem Haus nichts mit außer ein paar persönlichen Gegenständen. Aglaja stöberte durch die Schränke der Zwillinge und suchte für Michail ein Paar Stiefel und eine warme Jacke heraus – viel war nicht mehr da. Alles, was einen Wert hatte, war geplündert worden. Sie nahm einige Familienphotographien aus den Rahmen und steckte sie in die kleine lederne Reisetasche, die sie mit viel Überwindung aus dem Schlafzimmer ihres Vaters geholt hatte. Auf ihrem Weg durch das Haus fand sie in Nastjas Zimmer deren liebstes Spielzeug. Eine von ihrer Amme gefertigte Stoffpuppe namens Ljubow aus grobem Leinen, die Wollfäden als Haare hatte und aus Flicken genähte Kleider trug. Sie hatte sie immer all den teuren Porzellanpuppen und flauschigen Stofftieren vorgezogen, die ihr Zimmer mehr zierten, als dass damit gespielt wurde. Hatte sie Nastja jemals wirklich spielen sehen? Aglaja schüttelte den Kopf. Nein. Nastja hatte immer nur andere beobachtet. Schon als Baby hatte man dieses Gefühl gehabt, wenn sie ihre großen Augen auf einen gerichtet hatte.

Sie überlegte nicht lange und steckte die schmutzige Puppe in die Tasche. Sie würde ihre kleine Schwester finden, und dann wäre es gut, Ljubow dabei zu haben, damit sie wenigstens etwas hatte, was ihr vertraut war und sie an zu Hause erinnern würde.

Als sie durch die Eingangstür wieder hinaus auf die Straße getreten waren, drehte Aglaja sich nicht mehr um. Es war schon dunkel. War es schon zu spät? Sie schüttelte den Kopf und steuerte zielstrebig auf ein unscheinbares Gebäude in unmittelbarer Nähe der Kathedrale zu und klopfte nachdrücklich an.

„Vater Nikolaos ist nicht da!", rief eine ungehaltene Frauenstimme durch die geschlossene Tür.

„Vater Nikolaos geht bei Dunkelheit nirgendwohin, weil er fast nichts mehr sieht! Also ist er da – ich muss ihn sprechen."

„Wer ist denn da überhaupt?"

„Ich bin Aglaja Fjodorowna, Frau Agejew! Bitte lassen Sie mich eintreten. Ich muss zu Vater Nikolaos!"

„Die kleine Struzhanova?"

„Ja. Bitte lassen Sie mich hinein!" Ihre Stimme drohte zu brechen.

Endlich öffnete sich die Tür, und sie drückten sich durch einen mehr als engen Spalt ins Haus. Drinnen empfing die Frau des Popen sie nun um einiges freundlicher.

„Aglaja Fjodorowna! Was für eine Freude! Was verschafft uns diese Ehre? Kommen Sie doch in die Stube." Sie machte einen Aufstand, als wäre dies einer jener offiziellen Besuche, bei denen früher die Spenden für kirchliche Vorhaben besprochen worden waren.

Sie traten in die Wohnstube, wo Vater Nikolaos in einem Lehnstuhl saß und leise murmelnd betete – ein friedliches Bild, das aus einer besseren Zeit stammte.

„Nikolaos, sieh nur, wer gekommen ist. Aglaja Fjodorowna!"

Der alte Mann hob seinen Blick zu ihr, und sie erkannte, dass er inzwischen fast blind sein musste. Er nahm ihre Hand, und sie kniete sich neben seinen Sessel, so dass er sie segnen konnte.

„Was führt dich zu mir, mein Kind?"

„Vater, es ist etwas Furchtbares geschehen." Sie versuchte, die Tränen zu unterdrücken, doch ihre Stimme zitterte.

„Es geschieht so viel Grausames in diesen Zeiten, meine kleine Aglaja."

„Vater, ich bin nur hier, um mich zu verabschieden und Sie zu bitten, meine Eltern würdig zu begraben ..." sie brach ab, und Michail setzte ihren Satz fort.

„Herr und Frau Struzhanov sind ermordet worden und liegen tot in ihrem Haus. Ebenso zwei Bedienstete."

Aglaja schob die zwei Goldmünzen in Vater Nikolaos' Hand. „Das reicht, um sie alle vier anständig zu begraben, oder?"

Der alte Pope wiegte den Oberkörper bedächtig hin und her. „Natürlich ist das genug, Kind. Ich werde sehen, was ich tun kann. Was für schlimme Zeiten. Alles ist aus den Fugen."

Sie sah, dass aus seinen alten Augen, die milchig verschleiert waren, Tränen flossen. Er wirkte wie ein gealterter Prophet, der Zeuge davon wird, wie seine schlimmsten Weissagungen eintreffen.

„Vater, ich muss meine Geschwister suchen, aber wir wissen einfach nicht, wohin. Die Familie meines Mannes, die Wolkovs, ich weiß nicht, was mit ihnen ist."

„Ihr bleibt heute Nacht hier. Maria, mach dem Mädchen das Gästezimmer zurecht, der Junge kann hier auf dem Sofa schlafen. Morgen kann er allein gehen, um zu sehen, wie es bei den Wolkovs aussieht. Dafür musst du nicht durch die ganze Stadt laufen, Aglaja."

Den Namen ihrer Freundin zu hören, die sie in Siverskaja bei Dascha inmitten marodierender Milizen hatte zurücklassen müssen, zerriss ihr das Herz. „Danke, Vater", war alles, was sie noch herausbrachte.

Die nächsten Tage verbrachten sie mit der fruchtlosen Suche nach Bekannten und Familienangehörigen. Überall herrschte das denkbar größte Durcheinander. Die öffentliche Verwaltung war weitgehend zusammengebrochen. Die Räte, welche Russland regierten, diskutierten zwar eingehend darüber, auf welchem Wege man zu einer Entscheidung gelangen konnte, wie sich die Ordnung zukünftig gestalten sollte, sorgten aber nicht dafür, dass sich tatsächlich irgendetwas bewegte. Mit Einzelschicksalen oder dem Verbleib verschwundener Angehöriger beschäftigte sich von offizieller Stelle niemand, und so waren sie ganz auf sich gestellt. Michail ging zu den Wolkovs und kam mit schlimmen Nachrichten zurück: Das Palais war bis auf die Grundmauern niedergebrannt, und von der Familie fehlte jede Spur. Es war zwecklos, auch noch nach ihnen zu fahnden.

Die Suche nach Aglajas Geschwistern gestaltete sich ebenfalls als schwierig. Von den Massakern an den ersten Familien des Landes sprach keiner gern, und hinter vorgehaltener Hand wurde so einiges gewispert und gemurmelt, aber konkrete Informationen gab es kaum, und Aglaja wusste nicht, was sie weiter tun, wen sie fragen sollte.

Etliche Tage nach ihrem nächtlichen Auftauchen bei Vater Nikolaos kamen sie von einem Streifzug durch die Stadt zurück, und Aglaja war außer sich vor Freude, als sie ihre frühere Dienerin Taissja bei dem Geistlichen in der Stube sitzen sah. Sie fielen sich um den Hals. Taissja! Aglaja wurde warm ums Herz – immerhin war sie ein Teil ihrer Familie gewesen, die sie nun verloren hatte. Aber das Mädchen hatte keine guten Nachrichten. Die kleine Nastja war schwer verletzt, doch Taissja vermied es, allzu genau zu erzählen, was mit ihr geschehen war.

„Was ist mit meinen Brüdern?“, fragte Aglaja zaghaft.

Taissjas Gesicht bekam einen verzweifelten Ausdruck.

„Die Zwillinge haben sie abgeführt. Ich hatte versucht, Grischa in einem Schrank zu verstecken“, sie brach ab, weil ihr ein Schluchzen entfuhr. „Die Milizionäre haben um sich geschossen, völlig ohne Sinn und Verstand, sie waren ja alle betrunken. Als ich Nastja holte, wollte ich auch den Kleinen mitnehmen, aber er lag tot in dem Wandschrank. Ich habe ihn im Garten begraben, ich musste ja schnell mit Nastja verschwinden. Es war kein Arzt aufzutreiben, und so habe ich sie mit zu meiner Mutter nach Hause genommen. Wir haben sie gepflegt, aber es will ihr einfach nicht besser gehen. Weiß der

Himmel, was diese Schweine genau mit ihr angestellt haben. Es ist eine Schande!“

„Daran will ich gar nicht denken, aber sie lebt! Ich bin euch so dankbar! Können wir gleich zu ihr gehen?“

Sie folgte dem ehemaligen Hausmädchen durch die Straßen. Was sie sah, erschütterte sie zutiefst. Kinder, alte Menschen und Kriegsinvaliden, die ausgehungert und in Lumpen an Mauern lehnten, auf Bordsteinen saßen oder auf den Straßen herumlungernd bettelten. Ein Mann auf Krücken, dem man eins seiner ab dem Knie amputierten Beine durch ein grobes Holzbein ersetzt hatte, herrschte sie plötzlich an.

„Ein Almosen für einen Verteidiger des Vaterlandes!“

Aglaja wusste nicht, was sie tun sollte. Verlegen wühlte sie in ihrer Manteltasche, fand aber kein Geld. Die Goldmünzen aus der Bibliothek ihres Vaters hatte sie auf Michails Geheiß in den Saum ihres Unterkleids eingenäht. Sie hatte nur einmal eine herausgenommen, nachdem sie Vater Nikolaos das Geld für die Beerdigungen gegeben hatte. Taissja wollte sie schon weiterziehen, doch der Mann griff nach dem Ärmel ihres Mantels.

„Meine Kameraden und ich haben dafür gesorgt, dass ihr feinen Damen euch im warmen Salon weiterhin den Tee servieren lassen konntet, und jetzt, wo ich zu nichts mehr zu gebrauchen bin, behandelst du mich wie Dreck! Dabei schuldet ihr alle uns Dank!“

„Lass sie los!“ Taissja versuchte, seine Finger, die sich in Aglajas Mantel verkrallt hatten, zu lösen. Dabei verlor er das Gleichgewicht und stürzte zu Boden.

„Sie treten mich mit Füßen! Mich, einen Veteranen des zweiten Vaterländischen Krieges!“ Er schrie die Worte hasserfüllt und voller Zorn, wobei sich seine Stimme fast überschlug. Einige Schaulustige hatten sich bereits versammelt. Ein junger Mann trat zu ihnen.

„Kommen Sie, Väterchen, ich helfe Ihnen auf.“

Der Mann lag fluchend im Schneematsch. Das zu lange, ungepflegte Haar hing ihm ins Gesicht, und seine Beinstümpfe zuckten. „Dreckshure!“

Der Junge gab ihm seine Krücken und handelte sich dafür einen Schlag in die Kniekehle ein. Er sah den am Boden liegenden Mann an, schüttelte den Kopf und ging dann seiner Wege, ohne sich weiter um den Amputierten zu kümmern, der ohne Pause unflätiges Zeug brabbelte.

„Wir können ihn doch hier nicht so liegen lassen!"

Taissja schaute Aglaja ratlos an. „Sie sehen doch, wie außer sich er ist."

„Wir müssen ihm wenigstens helfen, sich aufzurichten. Er kann bei der Kälte nicht im Schnee liegen bleiben. Kommen Sie – Sie müssen aufstehen. Wir helfen Ihnen auf."

Sie griff ihm beherzt unter die Achsel und Taissja folgte ihrem Beispiel. Doch der Mann hatte sich so in seine Raserei hineingesteigert, dass er sich steif machte und weiterhin Beleidigungen in Aglajas Richtung zischte. Wieder schlug er mit der Krücke um sich und traf Aglaja an der Stirn, sie drehte sich weg, um ihre Augen zu schützen, und hielt sich den Kopf, als sie merkte, dass warmes Blut zwischen ihren Fingern hindurchsickerte.

„Bei allen Heiligen, Fräulein Aglaja!" Taissja klang verschreckt. In diesem Moment kam Bewegung in die Menschenmenge, und Kaschmàr schoss zwischen den Umstehenden hervor und auf Aglaja zu. Sie waren vorher so überstürzt aufgebrochen, dass niemand darauf geachtet hatte, wo der Hund war. Er musste ihnen also hinterhergelaufen sein und stellte sich nun knurrend zwischen Aglaja und den sich am Boden wälzenden Kriegsinvaliden, der noch immer drohend mit seinen Gehhilfen fuchtelte.

„Diese reichen Schmarotzer hetzen sogar ihre Hunde auf uns!"

„Was ist denn hier los?" Die Stimme von Kornej Ivanowitsch, dem Herrn aus dem Zug, schien die Lage augenblicklich zu beruhigen.

„Kaschmàr! Aus!" Aglaja griff nach dem Halsband. „Er wollte mich nur beschützen!"

„Sie müssen Ihren Kopf verbinden lassen. Das ist nur eine Platzwunde, aber Sie bluten noch immer sehr. Und Sie, Genosse, sollten sich schämen! So geht man nicht mit einer jungen Frau um. Wir dürfen nicht zulassen, dass der Krieg uns zu Barbaren macht. Kommen Sie, ich helfe Ihnen auf." Er fackelte nicht lange, schob ihm die Krücken wieder unter die Achseln und half ihm, sich aufzurichten. „Reißen Sie sich zusammen, Genosse!" Dann wandte er sich Aglaja zu. „Kommen Sie mit. Ich wohne hier um die Ecke, und Sie brauchen dringend einen Verband."

„Ich kann nicht, wir müssen zu meiner kleinen Schwester, sie ist bei Taissja, ich bin doch ihre einzige Familie. Unsere Eltern sind ... ermordet worden."

„Dann müssen Sie erst recht auf sich achten. Bitte kommen Sie!"

Taissja nickte. Sie war bleich und hatte vor Angst geweitete Augen.

„Nun gut." Aglaja hielt sich noch immer den Kopf und presste ein Taschentuch auf die Wunde, das bereits vollkommen durchweicht war.

Als Kornej Ivanowitsch die Wohnungstür aufschloss, lief ihnen ein kleiner Junge entgegen, der vielleicht acht Jahre alt sein mochte.

„Papa, Papa – Mama macht Pelmeni zum Abendessen!" Er stockte, als er bemerkte, dass sein Vater nicht allein war.

„Boris, lauf schon voraus in die Küche. Aglaja Fjodorowna braucht einen Verband. Sagst du deiner Mutter Bescheid?"

Der Kleine machte große Augen, als er Aglajas Verletzung bemerkte, und rannte davon.

Die Wände des schmalen Flurs waren mit Bücherregalen zugestellt, die bis zur Decke reichten, so dass er wie ein Tunnel ins Innere der Wohnung zu führen schien.

„Bitte treten Sie näher. Ich gehe voraus."

Sie durchquerten den Büchertunnel und folgten Kornej Ivanowitsch in die Küche, wo eine zarte, dunkelhaarige Frau sie empfing.

„Das ist meine Frau, Maria Borissowna. Maria, das ist Aglaja Fjodorowna, die junge Frau mit dem Hund aus dem Zug, von der ich dir erzählt habe und ..." Er sah Taissja fragend an.

„Taissja Ivanowna."

„Und dieser kleine Schoßhund heißt Kaschmàr. Bitte nehmen Sie Platz." Er deutete auf die Stühle, die um den Küchentisch herumstanden. Aglaja setzte sich, und fast augenblicklich wurde ihr schwindelig.

„Kornej, was ist passiert?", fragte Maria Borissowna. Sie wirkte robust und zupackend, obwohl sie von zierlicher Statur war.

„Es gab einen Zwischenfall mit einem Bettler auf der Straße, und er hat Aglaja Fjodorowna verletzt. Könntest du sie bitte verbinden, Maria?"

„Das ist ja unglaublich!" Sie holte rasch Verbandszeug aus einem Schrank und versorgte dann sehr geschickt die Platzwunde an Aglajas Stirn. Sie biss die Zähne zusammen, aber als Maria mit Jodtinktur die Wunde desinfizierte, keuchte sie.

„Das tut mir leid!" Maria legte ihr einen festen Druckverband an. „So, das hält hoffentlich erst mal. Ich habe die Wundränder ganz nah beieinander verpflastert, so dass sie gut heilen. Wenn die Wunde sich nicht entzündet, wird es nur eine schmale Narbe geben."

„Nehmen Sie bitte ein Glas Wodka, Sie sind ganz blass." Kornej Ivanowitsch goss vier Gläser randvoll und reichte zwei davon an Taissja und Aglaja weiter.

„Ich weiß nicht, wie ich Ihnen danken soll."

„Gar nicht, Verehrteste. Das ist doch selbstverständlich." Er machte sich am Herd zu schaffen und bereitete Tee zu.

„Wir sollten jetzt gehen – wir können Ihnen nicht noch länger zur Last fallen."

„Einen Tee sollten Sie noch trinken. Und eine Kleinigkeit zu sich nehmen, bevor Sie sich wieder in das Getümmel da draußen stürzen."

„Gut, in Ordnung. Vielen Dank."

Sie tranken am Küchentisch ihren Tee, aßen mit der Familie von den Pelmeni und ein paar leicht angeschrumpelte Äpfel zum Nachtisch. Als sie wieder aufbrachen, war es bereits dunkel.

Wenig später stiegen sie die Treppen zu der Wohnung von Taissjas Familie hinauf.

„Mutter? Ich habe Fräulein Nastjas Schwester gefunden!“

„Ach, so ein Glück! Kommen Sie herein, Aglaja Fjodorowna!“ Taissjas Mutter, eine etwas rundliche Version ihrer Tochter, empfing sie mit offenen Armen. „Es wird der Kleinen so guttun, Sie zu sehen.“

Nastja schlief schon. Aglaja streichelte ihren Kopf und legte Ljubow neben sie. Dann gesellte sie sich zu den anderen in das größere Zimmer.

„Ich bin Ihnen so dankbar, dass Sie sich um sie gekümmert haben.“

„Das haben wir gern getan - niemand darf einem Kind so etwas antun und …“

„Mutter!“, unterbrach sie Taissja.

Aglaja seufzte. „Ich kann sie heute nicht mitnehmen. Sie wissen ja, dass meine Eltern tot sind und das Haus völlig verwüstet. Das Palais Wolkov ist niedergebrannt. Wo die Familie geblieben ist, weiß niemand, und mein … Mann ist bei der Armee. Ich wohne im Moment bei dem Priester von der Nikolskaja-Kathedrale und weiß wirklich nicht, wie es weitergehen soll.“ Mit einem Schlag wurde sie sich der Verantwortung bewusst, die plötzlich auf ihr ruhte. Sie war die Älteste. Selbst wenn sie Alexej und Arkadij noch fände – sie waren nur halbwüchsige Jungen. Nein. Sie war jetzt der Kopf der Familie Struzhanov. Dass sie durch ihre Ehe mit Sergej eine Wolkova geworden war, interessierte niemanden. Die Wolkovs, wo immer sie jetzt auch weilten, würden ohne sie zurechtkommen müssen. Sie musste sich um ihre Familie kümmern. Einzig an Maria dachte sie oft voller Kummer. Sie plagte das schlechte Gewissen, sie allein in dieser grauenvollen Nacht in der Hütte in Siverskaja mit Dascha zurückgelassen zu haben, aber sie wusste auch, dass sie keine Wahl gehabt hatte. Sie musste mit Vater Nikolaos sprechen, ob sie Nastja ins Pfarrhaus holen durfte. Das war der erste Schritt. Eins nach dem anderen. Zuerst musste Nastja bestmöglich versorgt werden. Dann konnte sie weiter nach Alexej und Arkadij suchen.

7. Kapitel – Wien
März 1918

Theo machte sich pfeifend auf den Heimweg. Den Sonntagnachmittag hatte sie mit Veronika, Klara und dem Professor verbracht. Nach einem Spaziergang im Volksgarten waren sie in die Gardegasse zurückgekehrt, und Veronika hatte erstmals Theos Zuhause betreten. Bei einem Glas Wein plauderten sie in der Stube weiter, während Klara in der Küche spielte.

Der Professor hatte Theo ermutigend zugenickt, als er Veronika gesehen hatte. So ein patentes Mädchen. Dass sie ein Kind hatte, störte ihn nicht; derlei kleinliches Philistertum war seine Sache nicht. Er wusste von seiner Tochter, was Veronika mitgemacht hatte und dass sie hart arbeiten musste, um die Kleine selbstständig zu versorgen. Sie hatte wieder eine Anstellung gefunden und zwar in der Wäscherei des Kronprinzessin-Stephanie-Spitals. Theo hatte von den Schwestern gehört, dass man dort händeringend eine zuverlässige Wäscherin suchte, und sie hatte ein gutes Wort für Veronika eingelegt. Auch wenn sie weiterhin bei ihren Eltern wohnte, so war sie doch dankbar, kein Geld mehr von ihnen nehmen zu müssen, um Klara großzuziehen. Sie verdiente nicht viel, aber sie kam über die Runden.

Veronika hatte ihre Zuneigung zu Theo auf die ihr eigene, geradlinige Art und Weise gezeigt, ihre Nähe gesucht, und Theo erwiderte sie. Noch unter dem Eindruck des Fiaskos, das sie mit Annamaria erlebt hatte, mochte Theo die Offenbarung nicht hinauszögern.

Es war tiefster Winter gewesen, als sie Veronika zu einem Spaziergang auf den Christkindlmarkt eingeladen hatte. Klara konnte bei der Großmutter bleiben, und sie genossen die Zweisamkeit. Theo jedoch mit gemischten Gefühlen. Diesmal wollte sie nichts falsch machen, sondern Veronika reinen Wein einschenken, auch wenn das vermutlich bedeutete, sie zu verlieren, aber sie würde sich in jedem Fall dieses Mal korrekt verhalten. Sie bummelten an den Buden entlang, die allerlei Kinderspielzeug, Christbaumschmuck und weihnachtliche Leckereien feilboten. Theo hatte mit Absicht dieses bunte Treiben gewählt, um sich zu offenbaren. So hatte Veronika die Möglichkeit, einfach zu gehen, in der Menge unterzutauchen, sang- und klanglos aus Theos Leben zu verschwinden.

„Magst du einen Punsch trinken?"

Veronika nickte eifrig, und Theo erstand an einem etwas abseits aufgebauten Stand zwei Becher des heißen, aromatisch duftenden Getränks, in das der Verkäufer zwinkernd einen kräftigen Schuss Rum gab, und dirigierte Veronika zu einem der Stehtische, die um die Bude herum aufgestellt waren. Sie nahm einen Schluck.

„Das tut gut bei der Kälte!" Ihre Augen glänzten. Theo seufzte, es musste sein.

„Veronika, ich muss dir etwas sagen."

Sie schaute zu Theo hoch. Ihr aufmerksamer Blick machte die Sache nicht eben einfacher.

„Veronika, ich mag dich sehr, sehr gern."

„Aber ich dich doch auch."

„Und darüber bin ich sehr glücklich, aber es gibt etwas, das du wissen musst. Über mich." Sie trank einen Schluck, um ihre Gedanken zu ordnen.

„Ja? Was denn?"

Theos Herz schlug schneller, und sie suchte nach Worten. Veronika legte ihre Hand auf Theos Arm.

„Du kannst mir alles sagen."

„Ich bin nicht der, für den du mich hältst."

„Wie meinst du das? Wer bist du denn?"

Diese entwaffnend einfache und direkte Frage verbot es Theo, weiter um den heißen Brei herumzureden.

„Nur eins noch: Ich will, dass es dir gutgeht. Du sollst glücklich sein. Wenn du gleich gehen und mich nie wiedersehen willst, dann kann ich das verstehen."

„Theo – was liegt dir auf der Seele? Du wirst ja niemanden umgebracht haben?"

„Nein. Das nicht."

„Also? Was ist es denn nun?"

„Ich … also … alle nennen mich Theo. Seit ich ein Kind bin. Aber mein richtiger Name ist … Theodora."

Nun war es heraus. Sie traute sich nicht mehr, Veronika anzusehen. Jedenfalls lief Vroni nicht sofort davon. Innerlich wappnete Theo sich gegen Vorwürfe und Tränen oder einen Wutausbruch.

„Das ist eine Überraschung. Aber auch … irgendwie nicht."

Theo sah erstaunt auf. Veronika schaute ihr direkt in die Augen; ihre Stimme klang ganz normal. Wie immer. „Warum lebst du so, also als Theo, meine ich?"

Theo war verblüfft. Veronika machte ihr keine Szene. Sie weinte auch nicht und zeigte keinerlei Anzeichen des Schockiertseins. Sie fragte lediglich das Naheliegende.

„Ich bin das einzige Kind meiner Eltern, und meine Mutter hat sich so sehr einen Sohn gewünscht, dass sie nach meiner Geburt nicht mehr in der Lage war, den Tatsachen ins Auge zu sehen. Sie hat mich meine ganze Kindheit hindurch wie einen Jungen behandelt, und ich war auch eine Zeitlang überzeugt, ich sei einer. Mein Vater hat sie ja auch gewähren lassen."

Veronika nickte. „Das verstehe ich. Aber warum sollte ich dich nicht mehr sehen wollen?"

Theo war verblüfft und wusste nicht, was sie sagen sollte. Damit hatte sie nicht gerechnet.

„Weil fast alle Frauen bisher so reagiert haben, denen ich es gesagt habe."

Nun schien Veronika verwundert. Für sie hatte das eine mit dem anderen wenig zu tun. „Waren es denn viele?"

„Viele?"

„Viele andere Frauen."

„Nein. Ein paar nur. Ich hatte immer große Angst davor. Aber du hast gesagt, dass es eine Überraschung war, aber irgendwie auch nicht. Wie hast du das gemeint?"

Sie zuckte mit den Schultern. „Es war die Art und Weise, wie du Klara gehalten hast, damals bei dir im Spital und dann bei Samuels Begräbnis. Du hast mit ihr vor der Kapelle gewartet, weißt du noch? Als ich mit dem Franz hinauskam, hast du mit ihr auf der Stiege gesessen und sie im Arm gehalten. Ich weiß nicht. Natürlich habe ich nicht geahnt, dass du eine Frau bist, aber wie du sie gehalten hast, hat mich gerührt. Ich dachte, dass du ein sehr besonderer junger Mann bist. Und besonders bist du ja. Nur eben kein Mann." Sie lächelte und trank seelenruhig einen Schluck von ihrem Punsch. „Deiner wird ganz kalt. Trink schon!"

Jener Nachmittag war nun gerade einmal drei Monate her. Sie hatten über das Gespräch auf dem Weihnachtsmarkt nie wieder ein Wort verloren, gingen weiterhin miteinander aus. Wenn Theo Veronika nach Hause brachte, hakte sie sich bei ihr unter und errötete, wenn Theo ihr Komplimente machte oder Blumen und kleine Geschenke für Klara mitbrachte. Dass Theo ihr ihren Vater, den Professor, vorstellen wollte, freute Veronika. Das hieß vermutlich, dass sie es ernst meinte. Sie war sehr beeindruckt, dass Theos Vater nicht nur studiert, sondern sogar Studenten unterrichtet hatte. Vor Studierten hatte sie großen Respekt, zeigte sich aber nicht schüchtern oder unterwürfig, und so war sie bei dem Spaziergang bald am Arm von Professor Brunner einhergeschritten, während Theo lächelnd mit Klara etwas hinter den beiden ging, auf dem Weg ins Kaffeehaus.

Als es dunkel zu werden begann, brach Theo mit Veronika und ihrer Tochter auf, um sie nach Hause zu begleiten. Klara schlief bereits auf Theos Arm, als sie an dem heruntergekommenen Mietshaus ankamen, wo Veronika mit ihren Eltern lebte.

„Vielen Dank für den Tag! Dein Vater war so freundlich zu uns und hat mich behandelt, als ob ich eine Dame wäre."

„Das bist du auch."

Sie lachte. „Nein, bin ich nicht. Aber es war trotzdem schön!"

„Sehen wir uns am nächsten Sonntag?"

„Gern, Theo."

„Dann wünsche ich euch eine gute Nacht und freue mich auf nächste Woche!"

„Wir uns auch – sehr!"

Und ehe Theo es sich versah, hatte Veronika sie geküsst. Nicht besonders lang oder leidenschaftlich, aber sehr entschlossen und ganz und gar nicht freundschaftlich. Dann errötete sie leicht, nahm ihr rasch Klara ab und verschwand im Stiegenhaus.

Dieser Kuss, dachte Theo, war eigentlich mein erster. Der erste Kuss, den ich von einer Frau bekommen habe, die weiß, wer ich bin. All die anderen haben immer den Theo geküsst, aber nie mich.

Beschwingt ging sie durch den noch sehr kalten Märzabend zurück nach Hause und kehrte noch auf ein Viertel Wein in einem Wirtshaus ein.

„Kamerad, hast du eine Zigarette für mich?" Ein Veteran, dem ein Arm fehlte, saß ebenfalls allein vor seinem Glas.

„Ja. Bitte. Bedienen Sie sich."

Theo betrachtete den Mann vorsichtig aus dem Augenwinkel. Der Ärmel seiner ausgedienten Uniformjacke war sorgsam eingenäht, und sowohl Hemdkragen als auch Manschetten waren sauber und gebügelt. Sein Haar war geschnitten und die abgetragenen Stiefel geputzt. Immerhin schien es so, als umgäbe ihn die liebevolle Fürsorge einer Frau. Aber er wirkte blass und übernächtigt. Vielleicht litt auch er an den Albträumen, die viele Männer mit aus dem Krieg zurückbrachten und die ihnen auch in der Heimat den Schlaf raubten. Manche zuckten auch bei jedem lauten Geräusch zusammen, weinten unvermittelt oder waren aufbrausend und unberechenbar, manchmal sogar gewalttätig. Kaum einer kam so zurück, wie er vorher gewesen war. Sie hatten alle gelitten und mehr gesehen, als Menschen verkraften können, und ihre Seelen waren davon nicht unversehrt geblieben.

„Danke." Er nieste heftig, schnäuzte sich und musste husten. Es schüttelte ihn regelrecht.

„Geht es Ihnen gut?"

Der Mann sah sie aus glasigen Augen an. „Meinen Sie meine Erkältung oder … das hier." Er wies auf den leeren Uniformärmel, der auf dem Tisch lag.

„Entschuldigung. Ich wollte nicht unhöflich sein."

„Wenn Sie mich so fragen: Nein, es geht mir nicht gut. Ich habe Fieber. Jede Nacht diese furchtbaren Träume und dieser Husten ist seit gestern so schlimm, dass mir jedes Mal der gesamte Brustkorb wehtut davon."

„Sie sollten zum Arzt gehen."

Der Veteran lachte ein wenig und musste sogleich wieder husten. „Ja, ganz bestimmt. Ich gehe zum Arzt wegen einer dämlichen Erkältung, während meine Kameraden in den Schützengräben entweder verrecken oder lebendig darin begraben werden!"

Theo nickte. „Das war dumm von mir. Entschuldigen Sie."

„Warum sind Sie nicht an der Front?" Die Stimme des Mannes war misstrauisch und unterschwellig aggressiv.

„Ich bin untauglich."

„Untauglich? Ein junger Kerl wie Sie?" Dem Mann entfuhr so etwas wie ein Bellen. Ob er hustete oder lachte, war nicht ganz sicher festzustellen. „Wen hat denn Ihre Familie geschmiert?"

„Niemanden. Ich bin … krank. Man sieht es mir nicht an, ich weiß."

„Die Syphilis, richtig?" Der Veteran hatte sich nah zu Theo geneigt und die Stimme gesenkt. „Das ist ein Jammer mit der Untauglichkeit wegen so etwas. Mit der Syphilis kommen sie doch ohnehin fast alle zurück. Für das Vaterland gekämpft haben sie trotzdem, das können Sie mir glauben."

„Ja, sicher. Das haben sie." Theo nickte dem Mann zu. Es schien ihr klüger, sich nicht weiter in ein vertrauliches Gespräch über den Grund ihrer Kriegsuntauglichkeit verwickeln zu lassen. Daher trank sie rasch aus, nickte dem Mann zu und ging.

In der folgenden Woche war Theo im Spital nicht recht bei der Sache. Sie dachte unausgesetzt an Veronika, den Kuss und was wohl die Zukunft bringen mochte. Sie versuchte, auf dem Boden der Tatsachen zu bleiben und sich nicht allzu große Hoffnungen zu machen. Es konnte auch sein, dass Vroni es sich bis Sonntag, dem Tag, an dem sie sich wiedersehen würden, anders überlegt hätte. Vielleicht hätte sie Angst vor ihrer eigenen Courage bekommen oder wäre zu dem Schluss gekommen, dass es nicht gut für Klara wäre, oder sie hatte an ihre Eltern gedacht und das, was sie denken und sagen würden. Theo war geknickt, wenn sie diese gedankliche Abzweigung nahm. Sie wollte auf gar keinen Fall, dass Veronika sich mit ihren Eltern überwarf. Schließlich lebte sie bei ihnen.

Bisweilen versank Theo in regelrechte Tagträume, die sich im Wesentlichen darum drehten, wie es wohl sein würde, mit Veronika allein zu sein, ihr näher zu kommen. Die Begegnungen mit den wenigen Frauen, bei denen Theo es hatte darauf ankommen lassen, hatten kein gutes Ende genommen. Eine hatte panisch ihre Kleider geordnet und dann überhastet den Rückzug angetreten, zwei hatten Theo saftige Ohrfeigen verpasst und gebrüllt, sie solle verschwinden, und die Vierte war so betrunken gewesen, dass sie ohnehin nichts mehr mitbekam, und Theo hatte ihre Lage nicht ausgenutzt, sondern sie nach Hause gebracht. Es war deprimierend. Veronika würde von ihr erwarten, dass sie wüsste, was zu tun sei, und davon war sie nun wirklich weit entfernt.

Nach der Arbeit trat Theo vor die Tür des Spitals. Obgleich es tagsüber bisweilen schon ein paar warme Sonnenstrahlen gab, so waren die Abende und Nächte noch sehr kalt. Sie zog sich die Mütze über die Ohren. Doch anstatt sofort den Heimweg anzutreten, fuhr sie noch zu Kathi.

Als sie die Tür zum Wirtshaus öffnete, stieg ihr unmittelbar die vertraute Mischung aus Essensdunst, Tabak und Wein entgegen, gepaart mit der Geräuschkulisse, die von den lebhaften und oft laut geführten Gesprächen und Streitigkeiten getragen wurde, vom Klirren der Gläser und ab und an von einem Lied.

Theo wurde augenblicklich warm, und der Aufruhr in ihrer Seele legte sich.

„Theo!" Kathi winkte ihr munter über den Tresen zu und bedeutete ihr, dass sie gleich bei ihr wäre.

Theo nahm an einem Tisch an der Wand im hinteren Teil des Schankraums Platz. Ihr stieg der Geruch von Gulasch in die Nase, und augenblicklich lief ihr das Wasser im Mund zusammen. Wer weiß, wer das Fleisch darin geschossen hatte. Aber so etwas roch man dieser Tage wirklich nur noch selten. Die Nahrungsmittel wurden knapp und knapper, und Fleisch war, wenn überhaupt, nur noch gedörrt und selbst dann meist illegal zu haben, und was man genau aß, wusste man auch selten.

Kathi trat zu ihr an den Tisch, stellte einen Krug Weißwein, zwei Gläser und eine dampfende Schüssel vor Theo hin. „Iss erst mal. Du bist viel zu dünn."

Gehorsam löffelte Theo das köstliche Essen und tunkte die Semmel in die Sauce. Erst als sie den Löffel beiseitelegte und sich zufrieden zurücklehnte, goss Kathi die beiden Gläser bis zum Rand voll.

„Du bist doch nicht nur zum Essen hier." Das war keine Frage, sondern eine Feststellung. Kathi war manchmal geradezu hellsichtig.

„Deine Gulaschsuppe wäre für jeden wohl Grund genug, heraus nach Ottakring zu kommen."

Kathis Blick sagte alles. Sie lächelte, denn auf ihre Kochkünste war sie berechtigterweise stolz, aber sie wusste auch ganz genau, was mit Theo los war. Zu oft schon hatte das Mädchen mit diesem unruhigen Glühen im Blick, den geröteten Wangen und etwas atemlos plötzlich zu Unzeiten bei ihr in der Wirtschaft gesessen, eine große Portion Essen verschlungen und gewartet, bis sie das Wort ergriff. Ebenso wusste Kathi, dass das, was Theo anfangs so zum Leuchten brachte, unweigerlich mit Tränen und Schmerz endete und auf Theos Seele lediglich eine weitere Narbe hinterließ. Das arme Mädchen hatte es nicht leicht. Sie wartete ab, bis Theo das Glas nahm, ihr zuprostete und einen tiefen Schluck von Kathis Blauem Zweigelt nahm.

„Na, was hast auf'm Herzen?"

Theo senkte den Blick. Warum hatte sie das Gefühl, Veronika zu verraten, jetzt, da sie hier war, um mit Kathi zu reden? Sie schüttelte den Kopf. Das war Unsinn.

„Kathi, ich bin verliebt."

„Das sieht ein Blinder. Ist es die junge Witwe mit dem Kind, mit der du schon mal hier warst?"

Theo staunte. Zielsicher hatte Kathi wieder einmal erraten, um wen es sich handelte. Ihr entging nicht der mitleidige Gesichtsausdruck der Kneipenwirtin.

„Nein, diesmal ist es anders. Sie weiß … wer ich bin, und will mich trotzdem wiedersehen, sich weiterhin mit mir treffen."

Kathi hob die Augenbrauen. „Na, das ist doch mal eine Neuigkeit." Sie staunte nicht schlecht. Die junge Frau mit dem kleinen Mädchen, das wie eine Klette an Theo hing, hatte bei ihr einen vernünftigen, bodenständigen Eindruck hinterlassen. Sehr charakterstark. Sie schien zu wissen, was sie wollte. Konnte das Theo sein? Theo, die ihrer Tochter nie ein Vater sein konnte? Kathi war skeptisch, versuchte aber, dies nicht zu zeigen. „Und wie ist's mit dem Schnackseln?"

Theo errötete. Kathis unverblümte Art, danach zu fragen, ob sie und Veronika bereits miteinander im Bett gewesen waren, machte sie zunächst sprachlos.

„Ich … äh … also …"

„Ihr habt noch gar nicht?"

Theo schwieg betreten und schüttelte den Kopf. „Nein. Und genau das ist es, was mir Sorgen macht."

„Aber sie will dich doch wiedersehen."

„Ja. Wir sind für Sonntag verabredet." Wenn sie überhaupt kommt und es sich nicht anders überlegt, setzte sie stumm hinzu.

„Wenn sie kommt", nahm Kathi Theos Gedanken auf, ohne dass sie ihn ausgesprochen hatte, „dann will sie dich, und du solltest dir keine Sorgen machen. Lass es auf dich zukommen."

„Ja, aber was, wenn sie erwartet, dass ich mich … auskenne?“ Sie rang verzweifelt nach Worten.

„Was gibt’s denn da auszukennen? Herrgott, Theo. Jetzt fang nicht an, wie der Professor mit seinen Libellen, der aus allem eine Wissenschaft macht. Wir reden hier vom Schnackseln!“

„Nicht so laut!“ Theo sah sich hektisch um und wurde rot.

Kathi kicherte. „Was meinst’n, worüber die anderen reden? Neun von zehn Männern hier reden über Frauen!“ Sie versuchte, sich zu beruhigen, denn Theo sah betreten aus.

„Ich weiß, ich bin aber nun einmal kein Mann, verflixt und zugenäht!“

„Natürlich. Aber Theo, mal im Ernst. Was gibt’s da auszukennen? Alle Menschen tun es irgendwann zum ersten Mal, was a bisserl daneben gehen kann, aber im Grund weiß jeder, wie es geht. Von Natur aus. Du weißt doch, was du selbst magst, wie du berührt werden möchtest, und du bist verliebt in sie. Sie hat ein Kind. Sie ist also keine unschuldige Jungfrau mehr, die vor allem Angst hat, vergiss das nicht.“

Kathis bodenständige Erklärung beruhigte Theo nur teilweise. Theo hatte natürlich eine Vorstellung, was sie gern mit Veronika täte, wie sie sie anfassen wollte, sie küssen … Aber genau die Tatsache, dass Veronika eben diese Art der größten Intimität bereits mit dem Gefreiten Jolacek, Gott hab ihn selig, geteilt hatte, machte ihr Bedenken. Bedeutete das nicht, dass sie etwas grundsätzlich anderes erwartete als das, was Theo ihr geben konnte auf der Basis ihrer Wünsche und ihres Verlangens und der unausgegorenen Träume, die sie des Nachts nicht in den Schlaf kommen ließen. Sie schwieg betreten.

Kathi verstand nur zu gut, was Theo umtrieb, konnte ihr aber auch keine Antwort geben. Als sie selbst vor einigen Jahren hinter dem hübschen Jungen her gewesen war, der jetzt als Mädchen vor ihr saß, war sie ziemlich liebestoll geworden, und ihre gesamten erotischen Träume hatten sich darum gedreht, wie sie sich mit dem heißbegehrten Theo leidenschaftlich durch die Laken arbeitete. Als sich eben jener Theo als Theodora entpuppte, hatte sie nach dem ersten Moment der Wut und Enttäuschung lachen müssen. Die Zuneigung war geblieben, aber sie hätte sich niemals vorstellen können, trotzdem mit Theo ins Bett zu gehen – so aufgeheizt Kathi damals auch gewesen war. Frauen interessierten sie einfach nicht, und damit war Theo für sie als potenzieller Liebhaber erledigt gewesen und kam als Liebhaberin gar nicht erst in Frage. Sie konnte daher nicht nachvollziehen, was in Veronika wohl vorgehen mochte. Man musste Theo einfach gernhaben. Kathi fiel wirklich niemand ein, der ihn, oder eher sie, nicht mochte. Aber gingen Veronikas Gefühle darüber hinaus? Die junge Frau hatte nicht den Eindruck erweckt, dass sie um jeden Preis einen Versorger suchte, und Theos Verdienst im Spital war nicht annähernd der von früher beim Huber. Das konnte es also auch nicht sein.

„Du wirst es herausfinden müssen, Theo", beendete sie ihren Satz, den sie in Gedanken gesprochen hatte, aber Theo wusste, was sie meinte, und nickte betreten.

„Die Kleine könnt's ihr gern bei mir lassen, auch wenn am Sonntag hier viel los ist."

„Danke, Kathi."

„Na, wirklich helfen konnte ich dir ja nun auch nicht." Sie zuckte mit den Schultern, stand auf, räumte das Geschirr zusammen und winkte ab, als Theo in ihrer Jackentasche nach Geld suchte. „Lass nur. Bei guten Ratschlägen ist das Abendessen gratis." Sie fuhr Theo durch das kurze, lockige Haar, bevor sie in die Küche zurückging.

Theo schwang sich auf ihr Fahrrad und machte sich auf den Heimweg. Als sie sich stadteinwärts wandte, war es bereits dunkel, und sie trat kräftig in die Pedale, damit es nicht allzu spät wurde. Plötzlich bockte das Rad, stoppte abrupt, und Theo wurde über die Lenkstange geschleudert und landete unsanft auf dem Pflaster. Einen Moment blieb sie benommen liegen, dann spürte sie einen heftigen Schmerz im Knie. Ihr war schwindelig. Unmittelbar danach erbrach sie sich in den Rinnstein. Sie versuchte aufzustehen, doch es kostete sie einiges an Anstrengung und Disziplin, bis sie wieder auf den Füßen war. Es drehte sich alles, und ihr Knie schwoll zu einem

Ballon an, und das Auftreten war kaum möglich. Als sie ihr Fahrrad untersuchte, stellte sie fest, dass das Vorderrad verbogen war – sie hatte einen massiven Steinpfeiler übersehen und war in voller Fahrt dagegengerauscht! Sicher, sie war in Gedanken gewesen, aber so etwas, wie diesen Pfeiler nicht zu sehen, war bedenklich. Sie seufzte, versuchte ihr Gleichgewicht zu finden, und schluckte die immer wieder aufsteigende Galle hinunter. Ihr Kopf dröhnte und sie humpelte. Das Rad war schwergängig, und sie musste es vorn anheben, damit sie es auf dem Hinterrad ziehen konnte.

Als sie sich in der Gardegasse die Stiegen hinaufgeschleppt hatte, war es bereits nach elf Uhr abends. In der Küche brannte noch Licht, und der Professor saß bei einem Buch und einem Glas Wein am Küchentisch.

„Wo kommst du denn jetzt her?“ Er sah von seinem Buch auf. „Um Gottes willen, Theo! Wie siehst du denn aus? Was ist passiert?“

„Ach, nichts, ich habe mich mit dem Rad hingelegt.“

„Na, hör mal! Du siehst aus, als ob du in eine üble Prügelei geraten wärst! Schau mal in den Spiegel!“

Theo hatte andere Sorgen als die Prellungen im Gesicht. Ihr Knie tat höllisch weh, und auch der Knöchel schwoll an. Sie setzte sich an den Küchentisch und schnürte ihren Stiefel auf. Den Fuß konnte sie kaum anfassen vor Schmerz. Sie seufzte und legte ihn stöhnend auf einen Schemel.

„Hast du Schmerzen?“ Der Professor stand auf, holte den Medizinkasten und warf einen ratlosen Blick hinein. „Eine Bandage vielleicht?“

Theo nickte, wickelte sich einen langen Streifen grobes, steifes Leinen um den Knöchel und nahm sich eine weitere Binde mit, um nach dem Ausziehen ihr Knie zu bandagieren. Mehr konnte sie nicht tun. Um ihr Fahrrad musste sie sich bei Tageslicht kümmern. Hoffentlich konnte sie es wieder richten.

Der Professor goss ihr ein Glas Branntwein ein. „Nimm erst mal einen kräftigen Schluck.“

Sie seufzte. Ein paar gute Schmerztabletten aus dem Spital wären besser, aber was sollte sie machen? Sie kippte den Alkohol in einem Zug hinunter und schauderte, als er ihr scharf und beißend in der Kehle brannte.

Sie schlief schlecht in jener Nacht, denn jedes Mal, wenn sie sich umdrehte, schmerzten Knie und Fußgelenk, und auch die Prellungen an ihrem Körper machten sich bemerkbar. Als sie morgens aufstehen wollte, ächzte sie.

„Wie eine alte Frau, Himmelnochmal!", murmelte sie wütend vor sich hin. Leise fluchend zog sie sich an. Ihr geschwollener Knöchel verhinderte, dass sie ihren linken Stiefel zuschnüren konnte. Immerhin. Sie war froh, dass sie ihn überhaupt hatte anziehen können. In Pantoffeln konnte sie ja schlecht zur Arbeit gehen. Als sie die Stiege hinunterkam und den Professor beim Kaffeemachen antraf, wurde ihr bewusst, dass es eine ziemliche Tortur sein würde, zum Spital zu laufen. Vermutlich wäre es besser, erst das Rad zu richten, denn es würde leichter sein zu radeln.

„Wie geht es dir?", fragte der Professor, der sie kritisch musterte. „Du siehst schlimm aus."

Leider hatte ihr Vater recht. Theo hatte sich im Rasierspiegel des Professors gemustert, und es zog sich eine bläulich-lilafarbene Schwellung vom Jochbein rund um das rechte Auge. Ihre Lippe war geschwollen und aufgeplatzt, und am Kinn hatte sie eine beachtliche Hautabschürfung – und das war nur das Gesicht. Die blauen Flecken an den Armen und Beinen hatte sie gar nicht gezählt. Sie seufzte und trank ihren Kaffee, der an der verletzten Lippe brannte. Sie verzog das Gesicht und stellte die Tasse auf den Küchentisch.

„Ich schau mir mal das Fahrrad an. Zu Fuß komm ich zu spät ins Spital."

Das Vorderrad hatte eine Acht abgekriegt, die sich gewaschen hatte. Sie baute es aus und begann es geradezubiegen, indem sie es flach auf den Boden legte und sich selbst auf die Enden der Biegung stellte. So würde es vielleicht nicht wieder perfekt rund, aber sie kam erst einmal zur Arbeit und zurück. Dennoch würde sie sich vermutlich ein neues leisten müssen.

Als sie im Spital ankam, standen zwei Krankenschwestern am Eingang zu ihrem Keller und hatten einen Rollwagen dabei, auf dem ein Körper lag, über den sie ein Laken gebreitet hatten. Theo verdrehte die Augen. Sie verstanden es einfach nicht, dass jede Abdeckung, die auf dem Gesicht eines Toten lastete, Druckstellen ergab, die ihre Arbeit erschweren würden.

„Kommst du auch noch mal?“, versetzte die eine Schwester, deren Namen Theo nicht einmal kannte. Die verschüchterte Josephine schaute wie immer schweigend zu Boden.

Theo hob entschuldigend die Schultern. „Mein Fahrrad war kaputt. Ich musste es erst richten.“

„Du humpelst ja. Und wie du aussiehst! Hast du dich geprügelt?“ Josephine sah sie entsetzt an. Theo Brunner, in den sie heimlich verliebt war, schien nicht der Typ Mann zu sein, der sich in diese hirnlosen Wirtshausschlägereien verwickeln ließ. Vermutlich war es um eine Frau gegangen. Nicht, dass sie sich eingebildet hatte, Chancen bei Theo zu haben, aber seit Annamaria an der Front war, war ein schwacher Hoffnungsschimmer in ihr aufgekeimt, den sie nun jäh zerrinnen sah.

„Nein. Ich bin gestern im Dunkeln mit dem Fahrrad gegen einen Pfeiler gefahren. Eigene Dummheit, würde ich sagen.“

Die andere Pflegerin kicherte.

„Walli, da gibt es nichts zu lachen“, fauchte Josephine ungewöhnlich heftig.

„Na, dann verbind ihn halt in deiner Mittagspause!“, antwortete ihre Kollegin und grinste anzüglich.

„Das wäre wunderbar. Wenn es Ihnen nichts ausmacht, Schwester Josephine?“

Sie errötete. „Natürlich nicht. Ich komme dann mittags zu Ihnen … Herr Brunner.“

„Theo. Nennen Sie mich Theo.“

„Gern, Theo.“

„So, jetzt müssen wir aber wieder an die Arbeit. Ihr könnt später weiterturteln. Wir wollten dir den hier nur bringen, bevor er bei uns oben Schimmel ansetzt“, polterte Walli. Kichernd zog sie die widerstrebende Josephine hinter sich her die Stufen hinauf.

Theo konzentrierte sich darauf, den Leichnam zu versorgen, der sich als amputierter Veteran entpuppte. Sie tat, was sie konnte, um ihn in einen passablen Zustand zu versetzen, der der Familie eine tröstliche Abschiednahme ermöglichen würde. Gegen Mittag hörte Theo, dass die Tür sich öffnete, aber statt Josephine stiefelte mit schweren Schritten Franz Achleitner die Stiege herunter.

„Theo?"

„Ja, ich bin hier unten. Ich hab ihn fertig, wir können gleich den Sarg herunterbringen und ihn einbetten!"

Franz stand in der Tür und nickte.

„Das ist gut. Du kannst dir nicht vorstellen, was bei uns los ist! Du fehlst wirklich. Es vergeht kein Tag, wo ich den Huber nicht fluchen höre …", er unterbrach sich. „Sag mal! Wie schaust'n du aus?"

„Bevor du fragst: Ich habe mich nicht geprügelt, ich hatte einen wirklich depperten Fahrradunfall." Sie zuckte mit den Schultern. Was hätte sie auch weiter sagen sollen.

„Na, servus!" Franz begutachtete Theos Blessuren.

Als sie den Verstorbenen eingesargt und auf den Huber'schen Wagen verladen hatten, setzten sie sich einen Moment auf die Mauer, wo die mittäglichen Sonnenstrahlen schon ein wenig Wärme spendeten. Franz zündete sich seine Pfeife an und paffte gemütliche Rauchwolken in die Luft.

„Ich denke, du bist in Eile?"

„Bin ich auch", sagte Franz und sog genüsslich den würzigen Tabakrauch ein.

Theo musste schmunzeln. Der Franz hatte die Ruhe gepachtet. „Wie macht sich denn der kleine Alois?"

Franz winkte ab. „Er ist kaum kräftiger geworden, nur in die Höhe geschossen ist er. Kein Wunder. Burschen wie er brauchen mehr zu essen als das, was die Rationen jetzt hergeben."

Theo nickte. Auch daheim bei ihr und dem Professor ging es in der Küche einfach zu. Einen heranwachsenden Jungen, der körperlich arbeiten musste, hätten sie auch nicht ausreichend füttern können.

„Ich kann mir nicht vorstellen, dass es mit dem Krieg noch lange dauert. Die in Russland haben jetzt wirklich genug eigene Probleme. Diese Bolschewiken kehren das Unterste zuoberst! Wer weiß, wie das hier noch alles endet …“ Er wiegte besorgt den Kopf.

Der alte Kaiser war zwei Jahre zuvor im Winter gestorben, und sein Nachfolger erwies sich als schwacher Monarch, der das hohe Amt als Last empfand und seinen Pflichten nur unwillig nachkam und dann Entscheidungen traf, die den meisten Menschen unverständlich blieben. Allgemeine Unzufriedenheit und die zunehmende Kriegsmüdigkeit der Bevölkerung erleichterten ihm nicht eben seine Aufgabe.

Theo fuhr sich durch das Haar und machte eine unbestimmte Handbewegung.

„Du bist mit den Gedanken wohl mal wieder ganz woanders. Oder sollte ich sagen, bei wem anders?“ Franz grinste. „Wer ist es denn diesmal? Kenn ich sie vielleicht?“

Theo wurde rot und wand sich, dann nickte sie langsam. „Es ist Veronika Bernauer. Erinnerst du dich an sie?“

Franz dachte einen Moment nach. „Das Maderl mit dem Kind? Die war fesch – aber willst du das?“

„Was? Klara ist doch sehr niedlich.“

„Ja. Aber du bist nicht der Vater. Das ist schon verdreht irgendwie.“

Theo schmunzelte. „Tja. Der Vater bin ich nicht, aber ich finde es gar nicht so schlecht, bereits ein fertiges Kind zu bekommen. Sie kann laufen, und man kann schon mit ihr reden. Mit Säuglingen kann ich nicht so viel anfangen.“

„Aber es ist doch irgendwie … komisch, wenn man ein Kind von einem anderen Mann großziehen soll, der mit der eigenen Frau …“ Franz errötete.

„Von ‚großziehen‘ und ‚eigene Frau‘ ist ja nun wirklich noch gar keine Rede!“

„Dazu kann es schneller kommen, als du denkst! Stell dir vor, sie wird schwanger!“

„Man muss ja nicht immer gleich mit dem Schlimmsten rechnen.“ Theo versuchte sich das Lächeln zu verbeißen.

„Das sagen sie alle, und neun Monate später steht eine Wiege im Zimmer." Franz schien nicht überzeugt. „Aber wem sag ich das. Du hast ja mehr Weiberg'schichten als irgendwer sonst, den ich kenn."

„So viele sind es wirklich nicht, Franz. Ich weiß nicht, wer sich das immer ausdenkt."

„Na, ich hab doch Augen im Kopf! Sie schmelzen doch in Scharen dahin bei deinem Schmäh."

„Aber ich hab ja längst nicht mit jeder was, die mir schöne Augen macht!"

Franz schaute Theo nachdenklich an. Er mochte den Jungen einfach. Jeder andere hätte mit so viel Erfolg beim schönen Geschlecht geprahlt und sich von den anderen Burschen bewundern lassen. Theo tat nichts dergleichen und hatte trotzdem den Ruf eines unwiderstehlichen Don Juan. Dabei stritt er sogar ab, wirklich so viele Frauengeschichten zu haben wie allgemein angenommen. Franz wusste nicht recht, was er glauben sollte. Sicher war nur, dass Theo die Herzen und weiß Gott was sonst noch nur so zuflogen, aber auch, dass er niemals freiwillig irgendetwas über eine Eroberung berichtete, und wenn, dann nie Dinge erzählte, die ein Mädchen kompromittiert hätten. Er war äußerst diskret und hielt sich bedeckt. Konnte es wirklich sein, dass die meisten von Theos angeblichen Liebesgeschichten Legenden waren? Jedenfalls konnte Theo sich die Mädchen aussuchen. Veronika war zwar reizend, sie hatte Franz auch gut gefallen, aber sie war eben auch wirklich kein unbeschriebenes Blatt mehr. Dass Theo sich nun offenbar zumindest vorläufig für sie entschieden hatte, zeugte eigentlich von mehr Charakterfestigkeit und Anstand, als die meisten anderen an den Tag gelegt hätten, die Franz sonst so kannte.

Als Theo an jenem Nachmittag den Heimweg antrat, trug sie einen festen, ordentlichen Verband am Knöchel, der sie beim Gehen gut stützte, und ebenfalls eine feste Bandage um das Knie. Die Wunden im Gesicht hatte Josephine sicherheitshalber gereinigt und mit höllisch brennender Jodtinktur betupft, die sie wie die Verbände von der Station hatte mitgehen lassen. Theo hatte sich gewundert, dass ausgerechnet die schüchterne Josephine mit krankenhauseigenem Material zum Verbinden in ihren Leichenkeller kam. Es war offensichtlich, dass sie wusste, was sie tat, aber sie zitterte, als sie Theo die Verbände anlegte, und konnte ihr kaum in die Augen sehen. Bitte nicht noch eine, dachte Theo. Sie hatte versucht, möglichst unverfänglich zu plaudern, hatte zunächst über den Unfallhergang berichtet und dann geschickt zu Franz übergeleitet. Sie lobte seine charakterlichen Vorzüge, seine Zuverlässigkeit und die Tatsache, dass er bei Pietät-Huber einen der sichersten Arbeitsplätze Wiens hatte.

Die Idee, die beiden zu verkuppeln, war ihr gekommen, als Franz in dem Gespräch über Theos vermeintliche Frauengeschichten kundgetan hatte, dass er zwar Veronikas patente Art mochte, ihn aber eben die Tatsache störte, dass sie bereits mehr vom Leben wusste, als eine Frau nach seiner Meinung vor der Ehe wissen musste. Vielleicht sollte ich mich eher darum kümmern, wie es mit Veronika vorangeht … und dabei möglichst nicht über meine eigenen Füße stolpern, dachte Theo.

Am Sonntagmorgen inspizierte sie ihren Kleiderschrank. Für den hellen Leinenanzug war es noch zu kalt. Also den blauen aus solidem, aber nicht allzu schwerem Tweed. Sie wählte ein besonders gut geschnittenes Hemd, zu dem sie am Vortag noch einen neuen Kragen gekauft hatte. Als Krawatte band sie den weichen, aber mittlerweile in der Tat etwas verblichenen dunkelblauen Seidenschal, den nur ein zart geprägtes Streifenmuster zierte. Ganz schlicht. Veronikas Garderobe war einfach, und Theo wollte sie nicht in Verlegenheit bringen, aber ihr dennoch das Gefühl geben, dass sie sich für sie besonders sorgfältig gekleidet hatte. Als sie das Haus verließ, war sie mit sich zufrieden und machte sich beschwingten Schrittes auf den Weg, um Veronika zum Spazierengehen abzuholen. Diesmal offiziell.

Theo fürchtete sich zwar vor dem Moment, klopfte dann aber beherzt an der Tür von Veronikas Eltern. Sie öffnete selbst.

„Komm rein. Meine Eltern warten drinnen. Und keine Sorge", sie lächelte, „du siehst sehr seriös aus!"

Die gute Stube der Familie Bernauer war klein und spärlich möbliert. Das Sofa war fadenscheinig und der Bezugsstoff an mehreren Stellen kunstvoll gestopft.

„Vater, Mutter – das ist Theo Brunner."

Sie verbeugte sich. „Herr Bernauer, gnädige Frau, es freut mich sehr, Sie kennenzulernen."

Veronikas Vater brummelte etwas, das Theo nicht verstand, und ihre Mutter kicherte darüber, als „gnädige Frau" tituliert worden zu sein. Musste sie jetzt weiterreden? Oder wartete man, bis man das Wort an sie richtete? Als die Eltern Bernauer nichts weiter sagten, ihr aber auch keinen Platz anboten, räusperte sich Theo.

„Herr Bernauer, ich möchte Sie um Ihre Erlaubnis bitten, Veronika an den Sonntagen zum Spazierengehen abholen zu dürfen. Ich werde immer dafür Sorge tragen, dass es ihr gutgeht, und sie unversehrt nach Hause bringen."

„Sie tut ja eh, was sie will. Aber beim nächsten Bankert setz ich sie endgültig auf'd Stroßn!"

Theo fiel zwar die Kinnlade herunter, sie fing sich aber schnell wieder. „Sie können sicher sein, Herr Bernauer, dass Ihre Tochter bei mir in den allerbesten Händen ist." Sie wendete sich nun an Veronikas Mutter, die stumm und mit niedergeschlagenem Blick auf einem der wackeligen Stühle saß. „Frau Bernauer, ich verspreche, dass ich Veronika immer mit Anstand behandeln werde und dass die Tatsache, dass sie und Klaras Vater aufgrund des Krieges nicht vor der Geburt heiraten konnten, meinem Respekt für ihre Tochter keinerlei Abbruch tut."

„Vielen Dank, Herr Brunner, das wissen mein Mann und ich sehr zu schätzen."

Frau Bernauer schien über eine deutlich bessere Kinderstube zu verfügen als ihr Gatte.

„Wir gehen dann! Ich bin rechtzeitig zurück, um Klara ins Bett zu bringen." Veronika packte Theo am Arm und zog sie aus der Stube.

„Nicht, dass du denkst, dass du uns jetzt jeden Sonntag dein Balg anhängen kannst!“, polterte ihr Vater, während sie die Wohnung verließen.

„Es tut mir leid, Theo. Mein Vater ist unmöglich. Meine Mutter ist zu bedauern. Sie versucht immer auszugleichen und leidet unter seiner Grobheit.“

Theo nickte. Sie mochte es, wie Veronika mit ihrem Elternhaus umging. Es war eindeutig, dass sie mit dem Tonfall ihres Vaters nicht einverstanden war, aber sie sprach selbstverständlich, offen und ohne Scham darüber. Dann nahm sie Theos Hand und zog sie auf die Straße. Sie stieg auf Theos Fahrradstange, und zusammen fuhren sie in Richtung Ottakring. Bei Kathi wollten sie das Rad abstellen, ein Stück gehen und dann einkehren. Theo genoss Veronikas Nähe, und diese schmiegte sich vertrauensvoll in ihre Arme.

Als sie sich Kathis Wirtschaft näherten, entdeckten sie eine Menschentraube vor dem Lokal. Und die vielen Menschen waren größtenteils schwarz gekleidet. Theo hielt an und half Veronika vom Rad, stellte es dann an die Hauswand und bahnte für sich und Veronika einen Weg ins Haus. Was sie dort vorfanden, war ein bedauerlicher Anblick, aber dennoch kein unerwarteter: Kathis Ehemann, Hugo, lag mit gefalteten Händen in einem edlen, teuren Sarg aus dunklem Holz, aufgebahrt in seiner eigenen Wirtsstube. Seine sonst rot-lilafarbene, zerfurchte Säufernase, die jetzt genauso blass war wie sein Gesicht, wirkte grotesk. Ebenso die Tatsache, dass sich kein gefüllter Weinkrug in seiner Reichweite befand.

Das Stimmengewirr unterschied sich kaum von dem gewöhnlichen Wirtshausgeräuschpegel. Es wurde auch gelacht. Vermutlich tauschte man Geschichten aus dem Leben des Verblichenen aus, und dabei kam mit Sicherheit so manch amüsantes Histörchen ans Licht. Hugo war um einiges älter als Kathi, er hatte fast die siebzig erreicht, und seit er im väterlichen Weinkeller an den Zapfhahn reichte, hatte er gesoffen wie ein Loch. So hatten sicher mindestens fünfundsechzig Jahrgänge Rebensaft ihren Weg durch seine Kehle genommen. Ein wahrhaft großer Zecher hatte die Welt verlassen, und das war Anlass für einen pompösen Leichenschmaus.

Kathi hatte nicht gespart. Der kostbare Sarg war mit dunklem Samt ausgeschlagen und hatte silberne, verschnörkelte Beschläge. Rechts und links standen professionelle Sargträger bereit, deren gediegene, schwarze Livree sich in der rustikalen Wirtsstube äußerst seltsam ausnahm. Die vielen Trauerkerzen waren armdick, mit goldenen Ornamenten und Kruzifixen verziert und verzehrten den letzten Sauerstoff im Raum, der noch nicht von den Schaulustigen und den zahlreich erschienenen Trinkkumpanen des Dahingeschiedenen weggeatmet worden war.

„Kathis Mann", flüsterte Theo Veronika zu. „Das tut mir leid, ich wusste es nicht."

„Wo ist sie denn? Wir sollten sie suchen und ihr etwas Tröstliches sagen."

Sie entdeckten Kathi da, wo sie sonst auch zu finden war, hinter der Theke. Die Ärmel ihres schwarzen Kleides hatte sie hochgerollt, füllte Krüge und Gläser und scheuchte ihre beiden Schankgehilfen hin und her.

„Theo! Und Fräulein Veronika!" Sie reichte ihnen zwei Gläser Wein über die Theke. „Heut ist's schlecht. Ihr seht ja, was hier los ist." Sie fuhr sich mit dem Handrücken über die Stirn und strich sich ein paar dunkle Locken zurück, die sich aus ihrer Frisur gelöst hatten.

„Unser Beileid, Frau Kathi", sagte Veronika. „Können wir Ihnen hier irgendwie helfen? Sie sollten sich vielleicht besser ausruhen."

„Ausruhen? Kindchen, ausruhen kann ich mich, wenn ich so dalieg wie der Hugo." Sie deutete mit dem Kinn auf den Sarg.

Theo schaltete sich ein. „Veronika hat recht, Kathi."

„Nein, Theo, wirklich nicht. Mir bekommt die Ablenkung besser. Es nützt ja nichts. Genießt ihr zwei nur euren Spaziergang. Gemütlich einkehren ist bei mir heut nicht möglich. Und nun nichts wie hinaus, solang die Sonne noch scheint." Sie wedelte mit der Hand und scheuchte sie aus der überfüllten Gaststube.

Theo reichte Veronika eines der Gläser und legte den anderen Arm um Veronikas Taille, und sie verließen gemeinsam den Gasthof und tranken den Wein auf der Bank vor dem Haus.

„Die arme Frau! Kennst du sie schon lang, Theo? Sie wirkt so stark und tüchtig."

„Schon einige Jahre. Sie ist meine beste Freundin und hat sich so darauf gefreut, dich kennenzulernen."

„Du hast mit ihr über mich gesprochen?" Veronika wirkte erfreut.

„Ja. Sie hat sich immer Sorgen gemacht, was wohl mit mir wird, und hat mir immer jemanden wie dich gewünscht." Theo strich zart über Veronikas Wange.

„Jemanden wie mich? Wie bin ich denn?"

„Nun, eben eine Frau, die mich so mag, wie ich bin …"

„Sie weiß Bescheid?"

„Ja." Theo wollte auf gar keinen Fall erzählen, wie es zu der Offenbarung vor Kathi gekommen war. „Sie hat es halt gemerkt. Und seither bemuttert sie mich ziemlich."

Veronika nickte. In ihren tiefblauen Augen sah Theo keinerlei Misstrauen. Es schien, als nähme sie die Welt, wie sie kam, deutelte nicht herum, sah keine Gespenster und machte aus Mücken keine Elefanten.

Sie erhoben sich und gingen eine Weile schweigend nebeneinander her, die Hände fest ineinander verschränkt, und bogen in einen kleinen, verwilderten Park ein. Die Märzsonne erwärmte zwar in der Mittagszeit die Luft, es war aber noch zu frisch, als dass viele Menschen unterwegs gewesen wären. Als sie eine Bank fanden, ließen sie sich nieder. Veronika blinzelte und kuschelte sich an Theo, die den Arm um die Schultern ihrer Freundin legte.

„Schön ist's hier." Veronika sah zu Theo hoch, lehnte sich zurück und zog Theo zu sich. Ihr Körper wurde weich und schmiegsam. Theo zog sie so eng an sich, dass sich beim Küssen Veronikas warme Rundungen an ihre eigene Brust pressten. Sie küssten sich, und Theos Wahrnehmung konzentrierte sich ausschließlich auf das erst zarte, dann drängendere Forschen von Veronikas Zunge, auf ihre Lippen, die einander erkundeten. Sie merkte, dass sie feucht wurde, und seufzte leise, als sie spürte, wie Veronikas Hände sich einen Weg unter ihr Hemd suchten, und so traute sie sich auch endlich, Veronika zu berühren, deren Körper sich anspannte, als Theos Finger ihre Brüste liebkosten. Eine Weile küssten und streichelten sie sich, eroberten so viel Haut der anderen wie nur eben möglich, bis sie beide vor Verlangen keuchten.

„Ich halte das nicht aus", stöhnte Veronika und begann an Theos Hosenbund zu zerren.

„Was, wenn jemand kommt?"

„Siehst du hier jemanden?" Sie fuhr fort, die Hose aufzuknöpfen. „Du trägst ja auch Männerunterwäsche!" Ihre Stimme klang überrascht.

Theo musste lachen. „Was hast du denn unter meinem Sonntagsanzug sonst vermutet?"

„Ich weiß nicht."

Veronikas kehliges Lachen bewirkte, dass Theo vor Verlangen zitterte und nun ihrerseits begann, Veronikas Bluse aufzuknöpfen, um mehr von ihr spüren zu können. „Komm her!" Sie zog die junge Frau rittlings auf ihren Schoß, so dass sie sich ganz nah waren, während sie sich weiter küssten. Die zarte Haut von Veronikas Brüsten brachte Theo fast um den Verstand.

„Ich bin so nass", wisperte diese. „Fass mich an!" Sie nahm Theos Hand und führte sie zwischen ihre Schenkel.

Als Theo Veronikas heiße Feuchtigkeit und die unermessliche Zartheit ihrer Haut spürte, schloss sie die Augen.

„Ist alles in Ordnung?" Veronikas Stimme klang rauer als sonst.

„Ja … ich …" Theo keuchte. Sie konnte nicht klar denken und nichts sagen, aber Veronika verstand sie auch so.

„Gib mir deine Hand, ich zeig's dir."

Sie bog Theos Finger leicht, so dass sie sich beim Vor- und Zurückgleiten daran rieb.

„Das ist gut!" Sie schloss die Augen und bewegte sich schneller.

Theo beobachtete fasziniert Veronikas Gesicht. Ihr Mund war leicht geöffnet, ihr Kopf zurückgeneigt, und trotz der noch kühlen Luft hatten sich kleine Schweißtropfen auf ihrer Stirn gebildet, an denen einige ihrer Löckchen festklebten.

Plötzlich schlang sie Theo beide Arme um den Hals, presste sich an sie und verlagerte ihr Gewicht so, dass Theos Mittelfinger in sie hinein- und hinausglitt, während sie sich weiter an den anderen rieb. Theo war fasziniert und berauscht und konnte die Augen nicht von Veronika wenden, die sich dann ganz plötzlich anspannte und laut aufstöhnte. Ihre rhythmischen Bewegungen verebbten nur langsam, und sie seufzte, bis sie schließlich ruhig an Theos Brust sank.

„Noch nicht rausnehmen", hauchte sie, als Theo ihren Finger herausgleiten lassen wollte.

Sie blieben noch eine ganze Weile so sitzen, küssten und liebkosten sich, bis die Sonne verschwand und es plötzlich sehr kalt zu werden begann.

Sie richteten sich ihre Kleidung und gingen eng umschlungen zu Kathis Baisl zurück, wo ein Schild mit *Wegen Trauerfalls geschlossen* der durstigen Kundschaft mitteilte, dass sie an diesem Tag nicht willkommen war.

Sie fuhren zurück, damit Veronika rechtzeitig wieder da war, um ihre Kleine, wie versprochen, zu Bett zu bringen und ihren Vater nicht zu verärgern.

Als sie von der Fahrradstange stieg, wandte sie sich zu Theo um und küsste sie auf den Mund, so dass sie beide ein Schauer der Erinnerung an den vergangenen Nachmittag durchlief.

„Sehen wir uns am nächsten Sonntag wieder?" Theos Stimme klang für sie selbst fremd.

„Ja", antwortete Veronika. Und leise fügte sie hinzu: „Ich kann es kaum erwarten, das auch mit dir zu tun!" Dann ließ sie Theo stehen, die völlig verwirrt ihr Rad wendete, es sich selbst über den Fuß schob und schließlich im Zickzack Fahrt aufnahm.

8. Kapitel – Wien
Juli 1918

Veronika sah Theo fragend an. „Aber warum denn nicht?"

„Ich bin mindestens genauso zufrieden wie du hinterher … auch ohne das." Theo war bereits aus dem Bett heraus und griff nach ihren Kleidern. Der Professor war schon vor einigen Stunden mit Klara und einem Zwinkern verschwunden, um seiner Tochter und Veronika etwas Zeit füreinander zu verschaffen.

Veronika setzte sich auf, ohne ein Laken vor sich zu halten.

„Du hast ja keine Ahnung, wie zufrieden du erst wärst, wenn du es dir von mir machen lassen würdest!"

Theo wandte sich um und küsste sie. Veronikas Rundungen hatten dieselbe Wirkung wie immer. Sie sanken auf das Bett zurück. Theo zog Veronika auf sich und begann sie gekonnt zu massieren und zu reiben, bis sie seufzte und sich immer schneller bewegte. Sie kam außergewöhnlich heftig und ließ sich neben Theo fallen. Als ihr Atem sich wieder beruhigt hatte, flüsterte sie: „Beim nächsten Mal entkommst du mir aber nicht."

Theo küsste sie, ließ sie allein, damit sie sich ankleiden konnte, und machte sich derweil eine Etage tiefer in der Küche zu schaffen. Sie schnitt etwas Obst auf und goss zwei Gläser eines leichten Weißweins ein, den sie gleich zusammen trinken konnten, bevor der Professor mit der Kleinen aus dem Prater zurückkehrte.

Veronikas Wunsch und ihre eigene schlecht bemäntelte Weigerung machten sie beklommen. Bereits einige Monate war sie nun mit Veronika zusammen und mochte sich das Leben inzwischen nicht mehr ohne sie vorstellen. Sie stritten sich nicht, obwohl Vroni recht impulsiv sein konnte. Theo versuchte, ihr jeden kleinen Wunsch zu erfüllen, bevor Veronika gezwungen war, ihn auszusprechen – aber diesem konnte sie nicht nachkommen, obwohl sie wusste, dass er der aufrichtigen Zuneigung und Leidenschaft entsprang, die sie für Theo empfand. Sie liebte es zwar, Mittel und Wege zu finden, Veronikas Lust zu wecken und ihren Körper zu spielen wie ein gut gestimmtes Instrument, bis sie kam, wobei sie mitunter recht laut sein konnte, wenn sie sich ungestört wähnte. Theo empfand die Höhepunkte ihrer Freundin auf eine eigenartige Weise, als wären es ihre eigenen, obgleich sie natürlich wusste, dass das Unsinn war. Doch das war ihr nicht so wichtig. Vroni dazu verhelfen zu können, befriedigte sie zutiefst. Das Drängen ihrer Freundin, dies ebenfalls für sie zu tun, war ihr unangenehm – sie konnte es sich selbst nicht so recht erklären, entwickelte aber großes Geschick darin, den Moment zu umschiffen, wenn Veronika versuchte, Ernst zu machen. So wie eben. Aber wie lange würde sie sie noch hinhalten können?

Theo seufzte, brachte das Tablett zum Tisch am offenen Fenster und wartete, bis Veronika mit frisch aufgestecktem Haar in ihrem Kleid aus verwaschenem blauen Leinen erschien, das genau die Farbe ihrer Augen hatte. Sie liebte dieses Kleid, und es stand ihr hervorragend. Veronika versuchte nie mehr zu scheinen, als sie war. Das verlieh ihr eine Aura von innerer Stärke und Echtheit, die die Menschen um sie herum schnell für sie einnahm. Jeder hatte sie innerhalb kürzester Zeit als Frau an Theos Seite akzeptiert. Und das galt sowohl für den Professor und Kathi, denn sie waren die Einzigen, die um Theos Geheimnis wussten, als auch für die Freunde und Bekannten des Burschen Theo, der sich – stets beneidet um sein Glück bei den Frauen – nun ganz offenbar hatte einfangen lassen.

Sie setzten sich und verzehrten schweigend die Früchte und tranken ihren Wein. Als der Professor mit Klara zurückkam, deren Gesichtchen vor Zuckerwatte nur so klebte, verabschiedete sich Vroni. Klara drückte Theo und dem Professor nasse, zuckerige Küsse auf beide Wangen. Es war ein Feiertag, und Veronikas Schwester, Marianne, wollte mit Mann und Kindern aus Salzburg zu Besuch kommen, und für dieses besondere Ereignis gab es viel vorzubereiten.

„Die kleine Klara ist wirklich aufgeweckt, Theo", sagte der Professor, als die beiden das Haus verlassen hatten und er mit Theo im Garten bei einem weiteren Glas Wein die Sonne genoss. „Irgendwann werdet ihr aufpassen müssen, dass sie sich nicht verplappert."

Theo nickte. „Ich habe daran auch schon gedacht. Sie ist zwar noch klein genug, um die Dinge einfach so hinzunehmen, wie sie sind, aber irgendwann wird sie sich ihren eigenen Reim auf die Sache machen, und dann kann das sehr schwierig werden. Ich weiß schließlich, wovon ich rede", setzte sie mit einem verunglückten Grinsen hinzu und dachte an ihre eigene Verwirrung, die sie als Kind empfunden hatte.

„Aber warum sich über ungelegte Eier Gedanken machen?" Der Professor war wieder ganz der Alte. „Darüber könnt ihr euch die Haare raufen, wenn es so weit ist."

Theo war in diesem Punkt nicht ganz so optimistisch wie ihr Vater, aber es gefiel ihr, dass er ganz automatisch annahm, dass sie und Veronika zusammen waren und es auch bleiben würden. Das bedeutete eben auch, dass sie gemeinsam eine Lösung finden mussten, wie sie mit Klara umgehen würden. Denn irgendwann würde sie zu fragen beginnen, warum die Person, die alle entweder für ihren Vater, zumindest aber für den Galan ihrer Mutter hielten, daheim eben doch eine Frau war. Denn das, da war Theo sich sicher, würde sie früher oder später entdecken.

Der Professor hatte recht: Das Mädchen war wirklich wief. Sie liebte es, den alten Herrn am Schnurrbart zu zupfen, wenn sie auf seinem Schoß saß. Neulich hatte sie dabei nachdenklich Theo angesehen, die kleine Stirn krausgezogen und darauf bestanden, dass Theo auch einen Bart haben müsste, denn ohne wäre das nicht richtig. Und sie war erst vier Jahre alt! Vermutlich ließ man sie am besten einfach in dem Glauben, dass Theo ein Mann war. Und dass es eben unterschiedliche Männer gab. Auf diese Weise verwirrten sie das Kind nicht, und es bestand nicht die Gefahr, dass es unabsichtlich etwas ausplauderte, was ihnen hätte gefährlich werden können.

In den heißen Sommermonaten hatte Theo es sich angewöhnt, an den Samstagabenden noch einmal spät im Spital vorbeizuschauen und ihre Neuzugänge zu inspizieren, damit sich keine unangenehmen Überraschungen ereigneten. Die Leichenhalle konnte nicht zwei ganze Tage ohne Aufsicht bleiben, das ging einfach nicht. So machte sich Theo auf den Weg, als es bereits dämmerte. Wenigstens stach die Sonne nicht mehr, wenn auch die Hitze kaum nachließ, denn die Häuser und Straßen gaben abends und nachts die gespeicherte Wärme wieder ab, so dass es kaum abkühlte.

Im Spital fand sie die Leiche eines verschrumpelten alten Mannes vor. Theo versorgte ihn gründlich und bettete ihn in einen einfachen Sarg. Immerhin hatte eine der Schwestern einen Vermerk auf den Totenschein gekritzelt, dass er am Sonntagmorgen vom Bestatter abgeholt würde. Nun gut. Bis zum nächsten Tag würde es gehen. Theo war froh, dass sie schnell fertig war. Wenn sie sich morgen früh sputete, würde sie den Sonntag endlich einmal wieder mit dem Professor so verbringen wie früher, denn Veronika war mit ihrem Familienbesuch beschäftigt. So räumte Theo zusammen, säuberte sorgfältig ihre Instrumente und verließ gegen Mitternacht das Spital.

Draußen auf der Straße atmete sie auf. Es hatte tatsächlich etwas abgekühlt. Sie hatte Lust, noch eine kleine Runde zu drehen, denn sie genoss den Fahrtwind und die leeren Straßen. Als sie gerade die Innenstadt hinter sich lassen wollte, hörte sie ein lautes Geheul. Theo stieg unwillkürlich ab und horchte. Selbstverständlich gab es keine Wölfe in der Stadt, so ein Unsinn. Sie lauschte in die Richtung, aus der das Geräusch an ihr Ohr gedrungen war. Es kam vom Wasser her. Sie lehnte ihr Rad an eine Mauer und rannte dem Geräusch folgend in Richtung der Ferdinandbrücke. Dort fand sie den größten Hund, den sie je gesehen hatte, mit einem elegant bestickten

Schal an einen Pfeiler gebunden. Das graue Ungetüm lamentierte lauthals und zerrte an seiner Leine.

„Ist doch gut! Wer hat dich denn hier festgebunden und allein gelassen? Hast du Angst? Warte."

Der Hund schaute Theo einen Moment an, fing dann sofort wieder an, in Richtung Brücke zu jammern, und riss an dem Schal.

„Was ist denn dort?" Sie versuchte zu erkennen, wohin er so unbedingt wollte, und sah zu ihrem Entsetzen eine Gestalt, die versuchte, über das Brückengeländer zu steigen. Ihr stockte der Atem, und sie rannte, so schnell sie es vermochte.

Beim Näherkommen erkannte sie, dass es sich um eine junge Frau handelte, deren Manteltaschen von zwei Pflastersteinen unförmig ausgebeult waren. Diese hatten sie zum Glück daran gehindert, das Geländer schneller zu überwinden, als Theo bei ihr sein konnte. Sie war so beschäftigt, dass sie ihr Näherkommen nicht bemerkt hatte. Vermutlich war es das Beste, sie nicht zu erschrecken.

„Guten Abend." Noch während sie dies sagte, war es Theo schon klar, wie unsinnig es war, einer Selbstmörderin einen guten Abend zu wünschen, aber der Anblick der Frau, die im Begriff war, in den Tod zu springen, bewirkte, dass sie nicht mehr klar denken konnte. Sie versuchte, so gut es ging, die alles verschlingende Panik herunterzukämpfen. „Ich will Sie ja nicht stören, aber dort können Sie sich nicht ertränken. Da gibt's eine … Sandbank, und das Wasser ist höchstens einen Meter tief. Wenn Sie da draufspringen, brechen Sie sich höchstens das Genick. Das ist kein schöner Tod. Glauben Sie mir. Ich weiß, wovon ich red." Sie hoffte, dass die erlogene Sandbank ihren Zweck erfüllen und sie vom Sprung abhalten würde.

Die junge Frau saß nun auf dem Brückengeländer. Ein Bein innen, das andere bereits außen, und schien verunsichert, was sie tun sollte. Das war der richtige Augenblick!

„Kommen Sie, ich helfe Ihnen da herunter." Sie streckte hoffnungsvoll die Hand aus. Die wenigen Sekunden, die vergingen, bis sich ihre trotz der Hitze und ihres Mantels eiskalte

Hand vertrauensvoll in Theos legte, schienen eine Ewigkeit zu dauern, aber schließlich stand sie neben Theo auf der Brücke. Ihr Gesicht konnte man kaum erkennen. Sie war ein Stück kleiner als Theo. Sie hatte helles lockiges Haar, das sie mit einem Band nachlässig zurückgebunden hatte.

„Kommen Sie, wir nehmen erst mal die Steine aus Ihrem Mantel." Theo hoffte, die junge Frau würde nicht darauf bestehen, ihren Versuch andernorts zu wiederholen.

Sie nickte und wuchtete die Brocken wieder aus den Taschen. Theo versetzte ihnen jeweils einen Tritt, bis sie ins Wasser rollten. Sie hatte keine Ahnung, was sie mit dem Mädchen anfangen sollte.

„Ich glaube, wir sollten erst mal Ihren Hund befreien. Wenn er nicht so geheult hätte, wäre ich zu spät gekommen, um Sie vor dieser Dummheit zu bewahren. Sie sollten ihm danken."

„Kaschmàr hat immer Angst allein." Sie seufzte resigniert. Ihre Worte klangen zwar deutlich, hatten aber einen so fremdländischen Klang wie auch der Name des Hundes. Nebeneinander verließen sie die Brücke, und Kaschmàr führte einen Freudentanz auf, so sehr es ihm der kurze Schal erlaubte.

„Kaschmàr! *Tichi. Siditj!*" Ihre Stimme klang jetzt fest und sicher. Was mochte jemanden wie sie dazu getrieben haben, ins Wasser zu gehen? Sie kniete neben dem Hund und schlang dem grauen Ungetüm die Arme um den Hals, während Theo den Schal aufknotete und ihn ihr reichte. Theo wusste nicht, was sie jetzt tun sollte, denn sie hatte Angst, dass sie ihren Versuch bei der nächsten Brücke wiederholen würde, wenn sie das Mädchen und Kaschmàr ziehen ließe.

„Darf ich mich vorstellen? Ich heiße Theo Brunner."

Sie sah Theo schweigend an. Verstand sie sie überhaupt?

„Aglaja … Struzhanova."

„Das klingt irgendwie russisch?"

Sie nickte und streichelte Kaschmàr den Kopf.

„Nun, Aglaja, möchten Sie mir erzählen … was mit Ihnen los ist? Vielleicht kann ich Ihnen ja helfen."

„Ich sollte ganz bestimmt nicht nachts allein auf der Straße mit einem Mann reden."

Theo musste schmunzeln. Eine höhere Tochter also. Sie hätte schon von der Kleidung her darauf kommen können. Die Sachen waren zwar zerschlissen und auch schmutzig, aber ganz offenbar aus guten Stoffen und exquisit gearbeitet. Bis auf den Mantel, der eher bäurisch anmutete. Der bestickte Schal, mit dem sie den Hund angebunden hatte, war eine wertvolle Handarbeit.

„Unter normalen Umständen stimmt das natürlich, aber da ich Sie daran gehindert habe, ins Wasser zu gehen, können Sie sicher sein, dass ich Ihnen nichts Böses will."

Sie musterte Theo einen Moment und nickte schließlich, schwieg aber weiterhin.

„Kann ich Sie vielleicht irgendwohin begleiten? Wo wohnen Sie?"

„Ich wohne nirgends."

Theo stutzte. „Aber wo schlafen Sie denn?"

Sie zuckte mit den Schultern und machte eine Handbewegung, die ganz Wien umfasste. „Mal in einer Kirche oder in Hauseingängen. Manchmal auch im Park." Sie sprach die Worte, die Theo erschütterten, völlig gelassen aus und heischte nicht im Geringsten nach Mitleid.

„Sie schlafen draußen? Wie lange schon?" Das war zu schrecklich!

Sie zuckte wieder mit den Schultern. „Jetzt ist es nicht mehr so kalt. Überhaupt ist es hier nicht so kalt wie in Russland, und ich habe Kaschmàr. Er wärmt mich."

„Sie müssen völlig erschöpft sein."

Sie nickte. Vermutlich konnte sie einfach nicht mehr und hatte deshalb in die Donau gehen wollen. Wenn sie bereit gewesen war, ihren Hund zu verlassen, dann musste sie völlig verzweifelt sein. Theo fasste einen Entschluss.

„Hören Sie, Fräulein Aglaja, ich lebe mit meinem Vater zusammen, und ich bin sicher, er würde auch nicht wollen, dass Sie hier draußen bleiben über Nacht. Ich würde Ihnen und Kaschmàr mein Zimmer überlassen und schlafe in der Stube. Sie wären vollkommen sicher und könnten auch die Tür hinter sich absperren."

Sie zögerte. „Warum tun Sie das?"

Nun fehlten Theo die Worte, und sie hob die Schultern. „Ich möchte einfach nicht, dass eine junge Frau obdachlos mitten in der Nacht durch die Stadt irrt. Und morgen, wenn Sie ausgeschlafen und gefrühstückt haben, sieht die Welt vielleicht etwas besser aus."

„Gut. Kaschmàr!" Sie pfiff leise, und der Hund stand sofort wachsam neben ihr. „Ich weiß nicht, warum, aber ich vertraue Ihnen."

Theo griff nach ihrer abgenutzten Segeltuchtasche, die sie neben den angebundenen Hund an den Pfosten gelehnt hatte. „Dann kommen Sie. Hier entlang."

Als sie am Haus ankamen, in dem Theo und der Professor wohnten, lag die Gardegasse bereits im tiefen Schlaf. Selbst in der Stube des Professors brannte kein Licht mehr.

„So. Da sind wir. Hier unten haben wir nur die Stube, das Kabinett meines Vaters und die Küche. Da die Stiege hinauf ist mein Zimmer. Es ist nicht sehr geräumig bei uns, befürchte ich", fügte sie entschuldigend hinzu, eingedenk der Tatsache, dass ihr Gast vermutlich eine völlig andere Umgebung gewohnt war. „Ich nehme nur noch oben eine Decke aus dem Schrank, und dann fühlen Sie sich bitte wie zu Hause. Waschen können Sie sich in der Küche oder oben am Waschtisch, es steht eine Kanne Wasser dort. Der Abort ist direkt neben der Tür."

„Ich danke Ihnen, Herr Brunner." Sie gähnte. Es war offensichtlich, dass sie die Augen kaum noch offen halten konnte. „Kaschmàr, komm!" Sie verschwand die Stiege hinauf.

Theo bereitete sich ein Lager auf dem alten Sofa in der Stube und bettete ihren Kopf auf einige verblichene Kissen, die ihre Mutter noch bestickt hatte, bevor sie sich das Leben genommen hatte. Theo zitterte. Diese Erinnerungen schob sie immer so weit weg, wie es ging, aber in diesem Augenblick konnte sie ihnen nicht ausweichen. Sie hatte ihrer Mutter damals nicht helfen können. Dafür hatte Elisabeth Brunner gesorgt, dass niemand ihr helfen konnte … Vielleicht konnte sie dieses Mädchen an ihrer Stelle retten?

Theo spürte, wie einige Tränen über die Wangen rannen und sich in ihrer Halsbeuge sammelten. Entschlossen wischte sie sie weg und schlief schließlich ein.

Theos Nacht war unruhig und von wirren, dunklen Träumen erfüllt. Als sie davon erwachte, dass Kaschmàr ihr mit seiner feuchten Schnauze ins Gesicht stupste, war es heller Tag. Die Sonne schien bereits ins Stubenfenster, das hieß, es war mindesten neun Uhr morgens. Der Bestatter wollte in einer halben Stunde die Leiche im Spital holen! Theo schob den enttäuscht aussehenden Kaschmàr zur Seite, wühlte sich aus der Decke und schlüpfte rasch in dieselben Kleider, die sie am Vortag getragen hatte. In der Küche saßen ihr Vater und Fräulein Aglaja am Tisch und tranken Malzkaffee.

„Vater … ich … Sie haben sich bereits bekannt gemacht?"

Der Professor lachte. „Ja, Theo. Das haben wir. Sehr vernünftig, dass du das Mädchen hergebracht hast. Kaffee?"

„Danke, ich habe keine Zeit. Ich muss ins Spital und bin schon zu spät."

„Am Sonntag … das führt wirklich zu weit!" Der Professor war ungehalten. „Nun gut. Dann sieh zu, dass du deinen Gast aus dem Keller bekommst, und wir treffen uns in der Glocke. Ich gehe dann eben mit Fräulein Aglaja allein ins Kaffeehaus. Aber tu mir einen Gefallen, Theo, und kleide dich vorher um!"

„Ich komme nach, versprochen. Ordentlich gekleidet. Wahrscheinlich direkt ins Kaffeehaus." An Aglaja gewandt: „Ich hoffe, Sie sind nicht allzu überrumpelt von unseren Sonntagsritualen?"

Aglaja legte den Kopf schief und lachte. Sie sah ganz anders aus als am Vorabend. Ihre Müdigkeit und die tiefen, grauen Augenringe waren wie weggeblasen, ebenso ihre leichte Befangenheit Theo gegenüber. Aber der Professor schien sie restlos überzeugt zu haben, dass die Gardegasse für sie vollkommen harmlos war. Sie nahm die gebrauchten Kaffeetassen und begann, sie abzuwaschen.

„Ich muss dann wirklich los. Bis später!" Theo verließ das Haus einigermaßen verblüfft. Gestern noch war dieses Mädchen wild entschlossen gewesen, ihrem Leben ein Ende zu setzen. Wäre Theo zwei Minuten später gekommen, hätte sie nur noch den fiependen Hund und Aglajas Reisetasche gefunden, und heute spülte sie Geschirr mit dem Professor in der Küche.

Sie trat ordentlich in die Pedale, dennoch stand Franz bereits im Hof und wartete auf sie.

„Wo bleibst denn?"

„Entschuldige, Franzl, ich hab verschlafen."

„Warst mit deiner Hübschen unterwegs?"

„Sie hat Familienbesuch. Ich war hier und hab gearbeitet und unseren Gast zurechtgemacht."

Franz schaute verwundert. „Und wieso bist du bei Veronika nicht eingeladen?"

„Ach, Franz, das ist ihre Schwester mit Mann und Kindern. Was soll ich da auch noch mit am Tisch sitzen, wo ohnehin kein Platz ist?" Sie winkte ab. Veronika und sie hatten sich dagegen entschieden, das Thema bei ihren Eltern anzuschneiden. Sie begannen gerade erst, ihrer beider Liaison nicht mehr nur zu dulden, sondern fast gern zu sehen. Das wollten sie nicht riskieren.

„Ist ja schon gut! Ich wollte dir nicht zu nahe treten."

„Ach, hör schon auf! Es ist alles im Lot. Komm mit. Ich wollte mich hier wegen einem Toten nicht den ganzen Tag aufhalten. Ich treff den Professor im Kaffeehaus."

„Geht ihr später in die Glocke?"

„Ja … äh … ich glaub schon … wir …"

„Was hast'n?"

„Nichts. Wir haben nur … einen Gast dabei."

Franz schaute Theo fragend an. „Ja und? Wenn's nicht passt, komm ich halt nicht."

„Nein, das meinte ich nicht. Es ist nur … ich weiß nicht, wie ich es erklären soll." Sie rang nach Worten.

„Theo! Du hast eine andere, und die Vroni weiß nichts davon?"

„Nein … nein! Keine Rede davon!"

„Was ist es denn dann?"

„Ach, gestern Nacht, als ich von hier heimgefahren bin, hab ich an der Ferdinandbrücke einen Hund jaulen hören. Ich bin hin, und da saß ein Mädchen mit Steinen in der Tasche auf dem Brückengeländer. Sie wollte sich das Leben nehmen!"

Franz staunte nicht schlecht.

„Naja. Ich konnt's ihr ausreden. Als sie dann so dastand, ganz allein bis auf ihren Hund, obdachlos – ich wusste nicht, was ich tun sollte. Ich konnte sie doch nicht auf der Straße stehen lassen!"

„Ist sie hübsch? Wie willst das der Vroni erklären?"

Theo rieb sich die Schläfen. Darüber hatte sie noch nicht einmal nachgedacht. Veronika wäre alles andere als begeistert, dass eine junge Frau wie Aglaja mit ihnen unter einem Dach wohnte und in Theos Zimmer schlief.

„Ich habe keine Ahnung, aber was soll ich da auch groß erklären? Es ist doch wohl klar, dass ich sie nicht von der Brücke springen lassen kann, wenn es möglich ist, das zu verhindern!"

„Natürlich nicht." Franz schlug Theo auf den Hinterkopf. „Aber die Kleine hat bei dir und dem Professor übernachtet. Wie lange wird sie bleiben? Wer ist sie? Diese Fragen sind nur zwei von den zweihundert, die du der Vroni beantworten musst. Wart's nur ab!"

Verdammt. Darüber hatte sie nicht im Mindesten nachgedacht. Auch nicht darüber, was nun mit Aglaja und Kaschmàr werden sollte. Das würde sich schon finden. Wieso also sich den Kopf vorher darüber zerbrechen? Sie seufzte.

„Theo, mein Freund. Das riecht nach Ärger. Ich merke so was, glaub mir. Deshalb bin ich Junggeselle!" Er zwinkerte. Jeder wusste, dass er lieber heute als morgen geheiratet und eine Familie gegründet hätte, aber bei den Mädchen hatte er einfach keinen Stein im Brett. Er schob es immer auf sein Hinken. Welches Mädchen wollte schon so einen Ehemann? Deswegen war er so schüchtern geworden, dass er keine Frau, die er mochte, direkt ansehen, geschweige denn ungezwungen mit ihr reden konnte.

„Ach, abwarten. Die Vroni ist eine vernünftige Frau. Sie wird das schon verstehen. Es ist ja auch nicht als Dauerzustand gedacht. Wir finden eine Lösung, wo das Mädchen bleiben kann, aber nicht auf der Straße. Das lasse ich nicht zu!"

„Na, wenn du meinst ..." Franz klang nicht sehr überzeugt. „Ich muss dann mal. Servus, Theo."

Sie sperrte ab und machte sich auf den Weg nach Hause. Dort angekommen, zog sie sich um und ging in Richtung der Glocke, wo sie ihren Vater und Aglaja beim Verzehr einer einfachen Mahlzeit antraf. Kaschmàr lag friedlich unter dem Tisch und nagte mit verträumtem Blick an einem Suppenknochen, aus dem man vermutlich auch das letzte bisschen Mark herausgekocht hatte.

„Da bist du ja endlich! Komm, setz dich. Ober!" Der Professor hatte leicht gerötete Wangen und sprühte vor Leben. „Stell dir vor, Fräulein Aglaja kommt aus Sankt Petersburg! Was für eine Stadt! Ich hab dort einst einen Vortrag am Zoologischen Institut ..."

„Petrograd, Vater."

„Was?"

„Sankt Petersburg heißt nicht mehr Sankt Petersburg, sondern Petrograd."

„Ach, Firlefanz! In diesem Krieg ist schon viel zu viel durcheinandergeraten. Meinen Sie nicht auch, Aglaja?"

Aglaja nickte und nahm einen Schluck Wein.

„Was darf's denn sein für den jungen Mann?" Der Kellner unterbrach das Gespräch, bevor es eine unangenehme Wendung nehmen konnte.

„Würstchen mit Kren und ein Bier, danke!" Sie wandte sich Aglaja zu. „Wie geht es Ihnen heute? Fühlen Sie sich besser?"

Sie nickte. „Vielen Dank. Ich weiß nicht, was gestern mit mir los war. Es ist sonst nicht meine Art, einfach aufzugeben."

Das glaubte Theo ihr seltsamerweise aufs Wort, obwohl sie sie nur einen Abend zuvor daran gehindert hatte, sich das Leben zu nehmen. „Was wollen Sie denn jetzt tun?"

„Also, Theo – ich bitte dich! Wie kannst du nur so unhöflich sein? Fräulein Aglaja muss sich erholen. Dann sehen wir weiter." Der Professor sah seine Tochter missbilligend an.

„Nein, nein, Herr Professor, schon gut. Ich möchte Ihnen und Ihrem Sohn auf gar keinen Fall zur Last fallen …“

„Aber, Kindchen, das tun Sie doch gar nicht!“

„Ich werde mich in jedem Fall im Haus nützlich machen. Und sobald ich eine Lösung für Kaschmàr und mich gefunden habe, werde ich gehen.“ Sie sah Theo bittend an. Ganz tief in diesem Blick funkelte die immense Lebensenergie, die dieses Mädchen in sich tragen musste. Wie war sie aus Russland nach Wien gelangt und warum? Allein mit diesem Riesenhund? Theo musste sich eingestehen, dass sie neugierig war. Aber Franz hatte recht. Veronika würde ohne jeden Zweifel Fragen stellen. Aglaja war zwar dünn, ihr Haar zerzaust und wie ihre Haut etwas vernachlässigt, von ihrer verschlissenen Kleidung einmal ganz zu schweigen – aber jeder, der nicht vollkommen blind war, sah, was sich unter diesem verwahrlosten Äußeren verbarg. Und Vroni wäre nicht glücklich darüber, dass Theo ihr Zuhause mit einer russischen Schönheit teilte.

Als Aglaja sich am Abend zurückgezogen hatte, nicht ohne vorher die Küche aufzuräumen, beschloss Theo, mit dem Professor ein ernstes Wort zu reden, aber dieser kam ihr zuvor.

„Sie ist wirklich reizend, nicht wahr?“

„Ja … reizend …“

„So ein nettes, wohlerzogenes Mädchen. Sie ist mit Sicherheit aus gutem Haus und dennoch so ungeheuer praktisch veranlagt. Sie ist mal gerade einen Tag hier und sieh dir an, wie die Küche blitzt!

Er hatte recht. Aglaja wehte wie eine Frühlingsbrise durch ihre Wohnung in der Gardegasse. Theo hatte ihre Kleidung aus der Garçonnière geholt und in der Stube in eine Kiste gestapelt. Das Sofa hatte sie ordentlich bezogen und als Bett hergerichtet.

Aglaja hatte diese Vorgänge beobachtet und klar missbilligt. „Ich kann Sie nicht aus Ihrem Zimmer vertreiben! Kaschmàr und ich können doch hier unten bleiben.“

„Nein, es ist besser so. Ich habe manchmal ungemütliche Arbeitszeiten. Wenn Sie hier unten schlafen, würde ich Sie zu oft wecken. Es ist besser, wenn Sie das Zimmer oben bewohnen. Mir macht das nichts aus, wirklich."

„Dann vielen Dank, Herr Brunner."

„Theo. Bitte nennen Sie mich Theo."

„Theo. Theodoros. Der Heilige Theodoros."

Sie lächelte so warm, dass etwas in Theo zum Schmelzen kam. „Na, ein Heiliger bin ich nun nicht gerade …"

„Ihr Vater hat mir gesagt, Sie versorgen die Gestorbenen, heißt das so?"

„Ja. Verstorbene eigentlich. Aber man versteht es. Woher können Sie so gut Deutsch?"

„Wir hatten eine österreichische Hauslehrerin, die wir alle sehr gern mochten. Als der Krieg anfing, musste mein Vater sie nach Hause schicken, damit ihr nichts zustößt. Sie stammt aus einem kleinen Dorf in der Nähe von Salzburg. Aber ich weiß nicht, ob sie noch dort ist."

Eine Hauslehrerin! Der Professor hatte recht. Eine höhere Tochter. Sie traute sich nicht zu fragen, was mit ihrem Vater, ihrer Familie geschehen war. Aber Aglaja schien Theos Gedanken zu lesen.

„Mein Vater ist tot. Es gab niemanden wie Sie, der sich um seinen Körper gekümmert hat. Nur Vater Nikolaos, der ihn und Mutter begraben hat."

„Das tut mir sehr, sehr leid, Aglaja. Sind Sie ganz allein?"

Es trat ein sehr unglücklicher Ausdruck in ihr Gesicht, und ihre Augen füllten sich mit Tränen. „Ja, ich bin allein. Ich habe sie alle verloren." Es brach ihr das Herz, es auszusprechen. Sie hatte das Gefühl, ihre Familie noch einmal umzubringen. „Ich weiß nicht, wo meine Geschwister sind. Sie sind verschwunden. Meine kleine Schwester hatte ich gefunden, aber sie war so schwer verletzt, dass auch sie gestorben ist. Sie war doch noch ein Kind!"

Theo war erschüttert. „Aglaja, es tut mir so leid! Ich wollte Sie nicht durch meine Fragen aufwühlen."

„Sie können nichts dafür, Theo. Sie haben ein Recht darauf zu wissen, wen Sie zu Ihrem Vater und sich ins Haus geholt haben." Sie zog sehr undamenhaft die Nase hoch und schnaubte dann geräuschvoll in ein feines umhäkeltes Taschentuch, das sie aus dem Ärmelbündchen ihres Kleides zog.

„Ich werde alles tun, um Ihnen nicht zur Last zu fallen. Wenn Sie arbeiten, werde ich mich um den Professor kümmern und das Haus in Ordnung halten. Wäsche waschen und bügeln. Kochen kann ich leider gar nicht, aber ich kann es lernen." Sie sah Theo bittend an.

Theo konnte nicht anders. Sie lächelte und legte eine Hand auf die Aglajas, die auf Kaschmàrs struppigem Kopf ruhte.

„Machen Sie sich keine Sorgen. Es wird sich schon etwas finden. Sie können gern erst mal hier bei uns bleiben. Aber ich warne Sie: Besonders üppig geht es bei uns nicht zu. Mein Vater ist zwar Professor, aber er arbeitet nicht mehr, und seine Pension und mein Salär sind vermutlich nicht das, was Sie von zu Hause gewohnt sind."

Nach diesem Gespräch fühlte Theo sich wohler. Sie hatte begonnen, dieses Mädchen zu verstehen, das ihr da auf so ungewöhnliche Weise zugelaufen war. Man musste sie einfach gernhaben. Nun blieb nur noch eine Sache zu tun, und die würde nicht so einfach werden.

Als Theo am späten Donnerstagnachmittag die Tür zu ihrem Keller klappen hörte, beschleunigte sich ihr Herzschlag. Veronika. Sie holte immer die Wäsche und Laken bei ihr ab. Die Frauen aus der Wäscherei waren im Allgemeinen nicht zimperlich, aber mit der „Leichenwäsche" hatte keine von ihnen gern zu tun, und so waren sie mehr als froh, dass Veronika diese unbeliebte Aufgabe freiwillig übernahm.

Normalerweise gab ihnen diese Verrichtung immer die Gelegenheit, einen Moment miteinander zu verbringen, und Theo bemühte sich, diese halbe Stunde immer für sie beide freizuhalten, aber an jenem Tag lag nun etwas anderes an.

„Grüß dich, Theo." Sie sah frisch und munter aus.

„Ich habe dich vermisst am Sonntag! Wie war es mit deiner Schwester und den Kindern?"

„Laut." Sie lachte. „Ich glaube, Klara hat ziemlich viel neuen Unsinn von ihren Vettern gelernt."

„Setz dich doch." Theo hatte keine Ahnung, wie anfangen.

„Mein Vater hat gefragt, warum ich dich nicht eingeladen habe! Ich glaub, er wollte vor meiner Schwester mit dir angeben. Stell dir vor!" Sie sah glücklich aus. „Und du? Warst mit deinem Vater im Kaffeehaus?"

Das war der Moment der Wahrheit. Wenn sie jetzt nicht mit der Sprache herausrückte, würde Veronika einen falschen Eindruck bekommen.

„Mir ist etwas sehr Seltsames passiert."

Veronika schaute sie erwartungsvoll an, und Theo erzählte die Geschichte, wie sie Aglaja von der Brücke geholt hatte, bis zu dem Zeitpunkt, wo sie mit ihr übereingekommen waren, dass sie vorerst bleiben sollte. Theo hielt inne und wappnete sich für das, was kommen würde.

„Sie wohnt jetzt bei euch? Eine russische Aristokratin? Wer sagt dir, dass sie keine Hochstaplerin ist?" Veronikas Stimme verriet nicht nur ihr Missfallen, sondern klang sogar überaus angespannt.

„Warum sollte sie das sein? Bei uns gibt es nun wirklich nichts zu holen, und das weißt du genauso gut wie ich."

Theo legte ihr einen Arm um die Schultern und wollte sie an sich ziehen und küssen, doch Veronika schüttelte sie ab.

Sie blieb zwar sitzen, machte sich jedoch steif und gab sich sperrig. Bei den Brunners gab es nichts zu holen im eigentlichen Sinn. Das leuchtete Veronika schon ein. Das Einzige, was es im Hause Brunner gab, das viele wollten, war Theo, und Vroni war nicht willens, in dieser Sache irgendwelche Risiken einzugehen.

Sie hatte Theo wirklich gern. Die Tatsache, dass sie entgegen der ersten Wahrnehmung ein Mädchen war, hatte Veronika nicht gestört – im Gegenteil. In ihren Augen vereinte Theo die besten Eigenschaften beider Geschlechter. Sie war ein vollendeter Kavalier und trug Veronika auf Händen. Zu Klara war sie liebevoll und beschützend. Sie behandelte ihre „beiden Mädchen", wie sie immer sagte, mit all der Liebe, Wärme und dem Respekt, den man sich nur wünschen konnte. Instinktiv übernahm sie die Führung in ihrer Verbindung, war aber feinfühlig genug zu erkennen, in welchen Dingen Veronika ihr überlegen war. Im Bett war Theo anfangs etwas schüchtern gewesen, aber das hatte sich gegeben. Sie hatte sehr schnell herausgefunden, was Vroni mochte. Und ihrer Freundin Lust zu bereiten, diese immer weiter anzufachen und schließlich zu befriedigen, schien für sie mehr Bedeutung zu haben, als selbst zu kommen. Letzteres war nun eine Sache, die Veronika zu Beginn ihrer Beziehung begeistert hatte, da sie diese Verhaltensweise weder bei Klaras Vater, Samuel, noch bei den zwei anderen Burschen vor ihm kennengelernt hatte. Mit der Zeit jedoch begann sie sich auch nach einem Echo in Theo zu sehnen, das über das hinausging, was sie offensichtlich empfand, wenn sie Veronika in die Ekstase treiben konnte. Nein. Kein Mann, da war sie sich sicher, konnte Theo Brunner das Wasser reichen.

„Komm halt mit am Sonntag ins Kaffeehaus, dann wirst du sehen, dass sie ein gutes Mädchen ist und du dir ganz umsonst Sorgen machst."

Veronika nickte. Das hatte sie ohnehin vorgehabt. Und sie würde genauer hinsehen als Theo oder gar der Professor.

Als sie gegangen war und sie sich zum Abschied doch noch leidenschaftlich geküsst hatten, atmete Theo auf. Ihr schwirrte der Kopf, wie immer, wenn sie Vroni in den Armen halten, sie küssen und sie bestenfalls auch ein wenig anfassen konnte. Dass sie auf eine obdachlose Unbekannte eifersüchtig sein konnte, war für Theo nicht denkbar.

Nachdem Aglaja und ihr graupelziger Begleiter mit den traurigen Augen eine Woche im Hause Brunner lebte, konnten sich weder der Professor noch Theo vorstellen, wie sie jemals ohne sie zurechtgekommen waren. Sie hielt die Wohnung in einer Art und Weise in Ordnung, wie es nie vorher gewesen war, und bereicherte vor allem das tägliche Leben des Professors durch ihre Anwesenheit. Sie mochte den alten Herrn, der sie in seiner unerschütterlichen Liebe und Zuneigung zu seinem Sohn Theo an ihren eigenen Vater erinnerte. Er hatte Aglaja in seine kleine Familie aufgenommen, behandelte sie, als wäre sie seine Tochter. Sie wusste kaum, wie ihr geschah. Sie war seit Monaten auf der Flucht gewesen. Diese Zeit hatte aber in keiner Weise dazu beigetragen, den Schmerz über den Verlust ihrer Eltern und ihrer beiden jüngsten Geschwister zu lindern. Die Fürsorge von Taissja und deren Mutter hatte nicht verhindern können, dass auch Nastja gestorben war. Aglaja hatte sie in den Armen gehalten und zusehen müssen, wie ihre kleine Schwester, dieses besondere, tiefsinnige, fast hellsichtige kleine Mädchen an den Verletzungen starb, die ihr betrunkene Milizionäre zugefügt hatten.

Ihre Brüder waren verschwunden geblieben, Vater Nikolaos hatte zwar Erkundigungen eingezogen, und es hatte vermehrt Fälle gegeben, in denen junge Männer im Alter der Zwillinge entführt worden waren, um in den entlegensten Gebieten zu kämpfen, wo sie keine Chance hatten, allein zu überleben. Es blieb ihnen nichts anderes übrig als mitzumachen und Seite an Seite mit den Bolschewiken für eine Sache zu kämpfen, die nicht die ihre war. Alexej und Arkadij waren verloren. Sie hatte nur noch Kaschmàr, der so dünn geworden war, dass man seine Rippen sah.

Es war schwierig gewesen, ihn während der Monate durchzufüttern, in denen sie mal auf einem überfüllten Bahnhof, mal in einem Heuschober, oft aber auch unter freiem Himmel geschlafen hatte. Aber er hatte sie gut beschützt. So sanftmütig er an sich war, so gefährlich wurde er, wenn jemand Aglaja bedrohte, und so hatte sie jedweden Übergriffen entgehen können und hatte vor drei Wochen Wien erreicht. Sie wusste nicht mehr weiter. Sie konnte nicht mehr. Sie war ziellos durch die Stadt gelaufen. Immerhin sprach man hier deutsch. Es klang zwar etwas anders als das, was sie von Fräulein Margarete gelernt hatte, die zwar aus Österreich stammte, sich aber stets um eine möglichst hochdeutsche Aussprache bemüht hatte, aber wenn man genau zuhörte, dann gewöhnte man sich schnell daran.

Sie hatte überall nach Arbeit gefragt, aber ihre verschlissene Kleidung, der Akzent in ihrer Sprache und nicht zuletzt der Anblick von Kaschmàr hatten ihr nirgends mehr als ein

Kopfschütteln eingebracht. Russland war zwar vorzeitig aus dem Krieg ausgeschieden, weil es mit der eigenen Revolution genug zu tun hatte, aber das Feindbild existierte nach wie vor – auch wenn es sich um ein junges Mädchen mit einem Hund handelte.

Sie konnte sich nicht mehr wirklich erklären, wie es dazu gekommen war, dass sie in die Donau hatte gehen wollen. Abgesehen davon, dass Selbstmord natürlich eine Sünde war, was hatte sie sich nur dabei gedacht, Kaschmàr allein zu lassen? Ihn einfach anzubinden? Der arme Kleine hatte sich sicher zu Tode geängstigt! Sie war Theo dankbar, dass er sie überzeugt hatte, vom Brückengeländer zu steigen.

Sie konnte sich gut vorstellen, Theo als älteren Bruder zu haben. Sie war immer die Älteste gewesen in ihrer Familie. In dieser war sie es nun nicht mehr, und es gefiel ihr. Einzig Theos Freundin oder Verlobte – so genau wusste sie das nicht – war ihr mit außerordentlichem Misstrauen, fast Feindseligkeit sogar begegnet, die Aglaja sich nicht erklären konnte. Der Professor war auch zu Veronika ganz und gar hinreißend, und Theo betete sie ganz offensichtlich an, dennoch hatte sich das erste Treffen im Kaffeehaus, eine Woche, nachdem Aglaja zur Familie Brunner gestoßen war, als ein ziemliches Fiasko herausgestellt.

Der Professor hatte sie einander vorgestellt. Aglaja hatte Veronikas Rechte ergriffen und beteuert, wie sehr sie sich freue, Theos Verlobte kennenzulernen. Bei dem Wort „Verlobte“ war Veronika zusammengezuckt, als hätte eine Wespe sie gestochen. Auch hatte sie Aglajas weitere Versuche, sich mit ihr zu unterhalten, konsequent abgeblockt, indem sie sie entweder nicht beachtete oder sich ausschließlich mit Theo und dem Professor unterhielt. Aglaja beschloss, Veronikas Unfreundlichkeit zu ignorieren und einfach besonders liebenswürdig zu ihr zu sein. Vielleicht verstand sie dann ja, dass von Aglaja keine Gefahr ausging?

„Theo, warum mag deine Verlobte mich nicht?“, versuchte sie am Abend die Sache zu ergründen.

Theo druckste herum. „Ich glaube ... es ist nicht, dass sie dich nicht mag. Sie hat bloß Angst davor, was sie findet, wenn sie dich kennenlernt. Weißt du, Veronika kommt aus einer Familie, in der es sehr althergebracht zugeht. Alles Neue wird erst einmal sehr kritisch betrachtet. Eigentlich ist sie nicht so, aber vielleicht kann sie einfach nicht anders?“

Aglaja nickte. Das war möglich. „Ich werde weiter einfach nett zu ihr sein. Vielleicht wird es besser. Wirklich, ich möchte auf gar keinen Fall, dass ihr Schwierigkeiten meinetwegen habt!“

Sie hatte so unglücklich ausgesehen, dass Theo sie in den Arm nahm. „Mach dir keine Gedanken. Das wird wieder. Veronika wird sich schon an dich gewöhnen, und in ein paar Monaten ist dieser Spuk hier vergessen.“ Sie war sich dieser Sache keineswegs so sicher, wie sie tat, denn Veronika machte ihr nach Kräften die Hölle heiß, was Aglajas Anwesenheit im Hause Brunner anging. Diese neue Seite an ihrer Geliebten schockierte Theo und gefiel ihr ganz und gar nicht. Aglaja kennenzulernen, hätte alles besser machen sollen, aber tatsächlich wurde es danach eher schlimmer.

„Du sprichst von ihr wie ein glühender Verehrer“, beschwerte sich Vroni bei einem Sonntagsausflug. Sie hatten sich ein ruhiges Plätzchen in den Donauauen gesucht, wo sie endlich einmal wieder allein sein konnten.

„Ich bitte dich, Vroni! Sei doch vernünftig! Ich habe nur gesagt, wie froh ich bin, dass sie sich so um Vater kümmert. Er sieht viel gesünder aus, seit sie da ist und dafür sorgt, dass er, während ich bei der Arbeit bin, auch genug isst und trinkt. Sie hat ihn sogar dazu überredet, sich nach dem Gabelfrühstück ein wenig hinzulegen!“

„Der Professor ist ja auch völlig hin und weg von ihr!“

„Naja … wer könnte ihm das verdenken? Sie ist ihm mehr eine Tochter, als ich es je sein konnte …“

Veronika setzte sich auf und knöpfte ihre Bluse wieder zu. „Und ich? Ich habe jedes Mal, wenn ich bei euch war, gekocht und zugesehen, dass ich eure Hemden gebügelt habe. Ich habe eine Arbeit, ein Kind und meine Eltern! Wie soll ich mich da auch noch um deinen Vater kümmern?“

Theo merkte, dass sie langsam ärgerlich wurde. „Niemand hat gesagt, dass du dich um den Professor kümmern sollst!"

„Nein, das nicht. Aber du lobst sie in den Himmel, weil sie es tut!"

Das war wirklich absurd. Sowohl Theo als auch der Professor waren von Vronis Tüchtigkeit stets beeindruckt gewesen und hatten bei ihren Besuchen im Hause Brunner immer versucht, sie wie eine Prinzessin zu behandeln. Sie hatten keine Hausarbeit von ihr erwartet, aber Veronika tat es gern. Sie liebte es, zu den beiden zu gehören. Sah sie durch Aglajas Anwesenheit schlicht ihre eigene Position bedroht? Konnte das sein? Theo beschloss, direkt zu fragen.

„Vroni, du bist doch nicht etwa eifersüchtig? Auf ein Mädchen, das seine gesamte Familie verloren hat und völlig mittellos in der Fremde dasteht?"

„Gibt das ihr das Recht, mir meine Familie wegzunehmen?"

„Sie nimmt dir doch nichts weg, Herrgottnochmal!" Theos Geduldsfaden riss. „Mein Vater ist vernarrt in dich und sieht dich als Schwiegertochter seiner Träume, und dass ich dich liebe, weißt du. Wenn du das in Frage stellst, dann kann ich dir wirklich nicht helfen!"

Veronika sah Theo an. Ihre blauen Augen schwammen in Tränen, und ihr Kinn zuckte verräterisch. Sie war beileibe keine Heulsuse, und sie setzte Tränen auch nie als Druckmittel ein. Sie war viel zu bodenständig, um nahe am Wasser gebaut zu haben. Das hieß, es war ihr wirklich ernst. Sie hatte tatsächlich Angst.

„Vroni! Komm her." Theo zog sie an sich, obwohl sie widerstrebte. „Es ist alles in Ordnung. Du musst dir keine Sorgen machen. Bitte! Mit ein bisschen Zeit wird schon alles ins Lot kommen. Ich verspreche es dir."

Theo hatte keine Ahnung, wie eine solche Lösung aussehen sollte, aber es war klar, dass es so nicht bleiben konnte. Sie ertrug es einfach nicht, Veronika so unglücklich zu sehen.

Nachdem Theo sie heimgebracht hatte, stieg sie auf ihr Rad und machte sich auf nach Ottakring. Kathis Wirtshaus florierte wie eh und je.

„Servus, Theo!"

„Kathi – wie geht es dir?"

„Es muss ja weitergehen." Sie zuckte mit den Achseln. Hugo war schon lange keine Hilfe mehr gewesen. Bereits seit Jahren führte Kathi das Geschäft fast allein. Ihr Ehemann hatte bei den alteingesessenen Stammkunden für gute Laune gesorgt, indem er kräftig mit ihnen gebechert hatte – das war auch schon sein Hauptanteil an der Arbeit in der Wirtschaft gewesen.

Sie schob Theo ein Glas Wein hin. „Ich weiß kaum, wo mir der Kopf steht! Jetzt ham's mir den Hubert noch wegrekrutiert! Demnächst holen sie noch die Einbeinigen! So ein Gfrett – das mit dem Krieg dauert doch ohnehin nicht mehr lang!"

Theo staunte. Hubert war nur unwesentlich jünger als Kathis verblichener Ehemann und sah nicht gut. Hugo hatte ihn aus Mitleid beschäftigt, und Kathi behielt ihn, weil ihr Mann das gewünscht hätte. Außerdem konnte der Hubi so wunderschön verschrobene Lieder singen, was den Gästen gefiel. Nun war es allem Anschein nach vorbei mit weinseligen Gesangsdarbietungen.

Noch auf dem Heimweg ging ihr Veronikas sorgenvolles Gesicht nicht aus dem Kopf. Es war natürlich völlig abwegig, was sie sich da ausdachte, aber sie sollte einfach nicht so leiden. Es war das erste Mal, dass sie einen Streit hatten, was Theo einerseits sehr naheging, sie andererseits aber auch ärgerte. Warum sollte sie den Professor Aglajas Gesellschaft berauben, nur weil Veronika Gespenster sah? Das war wirklich albern. Sie seufzte, doch dann musste sie schmunzeln. Derlei Probleme hatte sie vorher nie gehabt, und nun gab es plötzlich jemanden, der aus lauter Angst, sie zu verlieren, einen Riesenaufstand veranstaltete – das hatte sie sich immer gewünscht. Also vielleicht nicht so sehr das Tohuwabohu, von dem sie nicht wusste, wie sie es entwirren sollte, aber Veronika liebte sie. Das allein zählte.

Als Theo an der Gardegasse anlangte, brannte nirgends im Haus mehr Licht.

Sie schloss auf und erschrak, weil sie ein Geräusch aus der Küche hörte. War doch jemand zu Hause?

„Aglaja?“ Sie betrat die Küche und machte Licht. „Was hast du denn? Ist etwas geschehen? Wo ist mein Vater?“ Theo geriet in Panik, denn Aglaja saß am Küchentisch und schluchzte. Kaschmàr saß neben ihr und hatte die Schnauze in ihre Achselhöhle gebohrt, seine Ohren hingen traurig herunter.

Das Mädchen hob den Kopf und sah Theo aus geröteten Augen an. „Der Professor ist heute Abend doch zum Kartenspielen ausgegangen, das weißt du doch!“ Sie wischte sich die laufende Nase achtlos am Ärmel ab, aber es liefen ihr weiterhin Tränen über das Gesicht.

„Was um Himmels willen ist denn bloß los! Komm mal her!“ Theo kniete sich vor sie hin, zog ein sauberes, von Aglaja selbst gebügeltes Taschentuch aus der Jackentasche und tupfte ihr die Augen ab. „Sag schon, was ist denn?“

„Sie haben den Zaren umgebracht!“ Sie schnäuzte sich lautstark. „Ich hab’s heute gehört, als ich auf dem Markt war. Es heißt aber, die Zarin, der Zarewitsch und die Großfürstinnen wurden in Sicherheit gebracht.“ Sie schniefte nochmals und atmete tief ein. „Was ist das bloß für eine Zeit, in der wir leben?“

Sie begann wieder zu weinen. Mit einem Mal fühlte sie sich so fremd und entwurzelt, dabei lebte sie gern mit dem Professor und Theo. Die beiden gaben sich alle Mühe, ihr die verlorene Familie zu ersetzen.

Theo war gelinde gesagt erleichtert. Dass die Bolschewiken das Oberhaupt der Romanow-Sippe ins Jenseits befördert hatten, war natürlich furchtbar, aber warum nahm Aglaja das so schwer? Theo strich ihr das zerzauste Haar hinter die Ohren und fuhr ihr vorsichtig mit einem Finger über die Wange.

„Ich bin sehr froh, dass dir und dem Professor nichts passiert ist – du hast mich wirklich erschreckt!“

„Warum sollte mir etwas passiert sein? Aber die arme Zarin! Und die Kinder erst! Wo sie wohl jetzt sind …“

„Der Zar ist doch mit dem deutschen Kaiser verwandt, und die Zarin ist eine deutsche Prinzessin – vielleicht sind sie dort im Exil?“

Aglaja sah Theo an, als hätte diese den Verstand verloren. „Schon vergessen? Unsere Länder sind gegeneinander in den Krieg gezogen. Ich kann mir kaum vorstellen, dass man der Familie des Zaren ausgerechnet in Deutschland Asyl gewährt."

Theo nickte langsam. Da hatte Aglaja wohl recht. Immerhin weinte sie nicht mehr.

„Ich bin froh, dass meine Eltern das nicht mehr miterleben müssen. Russland eine Republik ..."

Sie zog die Nase kraus, und auf ihrer Stirn erschien eine Falte. Ihre lebhafte Mimik zog Theo immer wieder in ihren Bann. In ihrem Gesicht konnte man lesen wie in der aufgeschlagenen Kronen-Zeitung, und es war sehr klar ersichtlich, dass Fräulein Aglaja die Republik für die Vorhölle hielt und Lenin für den Antichristen.

9. Kapitel – Wien
November 1918

Theo stand erschöpft mit Franz vor der Tür zu ihrem Keller. Zwölf Leichen hatten sie verladen und schwitzten trotz der winterlichen Kälte. Die Luft roch leicht metallisch. Es wird bald schneien, dachte Theo. Franzl hatte sich seine Pfeife angesteckt, und auch Theo rauchte.

„Kein Wunder, dass nach den Kriegsjahren die Leut sterben wie die Fliegen, sobald sie ein bisserl Fieber kriegen." Franz machte ein betretenes Gesicht.

Theo nickte, wusste aber, dass hier nicht von „ein bisserl Fieber" die Rede war, denn sie hatte zwei Ärzte über die Krankheit reden hören, die im Volksmund als Spanische Grippe bezeichnet wurde und besonders junge, noch verhältnismäßig kräftige Menschen innerhalb kürzester Zeit dahinraffte. Das Schreckgespenst, das Theo täglich mehrere Neuzugänge bescherte, hatte einen Namen: Influenza.

Die Erkrankung hatte sich rasch ausgebreitet und forderte ihre Opfer. Theo arbeitete nur noch mit doppeltem Mundschutz, desinfizierte sich die Hände noch öfter als sonst und drängte stets darauf, dass die Toten schnellstmöglich abgeholt wurden. Dem Professor hatte sie ausgeredet, die Kaffeehäuser aufzusuchen, denn Menschenansammlungen waren gefährlich. Er und Aglaja verließen das Haus nur, um mit Kaschmàr spazieren zu gehen und Lebensmittel zu besorgen. Das öffentliche Leben hatte jeglichen Schwung verloren, weil jeder versuchte, die Infektionsgefahr zu meiden. Das bunte Treiben, das sonst immer zur Vorweihnachtszeit in der Stadt herrschte, fehlte völlig, und eine beklemmende Stille lag über dem sonst so lebhaften Wien.

Franz seufzte und trat ein paar Mal auf der Stelle, um sich aufzuwärmen. „Wir waren schon ewig nicht mehr bei der Kathi."

„Ihr geht's gut. Ich war am Sonntag dort, um nach ihr zu sehen. Die Wirtschaft ist genauso leer wie alle anderen. Es traut sich ja keiner mehr unter Menschen."

„Da kann man nichts machen." Franz klopfte die Pfeife aus. „Ich muss dann mal. Servus, Theo. Und Grüße an Vroni und den Herrn Professor!"

„Danke, Franz, das richte ich gern aus."

„Los, Orchidee." Franz schnalzte mit der Zunge, und das Pferd setzte sich in Bewegung, um seine schwere Last auf die altmodische Weise zu Pietät-Huber zu ziehen. Das städtische Bestattungsunternehmen, beinah ehrfürchtig nur „Die Bestattung" genannt, hatte in der Zwischenzeit einen Straßenbahnwagen, der die Nummer 7031 trug, zum Leichentransport umgerüstet und konnte so bis zu zwölf Särge auf einmal transportieren.

Theo ging schlotternd in den Keller zurück, um aufzuräumen. Sie spürte jeden Knochen in ihrem Körper, und ihre Augen waren bleischwer vor Müdigkeit. In letzter Zeit arbeitete sie wieder viel zu viele Stunden. Sie kam kaum noch nach Hause und wenn, dann nur, um in sich hineinzuschaufeln, was immer an Essen vorhanden war, und dann in einen undurchdringlichen Tiefschlaf zu verfallen, der immer viel zu früh zu Ende war. Aglaja hatte sich angewöhnt, stets einen Kessel Eintopf auf dem Herd bereitzuhalten. Sie kochte inzwischen ganz passabel. Dadurch, dass sie es erst bei den Brunners gelernt hatte, konnte sie mit dem auskommen, was es eben gab, und da sie selbst gern aß, gelangen ihr nach und nach recht schmackhafte Gerichte, auch wenn sie manchmal etwas gewöhnungsbedürftige Kombinationen von Zutaten auf den Tisch brachte.

Veronika schien Aglaja noch immer zu belauern, während diese sich bemühte, ausgesucht höflich und liebenswürdig zu der Frau zu sein, die sie für Theos Verlobte hielt. Die Situation zwischen den beiden hatte Ähnlichkeit mit einem Waffenstillstand.

Aglaja war natürlich klar, dass sie nicht ewig bei Vater und Sohn Brunner bleiben konnte, aber sie fühlte sich zum ersten Mal wieder sicher, auch wenn keiner von ihnen etwas gegen ihr Heimweh tun konnte, seit sie ihre Familie verloren und Russland hatte verlassen müssen. Veronika hatte keinen Grund dafür, sie mit ihrer Eifersucht wegen Theo zu behelligen. Er war ein netter Kerl und behandelte sie wie eine kleine Schwester. Es gefiel ihr bei den beiden in der Gardegasse, und der Gedanke, dass sie dieses Zuhause wegen Veronikas grundloser Eifersucht wieder verlieren konnte, machte sie wütend und traurig zugleich.

Als Theo heimkam, dampfte eine Suppe auf dem Herd. Aglaja rief den Professor und deckte den Küchentisch, während Theo sich schnell wusch und umzog. Als sie dann schließlich zusammensaßen und die leuchtendfarbige Kürbissuppe aßen, die Aglaja zubereitet hatte, blieben die Influenza und die politischen Wirrnisse vor der Tür.

„Das schmeckt ganz großartig, Kind!" Der Professor hielt Aglaja seinen Teller zum Nachfüllen hin.

Sie strahlte und tat auch Theo eine Kelle auf. „Danke! Kürbisse hatten wir in Siverskaja auch, aber wir waren nur über die Sommermonate dort, so dass ich nie gesehen habe, was Dascha damit gemacht hat, wenn die reif waren." Sie schwieg und kämpfte die Woge von Heimweh und die aufsteigenden Tränen nieder, indem sie unter den Tisch langte und Kaschmàr streichelte, der sogleich wohlig zu schnaufen begann.

„Wer ist Dascha?"

„Dascha war unsere Köchin dort." Aglaja errötete. Sie wollte auf gar keinen Fall als verwöhntes Mädchen gelten, das nicht mit dem Leben klarkam.

Doch Theo nickte nur und nahm diese Tatsache kommentarlos hin. „Dafür, dass du nie erlebt hast, was aus euren Kürbissen gemacht wurde, ist die Suppe wirklich sehr, sehr lecker!"

Bei der gemeinsamen Abendmahlzeit und den dabei stattfindenden Alltagsgesprächen fühlte sich Aglaja immer mehr, als hätte sie wieder eine Familie geschenkt bekommen. Sie betrachtete den Professor und Theo und war dankbar, nicht mehr allein zu sein.

Als der Professor sich nach dem Essen in seine Kammer zurückzog, machte sie sich an den Abwasch.

„Brauchst du Hilfe?" Theo war noch nicht aufgestanden.

„Nein, das mache ich schon. Du arbeitest schließlich den ganzen Tag."

„Du musst das hier nicht alles allein machen, weißt du." Theo gähnte und streckte sich.

„Leg dich schlafen, du bist ja völlig erledigt!" Sie wusch und trocknete das Geschirr ab, räumte es in den Schrank und stellte den hohen Suppentopf hinaus aufs Fensterbrett. Sie würde noch für den kommenden Tag reichen. Durch einen Türspalt sah sie Theo, der sich im Wohnzimmer mit einem Buch im Sessel niedergelassen hatte. Er saß da, den Kopf mit den lockigen Haaren, die die Farbe von Kastanien hatten, in die Hand gestützt und las. Vermutlich irgendein Werk über Anatomie.

Es grauste sie nicht mehr vor Theos Beruf, sie bewunderte vielmehr sein Geschick und seine liebevolle Ehrerbietung jedem einzelnen Verstorbenen gegenüber, egal ob armer Schlucker oder wohlhabender Bonvivant. Genau wie der Tod, so behandelte auch Theo sie alle gleich und erwies ihnen den Respekt, den sie seiner Meinung nach alle verdient hatten. Vielleicht, wenn Sergej ein wenig mehr wie Theo gewesen wäre …

Nein! Aglaja wischte die Gedanken, die sie bereits seit einiger Zeit immer wieder heimsuchten, energisch beiseite. Sie tat wirklich alles, um Veronika zu signalisieren, dass sie ihr nicht ins Gehege kommen würde, und dann so etwas! Theo hatte sich ihr gegenüber wirklich wie ein älterer Bruder benommen. Sie schüttelte den Kopf. Das durfte wirklich nicht sein. Theo war ein Mann und mit einer sehr kämpferischen Frau verlobt. Die Verwirrung überwältigte sie.

Einen Moment lang lehnte sie die Wange gegen das kalte Glas des Küchenfensters, um wieder zu sich zu kommen. Sie hatte Maria zurücklassen müssen, hatte alles verloren. Durch eine glückliche Fügung war sie an Theo und den Professor geraten, die sie als Teil ihrer Familie aufgenommen hatten, und das würde sie nicht für eine dumme Gefühlsverwirrung riskieren! So ein Unsinn!

Zitternd vor Kälte wandte sie sich dem Küchenherd zu. Nur ihr Gesicht glühte noch immer vor Scham. Sie löschte die Lampe und ging, gefolgt von Kaschmàr, zu ihrem Zimmer hinauf, das einmal Theos gewesen war. Aglaja hatte manchmal immer noch ein schlechtes Gewissen, dass sie Theo aus seiner Kammer vertrieben hatte. Aber er war in die gute Stube gezogen, die neben der Küche lag, weil er so niemanden störte, wenn er zu Unzeiten kam oder ging. Der Professor und Theo hatten bereitwillig Platz für Aglaja in ihrer beider Leben gemacht. Sie würde alles dafür tun, um ihn zu verteidigen. Sie lag noch lange wach. Erst als Kaschmàrs Schnarchen gleichmäßig auf- und abwogte, fiel auch sie in einen unruhigen Schlaf, der des Öfteren von Traumfetzen unterbrochen wurde. Es war noch Nacht, als sie von einem lauten Geräusch in der Küche unten erwachte. Sie schlüpfte in ihre Pantoffeln und tastete sich vorsichtig die dunkle Stiege hinunter.

„Theo?“

„Es tut mir leid, ich wollte nur etwas trinken, aber mir ist das Glas aus der Hand gefallen. Bleib da, sonst trittst du in die Scherben.“

Seine Stimme klang müde und belegt.

„Warte!“ Sie entzündete eine Kerze, nahm den Abfallkübel und trat zu Theo, der auf dem Boden kniete und die Stücke des zerbrochenen Glases aufsammelte. „Wirf sie hier rein.“ Sie suchte nach dem Kehrblech. „Theo? Fühlst du dich nicht wohl?“

„Ich weiß nicht, mir ist irgendwie komisch.“ Sie hockte zusammengesunken auf dem Küchenboden, gegen das Tischbein gelehnt. Sie war mit rasenden Kopfschmerzen und quälendem Durst aufgewacht. Auf dem Weg in die Küche war ihr schwindelig geworden. Sie versuchte aufzustehen.

„Was hast du denn? Soll ich den Professor wecken?“

„Nein! Hilf mir nur hoch. Bestimmt habe ich nur etwas Falsches gegessen …“

Aglaja zog Theos Arm um ihre Schultern und umfasste seine Körpermitte, als er schwankend auf die Füße gekommen war. In der Wohnstube ließ er sich dankbar auf das Sofabett fallen.

„Ich bringe dir Wasser.“ Aglaja verschwand nochmals in der Küche und kam mit einem Krug und einem Glas zurück, goss Theo ein und hielt ihm das Glas an die Lippen.

„Danke.“ Theo trank gierig aus und fiel erschöpft auf die Kissen zurück.

„Brauchst du noch etwas? Bist du sicher, dass ich den Professor nicht wecken soll?“

„Ach, was. Morgen bin ich wieder in Ordnung, und dann haben wir ihn wegen nichts und wieder nichts erschreckt.“ Theo winkte ab und zog die Decke unter das Kinn.

„In Ordnung.“ Aglaja nahm sich vor, später noch einmal nach ihm zu sehen.

Am nächsten Morgen erwachte sie, als ein paar kalte Wintersonnenstrahlen sich ihren Weg durch die Vorhänge bahnten. Sie erhob sich, wütend auf sich selbst, weil sie verschlafen hatte. Im Haus war es ruhig, Theo schien bereits bei der Arbeit zu sein. Sie zog sich rasch an, um dem Professor Frühstück zu machen.

Sie setzte Kaffee auf und schnitt ein altbackenes Kipferl in Scheiben, um es auf dem Ofen zu rösten. Sie rührte gerade Hafergrütze in einem Topf auf dem Herd, als der Professor im Morgenrock und in Pantoffeln in die Küche geschlurft kam. Er gähnte und setzte sich an den Tisch.

„Was war denn das für ein Gepolter letzte Nacht?“

„Ach, nichts, es ist ein Glas auf den Boden gefallen.“

Er nickte und nahm das Häferl Kaffee, das Aglaja ihm hingeschoben hatte, als ein Geräusch aus der Stube sie beide zusammenfahren ließ.

Aglaja und der Professor sprangen gleichzeitig auf.

„Um Gottes willen!“

Theo lag im Bett, schien stark zu schwitzen. Sein Atem ging rasselnd. Die Augen trugen tiefe dunkle Ringe.

„Schnell! Hilf mir! Wir müssen ihm das durchgeschwitzte Nachthemd ausziehen!"

Der Professor schlug die Decke zurück, und Aglajas Augen weiteten sich, als sie begann, Theos Nachthemd aufzuknöpfen.

„Theo … sie ist ja eine Frau!", stieß sie hervor.

„Ja, Herrgottnochmal! Hilf mir einfach!"

Nach einer halben Stunde hatten sie Theo das schweißnasse Nachthemd ausgezogen, sie gewaschen und die Laken gewechselt. Aglaja, die einen Tee aufgesetzt hatte, strich sich das Haar zurück.

„Sie braucht einen Arzt."

Der Professor nickte sorgenvoll. „Ins Spital brauchen wir sie nicht zu bringen. Da kommt kaum ein Grippekranker wieder lebend raus, hab ich gehört. Ich gehe Professor Singer einen Besuch abstatten. Vielleicht kann er uns helfen. Schaffst du es allein für eine Stunde?"

„Ja."

Er streichelte ihre Wange. „Du bist ein gutes Mädchen, Aglaja."

Bei seiner Rückkehr fand er sie am Fußende von Theos Bett sitzend. Sie machte ihr Wadenwickel.

„Ich versuche, das Fieber zu senken. Was meint denn Ihr Freund, was man tun kann?"

Der Professor sah bekümmert aus. „Man kann nichts tun. Professor Singer sagt, wenn sie eine Lungenentzündung bekommt, ist es so gut wie vorbei."

„Dann müssen wir verhindern, dass das passiert. Was müssen wir tun? Denken Sie nach, Professor! Wie wäre es bei Tieren? Und kommen Sie mir jetzt nicht mit Libellen!"

„Sie muss atmen können. Die Lungen müssen durchlüftet bleiben. Sie sollte also nicht zu flach liegen."

„In Ordnung." Aglaja schob Theo ein weiteres Kissen unter den Kopf und lagerte so ihren Oberkörper höher. „Und weiter?"

„Sie braucht viel Flüssigkeit. Thymian und Spitzwegerich lösen den Husten, Lindenblüten zum Schwitzen. Kampfer und Menthol inhalieren, um die Atemwege zu befreien."

Aglaja nickte. „Ich gehe Tee kochen, wenn er etwas abgekühlt ist, kann sie ihn trinken. Danach gehe ich ins Spital und melde, dass sie… dass Theo krank ist."

Gegen Abend wurde Theo etwas ruhiger. Als sie endlich schlief, saßen Aglaja und der Professor am Küchentisch. Sie hatte den Rest Suppe vom Vortag erwärmt, aber keiner der beiden hatte Appetit. Schließlich räusperte sich der Professor.

„Aglaja … ich weiß nicht, was ich sagen soll. Ich muss da wohl einiges erklären."

„Ich weiß nicht, ob Theo das recht wäre. Vielleicht sollten wir warten, bis … sie wieder gesund ist? Hat sie es wegen der Arbeit getan? Um Geld zu verdienen?" Sie biss sich auf die Lippen, schämte sich ein wenig ihrer Neugier.

„Das auch. Aber sie war einfach schon immer so. Theo, also Theodora eigentlich, hat gedacht, dass sie ein Junge ist, und ihre Mutter hat sie darin bestärkt. Sie hat sich so sehr einen Sohn gewünscht. Mein Fehler war, dass ich sie habe gewähren lassen." Er saß zusammengesunken am Tisch und hatte den Kopf in die Hände gestützt. „Es ist eigentlich meine Schuld. Elisabeth, meine Frau, konnte nichts dafür. Sie war … geistig verwirrt."

Aglaja hatte aufmerksam zugehört. Theo hat mich aufgenommen, obwohl sie jetzt ganz allein für ihren Vater und für sich sorgen muss, dachte sie. Sie stand auf.

„Ich werde mich gut um sie kümmern. Sie können sich auf mich verlassen." Plötzlich fiel ihr etwas ein. „Wir müssen Veronika benachrichtigen!"

„Morgen", sagte der Professor müde.

„Ich glaube, es wäre besser, wenn Sie gehen … Veronika … sie mag mich nicht besonders, glaube ich."

Der Professor musste schmunzeln. „Sie ist nur eifersüchtig. Das wird sich schon noch legen, wenn sie sich endlich an dich gewöhnt und merkt, dass sie dazu wirklich keinen Grund hat."

Aglaja stand auf und hantierte mit der Teekanne, um Theos Vater nicht ansehen zu müssen, denn sie fühlte, dass sie rot geworden war.

„Ich schaue noch einmal nach Theo, und auch heute Nacht bleibe ich hier unten bei ihr. Gehen Sie ruhig schlafen."

„Du bist ein sehr, sehr liebes Mädchen!" Er strich ihr über die Wange und erhob sich, um sich zurückzuziehen.

Sie rührte etwas Honig in den Tee, richtete eine kalte Kompresse und band sich nach kurzem Überlegen ein Tuch vor Mund und Nase, bevor sie die Wohnstube betrat. Theo wälzte sich unruhig hin und her. Sie hatte erneut Schweißperlen auf der Stirn, war noch immer blass, die Augen dunkel gerändert. Aglaja setzte sich neben Theo und tupfte ihr Gesicht mit dem feuchten Tuch ab, wobei deren Züge sich ein wenig entspannten. Die Lider flatterten, und ihre langen Wimpern warfen Schatten auf ihre Wangen.

Wie habe ich sie für einen Jungen halten können, fragte sich Aglaja und ertappte sich dabei, dass sie mit einem Finger Theos klassisches Profil nachzeichnete, und ihre Hand fuhr zurück.

„Nicht weggehen."

Ehe sie es sich versah, hatte Theo Aglajas Hand unter ihre erhitzte Wange gezogen, sich zusammengerollt und murmelte unverständliches Zeug vor sich hin.

„Ich bin ja da, du wirst wieder gesund! Ich passe auf dich auf."

Sie strich ihr das verschwitzte Haar aus dem Gesicht und flößte ihr löffelweise den noch dampfenden Tee ein.

Aglaja erwachte am nächsten Morgen, weil ihre Schulter schmerzte und sie fror. Sie brauchte einen Augenblick, um sich zu orientieren. Ihre Hand klemmte noch immer unter Theos Wange, und sie selbst war auf dem Sessel, den sie sich herangezogen hatte, in einigermaßen verbogener Haltung eingeschlafen. Vorsichtig entzog sie Theo ihre Hand, stand auf und streckte sich. Es war eiskalt. Hoffentlich war der Ofen nicht ausgegangen. So wie der Wind stand, würde es nicht so einfach sein, ihn wieder anzuheizen. Sie zog Theos Decken zurecht und nahm die abgekühlten Ziegelsteine mit in die Küche, um sie wieder zu erwärmen.

Als der Professor die Küche betrat, loderte ein kräftiges Feuer, es war mollig warm, und das Aroma frischen Kaffees erfüllte den kleinen Raum. Die Tür zur Stube, wo Theo lag, stand offen, und er sah, dass Aglaja dabei war, Theo ein sauberes Nachthemd anzuziehen. Die Kissen waren aufgeschüttelt, und sie hatte offenbar gelüftet.

„Ich mache Ihnen sofort Frühstück – einen Moment!"

Er winkte ab. „Brauchst du Hilfe?"

„Nein, danke. Es geht schon."

„Wie geht es ihr?"

„Sie fühlt sich etwas weniger heiß an als gestern Abend. Sie hat nachts sehr stark geschwitzt nach dem Tee. Das ist, glaube ich, ein gutes Zeichen, oder?"

Der Professor nickte und goss für Aglaja und sich Kaffee und heiße Milch in zwei blau-weiß gemusterte Häferl, schnitt Brot ab, legte die Scheiben zum Anrösten auf den Herd, nahm Pflaumenmus und Butter aus dem Schrank und stellte Teller hin. Die Sorge um Theo nahm ihm die Freude, die er sonst an dem gemeinsamen Frühstück mit Aglaja hatte. Die Menschen starben zu Tausenden an dieser verdammten Grippe! So versponnen und zerstreut er im täglichen Leben auch wirkte, so war er doch Naturwissenschaftler und als solcher Realist genug, um der Möglichkeit ins Auge zu sehen, dass es sein konnte, dass seine Tochter diese Erkrankung wie so viele andere nicht überlebte. Bei dem Gedanken krampfte sich sein Herz zusammen. Atmete sie nicht viel zu schwer und rasselnd? Man hatte herausgefunden, dass die meisten der vielen Toten, die als Opfer der Grippe zu beklagen waren, zusätzlich eine akute Lungenentzündung entwickelt hatten.

„Wenn das Fieber sinkt, müssen wir dafür sorgen, dass sie sich bewegt, vielleicht ein paar Schritte geht und einen Moment aufrecht im Sessel sitzt."

Aglaja schaute ihn verwundert an. „Dazu ist sie zu schwach."

„Ihre Atmung darf nicht verflachen, die Lungen müssen durchlüftet bleiben, damit sich keine Entzündung bildet“, erklärte der Professor.

Aglaja nickte. Sie merkte, dass der Professor sich um Theo sorgte. „Wir müssen Veronika benachrichtigen ... Wenn Sie bei Theo bleiben wollen, kann ich auch zur Spitalwäscherei laufen.“

„Würdest du das tun? Ich mag Theo jetzt nicht allein lassen.“ Er sah bekümmert aus. „Lass dich nicht von Veronika ins Bockshorn jagen! Du gehörst für Theo und mich längst zur Familie. Damit muss sie leben.“

Und genau das passt ihr nicht, dachte Aglaja, als sie sich zusätzlich zu Mantel und Handschuhen noch einen großen Wollschal um Kopf und Hals wickelte.

Als sie aus der Haustür auf die Gasse trat, schnitt ihr die Kälte fast den Atem ab. Sie zog den Schal vor Mund und Nase und stapfte los.

Nachdem sie Kaschmàr an einen Zaun gebunden hatte, öffnete sie die Tür zur Wäscherei. Es schlugen ihr Dampfwolken von den Wäschekesseln entgegen und ein beißender Geruch von Lauge. Erst nachdem sich ihre Augen an das dämmerige Licht und den Dunst gewöhnt hatten, erkannte sie mehrere Frauen, die in den Kesseln rührten und Wäsche spülten. Sie trat zu der, die am nächsten stand.

„Wo finde ich Veronika Bernauer?“

Die Wäscherin starrte sie misstrauisch an, deutete dann aber mit dem Kinn in eine andere Ecke des Raumes. „In der Bügelstube.“

„Danke.“ Sie durchquerte den Raum. Es war so heiß, dass sie sich unterwegs den Mantel aufknöpfte und den Schal zurückschlug.

Bei ihrem Eintritt in die Bügelstube brach das Gespräch der Frauen ab, und vier Augenpaare starrten sie an.

„Guten Tag. Veronika ... kann ich Sie kurz sprechen, bitte? Draußen, wenn es geht.“

Veronika nickte.

„Was ist?", fragte sie barsch, als sie zusammen vor die Tür traten.

„Veronika, Theo geht es nicht gut … die Grippe."

„Was?" Veronika war blass geworden. „Ist er im Spital?"

„Nein. Der Professor und ich kümmern uns zu Hause um … ihn."

„O mein Gott! Ich komme sofort mit! Ich hole nur schnell meinen Mantel!"

Aglaja legte ihr eine Hand auf den Arm. „Der Professor meint, es ist besser, wenn Sie nicht kommen. Sie müssen an Ihre Tochter denken. Nicht auszudenken, wenn Sie sich anstecken! Aber ich werde wiederkommen, wenn es etwas Neues gibt."

„Aber ich muss doch wissen, wie es ihm geht, mich um ihn kümmern …" Es standen Tränen in ihren Augen.

„Ich verspreche Ihnen, dass wir alles tun, damit Theo wieder gesund wird. Der Professor hat einen Kollegen von der Universität konsultiert, und wir befolgen seine Anweisungen. Denken Sie an Klara, Veronika! Sie dürfen sich nicht einer noch größeren Ansteckungsgefahr aussetzen, da Sie ja bereits hier im Spital arbeiten."

Veronika nickte, entzog Aglaja ihren Arm und wischte sich die Tränen aus den Augenwinkeln. Dann plötzlich straffte sie ihren Körper. „Sie pflegen Theo?"

„Ja. Der Professor schafft das nicht allein – ich will nicht, dass er sich überanstrengt und …"

„Ich glaube nicht, dass Theo das recht wäre, und …" Sie lief rot an und verhaspelte sich.

Aglaja hatte nun fast Mitleid mit ihr. Sie hatte gedacht, dass es besser war, Veronika nicht wissen zu lassen, dass sie über Theo Bescheid wusste, aber die Panik, die sich ihrer jetzt zu bemächtigen schien, tat ihr leid.

„Veronika, es ist in Ordnung. Der Professor hat es mir gesagt. Bitte. Sie müssen vernünftig sein. Wir tun alles, was wir können."

Anstatt sich zu entspannen, sah Veronika so aus, als würde sie Aglaja am liebsten den Hals umdrehen. Ihr Blick durchbohrte die junge Frau.

„Das hätte er nicht tun dürfen. Er hatte kein Recht dazu!", presste sie zwischen den Zähnen hervor.

„Veronika, ich schwöre, dass Theos Geheimnis gut bei mir aufgehoben ist. Ich werde sie nach bestem Wissen und Gewissen versorgen. Der Professor hat in der besten Absicht gehandelt, verübeln Sie es ihm nicht. Er macht sich genauso viele Sorgen um Sie und Klara wie um seine eigene Tochter."

„Benachrichtigen Sie mich unverzüglich, wenn es etwas Neues gibt." Veronika, die einen Befehlston angeschlagen hatte, machte auf dem Absatz kehrt und ging grußlos zurück in die Waschküche.

Aglaja blieb verblüfft zurück. Für wen hielt diese Frau sich eigentlich? Sie schnaubte. Langsam reichte ihr dieser Unsinn wirklich. Theo war sehr krank, und Veronika spann aus nichts und wieder nichts ein Eifersuchtsdrama, das nur in ihrer Vorstellung existierte. Dass sie sich Aglaja gegenüber unfreundlich und anmaßend aufführte war die eine Sache, aber das hier war in erster Linie Theo gegenüber respektlos. Woher kam dieser Argwohn bei Veronika? Ob sich zwischen den beiden etwas ereignet hatte, das ihre Eifersucht wenigstens teilweise rechtfertigte?

Sie seufzte, knöpfte ihren Mantel zu und trat mit dem unbekümmert durch den Schnee hüpfenden Kaschmàr den Heimweg an.

Als sie die Tür aufschloss, hörte sie den Professor bei Theo im Wohnzimmer mit Geschirr klappern. Sehr gut! Offenbar gelang es ihm, Theo mit etwas Suppe zu füttern. Sie steckte den Kopf durch die Tür. Theo lehnte blass und schwach in einem Stapel Kissen, und der Professor hielt ihr einen Löffel an die Lippen. Aglaja hatte eine Hühnersuppe zubereitet. Das Tier war alt und zäh gewesen, aber sie hatte es so lange gekocht, bis sich das Fleisch schließlich von den Knochen löste. Sie schnitt es in winzige Stücke, ebenso wie das wenige Wintergemüse, dessen sie hatte habhaft werden können. Würfel einer runzeligen Rübe trafen auf Zwiebelscheiben und vereinzelte Stücke Sellerie. Aber die Brühe war gut gewürzt und wärmte. Aglaja freute sich selbst auf eine Tasse davon.

„Ich kann nicht mehr.“ Theos Gesicht glänzte fiebrig.

„Das macht nichts. Aglaja kann dir nachher noch etwas geben. Ich bin froh, dass du überhaupt etwas davon essen konntest.“ Der Professor klang erleichtert. Er nahm die überzähligen Kissen weg, damit Theo sich hinlegen konnte. Ihr entfuhr ein Seufzer, als sie wieder liegen konnte. „Schlaf ein bisschen, ruh dich aus. Das Wasser steht hier.“

Er schloss die Stubentür hinter sich und strahlte Aglaja an, die zurücklächelte.

„Wir beide gönnen uns jetzt ein Glas Wein zur Feier des Tages.“ Er holte zwei Gläser aus dem Schrank und schenkte ein.

„Wie war ihre Temperatur vor dem Essen?“

„Achtunddreißig zwei. Das müssen wir beobachten. Patienten mit Lungenentzündung haben häufig nur wenig Temperatur. Aber sie atmet gut und hat auch keinen Husten.“

Aglaja nickte. Die Temperatur war nicht gerade niedrig, aber immerhin war sie ansprechbar gewesen. „Ich messe nachher noch einmal, wenn ich ihr den Tee bringe. Nur um sicher zu gehen.“ Sie verschwieg ihm, dass sie die letzte Nacht bei Theo verbracht hatte und es für besser hielt, genau das auch in dieser zu tun.

Sie nahm ihre Bettdecke mit hinunter in die Stube, setzte sich in den großen alten Lesesessel neben Theos Bettsofa und schob sich einen Hocker unter die Beine. Sie hatte sich bemüht, dies möglichst geräuschlos zu tun.

„Aglaja, warum schläfst du nicht?“

„Theo! Hast du mich erschreckt!“

„Hast du hier bei mir gesessen letzte Nacht?“

„Ja, habe ich. Aber du hattest hohes Fieber und warst nicht ganz klar. Temperatur hast du noch – du solltest jetzt schlafen.“

„Ich weiß – ich bin auch furchtbar müde.“ Sie gähnte.

„Mach dir keine Sorgen. Veronika weiß Bescheid – sie wollte sofort kommen, aber ich konnte sie davon überzeugen, dass sie das bleiben lässt, wegen der Kleinen.“

Theo nickte. Sie hatte glasige, gerötete Augen. Ob das Fieber wieder stieg? Aglaja ging in die Küche und holte das Thermometer. Als sie zu Theo ans Bett trat, wollte diese ihr das Thermometer aus der Hand nehmen.

„Ich mache das selbst." Sie errötete und sah Aglaja prüfend an.

„Gut. Ich mache dir solang einen Tee." In der Küche mischte sie Thymian und Lindenblüten, übergoss sie mit kochendem Wasser und stellte eine Untertasse auf den Krug, damit der Tee ziehen konnte.

Als sie mit der Tasse in Theos Stube trat, reichte diese ihr das Thermometer.

„Noch immer über achtundreißig Grad. Verdammt! Trink erst mal deinen Tee und dann mache ich dir Wadenwickel. Das hat das Fieber immer gut heruntergebracht."

„Hast du das gestern auch getan?"

„Was?"

„Wadenwickel, Fieber messen und … alles andere?" Theo fürchtete sich ein wenig vor der Antwort, die sie bereits vermutete.

„Ja, habe ich. Aber du musst dir keine Sorgen machen. Ich verrate niemandem etwas. Ich will nur, dass du wieder gesund wirst."

Nach einem Moment des betretenen Schweigens murmelte Theo: „Danke. Niemals hätte der Professor das alles allein geschafft." Dann fielen ihr die Augen zu. Sie wusste, dass die Grippe sie das Leben kosten konnte. Die erste Epidemie im Frühjahr hatte bereits die Menschen in Scharen getötet. Sie dachte an den umgebauten Straßenbahnwaggon, den „die Bestattung" bereits seit einem halben Jahr nutzte, um die vielen Toten schneller zum Zentralfriedhof transportieren zu können.

Aglaja war froh, dass Theo schlafen konnte. Tiefer Schlaf, das wusste sie, konnte den Unterschied zwischen Genesung und Tod bedeuten.

„Kaschmàr, Platz! Du bleibst hier bei Theo. Ich muss mich jetzt um die Hausarbeit kümmern."

Der Hund rollte sich auf dem Teppich vor Theos Bettsofa zusammen, legte aber den großen, schweren Kopf auf die Kante, ganz so, als wollte er sie genau im Auge behalten. Aglaja lauschte noch einen Moment, um sich zu vergewissern, dass Theos Atem regelmäßig ging und nicht etwa aus den Lungen ein Rasseln zu hören war, und machte sich dann in der Küche zu schaffen.

Ein paar Tage später erwachte Theo und fühlte sich seltsam. Sie lauschte und hörte leise Geräusche im Obergeschoss, und eine fahle Wintersonne erhellte ihre Stube. Sie hatte großen Durst und entdeckte eine Teetasse auf dem Beistelltisch. Um sie zu erreichen, setzte sie sich auf. Als sie mit den Füßen den Holzboden zu berühren erwartete, fühlte sie etwas Weiches an den Zehen. „Kaschmàr!" Er stupste sie an, und als sie ihn zwischen den Ohren kraulte, begann er begeistert zu fiepen.

Aglaja trat wenig später in die Stube. „Theo! Du bist wach. Wie geht es dir?"

„Ich habe Durst – ich wollte mir die Teetasse holen. Ich weiß nicht, mir ist irgendwie komisch."

„Lass mich mal fühlen." Sie legte ihre Hand auf Theos Stirn. „Ich hole mal das Thermometer." Konnte das sein? Sie reichte Theo das Thermometer, wandte sich ab, und dann warteten sie. Wie lang fünf Minuten sein konnten!

„Siebenunddreißig zwei. Ich bin fieberfrei! Deshalb fühle ich mich heute so anders als die Tage vorher."

„Der Professor wird sich so freuen!" Aglaja fiel ihr um den Hals. Theo erwiderte die Umarmung, atmete zum ersten Mal bewusst ihren Geruch ein, der ihr in der Zeit ihrer Erkrankung so vertraut geworden war, und lehnte ihre Wange an Aglajas Hals.

„Ich glaube, ich muss mich wieder hinlegen." Ihr war schwindelig geworden.

Theos Genesung dauerte noch eine ganze Weile. Der Winter war eine schlechte Zeit für eine zügige Rekonvaleszenz. Und als sie kurz vor Weihnachten das erste Mal wieder das Spital betrat, fühlten sich ihre Beine noch wackelig an.

Während ihrer Erkrankung waren Monarchien gefallen, Republiken ausgerufen und der Krieg offiziell beendet worden.

Die Grippe forderte noch immer ihre Opfer, aber die Welle ebbte langsam ab. Zum Aufatmen war es aber noch zu früh. Als sie ihren Keller betrat, erlebte sie eine Überraschung.

„Max!"

Der Junge, dessen Großvater sie einige Zeit zuvor mit ihm zusammen hergerichtet hatte, grinste sie schief an. Er war mittlerweile einen Kopf größer als sie.

„Lass dich ansehen! Du bist ja richtig erwachsen geworden." Beim näheren Hinsehen erkannte sie, dass er ein Glasauge trug.

„Das war ein Splitter. Tut jetzt auch gar nicht mehr weh. Zum Glück ist er nicht weiter in den Schädel eingedrungen, sonst wäre ich jetzt tot oder schwachsinnig. Immerhin habe ich noch alle meine Gliedmaßen. Mein Vater meint auch, ich wäre glimpflich davongekommen."

Sie wandte sich einen Moment ab. In was für Zeiten leben wir, wenn ein junger Mann den Verlust eines Auges als geringfügiges Übel fast gleichmütig und heiter hinnimmt, weil es andere eben viel härter getroffen hat, dachte sie.

„Ich habe nach einem Kameraden hier im Spital gesehen und wollte dich besuchen, Theo. Da habe ich erfahren, dass du krank bist. Der Franz vom Huber hat hier ab und an geholfen und mir ein paar Dinge gezeigt, zusammen mit ihm habe ich es recht gut geschafft. Manchmal hat er auch den Alois hergeschickt."

„Du hast hier … gearbeitet? Was sagt denn deine Familie dazu?" Sie erinnerte sich vage, dass Max' Eltern irgendein Geschäft hatten, und konnte sich kaum vorstellen, dass sie es gern sahen, dass einer ihrer Söhne sich im Leichenkeller eines Spitals Beschäftigung suchte.

„Naja, anfangs fanden meine Mutter und meine Schwestern es schon etwas gruselig. Meine Mutter besteht nach wie vor darauf, dass ich mich in der Waschküche von oben bis unten abschrubbe und meine Kleidung unten lasse, bevor ich die Wohnräume betrete." Er grinste wieder.

„Das ist auch sehr vernünftig." Sie sah sich um. Hier musste in den letzten Wochen während der Epidemie die Hölle losgewesen sein, und trotzdem lag alles genauso ordentlich an seinem Platz wie vor ihrer Erkrankung, und geputzt worden war auch. Sie hatte fest damit gerechnet, bei ihrer Rückkehr das größtmögliche Durcheinander anzutreffen, und war verblüfft, was der Junge hier geleistet hatte.

„Es war nicht so schwer. Während der Epidemie gab es keine offenen Aufbahrungen und so was – das hätte ich ja auch allein nicht machen können. Die Toten sind so schnell es ging abgeholt worden, und wie ich das mit der Desinfektion machen musste, haben mir die Krankenschwestern erklärt."

„Du musst ja über eine äußerst stabile Gesundheit verfügen, wenn du dich nicht angesteckt hast."

„Ja, diesmal nicht. Ich war im Frühling krank. Da habe ich fast zwei Monate flachgelegen."

Theo nickte nachdenklich. Sie hatte davon gehört, dass Menschen, die die Grippe überlebten, nicht erneut erkrankten. Nun – die Zeit würde es zeigen. Auch wenn die Zahl der Menschen, die starben, momentan nicht mehr stieg, so war auch noch kein signifikanter Rückgang zu verzeichnen. Sie würde täglich von den Grippetoten umgeben sein. Wenn sie gesund blieb, sprach tatsächlich vieles für eine Immunität nach einer Erkrankung.

Sie war heilfroh, dass Max ihr half. Ihre geringen Kraftreserven erschöpften sich meist bereits gegen Mittag. Sie hätte ihm gern über die Feiertage freigegeben, aber das ging aufgrund der Grippe einfach nicht. An Heiligabend schickte sie ihn jedoch mittags nach Hause und schloss selbst kurz darauf den Keller zu.

Einer Laune folgend fuhr sie nicht direkt nach Hause, sondern zu Kathi. Sie hatte ihre beste Freundin lang nicht gesehen. Sie war wohl von der Grippe verschont geblieben, hatte allerdings die Wirtschaft zeitweilig schließen müssen und erst kürzlich wiedereröffnet.

„Kathi!"

„Theo – wie schön!" Sie umarmten sich.

Nur wenige Gäste hatten sich in der Wirtsstube eingefunden.

„Wie läuft das Geschäft?"

„Du siehst es ja … Es ist ein bisschen besser geworden, aber so richtig traut sich noch keiner aus dem Haus mit dieser elenden Grippe." Sie zuckte mit den Schultern und goss Theo ein Glas Wein ein.

„Danke." Sie nippte nur. Seit ihrer Krankheit stieg ihr der Alkohol sofort zu Kopf.

„Sind bei dir alle gesund daheim? Der Professor?"

„Ja, sie sind alle wohlauf."

Kathi sah Theo an und hob die Augenbrauen.

„Du siehst aber selber ziemlich blass aus."

„Mir geht es wieder gut. Die Arbeit ist halt anstrengend, wenn man krank war." Sie rieb sich die brennenden Augen.

„Du warst krank!" Kathis Stimme klang besorgt. „Bist du sicher, dass du schon wieder arbeiten solltest? Und was ist sonst noch los bei dir?"

„Wieso? Was soll denn sein? Ich bin halt müde", wehrte sie ab.

„Ich weiß nicht, aber ich sehe dir an der Nasenspitze an, dass etwas nicht stimmt."

„Nein wirklich. Alles in Ordnung."

„Na gut. Wenn du meinst. Pass auf dich auf und komm nach den Feiertagen mal wieder mit deiner Vroni her!"

Theo nickte langsam und knöpfte umständlich ihre Jacke zu.

„Ist was mit Vroni?"

Verdammt! Konnte Kathi hellsehen oder so etwas?

„Nein, … es ist nur … sie macht einen Mordsaufstand wegen Aglaja. Sie hat sich da in irgendwas hineingesteigert. Keine Ahnung, was sie sich da ausdenkt. Seitdem kann man jedenfalls nicht mehr vernünftig mit ihr reden!" Theos Stimme hatte einen scharfen Unterton bekommen, wie sie selbst erschreckt feststellte.

„Sie ist halt eifersüchtig", sagte Kathi.

„Aber warum denn nur? Ich habe ihr dazu nie Anlass gegeben!"

„Theo, ich bitt dich! Aglaja ist Anlass genug. Die Kleine ist bildhübsch, und du lebst mit ihr zusammen. Da würde jede Frau eifersüchtig werden."

„Aglaja ist wie … eine kleine Schwester für mich. Sie kümmert sich um den Professor. Es ist daheim alles viel … viel …", sie suchte nach Worten, „es ist, als hätte sie gefehlt." Bereits, als sie den Satz beendet hatte, wurde ihr klar, was sie da gesagt hatte.

Kathi schaute sie spöttisch an. „Soso. Sie hat gefehlt. Sie. Nicht Vroni. Da hast du den Grund, warum sie eifersüchtig ist. Frauen merken so etwas, Theo."

Theo sah sie mit großen Augen an.

„Entschuldige, das ist mir so rausgerutscht. Du weißt doch, was ich mein." Kathi wischte den Tresen ab.

Natürlich wusste sie das. Trotzdem. Sie hatte wirklich versucht, sich in Vroni hineinzuversetzen, aber es war ihr nicht recht gelungen.

„Kathi, ich muss mal wieder, Aglaja und Vater warten sicher schon auf mich, es ist schließlich Weihnachten."

„Na dann …"

Theo schwang sich auf ihr Rad. Kathi sah ihr nach und schüttelte den Kopf.

Daheim in der Gardegasse setzten sie sich zur Abendmahlzeit an den Küchentisch. Der Professor war ein wenig verschnupft, hatte aber kein Fieber, und Aglaja überwachte nahezu jeden seiner Schritte, um sicher zu sein, dass ihr eine Verschlimmerung ja nicht entginge. Sie tat dem Professor eine ordentliche Portion geschmortes Gemüse auf und legte eine der im Ofen gegarten Forellen dazu. Die Fische hatten nicht annähernd das Format, das sie sich gewünscht hätte, waren aber dennoch ein Leckerbissen. Obwohl der Krieg nun beendet war, hatte die Lebensmittelversorgung noch mit Engpässen zu kämpfen. Die Forellen hatten sie Franz zu verdanken, der sie durch einen Kollegen bei Huber bezog, dessen Vetter nebenher eine kleine Teichwirtschaft betrieb.

So stellte das erste Weihnachten nach Kriegsende immerhin einen kulinarischen Höhepunkt dar.

Aglaja hatte für Theo und den Professor je ein Paar Strümpfe gestrickt, und der Professor schenkte Theo die lange benötigten neuen Schuhe. Dafür hatte er seine goldenen Manschettenknöpfe versetzt, für die er ohnehin in diesen Zeiten keine Verwendung mehr hatte und denen er darum nicht nachtrauerte. Es war wichtiger, dass Theo nach ihrer Erkrankung mit trockenen, warmen Füßen durch den Winter kam! Für Aglaja hatte er den silbernen Handspiegel seiner Frau und deren gleichfalls mit Silber verzierten Schildpattkamm aufpolieren lassen. Es war einfach ein Jammer, dass einem so reizenden jungen Mädchen jedwede weibliche Koketterie und Eitelkeit abhanden kamen. Auch daran war nach Ansicht des Professors der Krieg schuld.

Theo hatte für ihren Vater in einem Geschäft in einer kleinen Seitengasse hinter dem Stephansdom eine wirklich großartige Radierung verschiedener Libellen erstanden, worüber er sich sehr freute. Aglajas Geschenk hatte Theo lange Kopfzerbrechen bereitet. Und so war sie erst wenige Tage vor Heiligabend in einem kleinen, vollgestellten Laden in der Vorstadt fündig geworden. In der Auslage, die wirkte, als hätte die Eigentümerin einige Hände voll kleiner Gegenstände wahllos in das winzige Schaufenster gestreut, fesselte ein Medaillon ihre Aufmerksamkeit. Die alte Dame, die regungslos hinter ihrem Verkaufstresen saß, als gehörte sie zum Inventar, sah auf, als Theo in den Laden trat und sie bat, ihr das Schmuckstück aus der Auslage zu zeigen. Sie hatte Theo angelächelt, als sie das Medaillon auf einem kleinen Samtkissen niederlegte, das eigens zu diesem Zweck auf der Glasvitrine lag.

„Für Ihre Verlobte?"

Theo schüttelte den Kopf.

„Ah, die Frau Mutter!" Die Ladeninhaberin lächelte selig.

„Nein. Es ist für … meine Schwester."

„Na, dann gebe ich Ihnen noch ein Kästchen dazu, damit es nach was aussieht."

Sie hatte das Medaillon und die Kette schließlich mit einem Tuch aufpoliert, so dass es schimmerte, obgleich es nur versilbert war und ein zartes Muster offenbarte, das Theo gar nicht gesehen hatte.

Als alle ihre Geschenke ausgepackt hatten, schob Theo gerade Aglaja das Päckchen hin, das sie in ein Stück verblichene rauchblaue Seide eingeschlagen hatte, die sie aus dem alten Nähkasten ihrer Mutter zu Tage gefördert hatte, als jemand an die Haustür hämmerte.

„Ja doch! Ich komme schon!" Theo schloss auf, und zu ihrer Überraschung stürzte Max herein.

„Was gibt es denn? Komm rein, du bist ja vollkommen außer Atem."

„Theo, wir müssen ins Spital." Er versuchte, zu Atem zu kommen. „Es sind zwei mit Typhus eingeliefert worden, und einer hat's nicht überlebt. Der sollte besser nicht lange unten im Keller liegen."

Theo nickte. „Ich ziehe mich schnell um."

Der Professor hob resigniert die Hände und blickte entschuldigend zu Aglaja, die Theos Päckchen noch ungeöffnet vor sich auf dem Tisch liegen hatte.

Theo und Max erreichten den Spitalkeller, als Franz gerade den Wagen zum Stehen brachte.

„So ein Gfrett! Kaum sitzt man beim Weihnachtsessen und dann so was!"

„Wem sagst du das, Franzl."

Gemeinsam stiegen sie hinab. Theo und Max legten einen Mundschutz, Kittel und auch Handschuhe an. Der Tote war ein junger Mann, auf dessen bleicher Haut sich der für Typhus charakteristische rote Ausschlag zeigte. Sein Körper war ausgemergelt, und das Haar schien ihm büschelweise ausgefallen zu sein. Sie desinfizierten und versorgten die Leiche und betteten ihn in einen Sarg, der mit Wachstuch ausgeschlagen und mit Chlorkalk ausgestreut war. Über den Körper legten sie noch ein mit Karbolsäure getränktes Laken, bevor sie den Deckel schlossen.

„So ein junger Kerl. Hoffentlich breitet sich das nicht aus." Franz wirkte besorgt. „Wo sind denn seine Papiere?"

Theo blickte sich um, sah aber nichts und fluchte leise. Nun musste sie auch noch auf die Station. „Ladet ihr beide den Sarg ein, ich gehe eben nach oben."

Die Gänge des Spitals waren leer. Sie klopfte am Schwesternzimmer, wo aber niemand öffnete. Sollte sie warten? Sie konnte doch Franz nicht ohne die Papiere losschicken.

„Was suchen Sie denn hier oben?" Die Oberschwester war eine furchteinflößende Person, die Theo um einen Kopf überragte und mindestens doppelt so viel wog.

„Entschuldigung, ich brauche die Papiere für den Typhus-Toten. Der Bestatter ist da, aber ich kann ihn ja so nicht mitgeben."

„Mit diesen Ausländern hat man nichts als Ärger, das sage ich Ihnen. Wir haben hier doch sowieso nicht genug Betten, muss man sich auch noch mit diesem Exilantengesindel herumschlagen! Kommen Sie mit." Sie stampfte vor Theo her ins Schwesternzimmer. „Warten Sie draußen!" Sie sah geringschätzig an Theo herunter, als wäre ihre Anwesenheit dazu angetan, das Allerheiligste zu entweihen.

Als sie zurückkam, drückte sie Theo einige vergilbte, eingerissene Blätter in die Hand. „Weiß der Teufel, was das heißt und ob sie dem Toten gehören oder dem, der noch oben liegt. Vermutlich macht der es auch nicht mehr lang."

Theo schaute auf die Papiere und sah Buchstaben, die sie vage an die Schrift in einem Buch erinnerten, das sie bei Aglaja gesehen hatte. Sie nahm die Dokumente an sich und überquerte den Spitalshof.

Franz lief vor dem Keller auf und ab. „Und? Hat er einen Namen? Familie? Oder wird's schon wieder ein Armenbegräbnis?"

Theo seufzte. „Ich vermute schon, dass er einen Namen hat, aber ich kann ihn nicht lesen." Sie hielt Franz die Blätter hin, die sie von der Oberschwester erhalten hatte.

„Na, so was hat uns noch gefehlt, Kruzitürken!"

„Ich glaube, das ist russisch. Kann ich euch das morgen bringen? Ich werde zu Hause Aglaja fragen, was das heißt."

Franz zögerte. „Der kommt sofort im Morgengrauen unter die Erde, bei solchen Krankheiten können wir nicht lang fackeln, das weißt du doch."

„Na gut. Falls dieser Wisch hier wirklich seinen Namen enthält, wäre es nicht richtig, ihn als Namenlosen zu beerdigen!"

„Hast ja recht. Also morgen dann. Ich sag am Friedhof Bescheid. Servus, ihr beiden. Grüße an den Professor, Theo!"

„Komm mit, Max. Wir machen noch sauber und dann nichts wie ab nach Hause!"

Als Theo die Wohnungstür aufschloss und in die Küche trat, saß Aglaja allein am Tisch, hatte die Füße auf einen zweiten Stuhl gelegt und las bei einem Tee. Offenbar war der Professor bereits zu Bett gegangen.

„Theo! Willst du auch ein Häferl?"

„Bleib sitzen, ich gieße mir selbst ein." Sie holte eine Tasse aus dem Küchenschrank und schenkte aus der alten blauen Teekanne Pfefferminztee ein. Dann fiel ihr Blick auf das Päckchen. „Du hast ja noch gar nicht ausgepackt – bist du nicht neugierig?"

„Doch, und wie! Aber ich wollte warten, bis du wieder da bist." Sie zwinkerte Theo zu und griff nach ihrem Geschenk.

Theo lächelte in sich hinein und bemerkte, dass es sie unbändig freute, dass Aglaja mit dem Packerl noch gewartet hatte. Sie löste geschickt die Schleife und schlug den Stoffstreifen mit dem verblassten Rankenmuster auseinander.

„Oi!"

Theo grinste. Dieser Laut entfuhr Aglaja öfter in Momenten des Staunens und der Verwunderung.

„Gefällt es dir?"

„Oh, Theo! Das ist ein wundervolles Geschenk! Vielen, vielen Dank! Es ist so zart, und das Muster ist so filigran …" Sie fiel Theo um den Hals. „Legst du es mir um?"

Theo trat hinter sie, schob ein paar kleine Locken, die aus ihrer Frisur entkommen waren, über ihre Schulter nach vorn und atmete dann unwillkürlich ihren Duft ein, der unter dem Haar zu ihr emporstieg, und ihre Hände zitterten, als sie die Kette schloss, und das lag nicht nur an dem winzigen Verschluss. Ihr war, als hätte die körperliche Nähe zu Aglaja plötzlich jede andere Wahrnehmung ausgeblendet. Sie räusperte sich. „Sieh mal, man kann es aufklappen und … etwas darin verwahren, das einem lieb und teuer ist."

„Ich hätte gern irgendwann ein Bild von dir und dem Professor da drinnen." Sie sah zu Theo hoch und kuschelte den Kopf an ihre Schulter.

„Wenn du das wirklich willst, wird sich sicher eine Photographie finden."

Aglaja nickte, machte aber keine Anstalten, Theo loszulassen. Sie blieben einfach eine Weile so stehen, bis das Licht der Petroleumlampe zu flackern begann.

„Ich fülle mal die Lampe nach." Theo machte sich sanft von Aglaja los, die etwas verloren und errötend in der Mitte der Küche stehenblieb.

„Theo … ich hab dich sehr, sehr gern. Ich weiß natürlich, dass du mit Veronika zusammen bist, aber ich möchte, dass du das weißt." Ihr Kinn zitterte.

Theo zählte stumm bis zehn und drehte sich dann zu ihr um. „Ich habe dich auch gern. Der Professor und ich sind sehr froh, dass du bei uns bist!" Sie griff nach Aglajas Hand. „Mach dir keine Sorgen." Dann fiel ihr das Papier aus dem Krankenhaus ein. „Kannst du dir das hier mal ansehen? Das sind Papiere, die die Schwestern bei dem Toten gefunden haben, den Max und ich so dringend versorgen mussten. Wir wissen zwar dann immer noch nicht, ob sie ihm gehörten oder dem anderen Mann, der mit ihm zusammen eingeliefert worden ist. Vielleicht kannst du Licht ins Dunkel bringen helfen? Das sind doch russische Buchstaben, oder nicht?"

Aglaja setzte sich an den Tisch und griff nach den Dokumenten, die Theo ihr hinschob.

„Das hier ist ein Pass." Sie schlug das mehrfach gefaltete Papier auseinander und wurde blass. Sie sprang auf. „Ich muss sofort ins Spital. Ich muss den, der noch lebt, sehen!"

„Ihn sehen? Wessen Papiere sind das, Aglaja? Was ist denn? Nun red schon!"

„Das ist der Pass meines Bruders." Sie wies auf das Dokument. „Hier steht es: Alexej Fjodorowitsch Struzhanov! Gehen wir!"

„Aglaja, es ist Heiligabend und spät. Wir können jetzt nicht auf die Station, und beim Huber ist auch keiner mehr. Außerdem … er hatte Typhus. Wir mussten auf Nummer sicher gehen, damit sich die Krankheit nicht ausbreitet – es hat keinen Sinn, sich eine Leiche anzusehen, die mit ungelöschtem Kalk …" Sie stockte, als Aglaja anfing zu weinen.

„Aber wenn der Tote tatsächlich Alexej ist, dann muss ich ihn doch noch einmal sehen. Er kann doch nicht irgendwo ohne Namen verscharrt werden, weil er … ein Gesundheitsrisiko ist! Er ist mein Bruder, verdammt noch mal!"

Sie war laut geworden und griff nach ihrem Mantel, der an der Tür hing.

„Aglaja, wir werden morgen früh sofort ins Spital gehen. Ich verspreche es dir. Die Schwester, die mir die Papiere gegeben hat, sagte, es seien zwei Männer eingeliefert worden, von denen einer fast sofort verstorben ist. Sie wussten nicht, welchem von beiden die Papiere gehörten … es gibt also noch Hoffnung!"

Sie ertrug es nicht, Aglaja so niedergeschmettert zu sehen. Aber konnte das wirklich sein? Aglaja hatte nicht viel über ihre einzelnen Familienmitglieder gesprochen. Theo wusste nur, dass sie drei Brüder und eine Schwester gehabt hatte und dass sie selbst die Älteste der fünf war. Theo verstand, dass selbst die vage Möglichkeit, vielleicht einem ihrer Brüder so nah gewesen zu sein und ihn schon wieder verloren zu haben, Aglaja völlig hysterisch machte.

„Ich muss ihn sehen!"

„Morgen gehe ich mit dir und werde alles tun, was ich kann, das verspreche ich dir. Aber jetzt würde dich niemand auf die Station lassen – du kämst vermutlich nicht einmal ins Spital hinein!"

„Was, wenn mein Bruder zwar jetzt noch am Leben ist, aber diese Nacht nicht überlebt?"

Darauf hatte Theo keine Antwort. „Vielleicht ist er es gar nicht. Ich will dir die Hoffnung nicht nehmen, aber du musst damit rechnen, dass er es entweder gar nicht ist oder aber, dass er derjenige ist, der heute gestorben ist …"

Aglaja setzte sich an den Tisch, stützte den Kopf in die Hände und begann hemmungslos zu weinen.

Theo kniete sich neben sie, nahm sie in die Arme strich ihr durch das Haar, das sich nun fast gänzlich aus dem Knoten gelöst hatte. Wieder wurde ihr ganz weich in den Knien, als sie Aglaja so nah war. Ich bin wirklich das Letzte, dachte Theo. Sie ist so aufgewühlt, und mir kommen Gedanken, die gerade jetzt völlig unangebracht sind.

„Aglaja, du solltest dich etwas ausruhen, ich wecke dich morgen früh, wenn ich gehe. Versprochen. Dann werden wir sehen."

Aglaja zog die Nase hoch und wischte sich die Tränen aus den Augen. „Gut. Du hast recht. Ich bin am Ende." Sie erhob sich und ging wie in Trance die Stiege zu ihrem Zimmer hinauf. Theo schlüpfte in ein Nachthemd und legte sich auf das zum Bett umgebaute Sofa. Als sie fast eingeschlafen war, hörte sie die Tür klappen, und gleich darauf spürte sie, wie jemand unter ihre Decke schlüpfte und zwei eiskalte Füße sich in ihre Kniekehlen schoben.

„Aglaja …"

„Ich mag jetzt nicht allein sein, Theo! Meine kleine Schwester ist öfter zu mir ins Bett gekommen, wenn sie schlecht geträumt hat oder nicht einschlafen konnte – ich fühle mich gerade sehr klein. Kannst du mich bitte in den Arm nehmen?"

„Natürlich."

Aglaja rollte sich zusammen, und Theo umfasste sie. Schon bald fing sie an, leise zu schnaufen und gleichmäßig zu atmen. Nun war es Theo, die wach lag.

Am Morgen rüttelte sie Aglaja, die bereits angezogen war, wach. „Theo, kommst du? Ich habe dir einen Kaffee gemacht."

„Danke. Ich bin gleich da."

Sie zog sich rasch an und trank dann ihren Kaffee, den Aglaja ihr hingestellt hatte.

„Willst du denn gar nichts frühstücken?"

„Ich kann nicht, Theo. Ich brauche Klarheit. Können wir endlich gehen?"

„Also, da könnte ja jeder kommen!“ Die Oberschwester baute sich vor Theo und Aglaja auf. „Und Sie scheren sich auf dem kürzesten Weg zurück in Ihren Keller“, fauchte sie Theo an.

„Aber Schwester, ich habe doch erklärt, dass die Dokumente, die Sie bei den beiden eingelieferten Männern fanden, Fräulein Struzhanovas totgeglaubtem Bruder gehören …“

„Na ja, tot ist er ja nun auch. Sie haben die Leiche ja hoffentlich schnellstmöglich dem Bestatter übergeben? Schlimm genug, dass wir jetzt noch einen Typhusfall hier auf der Station haben! Ich kann sie nicht zu ihm lassen, die Infektionsgefahr ist zu hoch.“

Es war ganz offensichtlich, dass sie sich nicht würde erweichen lassen.

„Schwester, vielleicht könnten Sie mir sagen, ob die beiden Männer, die eingeliefert worden sind, sich … ähnlich sahen?“

„Ähnlich? Das ist schwer zu sagen. Der eine war ja kaum hier, da konnten wir ihn schon in den Leichenkeller schaffen, und sie waren beide unrasiert und ziemlich verwahrlost. Ich könnte nicht sagen, ob da eine Ähnlichkeit war. Was soll die Fragerei?“

„Meine Brüder, Alexej und Arkadij, sind Zwillinge. Sie gleichen sich wie ein Ei dem anderen.“

Die Schwester schien Mitleid mit der aufgelösten Aglaja zu haben. „Als die beiden eingeliefert worden sind, hat man sie versorgt. Dann mussten sie umgehend in Quarantäne, wegen der Ansteckungsgefahr. Der eine von beiden ist dann bereits gestorben, bevor wir ihn überhaupt von der Trage herunter hatten. Es tut mir leid, aber Sie können jetzt nicht zu ihm. Er ist auch nicht bei Bewusstsein. Typhuskranke können wochenlang sehr hohes Fieber haben.“

„Schwester, Fräulein Struzhanova hat ihre gesamte Familie in der russischen Revolution verloren – sie muss einfach wissen, ob es sich bei dem Kranken um ihren Bruder handelt. Bitte helfen Sie ihr!“

Die Krankenschwester seufzte. „Also gut. Sie dürfen nicht zu ihm hinein. Aber wir machen es folgendermaßen: Ich schiebe sein Bett an das Fenster, und Sie, junger Mann, helfen der Dame hoch, so dass sie von außen hineinsehen kann."

„Vielen Dank, Schwester! Aglaja, komm mit."

Sie gingen um das Gebäude herum.

„Welches Fenster ist es?", fragte Aglaja.

„Warte, ich glaube, das hier." Theo trat zurück. Am Fenster erschien das Gesicht der Oberschwester; sie nickte den beiden zu. Theo verschränkte die Hände und bedeutete Aglaja, daraufzusteigen. „Halt dich am Fenstersims fest."

Ohne zu zögern, stieg sie auf Theos Hände und klammerte sich an den Vorsprung.

„Was ist? Kannst du was sehen?"

„Ja … Himmel, nein! Theo! Es ist Alexej … er ist es!" Sie geriet ins Schwanken, und Theo musste sie regelrecht auffangen. Sie war kreidebleich, und jede Kraft schien sie verlassen zu haben. Theo legte ihr einen Arm um die Taille.

„Komm, du brauchst einen Kaffee." Sie schaute Aglaja an, die schwach zu protestieren versuchte. „Du kannst wiederkommen, wenn du dich von dem Schreck erholt hast. Vielleicht kannst du dann auch mit dem Arzt reden. Sie lassen dich ja im Moment ohnehin nicht zu ihm."

Sie gingen in ein nahe gelegenes Kaffeehaus, und Theo bestellte heißen Kaffee für sie beide und für Aglaja zusätzlich einen Cognac. Sie hatte sich wirklich Sorgen gemacht, einen Moment lang hatte sie so ausgesehen, als würde sie ohnmächtig werden.

„Geht es dir besser? Trink mal deinen Cognac."

„Danke." Sie nahm einen kräftigen Schluck. Theo musste schmunzeln. Sie mochte dieses normalerweise vor Energie sprühende Mädchen, bei ihr gab es kein albernes Herumgezimper und Gehuste. Sie kippte den Alkohol herunter und bekam langsam wieder etwas Farbe.

„Die Papiere sind demnach von deinem kranken Bruder?"

„Ja. Alexej liegt im Spital, und der Verstorbene ist dann vermutlich Arkadij." Tränen begannen ihr über das Gesicht zu rinnen. „Ich müsste mich freuen, weil ich meinen Bruder wiedergefunden habe, aber ich kann es nicht fassen, dass Arkadij tot ist!“

Theo reichte ihr ein Taschentuch und nahm sie in den Arm. „Die beiden waren Zwillinge? Dann wird er dich brauchen, wenn er wieder gesund wird.“

„Oh, Alexej ist nicht diese Sorte Zwilling. Arkadij hätte ohne Alexej nicht leben können, aber Alexej wird hervorragend zurechtkommen.“

Theo wollte etwas erwidern, als ihr eine beträchtliche Menge kalter Flüssigkeit ins Gesicht schwappte. Sie schnappte nach Luft und wischte sich das Wasser aus dem Gesicht.

„Du mieser Betrüger!“

„Veronika! Was soll das?“

„Das fragst du mich? Was fällt dir ein, am helllichten Tag mit diesem kleinen Aristokratenflittchen herumzutändeln? Ich hab es doch die ganze Zeit gewusst!“

„Veronika, komm zur Vernunft, ich bitte dich!“

Zum Glück war um diese frühe Stunde noch nicht viel los, und das Kaffeehaus war keines von denen, die Theo sonst frequentierte, aber Veronika hatte dennoch mehr Aufmerksamkeit erregt, als Theo lieb war. Sie musste ihnen vom Spital gefolgt sein.

„Bittschön, das geht hier aber nicht!“, mischte sich mit näselnder Stimme der Kellner ein und schickte sich an, Veronika hinauszukomplimentieren, die fortfuhr, Theo und Aglaja zu beschimpfen.

„Veronika, setz dich zu uns. Du spinnst dir da etwas zurecht, was von vorn bis hinten Unsinn ist.“

„Ich trinke nichts mit Flittchen.“ Veronika warf den Kopf zurück. „Und mit dir auch nicht! Ich bin fertig mit dir, Theo Brunner!“

„Veronika!“

Die Tür knallte hinter ihr ins Schloss, und die Glasscheiben klirrten leise in den Fassungen.

„Aglaja, das tut mir so leid!“

„Geh ihr nach, Theo!“ Aglaja war bleich.

„Nein. Auf gar keinen Fall! So eine Szene zu veranstalten, wegen nichts und wieder nichts.“ Veronikas Auftritt hatte Theo schockiert. Wie laut sie geworden war, wie gewöhnlich und gemein sie sich angehört hatte. Sie hatte sie kaum wiedererkannt. „Gehen wir. Ich bringe dich nach Hause.“

Aglaja widersprach nicht. Sie fühlte sich richtig schwach. Einerseits kam sie um vor Sorge um Alexej, andererseits ging ihr nahe, dass Theo nun ihretwegen ernsthafte Schwierigkeiten mit Veronika hatte. Obwohl, wenn man ihr Benehmen sah, konnte Theo eigentlich froh sein, wenn sie sie tatsächlich los war. Veronika war immer argwöhnisch Theo gegenüber gewesen, abweisend und kalt zu Aglaja. Gerade Theo verdiente das nicht. Sie arbeitete immerzu, um den Professor zu unterstützen und um für Veronika und Klara da zu sein. Und mich füttert sie auch noch mit durch, dachte Aglaja.

10. Kapitel – Wien März 1919

Theo war auf dem Weg zur Arbeit und spürte zum ersten Mal in jenem Jahr ein bisschen Wärme, als sie aus dem Schatten trat, den die Häuser in der Gardegasse stets warfen, und die Sonnenstrahlen ihr Gesicht streiften. Der erste Tag an ihrer neuen Arbeitsstelle, die eigentlich die alte war.

Theo hatte es als eine glückliche Fügung angesehen, dass Herr Huber nach Kriegsende und einer Bestandsaufnahme feststellte, dass er zu wenige Leute hatte, und befand, dass über Theos Musterungsskandal von damals nun hinreichend Gras gewachsen war, um sie wieder beschäftigen zu können. Der Verdienst war deutlich besser als im Spital, und sie freute sich darauf, wieder das sonntägliche Kaffeehausritual mit dem Professor aufleben zu lassen. Vielleicht würde auch Aglaja mitkommen … und ihr Bruder.

Theo runzelte die Stirn. Alexej machte ihr Kopfzerbrechen. Er hatte eine lange Rekonvaleszenz hinter sich, würde aber bald aus dem Spital entlassen werden. Sie hatte keine Ahnung, wie sie es dann zu Hause mit dem Platz machen sollten. Ihr Zimmer für Aglaja zu räumen, war die eine Sache gewesen, aber wo sie Alexej unterbringen sollten, war ihr ein Rätsel. Sie konnten den Geschwistern schwerlich zumuten, im selben Zimmer zu schlafen, und für ein weiteres Bett wäre auch kaum Platz in dem kleinen Raum. Sie selbst konnte mit dem Professor kein Zimmer teilen, weil er oft nachts schrieb, während sie früh aufstehen musste. Das war ein echtes Dilemma. Sie schob die Gedanken an die häusliche Enge und einen weiteren Esser, der von ihr abhängig war, fort und erfreute sich an den ersten Schneeglöckchen, die an sonnigen Ecken bereits blühten.

Bei Huber begrüßte Franz sie überschwänglich. „Bin ich vielleicht froh, dass du wieder da bist!" Er grinste breit. „Sonst nur Kinder, alte Männer und Krüppel wie ich. Geh am besten als Erstes zu Huber und komm dann gleich runter, wir haben zu tun!" Er strahlte so über das ganze Gesicht, als wäre die Vorbereitung eines Begräbnisses Grund zu großer Freude.

„Es versteht sich ja wohl von selbst, Brunner, dass wir beide Stillschweigen über … diese Sache bewahren. Aber ansonsten freue ich mich, dass Sie wieder bei uns sind. Gehen Sie an die Arbeit. Es gibt mehr als genug zu tun."

„Selbstverständlich, Herr Huber. Ich danke Ihnen sehr dafür, dass ich wieder bei Ihnen arbeiten darf, und dafür, dass Sie mir mit der Anstellung im Spital damals geholfen haben – ich hätte sonst nicht gewusst, wie ich meinen Vater durch den Krieg bringen soll ohne diese Arbeit."

Huber winkte ab. „Schon gut, schon gut. Legen Sie los, Brunner."

Theo verbeugte sich, bevor sie Hubers Büro verließ und sich umgehend zu Franz in die Werkstatt begab.

Sie arbeiteten Hand in Hand wie schon Jahre zuvor. Sie nahmen eine Lieferung billiger, einfacher Holzsärge in Empfang, stapelten sie im Lager auf, schlugen einen schwarzen Holzsarg mit üppigen Silberbeschlägen und Verzierungen mit weißem Samt aus. Zur Mittagszeit nahmen sie beide ihre belegten Brote und eine Kanne Tee mit vor die Tür der Werkstatt und ließen sich auf den letzten Kiefernsärgen nieder, die im Lager keinen Platz mehr gefunden hatten.

„Ach, Theo, was ich noch sagen wollte, ich hab neulich die Vroni getroffen."

„Dann wundert es mich, dass du noch mit mir sprichst …"

„Sie hat sich beruhigt, Theo, aber sie ist einfach sehr verletzt und sehr einsam."

„Das hätte sie beides nicht sein müssen, Franzl! Sie hat mir nicht mal zugehört damals, sondern eine Mordsszene veranstaltet, und sie war sehr gemein zu Aglaja."

„Also mir tut sie leid. So ganz allein mit dem Kind ..."

„Ja. Um Klara tut es mir auch leid. Ich vermisse sie wirklich."

„Und Klaras Mutter?"

„Franz! Nicht ich habe sie verlassen, vergiss das nicht."

Franz schwieg einen Moment und kaute seine Käsesemmel. Dann richtete er sich ein wenig auf. „Theo, mir ist das unangenehm, aber würdest du es mir verübeln, wenn ich deine Vroni einmal ausführe? Also, natürlich erst, wenn eine angemessene Zeit verstrichen ist und ..."

„Sie ist nicht mehr meine Vroni – das hat sie sehr deutlich gemacht. Also wüsste ich nicht, was dagegen spricht."

„Ja, aber du bist mein Freund. Ich möchte nicht, dass eine Frau zwischen uns steht."

Theo seufzte. Diese Offenbarung von Franz überraschte sie nicht allzu sehr, denn ihr Freund hatte immer einen ganz verschleierten Blick gehabt, wenn er und Veronika sich bisweilen bei gemeinsamen Unternehmungen gesehen hatten.

„Das wird nicht passieren, Franz. Von mir aus hast du freie Bahn."

Franz schlug ihr auf die Schulter. „Danke, Theo. Das ist sehr anständig von dir!" Das Lächeln blieb in seinen Mundwinkeln haften. Er schien direkt verliebt zu sein, was sie ihm gönnte. Das Zerwürfnis mit Veronika hatte sie traurig und wütend gemacht, weil es so unnötig gewesen war, aber es war ihr doch verhältnismäßig leichtgefallen, sie gehen zu lassen. Nach Veronikas Auftritt hatte sie noch zweimal versucht, mit ihr zu reden, die Situation zu erklären, sie zur Vernunft zu bringen, aber Veronika konnte sehr starrsinnig sein und lenkte keinen Millimeter weit ein. So waren sie schließlich getrennte Wege gegangen.

Im Spital hatte Veronika sehr schlecht über Theo geredet. Das hatte sie ihr wirklich übelgenommen. Immerhin hatte Veronika ihre Identität nicht offenbart. Sie wollte wohl nicht selbst zum

Objekt des Klatsches in der Waschküche werden. Dennoch ließ sie keine Gelegenheit aus, den anderen Wäscherinnen und auch den Schwestern zu erzählen, wie Theo sie in ihren Augen betrogen und hintergangen hätte. In der Folge kühlte sich Theos gutes Verhältnis zu den Krankenschwestern deutlich ab, und sie stieß auf eine geballte Front weiblicher Solidarität. Keine wollte sich die Blöße geben, Theo zu umgarnen. Sie galt jetzt als Filou, der gutgläubige Frauen belog, nicht treu sein konnte und sich einen Dreck um gebrochene Herzen scherte.

In einem Anflug von Selbstmitleid fand Theo es furchtbar ungerecht, dass offenbar jeder diesen Lügen Glauben schenkte. Nach Annamaria hätte sie ohnehin nichts mehr mit einer Krankenschwester angefangen, aber das Arbeitsverhältnis wurde nicht einfacher für sie dadurch. So war sie in mehrfacher Hinsicht froh gewesen, als das Angebot von Huber kam. Abgesehen vom Platzmangel in der Gardegasse wurde es auch mit dem Geld eng. Alexej war zwar wieder gesund, würde aber bestimmt noch einige Wochen sehr schwach sein und nicht arbeiten können. Und dann war da noch die Rechnung aus dem Spital … Schlussendlich siegte jedoch ihr Optimismus und vertrieb die trüben Gedanken. Bis Alexej kräftig genug war, um für seine Schwester und sich selbst zu sorgen, würde es schon gehen.

„Ich verstehe nicht, warum Theos Vater nicht zusammen mit seinem Sohn hier unten schlafen kann! Es ist ja wohl nicht zu viel verlangt, diese lächerliche Kammer da oben zu räumen; eine Zumutung ist das!“

Alexej war seit einer Woche aus dem Spital heraus. Um Platz zu schaffen, war Theo zurück in ihre Garçonnière gezogen, und sie hatten ein Feldbett für Aglaja im Wohnzimmer aufgestellt, während Alexej dort das Sofa für sich beanspruchte.

„Das hab ich dir doch bereits erklärt: Theo muss früh aufstehen, während der Professor oft noch spät arbeitet. Da würde keiner von beiden Schlaf finden.“

„Der Professor! Wenn ich das schon höre! Seine Schriften liest doch kein Mensch mehr. Weiß der Teufel, was der Alte da zusammenfabuliert, und wegen dieses Unsinns müssen wir in einem Raum leben!“

Aglaja atmete tief durch. Alexej war noch geschwächt. Er hatte bisher kein Wort darüber verloren, was ihm und Arkadij während der Flucht zugestoßen war, aber was seine Selbstsucht und Arroganz anging, war er bereits wieder vollständig so, wie sie ihren Bruder kannte.

„Alexej! Ich bitte dich! Sie haben uns aufgenommen, und wir liegen ihnen auf der Tasche, da können wir wohl kaum verlangen, dass sie auch noch das letzte bisschen Bequemlichkeit aufgeben. Jetzt reiß dich gefälligst zusammen!“ Obwohl sie ihren Bruder schon seit seiner Geburt kannte, war sie fassungslos über seine Undankbarkeit. Ganz offensichtlich betrachtete er Theo und den Professor als eine Art von Domestiken, deren Pflicht es war, alles zu tun, was er verlangte. Den Zahn musste sie ihm ziehen, doch er hatte sich bereits umgedreht und damit das Gespräch als beendet erklärt. Sie wusste, dass er ihr nicht mehr zuhören, geschweige denn antworten würde, ganz egal, wie sehr sie auch insistierte.

Ihr bereitete die Situation im Hause Brunner wirklich Sorgen. Sie kümmerte sich weiterhin um den Haushalt, hatte aber das Gefühl, dass sie, jetzt, da mit Alexej ein weiterer Esser am Tisch saß, mehr beitragen musste als Kochen und Putzen. Sie grübelte eine Weile weiter und schlief dann ein.

Alexej, der vor Wut kochte, hörte die gleichmäßigen Atemzüge seiner Schwester und hatte nicht übel Lust, sie zu wecken, damit sie ihm ein Glas Wasser holen konnte … Als sie ihm von Arkadijs Tod berichtet hatte, hatte sie geheult wie ein Wasserfall. Vermutlich wäre es ihr lieber, er selbst würde in einem Armengrab auf dem Zentralfriedhof verwesen. Er vermisste Arkadij natürlich auch, war sein Zwillingsbruder doch sein zuverlässiger Schatten gewesen, immer willens, ihm Unangenehmes vom Hals zu halten und sich wie ein Lakai herumkommandieren zu lassen. Er wusste, dass Aglaja diese Funktion nicht ewig übernehmen würde. Für eine Frau hatte sie einen erschreckend widerborstigen Charakter.

Alexej schätzte die althergebrachten weiblichen Tugenden wie Sanftmut, Zurückhaltung, Dienstbereitschaft, wenn es um Familie und Ehefrauen ging. Von anderen jungen und hübschen Vertreterinnen des schwachen Geschlechts erwartete er andere Dinge, und auch in dieser Hinsicht waren die Umstände im Hause Brunner alles andere als erfreulich. Mit seiner Genesung meldete sich auch sein körperliches Verlangen wieder, aber außer seiner Schwester heimlich beim Umziehen und Waschen zuzusehen, gab es in seiner nächsten Umgebung keine Gelegenheiten, sich dieser Problematik zu widmen. Das, die Abhängigkeit und die unwürdigen Zustände bei den Brunners verdüsterten seine Laune täglich mehr.

Theo genoss es sehr, ihr Zimmer wieder für sich zu haben, und die kleinen Zeichen von Aglajas Anwesenheit darin erfreuten sie mehr, als sie zugegeben hätte. Die Vorhänge aus dem leichten, hellen Stoff mit den eingewebten Streifen hätte sie zwar nie ausgesucht, geschweige denn genäht, aber sie gefielen ihr gut. Aglaja hatte auch den alten Flickenteppich durch einen kleinen, gebrauchten Wollteppich vom Trödler ersetzt, das Holz des Nachtkästchens poliert und ein Bild aufgehängt, das kleine Boote zeigte, die in einem südlichen Hafen ankerten. Theo konnte sich in diese Szenerie richtig hineinträumen, und in ihr reifte der Wunsch, eines Tages ans Meer zu fahren. Es war das erste Mal, das sie so etwas wie Fernweh verspürte.

Sie war niemals aus Wien herausgekommen, rechnete man die unmittelbar hinter der Stadtgrenze liegenden kleineren Ortschaften nicht mit, wo sie gelegentlich mit Franzl einen Verstorbenen abholen musste. Aber in jenem Frühling fühlte sie sich ruhelos. Sie hatte das Gefühl, zum ersten Mal in ihrem Leben über ihren Tellerrand hinauszublicken.

Diese eigene innere Unruhe machte es ihr nicht eben leichter, Alexejs Allüren auszuhalten. Er benahm sich wie ein verzogenes Kind. Wenn er seinen Willen nicht durchsetzen konnte, dann schmollte er. Theo konnte nicht verstehen, dass Aglaja sich derartig von ihm behandeln ließ. Er kommandierte sie herum, erledigte keinen Handschlag selbst und hielt das offenbar für selbstverständlich. Auch machte er keinerlei Anstalten, sich nach einer Arbeit umzusehen. Sie selbst hatte einmal das Gespräch darauf gebracht, ob sie beim Huber ein gutes Wort für ihn einlegen solle, was Alexej vehement abgelehnt hatte. Er habe auf der Flucht mehr als genug Tote gesehen und es sei ihm unmöglich, sie zu berühren. Er machte dabei ein angewidertes Gesicht und sagte, dass er das Geschäft mit dem Tod nur verachte. Da war Theo der Kragen geplatzt.

„Dass wir alle von dem Geschäft mit dem Tod leben, ist dir aber schon klar, oder? Du könntest wenigstens deine Schwester hier im Haus unterstützen."

Alexej holte Luft, aber Aglaja fuhr ihrem Bruder gerade noch rechtzeitig über den Mund.

„Alexej! Bitte! Theo, Alexej wird arbeiten, sobald er wieder ganz gesund ist."

Theo hatte aus dem Fenster geschaut und ein paar Mal tief durchgeatmet. Alexej forderte sie ständig heraus. Dieses alberne männliche Platzhirschgehabe war wirklich lächerlich, aber sie merkte auch, dass es wichtig war klarzustellen, wer im Hause Brunner das Sagen hatte. Der Professor, das war aus Alexejs Benehmen nur zu deutlich, war für ihn keine Respektsperson. Seine Sticheleien und Grabenkämpfe richteten sich ausschließlich gegen Theo. Sie ging selten darauf ein, gab auch nie nach und ließ sich nicht von Alexej einspannen. Aber die ständigen Attacken durch den unfreiwilligen Logiergast waren auf Dauer einfach zermürbend.

„Theo, warum fährst du nicht mit Aglaja zur Kathi raus?", schlug der Professor eines Sonntagmorgens beim Kaffee vor. Er selbst hustete noch ein wenig, hatte aber die leichte Erkältung sonst gut abgeschüttelt, die ihn am Ende des Winters heimgesucht hatte. Aglaja schaute ihn überrascht an, und der Professor räusperte sich. „Vielleicht könnt ihr bei den Nachbarn ein Rad leihen, dann könnte Alexej mitfahren. Ein Glas Wein, ein bisschen unter Menschen sein …"

„Kein Bedarf. Und meine Schwester geht nicht allein mit Ihrem Sohn in eine miese Spelunke."

Der Professor schnappte nach Luft.

„Ich glaube, das kann sie ganz gut selbst entscheiden!“, entfuhr es Theo. Der Satz zerschnitt die gemütliche Atmosphäre in der Küche wie ein Peitschenhieb. Sie war außer sich. Was maßte dieser arrogante, verzogene Jüngling sich eigentlich an? Seine Schwester war tausendmal lebenstüchtiger als er und bisher hervorragend ohne ihn ausgekommen.

„Wie dem auch sei. Ich werde fahren. Aglaja, kommst du mit?“

„Ja, sehr gern.“

Alexej stand wortlos vom Küchentisch auf, ging in die Stube und knallte die Tür hinter sich zu.

Aglaja wollte hinter ihm her.

„Das würde ich nicht tun, Kind“, sagte der Professor erstaunlich ruhig und putzte sich die Nase. „Wir befinden uns nicht im Jahr 1850. Dein Bruder legt dir gegenüber einen Ton an den Tag, den du ihm dringend abgewöhnen solltest. Er muss lernen, dass hier nicht jeder nach seiner Pfeife tanzt. Die Zeiten sind vorbei. Entschuldigt mich bitte, ich muss an meinen Artikel zurück. Viel Spaß in Ottakring.“

Sie nickte leicht, blieb sitzen, anstatt wie sonst sofort aufzuspringen und die Küche aufzuräumen, und starrte missmutig in ihre Tasse, wo der erkaltete Tee bereits begann, Schlieren zu zeigen.

„Was ist denn?“ Theo war aufgestanden und hatte angefangen, das Geschirr in das Spülbecken zu räumen. Als sie das Tuch nahm, um den Tisch abzuwischen, erhob sich Aglaja.

„Lass nur, ich mache das schon. Weißt du, es ist nicht leicht für ihn, hier nur herumzusitzen, abhängig zu sein …“

Theo sah sie an.

„Aglaja, er tut gar nichts. Er kommandiert dich herum, stellt Ansprüche und hat Vater und mir gegenüber einen ausgesprochen patzigen Tonfall. Ich überhöre das, aber ich will nicht, dass er so mit dem Professor redet, verdammt noch mal!“

Sie schwiegen, während Theo das Geschirr spülte und Aglaja abtrocknete.

„Ich gehe nach oben, ziehe mich um und warte dann draußen auf dich. Ich muss noch etwas Luft aufpumpen. Wenn du dich warm genug anziehst, können wir noch spazieren gehen."

Aglaja nickte und verschwand in der Wohnstube. Alexej lag auf seinem Bettsofa und hatte ihr den Rücken zugedreht. Sogar so wirkte er feindselig.

„Alexej … ich … schläfst du?"

Er rührte sich nicht.

Sie nahm leise ihren Mantel, Mütze und einen Schal und vertauschte ihr Hauskleid gegen ein wärmeres aus Wolle, das der Professor ihr aus dem Fundus seiner verstorbenen Frau gegeben hatte. Sie hatte es ein wenig geändert, und es passte sehr gut zu ihr. Als sie sich die Stiefel zuschnürte, spürte sie Alexejs wütenden Blick und sah ihn direkt an.

„Warum bist du so unhöflich zum Professor und zu Theo? Sie tun doch wirklich alles, was sie können, damit es uns hier gutgeht!"

„Der Professor ist ein alter Schwätzer, und du solltest mal daran denken, dass du eine verheiratete Frau bist, wenn du mit deinem Theo auf dem Rad durch die Gegend fährst! Sergej wäre außer sich, und du verdienst eine Tracht Prügel." Er war aufgestanden und packte sie am Arm. „Du fährst nicht! Meine Schwester sitzt nicht mit Pöbel in einem Wirtshaus!"

Aglaja war starr vor Schreck. An Sergej hatte sie seit Monaten keinen einzigen Gedanken verschwendet.

„Du tust mir weh!", fauchte sie.

„Ich werde dir noch sehr viel mehr wehtun, wenn du darauf bestehst, dich weiterhin mit Theo herumzutreiben. Dein Mann ist nicht hier, also ist es an mir, auf deinen Ruf zu achten!"

„Ich habe Sergej verlassen!" Sie riss sich los und rieb sich den Arm. Sein eiserner Griff würde mit Sicherheit einen blauen Fleck hinterlassen.

„Verlassen? Was für ein Unsinn! Du bist verheiratet und basta. Ein Wolkov wird nicht von seiner Frau verlassen, merk dir das. Du bleibst hier."

„Nein!"

Sie war schon fast draußen, aber Alexej holte sie ein und stemmte sich mit aller Macht gegen die Tür, die in den Angeln knarrte. Als Aglaja weiter an der Klinke zerrte und nicht nachgab, versetzte Alexej ihr eine schallende Ohrfeige.

„Du gehst nirgends hin!“ Er nutzte die Schrecksekunde seiner Schwester, um sie wieder am Arm zu packen, und wollte sie ins Zimmer zurückzerren.

Durch die Wucht seines Schlags flimmerte es für einen Moment vor ihren Augen, die Wange prickelte zuerst heiß und wurde dann taub, und in ihrem Ohr summte es. Sie brauchte nur ein paar Sekunden, um sich zu sammeln und sich daran zu erinnern, dass sie bereits ihre festen Schnürstiefel trug, und trat ihrem jüngeren Bruder dann mit aller Kraft vor das Schienbein. Er fluchte laut und humpelte zum Sofa. Sie drehte sich nicht mehr nach ihm um und verließ rasch die Wohnstube. Als sie die Tür hinter sich geschlossen hatte, begann sie zu zittern, und sie musste sich einen Moment setzen. So konnte sie Theo nicht unter die Augen treten. Zum Glück hatte Theo Kaschmàr bereits mit in den Schuppen genommen, er wäre Alexej sonst an die Gurgel gegangen. Sie war froh, dass weder Theo noch der Professor russisch sprachen und daher den genauen Inhalt ihrer Auseinandersetzungen nicht verstanden.

„Aglaja? Kommst du?“, rief Theo aus dem Stiegenhaus.

„Ja. Ich bin gleich da.“

„Was war denn das für ein Lärm eben?“

„Nichts!“

Theo sah sie prüfend an. Ihre Augen weiteten sich. Aglajas Wange war flammend rot, und man sah sogar noch schemenhaft die Umrisse einer Hand darauf.

„Warte hier mit Kaschmàr auf mich.“

„Theo, nein …“

Ohne ihr zuzuhören, machte Theo kehrt. Sie trat in die Wohnstube, ohne anzuklopfen.

„Alexej?“

Der Angesprochene stand am Fenster und sah Theo verächtlich an.

„In diesem Haus wirst du nie wieder gegen irgendjemanden die Hand erheben, ist das klar? Wenn ich noch ein einziges Mal etwas Ähnliches auch nur ahne, dann werfe ich dich eigenhändig raus, in die Gosse, wo du hingehörst." Sie sog scharf die Luft durch die Zähne ein. Sie musste sich beherrschen, ihn nicht auf der Stelle windelweich zu prügeln.

Alexej sah sie mit einem eigenartigen Blick an, in dem sich Boshaftigkeit, aber auch Neugier und Sensationslust mischten. Theo wich seinem Blick nicht aus, war aber auf der Hut.

„Du verteidigst meine Schwester, spielst ihren edlen Ritter, weil du dir etwas von ihr erhoffst – dabei nehme ich an, dass sie dir ein kleines, aber nicht unwesentliches Detail verschwiegen hat – frag sie doch mal nach ihrem Ehemann."

Mühsam wahrte Theo die Fassung, weil sie ihm keinerlei Genugtuung gönnte.

„Viel wichtiger ist doch, was Aglaja sich von mir erhofft, Alexej, und das kann sie offenbar eher von mir erwarten als von dir: einen Bruder, der sie beschützt."

Sie wandte sich von ihm ab und ging hinaus, wo Aglaja das Rad hielt und Kaschmàr den Kopf kraulte.

„Komm, wir fahren los." Theo stieg auf das Rad und rutschte so weit es ging im Sattel nach hinten, damit Aglaja vor ihr auf der Stange Platz nehmen konnte. Theos Wut auf Alexej ließ sie noch kräftiger als sonst in die Pedale treten, und so erreichten sie nach einer guten Viertelstunde Kathis Wirtschaft.

„Es ist noch früh. Wollen wir erst ein Stück gehen?"

Aglaja nickte und streichelte Kaschmàr, der ihnen wie immer gefolgt war.

Eine Weile gingen sie stumm nebeneinander her. Theo schritt so kräftig aus, dass Aglaja sie nach einer Weile am Ärmel festhielt.

„Wenn du lieber gleich laufen möchtest, dann warte ich bei Kathi auf dich."

Theo blieb sofort stehen. „Das tut mir leid." Sie scharrte mit der Schuhspitze auf dem Boden. „Ich bin einfach so wütend! Hat er dich früher auch geschlagen?"

Aglaja schüttelte den Kopf. „Nein. Das hätte er sich niemals getraut. Natürlich haben wir uns als Kinder dauernd gestritten. Er war immer schon ziemlich grob und gemein, aber nie so wie jetzt. Er war ein missgünstiger, übellauniger Junge – aber jetzt ist er erwachsen … Theo, pass bitte auf."

„Ja, das tue ich. Und zwar auf dich. Ich habe ihm deutlich gesagt, dass ich ihn vor die Tür setze, wenn so etwas noch einmal vorkommt. Ich habe keine Angst vor ihm. Er hat ganz offensichtlich nicht verstanden, dass die Zeiten sich geändert haben. Er kann sich hundertmal so aufspielen wie ein Großfürst, aber in meinem Zuhause hält er sich an meine Regeln." Sie trat mit Wucht einen Stein aus dem Weg, der etliche Meter über das Pflaster holperte. Aglaja griff nach Theos Hand – sie blieb stehen.

„Ich … ich muss dir etwas erzählen, Theo …"

„Nur, wenn du willst – ich möchte nicht, dass du dich von ihm unter Druck setzen lässt. Ich will nur hören, was du mir selbst sagen willst. Fühle dich bitte zu nichts verpflichtet."

Aglaja blieb wie angewurzelt stehen. Sie sah Theo an und vergaß, was sie sagen wollte. Sie lief rot an und stammelte: „Ich bin sehr froh, dass du nicht mein Bruder oder eben auch kein Mann bist … sondern eine Frau." Ohne weiter nachzudenken, stellte sie sich auf die Zehenspitzen und küsste Theo auf die Lippen, die den Kuss instinktiv erwiderte. Was tue ich hier, dachte sie für einen Moment, aber sie schaffte es nicht, sich von Aglaja zu lösen, sondern schloss sie in die Arme und zog sie eng an sich.

„Mir ist ganz schwindelig." Aglajas Kopf ruhte an Theos Schulter. „Gehen wir ein Stück? Es gibt so vieles, das ich dir sagen möchte."

Als sie Kathis Wirtschaft betraten, dämmerte es bereits und die Schankstube war gut besucht. Kathi entdeckte die beiden dennoch sofort.

„Hinten ist noch ein Tisch frei! Nehmt's an Heurigen?"

Theo nickte ihr zu, und sie setzten sich.

Aglaja atmete auf und rückte nah zu Theo auf die Bank. Sie fühlte sich erleichtert, Theo wusste jetzt alles, was es über sie zu wissen gab. Über Sergej und auch über Maria. Theo hatte geschwiegen und ihr zugehört, sie nicht unterbrochen.

Als Kathi den Wein und einen Teller mit Schmalzbroten brachte, brauchte sie die beiden nur anzusehen und merkte sofort, was die Glocke geschlagen hatte.

„Na, euch hat es ja kräftig erwischt!"

Aglaja kicherte, und Theo fragte sich einmal mehr, ob Kathi nicht vielleicht doch hellsehen konnte.

„Ich lasse euch jetzt allein, aber ich komme wieder, und dann will ich alles wissen!" Sie zwinkerte Theo zu, nahm ihr Tablett elegant auf die Handfläche und ging.

„Kennt ihr euch schon lange?", fragte Aglaja.

„Schon viele Jahre. Kathi weiß alles über mich. Sie ist die zuverlässigste Freundin, die du dir vorstellen kannst." Sie schob Aglaja eines der Gläser hin. „Lass uns anstoßen. Auf dich und diesen Tag."

Sie prosteten sich zu.

„Theo, was meinst du? Sollen wir es erst mal geheim halten?"

Theo nickte. „Auf jeden Fall. Ich habe das sichere Gefühl, dass deinem Bruder eine Verbindung zwischen uns missfallen würde, und das sogar, wo er mich für einen Mann hält …"

„Was ist mit dem Professor?" Aglaja sah nachdenklich aus.

„Ich weiß nicht. Er ist manchmal einfach sehr zerstreut, und ich möchte nicht riskieren, dass er aus Versehen etwas verrät. Ich will nicht, dass du noch mehr Schwierigkeiten mit Alexej hast als ohnehin schon."

„Er wird mir nichts tun, Theo."

„Da bin ich weniger optimistisch als du nach heute Morgen."

„Vielleicht hast du recht. Er ist aufbrausend und sieht immer nur das Schlechte an allem. Vermutlich ist es besser. Außerdem ist es natürlich richtig, dass ich strenggenommen noch immer verheiratet bin, auch wenn ich keine Ahnung habe, wo Sergej sich aufhält und ob er überhaupt noch lebt", schloss sie nachdenklich.

Das stimmte. Aber im Moment war es müßig, über einen Ehemann nachzudenken, der sonstwo sein konnte und dessen Überreste vielleicht längst in einem Massengrab irgendwo in den Weiten Russlands lagen. Theo seufzte. Sie sollte sich nicht den Tod eines anderen Menschen wünschen, auch wenn es alles so viel einfacher machen würde. Wenn er noch lebte, konnte er jederzeit auftauchen, und dann würde die Sache richtig kompliziert werden.

Mit dem ihr eigenen Optimismus schob sie diese trüben Gedanken beiseite, nahm einen kräftigen Schluck Wein, legte den Arm um Aglaja und küsste sie. Sie konnte sich nicht vorstellen, wie es ihr möglich gewesen war, so lange mit Aglaja in familiärer Eintracht unter einem Dach zu leben. Theo wusste natürlich, dass sie Aglaja bereits oft anders angesehen hatte als eine jüngere Schwester, und auch Aglaja hatte ihr gestanden, dass sie sie schon seit Langem begehrte. Sie fragte sich, wie sie es schaffen sollten, ihre Leidenschaft füreinander vor Aglajas Bruder zu verbergen. Um den Professor machte sie sich keine Sorgen: Der Frühling kam und mit ihm die Libellen – sie würden ihn hinreichend von allem ablenken, was um ihn herum geschah. Er stellte somit kein Risiko dar. Mit Alexej verhielt es sich anders. Theo hatte ihn am Morgen zu stark gedemütigt, als dass er das nicht als Kriegserklärung hätte auffassen können. Sie war sicher, dass Alexej sie sehr scharf beobachten würde. Ihr durfte einfach kein Fauxpas unterlaufen, in allererster Linie zu Aglajas Schutz.

„Wir müssen sehr, sehr vorsichtig sein", sagte Theo zu Aglaja, als Kathi sich schwungvoll einen Stuhl zu ihnen an den Tisch zog.

„Warum müsst ihr vorsichtig sein? Den Professor wird's wohl kaum stören."

„Mein Bruder ist aus dem Krankenhaus heraus." Aglaja klang bedrückt. „Er hält Theo für einen Mann. Wenn er herauskriegt, dass wir uns verliebt haben, wird er einen Höllenaufstand veranstalten. Wenn er entdeckt, dass sie eine Frau ist, wird er uns vernichten." So oder so. Die Perspektiven waren finster.

„Nun mal nicht gleich das Schlimmste vermuten." Kathi war und blieb eine Frohnatur. „Warum sollte er das merken? Theo geht ja schon ihr ganzes Leben als Mann durch, und es wissen nur eine Handvoll Leute. Wieso sollte ausgerechnet dein Bruder erraten, dass hinter unserem hübschen Theo viel mehr steckt, als man vermuten würde."

„Er ist zwar zornig, verbohrt und ein Intrigant, aber ziemlich scharfsinnig. Wir dürfen ihn da nicht unterschätzen." Aglaja sprach leise, ihr Blick haftete an der fleckigen Tischplatte, auf der sich unendlich viele Wasserränder von den Gläsern abzeichneten, die dort in den letzten Jahrzehnten gestanden hatten.

„Kleines, du kannst dich auf Theo verlassen!" Kathi drückte ihr die Hand.

Ja, dachte Theo fast trotzig, ich bin eine gute Lügnerin geworden durch all die Jahre – das sollte für uns beide reichen. Sie strich Aglaja über die Wange. „Wir müssen nur miteinander umgehen wie bisher auch – und die Hände voneinander lassen."

Kathi sah die beiden nachdenklich an und nickte langsam. In ihren Augen blitzte es auf. „Ich habe eine Idee: Ich brauche dringend Hilfe in der Wirtschaft. Was, wenn Aglaja mir ein paar Abende die Woche aushilft und dann selbstverständlich auch in der Kammer übernachtet? So spät kann ja ein Mädchen nicht allein draußen umherwandern. Und du, Theo, richtest dir ein paar … Nachtdienste oder so was ein. Was meint ihr?" Sie schaute die beiden erwartungsvoll an.

„Das ist eine wunderbare Idee!" Aglaja strahlte. „Ich würde gern hier arbeiten … und wir könnten uns dann immerzu sehen." Sie ergriff Theos Hand.

„Na, dann ist es abgemacht. Selbstverständlich kannst du hier umsonst essen und trinken. Viel bezahlen kann ich dir nicht, aber so einem hübschen Ding wie dir werden die Trinkgelder nur so zufliegen."

Sie hielt Aglaja die Hand hin, und sie schlug ein. „Und morgen fängst du an. Pünktlich um fünf bitte."

Theo musste grinsen – es fühlte sich gut an, Teil eines Weiberkomplotts zu sein, und sie war Kathi unendlich dankbar. Wie oft hatte die Ottakringer Wirtin sie wohl schon aus einem Schlamassel befreit?

Auf dem Heimweg verflog ihrer beider gute Stimmung zusehends, je näher sie der Gardegasse kamen.

„Das kommt überhaupt nicht in Frage. Niemand aus unserer Familie hat jemals gearbeitet, und du wirst ganz sicher nicht die Erste sein! Ich verbiete es dir." Alexejs Stimme überschlug sich vor Wut.

Theo wollte eingreifen, aber Aglaja legte ihr eine Hand auf den Arm.

„Alexej, ich hatte nicht die Absicht, dich um Erlaubnis zu bitten. Ich habe es dir lediglich mitgeteilt, dass ich eine Arbeit angenommen habe." Sie versuchte sich nicht anmerken zu lassen, wie nervös sie war. „Wir leben hier auf Theos Kosten in der Wohnung seines Vaters. Das scheinst du zu vergessen. Und ich bereits viel länger als du." Sie atmete durch, um ein Zittern aus ihrer Stimme zu vertreiben. „Ich habe es bereits zugesagt, und ich werde dort morgen antreten. Du bist schließlich noch nicht in der Lage, etwas zu unserem Unterhalt beizutragen. Wenn du irgendwann für mich sorgen kannst, bitte. Aber das ist bisher zumindest nicht der Fall! Ich bin eine verheiratete Frau und du nicht mein Vormund! Ich treffe meine Entscheidungen selbst." Sie stand abrupt auf und verließ die Küche.

Alexej schnaubte vor Wut.

„Hast du ihr das etwa eingeredet, dass sie arbeiten muss? Freundschaften zu Kneipenwirtinnen zu pflegen, passt zu dir, Theo. Besorgst du es der Dame dafür, dass sie dir diesen Gefallen tut?"

„Es reicht, Alexej." Theo versuchte ruhig zu bleiben. „Kathi ist eine ehrbare Frau. Sie ist Witwe und führt die Wirtschaft allein. Sie ist sehr, sehr tüchtig, und Aglaja ist dort absolut sicher und in guten Händen."

„Wenn irgendein schmieriger Säufer sie auch nur falsch ansieht, dann lernst du mich kennen und stehst ihrem Ehemann Sergej Rede und Antwort, wenn er zurückkommt. Das wird kein Spaß, das kann ich dir jetzt schon sagen. Er ist ein Wolkov." Er stand gereizt auf und zog sich in die Wohnstube zurück.

Er ist ein Wolkov – er sagt das wie „er ist ein Habsburg". Was interessiert mich das? Wie oft muss ich mir das noch anhören, dachte Theo verärgert. Sehr bald schon würde das niemanden mehr interessieren, denn es war ein Adelsaufhebungsgesetz im Gespräch, das in einigen Wochen ratifiziert werden sollte. Demnach würden sämtliche Adelstitel ersatzlos gestrichen, und eine Prinzessin von und zu würde dann genau wie jede andere auch nur noch mit Frau und ihrem Nachnamen angesprochen werden. Was noch vor wenigen Wochen undenkbar gewesen war, erschien Theo in diesem Moment mehr als gerechtfertigt. Es blieb die Tatsache, dass dieser Unbekannte Aglajas Ehegatte war, aber er stand nicht über Theo.

Aglaja gefiel die Arbeit in der Wirtschaft und hatte sich bereits nach der ersten Woche gut eingewöhnt. Kathi hatte ein Auge auf sie und hatte bereits einigen Stammgästen auf die Finger geklopft, wenn sie ihrer Begeisterung über das neue hübsche Gesicht hinter dem Tresen allzu schwungvoll Ausdruck verliehen hatten. Außerdem war auch Aglaja nicht auf den Mund gefallen und konterte Aufforderungen zum Mittrinken oder am Tisch Platz zu nehmen mit viel Humor, so dass sie keinerlei Schwierigkeiten hatte. Keiner traute sich, allzu aufdringlich zu werden, da ihn dann Kathis bösester Blick traf und ihm der nächste Krug Wein nur unter der Auflage einwandfreien Benehmens gewährt wurde. So beschränkte sich die Stammbelegschaft in Kathis Schankstube darauf, ihrer Bewunderung für Aglaja in genuschelten Komplimenten und in großzügig aufgerundeten Beträgen beim Zahlen Luft zu machen.

Als Theo die Tür zur Gaststube öffnete, saßen nur noch drei rotnasige alte Männer bei ihrem Wein. Aglaja wischte die Tische und stellte die Stühle hoch.

„Zum Wohlsein! Austrinken, die Herren. Wir schließen!"

Kathi lächelte. Das Mädchen hatte den richtigen Ton. Freundlich, aber bestimmt ließ sie sich nicht die Butter vom Brot nehmen.

„Dein Schatz wartet wohl?" Der Mann, dessen Gesicht faltig wie ein Apfel aus dem letzten Sommer war, grinste wohlwollend und leerte sein Glas. „Kommt, junge Leute soll man nicht voneinander fernhalten!" Die drei Unentwegten stützten sich gegenseitig und traten schlingernd den Heimweg an.

Aglaja lachte und stellte Theo ein Glas Wein hin. „Ich wische noch eben den Boden, dann können wir nach Hause."

Theo küsste sie und nahm ihr den Putzeimer aus der Hand. „Ich mach das schon."

„Gut. Dann spüle ich rasch die Gläser. Kathi räumt schon die Küche auf. So sind wir alle zugleich fertig … und dann ist auch schneller Freitag."

Sie errötete leicht. Sie hatten mit Kathi vereinbart, dass Aglaja von Freitag auf Samstag bei Kathi übernachten sollte, weil an den beiden Tagen am meisten los war und am Samstag bereits um elf Uhr die ersten Gäste zum Frühschoppen kamen. Die Freitagnächte würden also fortan ihnen gehören. Theo würde nach der Arbeit in die Wirtschaft kommen, dort essen und warten, bis Aglaja und Kathi absperrten, und dann würden sie zusammen in der kleinen Kammer direkt hinter der Küche schlafen.

Seit Kathi keine Angestellten mehr hatte, war das Zimmerchen unbenutzt. Aglaja hatte es von Grund auf geschrubbt, und sie hatten eine neue Matratze und Bettzeug besorgt. Aglajas Eifer beim Herrichten ihrer Kammer hatte Theo ein kleines Schmunzeln abgerungen. Sie schien überhaupt nicht nervös zu sein, dachte Theo. Sie selbst konnte das von sich nicht gerade behaupten. Aglaja hatte sich mit ihr eingelassen, wohl wissend, dass sie eine Frau war. Ja sogar nur deshalb, weil sie eine Frau war. Sie hatte Sergej lediglich geheiratet, weil sie es musste. Im Sommer vor ihrer Hochzeit hatte sie auf dem Land in der Sommerfrische ein Mädchen kennengelernt, in das sie sich verliebt hatte, und die Beziehung zu ihr auch während ihrer Ehe fortgesetzt. Das Zusammensein mit Sergej hatte sie dafür ertragen. Und dann hatte sie durch die Revolution alles verloren: ihre Geliebte und auch den Schutz und Reichtum, den der Name Wolkov ihr zu Zeiten der Monarchie gesichert hatte. Sie fingen also gemeinsam neu an, es stand nichts zwischen ihnen. Es war alles in Ordnung, versuchte Theo sich einzureden. Zum ersten Mal würde eine Verbindung nicht auf Lügen und falschen Annahmen beruhen. Dieses leichte Flattern in ihrer Magengrube war also völlig überflüssig, es sei denn, es handelte sich dabei ausschließlich um die Vorfreude auf das ungestörte Beisammensein in Kathis Gästezimmer.

Auf dem Heimweg schob Theo das Rad, damit sie ein wenig mehr Zeit hatten, bevor sie sich in der Gardegasse den Blicken des Professors und vor allem Alexejs aussetzen mussten. Den anderen Arm hatte sie um Aglajas Taille gelegt.

„Heute kann ich mein erstes Geld in die Haushaltskasse tun!" Aglaja strahlte und war sichtlich stolz.

„Aber nicht alles. Du solltest dir auch etwas Schönes kaufen. Irgendetwas, das dich an dein erstes Salär erinnert. Das ist etwas ganz Besonderes."

Aglaja kicherte. „Umso mehr, da ich die Erste seit ich weiß nicht wie vielen Generationen von Struzhanovs und Wolkovs bin, die arbeitet."

Nun musste auch Theo lachen. „Ja, das ist ein wirklich guter Grund! Was möchtest du haben?"

Sie schien zu überlegen. „Ich glaube, es ist besser, wenn ich noch ein wenig spare. Alexej braucht einen ordentlichen Anzug. Er kann nicht ewig deine Sachen tragen, und wenn er ganz gesund ist, muss er sich ja auch eine Stelle suchen."

Theo schüttelte den Kopf. „Aber nicht von deinem ersten Salär. Dafür musst du dir etwas Unvernünftiges kaufen, woran du Freude hast. Wenn du magst, gehen wir an deinem freien Tag in den Prater oder wo immer du etwas Schönes für dich findest! Wenn Alexej eine Arbeit hat, kann er auch erst mal weiter etwas von mir anziehen."

„Gern. Aber ich brauche im Moment nichts. Ich warte lieber noch eine Weile." Sie lächelte und hegte ihre ganz eigenen Einkaufspläne. Es gab vieles anzuschaffen, aber eins nach dem anderen. Sie hatte vor, an einem ihrer freien Tage in zwei Wochen früh aufzustehen und das Haus auf Vordermann zu bringen. Dann wollte sie durch die Straßen schlendern und schauen, was sie dann von dem Geld, das sie bis dahin gespart haben würde, erledigen konnte. Theo hatte natürlich recht –

ein Anzug für Alexej musste warten. Er würde so bald nicht arbeiten können. Wenn sie ehrlich war, zweifelte sie sogar stark an seiner Eignung für irgendeine Art von Arbeit. Aber das würde sich finden müssen. Sie konnte nicht allein für sie beide sorgen – er würde sich schon irgendwann zusammenreißen, wenn es ihm genug auf die Nerven ging, nie Geld zu haben. Huren nahmen auch in Wien nur bare Münze und gaben sich nicht mit seinem immer noch hübschen Gesicht zufrieden.

Er war immer der zukünftige Erbe des Struzhanov'schen Familienvermögens gewesen, und die Frauen hätten ihm reihenweise zu Füßen gelegen, wenn – ja, wenn … Dieses Wenn gab es nicht mehr. Auch keine Familie außer ihnen beiden und erst recht kein Vermögen. Das, was davon übrig war, half vermutlich den Bolschewiken dabei, das Land weiter mit Chaos zu überziehen. Alexej würde also nicht das Leben führen, das ihm bestimmt gewesen war. Nichts davon. Es war einfach nichts mehr da. Man musste ruhen lassen, was nicht mehr zu ändern war, und das Beste daraus machen. Sie verspürte den unbezähmbaren Willen, glücklich zu sein. Der Verlust ihrer Familie und ihres Zuhauses war in ihre Seele eingebrannt, kennzeichnete sie innerlich. Aber sie war nicht willens, an dem, was vergangen war, zugrunde zu gehen. Sie wollte leben, und sie wollte eine Zukunft. Mit Theo.

11. Kapitel – Wien September 1919

Es hatte geregnet. Vor dem Guss war noch Sommer gewesen, aber als Theo für eine Zigarettenpause aus dem Sarglager trat, schien es plötzlich Herbst geworden zu sein. Sie fröstelte – zog die Jacke enger um sich und sog die stark abgekühlte Luft ein, in deren Geruch die Feuchtigkeit des Regens lag, aber auch bereits ein Hauch des Laubes, das schon bald fallen würde, wenn es so nass und kühl blieb.

„Brunner?"

„Ja, Herr Huber?" Sie trat rasch die Zigarette aus und wandte sich ihrem Dienstherrn zu.

Dieser winkte ab. „Brunner, der Alois kommt nicht mehr. Kennen Sie jemanden, der für ihn übernehmen könnte?"

Theo musste nicht lange überlegen. „Ja, mir fällt da schon jemand ein. Was hat denn der Alois? Ist ihm etwas passiert?"

„Nein. Passiert ist ihm nichts." Er schüttelte den Kopf, und sein Gesicht sprach Bände. „Der Saukerl hat sich von der Konkurrenz abwerben lassen!" Huber spuckte kräftig seine ganze Verachtung für das Großunternehmen, das nach und nach sämtliche kleinen Bestatter schluckte, in den Sand.

Theo fehlten die Worte. Das hätte sie dem Jungen nicht zugetraut. „Kann ich Ihnen morgen Bescheid geben wegen des Ersatzmanns?"

Huber nickte und ging zurück in sein Büro.

Endlich eine Möglichkeit für Alexej! Der Gedanke, täglich mit Aglajas arrogantem, unfreundlichem Bruder arbeiten zu müssen, begeisterte sie mäßig. Aber Alexej musste arbeiten.

Ihn mit durchzufüttern hatte sich über die Zeit zu einer beachtlichen Belastung entwickelt, die Theo kaum noch schultern konnte. Aglaja tat das Menschenmögliche, aber es war einfach eine Unverschämtheit, wie Alexej sich auf alle anderen verließ, was seinen Lebensunterhalt anbelangte. Dafür würde sie die Kröte schlucken, ihn nun täglich noch zehn Stunden mehr genießen zu dürfen. Sie und Franz würden ihn schon ordentlich anlernen. Kräftig war er durchaus, und seit er sich bei den Brunners erholte, hatte er sogar trotz der Lebensmittelknappheit ein wenig zugenommen. Es war ihm also durchaus zuzumuten, bei Pietät-Huber mitanzufassen.

Als sie abends guter Dinge in der Gardegasse ankam, bereit, die gute Nachricht zu verkünden, fand sie Aglaja und den Professor in Aufruhr.

„Was ist denn hier los?“

Aglaja saß mit vor Zorn geröteten Wangen am Tisch und trat ungeduldig gegen eines der Stuhlbeine, sagte aber nichts.

„Der feine Alexej ist mit ihren Ersparnissen abgehauen, das ist los“, versetzte der Professor.

Theo war einen Moment lang sprachlos, sammelte sich dann aber. „Der kommt wieder, sobald er das Geld auf den Kopf gehauen hat. Und dann habe ich eine Arbeit für ihn. Der Alois ist zur Konkurrenz gegangen, und wir brauchen bei Huber jemanden.“ Sie sah Aglaja an. „Und du kannst Gift darauf nehmen, dass ich ihn dazu bringe, dir dein Geld zurückzuzahlen!“

Sie lachte bitter. „Das glaubst du doch selbst nicht!“

O doch, dachte Theo. Das werde ich, und wenn ich ihn dafür verprügeln muss. Nachdem der Professor sich zurückgezogen hatte, blieben Theo und Aglaja allein am Küchentisch.

„Ich kann noch immer nicht glauben, dass er dich bestohlen hat!“

Theo goss ihnen beiden Wein nach, während Aglaja die Schultern hob.

„Ich schon. Keine Ahnung, warum ich erwartet habe, dass er sich geändert hätte, erwachsen geworden wäre, gelernt hätte, sich wie ein Mann zu verhalten. Er war immer missgünstig, gemein, nur auf seinen Vorteil bedacht und hätte sogar Arkadij, seinen Zwilling, verkauft, wenn es ihm etwas eingebracht hätte.“ Sie war zornig auf sich selbst. Neben dem Verlust des Geldes hatte sie sich diese große Enttäuschung, die sie empfand, selbst zuzuschreiben. Wie dumm konnte man sein?

Plötzlich musste sie lächeln, stand auf und ging um den Tisch herum. „Sollten wir seine Abwesenheit nicht vielleicht … ausnutzen?“ Schneller, als Theo schauen konnte, hatte sie sich auf ihren Schoß geschlängelt. Ihre Wut verpuffte sofort, als Aglaja sie küsste und sich an sie drängte.

Theo schnappte nach Luft. „Lass uns nach oben gehen, rasch!“ Sie schafften es gerade noch rechtzeitig in Theos Zimmer hinauf.

Theo umfasste sie, knöpfte ihr Kleid auf und begann ihre Brüste mit der Zunge zu liebkosen. Aglajas Seufzen und die rhythmische Bewegung ihres Beckens gegen Theos brachten sie zum Keuchen. Ihrer beider Erregung gepaart mit der Wut auf Alexej war eine explosive Mischung.

Theo senkte den Kopf zwischen Aglajas Schenkel und leckte sie, bis ihr ein Schwall warmer Feuchtigkeit entgegenkam und Aglaja sich aufbäumte und sich an sie klammerte. Theo ließ zwei Finger in sie hineingleiten und drang bis zu jenem Punkt vor, dessen Berührung Aglaja jedes Mal fast den Verstand raubte; sie kam erneut und klammerte sich dabei an Theos Schultern fest, die stoßweise atmete. Sie empfand Aglajas Lust stets genauso stark wie ihre eigene.

Als sie auf der Stiege Schritte hörten, lösten sie sich widerstrebend voneinander und brachten hastig ihre Kleidung in Ordnung.

In der Küche trafen sie auf Alexej, der sich pfeifend ein Glas Wein eingoss.

„Das ging ja schneller, als ich dachte“, versetzte Theo. „Was fällt dir ein, mit Aglajas Geld zu verschwinden?“

Alexej zündete sich in aller Seelenruhe eine Zigarre an und setzte sich. Er roch nach Alkohol, Tabak – und billigem Parfüm.

„Zieh mir mal die Stiefel aus." Er sah Aglaja an und zeigte auf seine Füße.

„Das wird sie nicht tun!" Die Schärfe in Theos Stimme machte Alexej aufmerksam.

„Was geht dich das an? Sie ist meine Schwester. Ich bin das Familienoberhaupt, und das kann sie ruhig in der bedauerlichen Ermangelung von Dienstboten in diesem Hause tun."

„Genau das ist es aber: Sie ist nicht deine Dienstbotin, sondern deine Schwester, und du wirst dir deine verdammten Stiefel selbst ausziehen!" Theo versuchte mühsam, ihre Wut zu zügeln, bevor es zu einer richtig hässlichen Szene kam. „Ich habe eine Möglichkeit für dich, wie du ihr das Geld zurückzahlen kannst. Bei Huber ist eine Stelle frei geworden. Du fängst morgen früh an."

Alexej lag eine vor Spott triefende Erwiderung auf der Zunge, aber Theo sah so aus, als würde er nicht zögern, Alexej notfalls erstens zu verprügeln und ihn dann höchstpersönlich am Kragen zu Huber zu schleifen. Um sein Gesicht zu wahren, gähnte er herzhaft, streckte die Glieder, erhob sich betont langsam und zog sich in die Wohnstube zurück. Innerlich kochte er vor Wut und hatte nicht die geringste Absicht, wie Theo täglich den Tod zu berühren. Leichen hatte er für seinen Geschmack genügend auf der Flucht gesehen, und ihr Anblick war selten erfreulich, es sei denn, es handelte sich um das plündernde Gesindel, das es auf den wenigen Besitz abgesehen hatte, den er und Arkadij zunächst hatten retten können. Unterwegs hatte ihnen jemand das Kochgeschirr stehlen wollen, hatte sich aber dabei so ungeschickt angestellt, dass die Brüder wach geworden waren. Er hatte den Dieb erschlagen. Als er die Leiche umdrehte, hatte er im Feuerschein gesehen, dass es sich um einen Jungen gehandelte hatte, der vielleicht vierzehn Jahre alt gewesen sein mochte – es hatte ihm nicht leidgetan. Arkadij hatte sich neben die Leiche erbrochen und hatte tagelang nicht mit seinem Bruder geredet. Arkadij war zu weich gewesen für diese Welt, in der sie sich nach der Revolution unversehens und völlig unvorbereitet wiedergefunden hatten. Er dachte öfter an seinen toten Bruder, als er sich selbst eingestehen wollte, und vermisste ihn, als hätte man ihm die rechte Hand abgeschnitten.

Im Spital war er manche Nacht schweißgebadet aus Albträumen aufgewacht und hatte sein dünnes, klumpiges Kissen mit Tränen durchnässt. Als er schließlich entlassen worden war, hatte er beschlossen, nie wieder zu weinen. Die Träume quälten ihn noch, aber er hatte keine Tränen mehr vergossen und entschieden, sich nur noch um sein eigenes Wohlergehen zu kümmern. Die Welt schuldete ihm so einiges, und er würde sich nehmen, was ihm zustand, wo immer sich eine Gelegenheit bot. Als er Aglajas Spardose gefunden hatte, hatte er nicht eine Sekunde gezögert.

Theo und Aglaja blieben ratlos in der Küche zurück.

„Meinst du, er wird morgen mitgehen zum Huber?"

„Und ob er das wird! Und wenn ich ihn fesseln und knebeln muss." Theos Fingerknöchel waren weiß vor Anspannung, als sie mit der Faust auf den Tisch hieb, um ihren Worten den nötigen Nachdruck zu verleihen.

„Ob er die Arbeit dort bewältigen kann?" Aglajas Blick war gesenkt.

„Warum nicht? Er ist ja anscheinend wieder ganz gut bei Kräften, wenn er es geschafft hat, deine Ersparnisse zu versaufen und mit Huren durchzubringen."

Aglaja riss die Augen auf. „Meinst du wirklich, dass er sich mit ... solchen Frauen herumgetrieben hat?"

Theo nickte und erhob sich. „Ich bin sicher. Und er kann froh sein, wenn er sich nicht gleich die nächste Krankheit eingefangen hat."

Aglaja sah so entsetzt aus, dass Theo es leidtat, in dieser Deutlichkeit mit ihr gesprochen zu haben. Manchmal vergaß sie, dass Aglaja die Erziehung einer höheren Tochter genossen hatte. Die Existenz von Straßenmädchen und ihrem Gewerbe war für sie vermutlich so etwas wie eine Schauergeschichte, die man nur hinter vorgehaltener Hand erzählte, um Mädchen zu warnen, und lag als bittere Realität jenseits ihrer Vorstellungskraft.

Zwei Wochen nach dieser unerfreulichen Begegnung war Zahltag bei Huber. Alexej war tatsächlich mitgekommen. Er stellte sich ungeschickt an, war bockig und weigerte sich, einen Verstorbenen auch nur zu berühren. Das Auskleiden der Särge bezeichnete er als Frauenarbeit und vermeldete, er habe in einer Nähstube nichts zu suchen. Er war zu den meisten Tätigkeiten einfach nicht zu gebrauchen, lediglich auf Trauerfeiern machte er in dem von Theo geliehenen schwarzen Anzug eine gute Figur. Seine aristokratische Haltung und sein attraktives Äußeres waren offenbar sein einziges Kapital, wie Theo zähneknirschend eingestehen musste, als sie an Hubers Bürotür pochte.

„Herein."

„Herr Huber, störe ich Sie gerade?"

„Nein, nein, Brunner. Was gibt es denn?"

Theo seufzte. Es fiel ihr nicht leicht, Huber um einen ungewöhnlichen Gefallen zu bitten, aber schließlich fasste sie sich ein Herz.

„Herr Huber, der Neue, Alexej Struzhanov, er … er hat Schulden. Können wir irgendwie regeln, dass Sie von seinem Geld einen Teil einbehalten, damit er sie auch zurückzahlt?"

Huber musterte Theo. Diese Bitte war nicht ungewöhnlich. Er hatte bereits öfter verhärmte Ehefrauen vor seinem Schreibtisch sitzen sehen, deren Männer das Salär sofort großteils in die Wirtschaft trugen und für die Familie nichts übrig ließen. Aber diese Situation war nun doch etwas anderes.

„Was für Schulden?"

„Er hat vor ein paar Wochen die Ersparnisse seiner Schwester gestohlen und fühlt sich auch noch im Recht. Das Mädchen arbeitet schwerer als er, und er sieht partout nicht ein, dass er ihr das Geld zurückzahlen muss!"

Huber nickte. „Gut. Wie viel schuldet er ihr?"

„Neun Kronen, sechzig Heller und ein paar Kreuzer."

Der Bestattungsunternehmer schmunzelte. „Das kam ja wie aus der Pistole geschossen, Brunner. Also sagen wir zehn Kronen inklusive Zinsen. Sechs diese Woche und jeweils zwei an den nächsten Zahltagen. So was gehört sich einfach nicht – ich hoffe, das wird ihm eine Lehre sein!"

Daran zweifelte Theo zwar, atmete aber erleichtert auf. Sie hatte hin- und herüberlegt, wie sie es anstellen konnte. Aber Alexej das Geld mit Gewalt abzuknöpfen, wäre sicherlich sehr unangenehm geworden, und am Ende hätte Aglaja wahrscheinlich das Nachsehen gehabt. So war es viel einfacher. Alexej konnte Theo ohnehin nicht ausstehen, und dieses Gefühl beruhte auf Gegenseitigkeit. Es war ihr also herzlich egal, dass er sie dafür hassen würde, seinen Lohn auf so entwürdigende Weise zu schmälern.

Als die Arbeiter am Abend ihre Umschläge mit dem Salär ausgehändigt bekamen, machte Alexej für einen Augenblick ein langes Gesicht, hatte sich aber schnell wieder unter Kontrolle.

„Das wird dir noch leidtun", zischte er Theo im Vorbeigehen zu.

Eins musste man ihm lassen: Dumm war er nicht. Er hatte sofort durchschaut, wie sich die Sache verhielt, und schien nicht geneigt, an diesem Abend in die Gardegasse zurückzukehren, denn er bog sofort ab, nachdem er zusammen mit Theo und Franz den Hof von Pietät-Huber verlassen hatte.

„Was hat er denn? Dass ihm die Arbeit nicht schmeckt, ist schon klar, aber was wird dir leidtun?"

Theo winkte ab. „Ach, ich hab dafür gesorgt, dass Huber das Geld, das Alexej Aglaja weggenommen hat, einbehält, damit sie es auch tatsächlich zurückbekommt."

Franz pfiff anerkennend durch die Zähne. „Des hast schlau eing'fädelt, Theo!"

Sie zuckte mit den Schultern. „Es schien mir sicherer, als ihn selbst überreden zu müssen."

„Wenn so was noch einmal vorkommt, sagst du Bescheid, dann prügeln wir's aus ihm raus!" Auch Franz war auf den neuen Kollegen nicht gut zu sprechen, denn er bekam Alexejs Arroganz oft genug bei den Trauerfeiern zu spüren, die von jeher eigentlich Franzls Metier gewesen waren. Nun aber war Alexej kurz davor, ihm diesen Rang abzulaufen, und Franz hätte nur zu gern einen guten Grund gehabt, um Alexejs unbestreitbarer Eleganz und übertrieben zur Schau getragener

Würde durch ein blaues Auge einen Zacken aus der Krone zu brechen.

„Brunner! Warten Sie mal. Nehmen Sie mal die Ersparnisse der jungen Dame an sich. Da Sie sich so für sie eingesetzt haben, kann ich wohl sicher sein, dass Sie ihr das Geld auch aushändigen werden. Sie soll es mir quittieren."

„Gern, Herr Huber. Ich bringe Ihnen den Beleg am Montag mit."

Franz schmunzelte. „Na, da wirst du aber bei der Kleinen einen Stein im Brett haben."

Aglaja sah Theo fragend an, als sie ihr zu Hause den Umschlag mit den sechs Kronen über den Küchentisch schob.

„Das ist der erste Teil von dem Geld, das Alexej dir schuldet. An den beiden nächsten Zahltagen gebe ich dir noch jeweils zwei Kronen."

„Aber … wie kommt das? Warum hast du das Geld von Alexej? Es ist doch von ihm? Theo, ich will nicht, dass du für etwas geradestehst, das Alexej verbockt hat."

„Nein." Theo schüttelte den Kopf. „Ich habe mit dem Huber gesprochen, und er war einverstanden, das Geld in drei Raten von seinem Gehalt einzubehalten. Als wir gegangen sind, hat er es mir für dich gegeben. Du müsstest noch einmal hier unterschreiben."

„Ich frage später den Professor nach einem Federhalter."

„Vielleicht bewahrst du dein Geld in Zukunft lieber bei Kathi auf oder gibst es dem Professor in einem Extra-Umschlag?"

Aglaja nickte. „Ich mag nicht glauben, dass er das noch einmal tun würde, aber sicher ist sicher."

Theo konnte Aglajas Zweifel an der kriminellen Energie ihres Bruders nicht teilen. Das Haushaltsgeld schloss der Professor längst in seiner Schreibtischschublade in einer metallenen Kassette ein, deren Schlüssel er an seiner Uhrkette aufbewahrte. Ihm war es mehr als unangenehm, dass Aglaja ihn nach Geld für den Haushalt fragen musste, aber offenbar ging es einfach nicht anders.

Alexejs Zorn brodelte, als er den Spittelberg hinunterging. Dieser erbärmliche Leichenbestatter hatte ihn um einen Teil seines sauer verdienten Geldes geprellt. Er würde es sich bei der ersten Gelegenheit zurückholen. Ob von Theo oder direkt vom Huber war ihm egal.

„Grüß dich, mein Hübscher – gefalle ich dir? Für fünfundzwanzig Heller kannst du es mir ordentlich besorgen." Sie war schmal und dunkelhaarig, und ihre Brüste füllten die weit ausgeschnittene Bluse nicht annähernd aus.

„Lass mich zufrieden", herrschte er sie an und schüttelte sie ab wie ein lästiges Insekt.

„Na, da ist aber wer wählerisch. Was suchst'n?"

„Das weiß ich, wenn ich es gefunden hab." Er ging zielstrebig weiter, bis er zu einem völlig verfallenen Haus kam, dessen Putz von den Wänden bröckelte. Er klopfte, die Tür öffnete sich einen Spalt breit, und eine zahnlose Alte winkte ihn herein. Dieser Gast würde ihre Mädchen freuen. Endlich mal einer, der jung war und gut aussah, und bei ihm wusste sie bereits, was er wollte.

„Die Serafina ist noch beschäftigt, junger Herr. Ein Schnapserl, während Sie warten?"

Alexej knurrte. Ihm war ganz und gar nicht nach Warten. „Sorg dafür, dass sie sich ordentlich wäscht hinterher!"

Die Kupplerin nickte diensteifrig. Dieser Kunde war zwar eigen, was die Sauberkeit der Mädchen anging, aber er hatte sich sehr schnell auf Serafina eingeschossen. Wie viele andere auch. Sie war aber auch eine Augenweide mit der kurvenreichen Figur und dem dicken, gelockten, honigfarbenen Haar. Darüber hinaus war sie auch hart im Nehmen, was bei diesem jungen Mann sicher von Vorteil war, denn mit der Erfahrung vieler Jahre als Hurenmutter sah sie in seinen Augen jenen Zug von Gewalttätigkeit, der viele Dirnen abgeschreckt hätte. Serafina konnte mit so etwas umgehen – ein Mädchen wie sie war für jede Kupplerin ein Glücksfall.

Alexej kippte kurz nacheinander zwei Gläser Schnaps hinunter und wartete, was seinen Zorn noch anfachte.

Als in der oberen Etage eine Tür klappte und ein sehr beleibter, gut gekleideter Mann die Stiege hinunterkam und der Kupplerin das Geld in die Hand drückte, stand er auf, ohne dazu aufgefordert worden zu sein, und ging hinauf. Da war sie. Das Haar fiel ihr über die nackten Schultern, sie trug nur einen nachlässig zugebundenen Morgenrock.

„Alexej!" Sie strahlte ihn an, fuhr sich durch das Haar und schlug schamhaft die Augen nieder. „Komm doch herein."

Kaum hatte sich die Tür hinter ihnen geschlossen, schlug er sie mit der flachen Hand ins Gesicht. „Du Schlampe! Was fällt dir ein! Ich werde dich lehren, mich zu betrügen."

„Es tut mir leid! Sie haben mich gezwungen, mit ihm ins Bett zu gehen. Du hast ihn doch gesehen – würde ich freiwillig mit so einem?" Tränen rannen über ihr Gesicht – die Fähigkeit, auf Kommando zu weinen, war Teil ihres Betriebskapitals, und bei Alexej war es geradezu unbezahlbar.

Er riss ihren Morgenrock auf, unter dem sie nur ein kurzes Hemdchen trug. „Geh dich sofort waschen – dann werde ich dir eine Lektion erteilen, die du nicht vergisst! Ein anständiges Mädchen tut so etwas nicht!" Er schlug sie erneut.

„Sofort, Alexej, ich tue doch alles, was du willst!" Sie eilte zum Waschtisch, ließ ihre schäbige Unterbekleidung zu Boden fallen und begann sich mit aufreizender Langsamkeit zu waschen. Sie ließ sich auf einem Fauteuil nieder, spreizte die Beine und fuhr sich mit einem Schwamm zwischen die Schenkel. „Willst du das nicht tun? Nur damit es wirklich, wirklich sauber genug wird?" Sie ließ den Schwamm sinken und streichelte sich selbst. Er durchquerte die Kammer mit zwei großen Schritten und war bei ihr, riss sie am Arm hoch und schleuderte sie auf das zerwühlte Bett. Sie erhob sich halb, öffnete seine Hose und zog ihn mit sich.

„Ich verdiene es nicht anders. Ich bin eine Hure … bestrafe mich. Alexej, bitte mach es ungeschehen und rette mich, ich bin doch deine Schwester, hilf mir …"

Sie klang ängstlich und demütig, und die Tränen flossen erneut. Nun konnte er nicht mehr an sich halten und stürzte sich auf sie.

Theo hatte Aglaja zu Kathis Wirtschaft begleitet und saß nun bei einem Glas Wein im Garten. Die Kundschaft strömte geradezu hinein. Es war Zahltag gewesen, und am nächsten Tag war Sonntag, so dass einem ausgedehnten Wirtshausbesuch nichts im Wege stand. Aglaja balancierte Tabletts mit Gläsern und Krügen durch den Schankraum und bisweilen auch in den Garten, wo sie immer einen Moment fand, um Theo zu küssen. Es war für jedermann offenkundig, dass sie zusammen waren, und das ersparte ihr das andernorts übliche Geplänkel mit den Trinkern, denn keiner wollte sich mit Theo oder Kathi anlegen, die es ebenfalls nicht billigte, wenn ihre Angestellte belästigt wurde. Theo hatte ein neues Buch mitgebracht. Sie las selten Gedichte, aber dieser Trakl berührte ihr Innerstes. Er hatte den Krieg, wie so viele junge Männer, nicht verkraftet, war schwermütig geworden und hatte sich vor Kurzem das Leben genommen. Die Gedichte waren posthum von einem Verehrer seiner Kunst gesammelt und herausgegeben worden.

„Was liest du da?" Aglaja stellte ein frisches Glas Wein vor sie hin. „Die Kathi will wissen, ob du lieber Gulaschsuppe oder Würstl mit Kraut willst."

„Ich nehm die Suppe, danke dir."

„Sofort, der Herr, bitte sehr, bitte gleich." Sie knickste und grinste Theo kokett an.

War das Leben nicht zu schön und gegebenenfalls auch zu kurz, um sich mit der Trauer, dem Schmerz und Zerrissenheit eines toten Dichters zu beschäftigen, der seinem Leben selbst ein Ende gesetzt hatte, weil er verzweifelt war? Theo hatte noch nie zuvor so viel Optimismus verspürt. Sie freute sich jeden Tag aufs Neue, Aglaja zu sehen, sie in die Arme zu schließen, mit ihr zusammen zu sein. Sie schlug das Buch zu und fühlte sich schuldig. Millionen hatten Schlimmes ertragen müssen und ihr Leben für ihr Land gegeben und zwar aus allen Nationen, die an diesem irrsinnigen Krieg beteiligt gewesen waren. Sie hatten für Ideale gekämpft, die ihnen andere auf die Fahnen geschrieben hatten, und waren sogar dafür gestorben. War es da nicht verwerflich, sich einfach nur ihres eigenen Lebens zu freuen und die Liebe zu genießen? Was andere ertragen hatten, vermochte sie nicht einmal zu lesen, obwohl sie eine seltsame Verpflichtung dazu spürte, zumindest zwischen den Zeilen ihren Schmerz und ihre Verluste nachzuempfinden.

Sie hatte einmal versucht, Aglaja diesen Gedankengang zu erklären. Ihre Freundin hatte jedoch abgewinkt. „Du hast damit nichts zu tun. Es gibt nichts, wofür du dich schuldig fühlen müsstest. Du hast wahrlich das Deine getan und die Toten würdevoll begraben, die durch den Größenwahn anderer zu beklagen waren", hatte sie gesagt, und es klang schlüssig. Für diesen Abend immerhin gab Theo sich zufrieden, begnügte sich damit, den Wein zu trinken, der nach Sonne schmeckte, eine heiße, duftende Suppe zu essen, in der sogar ein paar Stücke echtes Rindfleisch schwammen, die anderen Gäste zu beobachten und ihr Mädchen zu küssen. Wem wäre das nicht genug?

Als sich am späteren Abend die Gaststube leerte, half sie beim Wischen der Tische und des Bodens und spülte die unzähligen Gläser und Weinkrüge.

Kathi rüttelte an der Tür, um zu prüfen, ob sie auch gut abgeschlossen hatte. „Ihr beiden Täubchen könnt euch jetzt zurückziehen." Sie zwinkerte Theo und Aglaja zu.

Als sie die Tür der kleinen Kammer neben dem Schankraum hinter sich geschlossen hatten, umarmte Aglaja Theo und vergrub ihre Nase an ihrem Kragen. „Du riechst so gut!" Sie rümpfte die Nase. „Ich stinke wie ein Misthaufen – komm mir bloß nicht zu nah!"

Sie goss Wasser in eine alte gesprungene Schüssel auf dem improvisierten Waschtisch und schaufelte sich einige Hände voll Wasser ins Gesicht, bevor sie sich auskleidete und anschließend mit einem graufaserigen Waschlappen und schlecht schäumender Seife abrieb. Sie fröstelte.

Theo hielt ihr das Handtuch hin. „Warte, ich mache das." Sie trocknete behutsam Aglajas verwirrende Rundungen ab, lockerte sich dann den Kragen und knöpfte die Weste auf.

„Komm zu mir!" Aglaja war ohne Nachthemd zwischen die Decken auf dem schmalen Bett geschlüpft, das fast zur Hälfte die fensterlose Kammer ausfüllte, die es ihnen ermöglichte, fern der Gardegasse zusammen zu sein, ohne eine Entdeckung durch Alexej zu riskieren.

Die Leidenschaft, die ihre Begegnungen gleich zu Beginn ihrer Liebe bestimmt hatte, entwickelte sich mit einer Heftigkeit, die sie beide bisweilen sprachlos machte. So auch an jenem Abend, als sie schweißnass ineinander verschlungen dalagen. Theo beobachtete das leise Pochen, das sie an Aglajas Schläfe wahrnahm. Ihre Geliebte hatte die Augen geschlossen und atmete stoßweise. Auch sie selbst war noch nicht wieder zu Atem gekommen. In Momenten wie diesen kam ihr stets erneut zu Bewusstsein, wie glücklich sie sich schätzen konnte: Sie hatte eine wundervolle Frau an ihrer Seite, mit der sie zusammenleben konnte, und das sogar mit ihrem Vater. Das war weit mehr, als den meisten Lesbierinnen beschieden war. Sie kannte die verzehrende Einsamkeit und den Schmerz, die die stets scheiternden Liebesversuche als unweigerlich erscheinende Konsequenz mit sich brachten. In der letzten Zeit fragte sie sich öfter, ob es sein konnte, dass alles so blieb, oder ob sie oder gar Aglaja irgendwann für diese Liebe einen Preis würden zahlen müssen. Vielleicht war ja Alexejs Anwesenheit bereits dieser Preis? Denn seine Gegenwart war der einzige Grund, aus dem sie dem Professor keinen reinen Wein einschenken konnten. Dieses Verstellen in ihrem Zuhause ermüdete sie beide, aber er war Aglajas Bruder … Theo würde ihn vermutlich weiterhin dulden müssen.

„Wir nehmen heute Abschied von Eduard von Plessing und überantworten seine unsterbliche Seele dem Herrn …"

Das Geschwafel des Pfaffen rauschte an Alexej vorbei, was es ihm ermöglichte, eine dem Anlass entsprechende Miene zur Schau zu tragen und seinen eigenen Gedanken nachzuhängen, während er die Reihen der Trauergäste betrachtete. Der Dahingeschiedene war ein reicher Importeur feiner Stoffe, Teppiche und allerlei Luxusgegenstände aus dem fernen Osten gewesen. Der Krieg hatte anscheinend seinem Vermögen nicht viel anhaben können, denn alle Anwesenden waren hervorragend gekleidet, und Alexej musterte voller Neid die Anzüge aus schweren, dunklen Stoffen. Seide, Kaschmir und bester Tweed. Elegante Krawatten mit edelsteinverzierten Nadeln. All diese alten, meist fetten Männer – ihm selbst hätten die edlen Maßanzüge viel besser gestanden!

Den Roben der Damen schenkte er nicht dieselbe Aufmerksamkeit – er musterte eher die Formen, die sich darunter abzeichneten, und versuchte unter den Trauerschleiern das eine oder andere hübsche Gesicht zu erahnen. Schon bald blieb sein Blick an einer schmächtigen jungen Frau hängen, die ganz in schweren, schwarzen Samt gekleidet war und unter ihrem Schleier echte Tränenströme vergoss. Das musste die Witwe sein. Alexej musterte sie mit mehr Interesse, als er eher knabenhaft gebauten Frauen sonst zuteil werden ließ.

Sie war mindestens dreißig Jahre jünger als ihr verstorbener Gatte, und der Schleier ließ zarte, klare Züge erahnen. Als die Trauergäste an ihr vorbeidefilierten, um ihr zu kondolieren oder sogar ihr echtes Mitgefühl auszusprechen, hörte er hier und da, dass dieses madonnengleiche Geschöpf nach dem Tod ihres Ehemannes völlig allein dastand. Man vermutete, dass sie das Geschäft veräußern und sich in ein Stift einkaufen würde. Was für eine Verschwendung!

Gabriela von Plessing, die noch gramgebeugt am Grab stand, als bereits alle Gäste gegangen waren, berührte Alexej auf seltsame Weise. Sie war unscheinbar, schlank und dunkelhaarig, vermochte daher keinerlei Begierde in ihm zu erwecken. Was sie interessant machte, war ihr Vermögen, das Alexej so viel besser würde verwenden können, als es von der jungen Witwe an ein Kloster verschleudern zu lassen. Man musste zugreifen, wenn sich eine Möglichkeit bot, und Alexej griff zu, als Gabriela von Plessing plötzlich zu wanken begann. Das langatmige Begräbnis schien ihre Kräfte aufgezehrt zu haben.

„Erlauben Sie mir, Sie zu stützen, gnädige Frau." Er hielt ihr galant den Arm hin.

„Vielen Dank, ich weiß gar nicht, was ich hier noch mache", flüsterte sie mit tränenerstickter Stimme.

„Kann ich Sie irgendwo hinbegleiten? Wo findet denn die Leichenfeier statt?"

„Ich werde da nicht hingehen!" Sie klang unerwartet entschlossen – es war nahezu undenkbar, dass eine Witwe den Leichenschmaus zu Ehren ihres Mannes nicht besuchte.

„Aber es wird Ihnen sicherlich guttun, unter Freunden zu sein, das kann sehr … belebend wirken."

Sie schaute ihn an, schlug den Schleier zurück und atmete tief die kühle Luft ein. „Das sind seine Freunde, nicht meine. Ich habe dort nichts zu suchen."

„Soll ich Ihnen einen Wagen rufen, der Sie nach Hause bringen kann?"

Sie musterte ihn. Er schämte sich zutiefst dafür, dass er nur Theos zweitbesten schwarzen Anzug trug und vermutlich genauso armselig und deprimierend wirkte wie das, was er im Moment war: Bestattergehilfe.

„Mein Mann war sehr lange krank, und ich habe ihn selbst gepflegt. Meine eigene Gesundheit hat sehr darunter gelitten, dass ich im letzten Jahr kaum unter Menschen gewesen bin. Ich glaube, etwas Bewegung wird mir guttun. Begleiten Sie mich doch zu Fuß nach Hause." Sie hakte sich bei ihm unter. „Wie war gleich Ihr Name?"

„Wo bleiben meine Manieren: Alexej Fjodorowitsch Struzhanov."

„Sie sind Russe? Wie sonderbar … Der Krieg hat aus vielen Menschen Bestien gemacht, und nun stehen wir hier am Grab meines Mannes und plaudern. Eine wahrlich abstruse Situation." Sie räusperte sich. „Sie beherrschen das Deutsche bemerkenswert gut."

„Ich hatte eine Gouvernante aus Österreich. Als der Krieg begann, hat mein Vater dafür gesorgt, dass sie noch sicher in ihre Heimat reisen konnte."

Gabrielas Augen musterten ihn eingehend. Als sie sich offenbar eine Meinung gebildet hatte, senkte sie den Blick auf die Straße, und sie schritten eine Weile schweigend nebeneinander her.

„Vielleicht wären Sie doch so freundlich, Alexej, mir einen Wagen anzuhalten? Ich glaube, es ist doch ein wenig zu viel für mich."

Er nickte, drehte sich zur Straße und stoppte mit gebieterischer Geste einen Wagen. „Wohin darf der Fahrer Sie bringen, Frau von Plessing?"

„Finden Sie es heraus, wenn Sie wollen!" Sie schenkte ihm ein feines, kaum wahrnehmbares Lächeln, als der Wagen anfuhr und aus seinem Blickfeld verschwand.

Alexej war hin- und hergerissen. Einerseits war er wütend, dass sie ihn einfach hatte stehenlassen, andererseits verblüffte und erstaunte sie ihn. Sie war eine Dame von Stand, das war klar, auch wenn Adelstitel in Österreich qua Gesetz verboten waren. Dennoch hatte sie ganz offenbar ihren eigenen Kopf und ließ sich keine Vorschriften machen. Sie hatte ihn ganz klar herausgefordert, und er nahm an. Es konnte nicht allzu schwer sein herauszukriegen, wo sie wohnte. Was dann? Darüber würde er nachdenken, wenn es so weit war.

Pfeifend schlenderte er durch die Straßen. Als er bei den Brunners ankam, war im Haus längst kein Licht mehr. Er betrat leise die Wohnstube, und Aglajas Abwesenheit brachte ihn sofort wieder zu sich. Richtig. Es war Samstag. An den Wochenenden schlief sie in dieser Kaschemme. Es konnte ihm ja eigentlich egal sein, was sie trieb. Frauen waren eben doch alle Schlampen. Aber eine Frage ließ ihm keine Ruhe. Er wusste, dass er Gefahr lief, sich einen Kinnhaken einzufangen, falls er sich täuschte, aber als er die Stufen zu Theos Kammer hinaufschlich und leise die Türklinke herunterdrückte, bestätigte sich sein Verdacht. Theos Bett war leer und unberührt. Alexej überlegte. Er hatte Theo morgens beim Huber gesehen. Als er selbst zur Trauerfeier für Eduard von Plessing eingeteilt gewesen war, hatte Theo mit Franz im Sarglager herumgewerkelt. Aber selbst bei Theo konnte er sich nicht vorstellen, dass er so spät am Samstag noch arbeitete. Konnte es wirklich sein, dass Aglaja Theos Bett teilte? Tatsache war, dass weder seine Schwester noch Theo zu Hause waren. Der Professor schnarchte eine Etage tiefer in seinem Kabinett. Der Alte war ohnehin völlig vertrottelt, den brauchte er gar nicht zu fragen. Alexej stellte die brennende Kerze auf den kleinen Nachtschrank und setzte sich auf das Bett. Er wusste nicht genau, wonach er suchte, als er die Schublade aufzog; eine vergilbte Fotografie einer Dame in Korsett und mit altmodischer Frisur, deren Züge denen von Theo sehr glichen. Das musste also seine Mutter sein. Ansonsten war nicht viel im Nachtschrank. Ein Paar armselige, silberne Manschettenknöpfe, die Alexej nur ein verächtliches Schnauben entlockten, sowie eine kleine Flasche, die ein erstaunlich aromatisches Eau de Cologne enthielt, einige sorgsam aufgerollte Krawatten und Schals, das war alles. Er überlegte nur einen Moment und dehnte dann seine Schnüffelei auf den Schrank aus. Zwischen Theos Anzügen und Hemden hingen kleine Lavendelsäckchen. Aglajas Werk, das erkannte er sofort. Sie hatte in Siverskaja immer mit Schleifen aus den Lavendelstielen kleine Kugeln geflochten und in den Schränken verteilt. Er war gerade im Begriff, die Schranktür zu verschließen, als sein Blick auf eine Schachtel fiel, die ganz hinten am Boden stand. Vielleicht delikate Liebesbriefe von Theos Verflossenen? Alexej hob gespannt den Deckel ab und war zunächst enttäuscht, da es sich nur um verschiedene Papiere handelte. Er faltete eines davon auf, und als er begriff, was er da vor sich hatte, war er nur einen winzigen Moment entsetzt, dann huschte ein Grinsen über sein Gesicht.

„Jetzt bist du fällig, Theo Brunner."

Alexej nahm das Dokument an sich und stellte sonst alles wieder genau an seinen Platz zurück, schloss sorgsam den Schrank und verließ geräuschlos das Zimmer. Er musste umsichtig agieren, aber er hatte Theo eindeutig in der Hand.

Am Sonntagmorgen kehrte Theo guter Dinge mit Kaschmàr zurück in die Gardegasse, wo er seinen Vater bereits angekleidet antraf, bereit, um mit ihr zum Sonntagsritual aufzubrechen. Die Tür zur Wohnstube war geschlossen, vermutlich schlief Alexej noch. Konnte ihr eigentlich auch egal sein.

„Gehen wir?“ Der Professor stand an der Tür und kraulte Kaschmàr die Ohren. „Und du darfst mit. Oder willst du unbedingt in die Kirche, Theo?“

Sie schüttelte den Kopf, und sie verließen das Haus. Nach einem späten und ausgedehnten Frühstück im Kaffeehaus beschlossen sie, trotz des kühlen Wetters einen Spaziergang zu machen.

„Es ist eine Schande! Im Krieg durften sie den Kopf für Österreich hinhalten, aber nun kümmert sich keiner um sie!“

Theo legte einem bettelnden Veteran ein paar Kreuzer in die Blechtasse. Der Professor nickte betreten. Es gab so vieles in diesen neuen Zeiten, das er nicht nachvollziehen konnte. Gewiss, dem Kaiser trauerte er auch nicht nach, aber dass altgediente Soldaten ihren kargen Lebensunterhalt auf der Straße zusammenbetteln mussten, war einfach nicht richtig!

„Was hat denn der Hund? Theo, schnell!“

Kaschmàr kläffte und stob davon.

Theo war verblüfft und rannte ihm nach. Sie erwischte ihn dabei, wie er auf einen Veteran im Rollstuhl zurannte und winselnd die Pfoten auf seine Schultern legte.

„Entschuldigung, das tut mir sehr leid, bitte verzeihen Sie!“

Dann erst sah sie, dass der Mann, dessen Beine oberhalb der Knie amputiert waren, den Hund an sich drückte und mit ihm sprach.

„Kaschmàr! Ty atkuda? Ah, Kaschmàr!“

Der Professor hatte sie inzwischen eingeholt und schaute ratlos auf den Mann herunter, der offensichtlich Aglajas Hund nicht nur kannte, sondern auch von ihm überschwänglich begrüßt wurde.

Theo fühlte sich, als würde sie unter Wasser gedrückt und wäre dabei an Händen und Füßen gefesselt, unfähig, sich zur Wehr zu setzen.

„Komm mit!“ Sie leinte Kaschmàr an und zerrte den widerstrebenden Koloss hinter sich her.

„Kaschmàr!“ Der Amputierte versuchte vergebens den schweren Rollstuhl in Bewegung zu versetzen, während Theo ihre Schritte derart beschleunigte, dass der Professor kaum hinterherkam.

Sie bog ein paar Mal ab und fühlte sich erst sicher, als sie keuchend an der Gardegasse ankam, die Haustür aufschloss und sich mit Herzrasen an den Küchentisch setzte.

„Theo! Was war das denn?“ Der Professor war rot im Gesicht, ließ sich auf einen Küchenstuhl sinken und musste husten.

„Keine Ahnung. Der Mann muss den Hund verwechselt haben, was weiß ich! Ich hab sein Gebrabbel auch nicht verstanden.“

„Red keinen Stuss! Ich hab's genau gehört! Er kannte den Hund mit Namen, und er hat russisch gesprochen!“

Theo schüttelte den Kopf. „Ich weiß nicht, was du willst. Ist doch vollkommen egal. Vielleicht ist das in Russland ein weit verbreiteter Name für Hunde.“

„Was ist denn mit dir los? Du weißt genau, was das heißt, und ich glaube kaum, dass viele Leute ihre Hunde so nennen, bei denen es sich dann natürlich auch rein zufällig um einen Wolfshund handelt.“ Der Professor schüttelte den Kopf.

„Was willst du damit andeuten?“

„Das Naheliegende, Theo: Vermutlich war der Mann irgendwer, der den Hund kannte. Ein ehemaliger Bediensteter von ihrer Familie vielleicht, was weiß ich denn, aber du kannst doch nicht einfach davonrennen. Du musst es ihr sagen. Vielleicht kann sie ihn dort wieder antreffen.“

Theo war aufgesprungen und lief in der Küche auf und ab. „Wir werden ihr gar nichts sagen. Diese Begegnung hat niemals stattgefunden, verstehst du?“

„Nein. Theo, das geht nicht – du bist ja gar nicht bei dir. Du wirst mir jetzt erklären, was hier los ist, sonst muss ich es ihr sagen! Ich dulde keine Verschwörungen in meinem Haus.“

Theos ließ den Kopf hängen und machte eine kraftlose Bewegung mit der Hand. Sie klopfte an die Wohnzimmertür, aber als sie eintrat, stellte sie erleichtert fest, dass Alexej offenbar den Sonntag auf seine Weise feiern gegangen war. Sie setzte sich zu ihrem Vater an den Tisch.

„Ich habe Grund zu der Annahme, dass der Soldat Aglajas … Ehemann war."

Dem Professor blieb die Luft weg. „Was? Die Kleine ist verheiratet?"

Theo nickte und sah ihren Vater traurig an.

„Ich glaube, es gibt hier so einiges an Geheimnissen." Der Professor stand auf, schlurfte zum Buffet und goss zwei Gläser Wein ein, die er zum Tisch trug, und sah Theo auffordernd an. „Na, dann erzähl mal."

„Mehr gibt es da nicht zu erzählen."

„So einfach kannst du mich jetzt nicht abspeisen! Ich meine, ich bin ja nicht blind. Ich habe schon gemerkt, dass sie dir gefällt, aber bevor Alexej hier aufgetaucht ist, da war sie doch so was wie deine kleine Schwester. Herrje, Theo! Was für ein Durcheinander!" Der Professor nahm einen großen Schluck Wein aus seinem Glas.

Theos Hals schnürte sich zusammen. Die Stunde der Wahrheit schien gekommen. „Aglaja und ich … also wir sind schon seit einigen Monaten zusammen. Wir wollten es eigentlich nur vor Alexej verheimlichen, weil er so aufbrausend ist, nicht vor dir. Es ist nur …" Sie verhaspelte sich gründlich.

„Ihr wolltet nicht, dass ich mich verplappere." Der Professor war betreten.

Theo stand auf und umarmte ihn.

„Du bist der beste Vater, den irgendwer haben kann, und das sieht Aglaja ganz genauso, aber du bist oft so beschäftigt, mit den Libellen und so weiter, ich hatte einfach Angst, dass dir aus Versehen etwas herausrutscht, und ich wollte dich da nicht mit hineinziehen."

Der Professor reichte ihr das Weinglas und fuhr ihr durch das Haar. „Du hast ja recht. Ich bin bisweilen ein klein wenig zerstreut. Mach dir keinen Kopf, mein Mädchen."

Theo trank. „Alexej … er ist gewalttätig. Als sie noch jünger waren, konnte Aglaja sich immer gegen ihn durchsetzen, aber inzwischen ist er erwachsen und behandelt sie wie ein Dienstmädchen. Er hat ihr Erspartes gestohlen – er hat sie geschlagen, Vater! Und er hasst mich. Wenn er wüsste, dass seine Schwester und ich ein Paar sind und dass ihr Mann unter Umständen wieder aufgetaucht ist – das wäre eine Katastrophe. Und Aglaja würde natürlich glauben, dass sie sich um Sergej kümmern muss!“ Ihr wurde schwindelig. Sie legte die Arme auf den Tisch, ließ den schmerzenden Kopf daraufsinken, und es entfuhr ihr ein Schluchzen. „Es würde alles zusammenbrechen! Aglaja ist glücklich mit mir – und ich mit ihr. Zum ersten Mal in meinem Leben!“ Sie richtete sich mühsam auf und straffte die Schultern. „Ich lasse nicht zu, dass uns das irgendwer kaputtmacht!“ Sie leerte ihr Glas in einem Zug. „Ich lege mich hin, es geht mir nicht gut.“

Der Professor blieb allein in der Küche zurück und dachte nach. Er brauchte einen Moment, um seine Gedanken zu sortieren. Das war schon eine sehr verwirrende Situation. Vielleicht hatte seine Tochter recht und er wurde wirklich langsam wunderlich? War das der Grund, warum sie sich ihm nicht anvertraut hatte? Ein bitteres Gefühl breitete sich in ihm aus. Er hatte für nichts mehr einen Blick gehabt, außer für seine eigene Bequemlichkeit. Er hatte Aglajas Anwesenheit im Hause Brunner so sehr genossen, dass er nicht mehr gemerkt hatte, was sonst noch in seiner nächsten Umgebung geschah. Alexej hatte seine Schwester geohrfeigt – der verzogene, arbeitsscheue Bengel konnte was erleben! Der Professor schlug mit der flachen Hand auf den Tisch, das konnte ja wohl nicht wahr sein! Am liebsten hätte er ihn sofort vor die Tür gesetzt, aber das konnte er um Aglajas und damit letztlich auch um Theos willen nicht tun.

Alexej schlenderte pfeifend die Gasse hinauf, selbstzufrieden lächelnd. Er hatte Gabriela von Plessing Blumen geschickt. Zunächst hatte er sich auf zwei Dutzend weiße Orchideen verstiegen, hatte aber feststellen müssen, dass seine bescheidene Barschaft dafür bei Weitem nicht ausreichte, denn den sonntäglichen Besuch bei Serafina dafür zu unterlassen, hätte wirklich zu weit geführt. Er entschied, dass eine einzige, langstielige, weiße Rose wesentlich eleganter wirkte. Außerdem bot das Steigerungsmöglichkeiten. Danach hatte er den

Rest des Nachmittags wie geplant mit Serafina verbracht. Sie hatte ihm sehr überzeugend vorgegaukelt, dass es ihre Lust ins Unermessliche steigerte, geschlagen und anschließend mit Gewalt so oft genommen zu werden, bis ihr Atem nur noch als ein trockenes, stoßweises Röcheln kam. Als er aufstand, rollte sie sich stumm unter den Decken zusammen, und er hatte sie so liegenlassen. Im Gehen hatte er der grinsenden Alten ein Trinkgeld zugesteckt und ihr aufgetragen, das Mädchen am nächsten Sonntag zur gleichen Zeit wieder bereitzuhalten.

In der folgenden Woche hatte der Sensenmann in Wien kein Einsehen für die privaten Probleme seiner Erfüllungsgehilfen; Theo musste nahezu ununterbrochen arbeiten und hatte keine Zeit, sich mit den am Horizont aufziehenden Wolken zu beschäftigen. Irgendwann würde Aglaja oder gar Alexej auf den Veteranen treffen, der Kaschmàr erkannt hatte. Vielleicht handelte es sich wirklich um einen Freund der Familien oder um einen Bediensteten. Der Unbekannte musste nicht unbedingt Aglajas Ehemann sein. Theo zwang sich, bei der Arbeit die Gedanken zusammenzuhalten, und versuchte, nicht in einen Strudel pessimistischer Grübeleien zu geraten.

Nachdem sie am Samstag mit Franzl als letzte Amtshandlung einen extrem beleibten Metzgermeister für das Begräbnis hergerichtet und eingesargt hatten, steckten sich beide auf dem Huber'schen Hof eine Zigarette an.

„Kruzitürken! Warum sterben solche Leute nie ebenerdig, sondern immer mindestens in der dritten Etage?" Franz streckte sich und stützte mit einer Hand seinen Rücken.

Auch Theo tat der Rücken weh. Sie zog die Schultern hoch und stemmte die Hände ins Kreuz.

„Rückenschmerzen?"

Beide erschraken, denn Alexej hatte sich herangeschlichen.

„Was geht's dich an? Wer fast nur noch bei Trauerfeiern herumsteht, dem passiert so was natürlich nicht." Franz war hörbar verärgert.

„Nur kein Neid, Herr Achleitner."

Alexejs Blick ruhte auf Theo. „Du fährst doch jetzt sicher zu Aglaja hinaus? Ich werde mitkommen, um mir diese Spelunke einmal anzusehen."

Theo zuckte mit den Schultern und hoffte, dass man ihr die Enttäuschung nicht allzu sehr ansehen würde. Aber vermutlich wusste er sehr wohl, dass sie nicht besonders erpicht darauf war, auch noch außerhalb der Arbeit mit Alexej zusammen unterwegs zu sein.

Sie überquerte missmutig den Hof, um ihr Rad zu holen. Alexej machte Anstalten, sich auf den Gepäckträger zu schwingen, denn die plebejische Fertigkeit des Radfahrens hatte er nie erlernt.

„Du bist wohl nicht ganz bei Trost!", herrschte Theo ihn an. „Ich habe den ganzen Tag gearbeitet! Also entweder fährst du und ich sitze hinten, oder du kannst zusehen, wie du nach Ottakring kommst!"

„Ist ja gut! Warum so gereizt?"

„Ach, fast hätte ich es vergessen, *Barin* Alexej kann ja nicht Rad fahren …"

Theos beißender Spott brachte Alexej nahezu zum Überkochen. Ruhig bleiben, befahl er sich selbst. „Bei mir zu Hause fuhr man nicht Rad. Also ich demnach auch nicht. Was machen wir jetzt?"

Überrascht von seiner einlenkenden Reaktion, aber dennoch zähneknirschend schob Theo ihr Rad, und sie gingen zu Fuß nebeneinander her. Es herrschte bleiernes Schweigen. Als sie Kathis Wirtschaft betraten, schaute Aglaja sie verwundert an.

„Das ist ja mal ein unerwarteter Besuch …" Sie sah Alexej flüchtig an und warf Theo einen Blick zu, der voller Fragen war. „Aber ihr kommt gerade recht. Theo, hilfst du mir bitte, ich muss Kraut aus dem Keller holen." Sie drückte Theo einen unhandlichen, irdenen Kübel in die Hand und zog sie hinter sich her. „Was zur Hölle soll das? Wieso bringst du ihn hierher?"

„Er hat mich nach der Arbeit abgepasst und gesagt, dass er mitkommt, um zu sehen, wo du arbeitest. Was hätte ich denn tun sollen?"

Aglaja schnaubte und begann, mit wütenden Bewegungen Sauerkraut aus einem großen Fass in das Gefäß zu schaufeln, das Theo neben sich auf den Boden gestellt hatte. „Und was soll ich machen, wenn er mir doch verbietet, weiterhin hier zu arbeiten?"

„Das wird er nicht. Denn dann müsste er ja für dich aufkommen, und das ist, glaube ich, so ziemlich das Letzte, was er will. Er wird matschkern und an allem etwas auszusetzen finden, aber schlussendlich wird er nichts tun. Komm her." Sie wollte Aglaja an sich ziehen, aber diese widersetzte sich.

„Ich kann das nicht, wenn er da oben sitzt, Theo!"

„Meinst du, dein Bruder verfolgt uns in den Keller? Nur einen Kuss - ich versuch ja nicht, dich zum Schnackseln auf dem Weinfass zu überreden."

Aglaja musste lachen und küsste Theo, bevor sie sich umwandte, um wieder hinauf in die Gaststube zu steigen.

„Wie, das war alles?" Theo war enttäuscht.

Aglaja tauchte unter Theos Arm hindurch und war bereits halb die Stiege hinauf, als sie sich noch einmal umdrehte. „Mehr geht jetzt nicht, sonst überrede ich dich nämlich doch zum Schnackseln auf einem Fass." Und weg war sie.

Theo trug fluchend den Sauerkrautkrug in die Küche zurück, während Aglaja bereits wieder am Tresen stand und Weinkrüge füllte.

Alexej saß auf seinem Platz und betrachtete sie argwöhnisch. Sie sprühte vor Leben, hatte den gesamten Schankraum im Blick, wischte Tische und brachte den Gästen Essen und Getränke, als hätte sie noch nie etwas anderes getan. Und dabei wirkte sie so frisch und munter, als würde es sie nicht im Geringsten anstrengen. Der Gedanke, dass Theo mit Sicherheit im Keller Hand an seine nur allzu willige Schwester gelegt hatte, ließ die Galle in seinem Hals hochsteigen. Und diese Schlampe hatte es auch noch sichtlich genossen, denn als Theo aus der Küche in den Schankraum trat, strich dieses unverschämte, verkommene Subjekt über die Kurve ihrer Taille. Aglaja lächelte und schmiegte sich kurz gegen Theo.

Alexej schäumte. Er trank das Weinglas in einem Zug aus und kämpfte gegen die enervierende Mischung aus Wut, Alkohol und sich steigernder Erregung. Er musste Serafina sehen. Heute noch. Er konnte nicht bis morgen warten. Einmal in der Woche eine Frau zu haben, war ohnehin lächerlich. Er stand auf, nickte Theo und seiner Schwester zu und verließ hastig das Lokal.

„Was war das denn jetzt?" Theo war verblüfft und konnte ihr Glück kaum fassen.

Alexej hämmerte gegen die Haustür, doch statt der Puffmutter öffnete ihm ein kräftiger, untersetzter Mann mit einer platten Boxernase.

„Na, mein Freund, wir haben es wohl ganz besonders eilig."

„Ich will zu Serafina." Er versuchte sich an dem Mann vorbei ins Haus zu drängen.

„Sie ist nicht mehr da, ist mit einer anderen Schlampe zusammen vorige Woche verschwunden." Der Zuhälter konnte sich ein süffisantes Grinsen nicht verkneifen. „Aber wir haben zwei ganz reizende, neue Täubchen, die …"

„Interessiert mich nicht. Wo finde ich Serafina?"

Der Mann runzelte die Stirn. „Ich sag's doch: Abgehauen ist sie, die Schlampe! Und selbst wenn ich wüsste, wohin, würd ich's dir nicht sagen – ich mach mir doch nicht selbst das Geschäft kaputt! Aber jetzt reg dich ab – ich stell dir meine Mädchen vor. Ildiko, Lissy!"

Zwei gelangweilte Dirnen in verschiedenen Stadien des Entkleidetseins kamen die Stiege herunter. Die Ungarin war dunkel, hatte eine dralle Figur und einen hübschen Schmollmund. Lissy war von filigraner Gestalt und fast weißblond. Sie wirkte wie eine Elfe. Alexej überlegte nicht lange. Er konnte weiter herumirren, aber würde Serafina nicht finden. Nicht sofort jedenfalls.

„Ich nehme Lissy. Wie viel?"

Der Zuhälter grinste, als er das Geld einstrich. Er kannte seine Geschlechtsgenossen gut. Wenn einer so wie der gutaussehende Russe hier hereinstürmte, war es ihm schlussendlich egal, mit welcher Frau er aufs Zimmer ging, so wählerisch er sich vorher auch geben mochte. Trotzdem ärgerte er sich, dass dieses Miststück von Serafina so einfach verschwunden war – aus der hätte er noch reichlich Profit schlagen können.

„Aber was wollte er denn bloß?“, fragte Aglaja atemlos. Sie und Theo hatten die letzten Trinker geradezu hinausgeworfen und sich aufeinander gestürzt, nachdem Kathi sie zwinkernd in den Feierabend entlassen hatte. Nun lagen sie erschöpft ineinander verschlungen, und unter der Tür hindurch drang fahles Licht, das ihnen verriet, dass es bereits hell wurde, und die besorgten Fragen vom Vortag brachen sich erneut Bahn.

Theo zog die Decke ein wenig über sie beide, denn es war nicht mehr warm und die verschwitzte Erschöpfung ließ sie frösteln.

Alles hatte damit angefangen, dass dieses dumme Weibsstück begonnen hatte zu wimmern. Dabei hatte er nicht einmal besonders fest zugeschlagen. Er hatte ihr noch ein paar saftige Maulschellen verpasst, während er sie die ersten Male genommen hatte, und sie so grob angepackt, dass bereits Flecken auf ihrer lilienweißen Haut zu blühen begannen, noch bevor er das Bett verlassen hatte. Als er sie dann auf den Bauch gedreht hatte, um sich erneut an ihr zu vergehen, und ihr grob den Kopf an den Haaren zurückriss, da hatte sie angefangen zu schreien und nicht mehr aufgehört. Zu Beginn hatte es ihm sogar sehr gefallen, und er wunderte sich, was in dieser zarten Hülle steckte, aber dann kreischte sie weiter und begann sich zu wehren wie eine Furie. Schließlich wurde es ihm zu bunt und er drückte ihr Gesicht in das Kissen, während er sie weiter stieß. Irgendwie schaffte sie es jedoch, ihren Kopf zur Seite zu drehen und zu schreien. Alexej wusste nicht, wie ihm geschah, als er plötzlich zurückgerissen wurde und den ersten Tritt in die Nierengegend bekam. Faustschläge prasselten auf sein Gesicht, und er kassierte ebenfalls einige Treffer in die Magengrube, die ihn Sterne sehen ließen.

„Lass dich ja nicht mehr blicken. Auf solches Gesindel wie dich verzichten wir hier. Wenn einer meinen Mädchen ein paar verpasst, dann bin ich das!“ Der Sohn der Hurenwirtin fackelte nicht lang.

Alexej hatte zugesehen, dass er seine Kleidung einsammelte, die man ihm nachgeworfen hatte, und mied die belebteren Straßen, erntete aber dennoch die eine oder andere spöttische Bemerkung. Schließlich hielt er an einem Brunnen an, wusch sich das Gesicht, wobei er vor Schmerz fluchte. Seine Nase fühlte sich an wie ein unförmiger Klumpen, war aber so geschwollen, dass das Blut nur wie ein dünnes Rinnsal heraussickerte. Ein Auge ging nicht mehr auf, er konnte nur vermuten, wie es aussah. Des Weiteren schmerzten ihm alle Glieder, und wenn er eine falsche Bewegung machte, fuhr ein stechender Schmerz durch seinen Oberkörper, der nur von einer gebrochenen Rippe herrühren konnte. Er tunkte seinen Schal ins kalte Brunnenwasser und legte es auf Stirn und Augenpartie. Hoffentlich hatte er alles Blut abgewaschen. Vorsichtig streifte er sich seine Jacke über.

„Herr Struzhanov?“

Er lehnte sich resigniert gegen den Brunnen. Nun würde sie vermutlich Reißaus nehmen, bevor …

„Alexej! Was ist Ihnen zugestoßen – Sie sehen ja furchtbar aus!“ Auf Gabriela von Plessings blassem Gesicht zeigte sich Entsetzen.

„Ich … ich bin überfallen worden.“

„Hier? Auf offener Straße?“

„Ja doch, gerade eben! Kommen Sie, Gabriela! Wir müssen fort von hier. Sie könnten sich noch irgendwo in der Nähe herumtreiben!“ Er gratulierte sich selbst dazu, in seinem angeschlagenen Zustand auf diesen brillanten Einfall gekommen zu sein.

12. Kapitel – Wien Dezember 1919

„Wird's bald, Alexej?" Theo hämmerte gegen die Wohnzimmertür.

Seit Allerheiligen hatte sich eine Eiseskälte über der Stadt ausgebreitet, und es schneite bereits seit drei Tagen unaufhörlich. Wenn sie länger auf Alexej wartete, kam sie auch noch zu spät.

„Nun mach doch nicht so einen Lärm am frühen Morgen!"

„Los jetzt – es schneit immer noch. Wir kommen zu spät!"

Alexej öffnete die Tür. „Ich gehe da nicht mehr hin."

„Wie bitte?" Theo glaubte, sich verhört zu haben.

„Richte dem Huber aus, dass ich kündige. Und deine deprimierenden Anzüge kannst du auch wieder zurückhaben! Und jetzt will ich weiterschlafen."

Theo überlegte nicht lange. Die Leviten lesen konnte sie ihm auch später. Es standen mehrere Trauerfeiern an, bei denen Huber Alexej fest eingeplant hatte – Franz würde über diese Entwicklung nicht böse sein, und sie musste sich eingestehen, dass es immer unerträglicher geworden war, mit Aglajas Bruder zu arbeiten. Dadurch, dass sie ihm die Anstellung besorgt hatte, trug sie inoffiziell die Verantwortung für ihn und sein Verhalten. Ein vorbildlicher Arbeiter war er nie gewesen, aber was er sich in den letzten paar Monaten geleistet hatte, ging zu weit. Er war wiederholt zu spät zur Arbeit erschienen, manchmal sogar gar nicht, und hinterher hatte er immer Unwohlsein vorgeschützt. Theo hatte ihn gedeckt, soweit möglich, damit Huber ihn nicht hinauswarf, aber jetzt reichte es ihr.

„Ich bin nicht sein Kindermädchen", brummte sie vor sich hin, als sie durch den Schnee zu Pietät-Huber stapfte, die Augen zusammengekniffen, denn die Eiskristalle, die der Wind vor sich hertrieb, stachen ihr ins Gesicht.

Sie fackelte nicht lange, sondern klopfte direkt an die Bürotür ihres Arbeitgebers.

„Herein!"

„Herr Huber, entschuldigen Sie bitte die frühe Störung."

„Was gibt es, Brunner?"

„Alexej Struzhanov hat mir gesagt, dass er kündigt. Es tut mir leid, Herr Huber."

Huber runzelte die Stirn. „Also ehrlich, Brunner, mir nicht. Ich war seinen Firlefanz schon längst leid. Solche verwöhnten Söhnchen brauchen wir hier nicht, sondern Männer, die arbeiten können und auch wollen!"

Theo musste schmunzeln. Huber schien sich darauf verlegt zu haben, ihr Intermezzo im Kronprinzessin-Stephanie-Spital und den Umstand, der dazu geführt hatte, einfach zu vergessen. Das war ihr auch am liebsten so.

„Also denken Sie in Zukunft besser etwas genauer nach, bevor Sie jemanden empfehlen, Brunner."

„Ja, Herr Huber. Ich hätte trotzdem eine Idee."

„Na, dann mal raus damit."

„Ich hatte gen Ende im Spital einen Jungen, der mir geholfen hat, Max heißt er. Er ist aus dem Krieg mit einem Glasauge, aber ansonsten unversehrt zurückgekommen. Er ist kräftig, weiß, was er tut, und ist ein wirklich umsichtiger, guter Kerl. Ich glaube, er würde sehr gut hierherpassen."

Huber nickte kurz. „Ich werde mich erkundigen. Danke, Brunner. Gehen Sie jetzt an die Arbeit. Und machen Sie selbst mit Achleitner ab, wie Sie sich das mit den Trauerfeiern einteilen, und geben Sie mir später Bescheid."

Alexej streckte sich wohlig, soweit er das auf dem Brunner'schen Sofa konnte – in Anbetracht der Tatsache, dass es wohl die letzte Nacht war, die er darauf verbringen musste, genoss er es sogar. Es hatte so verdammt gutgetan, Theos dummes Gesicht zu sehen, als er sein Ausscheiden bei Pietät-Huber mitgeteilt hatte. Privatsekretär klang doch deutlich besser als Bestattergehilfe.

Seine Tändelei mit Gabriela von Plessing, die so vielversprechend begonnen hatte, war im Sande verlaufen. Sie wünschte sich einen diskreten Liebhaber, der möglichst im Dunkeln kam und auch wieder ging. Da sie aber keinerlei Erfahrung mit derartigen Arrangements hatte, war ihr nicht klar, dass ein solches auch ihrerseits gewissen Notwendigkeiten unterlag. Sie war willens, ihm den einen oder anderen Herzenswunsch zu erfüllen wie ein paar goldene Manschettenknöpfe mit passender Krawattennadel, aber ihr fehlte jedes Verständnis, warum ihr Liebhaber ihr nicht vollends nach ihrem Gutdünken zur Verfügung stehen konnte, nur weil er gezwungen war, einer Erwerbstätigkeit nachzugehen.

Bei einer kleinen Soiree im engsten Kreise ihrer Freundinnen hatte sie ihr Leid der Baronin zu Seyring geklagt, die Alexej bereits einmal in Augenschein genommen und ihm daraufhin ohne Umschweife die Stelle als ihr Privatsekretär angeboten hatte. Sie war verwitwet, hatte zwei erwachsene Kinder, die nur wenige Jahre älter waren als ihr neuer Angestellter, und langweilte sich unsäglich – ein Umstand, für den sie sich durch Alexej Abhilfe versprach. Seine Position beinhaltete die Regelung aller persönlichen Belange der Baronin. Was das genau war, außer ihr Bett zu teilen, darum machte er sich für den Moment keine Gedanken. Gabriela von Plessing erlitt einen leichten Schwächeanfall, als sie von Alexejs neuer Berufung erfuhr, kündigte der Baronin die Freundschaft und trat umgehend einen längeren Kuraufenthalt in Bad Ischl an.

Als Theo von der Arbeit nach Hause kam, fand sie den Professor mit einem Buch bei einer Tasse Tee vor. Die Tür zur Wohnstube war weit offen.

„Sieh dir das mal an, Theo."

Sie warf einen Blick in den Raum, verstand aber nicht sofort, wovon er sprach. Das Bettzeug auf dem Sofa war zerwühlt, und es lagen Kleidungsstücke herum, von denen sie die meisten als ihre eigenen Leihgaben an Alexej erkannte. Alles in allem wirkte der Raum verlassen und trostlos. „Was genau meinst du jetzt?"

„Er ist weg."

„Alexej? Was meinst du mit weg?"

„Gegangen. Er teilte mir großspurig mit, dass er eine neue Anstellung als Privatsekretär bei der Baronin von Seyring anzutreten hätte und von unserem ‚Plunder' nichts mitzunehmen wünsche. Er hatte eine sehr teure Lederreisetasche dabei und wurde von einem Wagen mit einem Wappen abgeholt." Er trank genussvoll einen Schluck Wein. „Privatsekretär, dass ich nicht lache. Der Junge hat aber mit Sicherheit eine steile Karriere als Gigolo vor sich!"

„Weiß Aglaja davon?"

Der Professor schüttelte den Kopf. „Nein, sie ist viel früher als sonst nach Ottakring aufgebrochen bei dem Schnee."

„Ich glaube, ich hätte jetzt auch gern ein Glas Wein."

Was würde Aglaja sagen, wenn sie wirklich nichts von den Plänen ihres Bruders gewusst hatte? Seine Allüren hatten das Nervenkostüm aller weiß Gott reichlich strapaziert. Aber er war Aglajas einziger, überlebender Verwandter. Wie konnte er so ohne Weiteres gehen und sie ahnungslos zurücklassen!

„Ich fahre zu ihr, sie abholen."

„Ja", stimmte der Professor zu. „Ich glaube, es wäre wirklich besser, wenn du ihr das schonend beibringst."

Theo schwang sich trotz Kälte und Glatteis umgehend auf ihr Rad und fuhr auf direktem Weg nach Ottakring.

Aglajas Augen strahlten, als sie Theo durch die Tür kommen sah. „Schön, dass du mich abholst!" Kaschmàr, der hinter dem Tresen gelegen hatte, kam hervor und begrüßte Theo.

Es waren für unter der Woche ungewöhnlich viele Gäste da, so dass es nicht möglich war, Aglaja zur Seite zu nehmen. So setzte Theo sich mit einem Glas Wein und einer Portion Erdapfelsalat und Würstl an einen Tisch in der Ecke und wartete. Als sich das Wirtshaus leerte, half Theo wie üblich beim Aufräumen und komplimentierte die letzten Gäste mit dem hartnäckigsten Sitzfleisch hinaus.

„Bis dann, Kathi!"

Sie verließen das Wirtshaus, und Aglaja hängte sich bei Theo ein. Sie nutzten immer den Heimweg, um einander von ihrem jeweiligen Arbeitstag zu erzählen. So waren die kleinen und größeren Ärgernisse aus dem Weg, wenn sie daheim ankamen. Aglaja begann auch sogleich zu plaudern – sie schien einen guten Tag verbracht zu haben. Als Theo an der Reihe war, räusperte sie sich.

„Beim Huber war heute auch alles in Ordnung, aber ich muss etwas mit dir besprechen. Es geht um Alexej."

„Hat Huber ihn rausgeworfen? Das würde mich ehrlich gesagt nicht wundern." Ihre Stimme klang belegt und sie machte ein betretenes Gesicht.

„Nein. Huber hat wirklich Geduld mit ihm bewiesen. Nein. Als ich heute Morgen zur Arbeit aufgebrochen bin und Alexej nicht kam, wollte ich ihn wecken. Er empfing mich im Pyjama und teilte mir mit, dass ich dem Huber seine Kündigung ausrichten sollte."

„Was?" Aglaja war entsetzt. „Das hast du doch hoffentlich nicht gemacht?"

Theo sah sie an. „Doch, das habe ich. Ich bin es leid, ihn tagtäglich in den Allerwertesten zu treten, damit er aufsteht und sich auf den Weg macht. Ich meine, ich habe ihn Huber empfohlen. Es fällt auf mich zurück, wenn er so unzuverlässig und faul ist. Und du weißt ja, dass Herr Huber mir gegenüber sowieso mehr als Nachsicht walten lässt. Dass er mich wieder eingestellt hat nach diesem Musterungsdebakel damals, ist ein Wunder!"

Eine Weile gingen sie schweigend nebeneinander her. Jede in ihre eigenen Gedanken versunken.

„Ich muss mit ihm reden. Jetzt gleich, wenn wir zu Hause sind. Er muss sich zusammenreißen. Ich weiß nicht, wie er sich das vorstellt!"

Theo atmete so tief durch, wie es der Frost in der Luft erlaubte. „Er ist nicht mehr da."

Aglaja schaute entsetzt zu ihr auf. „Wo ist er denn?"

„Der Professor hat mir erzählt, er hätte eine Stellung als Privatsekretär bei einer Baronin von Seyring angenommen. Ich hatte auch keine Ahnung. Wenn er dir nichts erzählt hat davon? Mit mir und meinem Vater hat er ja nicht mehr geredet als notwendig."

„Ach, mit mir doch auch nicht. Es sei denn, er wollte irgendetwas. Wer um Himmels willen ist denn die Baronin von Seyring? Und warum sollte sie ausgerechnet Alexej einstellen? Woher kennt er sie überhaupt?"

„Ich weiß es doch auch nicht! Ich kann nur vermuten, dass sie bei irgendeiner Trauerfeier auf ihn aufmerksam geworden ist. Da hat der Huber ihn ja gern bei den Großen eingesetzt. Ich wüsste nicht, wie das sonst zustande gekommen sein könnte."

„Aber Privatsekretär? Er hat so etwas nicht gelernt. Er ist nicht in der Lage … Güter zu verwalten, oder was macht man sonst in so einer Position?"

Theo hatte so eine Ahnung. Sie räusperte sich. „Privatsekretär kann vieles heißen. Reiche Leute brauchen jemanden, der ihre Angelegenheiten regelt. Also zum Beispiel Rechnungen begleichen, Briefe schreiben, Termine vereinbaren. Wenn du möchtest, erkundige ich mich, wer das genau ist und wo sie lebt. Dann kannst du ihm schreiben."

Sie nickte betreten. Wie hatte er das nur tun können? Sie waren die Einzigen, die von ihrer Familie noch lebten, und sie hatten sich wiedergefunden. So unterschiedlich sie auch waren und so heftig sie sich auch manchmal stritten – sie mussten doch zusammenhalten. Und er verschwand einfach so, ohne ein Wort. Überließ es anderen, sie über sein Tun zu unterrichten. Sie war Missachtung von ihm gewöhnt, aber mit einer solchen Wendung hatte sie nicht gerechnet.

Theo legte den Arm um ihre Schultern. „Ich weiß, dass er dir damit sehr wehgetan hat. Aber für uns macht es die Dinge wirklich viel einfacher. Wir müssen nicht mehr in Kathis Rumpelkammer übernachten, um zusammen sein zu können." Sie streichelte zaghaft über Aglajas Wange. „Und vielleicht meldet er sich ja bei dir, wenn er in der neuen Stellung Fuß gefasst hat. Er wird dort ja deutlich mehr verdienen. Vielleicht ist er so anständig und unterstützt dich etwas."

Aglaja schüttelte den Kopf. „Das wird er nicht, und das weißt du auch. Er ist durch und durch ein Egoist. Ich will ihm nicht allein die Schuld dafür geben, dass er so ist, wie er ist. Unser System in Russland hat die ältesten Söhne der Adelsfamilien dazu gemacht. Sie wurden immer in dem Wissen erzogen, dass sie später das Familienvermögen erben und über die Ländereien verfügen konnten. Natürlich war das auch eine enorme Verantwortung, in die sie hineingeboren wurden, aber man kann es nicht damit vergleichen, plötzlich vor dem Nichts zu stehen und für seinen Lebensunterhalt arbeiten zu müssen."

„Warum verteidigst du ihn so?" Theo wurde langsam ungehalten. „Für dich ist es doch nicht anders. Du bist dazu erzogen worden, das Haus deines Mannes mit was weiß ich wie vielen Dienstboten zu führen, dir schöne Kleider nähen zu lassen, dich nach Kräften herauszuputzen und Erben zu gebären. Dir hat auch keiner prophezeit, dass du in einem Wirtshaus Wein ausschenken, Gläser spülen und den Boden wischen wirst, aber du machst das Beste daraus, anstatt mit deinem Schicksal zu hadern."

„Das kannst du nicht vergleichen, Theo. Mir war bereits … vorher klar, dass ich das, was mir als Frau zugedacht war, eigentlich nicht wollte. Ich habe mich gefügt, weil ich nicht gewusst hätte, wie ich aus diesen Verpflichtungen hätte herauskommen können. Aber ich wollte es nicht. Alexej war für ein anderes Leben geboren, und er war auch von seiner Art her dafür geeignet und wollte nichts anderes. Es ist härter für ihn als für mich."

Theo war kurz davor, ihrer Freundin reinen Wein bezüglich der neuen Tätigkeit ihres Bruders einzuschenken, beherrschte sich dann doch. Wenn die Vermutung des Professors sich bewahrheitete, würde sie es früh genug erfahren. „Er ist erwachsen, Aglaja, und daher für sich selbst verantwortlich. Vielleicht ist es am besten, wir schlafen alle erst mal darüber. Was meinst du?"

Sie nickte müde und sah gleich darauf Theo verschmitzt an. „Immerhin heißt das ja, dass ich heute Nacht bei dir schlafen kann."

„Nicht nur heute Nacht", erwiderte Theo. „Wir sagen dem Professor, dass du wieder nach Hause kommst, und dann räumen wir um."

Die Baronin verließ das Bett, um sich mit ihrer Zofe daran zu machen, das Bild zu erschaffen, das sie, Elsa von Seyring, der Welt, in der es seit Kriegsende bei Strafe verboten war, Adelstitel zu verwenden, zeigen wollte. Leider wurde dieses Unterfangen von Jahr zu Jahr schwieriger und aufwendiger, und der Spiegel zeigte ihr zunehmend Unzulänglichkeiten anstatt Gründe zur Freude. Sie warf einen letzten Blick auf Alexej, der sich wohlig streckte. Eine Locke seines dunklen Haars fiel ihm in die Stirn und ließ ihn geradezu absurd jung aussehen – sie vermochte den Gedanken, dass sie mehr als doppelt so alt war wie ihr zwanzigjähriger Liebhaber, nicht mehr zu verdrängen, und diese Tatsache machte sie übellaunig.

„Steh auf! Nelly wird gleich hier sein, und ich möchte nicht, dass du wieder halb angezogen durch das Boudoir läufst, während sie mir das Haar richtet."

„*Rybanka maja* … warum stehst du so früh auf? Komm wieder her." Er sah sie aus halbgeschlossenen Augen an, hob die Decke und klopfte neben sich auf das Laken. Er wusste, dass Elsa ihm nicht widerstehen konnte, wenn er sie mit russischen Kosenamen rief und ihr einen Blick auf seinen Körper gewährte. Im Bett verstanden sie sich ausgezeichnet; sie war ausdauernd, leidenschaftlich und nicht zimperlich.

„So verlockend es auch ist, was du mir gerade präsentierst, mein lieber Alexej, so muss ich dich doch auf später vertrösten. Es ist bereits nach fünf, und du weißt, dass Karl heute Abend mit seiner Familie kommt."

Alexej seufzte. Den bevorstehenden Besuch von Elsas Sohn mit dessen Frau und ihren vier Kindern hatte er völlig vergessen – vermutlich hätte es zu seinen Aufgaben als Privatsekretär gehört, sich so etwas zu merken.

„Selbstverständlich, meine Liebste. Ich werde mich ebenfalls ankleiden und stehe dir dann zur Verfügung."

„Das ist nicht erforderlich, Alexej. Du wirst nicht in Erscheinung treten. Du hast heute frei. Wenn du magst, kannst du einen der Wagen nehmen."

Ehe er etwas erwidern konnte, war sie im Bad verschwunden und entzog sich auf diese Weise einer weiteren Diskussion. Beleidigt schlüpfte er in seinen Morgenmantel und durchquerte das Boudoir, um von dort durch einen kurzen Flur in seine Räume zu gelangen, die die Baronin eigens für ihn hatte herrichten lassen. Er läutete und schnauzte den Hausburschen an, ihm umgehend ein Bad einzulassen.

Während er im heißen, nach Vetiver duftenden Wasser lag, überlegte er, was er mit diesem unerwarteten freien Tag anfangen sollte. Die billigen Huren vom Spittelberg reizten ihn nicht – obwohl es sicher Spaß gemacht hätte, in einem seiner modischen, neuen Anzüge aus teurem Stoff im Wagen vorzufahren und in einem Freudenhaus einzukehren. Aber er wollte nicht, dass sich etwas davon herumsprach und an das Ohr der Baronin drang. Aber ihm kam ein anderer Gedanke, der ihn in ähnliche Erregung versetzte: Er stieg aus der Wanne, kleidete sich sorgfältig an und ließ den Wagen vorfahren.

„Nach Ottakring."

Er würde seiner Schwester einen Besuch abstatten. Dass er um diese Uhrzeit sehr wahrscheinlich auch Theo dort antreffen würde, verdoppelte seine Freude an diesem Unterfangen.

Als er am Wirtshaus vorfuhr, reckten bereits etliche einfache Gemüter die Hälse, und als er die Tür zum Gastraum öffnete, verstummten für einen Moment die Gespräche derer, die ihn als Erste bemerkt hatten. Er trat ein und ging von vielen neugierigen Augen verfolgt auf einen freien Tisch zu.

„Bedienung!"

Die Wirtin selbst trat an seinen Tisch. „Was darf's denn sein, der Herr?"

„Einen Rotwein. Aber nicht das Zeug aus dem Fass. Haben Sie auch eine gute Bouteille im Keller?" Er genoss seinen Auftritt. Sie schien ihn nicht zu erkennen, hatte ihn ja auch damals nur kurz gesehen. Einerseits ärgerte ihn das, andererseits würde es ihm nicht die Überraschung verderben, die er Aglaja zu bereiten gedachte.

„Sehr wohl. Etwas zu essen? Gulaschsuppe? Rostbraten mit Kraut?“

Er winkte ab. Nichts würde ihn dazu bringen, minderwertige Speisen in einem Wirtshaus zu essen.

Kathi wandte sich um, als ein Scheppern zu hören war. Aglaja, die aus der Küche kam, hatte ein Tablett mit Geschirr fallen lassen, als sie Alexej erblickte.

„Mädchen, was ist denn!“ Kathi eilte auf sie zu. „Du bist ja ganz blass! Was hast du denn?“

„Alexej, was tust du hier?“

„Ich besuche meine Schwester.“

„Warum bist du einfach so sang- und klanglos verschwunden?“

Irgendetwas an ihrer Reaktion gefiel ihm ganz und gar nicht, dabei hatte es so gut angefangen. Klang ihr Ton nicht unterschwellig feindselig?

„Ich arbeite jetzt für eine Baronin – als ihr Privatsekretär.“

„Sie scheint dich ja immerhin gut zu bezahlen.“

„Ja, das tut sie. Frau von Seyring, Elsa, ist sehr großzügig.“

„Elsa?“ Sie sah ihn an. Zunächst überrascht, doch dann errötete sie heftig und fauchte ihn an: „Dass du dich nicht schämst, Alexej! Du solltest vor Scham im Boden versinken, anstatt dich hier aufzuführen wie ein Pfau!“

„Ich glaube nicht, dass ich mich von einem Schankmädchen beleidigen lassen muss.“ Er zupfte sich ein unsichtbares Stäubchen von seinem Revers und setzte seine blasierteste Miene auf.

„Ja, ich bin ein Schankmädchen. Aber ich verdiene mein Geld auf ehrliche Weise. Du aber, Alexej, bist nichts weiter als eine Hure. Nein, schlimmer. Eine Hure hat wohl meistens keine andere Wahl – du hast dieses Leben freiwillig gewählt, weil es dir entspricht.“

Sie drehte sich abrupt weg, aber er war schneller und packte ihr Handgelenk. „So lässt du mich hier nicht sitzen! Ich bin

Gast in dieser Kaschemme, und du wirst mich mit Respekt behandeln." Er drehte ihr langsam den Arm um.

„Lass sie sofort los!"

Alexej wusste nicht, wie ihm geschah, sein Kopf wurde nach hinten gerissen, ein Knie bohrte sich schmerzhaft in seine Nieren, und er löste unwillkürlich den Griff um Aglajas Handgelenk. Sie wich einige Schritte zurück und rieb sich den Arm.

„Du verlässt jetzt auf der Stelle Kathis Wirtschaft und kommst auch nicht mehr wieder, haben wir uns verstanden?"

Er nickte.

„Ich lasse dich jetzt los, dann verschwindest du von hier und kein Wort mehr!"

Alexej wandte sich um und sah sich Auge in Auge mit Theo. Alle Blicke ruhten auf den beiden, und etliche Gäste sahen so aus, als hätten sie Lust, bei einer zünftigen Schlägerei mitzumischen. Mit so viel Würde, wie es unter den gegebenen Umständen überhaupt möglich war, richtete Alexej seine Kleidung und erwiderte: „Das ist hier ein öffentliches Wirtshaus – ich trinke hier meinen Wein wie alle anderen auch. Außerdem habe ich etwas mit meiner Schwester zu besprechen – das geht dich nichts an."

Theo fackelte nicht lange, nahm Alexej erneut in den Schwitzkasten und bugsierte ihn Richtung Ausgang, so sehr dieser sich auch wand. Jemand öffnete die Tür, und Theo versetzte Alexej einen Stoß, und er landete unsanft auf der Seite in einer Pfütze aus Schneematsch. Im Augenwinkel sah er noch, wie Theo die zitternde Aglaja in den Arm nahm, bevor die Tür sich hinter ihm und seiner Schmach schloss.

Er rappelte sich auf, lehnte sich einen Moment an die Mauer und versuchte seinen rasenden Zorn unter Kontrolle zu bringen. Er klopfte seinen Anzug ab, was sich als weitestgehend sinnlos erwies. Die Stiefel aus weichstem Kalbsleder waren ebenfalls ruiniert. Sein Atem ging stoßweise, und in seinen Schläfen rauschte das Blut. „Jetzt bist du dran, Theo Brunner", flüsterte er mit bebender Stimme. „Jetzt bist du dran, du elendes Dreckstück!"

„Was war denn hier gerade los?“ Kathi verstand die Welt nicht mehr. Kleinere Rangeleien und dergleichen unter den Gästen waren nichts Ungewöhnliches, wo getrunken wurde. Aber erstens mischte sich Theo sonst nie in diese Geschichten ein, und zum anderen: Was hatte der junge Mann, den Theo so rüde vor die Tür gesetzt hatte, mit ihrer Angestellten zu tun? „Theo, Aglaja – in die Küche!“

„Das war dein Bruder?“ Kathi staunte, nachdem Aglaja ihr erklärt hatte, worum es ging. „Warum kommt er hierher und attackiert dich?“

„Keine Ahnung. Vermutlich wollte er demonstrieren, dass er ohne uns viel besser dran ist. Er ist ein Aufschneider.“

„Ich habe Aglaja gefragt, Theo.“

„Theo hat recht. Ich vermute, das wird der Grund sein. Er ist einfach so verschwunden, ohne etwas zu sagen.“

Kathi runzelte die Stirn. „Na, du hast ja bezaubernde Verwandte … aber die kann man sich ja bekanntlich nicht aussuchen.“

Aglaja biss sich auf die Lippen und versuchte, die Tränen zurückzuhalten.

„Theo, ich glaube, du bringst sie jetzt nach Hause. Mach dir keine Sorgen, hierhinein setzt der Kerl keinen Fuß mehr!“ Kathi warf den Kopf in den Nacken und schnaubte.

„Zurück zum Palais Seyring“, herrschte Alexej den Kutscher an und knallte die Tür hinter sich zu.

Der Mann schnalzte und versuchte mit mäßigem Erfolg ein Grinsen zu unterdrücken. Keiner aus der Dienerschaft der Seyrings konnte den arroganten, jungen Russen ausstehen, an dem die Baronin einen solchen Narren gefressen hatte, außer einigen der jüngeren, weiblichen Bediensteten, die sich von seinem Aussehen blenden ließen. Er konnte es kaum erwarten, beim Abendessen in der Gesindeküche von dieser Begebenheit erzählen zu können und die Schadenfreude in den Gesichtern all derer zu sehen, die unter der Launenhaftigkeit des Liebhabers der Baronin zu leiden hatten.

„Was ist denn bloß in ihn gefahren?" Der Professor schüttelte den Kopf. Er schaute Aglaja und Theo ratlos an. „Dein Handgelenk läuft schon blau an. Du hättest es kühlen sollen!"

„Es geht schon." Aglaja strich sich fahrig das Haar aus dem Gesicht. Sie war hin- und hergerissen. Er hatte ihr wehgetan, und es ging natürlich nicht an, dass er an ihrer Arbeitsstelle in der Wirtschaft auftauchte und sich so danebenbenahm. Aber Theo hatte ihn hart angefasst und seinem überdimensionierten Ego einen empfindlichen Treffer versetzt, und sie wusste, dass Alexej das niemals auf sich würde beruhen lassen. Dieser Gedanke machte ihr Angst.

„Er wird mir nichts tun – ich bin sicher, dass er seine Lektion gelernt hat." Theo lag neben Aglaja und versuchte, sie zu beruhigen. „Komm her."

Sie kuschelte sich an Theo und roch die beruhigende Mischung aus Wolle und einer aromatischen Seife. Sie wünschte, sie könnte den Optimismus ihrer Freundin teilen, aber ein ungutes Gefühl blieb auch, als Theos Hände sich zielstrebig einen Weg unter ihr Nachthemd bahnten.

„Ich lasse es nicht zu, dass er dir Angst macht! Nie wieder."

Sie küssten sich, und ihr Bruder verschwand mit einem Schlag aus ihrem Bewusstsein, als sie sich Theos Berührungen hingab.

Die letzten Dezembertage brachten eine Temperaturerwärmung, der Schnee taute, bevor das Thermometer wieder weit unter null fiel. Ganz Wien war von einem Eispanzer überzogen. Bei Pietät-Huber brachte der plötzliche Wetterumschwung einen kurzfristigen Anstieg von Todesfällen unter alten, geschwächten Menschen mit sich.

Theo, Max und Franz atmeten auf, als sie den einfachen Kiefernsarg schlossen. Es war wieder spät geworden. Die vergangene Woche hatte es in sich gehabt.

„So. Feierabend. Mir reicht's!" Franz schwitzte, und Theo ging es nicht besser.

„Max, du kannst nach Hause gehen, deine Mutter hat doch heute Geburtstag. Wir machen hier alles fertig."

„Danke!“ Der Junge verschwand, um sich zu waschen und seine Jacke zu holen. Huber hatte nicht lange gefackelt und ihn fast unmittelbar nach Alexejs unrühmlichem Abgang eingestellt.

„Franz, geh schon. Ich wische noch schnell durch, und dann schließe ich ab. Geh schon! Ich weiß doch, dass die Vroni wartet. Wieso kommt sie denn bei der lausigen Kälte nicht rein?“, fragte Theo.

Franz zögerte mit der Antwort. „Sie wartet nicht mehr auf mich.“

„Was ist denn passiert, Franz?“ Theo wusste nicht recht, ob sie lachen oder weinen sollte. Sie hatte sich zwar einerseits für Franz gefreut, denn an sich war Veronika eine vernünftige Frau, aber sie hatte auch die andere Seite von Vroni gesehen, die alles andere als umgänglich war, aber das würde er vermutlich irgendwann selbst merken.

„Lange G'schicht, Theo.“ Er wirkte nicht übermäßig geknickt.

„Die kurze Version?“

„Sie hat an Bessern g'funden.“

Theo schüttelte den Kopf. „Das kann nun wirklich gar nicht sein, Franz!“

Er klopfte Theo auf die Schulter und winkte ab. „Ich werd's überleben. Ich bin das Alleinsein ja gewöhnt. Grüß den Professor von mir.“

Theo fegte sorgsam den Steinboden und wischte mit einer desinfizierenden Karbollösung nach. Mit einem letzten Blick vergewisserte sie sich, dass alles in Ordnung war, bevor sie das Licht löschte und sich anschickte abzuschließen.

„Theodora Brunner?“

Sie zuckte zusammen und spürte, wie ihr trotz der Kälte zwischen den Schulterblättern urplötzlich der Schweiß den Rücken hinunterzulaufen begann.

„Ja, das ist sie!“

Sie wandte sich um und sah wie durch einen Nebel zwei Gendarmen und Alexej.

„Fräulein Brunner … Sie sind verhaftet.“

Aglaja spülte die letzten Gläser. Theo hatte bestimmt wieder viel zu tun, sonst wäre sie längst da gewesen, um sie abzuholen. Beim Huber war viel losgewesen die letzten Tage.

„Kathi, ich gehe dann jetzt. Sperrst du zu?"

„Mach, dass du heimkommst, meine Kleine."

Alexej befiel ein Schwindel. Er hörte sein eigenes Blut in den Ohren rauschen und fühlte sich großartig. Das war fast besser, als Serafina zu verprügeln oder es der Baronin zu besorgen. Er ging beschwingten Schrittes den Weg von der Gendarmerie, wo man seine Zeugenaussage aufgenommen hatte, zurück zum Palais Seyring und genoss seinen Triumph. Er hatte lange genug darauf warten müssen. Theo hatte ihn bei jeder Gelegenheit gedemütigt, sich an seiner Schwester vergriffen und ihn mehr als einmal als Schwächling dastehen lassen. Nun würde sie für all das bezahlen und ins Gefängnis wandern. Denn sie hatte nicht nur mit Frauen Unzucht getrieben, sondern auch noch Männerkleidung getragen und war von allen für einen solchen gehalten worden, ohne dies je richtigzustellen. Diese Tatsache machte ihr Verbrechen noch schwerwiegender. Alexej war sicher, dass man die Höchststrafe verhängen würde.

„Mal sehen, welche Frau dich noch anschaut, nach fünf Jahren Kerker", murmelte er im Gehen vor sich hin. Er überlegte kurz, in der Gardegasse vorbeizugehen, um die Nachricht persönlich zu verkünden, entschied sich aber dagegen. Eine oder zwei Nächte in Ungewissheit über Fräulein Theos Verbleib würden seine Schwester und den Alten in Panik versetzen. Allein der Gedanke versüßte den Genuss seiner Rache noch mehr.

Aglaja erwachte in den frühen Morgenstunden; sie fror. Theo war noch immer nicht da. Sie spürte, wie sich Unruhe in ihrem Magen zu einem Knoten formte, versuchte aber, sich zu beruhigen. Vermutlich war irgendetwas bei der Arbeit gewesen, und sie hatte dort übernachtet. Ja. Das würde es sein. Da sie nicht mehr schlafen konnte, erhob sie sich, übernächtigt, wie sie war, heizte den Ofen an und machte Kaffee.

Der Professor betrat verschlafen im Morgenrock die Küche.

„Warum bist du denn so früh auf? Es ist ja noch stockdunkel draußen.“ Er gähnte.

„Theo ist nicht nach Haus gekommen heut Nacht.“

„Ich bin sicher, sie hatte viel zu tun und hat dort geschlafen. Das kommt zwar selten vor, aber es passiert.“ Er streichelte ihre angespannten Schultern. „Warum legst du dich nicht noch einmal hin? Du musst doch erst am Mittag zur Kathi.“

„Nein, ich glaub, ich gehe zum Huber und bringe ihr Frühstück!“

„Na, das wird sie freuen!“ Er schmunzelte. „Ich bin sehr glücklich, dass sie dich hat, mein Mädchen.“

Aglaja errötete. Der Professor hatte auf die Offenbarung, dass sie und Theo ein Paar waren, gelassen reagiert. Sie hatte sich nicht vorgestellt, dass es so sein konnte. Bisweilen drängte sich ihr die Frage in den Sinn, was wohl ihr eigener Vater gesagt hätte. Er hatte sie geliebt, das wusste sie. Vermutlich hätte er es als Spielerei abgetan und nicht ernst genommen, um nicht einer Tatsache ins Auge sehen zu müssen, die es in seiner Welt nicht gab. Vielleicht ist es besser, dass er es nie erfahren hat, dachte sie. Auf diese Weise konnte sie für immer an der Erinnerung an seine Liebe zu ihr, seiner Erstgeborenen, als unerschütterliches Fundament ihres Daseins festhalten.

Sie packte die belegten Brote, die sie gemacht hatte, ein paar Äpfel und ein letztes Stück Napfkuchen in eine Papiertüte und zog ihren Mantel an. „Ich gehe dann.“

Der Professor nickte und trank langsam den Kaffee, den sie ihm hingestellt hatte.

Das Licht, das durch die kleine, vergitterte Fensterluke hoch über dem Boden den Weg in die winzige Zelle fand, war trübe. Theo hatte keine Ahnung, wie spät es war. Ihr Magen knurrte, und Durst hatte sie auch – kurios. Man hatte sie eingesperrt, und sie hatte wahrlich andere Sorgen als die Tatsache, dass sie am Mittag des Vortags zuletzt gegessen hatte. Aber für den Moment konnte sie ohnehin nur abwarten. Inzwischen würden Aglaja und ihr Vater bemerkt haben, dass etwas nicht stimmte. Sie würden sich furchtbare Sorgen machen, und beim Huber würde man vermuten, sie wäre nicht gekommen, ohne Bescheid zu sagen. Das konnte übel ausgehen. Sie mochte sich nicht vorstellen, was passieren würde, wenn sie wieder ihre Arbeit verlor. Sie starrte an die schmutzige Decke, so lange, bis sie jeden Fleck, jede Spinnwebe, jeden Riss im Putz mit geschlossenen Augen hätte aufzeichnen können.

„Brunner?"

„Ja?"

Statt einer Antwort öffnete sich eine Klappe in der Tür, und eine Hand, auf der rötliche Haare wuchsen, reichte ihr eine Schale, deren Inhalt aussah wie aus einer schlammigen Pfütze geschöpft, und eine Semmel, die teils schwammig weich, teils knüppelhart war. Sie nahm die Verpflegung entgegen.

„Bitte, ich muss meine Familie benachrichtigen! Sie werden sich Sorgen machen!"

Der Gendarm auf der anderen Seite der Zellentür sagte nichts, und die Essensklappe fiel wieder zu. Wollte man sie hier drinnen verrotten lassen? Man hatte sie verhaftet, also würde sie ja wohl vor Gericht gestellt werden – aber wann? Würde sie bis dahin hierbleiben? In einer Zelle auf der Gendarmerie? Sie hatte nicht die leiseste Ahnung, und es stieg Panik in ihr empor, die nach und nach ihren Geist und dann seltsamerweise auch ihren Körper erfasste. Sie merkte, dass sie zitterte. Ihr Atem ging rasselnd. Aglaja und ihr Vater würden umkommen vor Sorge. Es musste doch möglich sein, dass sie ihre Familie benachrichtigte.

„Franz! Ich habe euch Frühstück gebracht. Hattet ihr so viel zu tun, dass ihr hier schlafen musstet?"

Noch bevor er antworten konnte, verriet ihr sein verwirrter, verständnisloser Blick, dass etwas nicht stimmte.

„Wo ist Theo, Franz?"

Er sah sie mit leicht geöffnetem Mund betreten an.

„Ich habe keine Ahnung, Aglaja. Huber ist noch nicht da, aber wenn Theo nicht bald auftaucht, wird er mächtig Ärger kriegen!"

„Theo ist nicht nach Hause gekommen. Seid ihr gestern nicht zusammen gegangen oder hiergeblieben?"

Franz schüttelte den Kopf. „Wir waren beide bis spät hier. Es war viel zu tun. Als wir endlich fertig waren, hat Theo als Erstes den Max heimg'schickt und gesagt, er putzt und räumt allein auf. Ich bin dann auch gegangen."

Aglaja wurde blass, und Franz fasste sie am Arm und half ihr, sich auf einen Sargdeckel zu setzen. „Franz! Ich habe furchtbare Angst, dass etwas passiert ist!"

„Achleitner! Was wird denn das hier? Damenbesuch?"

„Herr Huber … das ist Fräulein Struzhanova, die Schwester von Alexej …"

Huber musterte sie. Das war also das Mädchen, für das Brunner sich so ins Zeug gelegt hatte. Verständlich. Sehr hübsches, kleines Ding.

„Was führt Sie hierher, Fräulein Struzhanova? Ihren Bruder kann ich auf gar keinen Fall wieder einstellen. Er hat hier bei uns mehr durch Abwesenheit als durch Einsatz geglänzt."

Franz schaltete sich ein. „Herr Huber … es geht nicht um Alexej. Theo ist verschwunden. Er hat gestern noch hier aufgeräumt, nachdem ich gegangen war, und er ist danach offenbar nicht heimgekommen. Fräulein Aglaja hat angenommen, er hätte hier geschlafen, und wollte ihm Essen bringen."

„Verschwunden?" Huber beschlich ein ungutes Gefühl. Die privaten Kaprizen seiner Angestellten interessierten ihn nicht, solange die Arbeit nicht darunter litt, und Brunner war überaus zuverlässig.

„Ja. Sein Vater und ich machen uns große Sorgen. So etwas ist noch nie vorgekommen." Ihre Stimme zitterte.

„Achleitner, Sie halten hier die Stellung. Fräulein Struzhanova geht nach Hause, holt Brunners Vater und dann nichts wie zur Gendarmerie."

„Zur Gendarmerie?" Aglaja und Franz sahen gleichermaßen entsetzt aus.

„Ja, was denn sonst? Brunner ist abgängig, und das entspricht nicht seinem Naturell."

„Ich bestehe darauf, sie zu sehen!" Das Gesicht des Professors war rot angelaufen vor Zorn.

„Das ist leider nicht möglich. Was Ihrer Tochter vorgeworfen wird, ist nicht auf die leichte Schulter zu nehmen, Professor Brunner. Das sollten Sie am besten wissen. Die Gerichtsverhandlung wird schon in einigen Wochen sein. Bis dahin ist sie hier gut aufgehoben. Sie können ihr Kleidung und Toilettengegenstände bringen, aber das ist auch alles." Der Beamte senkte unvermittelt den Blick wieder auf den Haufen Papiere, mit dem er bereits bei ihrem Eintreten beschäftigt gewesen war.

„Daran zweifeln wir ja auch nicht im Geringsten, aber ich als Fräulein Brunners Arbeitgeber muss doch wissen, ob und wann ich wieder mit ihr rechnen kann."

„Arbeitgeber? Heißt das, dieses Subjekt arbeitet für Sie? Sie wussten, dass Theo Brunner eine Frau ist, und haben sie dennoch angestellt?"

Huber überging die Frage. „Wann können wir Fräulein Brunner sehen und uns überzeugen, dass es ihr gutgeht?"

„Wie gesagt, der Prozess wird bald stattfinden. Und wenn Sie mich fragen, Herr Huber, können Sie Ihre Angestellte für die nächsten paar Jahre abschreiben." Damit schien das Gespräch für ihn beendet.

Der Professor wollte etwas erwidern, aber Huber packte ihn am Arm und zog ihn aus der Amtsstube.

„Das hat keinen Sinn, Professor Brunner. Wir kommen hier nicht weiter."

„Aber das geht doch nicht! Sie können sie doch nicht einfach so einsperren!"

„Ich fürchte, doch, Professor. Das, was man ihr zur Last legt, ist strafbar – die Sache ist ernster, als wir dachten. Wenn es Ihnen recht ist, werde ich Magister von Strasser einschalten. Er wird sich um die Sache kümmern. Theo hat gerade kürzlich seine Frau Mutter unter die Erde gebracht und hervorragende Arbeit geleistet. Es wird ihm ein Anliegen sein, sich der Sache anzunehmen."

„Im Namen des Volkes ergeht folgendes Urteil: Die Angeklagte Theodora Brunner wird schuldig befunden des Straftatbestandes der Unzucht wider die Natur mit Personen gleichen

Geschlechts. Als erschwerender Umstand kommt hinzu, dass die Angeklagte unter einer falschen männlichen Identität gelebt, sich dadurch Vorteile verschafft und staatliche Organe sowie diverse Privatleute nicht nur in die Irre geführt, sondern auch geschädigt und betrogen hat. Die Angeklagte wird zu einer Haftstrafe von drei Jahren, abzusitzen in der Weiberstrafanstalt Wiener Neudorf, verurteilt. Das Urteil ist hiermit rechtskräftig, und die Gefangene ist direkt zu überführen."

Aglaja zuckte zusammen, als der Hammer des Richters mit aggressiver Heftigkeit auf das Pult traf. Aus der Menge derer, die sich sensationslüstern auf den Zuhörerbänken drängelten, kamen zustimmendes Johlen und Pfiffe. Das konnte nicht sein. Das konnte einfach nicht sein!

„Geschieht ihr recht! Die vollen fünf Jahre hätte sie verdient gehabt!"

„Veronika, halt den Mund!" Franz versuchte, sie Richtung Tür zu ziehen. Er konnte nicht glauben, dass die Frau, mit der er so gut wie verlobt gewesen und von der er verlassen worden war, durch ihre Aussage Theo entscheidend mitbelastet hatte. „Du hast weiß Gott schon genug Schaden angerichtet!"

„Fass mich ja nicht an!" Sie hakte sich bei einem feisten Mann ein, der zu ihrer Rechten gesessen hatte und mindestens zwanzig Jahre älter war als sie, und verließ endlich den Gerichtssaal.

Franz ließ sie los und wandte sich ab. Er nickte dem Professor und Aglaja zu, die benommen wirkten. Er war schon sehr überrascht gewesen, hatte sich auch ein bisschen an der Nase herumgeführt gefühlt – so viele Jahre! Aber Theo war eben auch all diese Jahre hindurch sein bester Freund gewesen. Was ihn selbst anging, so beschloss er im Stillen, würde das so bleiben. Auch wenn Theo nun plötzlich ein Mädchen war.

Aglaja sah Magister von Strassers resignierten Gesichtsausdruck und auch, dass er eindringlich mit Theo sprach. Herr Huber, der ihnen während des gesamten Prozesses zur Seite gestanden und als Leumundszeuge nur das Beste über Theo berichtet hatte, reichte Aglaja den Arm. „Kommen Sie, Fräulein Struzhanova. Herr Professor? Wir können hier im Moment nichts mehr tun."

13. Kapitel – Wien
Mai 1920

„Brunner, Theodora?“

„Hier.“

Die Stimme von Schwester Innocencia riss Theo aus dem rhythmischen Gleichmaß, mit dem sie die wenigen Meter, die der Gefängnishof lang war, für gewöhnlich abschritt. Herumstehen wurde nicht geduldet, auch nicht, wenn sich an diesem Frühlingstag der eine oder andere Schmetterling oder Vogel hierhinein verirrte.

„Sie haben Besuch, Brunner.“

„Jawohl, Schwester.“

Besuch! Ihr Herz schlug höher. Wie hatte Aglaja es geschafft, schon wieder eine Besuchserlaubnis zu bekommen? Einmal alle sechs Wochen durfte man hier Besuch bekommen. Für eine Stunde und nur ein Besucher. Theo rechnete nach: Wann war Aglaja das letzte Mal da gewesen? Das konnte unmöglich schon über einen Monat her sein? Die Tage hinter Gittern verliefen in einem erschreckenden Gleichmaß, da konnte man schon leicht durcheinanderkommen. Aber Theo war sich fast sicher, dass es noch keinen Monat her war, geschweige denn sechs Wochen.

Sie trat aus dem Hof in das Gefängnisgebäude, und die Schwester schloss wieder hinter ihr ab. Sie hatte fast ein halbes Jahr in Wiener Neudorf hinter sich gebracht und sich so gut es ging an den Alltag in der Weiberstrafanstalt gewöhnt. Das alte Gemäuer war nicht besonders gut beheizt, die Essensrationen so knapp bemessen, dass Theo stark abgenommen hatte, obwohl sie im Vergleich zu Pietät-Huber nur leichte Tätigkeiten verrichtete. Die Gefangenen erhielten Unterricht und wurden mit gröberen Handarbeiten beschäftigt. Da Theo selbst diese nicht beherrschte, aber eine der wenigen Frauen war, deren Bildung über gestammeltes Lesen und krakeliges Schreiben hinausging, waren ihr Hilfsdienste zugefallen, die vom Vorlesen aus geistlichen Schriften während der Arbeitszeit und der abendlichen Stunde Freizeit bis hin zum Unterricht im Lesen und Schreiben für die besonders schweren Fälle reichte, mit denen sich die Lehrerinnen nicht beschäftigen wollten.

Das Vorlesen hinderte Theo mittlerweile nicht mehr daran, ihren eigenen Gedanken ungestört nachzuhängen, während ihr Mund die Worte formte, die ihre Augen in den Büchern sahen. Sie las, ohne auf den Inhalt zu achten, noch mit mehr Betonung als die Nonnen, die ihren Dienst in der Haftanstalt unter der Leitung eines Direktors versahen. Die nahezu ununterbrochene Berieselung durch das Vorlesen religiöser Texte verfehlte bei Theo deutlich das Ziel, die Häftlinge von unguten, unter Umständen sogar kriminellen oder auch allzu eigenwilligen Gedanken abzulenken.

Theo dachte Tag und Nacht an Aglaja, ihren Vater. Daran, dass sie ihre Arbeit bei Pietät-Huber nun mit Sicherheit für immer verloren geben konnte. Außerdem war in ihr der Wunsch gereift, Alexej diesen Verrat heimzuzahlen. Sie hatte ihm nichts getan, und dennoch hatte er sich berufen gefühlt, sich in etwas einzumischen, was ihn nichts anging. Er hatte ihre Geburtsurkunde gestohlen und sie mittels dieses Beweisstücks den Behörden ausgeliefert. Es gab Momente, in denen sie sich sehnlichst wünschte, ihm dafür schlicht und ergreifend den Hals umzudrehen, und dann wieder solche, in denen sie ihn aus tiefster Seele verfluchte und hoffte, ihn in ihrem Leben niemals wieder sehen zu müssen.

Zeitweilig gelang es ihr, im immer gleichlaufenden Fluss des Anstaltslebens mitzuschwimmen, und sie vergaß manchmal sogar, welcher Wochentag oder welches Datum es war. Dann wieder erfasste sie eine tiefgreifende innere Unruhe, sie zählte die Tage, die sie noch einsitzen musste, konnte kaum stillsitzen und fuhr auch ihre unfreiwilligen Schülerinnen schärfer an als sonst, wenn sie sich mal wieder besonders dumme Fehler beim Buchstabieren leisteten. Diese Anspannung befiel sie besonders, wenn der Anstaltspfarrer oder eine der Nonnen sie wieder einmal ins Gebet nahmen, um ihr die aus kirchlicher Sicht besondere Schwere ihrer sittlich-moralischen Verfehlungen begreiflich zu machen, sie zu Reue und Umkehr zu bewegen.

Den Nonnen nahm sie eine ehrliche Besorgnis über ihr Seelenheil und eine Rückkehr in ein Leben nach der Strafanstalt ab, aber Pfarrer Leopold verharrte mit großem Nachdruck auf den sehr konkreten, intimen Details ihres Lebens, dass ihr schnell klar geworden war, dass er diese Gespräche weniger im Interesse ihrer Läuterung, sondern seiner eigenen Ergötzung führte. Sein lüsterner Gesichtsausdruck sprach Bände. Dabei hatte sie ihm nie Einzelheiten ihrer Beziehungen erzählt – aber er schien über eine sehr lebhafte Vorstellungskraft zu verfügen, hielt lange Monologe, in denen er in großer Detailverliebtheit über Unzucht zwischen Frauen, wie er es nannte, sprach. Theo war schnell klar, dass er lediglich eine bestimmte Person, ein Gesicht, einen Körper brauchte, den er als Objekt in seine eigenen Phantasien einbauen konnte, wobei es ihn wenig zu stören schien, dass sie mit ausdruckslosem Gesicht seinem Wortschwall nicht einmal besonders aufmerksam zuhörte. Wenn er eine Frage an sie richtete, zuckte sie meist mit den Schultern und antwortete gar nicht oder einsilbig. Dennoch fuhr er fort, sie zu diesen Gesprächen vorzuladen.

Als Schwester Innocencia sie nun vom Hofgang hereingerufen hatte, war ihre Befürchtung gewesen, dass eine weitere Sitzung mit der heiligen Inquisition anstand, wie sie das Vorgehen des Pfarrers im Stillen nannte. Aber nichts dergleichen, besser noch: Sie hatte Besuch. Ihre Schritte beschleunigten sich, und ihr Herz schlug höher, Aglaja!

Als sie in Begleitung der Nonne den Besuchsraum betrat, war sie enttäuscht. Nicht ihre Freundin oder ihr Vater saßen am Tische, sondern ein ihr unbekannter älterer Herr.

Als sie zu ihm trat, erhob er sich. „Fräulein Brunner! Ich freue mich, Ihre Bekanntschaft zu machen. Ich bin Doktor Adler, ich kenne Ihren Vater."

Sie nickte ihm zu und setzte sich; für einen Moment beschlich sie Angst. „Herr Doktor Adler, geht es ihm gut?"

„Oh, aber ja! Sehr gut sogar, es tut mir leid, wenn mein unvermutetes Auftauchen hier Sie erschreckt hat, das lag nicht in meiner Absicht. Eigentlich wollte ich auch mit Ihrem Vater gemeinsam herkommen, aber dazu haben wir keine Erlaubnis erhalten, und so hat Professor Brunner dann schweren Herzens entschieden, mich allein zu Ihnen zu schicken."

Theo schwieg. Warum schickte ihr Vater einen Arzt zu ihr? „Herr Doktor, wie kommt es, dass Sie mich besuchen, und was hat mein Vater damit zu tun?"

Adler räusperte sich. „Nun, Fräulein Brunner, ich habe vor langer Zeit einige Vorlesungen Ihres Vaters besucht, daher kennen wir uns. Er hatte immer sehr eigene Ansichten und Lehrmethoden. Daher ist er mir sehr im Gedächtnis geblieben. Auch, weil er nur wenige Jahr älter ist als ich, aber bereits lehrte, als ich gerade anfing zu studieren."

Er sah ihren immer noch fragenden, skeptischen Blick und fuhr fort.

„Ihr Vater hat sich an mich gewendet, weil er hofft, dass ich etwas für Sie tun kann."

„Aber ich bin nicht krank, und wenn, dann gibt es hier einen Anstaltsarzt."

„Ich bin nicht diese Art Arzt, Fräulein Brunner. Mir wurde kürzlich die Leitung der ersten Klinik für Kinderpsychologie in Wien übertragen."

Theo musste gegen ihren Willen lächeln. „Ich verstehe. Aber ich bin nicht nur nicht krank, sondern auch mit siebenundzwanzig kein Kind mehr, auch wenn es meinem Vater schwerfällt, das so zu sehen. Und irre oder schwachsinnig bin ich auch nicht."

Nun lachte auch Adler. „Ich wollte Ihnen auch keines von beidem unterstellen."

„Was führt Sie dann zu mir, Herr Doktor Adler?"

„Ihr Vater hofft, dass ich Ihre Entlassung bewirken kann, damit Sie sich in meiner Klinik behandeln lassen …"

„Verzeihen Sie, wenn ich Sie unterbreche, aber wie bereits gesagt: Ich bin nicht krank. Und schon gar nicht seelisch."

Adler schwieg einen Moment, wandte sich dann an die Ordensfrau, die am Aufsehertisch saß. „Schwester, ich muss ein vertrauliches Gespräch mit Fräulein Brunner führen. Würden Sie uns bitte einen Moment allein lassen?"

Der Gesichtausdruck der Nonne ließ vermuten, dass sie wenig geneigt war, dieser Bitte zu entsprechen.

„Schwester, bitte, oder muss ich erst der Anstaltsleitung berichten, dass die Vertraulichkeit zwischen Arzt und Patientin ausgerechnet an einem Ort wie diesem keine Bedeutung zu haben scheint?"

Schwester Innocencia, die nichts so sehr verabscheute wie Gespräche mit dem Direktor, in denen er sich als ihr Vorgesetzter aufspielte, erhob sich und verließ den Raum. Sie war schließlich nur Gott und Jesus Christus verantwortlich!

„Einige der renommiertesten Wissenschaftler unserer Zeit halten die Homosexualität sehr wohl für eine Krankheit, Fräulein Brunner, und noch dazu für eine unheilbare, angeborene."

„Ich entnehme Ihren Worten, dass Sie diese Ansicht nicht teilen?"

„Fein beobachtet, Fräulein Brunner." Er zog seine Taschenuhr hervor, warf einen Blick darauf und ließ den Deckel wieder zuschnappen. „Da ich nicht weiß, wie viel Zeit man uns hier heute noch gewährt, möchte ich Ihnen einen Vorschlag machen, den ich mit Ihrem Vater vereinbart habe. Also. Wir werden versuchen, bei Gericht zu erreichen, dass Ihre Haftstrafe auf ein halbes Jahr verkürzt wird und Sie danach für eine gewisse Zeit in meiner Klinik untergebracht werden, wo ich persönlich und einer meiner engsten Assistenten dafür Sorge tragen werden, dass man Sie behandelt, anstatt wegsperrt, um Ihnen eine Rückkehr in ein normales, erfülltes Leben als Frau zu ermöglichen. Wie klingt das für Sie, Theodora?"

„Werde ich meinen Vater öfter sehen können als hier?" Sie fragte mit Bedacht nicht nach Aglaja.

„Aber ja! Glauben Sie mir, es wird Ihnen dort besser gehen! Sie sind ja völlig abgemagert. Die Verpflegung ist ordentlich bei uns, Sie werden auch viel Zeit an der frischen Luft verbringen."

„Und Sie tun das alles nur, weil Sie meinen Vater kennen und schätzen?"

Er nickte. „Wäre es nicht er gewesen, der sich für Sie verwendet hat, hätte ich mehr Zweifel gehabt als alles andere. Natürlich werden wir Ihre Behandlung sehr genau dokumentieren, und im Erfolgsfall, von dem ich ausgehe, wird die Veröffentlichung – natürlich anonym, was Sie angeht – in wissenschaftlichen Kreisen hohe Wellen schlagen!"

Veröffentlichung. Sie hatte geahnt, dass die Sache einen Haken hatte. Abgesehen von den vermutlich endlosen psychoanalytischen Sitzungen. Aber wahrscheinlich waren diese erträglicher als der geifernde Gefängnispfarrer.

„Einverstanden."

„Das freut mich sehr, Fräulein Brunner, und ich kann es kaum erwarten, Ihrem Vater davon zu berichten! Ich werde alle Hebel in Bewegung setzen! Sie hören wieder von mir."

Er erhob sich, setzte seinen Hut auf und klopfte an die Tür, vor der Schwester Innocencia sicherlich gelauscht hatte. Theo wartete, bis die Nonne sie zurück zu den anderen Gefangenen begleitete. Der Hofgang war inzwischen beendet.

Wenn alles gut geht, bin ich noch ein paar Wochen hier. Höchstens. Das halte ich auch noch durch, dachte sie, und dann lasse ich mich von Adler heilen. Sie musste unwillkürlich lachen. Aus tiefstem Herzen. Das erste Mal seit Monaten.

Sie traten aus dem Opernfoyer hinaus auf die Straße, wo eine Gruppe Bettler einem Krähenschwarm gleich über die Kunstbeflissenen der Stadt herfielen.

Alexej stellte sich schützend vor die Baronin und verteilte großmütig Sechserl an die Penetrantesten unter ihnen. Ohne hinzusehen, legte er sie in ihm entgegengestreckte Hände und versuchte, seine Gönnerin aus dem Gewühl herauszubringen, als er spürte, dass eine der bettelnden Hände ihn am Arm festhielt. Er wollte sie abschütteln – man konnte ja nie wissen, was für Krankheiten dieses Gesindel hatte – aber die Finger des Mannes, der in einem kaputten Rollstuhl saß, von dem seine amputierten Beinstümpfe waagerecht nach vorn abstanden, hatten sich in seinen Mantel gekrallt und waren nicht daraus zu lösen.

„Verschwinde! Mehr gibt es nicht – elendes Pack!"

„Alexej … ?"

„Woher zur Hölle … was erlaubst du dir?" Dann sah er genauer hin. Der Krüppel fixierte ihn mit seinem Blick.

Alexej war sprachlos. Sein Gegenüber war in dem Rollstuhl zusammengesackt, als hätte ihn mit einem Mal alle Kraft verlassen, aber Alexejs Ärmel hielt er noch immer umklammert.

„Alexej, was soll das? Woher kennt dieser … er dich?" Elsa von Seyring wirkte milde angewidert.

„Das, meine Liebe, ist Sergej Wolkov. Der im Krieg vermisste Ehemann meiner Schwester."

Die Baronin zog die linke Augenbraue nach oben. „Soso. Dein Schwager also. Was gedenkst du jetzt zu tun? Es wäre ja wohl an deiner Schwester, sich um ihn zu kümmern."

„Wir können ihn doch nicht auf der Straße sitzen lassen!"

„Ich bin gerührt, *mon ami*, dass du plötzlich deinen verschütteten Familiensinn entdeckst, aber er wird in keinem Fall mit uns fahren. Bestimmt hat er Ungeziefer."

Alexej wandte sich an den Zusammengesunkenen im Rollstuhl. „Sergej, warte hier. Ich lasse dich holen, versprochen!"

Der Angesprochene nickte erschöpft und ohne viel Hoffnung. Er schien seine allerletzten Energiereserven aufgebraucht zu haben und wartete nun ab, wann das Schicksal diesmal zuschlagen würde.

Als Alexej zu Elsa in den Wagen stieg – sie hatte letzthin ein modernes Automobil angeschafft –, schwieg sie zunächst. „Ich dachte, deine Schwester ist eine … Lesbierin?"

„Unsinn!"

„Naja, Alexej … ich weiß, dass du ihren Namen aus dieser schmutzigen Sache herausgehalten hast, und ihre … Geliebte hat natürlich auch geschwiegen, und der alte Mann hat sie ja offenbar auch erfolgreich daran gehindert, sich selbst um Kopf und Kragen zu reden, aber es ist doch, wie es ist!"

„Aglaja ist mit Sergej verheiratet, Elsa, verstehst du das nicht? Sie sind rechtmäßig vermählte Eheleute – das ist deutlich mehr, als wir behaupten können."

Sie überhörte den Seitenhieb, der in der Anspielung steckte. „Nun gut. Du kannst ihn ins Palais holen, aber nur so lange, bis du die beiden wiedervereint hast. Dann muss er gehen, Alexej. Ist das klar?"

Er zog sie an sich. „Selbstverständlich, *milaja maja*. Ich danke dir." Er schmunzelte vor sich hin. Das würde eine wundervolle Überraschung werden. Er musste das Ganze nur gut vorbereiten.

Aglaja saß trübsinnig am Küchentisch. Der Professor war allein zur Besuchszeit in Adlers Klinik aufgebrochen, nachdem ihr eigener letzter Besuch offenbar dazu geführt hatte, dass der Arzt den Therapieerfolg für gefährdet hielt. Diese fette, missgünstige Krankenschwester hatte vermutlich verraten, dass sie sich geküsst hatten, als sie sich auf der Terrasse – fälschlicherweise – einen Moment unbeobachtet gewähnt hatten. Sie seufzte. Offenbar nahm man ihr nun nicht mehr ab, dass sie Theos Cousine war, und so war ihr Besuchsverbot erteilt worden. Sie hatten es einfach nicht mehr ertragen können, sich nie berühren zu dürfen!

Sie stand auf und begann, unruhig im Raum hin und her zu gehen. Seit Theo ihr zwar näher war als im Gefängnis, aber dennoch genauso unerreichbar fernblieb, fiel es ihr schwer, still zu sitzen oder sich auf ihre Arbeit zu konzentrieren. Auch Kathi merkte das, verzieh ihr so manche Unachtsamkeit und gab ihr nun täglich Lebensmittel mit nach Hause. Denn durch den Wegfall von Theos Verdienst war das Geld im Hause Brunner äußerst knapp. Der Professor hatte sogar versucht, Studenten Nachhilfe zu erteilen, war aber daran gescheitert, dass sie seinen weitschweifigen Monologen nicht hatten folgen können, weiterhin schlechte Noten bekamen und so seine Berufung zum Nachhilfelehrer von sehr kurzer Dauer war.

Mechanisch erledigte sie die Hausarbeit und beeilte sich, wenigstens pünktlich zur Arbeit zu erscheinen, wenn schon nicht im Vollbesitz ihrer Konzentrationsfähigkeit.

„Lass uns zu Kathi gehen, Kaschmàr.“ Sie streichelte den Hund.

Der Professor hatte ein paar Mal versucht, ihr etwas abzunehmen, hatte aber beim Geschirrspülen zwei Gläser zerbrochen und sich dabei empfindlich geschnitten. Ein Versuch, Eintopf zu kochen, hatte mit einer klumpigen, pechschwarzen Masse geendet, die unverrückbar am Topfboden klebte. Der Gestank hatte noch tagelang im Haus gehangen. Aglaja hatte ihm kategorisch untersagt, irgendetwas in der Küche anzufassen, außer dem Teller mit seinem Abendbrot, den sie ihm jeden Tag richtete. Wenn es manchmal nicht anders ging, dass er sich etwas aufwärmte, hatte sie ihm eingeschärft, ja nicht vom Herd wegzugehen, während der Topf noch darauf stand, aber ihr war immer mulmig, wenn sie wusste, dass er in ihrer Abwesenheit in der Küche hantierte. Es war gar nicht so sehr sein Gedächtnis, das ihr Sorgen machte, sondern vielmehr seine zunehmende Zerstreutheit. Es gab einfach immer irgendetwas in seinem Kopf, das wichtiger war als die profane Tätigkeit des Erwärmens von Nahrung.

Aglaja schwang sich auf Theos Rad und fuhr nach Ottakring. Die Tatsache, dass die Röcke kürzer wurden, hatte ihre Vorteile, auch wenn es genügend Leute gab, die gegen diese vermeintliche Unsitte wetterten. Sie hatte sich nach längerem Überlegen einen wadenlangen Hosenrock gekauft, nachdem sie sich mit einem ihrer alten Kleider einmal derartig in den Speichen verfangen hatte, dass der Saum an mehreren Stellen gerissen war. Dieses neue Kleidungsstück erregte mehr Aufmerksamkeit, als ihr lieb war, daher trug sie ihn nur zum Radfahren und zog sich dann bei Kathi um, um keinem der Gäste Gelegenheit für Anzüglichkeiten zu geben. Es reichte ihr gerade, dass ihr unterwegs hinterhergepfiffen wurde. Trotzdem hatte sie verbissen Radfahren geübt und sich irgendwann auch damit auf die Straße gewagt. Es ging einfach viel, viel schneller als zu Fuß, und die Straßenbahn wollte und konnte sie nicht täglich bezahlen. Kurz bevor die Krankenschwester ihren Besuchen bei Theo ein Ende gesetzt hatte, hatte sie ihre Freundin um Erlaubnis gebeten, ob sie das Rad benutzen durfte, und Theo hatte das gefreut, und sie hatte Aglaja darin unterstützt.

„Wenn ich hier raus bin, dann kaufen wir dir auch eins. Ich nehme mein altes, und wir können Ausflüge unternehmen", hatte sie gesagt.

Wie lange das wohl noch dauern würde? Adler ließ sich auch dem Professor gegenüber zu keiner Prognose hinreißen, hatte nur einmal angedeutet, dass es sich bei seiner Tochter wohl um einen „schweren Fall von Lesbianismus" handele und dass sich alle auf eine umfassende und langwierige Behandlung und Übungsphase einstellen müssten.

Dieses „Üben" war das, was Theo am schwersten fiel – neben dem Tragen von Kleidern. Es war ihr auch untersagt worden, sich das Haar kurz zu schneiden. Bei Aglajas letztem Besuch fielen ihr die kastanienfarbenen Locken schon bis fast auf die Schultern. Sie trug sie zu einem kleinen Zopf gebunden und versuchte, sie zu ignorieren.

Die Therapiegespräche, meist mit Adler selbst, hatte sie zu Anfang verabscheut. Er stellte ihr einen Haufen, in ihren Augen dummer, Fragen und machte sich zu ihren Antworten Notizen in einen dicken, ledergebundenen Folianten – meist mit einem sorgenvollen Gesichtsausdruck.

„Fräulein Brunner, wie erklären Sie sich Ihre Abneigung gegen weibliche Kleidung?"

„Ich habe sie nie getragen. Mein ganzes Leben nicht und ich finde sie sehr unpraktisch."

„Sie haben noch nie Kleider getragen?" Er schien entsetzt.

„Nein. Meine Mutter wünschte sich einen Sohn und war wohl laut meinem Vater nicht willens zu sehen, dass sie stattdessen ein Mädchen bekommen hat."

Er schrieb eifrig in seiner Akte. „Aber Sie halten sich nicht für einen Mann?"

Sie wurde ungeduldig. „Herr Doktor Adler, wenn ich ein Mann wäre, müsste ich kaum hier sitzen. Natürlich halte ich mich nicht für einen Mann!" Was für ein Schwachsinn! Sie musste sich zusammenreißen. Aggressivität – das hatte sie gelernt – war unfeminin.

„Aber Sie wären lieber einer?"

Sie stutzte und musste einen Moment über die Frage nachdenken.

„Nein und ja."

„Aha … würden Sie das ausführen, bitte."

„Eigentlich möchte ich kein Mann sein – ich möchte einfach nur so sein dürfen, wie ich eben bin, leben, wie ich lebe … lebte. Tatsächlich ein Mann zu sein, hätte mir aber eine Menge Ärger erspart!"

Adler nickte. „Da haben Sie ohne jeden Zweifel recht." Er notierte: *Die Patientin denkt logisch und klar, ohne Umwege, ist ohne jeden Zweifel intelligent. Dennoch weist ihre Argumentationsschärfe auf ein eher maskulin geprägtes Denken.*

„Nun kommen wir zu der Tatsache, dass Sie sich … nun zu Frauen körperlich hingezogen fühlen. Wann ging es Ihnen zum ersten Mal so?"

Sie begann unruhig zu werden, und er merkte das.

„Stört Sie die Frage? Wenn ja, warum?"

„Sie erscheint mir zu persönlich."

„Sie ist persönlich, Fräulein Brunner. Aber das ist nun einmal der springende Punkt Ihrer Störung. Bitte antworten Sie mir so präzise wie möglich."

Sie dachte nach. „Immer schon. Ich kann mich erinnern, dass ich schon als Kind nur Mädchen schön fand. Jungen habe ich als meinesgleichen betrachtet, Mädchen nie. Sie waren immer etwas …", sie suchte nach Worten, „… etwas Besonderes. Wunderschön. Verehrungswürdige, anmutige Wesen, die einen Zauber ausüben."

Er konstatierte ein Lächeln, das über ihr Gesicht huschte.

„Heißt das, Sie haben zu keinem Zeitpunkt in Ihrem Leben einen Mann anziehend gefunden und sich eine Verbindung mit ihm gewünscht?"

„Zur Hölle, nein!" Theo war aufgesprungen, einige Schritte durch den Raum gegangen und an dem vergitterten Fenster stehengeblieben. Ihr Herz raste. Sie musste hier raus. Vielleicht sollte sie lügen? Sie wandte sich um. „Einmal vielleicht."

„Das ist interessant. Erzählen Sie mir davon, Theodora."

Ihr Gehirn arbeitete fieberhaft. „Ich hatte bei Pietät-Huber einen Kollegen. Franz. Ich kenne ihn schon seit immer. Aber er hat mich auch immer für einen Jungen gehalten. Insofern kam es nicht in Frage, dass … sich da etwas entwickelt." Sie erstickte fast daran. Verzeih mir, Franz, dachte sie.

„Was mochten Sie besonders an Franz?"

„Er ist ein wunderbarer Freund, liebenswert, ehrlich, aufrichtig. Er hinkt stark, weil er ein kürzeres Bein hat, und arbeitet trotzdem sehr viel und schwer. Versucht nie, sich um etwas zu drücken, und er ist immer so hilfsbereit und freundlich. Er wird eigentlich nie wütend. Schon als Kind nicht und er wurde öfter gehänselt."

„Nun ja, Theodora, das sind jetzt noch nicht unbedingt sehr romantisch motivierte Gefühle, die Sie für Franz hegen, aber immerhin ein Anfang. Wir sehen uns morgen und werden das dann vertiefen."

Sie nickte Adler zu, erleichtert, für den Moment entlassen zu sein. Draußen lehnte sie sich einen Moment gegen die Wand. Konnte das gutgehen? Sie nahm sich vor, die Geschichte gedanklich auszuarbeiten, um überzeugender zu wirken.

Die Patientin, Theodora Brunner, Alter: siebenundzwanzig, war als Kind überzeugt, ein Junge zu sein. In dieser Überzeugung wurde sie von der Mutter bestärkt, und der Vater griff offenbar nicht korrigierend ein. Aufgrund dieser Verfehlung verfestigte sich die maskuline Identität der Patientin, die nach wie vor Männer als ihresgleichen, Frauen als den natürlichen, anziehenden Gegenpol betrachtet. Sie vermutet in einer freundschaftlichen Beziehung zu einem früheren Arbeitskollegen Anklänge einer romantischen Empfindung für einen Angehörigen des männlichen Geschlechts. Diese ist jedoch vor dem Hintergrund ihres weiteren Verhaltens weder wahrscheinlich noch der weiteren Exploration wert.

Als Aglaja die Wirtschaft am Abend wieder verließ, fühlte sie sich gerädert. Ihr war übel, und auch die monatlichen Krämpfe hatten während des Tages eingesetzt, und zwischen Taille und Knien schien sie nur aus pochendem Schmerz zu bestehen. Sie freute sich darauf, einen heißen Ziegelstein in ein altes Handtuch gewickelt mit ins Bett zu nehmen. Kaschmàr würde auf dem Teppich liegen und wohlig schnarchen. Aber zuerst würde sie Gulaschsuppe aufwärmen und mit dem Professor zusammen essen und ein Glas Wein trinken – das würde auch gegen die Schmerzen helfen. Sie stieg vom Rad und bemerkte erstaunt, dass Küche und Wohnzimmer hell erleuchtet waren. Ihr Puls beschleunigte sich. Hoffentlich hatte der Professor nichts angestellt. Sie hatte kaum den Schlüssel ins Schloss gesteckt, als der alte Herr auch schon die Tür öffnete.

„Aglaja, Kind, wir haben … Besuch. Ich weiß nicht, was ich sagen soll …“

„Aber, aber Professor Brunner! Dies ist ein Freudentag für meine Schwester! Aglaja, komm herein, und sieh, wer da ist!“

Alexejs Stimme zu hören, war in der Tat überraschend, aber nun wahrlich kein Grund zur Freude. Missmutig trat sie ein und erstarrte auf der Schwelle zur Wohnstube.

Ihr Bruder saß auf dem Sofa, das ihm im Hause Brunner als Schlafstatt gedient hatte. Mitten im Raum stand ein Rollstuhl, in dem Sergej saß. Abgemagert und mit zwei oberhalb des Knies amputierten Beinen sowie einer Augenklappe.

„Sergej!“ Sie wurde blass und rührte sich nicht von der Stelle.

„Schwester, wo ist dein Benehmen? Umarme deinen Gatten.“

Wie in Trance schritt sie auf dieses Gespenst aus der Vergangenheit zu und beugte sich zu ihm hinunter, als sie eine überraschend kräftige Hand in ihrem Nacken spürte, mit der Sergej sie zu sich zog, um sie hart und fordernd zu küssen. Er riss ihren Kopf an ihrem Haar zurück, und als sie protestieren wollte, stieß er ihr seine Zunge in den geöffneten Mund. Ihr stieg ein Schwall Säure im Hals hoch. Sie riss sich los, wobei sie ein Büschel Haar einbüßte, und erbrach sich über ihm.

Sein Fluchen verfolgte sie noch, als sie blindlings die Stiege hinaufstolperte und sich in Theos Zimmer einsperrte.

„Aglaja? Kind, mach auf!“ Der Professor klopfte an die Tür.

Sie lag zusammengerollt auf dem Bett. Sie musste eingeschlafen sein, denn sie fror, und ihr Körper schmerzte von der gekrümmten Lage auf Theos schmalem Bett.

„Ist alles in Ordnung?“ Wieder die Stimme des Professors. „Geht's dir besser?“

Aglaja lauschte in die Stille, die sich nach seinen Worten ausbreitete. Alexej und Sergej mussten wieder gegangen sein. Sie atmete vorsichtig auf. „Ja. Ich komme.“ Sie erhob sich ächzend und bewegte vorsichtig die schmerzenden Schultern und Beine.

Professor Brunner wartete in der Küche auf sie. Sie warf einen ängstlichen Blick in das dunkle, verlassene Wohnzimmer, als vermutete sie einen Hinterhalt.

„Sie sind weg, Kind. Keine Angst. Was für ein brutaler Widerling. Möchtest du eine Tasse Tee?“

Sie nickte – ihre Hände zitterten viel zu stark, sie hätte das Wasser vermutlich verschüttet, anstatt es auf den Herd zu bringen. Der Professor hantierte eine Weile herum und stellte schließlich eine dampfende Tasse vor sie auf den Küchentisch.

„Ich schulde Ihnen eine Erklärung …“

„Aber nein, mein Kind.“

„Hat Theo es Ihnen erzählt?“

„Ja, sie hat es nicht böse gemeint, wirklich. Kreide ihr das nicht an.“

Aglaja schwieg. Sie war nur erleichtert, dass sie nicht weit ausholen musste. „Er war früher nicht so. Der Krieg hat ihn verändert – nicht nur seine … Verletzungen. Er hätte sich so niemals verhalten. Er hat mich nie zu irgendetwas gezwungen. Natürlich konnte ich mich ihm nicht verweigern, aber er war nie so … so gemein und so grob. Hat Theo Ihnen auch erzählt, dass ich damals eine Freundin hatte?“

„Nein.“

„So war es aber. Sie hieß Maria. Sie kam aus dem Dorf, in dem wir ein Sommerhaus hatten, und im letzten Sommer, den ich vor meiner Heirat mit Sergej dort verbrachte, haben wir uns verliebt. Sergej hat sie später zu uns nach Petrograd als Bedienstete ins Haus geholt. Natürlich wusste er von nichts." Sie schwieg und starrte auf ihre Teetasse. „Anfangs jedenfalls."

„Meinst du, Alexej hat es ihm erzählt?"

Sie schüttelte zunächst den Kopf. „Nein … ich weiß es nicht. Vielleicht." Sie rieb sich die Schläfen, in denen es hämmerte wie auf einem Schmiedeamboss. „Er hat Maria vergewaltigt. Ich will ihn nie wieder sehen. Selbst wenn das alles nicht passiert wäre – ich wäre nie zu ihm zurückgekehrt –, das muss ihm doch klar sein! Ich habe keine Ahnung, wieso er hier ist und was er jetzt will."

„Nun. Ich glaube, Alexejs Ansinnen ist einfach: Er will Sergej loswerden. Ich vermute, die Frau Baronin schätzt keine Hausgäste, die ein weniger erbaulicher Anblick sind als dein Bruder."

„Loswerden? Wie? Hier bei uns?" Sie hörte selbst, wie schrill und panisch ihre eigene Stimme klang.

„Keine Sorge, ich habe ihm gesagt, dass das nicht geht. Es kommt überhaupt nicht in Frage." Der Professor straffte die Schultern, und Aglaja liebte ihn mehr denn je.

„Hat er noch etwas gesagt?"

„Dein Bruder meinte nur, wir würden noch von ihm hören, und dein … Angetrauter hat irgendwas vor sich hin gebrabbelt und sprühte Gift und Galle vor Zorn – ich habe ihn ja nicht verstanden. Zum Glück. Ich will gar nicht wissen, was er für Ausdrücke in meinem Haus gebraucht hat."

Aglaja fiel dem Professor um den Hals und weinte vor Erleichterung. Die ganze Situation war so irreal gewesen, wie ein Albtraum, aus dem es kein Entrinnen gab.

„Ich befürchte, das wird nicht sein letzter ‚Besuch' gewesen sein." Der Professor sah besorgt aus und tätschelte beruhigend Aglajas Rücken.

Sie richtete sich auf. „Aber das geht nicht. Ich habe ihn verlassen!"

„Hast du ihm das auch gesagt? Und wenn ja, ist er ein Mann, der das so ohne Weiteres hinnehmen wird?"

„Nein und nein."

Eine Weile lastete ein Schweigen zwischen ihnen, das die ganze Küche zu füllen schien. Schließlich wischte Aglaja sich die Tränen aus den Augenwinkeln, fuhr sich durch das Haar, das zerzaust um ihr Gesicht hing, und richtete sich auf. „Ich muss mit ihm reden."

„Kind, deine Absicht in Ehren, aber weder dein Bruder noch dein Ehegatte erscheinen mir besonders … verhandlungsbereit."

„Ich will auch nicht verhandeln. Ich werde ihnen mitteilen, dass ich Sergej bereits vor Jahren verlassen habe. Eigentlich müsste er das wissen. Als Maria mir ihre Schwangerschaft gebeichtet hat, bin ich mit ihr weggegangen."

Der Professor schwieg. Was hatte das Mädchen alles durchgemacht. Durch eine ungewollte Heirat war sie gezwungen worden, mit einem Schlag erwachsen zu werden, hatte auf grausamste Weise ihre Familie verloren, und lediglich ihr unausstehlicher Bruder war wieder aufgetaucht. Sie hatte ihren Ehemann verlassen, war ihrer Freundin gefolgt und hatte nach ihrem Verlust allein mit ihrem treuen, grauen Schatten Kaschmàr das Baltikum und Polen durchquert – in diesen Zeiten! Es war ein Wunder, dass sie gesund an Körper und Geist hier an seinem Tisch saß.

Sie unterbrach seinen Gedankengang. „Haben Sie gehört?"

„Was denn?"

„Kein Wort zu Theo bei Ihrem nächsten Besuch in der Klinik, Professor!"

„Aber warum?"

„Weil sie von dort drinnen nichts tun kann. Damit muss ich allein fertig werden."

„Wir." Er drückte ihre Hand.

„Einverstanden. Aber Theo darf nichts davon erfahren. Auf gar keinen Fall!"

Alexej schenkte sich und Sergej großzügig vom französischen Cognac der Baronin ein. Sergej stürzte das erste Glas hastig herunter und bedeutete Alexej, sein Glas aufzufüllen.

„Sie wird es sich schon noch überlegen – immerhin bist du ihr Ehemann." Alexej beobachtete, wie Sergej das zweite Glas ebenfalls in Rekordzeit leerte.

„Der Alte hat uns hinausgeworfen. Wie kann er das wagen!"

„Der kommt auch noch zur Einsicht."

Sergej winkte ab und schenkte sich selbst nach. Der verbitterte Zug um seinen Mund schien sich ein wenig zu entspannen.

„Wir müssen überlegen, was wir als Nächstes tun", fügte Alexej hinzu. „Denn eins steht fest: Sie muss sich um dich kümmern. Ihr seid rechtmäßig verheiratet, daran gibt es nichts zu deuteln, auch wenn sie offenbar dir anlastet, dass ich damals ihre kleine Dorfschlampe geschwängert habe." Er grinste breit und pufffte Sergej in die Seite, als wollte er Beifall für einen wirklich guten Witz.

Sergej spülte seinen wieder hochkochenden Zorn mit mehr Alkohol hinunter. „Hätte ich wissen müssen, dass du das warst. Herrgott noch mal. Konntest du nicht die Finger von ihr lassen? Da war doch nun wirklich nichts dran." Er trank weiter. „Deine Schwester ist ein völlig anderes Kaliber, Schwager, das kann ich dir versichern. Wenn man von ihren albernen Spielereien mit diesem Mädchen absieht, war sie wirklich gut – und wird es auch wieder sein."

Aus dem Augenwinkel beobachtete er Alexejs entgleisende Gesichtszüge. Er erinnerte sich gut an Alexejs ersten Besuch in einem Hurenhaus. Da Fjodor Struzhanov solche Etablissements nicht betrat, hatte er selbst als zukünftiger Schwager den damals Vierzehnjährigen mitgenommen. Das Mädchen, das er damals ausgewählt hatte, war seiner Schwester sehr ähnlich gewesen. Damals war es Sergej nicht weiter aufgefallen. Die Baronin war ebenfalls ein ähnlicher Typ wie Aglaja, wenn auch natürlich viel älter. Du hältst dich für so schlau, Alexej Struzhanov, dachte Sergej. „Lass uns über etwas anderes sprechen. Was ist mit deiner … Gönnerin? Solltest du da nicht langsam andere Saiten aufziehen? Wie lange amüsierst du dich schon mit ihr? So ganz taufrisch ist sie ja nun nicht mehr."

Alexej schnaubte verächtlich. „Ich habe hier alles, was ich brauche, glaub mir, mein Freund."

„Ja, das sehe ich. Aber sie könnte dich auch von heute auf morgen vor die Tür setzen, und dann stehst du wieder, wie ich dich kenne, mit nichts da."

Da hatte Sergej leider recht. Alexej gab seine üppig bemessene Apanage stets aus, bevor er die Verbindlichkeiten des vorherigen Monats beglich. Alles andere wäre auch albern gewesen. Er betrachtete das Schuldenmachen als aristokratische Königsdisziplin. Aber dennoch. Sergejs Bemerkung stimmte ihn nachdenklich – er musste seine Position schleunigst stärken.

„Alexej, was tust du hier?" Elsa von Seyring saß in ihrem Bett und las. „Ich hatte dir doch gesagt …"

„Aber ich weiß doch, dass du nicht schon wieder unpässlich sein kannst." Er setzte sich auf ihre Bettkante, nahm ihre Hand und zog sie unter seinen Hausmantel. Sie zuckte zunächst zurück, begann dann aber, das zu tun, was sie hervorragend beherrschte, aber Alexej sah sich vor, seinem wachsenden Verlangen noch nicht nachzugeben. Er glitt aus dem Mantel und zu ihr unter die Decke. „Ich will dich ganz, Elsa", wisperte er, „nicht so!"

„Aber … das geht jetzt nicht, Alexej! Ich bitte dich, nicht …"

Ihr Protest wurde zwar schon schwächer, aber noch bestand die Gefahr, dass sie sich ihm rechtzeitig entzog.

„Dann machen wir es anders, ich weiß doch, was dir gefällt." Er verschwand unter der Decke, und die Baronin begann zu seufzen. Er wusste genau, wie er sie dazu bringen konnte, dass sie ihm alles gestatten würde.

„Alexej … ja … bitte … nicht aufhören …"

„Ich bringe es jetzt zu Ende!" Er drang trotz ihrer Abwehrversuche in sie ein. Sie entspannte sich unter seinen Stößen, und schließlich kam sie, und auch er ließ sich gehen.

Sie atmete schwer. „Das hätten wir nicht tun dürfen, Alexej. Nicht jetzt."

Er nahm sie in die Arme und küsste sie. „Es ist doch alles gut, *milaja maja*."

14. Kapitel – Wien August 1920

Es laden ein zu ihrer Vermählung im kleinsten Kreise, Elsa von Seyring und Alexej Fjodorowitsch Struzhanov …

Aglaja las den Brief zum wiederholten Male und konnte nicht glauben, was sie da vor sich hatte. Abgesehen davon war der Brief an die „Eheleute Wolkov" gerichtet. Alexej hatte sie in einem handschriftlichen Zusatz angewiesen, sich ein dem Anlass entsprechendes Kleid auf Rechnung der Baronin zu kaufen, damit er sich ihrer nicht schämen müsse. Die Adresse des Geschäfts in der Mariahilfer Straße hatte er ebenfalls angegeben. Für Sergejs Aufzug würde er ebenfalls Sorge tragen. Wortlos reichte sie das Papier an den Professor weiter.

„Ich kann das einfach nicht glauben! Und er erwartet offenbar, dass ich dort als treusorgende Ehefrau mit Sergej auflaufe."

„Ich schon", erwiderte der Professor trocken. „Ich hab gehört, sie soll tatsächlich schwanger sein! Ich bin sicher, ihre Kinder aus erster Ehe sind begeistert über ein kleines Geschwisterchen. Aber Hut ab vor deinem Bruder. Er hat wirklich das Beste aus seinen … etwas einseitigen Talenten gemacht."

Sie musste wider Willen lachen, wurde dann aber sofort ernst. „Meine Eltern würden sich im Grab umdrehen."

„Ach, Kind", versuchte der Professor sie zu trösten. „Es ist ja immerhin kein Verbrechen, das er da begeht. Wenn man wollte, könnte man es sogar als ehrenhaft bezeichnen, dass er diese schon etwas überreife Dame heiratet, da er sie erfolgreich geschwängert hat. Ein Skandal ist die Hochzeit natürlich trotzdem. Aber immerhin lässt er sie nicht sitzen."

„Nein", erwiderte Aglaja mit schneidendem Tonfall, „das tut er natürlich nicht – mit dieser Ehe ist er ein- für allemal aus dem Schneider. Und man kann ihm einiges nachsagen, aber nicht, dass er seinen Vorteil nicht erkennt, wenn er ihn vor sich hat."

Der Professor winkte ab.

„Ich kann da nicht mit Sergej Seite an Seite sitzen. Das ist doch grotesk!" sagte sie.

Seit dem unerwarteten Besuch vor einigen Monaten hatte sie ihren Ehemann nur noch einmal gesehen. Er hatte ihr eine Aussprache vorgeschlagen. Diese hatte eine Woche zuvor im Palais Seyring stattgefunden. Er hatte sich bemüht, freundlich zu erscheinen, hatte aber kühl und überlegt argumentiert. Er erwartete nicht von ihr, dass sie von heute auf morgen wieder wie Mann und Frau zusammenleben würden.

„Es ist viel Zeit vergangen, Aglaja. Du und ich sind beide nicht mehr die, die wir einmal waren." Er senkte den Blick. „Ganz besonders ich nicht. Ich kann verstehen, dass du mich abstoßend findest."

„Das ist nicht der Punkt, Sergej. Du weißt genau, was du Maria angetan hast! Und du weißt auch, warum ich nie wieder mit dir zusammen sein kann."

Er richtete den Blick auf sie. Die Augenklappe irritierte sie. Wenn sie ihn ansah, fokussierte sie immer automatisch sein gesundes Auge und hatte das Gefühl, dass sie unwillkürlich zu schielen begann.

„Du kannst mich nicht einmal mehr ansehen."

Sie seufzte. „Es steht inzwischen so vieles zwischen uns, Sergej. Ich kann nie wieder deine Frau sein."

Er räusperte sich. „Aglaja, ich muss dir etwas sagen, das du nicht weißt. Vielleicht siehst du dann vieles anders." Eine Hand hielt seinen linken Beinstumpf so fest umklammert, dass seine Fingerknöchel weiß wurden. „Ich habe deine … Freundin Maria niemals angefasst."

Sie sprang empört auf. „Diese Lügen muss ich mir nicht anhören!"

„Geh nicht, bevor du die Wahrheit weißt."

„Die Wahrheit kenne ich."

„Offenbar nicht. Vermutlich hat sie dir erzählt, dass ich es war, um dich endgültig an sie zu binden und dich zu der Flucht zu überreden. Es war aber dein Bruder."

Sie wandte sich zu ihm um. „Das glaube ich nicht! Und ich bin nicht geflüchtet, Sergej. Ich habe dich verlassen."

„Überleg doch einmal! Alexej hat mir erzählt, dass Arkadij unsterblich in diese graue Maus verliebt war, aber sie wollte ihn natürlich nicht erhören."

„Und da hat er sie sich mit Gewalt genommen? Niemals. So war Arkadij nicht."

Er hob ironisch die Augenbrauen und sagte: „Nein. Arkadij war nicht so – aber Alexej ist so. Er hat sich an Maria vergriffen."

Aglaja war fassungslos … so etwas Grauenvolles hätte sie ihm damals nicht zugetraut. Heute würde sie ihre Hand nicht mehr dafür ins Feuer legen. Sie fuhr zu ihm herum.

„Aber ich liebe dich nicht, Sergej. Du warst ein wirklich guter Mann, damals – aber ich habe dich nie geliebt."

„Liebe!" Er spuckte das Wort in den Raum und fegte ein Tablett samt Karaffe und Gläsern vom Tisch. „Liebe bedeutet gar nichts. Siehst du es nicht ein? Deine geliebte Maria ist aller Wahrscheinlichkeit nach tot und wartet in einem ungesegneten Massengrab auf Gottes Gericht, und du hast dich ja offenbar auch gut über sie hinweggetröstet, wie mir Alexej berichtet hat. Also hör mir auf mit Liebe. Deine momentane Geliebte ist in der Irrenanstalt, wie ich höre. Und wenn du ihr nachtrauerst, bist du genauso krank wie sie. Dein Bruder hätte dich ebenfalls den Behörden ausliefern können, aber er hat dich geschützt. Du schuldest ihm dafür Dankbarkeit!"

„Dankbarkeit?", fauchte sie. „Etwa dafür, dass er Theo ohne irgendeinen Grund ins Gefängnis gebracht hat?"

„Ich finde, er hat hinreichend gute Gründe gehabt."

„Du bist ekelerregend, Sergej, und nicht, weil du als Krüppel aus dem Krieg zurückgekommen bist, sondern weil du andere Menschen nicht achtest und respektierst."

Daraufhin hatte sie das Palais Seyring fluchtartig verlassen. Und nun sollte sie mit ihm bei der lächerlichen Hochzeit ihres Bruders die liebende Gattin geben? Niemals.

„Also, wenn du meine Meinung hören willst: Ich finde, du solltest hingehen." Kathi hatte sich in aller Ruhe die Geschichte angehört, und ihre Antwort schockierte Aglaja.

„Warum in aller Welt sollte ich das tun?"

„Informationshalber, würde ich mal sagen. Du weißt ja, wozu Alexej fähig ist. Wer kann wissen, was er mit Sergej ausheckt. Offenbar bist du ja noch immer rechtskräftig mit ihm verheiratet und ..."

„Ich glaube kaum, dass er in seinem Zustand ausgerechnet unsere Heiratsurkunde aus Russland gerettet hat!"

„Na und? Alexej wird das bestimmt jederzeit gern bezeugen, sofern erforderlich. Und dann stünde allein deine Aussage gegen die der beiden."

Aglaja wurde trotz der sommerlichen Hitze eiskalt. „Du meinst, sie könnten mich zwingen, wieder mit ihm zusammenzuleben?"

„Ich weiß es nicht, aber auf jeden Fall kann er dir große Schwierigkeiten bereiten, so viel ist sicher."

Aglaja verstand. Spätestens, wenn Theo entlassen würde und nach Hause zurückkehrte, würden Alexej und Sergej zuschlagen.

Kathi kraulte den schnaufenden Kaschmàr hinter den Ohren. „Nun mach dir mal keine Gedanken über ungelegte Eier. Kauf dir ein hübsches Kleid auf Kosten deines Bruders ... beziehungsweise seiner Verlobten und geh dahin. Trink Champagner und gib dich versöhnlich. Ich glaube, das wäre gesünder, als sie durch deine Weigerung noch mehr zu brüskieren."

Auf dem Heimweg überlegte sie hin und her und versuchte, ihre Abneigung der ganzen Sache gegenüber außen vor zu lassen. Betrachtete man die Dinge nüchtern, hatte Kathi recht. Es sprach deutlich mehr dafür als dagegen. Der Professor war auch der Ansicht, dass sie hingehen sollte. „Was meinst du denn, Kaschmàr?", flüsterte sie dem Hund zu, der neben dem Rad hertrottete. „Was würdest du mir wohl raten? Manchmal glaube ich, du bist schlauer als wir alle zusammen!"

„Was kann ich für Sie tun?"

Aglaja zuckte zusammen. Sie stand mitten in dem Damenmodengeschäft auf der Mariahilfer Straße, das Alexej ihr genannt hatte, wusste nicht, wo sie zuerst hinschauen sollte, und hatte den jungen Verkäufer, der sie ansprach, nicht einmal bemerkt.

„Ich brauche ein Kleid. Mein Bruder heiratet, und ich habe keine Ahnung, was ich anziehen soll." Sie war ehrlich verzweifelt. Um Kleidung hatte sie sich in den letzten Jahren nicht mehr gekümmert. Sie wusste weder, was gerade in Mode war, noch welche Art von Kleid man sowohl bei der kirchlichen Trauung als auch bei dem anschließenden Essen tragen konnte.

„Nun. Dann wollen wir mal sehen. Ist es denn eine große Hochzeit oder eher etwas Einfaches? In welchem Rahmen findet das Ganze statt?"

Sie seufzte. „Ich glaube, es wird nicht so sehr groß sein. Es ist für die Braut die zweite Ehe, sie ist Witwe. Dennoch wird es vermutlich recht elegant zugehen. Sie kommt aus einer … sehr guten Familie."

„Alter Adel?", flüsterte der junge Mann verschwörerisch.

Sie nickte. „Und ich habe große Angst, deplatziert zu wirken."

Er winkte ab. „Eine schöne, junge Frau wirkt niemals deplatziert! Wir werden etwas finden, in dem Sie umwerfend aussehen, aber nicht allzu offensichtlich, um die Braut nicht zu überstrahlen. Kommen Sie. Ich habe genau das Richtige für Sie."

Sie folgte ihm dankbar zum Umkleideraum, wohin er ihr ein zartes Kleid in einem violettstichigen Rauchblau brachte, das sie sprachlos machte. Das Oberteil sah aus wie gewickelt, war leicht gebauscht und hatte in dem weich auseinanderfallenden Ausschnitt einen Einsatz aus heller Spitze. Der Rock fiel bis auf die Knöchel und war hinten in weiche Falten gelegt. Eine Kordel aus demselben Stoff wurde als Gürtel um die Taille geschlungen und lief in einer langen Schleife zum Saum hin aus.

„Das ist genauso perfekt, wie ich es mir vorgestellt habe!" Der Verkäufer klatschte begeistert in die Hände. „Zauberhaft, ganz und gar zauberhaft! Warten Sie einen Moment."

Als er zurückkehrte, brachte er ihr ein Gebilde mit, das man kaum als Hut bezeichnen konnte. Es war eher ein zarter Knoten aus gestärktem Tüll, von dem seitlich ein paar helle, crèmefarbene Perlenschnüre herunterfielen. „Das passt großartig dazu!"

Sie konnte kaum glauben, dass sie selbst diese Erscheinung im Spiegel war. Wenn Theo mich doch so sehen könnte. „Ich nehme es."

Der Verkäufer nickte erfreut.

„Bitte setzen Sie es auf die Rechnung von … Frau von Seyring."

Er blinzelte irritiert.

„Mein Bruder schrieb mir, das sei so in Ordnung? Seine Verlobte weiß davon – wirklich, ich bin keine Betrügerin!"

„Aber nein, aber nein! Selbstverständlich. Die Ba… Frau von Seyring hat Ihr Kommen ankündigen lassen, gnädige Frau." Er legte das Kleid sorgsam zusammen und bettete es in einen Karton mit mehreren Lagen knisternden, rosafarbenen Seidenpapiers. Den Hut verpackte er in eine Hutschachtel, die an einen Tortenkarton aus der Konditorei Demel erinnerte. „Ich müsste dann noch Ihren Namen notieren, Fräulein …"

„Aglaja S-t-r-u-z-h-a-n-o-v-a." Streng genommen stimmte das zwar nicht, aber sie konnte nicht unter Sergejs Namen leben.

„Dann sind Sie die Schwester des Bräutigams!" Er nahm so etwas wie Haltung an.

Aglaja musste schmunzeln. Die Abschaffung der Monarchie und das Gesetz, welches den Gebrauch von Adelstiteln unter strenge Strafe stellte, hatten nicht vermocht, den Respekt der meisten Menschen vor Titeln und hoher Geburt auszurotten. Vielleicht war es auch einfach Sensationsgier. Wenn es stimmte, was der Professor sagte, und die Braut war tatsächlich schwanger, dann war die Hochzeit ein waschechter Skandal.

„Ja, das bin ich."

Er schien etwas verwirrt zu sein ob ihrer einfachen Kleidung. Sein Blick streifte ihre Hände, denen man die tägliche Arbeit in der Wirtschaft ansah. Sollte er sich ruhig wundern. Sie lächelte, vielleicht trug sie nun auch zu dem einen oder anderen neuen Gerücht bei, dass Alexejs Eheschließung umranken würde.

„Sollen wir Ihnen das Kleid nach Hause bringen lassen, oder geht es direkt ins Palais Seyring?", erkundigte er sich diensteifrig.

Als sie verneinte, schien er enttäuscht zu sein.

„Nein, danke. Ich nehme es gleich selbst mit." Sie spürte, dass sein Blick ihr wohlwollend folgte. Das Kleid war so wunderbar – und es hatte ihr Freude gemacht, es zu kaufen, obwohl sie Bedenken gehabt hatte, Alexejs Zukünftige für sich bezahlen zu lassen. Aber Tatsache war, dass sie noch zehn Jahre bei Kathi würde arbeiten müssen, ohne sich je in diesem Geschäft selbst ein Kleid leisten zu können. Sie war nicht traurig darum. Es gab Wichtigeres als schöne, modische Kleider, und sie vermisste sie nicht. Und daher gönnte sie sich auch die Freude an der neuen Robe. Immerhin hatte sie etwas ausgesucht, das sie noch lange tragen konnte. Wie sie wohl Theo darin gefallen würde?

Theo ... ihr beschwingter Schritt stockte. Theo wusste von alledem nichts. Nichts von Sergejs Rückkehr, nichts von Alexejs Hochzeit. Sie hatte den Professor angefleht, ihr nichts zu erzählen, was sie beunruhigen würde, und er hatte Wort gehalten. Ihnen beiden war klar, dass eine „Heilung" bei Adler nicht stattfinden würde. Die Frage war nur, wie und wann würde sie es schaffen, ihn glauben zu lassen, dass sie geheilt war und in ein „erfülltes Leben als Frau" entlassen werden konnte?

Der Homosexuelle ist ein schwer entmutigter Nervöser. Ihm fehlen die seelischen Vorbereitungen für ein mitmenschliches Verhältnis zum andersgeschlechtlichen Partner. Wer ihn ermutigt, kann ihn heilen. Nach meiner Erfahrung können einzelne Fälle durch operative Eingriffe ermutigt werden, ohne dass Arzt und Patient diesen Vorgang verstehen. Manche, die sich solchen Eingriffen hingeben, sind bereits am Wege der Ermutigung. Bei anderen bleibt sie aus. Die so lebenswichtigen seelischen Vorbereitungen können nur durch die individualpsychologische Methode nachgeholt werden. Die Schwierigkeit in solchen Fällen beruht wohl darin, dass sie im Training gegenüber dem anderen Geschlecht so weit zurück sind und eigentlich nachholen müssten, was andere seit Kindheit geübt und in sich aufgenommen haben. Wir wollen endlich auch zeigen, wie man die individualpsychologischen Feststellungen über Homosexualität gerichtsärztlich zur Geltung zu bringen hätte …

„Herein?" Adler war ungehalten, dass sein Schreibfluss durch etwas Profanes wie Türklopfen unterbrochen wurde.

„Herr Professor? Hier ist ein Besucher für Fräulein Brunner … Sie sagten doch, dass sich jeder Besucher für sie bei Ihnen persönlich anmelden muss."

„Ja, doch, Schwester, hinein mit ihm. Warten Sie bitte draußen."

„In Ordnung, Herr Professor … Herr Achleitner, Herr Professor Adler empfängt Sie jetzt."

„Danke schön. Guten Tag, Herr Professor …"

Adler blickte von seinem Manuskript auf und sah sich einem großen, kräftigen Mann gegenüber, der ein Bein nachzog.

„Mein Name ist Franz Achleitner, und ich möchte Theo … Fräulein Brunner besuchen."

„Franz Achleitner? In welchem Verhältnis stehen Sie zu ihr, wenn ich fragen darf?"

„Wir haben bei Pietät-Huber zusammengearbeitet, Herr Professor."

Adler wurde hellhörig. Es handelte sich um die Sandkastenbekanntschaft, die sie ihm gegenüber erwähnt hatte. Offenbar hatte er die Bedeutung dieser Bekanntschaft unterschätzt. Der Mann konnte der Schlüssel zu allem sein. Er räusperte sich. „Nun, Herr Achleitner, Sie sind sich darüber im Klaren, dass Fräulein Brunner krank ist, und auch darüber, worin ihre Erkrankung besteht?"

Franz nickte fahrig, aber seine unruhigen Augen verrieten ihn.

„Nun gut."

„Kann ich sie sehen? Es geht ihr doch … den Umständen entsprechend … gut?"

„O ja. Körperlich ist sie wohlauf. Ihr Leiden ist seelischer Natur. Deshalb ist sie ja auch hier bei mir in der Klinik und nicht in einem Hospital. Und daher gibt es hier bei uns auch ein paar andere Verhaltensmaßregeln als bei normalen Spitalbesuchen. Sie dürfen unsere Patienten auf gar keinen Fall aufregen. Und bis wir wissen, dass wir Fräulein Brunner gefahrlos mit Ihnen allein lassen können, müssen Ihre Besuche unter Aufsicht stattfinden. Verstehen Sie das?"

„Ja, natürlich, Herr Doktor … ich meine, Herr Professor."

„Nun gut! Dann gehen Sie mit der Schwester, die Sie herbegleitet hat. Sie ist unter anderem mit Fräulein Brunners Pflege und Aufsicht betraut und wird Sie zu ihr in ein Besuchszimmer bringen.

„Vielen Dank." Franz verbeugte sich auf leicht ungelenke Weise und verließ den Raum.

Die Schwester ging schweigend vor ihm her und wies ihm den Weg in einen kleinen Raum, in dessen Mitte ein Tisch und einige Stühle standen. Das Fenster ging in den blühenden Garten hinaus, war aber eng vergittert, wie alle anderen auch. Selbst in Adlers Zimmer war es so gewesen, bemerkte Franz bestürzt.

„Ich hole jetzt Fräulein Brunner."

„Danke."

Er sah sich um, ohne jedoch irgendetwas Neues zu entdecken, weil es nichts gab. Der Raum war vollkommen weiß und schmucklos bis auf die billigen Holzmöbel. Immerhin schien die Sonne durch das Fenster, und man konnte in den Garten sehen. Wie trostlos musste es im Winter in diesen Räumen sein.

„Franz!"

„Theo …"

Sie kam auf ihn zu und fiel ihm um den Hals. „Vielen Dank, dass du gekommen bist!"

„Natürlich bin ich gekommen – dein Vater hat mir gesagt, was passiert ist … ich wusste ja von nichts nach deiner Verhaftung. Ich wäre sonst schon eher gekommen. Wie geht es dir denn, Theo?" Er hatte noch „gut schaust aus" sagen wollen, aber das blieb ihm im Hals stecken. Er sah seinen besten und ältesten Freund vor sich, der rätselhafterweise ein unvorteilhaftes Kleid aus einem verblichenen blauen Stoff trug und das zu lang gewordene Haar mit einer Schleife zurückgebunden hatte. Er musste sich sehr zusammenreißen.

„Danke, Franz. Es geht mir gut hier. Es ist viel besser als im Gefängnis. Und der Professor arbeitet viel mit mir an meiner … Heilung."

Franz nickte und wusste dann nicht mehr, was er sagen sollte.

„Das ist gut. Theo, ich …"

„Theodora, Franz. Ich heiße Theodora", wies sie ihn mild lächelnd zurecht.

„Entschuldige, es ist so ungewohnt, dich so zu sehen, aber natürlich. Theodora. Ein schöner Name." Ein schöner Name? Was redete er eigentlich für einen Unsinn! Er schaute sie an und bemerkte unter dem sanften Lächeln eine ungeheure Anspannung, vielleicht auch Angst. Aber die Anwesenheit des Drachens in Schwesternuniform verbot es ihm, sie zu fragen, was wirklich los war.

„Beim Huber vermissen dich alle – der Alte besonders, das glaub mal!"

„Es ist immer schön zu hören, dass man vermisst wird, aber ich habe eingesehen, dass es nicht recht war, was ich dort getan habe." Sie seufzte. „Es tut mir so leid, Franz, dass ich dich auch getäuscht habe. Aber ich habe es nicht vorsätzlich getan, wirklich! Das musst du mir glauben!" Sie legte ihre Hand über die seine. „Kannst du mir das vielleicht irgendwann verzeihen?“ Er spürte, dass sie ihm ein Stück Papier zwischen die Finger schob, das er geistesgegenwärtig mit seiner Hand vom Tisch zog, als sie die ihre wegnahm.

„Aber natürlich, Theo … dora. Du hast es ja nicht absichtlich getan. Es ist Teil deiner Erkrankung, richtig?“

„Ja, Franz. Aber es tut mir leid, wirklich aufrichtig leid.“

Schwester Gertrud schaltete sich ein. „Ich glaube, wir haben genug geplaudert für heute. Sie finden allein hinaus?“

Er nickte.

„Danke für deinen Besuch, Franz. Kommst du wieder?“ Er sah ihren eindringlichen Blick und nickte. Kurz und fest. „Ich verspreche es dir. Schon sehr bald.“

Sie gaben sich zum Abschied die Hand, dann wandte sie sich ab und ließ sich von Schwester Gertrud in ihr Zimmer begleiten. Ihr Herz schlug unregelmäßig, und sie zitterte.

„Sie haben ja ganz gerötete Wangen, Fräulein Brunner.“ Die Krankenpflegerin schmunzelte. „Sie mögen den jungen Mann wohl sehr?“

„Ja“, flüsterte Theo. „Sehr.“

Die Hochzeitsvorbereitungen im Palais Seyring begannen, Alexej den letzten Nerv zu rauben. Nirgends im Haus hatte man seine Ruhe, weil überall das Unterste zuoberst gekehrt wurde. Es war eine vergleichsweise kleine Hochzeit – zum Empfang und Diner nur etwa sechzig geladene Gäste, von denen einige im Palais übernachten würden, so dass auch sonst ungenutzte Räume hergerichtet werden mussten. Und so war er froh, dass er für die Nacht vor dem großen Ereignis ins Hotel Sacher einquartiert wurde. Es war zwar lächerlich, da ohnehin jeder wusste, dass die Braut in anderen Umständen war, aber ihm sollte es recht sein. Und so lehnte er sich in einen der tiefen Ledersessel, ließ sich eine wohlriechende und einladend knisternde Zigarre bringen und genoss einen Cognac, der gut und gern doppelt so alt war wie er selbst – also im selben Alter wie seine Braut. Ein kleines grausames Lächeln huschte über sein Gesicht, als er dem Serviermädchen nachschaute, das einigen

Damen ein paar Tische weiter Portwein kredenzte. Nach der Eheschließung würden bessere Zeiten kommen. Im Moment stand Elsa die späte Schwangerschaft hervorragend. Ihre Haut war glatt und rosig, ihre Brüste quollen nahezu aus dem Kleid, und ihr sexueller Appetit war unstillbar. Aber schon sehr bald würde sie unerträglich fett sein. Danach vermutlich schlaff, müde, und aus ihren Brüsten würde Milch fließen, und sie würde mit strähnigem Haar herumlaufen. Aber sei's drum. Er würde ein rücksichtsvoller Ehemann sein, der sich anderweitig zu beschäftigen wusste. Es gab so viele Frauen in dieser Stadt, und sie mussten schon zu lang auf ihn verzichten!

Am Vorabend der Hochzeit hatte Aglaja geduldig Kessel um Kessel Wasser erhitzt und die Zinkwanne in die Küche gezogen. Der Professor hatte sich frühzeitig mit Kaschmàr in sein Kabinett begeben, um ihre Vorbereitungen nicht zu stören. Sie nahm ein Bad und wusch sich auch das Haar. Normalerweise tat sie dies kopfüber mit einem Eimer und der größten Schüssel im Hause Brunner, aber es war ein Hochgenuss, den Kopf einfach nur ins heiße Wasser tauchen zu müssen und dann das Haar mit der Lavendelseife einzuschäumen.

Als sie fertig war, biss sie die Zähne zusammen und goss sich noch eine Kanne mit kaltem Essigwasser über den Kopf, um für den nötigen Glanz zu sorgen. Fertig! Sie trocknete sich ab, schlüpfte in ihr Nachthemd, drückte das tropfende Haar aus und wickelte ein Handtuch um den Kopf. Die Frische und Sauberkeit nach einem sehr heißen Tag taten gut. Sie atmete auf, und mit einem Mal überkam sie eine solche Sehnsucht nach Theo, dass sie hätte weinen können.

Es war so ungerecht, dass sie sie nicht mehr sehen durfte. Wie lange würde das noch dauern? Sie erinnerte sich genau an den Kuss, der das Ende ihrer Besuche bedeutet hatte. Sie hatten sich unbeobachtet gewähnt und waren im Garten der Klinik spazieren gegangen. Das kühle und regnerische Wetter an jenem Tag hatte die anderen Patienten im Haus gehalten. Es gab einen kleinen Rosengarten, den ein einfallsreicher Gärtner in drei ineinander laufenden Kreisen angelegt hatte. Sie waren rasch hinter der Hecke verschwunden, und schon lagen sie sich in den Armen und küssten sich. Aglaja hatte unwillkürlich versucht, Theos Bluse aufzuknöpfen, war aber von ihr abgehalten worden. „Nein, dazu ist keine Zeit." Im selben Moment war auch bereits keuchend die dicke Krankenschwester hinter der Hecke hervorgestürzt und hatte ihrem Besuch ein Ende bereitet und Theo quasi abgeführt. Sie selbst hatte man des Klinikgeländes verwiesen, und am folgenden Tag musste der bedauernswerte Professor Brunner ihr ausrichten, dass weitere Besuche, Briefe oder anderweitige Kontaktversuche ihrerseits mit der Patientin Brunner hochgradig unerwünscht und daher zu unterlassen seien. Aglaja war jedes Mal wieder außer sich, wenn sie daran dachte. Und jedes Mal wieder spürte sie ein Echo der Erregung, des Verlangens, das sie beide in jenem Moment ergriffen hatte und das schon so lange keine Erfüllung gefunden hatte.

Am Morgen der Hochzeit fiel ihr Blick als Erstes auf das Kleid, das ordentlich auf einem Bügel an der Schranktür von Theos Kammer hing. Manchmal steckte sie die Nase in Theos Kleidungsstücke, aber der Geruch, der es vermochte, sie gleichermaßen zu berauschen oder ihrer Seele Ruhe zu schenken, schien mit jedem Tag schwächer zu werden. Sie ächzte, als sie sich erhob. Dieser Sonntag versprach, genauso heiß zu werden, wie es schon die ganzen letzten zwei Wochen gewesen war. Selbst das Wasser in der Kanne auf ihrem Waschtisch würde warm sein.

Als sie etwas davon in die Waschschüssel goss, schwebte eine große Spinne darin, die offensichtlich über Nacht ertrunken war. Aglaja öffnete das Fenster und schüttete den Inhalt angewidert fort. Frisches, kühles Wasser würde ohnehin angenehmer sein. Es war ja noch früh. Sie ging mit der blauen Steingutkanne in die Küche hinunter und holte sich neues. Wieder in der Kammer, wusch sie sich und legte ihre zarteste Wäsche an und stellte einen kleinen Spiegel auf. Sie löste die Stoffstreifen aus den aufgewickelten Haarsträhnen, die in festen, gebändigten Korkenzieherlocken lagen. Sie wollte versuchen, die Frisur der Schauspielerin Mary Pickford aus Übersee zu kopieren. Dazu musste sie das Haar am Oberkopf etwas ausbürsten, damit nur noch leichte Wellen blieben. Dann das Ganze leicht bauschig mit etlichen Haarnadeln zähmen und zum Schluss die langen Locken über die Schultern drapieren. Das war ihr wirklich gut gelungen! Sie schlüpfte in ihr Kleid und verrenkte sich beim Schließen der Häkchen und Knöpfe fast den Hals. Vorsichtig befestigte sie ihr zartes Tüllhütchen mit einer weiteren Haarnadel und schlüpfte in ihre besten Schuhe. Sie konnte sich nur stückweise in dem kleinen Spiegel betrachten, aber was sie sah, gefiel ihr. Sie ging hinunter.

„Meine Güte, Kind! Du erleuchtest ja wirklich unser Haus! Also nicht, dass du das nicht immer tätest, aber heute … mir fehlen die Worte – du bist wunderschön!“ Der Professor hatte sich bereits gewundert, was sie über eine Stunde da oben getrieben hatte. Die Trauung begann um zwölf Uhr, sie musste sich jetzt sputen.

Sie drehte sich um die eigene Achse, und er bewunderte sie gebührend von allen Seiten. „Wir sollten von dir eine Photographie anfertigen lassen in dem Kleid! Ja, das machen wir! Gleich morgen gehen wir zum Gruber!“

Sie lächelte. Sein Enthusiasmus gab ihr ein wenig das Selbstvertrauen wieder, das schwand, je näher der Aufbruch rückte.

„Ich weiß gar nicht, warum ich mich für dieses … Ereignis so herausgeputzt habe.“

„Na, weil du eine junge, schöne Frau bist, Aglaja! Es wäre schlimm, wenn es dir keine Freude machen würde. Nun schau nicht so. Vielleicht wird es nicht so schrecklich, wie du befürchtest.“

Sie verkniff sich eine negative Antwort, er freute sich so für sie. Was Theo wohl von dieser Idee halten würde? Wenn sie selbst nur hätte hingehen und die Sache mit ihr besprechen können. Sie fühlte sich nicht wohl dabei, Theo Alexejs Verehelichung und ihre Anwesenheit zusammen mit Sergej zu verheimlichen. Vielleicht sollte sie ihr schreiben? Der Professor trug oft Briefe hin und her, denn er durfte seine Tochter natürlich ohne die Aufsicht dieser aufdringlichen Person, Schwester Gertrud, sehen.

Theo lag grübelnd auf ihrem Bett. Was, wenn sie Adler gab, was er so offenkundig wollte? Vielleicht würde sie ihm überzeugend vorgaukeln können, dass sie in sich gegangen war und sich „Heilung" erhoffte, vielleicht bereits die ersten Schritte in die „richtige Richtung" tat. Ihre Gedanken überschlugen sich. Konnte sie wirklich den renommierten Psychiater erfolgreich belügen und mehr noch, ihn dazu bringen, ihr zu glauben? Franz hatte immerhin versprochen, sie wieder zu besuchen, aber würde er ihr tatsächlich dabei helfen, diesen aberwitzigen Plan in die Tat umzusetzen? Sie wusste es nicht. Aber so weit war sie auch noch lange nicht. Zuerst musste sie Adler auf den Gedanken bringen, dass bei ihr doch nicht Hopfen und Malz verloren waren. Und er musste glauben, dass er selbst der Erste war, der diesen Wandel bemerkte. Das alles wäre so viel einfacher, wenn sie Aglaja sehen könnte, um sich von ihr Ratschläge zu holen. Sie stand abrupt auf und betrachtete sich im Spiegel.

Was zum Teufel wollen Menschen sehen, wenn sie an Weiblichkeit denken, an Femininität? Was wollte Adler sehen? Die Kleidung, die sie trug, zeigte keinerlei dekorative Elemente wie Spitze oder Rüschen, die besonders mädchenhaft gewesen wären. Vielleicht konnte sie den Professor bitten, ihr so etwas mitzubringen? Ihr Haar war gewachsen, und ihre weichen Locken zogen sich in die Länge. Ob man damit etwas anfangen konnte? Sie würde Schwester Gertrud bitten, ihr damit zu helfen, sich gefälliger zu frisieren. Die Pflegerin würde das in jedem Fall sofort Adler berichten.

Die Glocke läutete zum Mittagessen. Theo erhob sich mit so viel Energie, dass sie versehentlich ihren Stuhl umwarf. Sie kicherte in sich hinein. So etwas würde Theodora von nun an nicht mehr tun. Gemessenen Schrittes begab sie sich in den Speisesaal.

Die Trauung in der Votivkirche war geradezu peinlich pompös. So was hieß hier also „im kleinen Kreis"? Aglaja war sprachlos ob der langatmigen, prätentiösen Zeremonie. Das Kirchenschiff war mit einer Dekoration aus roten Rosen und weißen Lilien, deren Duft dem verschwenderisch eingesetzten

Weihrauch den Kampf angesagt hatte, geschmückt und benebelte einem nachgerade die Sinne. Unzählige Kerzen verbreiteten ein unwirkliches Licht und raubten der Luft nach und nach derartig den Sauerstoff, dass die Gäste gähnen mussten und sich die Augen rieben. Die Sitzbänke waren dennoch bis auf den letzten Platz von Schaulustigen gefüllt – diese Trauung wollte sich niemand entgehen lassen. Wien liebte seine Skandale zu sehr, um dieser Hochzeit fernzubleiben. Die Braut trug ein crèmefarbenes Spitzenkleid im Empireschnitt, das aus ihrer Schwangerschaft nicht nur keinen Hehl machte, sondern sie regelrecht ausbreitete und ihr üppiges Dekolleté zu einer echten Sehenswürdigkeit inszenierte, die selbst den Pfarrer zu irritieren schien.

Ihr frisch zum Katholizismus konvertierter Bruder stand in einem eleganten Anzug neben dieser sinnenfrohen, vor Fruchtbarkeit strotzenden Frau, kümmerte sich dem Anschein nach liebevoll um sie, rückte ihr das Kissen auf der Sitzbank zurecht und richtete seinen Blick konzentriert und ernst auf den Priester, der die Trauung vollzog. Das Idealbild eines treusorgenden Mannes und werdenden Vaters. Aglaja, die neben Sergej in der ersten Reihe saß, hatte Kopfschmerzen von der schlechten Luft, war gereizt und fühlte bisweilen ein hysterisches Kichern in ihrer Kehle emporsteigen; diese Hochzeit war ein brillantes Schauspiel. Eine Farce, ebenso wie ihr eigener Auftritt mit Sergej als Ehepaar. Was tat sie hier nur? Sobald die Trauung endlich beendet war, sollte sie gehen. Sie hatte hier nichts verloren.

„Ich verstehe wirklich nicht, was ihn geritten hat, katholisch zu heiraten“, flüsterte ihr Sergej zu. „Sie hätte konvertieren müssen – niederer Adel!“ Er spie die Worte aus und erwartete offensichtlich, dass sie ihm zustimmte. Aglaja hingegen blickte sich lediglich um und bemerkte, dass entschieden zu viele Exilrussen in unmittelbarer Nähe saßen, die ihr Gespräch mit aufgesperrten Ohren verfolgten.

„Sergej, ich bitte dich! Nicht so laut.“

Er schnaubte und fuhr unwesentlich leiser fort. „Diese Mesalliance hat wirtschaftliche Gründe. Schön und gut. Aber vor aller Welt wegen dieser aufgedunsenen Matrone der Orthodoxie zu entsagen, ist einfach empörend!"

Die Orgelklänge waren noch nicht ganz verhallt, als sie bereits auf den Beinen war und sich durch die Menge der Hochzeitsgäste drängte. Es war noch immer sehr heiß, und es hatten sich Gewitterwolken zusammengeballt, die immerhin auf eine Abkühlung in den späteren Abendstunden hoffen ließen. Erst als sie sich gegen eine der in sich gedrehten rotbraunen Säulen lehnte und sich Luft zufächelte, fiel ihr auf, dass sie, ohne auf Sergej zu achten, aus dem Gotteshaus gestürmt war. Sie machte unverzüglich kehrt, sah dann aber, dass Sergej von einem Diener der Baronin in seinem Rollstuhl zu der Reihe wartender Droschken und vereinzelter Automobile geschoben wurde.

„Ist dir nicht wohl?", fragte er sie, mit in etwa derselben Anteilnahme, die er einem Kalbsschnitzel mit Erdapfelsalat entgegengebracht hätte. „Schorsch, helfen Sie meiner Frau zuerst in den Wagen – sie fühlt sich schwach, und ich muss ja schließlich nicht stehen."

Sein beißend sarkastischer und doch vor Selbstmitleid triefender Tonfall, mit dem er sie „meine Frau" nannte, jagte ihr trotz der Hitze einen eisigen Schauer über die Haut. „Nicht nötig, Schorsch, ich kann allein einsteigen."

Auf dem Weg zurück zum Palais Seyring, wo die Feierlichkeiten stattfinden sollten, schwiegen sie sich an.

„Fräulein Brunner, ich glaube, wir können hier von einem Durchbruch sprechen!" Adler sah sie über seine Brille hinweg an. „Ich bin wirklich beeindruckt!"

In Theos Gesicht drohte das aufgesetzte Lächeln in den Mundwinkeln zu gefrieren. Sie senkte die Lider. „Das habe ich Ihnen zu verdanken, Herr Professor Adler!"

Er lächelte in sich hinein. Einen derartig schwierigen, hartnäckigen Fall von Homosexualität hatte er lange nicht mehr vor sich gehabt, und zudem schien ein vollständiger Behandlungserfolg nur noch eine Frage der Zeit zu sein. Er betrachtete Theo, die auf dem Rand des Stuhls vor seinem Schreibtisch saß, den Blick gesenkt. Ihr Haar hatte eine wirklich außergewöhnliche Farbe – das war ihm noch nie aufgefallen. Es war länger geworden, und sie hatte sich ganz offenkundig damit beschäftigt, wie sie es gefällig frisieren konnte.

„Sie sind auf einem guten Weg, Fräulein Brunner, und ich freue mich, Ihnen mitteilen zu können, dass wir bei Ihrer Behandlung nun in die entscheidende Phase eintreten werden."

Theo sah ihn aufmerksam an. Was denn nun um Himmels willen noch! Sie trug Kleider, eine Frisur, deren Anblick sie kaum ertragen konnte, und sie schwärmte mädchenhaft zurückhaltend von Franz, der sie zweimal die Woche besuchte.

„Nun, zunächst einmal werden Sie mit Herrn Achleitner ausgehen. Ins Kaffeehaus, spazieren im Prater – ganz, wie es beliebt. Es ist wichtig, dass Sie dabei stets Ihre Aufmerksamkeit darauf richten, wie Sie sich verhalten. Wir werden diese Ausflüge dann gemeinsam reflektieren und darüber sprechen, wie es funktioniert hat."

„Wie was funktioniert hat?"

„Nun, Sie setzen ja seit einiger Zeit alles daran, das Trauerspiel, in dem Sie bisher gelebt haben, zu beenden. Homosexualität ist heilbar. Das weiß man heute. Dazu braucht es eine lückenlose Aufklärung der genauen Umstände, die das Fehlverhalten konkret ausgelöst haben. Das haben wir ganz zu Beginn der Behandlung erfolgreich bewältigt – nicht zuletzt durch die großartige Kooperation Ihres Herrn Vaters. Dann muss bei dem Patienten der Wille da sein, sich der korrekten Geschlechterrolle anzupassen. Der Rest ist Übung. Training. Wie im Sport. In Ihrem Fall ist die Prognose wirklich sehr gut."

Theo wurde schlecht, aber sie schaffte es noch, zustimmend zu nicken und Adlers Büro zu verlassen, ohne sich ihre Verzweiflung und Verwirrung anmerken zu lassen. In diesem abstrusen Aufzug innerhalb der Anstalt herumzulaufen, war eine Sache und diente einem Zweck. Aber sie konnte so unmöglich vor die Tür! Bei dem Gedanken, an Franz' Arm im Kleid durch Wien zu laufen und unter Umständen auf Menschen zu treffen, die sie kannte, brach ihr der Schweiß aus allen Poren.

Sie rannte fast den Gang hinunter. In ihrem Zimmer öffnete sie fahrig die vielen Knöpfchen, die ihr Kleid bis fast unter das Kinn schlossen.

„Verdammt!“ Sie hatte zu sehr gezerrt und einige davon abgerissen, aber das hochgeschlossene Gewand war ihr plötzlich vorgekommen wie ein Halseisen, das ihr die Luft nahm. „Gottverdammter Firlefanz!“ Sie kroch unter das Bett und sammelte die Perlmuttknöpfe ein. Dabei stieß sie sich empfindlich den Kopf und büßte eine Haarsträhne ein, die sich in einer der quietschenden Sprungfedern verfangen hatte. Die Knöpfe würde sie schleunigst wieder annähen müssen, bevor es jemand bemerkte. Sie tauschte das Kleid gegen einen Rock und eine lockere Bluse und begab sich zum Schwesternzimmer.

„Fräulein Brunner? Ist etwas geschehen? Sie wirken ein wenig derangiert.“

„Nein, Schwester Gertrud, von meinem Kleid ist ein Knopf abgerissen. Zum Glück habe ich ihn wiedergefunden. Haben Sie Nähzeug?“

Nach einem prüfenden Blick nickte die Pflegerin, ging zu ihrem Schreibtisch und entnahm der unteren Schublade ein Nähkästchen. Sie gab Theo eine Nadel und eine Rolle dunkles Garn. Die junge Frau war Adlers Lieblingspatientin – sie würde schon nicht versuchen, sich durch das Schlucken der Nadel das Leben zu nehmen. Seit fünfunddreißig Jahren arbeitete Schwester Gertrud als Pflegerin, und es gab nichts, was sie noch nicht gesehen hatte. Aber die Wandlung, die Fräulein Brunner durchlaufen hatte, verblüffte selbst sie. Ihre Erscheinung war die eines unverschämt gutaussehenden jungen Mannes gewesen, als man sie vor etlichen Monaten aus dem Gefängnis in die Klinik verlegt hatte. Nun war sie unbestreitbar eine Frau, wenn auch zu groß, schlaksig und ungelenk, um als wirklich hübsch zu gelten. Aber ihrem Bewunderer schien sie ja so zu gefallen, und er war, das hatte Schwester Gertrud mit ihrer Menschenkenntnis sofort gemerkt, ein anständiger Mann. Schade, dass er hinkte. Aber nach dem Krieg, der Hunderttausende gesunder Männer entweder getötet, verstümmelt oder traumatisiert hatte, konnte man einen deformierten Fuß nicht ernsthaft als etwas Schwerwiegendes bezeichnen. Sie wünschte dem Mädchen jedenfalls alles Gute – die jungen Leute konnten so leicht vom rechten Weg abkommen.

Ich kann wirklich besser zerfetzte Gliedmaßen zusammennähen als Knöpfe an Kleider … Theo hatte sich das mit den Knöpfen einfacher vorgestellt, als es dann war, und sich ein paar Mal kräftig in die Finger gestochen, was dann zu kleinen Blutspritzern auf dem Kleiderkragen geführt hatte. So was von vertrackt! Haut konnte sie wundervoll und fast unsichtbar nähen, aber Stoff trieb sie zur Verzweiflung. So hatte sie den Kragen in die Waschschüssel stecken müssen, um das Blut mit kaltem Wasser auszuwaschen. Sie hoffte, es würde trocken sein, bis Franz am nächsten Tag kam. Der erste Spaziergang in Freiheit, ohne Aufsicht … ihr Herz klopfte bis in den Hals. Aglaja! Wenn sie vorsichtig waren, konnten sie sich jetzt wiedersehen. Franz würde es ihnen nicht verübeln.

„Hier bist du."

Aglaja stand mit einem Glas Champagner auf der Terrasse des Palais Seyring und fuhr erschrocken herum, als sie Sergejs Stimme hörte. Sie hatten das Festmahl durchgestanden und beide höflich mit ihren jeweiligen Sitznachbarn Konversation betrieben, so dass es kaum jemandem aufgefallen war, dass sie miteinander kein Wort sprachen. Nachdem sich die Tischgesellschaft aufgelöst hatte und die Kapelle in dem großen Salon, dessen Türen zum Garten weit geöffnet waren, zum Tanz aufspielte, hatte sie Sergej aus den Augen verloren und sich abseits gehalten. Sie hatte pflichtgemäß mit Alexej getanzt und hatte danach alle Aufforderungen abgelehnt, außer der ihres Tischherrn, eines pensionierten Staatssekretärs von gut und gern achtzig Jahren. Sie hatte gehofft, sich bald ungesehen von der Gesellschaft entfernen und den Heimweg antreten zu können, aber nun war Sergej plötzlich da und blockierte ihren Weg.

„Aglaja, ich möchte allein mit dir sprechen. Ich sehe ein, dass es mir nicht möglich ist, deine Zuneigung zurückzugewinnen … aber wir sind verheiratet, und wir müssen einfach ein paar Dinge bereden."

Seine Stimme klang gepresst, beinahe traurig und hatte nicht eine Spur der Verächtlichkeit, die er am Nachmittag gezeigt hatte. Und in einem hatte er recht, sie mussten wirklich überlegen, wie es weitergehen sollte.

„Folge mir, ich bewohne hier ein Zimmer im anderen Flügel. Dort wird uns niemand stören. Man hat mich ebenerdig untergebracht, ist das nicht rücksichtsvoll?", fügte er bitter hinzu.

Sie nickte und folgte dem knarrenden Rollstuhl durch mehrere Flure – je eher das erledigt wurde, desto besser. Würde er einer Scheidung zustimmen?

„Tritt näher."

Das Zimmer, dessen Tür er geöffnet hatte, war ein komfortabel eingerichtetes Wohnzimmer. Ein Bediensteter musste die Lampen angezündet haben.

„Nimm Platz. Möchtest du etwas trinken?" Ohne ihre Antwort abzuwarten, goss er zwei Gläser Wein ein.

Sie hatte an diesem Abend bereits weit mehr getrunken als sonst und würde das mit üblen Kopfschmerzen bezahlen – also war ein Glas mehr oder weniger auch egal. Sie hielt es für das Beste, ihn nicht zu provozieren.

Er prostete ihr zu, und sie tranken schweigend. Sergejs Blick wanderte unruhig durch das Zimmer, aber er sprach nicht. Schließlich wurde sie ungeduldig.

„Sergej, wie wollen wir jetzt weiter verfahren? Ich denke, dass eine schnelle Scheidung …"

Er blickte sie an. „Das kommt überhaupt nicht in Frage! Noch nie hat es in der Familie Wolkov so etwas gegeben. Das ist gottlos, ich weiß nicht, wie du auf so eine Idee kommst!"

„Aber du sagtest, dir sei klar, dass ich nicht mehr mit dir leben kann, und …"

„Das habe ich mit keiner Silbe gesagt. Ich habe gesagt, dass ich weiß, dass du mich nicht liebst und ich nichts tun kann, um das zu ändern."

Sie schüttelte verwirrt den Kopf. „Ja, aber, was soll das heißen?"

Er sah sie an und sprach dann in demselben Ton, den man einem uneinsichtigen Kind gegenüber anschlagen würde. „Wir müssen ein Arrangement treffen, das mich und meine Familienehre nicht kompromittiert. Und darüber hast nicht du zu entscheiden. Deine widerwärtigen Eskapaden müssen ein Ende haben!"

„Ich glaube nicht, dass ich mir das länger anhören muss!" Sie wollte aufstehen, merkte aber, dass ihre Beine ihr nicht gehorchten und ihr entsetzlich schwindelig war. Sie sank zurück in das üppig gepolsterte Sofa und versuchte sich zu sammeln, als Sergej, der in seinem Rollstuhl neben ihr stand, sich mit unerwarteter Kraft und Schnelligkeit auf dessen Lehnen hochstützte und seinen Körper zu ihr auf das Sofa stemmte. Ehe sie es sich versah, hatte er sie mit seinem Gewicht in die Kissen gedrückt und hielt sie nieder.

„Es ist mir vollkommen egal, ob du mich liebst, werte Gattin. Aber wir werden genau da weitermachen, wo der Krieg uns unterbrochen hat. Der Name Wolkov wird nach uns nicht aussterben. Ich habe zwar meine Beine verloren, aber der Rest ist vollkommen intakt."

Er griff ihr zwischen die Beine und schob ihr Kleid hoch. Aglaja war starr vor Entsetzen. Ihr schien, als wenn sie sich selbst von Weitem mit Sergej auf dem Sofa liegen sähe. Sein Versuch, sie zu küssen, brachte sie zu sich, und sie bemühte sich mit aller Kraft, ihn wegzustoßen, aber seine amputierten Beine hatten dafür gesorgt, dass seine Arme immens an Kraft zugelegt hatten. Sie hatte keine Chance, sich zu befreien. Sie trat nach ihm, aber sein Gewicht hinderte sie daran, ihm ein Knie in den Schritt zu rammen. Sie schlug um sich und war entschlossen, es ihm so schwer wie möglich zu machen, als sie plötzlich einen Gegenstand zu fassen bekam. Ohne eine Sekunde zu überlegen, griff sie danach und schlug es Sergej mit aller Kraft auf den Kopf. Augenblicklich erschlaffte sein Körper, und sie spürte ein warmes Rinnsal, das über ihre Schulter lief. Er war bewusstlos und dadurch zwar schwerer als vorher, aber er übte keine Kraft mehr aus, und so gelang es ihr, sich unter ihm hervorzuwühlen. Sie bebte am ganzen Körper, als sie sah, dass es die kristallene Weinkaraffe war, die sie ihm über den Schädel gezogen hatte. Er hatte eine klaffende Wunde; unter seinem dichten Haar sickerte unaufhörlich Blut über sein Gesicht und bildete einen stetig wachsenden Fleck auf dem fliederfarbenen Samt des Sofas.

Sie schüttelte ihn am Arm, aber er zeigte keine Reaktion. Ihr brach der Schweiß aus allen Poren. Was hatte sie bloß getan? Sie erblickte ihr Gesicht in dem großen französischen Spiegel über dem Kamin, von der Blässe ihrer Haut hob sich das verschmierte Blut von Sergej ab, das auf sie getropft war. Auch das Oberteil ihres Kleides war besudelt. In Panik riss sie die weiße Spitzendecke vom Tisch und schlang sie sich um die Schultern, bevor sie aus dem Raum floh.

Theo hatte ihr Bestes getan, um sich für den Spaziergang mit Franz zurechtzumachen. Sie selbst konnte ihren Anblick kaum ertragen, aber Schwester Gertrud, die ihr mit der Frisur geholfen hatte, war nachgerade entzückt.

„Sie haben so wundervolles Haar! Man sieht jetzt erst, wie schön es ist, eine Schande, dass Sie es immer abgeschnitten haben!" Der Tadel fiel jedoch mild aus, denn Franz wartete bereits am Portal auf sie.

„Theodora, wie schön! Wohin möchtest du gehen?" Er hielt ihr seinen Arm hin und atmete auf. Langsam gewöhnte er sich daran, sie mit ihrem richtigen Namen anzureden.

„Los, komm." Anstatt sich unterzuhaken, packte sie ihn mit eisernem Griff am Ellbogen und zog ihn um die nächste Straßenecke. „Nenn mich nie, also niemals Theodora, wenn wir außer Hörweite von Adler oder Schwester Gertrud sind!"

Franz nickte. „Du möchtest bestimmt Aglaja und deinen Vater besuchen."

„Später." Sie deutete auf ein Wirtshaus auf der anderen Straßenseite. „Lass uns dort ein Bier trinken. Ich muss zuerst mit dir allein sprechen."

Franz hinderte sie daran, die Tür selbst zu öffnen. „Nach dir!"

„Ich hätt an süßen Eiswein für die Dame."

„Bringen Sie uns einfach zwei Bier, bitte." Franz kam Theo zuvor und schnitt eine bissige Bemerkung ab, die ihr unzweifelhaft auf der Zunge gelegen hatte.

„Du musst nicht so ein Getue um mich machen!" Sie wirkte angespannt, riss sich aber zusammen, als der Ober mit den Getränken kam.

„Sehr zum Wohl." Er stellte die Gläser ab und entfernte sich von ihrem Tisch. Theo atmete auf, nahm einen tiefen Zug aus ihrem Glas und blickte Franz an. Er grinste, schob ihr seinen Tabakbeutel und die Streichhölzer hin. Sie musste auch lachen und drehte sich eine Zigarette, entzündete ein Streichholz und sog den Rauch tief ein.

„Wie geht es dir, Theo?"

Sie lächelte schief. „Sieh mich an. Wie soll man sich in diesem lächerlichen Aufzug fühlen?"

Franz schluckte. „Also, ich finde, du siehst wirklich hübsch aus, und …"

„Gib dir keine Mühe." Sie winkte müde ab. „Ich sehe absolut albern aus, aber im Moment ist das nicht zu ändern. Ich muss mitspielen, damit Adler mich so schnell wie möglich als geheilt entlässt."

„Als geheilt?" Er schaute verständnislos über den Tisch. „Wovon? Du bist doch nie krank – nicht einen Tag hast beim Huber gefehlt!"

„Ach, Franz … natürlich nicht!" Sie schüttelte den Kopf. „Das ist nicht so einfach, weißt du."

„Es hat etwas mit der Männerkleidung zu tun, richtig?"

Theo nickte. „Ja, und damit, dass ich Aglaja liebe." Sie nahm einen weiteren Schluck aus ihrem Glas. Sie sah Franz an, dass es in seinem Kopf auf Hochtouren arbeitete.

„Warum?" Offenbar war er zu keinem abschließenden Ergebnis gekommen.

„Naja, es ist per Gesetz verboten, als Frau eine andere Frau zu lieben. Dass mich alle für einen Mann gehalten haben, kommt noch dazu. Es ist zwar nicht verboten, als Frau Männerkleider zu tragen, aber man hat mir daraus einen Strick gedreht und behauptet, ich hätte alle absichtlich täuschen wollen."

„Und das war nicht so?"

„Nein! Dieser ganze Mädchenkram hat mich nie interessiert, und meine Mutter hat mich immer behandelt wie einen Jungen. Sie hat von einem Sohn geträumt und mich gekriegt. Es kam eins zum anderen, und irgendwann war es einfach zu spät, etwas zu sagen." Sie zuckte hilflos mit den Schultern. „Als der Professor dann in Pension geschickt wurde, konnte ich erst recht nicht mehr riskieren, meine Arbeit beim Huber zu verlieren."

Franz nickte und versuchte zu verstehen, was sie ihm gerade erklärt hatte. Gut, es war sicher ungewöhnlich, dass Theo als Frau in Männerkleidern herumlief und sich in ein anderes Mädchen verliebt hatte, aber Theo war in erster Linie einfach Theo. Er … sie war sein bester Freund, Hubers bester Mitarbeiter, der Liebling aller Mädchen … eben einfach Theo. Aber warum hatte man sie dafür erst ins Gefängnis und dann in die Irrenanstalt von diesem Professor gesteckt? Theo war ebenso wenig irre wie er selbst, das stand fest. Das war alles einfach nicht richtig!

„Franz – du musst mir helfen …" Theo biss sich auf die Lippe. „Ich würde dich nicht darum bitten, wenn es nicht wichtig wäre."

„Natürlich. Was kann ich tun?"

Das war typisch Franz. Wenn jemand Hilfe brauchte, fackelte er nicht lange, fragte nicht nach, sondern packte an. Theo zögerte. Es war einfach zu abstrus.

„Du musst dich mit mir verloben."

Franz geriet ein Schluck Bier in den falschen Hals, und er hustete. „Wie bitte?"

„Natürlich nur zum Schein! Damit Adler mich endlich da raus lässt!" Sie reagierte gereizter, als sie wollte. „Es ist jetzt nicht so, dass ich dir nach all den Jahren, die wir uns nun kennen, einen Antrag machen würde", versuchte sie vergeblich die Sache ins Lächerliche zu ziehen.

„Aber ist es denn sicher? Ich meine, hat er dir gesagt, dass er dich dann entlässt?"

Hatte er nicht. Theos Hände ballten sich unwillkürlich zu Fäusten. „Er versucht mich von der Homosexualität zu heilen – wenn ich mich mit einem Mann verlobe, sollte er das ja wohl als erfolgreiche Behandlung abschließen können!"

Franz nickte. „Wahrscheinlich schon."

„Und wir lösen die Verlobung dann natürlich sofort. Ich schwöre dir, sobald ich als geheilt entlassen werde und wieder selbst über mein Leben bestimmen kann, bist du mich los." Sie grinste und schlug ihm auf die Schulter. „Als Verlobte. Als bester Freund bleibe ich dir erhalten!"

Franz räusperte sich. „Gut. Dann werde ich mal bei Pfarrer Dürnberger vorsprechen wegen unseres … Aufgebots. Aber lass uns jetzt zurückgehen, Theo, ich habe versprochen, dass ich dich in einer Stunde zurückbringe."

Sie schloss einen Moment die Augen. Keiner, auch Franz nicht und vermutlich nicht einmal ihr eigener Vater, konnte ermessen, wie sehr sie den Moment herbeisehnte, an dem niemand ihr mehr reinreden konnte. „Franz, ich habe hier kurze Briefe für den Professor und für Aglaja. Bringst du sie hin? Ich hatte mir schon gedacht, dass es für einen Besuch zu spät wird."

„Ja, natürlich."

Am Tor von Adlers Klinik verabschiedeten sie sich. Franz entschied sich für einen Handkuss, falls jemand durch Zufall gerade aus dem Fenster sah.

Theo raffte ihren Rock und nahm immer zwei Stufen auf einmal. Es konnte nun nicht mehr lang dauern, und sie würde endlich Aglaja wiedersehen.

„Kind, jetzt beruhige dich doch! Was ist passiert? Warum tauchst du mitten in der Nacht blutüberströmt bei mir auf! Hat dir jemand etwas getan?"

Aglaja saß mit hängenden Schultern am Schanktisch in Kathis Wirtschaft. Vom Palais Seyring war sie direkt in die Gardegasse gelaufen, hatte dem Professor eine kurze Nachricht hinterlassen und war dann den ganzen Weg nach Ottakring gelaufen. Dort hatte sie sich den Tag über versteckt, um zu beobachten, ob man sie schon suchte. Erst gegen Mitternacht hatte sie sich getraut, an Kathis Tür zu klopfen.

„Ich habe Sergej umgebracht."

Kathis Atem stockte. „Was?"

„Ja, ich weiß nicht genau, aber ich glaube schon. Er hat behauptet, er will unsere Situation mit mir besprechen, unsere Scheidung, hat mich vom Fest weggelockt und wollte mich dann … gewaltsam an die ehelichen Pflichten erinnern." Ihre Stimme zitterte. „Es gab wirklich keine andere Möglichkeit, ihm zu entkommen. Er hat mich … festgehalten. Ich hab das Erste gegriffen, dessen ich habhaft werden konnte, und es ihm über den Schädel gezogen."

„Und? Was war das?"

„So eine Art Weinkaraffe, glaube ich."

Kathi hatte ihnen beiden ein Glas Marillenschnaps eingegossen. „Den brauchen wir jetzt. Verdient hat er's allemal. Aber wenn er wirklich tot ist, dann bist du tatsächlich in Schwierigkeiten."

Aglaja zweifelte nicht daran, dass sie Sergej getötet hatte. Sie war eine Mörderin und würde für Gattenmord zur Verantwortung gezogen werden. Sie trank das Glas auf einen Zug aus und wartete auf die wattige Leere im Kopf, die sich aber auch nach den nächsten zwei Gläsern nicht einstellen wollte. So blieb ihr nichts anderes übrig, als sich klaren Kopfes ihren Gedanken zu stellen.

„Ich werde morgen weggehen. Bestimmt suchen sie mich schon, und dann kommen sie auch hierher."

„Du legst dich erst mal hin, und morgen sehen wir weiter. Ich werd mal schauen, was die Blätter so schreiben in den nächsten Tagen. Wenn da nichts drinnensteht, lebt er vielleicht noch."

„Danke, Kathi!"

Plötzlich hörten sie ein Geräusch an der Tür.

„Wer ist da?"

Keine Antwort. Kathi legte den Finger an die Lippen, was nicht nötig gewesen wäre, denn Aglaja stand zur Salzsäule erstarrt inmitten der Wirtsstube. Die Wirtin griff nach einem kräftigen Holzscheit und entriegelte die Tür. Gleich darauf wurde sie zur Seite gedrängt, und das Scheit glitt ihr aus der Hand. Aglaja lag am Boden, und über ihr stand der laut winselnde Kaschmàr. Bei Hitze ließ der Professor nachts bisweilen die Wohnungstür offen stehen, um in seinem Kabinett etwas Luft zu bekommen, und so musste Kaschmàr entwischt sein.

Sie schälte sich aus dem neuen Kleid, das sie noch vor ein paar Stunden so wundervoll gefunden hatte. Jetzt klebte überall Blut im Stoff. Sie knüllte es zusammen und schob es angewidert mit dem Fuß unters Bett, als der Hund daran schnüffelte. Sie legte sich in ihrer alten Kammer nieder, deren Fensterlosigkeit ihr zum ersten Male nichts ausmachte, sondern dem Raum etwas von einer beschützenden Höhle gab.

Bei ihrem nächsten Ausflug mit Franz beschleunigte Theo ihre Schritte so sehr, dass Franz kaum hinterherkam und sie erst in der Gardegasse wieder einholte. Sie klopfte an der Haustür, und es verging nur eine kurze Zeit, bis der Professor die Tür aufriss und entgeistert in Theos Gesicht schaute.

„Du?"

„Ich freue mich auch, dich zu sehen, Vater!"

„Kommt herein." Der alte Mann bedeutete ihnen müde hereinzukommen. In der Küche nahmen sie Platz.

„Wo ist Aglaja? Arbeitet sie heute? Ich habe sie so lange nicht gesehen! Und wir sind extra früh von der Klinik losgegangen, damit ich sie noch sehen kann."

Der Professor schüttelte den Kopf. „Theo, ich habe keine Ahnung, wo das Mädchen steckt. Sie … ach, Theo! Und ich habe sie noch überredet, dorthin zu gehen …" Er legte eine Hand über die Augen und senkte den Kopf.

„Wo hinzugehen? Wo ist sie denn?" Theo stand auf und begann in der Küche auf- und abzugehen.

Der Professor versuchte, sich zu sammeln.

„Sie hatte eine Einladung zu der Hochzeit ihres Bruders mit der Baronin von Seyring. Sie wollte eigentlich nicht hingehen, weil sie nicht mit Sergej zusammentreffen wollte."

„Was? Die Baronin hat den Taugenichts geheiratet? Aber egal. Weiter."

„Alexej hat sie angewiesen, sich ein neues Kleid zu kaufen. Die Kosten hat er übernommen."

„Du meinst wohl die Baronin."

„Ja. Aglaja hat wunderschön ausgeschaut, als sie losgegangen ist …"

Theos Gedanken überschlugen sich. Warum war sie dorthin gegangen, wenn sie eigentlich nicht wollte? „Und dann?"

„Sie muss hier gewesen sein in den frühen Morgenstunden. Sie hat offenbar ein paar Sachen zusammengepackt und mir eine Nachricht hinterlassen. Hier." Er schob Theo einen Zettel über den Küchentisch.

Ich musste weg, bitte nicht fragen, nicht suchen. Ich melde mich.

Nichts. Kein Hinweis, wo sie war oder warum sie fortgegangen war. Sie musste in großer Eile gewesen sein, wenn sie nicht einmal eine Nachricht für Theo geschrieben hatte. Irgendetwas musste bei den Hochzeitsfeierlichkeiten vorgefallen sein. Aber was? Alexej zu fragen, war vermutlich keine besonders gute Idee, außerdem hatte sie ja ausdrücklich geschrieben, dass man nicht nach ihr suchen sollte, sondern dass sie sich melden würde. Theo kämpfte mühsam ihre Angst nieder und setzte sich wieder an den Tisch.

„Ich bin seit ihrem Verschwinden nur zum Lesen des Gesellschaftsklatsches im Kaffeehaus. In allen Zeitungen habe ich nach Berichten gesucht, aber es stand nichts drin über irgendeinen Eklat oder Skandal bei der Hochzeit, außer dem Offensichtlichen, dass Alexej sie geschwängert hat."

„Und warum wollte sie nicht hingehen?"

„Sie wusste, dass sie dort mit Sergej zusammentreffen würde."

„Ihr Mann."

Der Professor nickte. „Sie hat dann aber entschieden, doch hinzugehen, und ich vermute, sie wollte mit ihm ihre Situation besprechen. Sie wirkte sehr entschlossen. Immerhin hat sie den Hund mitgenommen, als sie heute Morgen das Weite gesucht hat."

Sie konnten nur spekulieren. Ganz offenbar war etwas bei der Festivität oder in dem Gespräch mit Sergej geschehen, von dem sie sich dermaßen bedroht gefühlt hatte, dass sie fortgelaufen war. Die Tatsache, dass sie Kaschmàr bei sich hatte, beruhigte Theo etwas. Aber was sollten sie jetzt tun?

„Ich glaube, wir sollten uns erst einmal ruhig verhalten und abwarten. Viel mehr können wir ohnehin nicht tun", ließ sich Franz vernehmen, der die ganze Zeit nichts gesagt hatte.

„Du hast recht", stimmte Theo zu, obwohl sie am liebsten sofort Alexej im Palais Seyring zur Rede gestellt hätte. „Sie wird sich melden oder zurückkommen, sobald es geht." So schwer es auch war, sie musste einfach auf Aglajas gesunden Menschenverstand vertrauen – und selbst so schnell wie möglich aus der Anstalt.

„Vater, Franz und ich gehen jetzt. Er hat Adler versprechen müssen, mich rechtzeitig zurückzubringen. Wenn du irgendetwas von ihr hörst, lass es mich bitte sofort wissen."

„Natürlich!" Sie umarmten sich, als der Professor sie plötzlich für einen Moment auf Armeslänge von sich entfernt hielt. „Diese Kleider und diese Frisur … das ist nichts für dich, mein Mädchen. Du brauchst keinen Nervenarzt. Jedenfalls nicht mehr als irgendwer sonst, den ich kenne. Lass dich nur nicht unterkriegen!"

Als sie an der Klinik ankamen, schlossen sich Theos Finger wie ein Schraubstock um Franz' Handgelenk.

„Los, komm mit rein."

„Warum?" Franz sah verwirrt aus.

„Wir geben unsere Verlobung bekannt. Jetzt. Ich kann nicht hier drinnen bleiben, während ihr wer weiß was zustoßen kann."

„Aber, Theo! Jetzt?"

Anstatt Zeit mit weiteren Erklärungsversuchen zu verplempern, zog sie ihn hinter sich her, die Stufen hinauf. Adlers Büro befand sich in einem großen Raum unweit der Empfangshalle. Theo klopfte kräftig an.

„Herein!"

Theo schob Franz durch die Tür und sich selbst hinterher.

„Guten Abend, Fräulein Brunner und Herr Achleitner. Was führt Sie zu mir?"

Theo versetzte Franz einen Stoß zwischen die Rippen.

„Wir müssen Ihnen etwas sagen. Nun sprich schon, *Liebster*, dem Herrn Professor können wir uns anvertrauen."

Er räusperte sich. „Äh, ja. Fräulein Brunner und ich ... also wir ... ich meine ... also ... ich habe sie gebeten, meine Frau zu werden."

Adler, der ziemlich müde und zusammengesunken hinter seinem Schreibtisch gesessen hatte, war plötzlich hellwach.

„Sie und Fräulein Brunner haben sich verlobt?"

Theo zwang sich zur Imitation eines beseelten Lächelns und nickte.

„Mein Arm ...", Franz flüsterte.

Ihr war nicht aufgefallen, dass sie sein Handgelenk weiterhin umklammert hielt.

„Das ging aber schnell."

Franz blickte Theo betreten an. In einer Art Verhör Rede und Antwort stehen zu müssen – damit hatte er nicht gerechnet. Aber Theo konnte ja zum Glück reden für zwei. Sollte sie mal ihrem Professor schön erklären, wie es so plötzlich dazu gekommen war.

„Ach, Herr Professor, so schnell war das gar nicht. Wir kennen uns ja schon von Kindesbeinen an!"

„Ja, und als ich sie hier bei Ihnen zum ersten Mal in richtigen Kleidern gesehen habe, war es um mich geschehen." *Es war um mich geschehen*? Franz hatte keine Ahnung, woher er diesen Satz plötzlich hatte. Vermutlich aus einem der dummen Stummfilme, die Veronika so geliebt hatte.

Theo sah Adler erwartungsvoll an.

„Das freut mich sehr für Sie beide! Ich gratuliere, Fräulein Brunner, und auch Ihnen, Herr Achleitner."

„Wir sind Ihnen sehr dankbar, Herr Professor Adler! Nur durch Ihre Behandlung ist diese ... Verbindung möglich." Theo merkte, dass sie den Faden verlor.

„Für wann gedenken Sie das Aufgebot zu bestellen? Wir werden dann Fräulein Brunners Entlassung entsprechend vorbereiten."

„Möglichst bald ... wir wollen möglichst bald vor den Altar treten, nicht wahr, Franz?"

Franz nickte bejahend.

„Nun gut. Dann erledigen Sie die Formalitäten. Lassen Sie sich einen Termin geben und teilen uns diesen mit. Bis dahin werden wir dann Fräulein Brunner zunächst in die Obhut ihres Vaters entlassen, der sie dann wiederum Ihnen übergeben wird."

Theo war verwirrt. Adler hatte nur zu Franz gesprochen, was das weitere Verfahren anging. Dabei war sie doch seine Patientin. Er hatte in stundenlangen Gesprächs-, Hypnose- und Suggestionssitzungen versucht, ihr Innerstes zu ergründen, und nun, da er die Behandlung offenbar für abgeschlossen erachtete, wies er sie gewissermaßen ein in die Reihen der geistig gesunden Frauen, die immer der Verantwortung eines Mannes unterstanden, die Führung und Leitung benötigten.

Ich bin sehr gespannt, dachte Theo, wie lange sich die Frauen diesen Blödsinn noch würden gefallen lassen. Durch die Entbehrungen und Umstände der Kriegsjahre war vieles in Bewegung geraten. Frauen hatten für den Unterhalt ihrer Familien gesorgt und sie allein durchgebracht, weil ihre Männer sich im Krieg erschießen lassen mussten. Die Veränderungen waren subtil, aber man stieß heutzutage öfter als vor dem Krieg auf Geschäfte und Verkaufsbuden, in denen eine resolute Kriegswitwe das Sagen hatte. Die Kleidersäume waren auch deutlich hinaufgeklettert, weil die tägliche Arbeit und die Erfordernisse des täglichen Lebens einfach mehr Bewegungsspielraum erforderten.

Theo verstand das nur zu gut.

15. Kapitel – Wien
September 1920

Im Palais Seyring verweigerte bereits das zweite Dienstmädchen Sergejs Versorgung. Die Erste war gleich entlassen worden, denn Personal fand man wie Sand am Meer in diesen Zeiten. Aber als nach nur einem Tag die Zweite weinend vor der Hausdame stand, sah diese sich gezwungen, die Baronin zu informieren, auch wenn deren Interesse für Haushaltsangelegenheiten sich umgekehrt proportional zum zunehmenden Umfang ihres Bauches verhielt.

„Holen Sie bitte meinen Mann dazu. Er sollte das auch hören. Schließlich ist Herr Wolkov sein Gast und nicht meiner."

Die Hausdame neigte ergeben den Kopf und fragte sich, ob und wenn ja, in welchem Zustand sie Alexej vorfinden würde, und entschied sich, seinen persönlichen Diener zu ihm zu schicken. Sie hielt den neuen Ehemann der Baronin für ein zutiefst verkommenes Subjekt, ein Umgang, der sich für eine anständige Frau nicht geziemte.

„Gnädige Frau, ich habe Ihren Gatten holen lassen."

Die Baronin nickte geistesabwesend. Es entstand eine peinliche Pause. Als sich die Tür öffnete und Alexej eintrat, hob die Hausdame die Augenbrauen, was der Baronin nicht entging.

„Alexej, dein Gast hat durch seinen gegenwärtigen Zustand heute das zweite Mädchen in die Flucht geschlagen. Was gedenkst du zu unternehmen?"

Alexej setzte sich mit gelangweilter Miene und zündete sich eine Zigarre an. Als man Sergej am Morgen des Tages nach der Hochzeit gefunden hatte, hätte er genauso gut auch tot sein können. Er war aber noch am Leben, wie der herbeigerufene Arzt bedauerlicherweise feststellen musste. Sergejs Zustand betreffend hatte er ihnen wenig Hoffnung machen können. Durch den Schlag, den man dem Arzt gegenüber als Sturz geschildert hatte, um kein weiteres Aufsehen zu erregen, hatte sich offenbar eine Schwellung gebildet, die auf sein Gehirn drückte. Sergej war bettlägerig und komplett pflegebedürftig, da er seine Arme nicht mehr benutzen konnte und zudem hochgradig verwirrt schien. Zudem brabbelte er ununterbrochen unflätiges Zeug und verhielt sich zunehmend aggressiv, hatte die Mädchen sogar bespuckt. Sergej Wolkov oder das, was von ihm übrig war, hatte sich zu einem Problem entwickelt.

„Lass einfach ein neues Mädchen einstellen. Es gibt doch wohl genug Weiber in den Straßen, die für das Geld dankbar wären. Regele du das, meine Liebe. Ich kann mich nicht mit dem Personal beschäftigen, wirklich.“ Langsam wurde er ungehalten.

„Mein Lieber, ich habe das Gefühl, dass sich das wiederholte Einstellen neuer Mädchen, um deinen Gast zu versorgen, noch des Öfteren wiederholen könnte, wenn Herr Wolkov sein Benehmen nicht ändert.“

„Du weißt doch, was der Arzt gesagt hat. Er hat sich nicht unter Kontrolle.“

„Ganz genau. Und deshalb musst du dich mit der Situation auseinandersetzen. Er ist dein Gast, aber ich dulde seinetwegen kein Kommen und Gehen irgendwelcher ‚Weiber von der Straße‘ in meinem Haus!“ Sie funkelte ihn an und hielt seiner verärgerten Miene stand.

„Nun gut.“ Er wandte sich an die Hausdame. „Stellen Sie eine Pflegerin ein. Es wird doch jetzt nach dem Krieg genügend geschulte Frauen geben, die in den Lazaretten gearbeitet haben und eine solche Aufgabe nicht scheuen.“

Sie wollte protestieren. „Aber das …“

Mit einer Handbewegung fegte er ihre Bedenken beiseite. „Ich denke, es reicht. Kümmern Sie sich darum und das sofort. Stellen Sie mir dann die drei vielversprechendsten Kandidatinnen am Ende der Woche vor. Ich entscheide dann.“

„Sehr wohl.“ Sie zog sich zurück.

Alexej wandte sich wieder seiner Frau zu. „War das alles, meine Liebe? Ich würde mich dann wieder an meine Geschäfte begeben.“

„Ach ja? Und die wären? Wir sind erst einige Tage verheiratet, und schon sind dir alle anderen dummen Dinge wichtiger als ich.“

Er erhob sich und küsste ihr die Hand. „Du bist erschöpft, meine Liebe, aber das wird vergehen, wenn unser Sohn erst geboren ist.“

Als er ihr Boudoir verließ, war er verstimmt. Er bemerkte jetzt, wie anstrengend eine Ehefrau sein konnte, wenn sie zu viele Freiheiten genossen hatte. Er beschloss, den seligen Baron fürderhin für einen elenden Schwächling zu halten, und nahm sich vor, die Zügel im Umgang mit seiner Gattin anzuziehen. Sergej wurde zu einer wirklich lästigen Angelegenheit. Als man ihn gefunden hatte, war klar gewesen, dass jemand versucht hatte, ihn zu erschlagen. Die blutverschmierte Weinkaraffe sprach eine deutliche Sprache. Um einen weiteren Skandal zu vermeiden, hatte man sich entschlossen, die Sache im Palais Seyring zu regeln. Alexej selbst hatte voller Ekel und Widerwillen etwas Blut an ein spitz hervortretendes Ornament an eine der Kommoden geschmiert, damit die Theorie vom betrunkenen Sturz wahrscheinlicher erschien, und das Corpus Delicti hatte er abgespült. Der Arzt, der Sergej auf dem Sofa vorfand, dachte sich nichts weiter dabei, versorgte die Kopfwunde, überprüfte Sergejs Reflexe und hatte massive Beeinträchtigungen festgestellt. Ob diese sich wieder zurückbilden würden, wenn die Schwellung abklang, darüber wagte er keine Prognose.

Theo wartete ungeduldig auf Franz. Adler hatte vorhin ihre Entlassungspapiere unterzeichnet, nachdem Franz die Bescheinigung der Kirchengemeinde mit der Unterschrift von Pfarrer Dürnberger vorgezeigt hatte. Adler hatte sich beinahe bewegt von ihr verabschiedet und ihr angeraten, im folgenden Jahr mindestens einmal im Monat zu einem Gespräch in die Klinik zu kommen. Sie hatte sich beeilt, ihm zu versichern, dass sie ihm sehr dankbar war, obgleich sie nicht die geringste Absicht hatte, Adler jemals wieder aufzusuchen, sofern er sie nicht zwangsweise vorführen ließ, aber das würde ihr als verheirateter Frau wohl erspart bleiben, hoffte sie. Als Franz, begleitet von Schwester Gertrud, eintrat, sprang sie vom Bett auf und ließ sich widerstrebend von ihm die Reisetasche abnehmen.

„Alles Gute, Fräulein Brunner." Schwester Gertrud schüttelte ihr und Franz die Hand.

„Danke! Komm, Franz, lass uns gehen."

Sie verließ die Klinik beinahe im Laufschritt.

„Theo, warte doch mal!" Franz hielt sie am Ärmel fest. „Der Professor hat eine Postkarte von Aglaja bekommen. Sie schreibt nur, es geht ihr gut und ihr sollt euch keine Sorgen machen."

„Was? Warum hast du das nicht eher gesagt?"

„Wann denn bitte?" Franz konnte verstehen, dass Theo angespannt war. „Ich dachte, es wäre vielleicht nicht das Klügste, damit vor der Krankenschwester anzufangen."

In der Gardegasse angelangt, prüfte Theo als Erstes den Poststempel, der aber keinen Aufschluss gab, es sei denn, Aglaja hielte sich in der Hauptpost versteckt. Papier und Umschlag waren dieselbe Ware, die man in jedem billigen Schreibwarengeschäft bekommen konnte.

Franz verabschiedete sich. „Soll ich das Aufgebot gleich auf dem Weg bei der Gemeinde absagen?"

„Nein, Franz. Ich mache das. Du hast wirklich genug getan! Vielen, vielen Dank!"

Sie trank mit dem Professor noch ein Glas Wein und zog sich dann müde, enttäuscht und krank vor Sorge in ihr Zimmer zurück. Es roch nach Aglaja, die es bestimmt in ihrer Abwesenheit bewohnt hatte. Sie wäre am liebsten sofort ins Bett gefallen, aber es gab noch etwas, das sie tun musste.

„Der Kaffee ist fertig!" Der Professor war früh wachgeworden und hatte den Frühstückstisch gedeckt. „Theo!"

Endlich erkannte er seine Tochter wieder: Sie hatte sich das Haar geschnitten und trug einen Anzug.

„Besser oder?" Sie hatte keine Ruhe gefunden, bevor sie nicht das Gefühl hatte, wieder sie selbst zu sein.

„Ja, viel besser!" Er goss ihr Kaffee ein und gab Milch dazu.

Theo trank gierig. Der Ersatzkaffee in der Anstalt war in Ordnung gewesen, aber sie genoss die belebende Wirkung des starken Getränks, das der Professor ihr zur Feier des Tages vorsetzte. Sie fühlte sich wieder wohl in ihrer Haut, und Stück für Stück würde sich auch der ihr eigene Optimismus wieder einstellen. Sie fühlte sich bereits wesentlich entspannter. Das Kleid hatte sie am Vorabend in ihrer Kammer ausgezogen und sich nicht um abreißende Knöpfe geschert. Den lästigen, kurzen Zopf hatte sie als Nächstes entfernt. Vielleicht würde sie noch einen Besuch beim Friseur brauchen, aber mit dem gekürzten Haar fühlte sie sich schon sehr viel besser, auch wenn es vielleicht noch einen letzten Schliff brauchte.

„Was wirst du jetzt unternehmen wegen Aglaja?"

Theos Miene verdunkelte sich. „Ich weiß nicht. Ich vertraue ihr, und dass sie selbst auf sich aufpassen kann, hat sie auf ihrer Flucht hinreichend bewiesen, aber ich muss wissen, vor wem und warum sie weggelaufen ist."

Der Professor nickte. „Findest du es auch beruhigend, dass sie den Hund dabei hat?"

„Ja, schon."

Sie hingen beide ihren Gedanken nach, als es klopfte. Der Professor öffnete. „Ja, bitte?"

„Herr Professor Brunner, ich bin Kathi – eine Freundin von Theo. Darf ich hereinkommen?"

Theo sprang auf. „Kathi! Ich bin hier, komm rein!"

Sie umarmten sich.

„Haben's dich endlich rausg'lassen aus der Anstalt … Du bist dünn und blass geworden!" Kathi strich Theo über die Wange. „Ich bin nur gekommen, um euch Bescheid zu sagen, dass Aglaja bei mir ist."

„Ein Glück!" Theo und dem Professor fielen fast hörbar mehrere Felsbrocken vom Herzen.

„Ja. Sie ist neulich mitten in der Nacht bei mir aufgetaucht und hat mich gebeten, sie zu verstecken."

„Kathi, was ist denn bloß passiert?"

Der Professor goss ihr ebenfalls einen Kaffee ein.

Alexej genoss es, dass zwei von den drei Krankenschwestern, die die Hausdame vorselektiert hatte, vor ihm in Ehrfurcht erstarrt waren. Die eine, ein durchscheinendes Wesen, das kaum in der Lage schien, einem Patienten wie Sergej gerecht zu werden, die andere, eine ältere Frau, die Hängebacken hatte, und dann war da noch die dritte. Sie war ausnehmend hübsch. Dunkelhaarig, mit einer kurvigen Figur und sehr selbstbewusst wirkend. Von all dem fühlte er sich gleichermaßen provoziert. Sie war wie geschaffen für die Aufgaben im Palais Seyring.

Annamaria verzog keine Miene. Sie hatte sich auf die Anzeige, einen schwerst Kriegsversehrten zu pflegen, gemeldet. Nach dem Dienst in diversen Feldlazaretten konnte sie kaum etwas erschüttern, aber sie hatte es schwierig gefunden, sich wieder in den rigiden Tagesablauf eines Spitals einzufügen. Alle Abläufe dort erschienen ihr langsam, starr und unflexibel. So konnte und wollte sie nicht mehr arbeiten. Die großzügige Bezahlung für diese Stelle war Grund genug, die anderen beiden Bewerberinnen aus dem Feld zu schlagen. Sie bemerkte sehr wohl, wie der junge Baron sie taxierte, und richtete sich auf, was ihre Figur noch besser zur Geltung brachte. Sie brauchte wahrlich niemandem ihre Sachkenntnis zu beweisen. Da war es egal, weswegen er ihr letztlich den Vorzug geben würde – sie würde ihn zu gegebener Zeit in seine Schranken weisen. Vielleicht aber auch nicht … der Baron war ein außerordentlich gutaussehender Mann.

„Annamaria Nieddu. Was ist das für ein Name? Italienisch?"

„Ja, Herr Baron. Mein Großvater war Italiener."

„So so." Er sah sie an. „Italienerinnen sollen ein feuriges Temperament haben. Eignet sich das zur Krankenpflege?"

Sie senkte den Blick. „Ich bin in meinem Beruf sehr gut. Ich habe an der Front in Lazaretten gearbeitet – da steht einem eine gewisse Durchsetzungsfähigkeit gut an."

„Nun. Dann sollten Sie in der Lage sein, meinen Schwager zu handhaben. Ich verhehle Ihnen nicht, dass er bereits zwei Dienstmädchen vertrieben hat durch seine Raserei. Sie werden keinen fügsamen Patienten vorfinden, dem sie lediglich Medikamente verabreichen und ihn zur Toilette begleiten. Sergej Wolkov, so weit steht es auch in der Anzeige, ist beinamputiert. Beidseitig. Kriegsverletzung. Was jedoch nicht in der Anzeige steht, ist, dass er durch einen unglücklichen Sturz aus dem Rollstuhl und eine daraus resultierende Kopfverletzung auch noch die Gewalt über seine Arme verloren hat. Zudem scheint er geistig verwirrt. Er wird Ihnen Schimpfworte unflätigster Art entgegenschleudern. Meistens auf Russisch, aber er scheint auf diesem Sektor bereits eine Menge Deutsch gelernt zu haben. Am besten achten Sie gar nicht darauf – wenn Sie die Stelle unter den gegebenen Umständen überhaupt noch wollen. Ich möchte Sie aber bitten, niemals zu vergessen, dass Sie ein Mitglied einer der vornehmsten Familien Russlands vor sich haben."

Sie überlegte keine Sekunde. „Ja. Ich kann morgen anfangen."

„Sehr gut, Fräulein Nieddu. Die Hausdame wird Sie dann in Ihre Pflichten einweisen und Ihnen alles zeigen. Zusätzlich zu Ihrem Salär haben Sie Kost und Logis frei. Da Sie Tag und Nacht zur Verfügung stehen müssen, liegt Ihr Zimmer direkt neben dem von meinem Schwager. Es ist sehr geräumig und hat sogar eine kleine Terrasse."

„Herrgott! Das kann doch wohl nicht wahr sein!" Theo raufte sich die Haare. „Es muss doch möglich sein herauszufinden, ob Sergej Wolkov noch lebt oder nicht!" Sie überlegte, Herrn Huber aufzusuchen. Vielleicht konnte er ihr helfen.

„Bei den Sterbeanzeigen war nichts dabei. Das habe ich über die letzten Tage kontrolliert."

Kathis Aussage beruhigte Theo, auch der Professor schien erleichtert, war er doch auf dieselbe Idee gekommen. Vermutlich hatte Aglaja ihn gar nicht wirklich so schwer verletzt, und es war ihm peinlich anzuzeigen, dass er von einer Frau niedergeschlagen worden war. Das war am wahrscheinlichsten.

„Also ich muss jetzt los, bald kommen die ersten Gäste." Kathi erhob sich. „Theo, kommst gleich mit?"

Sergej Wolkov durchlebte einen Albtraum, der schlimmer war als alles, was er sich je hätte vorstellen können. Auf dem Schlachtfeld im Kampf zu fallen, war eine Sache. Als Greis im Familienkreis im Bett zu sterben, eine andere. Aber nichts dergleichen war ihm beschieden. Er war bewegungsunfähig, ohne Beine, mit nutzlosen Armen und unklarer Wahrnehmung für alles, was über die grundlegendsten Körperfunktionen hinausging. Diese Tatsache bereitete ihm die größte denkbare Qual, da er sie nicht kontrollieren konnte und des Öfteren einfach in seinen erkaltenden Exkrementen liegengelassen wurde. Alle Bediensteten fürchteten sich vor ihm, was in erster Linie an seinen Wutausbrüchen lag, während derer er die Menschen, die ihn versorgten, beschimpfte und beleidigte. Das einzige Ventil für jedwede Art von Empfindung, die unbefreit in Sergej Wolkov kreiste, war es, diejenigen zu erniedrigen, die sich um ihn kümmern mussten.

Als Annamaria am folgenden Tag das Zimmer in Begleitung der Hausdame betrat, hielt sie angewidert die Luft an, denn es stank zum Gotterbarmen. Sie durchquerte das Zimmer, und noch bevor sie ihren Patienten in Augenschein nahm, öffnete sie die Fenster.

„Das ist Ihr Patient, Fräulein Nieddu. Der Schwager des Barons. Es beneidet Sie keiner um Ihre Aufgabe! Der Kerl hat bereits zwei Mädchen zum Heulen gebracht, und anschließend sind sie abgehauen."

„Ich bin kein Mädchen, Frau Gsteiner. Ich bin Krankenschwester und werde mich als solche pflichtbewusst verhalten."

„Ganz wie Sie meinen." Die Hausdame warf die Tür ungemütlich ins Schloss und ließ Annamaria allein mit Sergej in dessen Zimmer zurück.

Sie näherte sich dem Bett und merkte, dass der Gestank von ihm ausging. Das konnte doch wohl nicht wahr sein! Dass es schwierig war, jemanden in Wolkovs Zustand zu versorgen, stand außer Frage. Aber einen Mann in seinem Dreck liegen zu lassen, würde sie nicht dulden. Sie trat ans Bett, wo sie sein trüber Blick traf.

„Guten Tag, Herr Wolkov. Ich bin Schwester Annamaria und werde mich von nun an um Sie kümmern. Mir scheint, hier ist einiges vernachlässigt worden, aber das wird jetzt anders. Ich bin sofort wieder da; wir brauchen hier Hilfe."

Sergej schnappte nach Luft, denn seine Zunge gehorchte ihm nicht. Er spürte bereits seit einigen Tagen, dass es ihm immer schwerer fiel, Worte zu formen. In solchen Momenten rumorte eine Mischung aus Hass, Rage und unbändiger Wut in seinem Inneren, die sich keinerlei Bahn brechen konnte. Dieses Konglomerat fühlte er weit deutlicher als das, was von seinem Körper noch übrig war. Mehr als eine tote, amorphe Masse war das nicht.

Theo erwachte ohne jedes Zeitgefühl. Im Zimmer war es dunkel, was sie für einen Moment verwirrte. Doch dann spürte sie Aglajas Wange an ihre Schulter geschmiegt; eine Strähne ihres weichen Haars schlängelte sich den Hals hinunter. Da erinnerte sich Theo, dass sie in Aglajas Kammer in Kathis Wirtshaus waren. Das Stimmengemurmel aus dem Gastraum drang die Stiege herauf, also musste es nach drei Uhr nachmittags sein, wenn Kathi aufgesperrte. Aglaja schlief tief und fest. Theo schmunzelte – sie hatten wahrlich nicht viel geschlafen in der vergangenen Nacht. Sie erhob sich und tastete nach ihren Kleidern. Sie zog sich an, wusch sich rasch in der Spülküche und fuhr sich mit den nassen Fingern durchs Haar. Als sie die Schankstube betrat, schlug die alte Standuhr siebenmal. So spät!

„Na, ausg'schlafen?" Kathi grinste breit hinter der Theke, wo sie Krüge mit Wein füllte.

„Du hättest uns wecken sollen. Wie willst du denn hier allein fertigwerden!" Theo griff nach dem voll beladenen Tablett, und Kathi wies ihr mit einem Kopfnicken die Richtung des Tisches, den sie als Erstes bedienen sollte.

Zwei Stunden später, als die Wirtsstube aus allen Nähten platzte, schob sich Aglaja errötend durch die Tür, erblickte Theo und strahlte.

„Ich dachte schon, du bist weggegangen", flüsterte sie ihr zu, als sie in Hörweite war.

„Ich lasse dich erst mal nicht aus den Augen, damit du mir nicht wieder abhanden kommst."

Sie küssten sich, und Aglaja verschwand in der Küche.

Annamaria ging den Flur vor Sergejs Zimmer entlang in den Dienstbotentrakt, um Verbände und eine Karaffe Pfefferminzlimonade zu holen, als ihr plötzlich Baron Struzhanov in den Weg trat.

„Schwester Annamaria, wie schön, dass wir uns begegnen. Ich hätte Sie sonst dieser Tage ohnehin zu mir bitten lassen, um mich nach dem Befinden meines Schwagers zu erkundigen."

„Ich bin kein Arzt, Herr Baron. Bitte befragen Sie dazu Herrn Doktor Schütz."

„Aber Sie als Pflegerin, Annamaria, erleben Sergej täglich. In guten und schlechten Stunden. Ich finde, Sie können mir viel detaillierter Auskünfte über sein Befinden geben als Herr Doktor Schütz, der ihn nur zweimal in der Woche sieht. Bitte."

Sie zögerte. „Ich kann keine medizinische Prognose geben. Ich kann Ihnen nur schildern, wie sein Allgemeinzustand ist."

„Natürlich. Genau das will ich wissen. Was kann man ihm in seiner Lage Gutes tun?"

Ihr Körper straffte sich, und ihre Augen, die schon so vieles gesehen hatten, richteten sich konzentriert auf Alexej. „Wenn Sie mich danach fragen, Herr Baron, und eine ehrliche Antwort erwarten, dann kann ich nur sagen: Erschießen Sie ihn."

Alexej wirkte geschockt, sah sie fassungslos an.

„Wenn ich jetzt gehen soll, dann werde ich das tun, aber ich werde nicht lügen, wenn ein anteilnehmender Angehöriger fragt."

Sie stand vor ihm. Gerade und aufrecht. Ihr dunkles Haar trug sie straff geflochten und hochgesteckt. Sie hatte kräftige Hände, geschmeidige Gliedmaßen und eine klare Stimme. Sie sprach mit ihm, als wären sie gleichgestellt und nicht sie als bezahlte Pflegekraft von seinem Wohlwollen abhängig. Alexej konnte seinen Blick nicht von ihr wenden. Sie glich in keiner Weise den Frauen, die er so reichlich konsumierte, dass er sich an Namen und Gesichter nicht mehr erinnerte. Sie gab nicht vor, etwas anderes zu sein. Sie würde sich gewiss schlicht und ergreifend weigern, ihm im Bett vorzugaukeln, dass sie seine Schwester sei, um seine Lust anzustacheln. Komischerweise stellte er sie sich nicht als Erstes stöhnend in den Laken vor, sondern in einer sauberen Küche, wie sie etwa frischgebackenes Brot aus dem Ofen holte. Er fuhr sich mit der Hand kurz über die Augen, um dieses unpassende Bild fortzuwischen.

„Sie müssen nicht gehen. Ich bewundere Sie aufrichtig für Ihre Arbeit." Er drehte sich hastig um und entfloh.

Annamaria war verblüfft. Sie hätte sich am liebsten auf die Zunge gebissen, aber sie hätte niemals lügen können. In den Lazaretten hatte man sie oft dafür gerügt, dass sie den sterbenden Soldaten auf ihren Feldbetten keine Märchen erzählte, wie es viele andere Krankenschwestern taten, um die Männer in Sicherheit zu wiegen. Sie erzählten ihnen von gewonnenen Schlachten, dem Vormarsch, dem kurz bevorstehenden Sieg. Sie erfanden gute Gründe, warum die Verlobte plötzlich nicht mehr schrieb, und ermutigten selbst die am schlimmsten Verstümmelten zur Hoffnung, weil die Medizin sich in ein paar Jahren schon so viel weiter würde entwickelt haben, dass man ihnen sicher helfen konnte.

Niemand konnte den Männern ihre zerschossenen Gliedmaßen und deren Funktionen zurückgeben. Niemand konnte wissen, ob die Verlobte nicht schrieb, weil Briefe verloren gingen, weil sie krank war, die Wohnung gewechselt oder am Ende gar einen anderen geheiratet hatte. Es war nicht richtig, den Männern eine Gartenlaubenidylle vorzugaukeln. Der Krieg war zu brutal, zu allumfassend gewesen, hatte alles und jeden durch seine Berührung verändert, und das meist nicht zum Besseren. Für Annamaria hätte ein Schönreden der Gegebenheiten einen unverzeihlichen Betrug bedeutet.

Dass die Zustände im Palais Seyring alles andere als alltäglich waren, hatte sie schnell begriffen. Die hochschwangere Ehefrau des Barons hatte sie nur einmal durch Zufall gesehen. Sie war schon alt, und Annamaria vermutete, dass wohl ihr Geld der Grund für die Heirat gewesen sein musste. Was sonst hätte einen Mann wie Alexej Struzhanov dazu bewegen können, eine Frau zu heiraten, die seine Mutter hätte sein können. Ihr stand es nicht zu, darüber zu urteilen, wie ihr Dienstherr lebte, aber sie fühlte eine leise Verachtung in sich aufkeimen, so attraktiv der Baron auch war, denn Annamaria wusste gut, wie sehr ein schönes Äußeres einen täuschen konnte. Sie hatte im Krieg nicht viel Gelegenheit gehabt, über Vergangenes nachzugrübeln, und so hatte sie Theo und die unselige Szene vor ihrer Versetzung aus ihren Gedanken verbannt. Abwechslungen waren selten. Sie hatte lediglich eine kurze Liaison mit einem Chirurgen gehabt, der sich bei einer Evakuierung geweigert hatte, die am schwersten Verletzten allein zurückzulassen, weil sie einen Transport nie überlebt hätten. Als das Lazarett von den Franzosen überrannt wurde, nahm man ihn fest, und sie hatte nie wieder etwas von ihm gehört. An Theo hatte sie ein paar Mal mit Wut zurückgedacht, aber nur in der ersten Zeit, und als sie Zeugin wurde, wie viele junge Männer einen sinnlosen Tod starben, glaubte sie in ihnen stets Theo zu sehen und war froh und erleichtert, dass sie nicht Gefahr lief, ihr Leben im Schlamm eines Schützengrabens zu verlieren.

Als sie das Zimmer betrat, merkte sie schon, dass Sergej überaus erregt war. Er wirkte immer wütend, geladen, bekam oft vor aufgestautem Zorn einen knallroten Kopf, die Stirnadern schwollen an, während aus seinem Hals nur ein würgendes Gurgeln drang. Er versuchte nahezu ununterbrochen, sie anzuspucken. Wenn sie ihn anfassen musste, um ihn zu verbinden, zu waschen oder umzulagern, machte er sich so schwer und steif wie möglich.

Als sie an sein Bett trat, landete ein großer Batzen Auswurf direkt auf ihrer weißen Bluse.

„Herr Wolkov. Ich verstehe, dass Sie guten Grund haben, Ihr eigenes Leben zu verwünschen, aber dafür kann ich nichts. Ich habe Ihnen beim letzten Mal gesagt, dass ich Ihnen eine Mundschutzmaske umbinden werde, sofern Sie es wagen, mich nochmals anzuspucken – und genau das tue ich jetzt." Ihre Stimme war beherrscht und kühl, und mit einigen routinierten Handgriffen hatte sie einen Mundschutz aus dichtgewebtem Leinen über seinen Mund und die Nase gelegt und drehte seinen Kopf, um die Maske festzubinden, bevor sie daran ging, ihn für den Tag fertigzumachen.

Theo blieb volle drei Tage bei Aglaja in Kathis Wirtschaft. Es hatte noch immer nichts in der Zeitung gestanden, und langsam begann sie, sich sicherer zu fühlen. Theo wollte aber mehr Gewissheit und machte sich auf in Richtung des Palais Seyring. Gut möglich, dass sie vielleicht in einem billigen Kaffeehaus dort oder in Geschäften rundherum etwas Klatsch aufschnappen oder vielleicht sogar einen Dienstboten aus dem Palais kennenlernen konnte. Die letzten drei Tage hatten Theo etwas von ihrer Heiterkeit und Sicherheit wiedergegeben. Die Zusammenarbeit und das Leben mit den beiden anderen Frauen in der Wirtschaft in Ottakring hatte die drei zu einer verschworenen Gemeinschaft gemacht, und alle drei hatten die Zeit gleichermaßen genossen, auch wenn sie von Aglajas Angst und Schuldgefühlen überschattet war.

Sich wieder unbeschwert auf das Rad schwingen und hingehen zu können, wo es ihr beliebte, war Freiheit. Aber ihr war bewusst geworden, wie schnell sie dahin sein konnte und das aufgrund einer unabänderlichen Tatsache: Ihrer selbst. Sie und Aglaja hatten sich versprochen, vorsichtiger zu sein; zu groß war die Angst, einander wieder zu verlieren.

Das Palais Seyring war ein imposantes Gebäude mit einem großen, parkartigen Garten und von einem hohen Zaun umgeben. Sie stellte sich in den Schatten der Lindenallee, wo eine kleine Straße kreuzte, auf der sie den Dienstboteneingang ausgemacht hatte, und zündete sich eine Zigarette an.

Sie wartete lange, und nichts geschah, sie war kurz davor, unverrichteter Dinge den Rückweg anzutreten, als eine Gestalt aus dem Seiteneingang trat und schnellen Schrittes in die entgegengesetzte Richtung eilte. Sie wusste nicht, warum, aber sie folgte der Frau, deren Weg sie zu einer alten Apotheke führte, in der sie diverse Papiere vorlegte und etwas erklärte. Der Inhaber nickte wissend und begab sich in die hinteren Räume, um ihre Bestellung zusammenzustellen. Da drehte sie sich um. Als sie Theo vor der Schaufensterscheibe erblickte, zuckte durch ihr Gesicht ein erstauntes Erkennen. Theo wurde blass, als sie vor die Tür trat.

„Annamaria!"

„Theo."

Sie schwiegen beide.

„Was machst du hier?" Annamaria fuhr sich nervös durch das Haar.

„Nichts Besonderes. Aber du, was ist mit dir? Ich bin froh, dich in einem Stück zu sehen." Theo lächelte.

„Ich bin schon seit einiger Zeit wieder in Wien und habe jetzt eine Anstellung als Privatpflegerin."

„Für die Baronin? Ich hörte, sie ist schwanger."

„Nein. Der Schwager des Barons."

Theo hielt inne. „Was ist denn mit ihm? Kriegsverletzungen?"

„Ja, auch. Er ist beinamputiert und hat eine seltsame, noch recht frische Kopfverletzung. Er kann nicht mehr reden, sich nicht selbstständig bewegen, gar nichts. Aber warum interessiert dich das? Du wirst ja wohl kaum unter die Klatschbasen gegangen sein, oder?"

Theo schüttelte den Kopf. „Nein, nein. Es ist nur … naja. Die Hochzeit hat ziemlich viel Aufruhr verursacht. Er ist halb so alt wie sie, hat nur seinen Namen, aber kein Geld, und dann ist die Braut schon bei der Hochzeit sichtbar schwanger gewesen, hat man mir zumindest erzählt."

„Davon weiß ich nichts. Der Baron war zu mir stets höflich. Ein wenig herablassend bisweilen, aber wann immer ich etwas brauchte, um Herrn Wolkov zu pflegen, habe ich es bekommen."

„Annamaria, ich kenne dich ein bisschen. Und ich kenne um ein paar Ecken Alexej … Baron Struzhanov recht gut. Er ist ein opportunistischer Emporkömmling. Ein völliger Nichtsnutz. Die Liste seiner Eroberungen ist länger, als die Verlustlisten es an manchen Tagen waren …"

„Warum sagst du mir das?"

„Weil alle Frauen, die ich kenne, bei Alexej den Verstand verlieren."

„Eifersüchtig?" Sie musste lachen. „Keine Sorge. Ich finde ihn unbestreitbar attraktiv, aber das allein ist für mich keine Gefahr mehr. Seit dir." Sie atmete scharf ein. „Aber wie geht es dir, Theo? Was hast du so getrieben?"

„Nun, letzthin habe ich etliche Monate im Gefängnis und danach gut und gern ein Jahr in der Klinik von Professor Adler verbracht, weil dein jetziger Arbeitgeber mein … widernatürliches Verhalten den Behörden gemeldet hat."

„Was?" Sie war ehrlich schockiert.

„Ja. Ich hatte Glück, dass mein Vater Professor Adler aus seinen Universitätstagen kannte. So kam ich aus dem Gefängnis in die Klinik."

„Aber was ist das für eine Klinik? Du bist doch nicht krank."

„Im Sinne des Gesetzes bin ich kriminell, im Sinne der psychiatrischen Forschung bin ich krank, neurotisch, was auch immer, und brauche Behandlung."

„Und? Hat es etwas genützt?" Sie grinste schelmisch.

„Nicht wirklich." Theo drehte sich um die eigene Achse. „Ich hoffe, dass ich Adler nicht zufällig treffe. Himmel, war ich froh, das Kleid und den Zopf loszuwerden!"

„Du hast Kleider getragen und lange Haare?" Sie kicherte.

„Ja. Aber das wird nicht wieder passieren."

„Das tut mir sehr leid für dich … ich hoffe, es geht dir wieder gut jetzt. Wie ist es, hast du jemanden?"

„Ja …" Theo zögerte, entschloss sich aber dann, die Wahrheit zu sagen. „Ich bin mit Struzhanovs Schwester zusammen. Aglaja ist ganz anders als er. Genau der richtige Mensch für mich. Sie hat sich während all der Zeit, die ich zuerst im Häfn war und dann in der Klinik, um den Professor gekümmert und noch gearbeitet, damit Geld da war. Sie ist sehr klug, und ich liebe sie wirklich."

Annamaria spürte, wie eine Woge der Melancholie sie überrollte.

„Ich freue mich für euch, Theo! Du wirkst so glücklich." Sie atmete tief durch, um ihre Stimme unter Kontrolle zu bringen. „Und du? Arbeitest du wieder beim Huber?"

„Darum habe ich mich ehrlich gesagt noch nicht gekümmert. Ich bin erst vor einer knappen Woche aus der Klinik entlassen worden. Aber ich glaube nicht, dass das beim Huber noch mal was wird. Er ist sehr in Bedrängnis. Die Bestattung verschlingt nach und nach alle kleinen Unternehmen. Er wird niemanden mehr bezahlen können. Franz hat erzählt, dass er manchmal den Lohn in Raten auszahlt. Ich glaube, er ist wirklich in Schwierigkeiten. Ich weiß noch nicht, was ich tun werde. Zumal wir uns sehr bedeckt halten müssen. Wer weiß, ob Alexej uns wieder Probleme bereitet."

Annamaria nickte und entschloss sich, vor ihrem Arbeitgeber auf der Hut zu sein.

„Ich muss los. Der Professor wird unruhig, wenn ich zu lange ausbleibe. Er muss sich erst wieder daran gewöhnen, dass ich meiner Wege gehe."

„Natürlich. Sehen wir uns wieder? Ich würde gern deine Aglaja kennenlernen. Auf ein Glas Wein? Bei Kathi?"

„Sehr gern. Du weißt ja, wo du uns findest."

Sie verabschiedeten sich. Annamaria drehte sich um und sah, wie Theo sich auf ihr Rad schwang und ihre schlaksige Gestalt hinter der nächsten Ecke verschwand. Sie war durcheinander. Sie hatte Theo wirklich gern. Aber als was? Sie verspürte keinerlei Eifersucht auf die Unbekannte, aber es fiel ihr schwer, dass es diese Vertrautheit und Nähe, die zwischen ihr selbst und Theo geherrscht hatte, jetzt jemand anderem gehörte. Nachdem ihr das klar war, verdrängte sie die leise Bitternis und freute sich schlicht, dass sie Theo als Freund nicht verloren hatte.

Er sah auf den Invaliden hinunter, der nichts ahnend im Bett lag und im Schlaf ein wenig Abstand von der Misere seines Lebens fand. Alexej verspürte ein ihm unbekanntes Ekelgefühl. Er und Arkadij hatten viel Elend erlebt. Auch war Sergej nicht der erste Verstümmelte, den er gesehen hatte. Aber diese Kreatur in seinem Haus verstörte ihn immer mehr. Meist mied er daher das Krankenzimmer. Heute konnte er nicht umhin, sich zu fragen, wie lange dieser zerstörte Körper mit dem umnachteten Geist wohl noch leben würde. Es war unfassbar, dass er überhaupt noch atmete.

„Er hat ein starkes Herz", vernahm er plötzlich die Stimme der Krankenpflegerin, die unbemerkt das Zimmer wieder betreten hatte.

Alexej fuhr herum. „Was?"

„Haben Sie sich nicht gerade gefragt, warum er überhaupt noch lebt in seinem Zustand?"

Er sah sie aufmerksam an. „Doch. Woher wussten Sie das?"

„Nun ja, Sie kommen sonst nie hierher. Sie erkundigen sich pflichtschuldig nach seinem Befinden, wann immer wir uns begegnen, aber Sie kommen nie, um ihn zu besuchen."

„Warum auch? Er erkennt doch niemanden mehr."

„Das glaube ich nicht."

Er sah sie fragend an.

„Ich denke, dass er sehr wohl weiß, wer wer ist. Er versteht auch größtenteils, was man ihm sagt – da bin ich sicher. Aber er ist so verzweifelt, einsam und voller Angst und Zorn, dass er sich nur noch mitteilen kann, indem er alle attackiert, die ihm zu nahe kommen."

„Das ist eine sehr eigenwillige Auslegung seines Benehmens, Schwester Annamaria."

„Es steht Ihnen selbstverständlich frei, diese anzuzweifeln, aber ich bin den ganzen Tag bei Ihrem Schwager und habe reichlich Gelegenheit, sein Verhalten zu beobachten."

Das stimmte. Alexej wiegte den Kopf. Er fand es schwierig, sich vorzustellen, dass es in Sergej doch noch etwas Menschliches gab, und der Gedanke widerte ihn an, denn sein Schwager, sein Geist oder was auch immer hatte es sich zur

Gewohnheit gemacht, nächtens durch Alexejs Albträume zu wandeln. Träume, aus denen er schreiend erwachte und eine Weile reglos liegenblieb, um nach und nach alle Gliedmaßen und Gelenke zu bewegen und sich von ihrer vollen Funktionsfähigkeit zu überzeugen. Egal, wie viel er vor dem Schlafengehen trank, Sergej suchte ihn heim und förderte alle furchterregenden Bilder aus Alexejs Seele zutage, die er im Krieg begraben hatte, in der Hoffnung, sie niemals wieder sehen zu müssen. Das hatte auch funktioniert. Bis zu Sergejs vermeintlichem Unfall.

16. Kapitel – Wien November 1920

Der Winter war in jenem Jahr sehr früh hereingebrochen, und ein über Nacht aufgekommener Sturm fegte Theo kleine Eiskristalle ins Gesicht, als sie sich auf den Weg zur Arbeit machte. Sie hatte einen reichen Fabrikanten herzurichten, der bei der Jagd in vollem Galopp vom Pferd gestürzt war. Der Ritt war durch ein trockenes, aber verschneites Flussbett gegangen, und keiner hatte im Jagdfieber an einem sonnigen, hellen Wintertag an die vereisten Steine gedacht, die unter dem Schnee lauerten. Das Pferd war umgeknickt und hatte sich ein Vorderbein gebrochen. Der Reiter war über den Kopf des Pferdes geflogen und frontal mit dem Gesicht auf einem Findling gelandet. Danach hatte das vor Schmerz und Panik schäumende Pferd ihn unter sich begraben. Als man sie fand, erschoss man zunächst die prächtige Fuchsstute, bevor man den Reiter bergen konnte.

Als Theo in den Kühlraum trat, sah sie das volle Ausmaß der Zerstörung: ausgeschlagene Zähne, die an gänzlich unerwarteten Stellen steckten, wo früher einmal das Gesicht des Schreibmaschinenfabrikanten gewesen war, eine zertrümmerte Nase, die mehr nach innen gerichtet war als nach außen. Ob der Unterkiefer noch mit dem Rest des Kopfes verbunden war, würde sich herausstellen müssen. Sie seufzte. Das bedeutete eine Nachtschicht hier im Kalten.

Zunächst säuberte sie den Körper und das entstellte Gesicht, um sich einen Überblick zu verschaffen. Dann sammelte sie sorgfältig alle Knochensplitter ein, die kleinsten mit einer Pinzette, um diese nochmals einzeln zu reinigen und zu sortieren. Nachdem sie damit fertig war, begann sie zunächst damit, die noch festen Gesichtsknochen freizulegen, um dann mit dem Zusammensetzen der Nase und der zertrümmerten Jochbeine zu beginnen. Die einzelnen Fragmente hielt sie mit dünnen Drähten zusammen, für deren Befestigung sie mit einem winzigen Handbohrer Löcher in die größeren Knochenstücke bohrte. So rekonstruierte sie innerhalb etlicher Stunden das Gesichtsskelett nahezu vollständig. In kleinere Kerben von fehlenden Splittern strich sie einen geschmeidigen Kitt. Das war der Moment, in dem sie eine Pause machen konnte. Sie entnahm ihrer Tasche ein Paket belegter Brote und eine Flasche mit Tee und trat aus der Seitentür ins Freie.

Ihre neue Tätigkeit führte sie in sämtliche noch verbliebenen privaten, meist kleinen Bestattungsunternehmen, denen sie ihre Dienste angeboten hatte. Wie vermutet hatte weder Huber sie einstellen können noch die anderen Unternehmen. Huber ließ sie aber rufen, wann immer ein schwerer Fall kam, und hatte sie weiterempfohlen. So kam sie in der ganzen Stadt und manchmal sogar im Umland herum und hatte ihre Techniken zur Wiederherstellung entstellter Toter verfeinert und sich darin einen Ruf erworben, der sogar bis zur städtischen Bestattung vorgedrungen war. Nachdem sie dort einen Jungen aus adeliger Familie wieder hergerichtet hatte, der bei einer Kneipenschlägerei ums Leben gekommen war, wollte man sie davon überzeugen, eine feste Stelle anzunehmen. Da dieses „Angebot“ jedoch mit Drohungen gespickt war, die ihr bei Nichtakzeptanz den vollständigen Auftragsentzug seitens der städtischen Bestattung in Aussicht stellten, hatte sie sich entschlossen, nur noch für die kleinen, privaten Unternehmen tätig zu sein. Denn auch, wenn das bedeutete, dass sie fast täglich an einem anderen Ort arbeiten musste, so hatte sie doch mehr als genug zu tun, und von dem Geld, das sie auf diese Weise einnahm, lebten sie sogar besser als vorher.

Alexej warf sich in seinem Bett hin und her. Er erwachte davon, dass ihm Tränen über das Gesicht liefen. Er sprang auf und entzündete hastig eine Lampe, deren Licht seine Dämonen in ihr dunkles Reich jenseits des Bewusstseins verwies. Er atmete heftig und schwitzte in wahren Bächen. Er wollte nach seinem Diener läuten, damit der ihm ein Bad einließ und frische Nachtwäsche brachte, als er bemerkte, dass er nicht nur schwitzte, sondern sich offenbar eingenässt hatte. Ein großer, stinkender Fleck hatte sich auf seinen Pyjamahosen ausgebreitet, vom Hosenbund bis zu den Knien – als Junge war ihm das zuletzt passiert. Was hatte sein Bruder ihn verspottet … Diesmal war zum Glück niemand Zeuge seiner Schande geworden, aber er sah noch immer die Fratze vor sich, die Sergej in seinen Angstträumen trug. Sie verhöhnte ihn, mehr als Arkadij es je gekonnt hätte.

Angewidert schleuderte er die beschmutzte Nachtbekleidung von sich und wusch sich an der Waschschüssel. Ein frischer Pyjama war schnell gefunden, aber er hatte keine Ahnung, wo sich frische Bettwäsche befand. Er vermutete, dass die Hausdame den Wäscheschrank verwaltete. Der Gedanke, dass die Dienerschaft sich über ihn lustig machen könnte, war ihm unerträglich. Er zog das Laken ab und wuchtete die schwere Matratze hoch, bis er sie umgedreht hatte. Er spülte das befleckte Laken leidlich aus und hängte es über den Sessel vor dem Kamin, damit er es vor Morgengrauen wieder an seinen Bestimmungsort legen konnte, bevor er anordnete, dass er neues Bettzeug benötigte.

Erschöpft goss er sich ein großes Glas Wodka ein. Dieses Getränk hatte er in einem anderen Leben als plebejisch verachtet, seit er jedoch in Wien war, weckte es heimatliche Gefühle in ihm und beruhigte seine gereizten Nerven. So ging es nicht weiter. Er konnte nicht dulden, dass Sergej ihn mit in den Abgrund zog, an dessen Rand er seit dessen Kopfverletzung entlangtaumelte. Man sollte ihn erschießen, gingen ihm die Worte von Schwester Annamaria erneut durch den Kopf. Nun. Erschießen vielleicht nicht gerade … Alexej erhob sich. Er musste das standesgemäße Leben, das er sich hier so hart erkämpft hatte, beschützen. Koste es, was es wolle.

Theo war zufrieden mit ihrem Werk. Die Wiederherstellung des Gesichts des Fabrikanten hatte lange gedauert, war aber außerordentlich gut gelungen. Die feinen Nähte, die die Gesichtshaut zusammenhielten, nahm man nur als leichte Vertiefung wahr, wie kleinere Narben. Die oberflächlicheren Verletzungen hatte sie mit etwas Theaterschminke und Puder abgedeckt. An der rechten Hand hatte sie die Haut nicht mehr zusammenfügen können, ohne dass Zugfalten entstanden wären. Sie hatte die Wunde gesäubert, ihre Ränder fixiert und vom Gelenk an einen Mullverband um die Hand gewickelt. Der Anblick einer kleinen Verletzung machte es den Angehörigen leichter, den Tod zu akzeptieren.

Sergej wehrte sich nicht. Als Alexej ihm das dicke, weiche Daunenkissen ins Gesicht drückte, hörte er ein unterdrücktes Röcheln, das aber genauso gut ein Schlafgeräusch hätte sein können.

Als Alexej danach das vom Kaminfeuer mittlerweile getrocknete Laken wieder aufzog, breitete sich Stille und Frieden in ihm aus. Ein weiterer Wodka brachte auch Sergejs Stimme in seinem Kopf zum Schweigen. Er schlief rasch ein und erwachte am Morgen erfrischt und voller Energie und begab sich unverzüglich zum Frühstück. Er hatte Hunger. Er hatte sich gerade den Tee bringen lassen, als die Hausdame eintrat.

„Herr Baron, die Krankenschwester besteht darauf, Sie unverzüglich zu sprechen."

„Lassen Sie sie eintreten – ah, Schwester Annamaria! Eine Tasse Tee für Sie? Dabei plaudert es sich doch viel besser. Haben Sie schon gefrühstückt?" Er war überrascht, wie viel Vergnügen ihm der Gedanke bereitete, dass sie sich mit ihm am Tisch zum Frühstück niedersetzen würde. Bestimmt hatte sie einen gesunden Appetit und aß am liebsten bodenständiges Essen. Eier mit Speck. Ja. Das würde ihr schmecken. „Frau Gsteiner, bringen Sie bitte umgehend ein Gedeck für Fräulein Nieddu."

„Sehr wohl."

„Nein – danke, Frau Gsteiner. Bitte entschuldigen Sie den Baron und mich jetzt einen Moment. Leider duldet die Ursache der Störung, für die ich mich bereits jetzt entschuldigen muss, keinerlei Aufschub."

Die Hausdame zog sich umgehend zurück und ließ Alexej und Annamaria allein.

„Mögen Sie wirklich nichts essen? Es ist genug da. Was mögen Sie am liebsten?"

Annamaria tat er fast leid. Die Nachricht, die sie ihm überbringen musste, würde ihn treffen.

„Herr Baron, ich habe leider nichts Gutes zu berichten. Ich muss Ihnen heute mein Beileid aussprechen – Herr Wolkov ist heute Nacht von uns gegangen."

Alexej rührte in seiner Tasse und nahm einen Schluck Tee.

„Wollen Sie wirklich gar nichts essen? Allein frühstücken ist sehr deprimierend, aber meine Frau verlässt nie vor dem Nachmittag das Bett."

Ob er unter Schock stand? Sie trat zu ihm, sah ihn prüfend an und nahm sein Handgelenk.

„Was tun Sie da?"

„Geht es Ihnen gut, Herr Baron?" Sein Puls war stark und regelmäßig. Er war nicht blass und wirkte völlig ruhig. Seine Reaktion auf die Todesnachricht verblüffte sie zwar, aber die Menschen hatten unterschiedliche Arten und Weisen, mit so etwas umzugehen.

„Aber ja doch."

„Gut. Haben Sie verstanden, dass Herr Wolkov vergangene Nacht das Zeitliche gesegnet hat?"

Plötzlich stöhnte er auf, verbarg sein Gesicht in den Händen und fing an, unbändig zu schluchzen. Annamaria läutete sofort nach der Hausdame – dafür war sie nicht zuständig.

Frau Gsteiner blieb das „Sie wünschen?" im Halse stecken, als sie den weinenden Alexej am Tisch sah.

„Herr Wolkov ist in der Nacht verschieden. Die Nachricht hat den Herrn Baron offenbar sehr verstört. Vielleicht lassen Sie die Baronin informieren?"

Die Hausdame nickte. Sie läutete, und als ein Dienstmädchen in der Tür erschien, erteilte sie im Flüsterton die Anweisung, die Baronin zu benachrichtigen und den Diener des Barons zu schicken, um Alexej in seine Räume zu begleiten.

„Könnten Sie bleiben? Wenigstens, bis der Leichnam … Herr Wolkov abgeholt wird?“ fragte Frau Gsteiner.

Annamaria nickte. „Wenn ich gebraucht werde, lassen Sie mich holen. Ich bin bei dem Verstorbenen.“ Ihr ließ der plötzliche Tod Sergejs keine Ruhe. Sein Herz war stark gewesen; es gab eigentlich keinen vernünftigen Grund, warum er in dieser Nacht oder näherer Zukunft hätte sterben müssen, so beklagenswert sein Zustand auch gewesen war. Sie hatte sich so gut es ging um ihn gekümmert, aber nichts und niemand hätte sie darüber hinweggetäuscht, wie grauenvoll dieses Dasein gewesen sein musste.

Im Sterbezimmer angelangt, öffnete sie zunächst das Fenster und machte sich dann daran, Sergej Wolkovs toten Körper zu waschen. Nach Herrn Doktor Schütz würde die Hausdame vermutlich bereits geschickt haben. Sie zog Sergej frische Kleidung an, kämmte sein Haar. Im Tod hatte sich sein Gesicht entspannt, und sie entdeckte zum ersten Mal, dass er vermutlich einmal ein recht gutaussehender Mann gewesen sein musste. Als sie sich mit einem zusammengeknüllten Tuch daran machte, einigen Schleim und Verkrustungen von seinem Mund zu entfernen, hielt sie inne. Konnte das sein? Wie war das passiert? Um besser sehen zu können, schob sie die Lampe näher heran, aber es gab keinen Zweifel. Sie hatte das Lid seines gesunden Auges hochgezogen und dieselben punktförmigen Einblutungen entdeckt, die ihr bereits im Mund aufgefallen waren. Sergej Wolkov war eindeutig erstickt. Sie hatte diese verräterischen Petechien schon oft gesehen, im Lazarett etwa bei Verschütteten, und hatte damals den Chirurgen, in den sie sich verliebt hatte, gefragt, woher sie kamen.

Als sie Wolkov gefunden hatte, hatte er auf dem Rücken im Bett gelegen, wie immer morgens, denn so schlief er am leichtesten, und sie trug dann tagsüber dafür Sorge, dass er häufig umgedreht wurde. Er lag noch genauso da wie zu dem Zeitpunkt, als sie ihn am Vorabend zur Nachtruhe gebettet hatte. Es konnte also nicht sein, dass er durch Bewegungen seiner

Beinstümpfe oder des Rumpfes unter die Decke gerutscht war. Aber selbst wenn, wäre er daran nicht erstickt. Sie sah alle drei Stunden nach ihm, und als sie um fünf Uhr früh an sein Lager getreten war, hatte er geschlafen. Es war schlicht nicht möglich, dass er allein und ohne weiteres Zutun erstickt war. Annamaria wusste, was sie zu tun hatte.

Am folgenden Abend kam Franz unerwartet bei den Brunners vorbei.

„Franz! Bei der Kälte, komm rein, Junge!" Der Professor hatte die Tür geöffnet. „Theo, gieß Franz einen Tee ein!"

Als er in die Küche trat, dampfte es schon in einer Tasse. Franz legte seine großen Hände um den Becher.

„Theo, der Huber hat einen Auftrag für dich. Wir haben heute gegen Abend den Leichnam von Sergej Wolkov abgeholt … Ich dachte mir, du willst es Aglaja sicher selbst sagen, dass sie jetzt verwitwet ist."

Theo sah ihn ungläubig an. „Er ist tot? Was ist passiert?" Die Gedanken jagten sich in ihrem Kopf. Niemand hatte je einen Angriff auf Wolkov zur Anzeige gebracht. Nichts. Vielleicht hatte genau diese Verletzung, die Aglaja ihm zugefügt hatte, auf Dauer zu seinem Tod geführt? Zum Glück war sie bereits bei Kathi in Ottakring, so dass Theo ein wenig Zeit hatte, sich zu überlegen, wie sie es ihr beibringen könnte.

„Als wir ihn abgeholt haben, habe ich eine Freundin von dir getroffen …", setzte Franz an.

„Ich weiß, Annamaria. Sie hat als Pflegerin im Palais Seyring gearbeitet."

„Du weißt also, dass sie wieder in Wien ist?"

„Ja, ich habe sie einmal getroffen. Auf der Straße. Wir haben ein bisschen geredet, und dann haben wir noch einmal mit Aglaja zusammen ein Glas Wein bei der Kathi getrunken."

„Ach so."

„Es tut mir leid, Franz. Ich wollte es dir erzählen, aber ich habe es ehrlich vergessen."

Es klopfte.

„Das ist ja heute wie im Taubenschlag hier. Der Professor öffnete die Tür.

„Ja bitte?"

„Guten Tag, ich bin … eine Freundin von Theo. Ist sie zu Hause?"

„Treten Sie näher. Theo!"

„Annamaria … komm an den Ofen! Das Wetter ist furchtbar, was führt dich her? Franz kennst du ja."

„Ja, natürlich. Guten Tag – Sie haben ja Herrn Wolkov abgeholt, und ich erinnere mich an Sie schon aus dem Spital während des Krieges."

Franz errötete und schüttelte ihr die Hand. „Schwester Annamaria, ich freue mich auch, Sie wiederzusehen. Nein, ich arbeite für verschiedene Bestatter in der ganzen Stadt. Aber heute bin ich im Auftrag von Herrn Huber hier, das ist richtig."

Theo goss ihr Tee ein und reichte ihr den Becher.

„Theo, es ist gut, dass Herr Achleitner auch hier ist. Bevor man Herrn Wolkov abgeholt hat, ist mir etwas Eigenartiges aufgefallen. Ich habe den Leichnam gewaschen - ich wollte nicht, dass man mir nachsagt, ich hätte einen Patienten nicht saubergehalten. Ich hatte drei Stunden zuvor noch nach ihm gesehen, und alles war gut. Er hat geschlafen, die Wäsche war trocken. Als ich ihn fand, nicht mehr. Ich weiß, dass das nicht ungewöhnlich ist. Als ich ihm den Mund gereinigt habe, sind mir kleine Blutungspunkte an der Mundschleimhaut aufgefallen. Danach habe ich sein gesundes Auge kontrolliert und dort das Gleiche."

Sie sah Theo an.

„Dann ist er wohl erstickt."

„Ja, das dachte ich auch. Aber Herr Wolkov war bewegungsunfähig. Er hätte sich nicht allein etwas zu essen oder trinken nehmen können oder dergleichen. Er hätte sich nicht einmal in der Decke verfangen können. Außerdem lag er genauso da, wie ich ihn drei Stunden zuvor verlassen hatte, und ich habe weder im Mund noch in der Nase etwas gesehen, das ihn hätte ersticken lassen können."

„Was willst du damit sagen?“

„Es steckte nichts sichtbar in seinem Hals, das hat Doktor Schütz, der den Tod festgestellt hat, auch gesagt. Ich kann mir nicht vorstellen, dass er aus einem … natürlichen Grund erstickt ist.“

„Was meinte er zu den Blutpunkten?“

„Er hat meine Fachkenntnis und Beobachtungsgabe gelobt und gesagt, ich solle mich damit nicht belasten, er würde sich darum kümmern. Aber er klang dabei so komisch.“

„Und du möchtest, dass Franz und ich uns die Sache mal ansehen?“

„Ja, ich habe so ein eigenartiges Gefühl.“ Sie verlor plötzlich die Fassung, und Tränen schossen in ihre Augen.

„Da ist doch noch etwas, Annamaria, oder?“

Sie wischte die Tränen fort und hatte sich sofort wieder in der Gewalt. „Ja. Einmal, ganz zu Anfang, als ich dort ins Haus kam, traf ich den Baron. Er erkundigte sich nach Herrn Wolkovs Befinden, meinte sogar, dass ich das besser beurteilen könne als Doktor Schütz, weil ich mich vierundzwanzig Stunden am Tag um ihn gekümmert habe, und ob es irgendetwas gäbe, was man tun könne, um seine Lage zu erleichtern.“ Sie nahm einen Schluck Tee.

Theo war verwundert. So viel familiäre Zuneigung hatte Alexej seiner eigenen Schwester nicht entgegengebracht.

Annamaria räusperte sich. „Ich habe ihm dann auf sein Drängen hin gesagt, was ich wirklich gedacht habe. Nämlich, dass vermutlich das Gnädigste wäre, ihn zu erschießen. Wolkov hat sich wie ein Monster verhalten, weil er verzweifelt war und nicht mehr er selbst. Ich habe so etwas oft genug gesehen.“

„Und du meinst, jemand hat ihn getötet?“

„Nicht irgendjemand, Theo. Der Baron. Er war seltsam heute Morgen. Als ich ihm die Nachricht überbringen musste, saß er beim Frühstück. Er schien sich sehr zu freuen, dass ich gekommen war, und hat mir eine Tasse Tee angeboten. Darüber bin ich zunächst gar nicht gestolpert, obwohl es natürlich sehr unpassend war. Aber als ich ihn dann vom Tod seines Schwagers unterrichtet hatte, sagte er kein Wort dazu, nötigte mich aber mehrfach dazu, mich zu ihm zu setzen, um mit ihm zu frühstücken. Ich habe dann die Hausdame gebeten, alles in die Wege zu leiten. Sie bat mich, noch so lange zu bleiben, bis der Leichnam abgeholt würde. Danach habe ich aber schleunigst meine Sachen zusammengesucht und das Haus verlassen."

„Franz – ich glaube, das duldet keinen Aufschub. Gehen wir. Kaschmàr – bleib!" Enttäuscht rollte sich der Hund wieder vor dem Ofen zusammen.

„Was? Jetzt? Weißt du, wie spät es ist?"

Aber Theo war schon dabei, sich anzuziehen, also musste Franz wohl oder übel folgen. Auch Annamaria zog ihren Mantel an und legte ihren Schal um. „Ich komme mit." Theo, die sie kannte, musste grinsen, und Franz traute sich nicht zu protestieren.

Da der Leichenkeller bei Pietät-Huber nahezu leer war, fanden sie die sterblichen Überreste Sergej Wolkovs schnell. Theo und Franz zündeten sämtliche Lampen an und prüften Annamarias Aussagen nach, deren Beobachtung sich als richtig erwies.

„Mich interessiert, was der Schütz auf den Totenschein geschrieben hat", zischte Theo. „Hast du noch den Schlüssel zu Hubers Büro für Notfälle?"

„Ja, schon, aber ..."

„Nichts aber! Los, komm schon."

Sie fanden die Dokumentenmappe sofort. Ein großer Foliant in grobes, schwarzes Leinen gebunden. Theo strich über den Buchrücken, der sich vertraut anfühlte.

„Seht mal – hier ist der Totenschein. Wolkov, Sergej, männlich, wohnhaft im Palais Seyring, russischer Staatsbürger, Todesursache: Herzversagen."

„Herzversagen?" Annamaria war außer sich. „Wenn es nach der Herztätigkeit gegangen wäre, hätte Wolkov uns alle überlebt, und das trotz seines unglückseligen Zustandes! Das kann einfach nicht stimmen. Herzversagen ist eine Diagnose, die auf jeden Todesfall zutrifft. Schlussendlich stirbt jeder unter anderem auch an Herzversagen. Aber wodurch das hervorgerufen wurde, ist eine andere Frage." Sie hatte sich regelrecht in Rage geredet.

„Ich glaube, wir sollten alle darüber schlafen und dann morgen besprechen, was wir tun. Ich muss auch mit Aglaja reden."

„Aglaja?"

„Ich bin hier." Ihre Stimme kam aus der Wohnstube. Sie war dabei, die frisch gewaschenen Gardinen aufzuhängen.

„Setz dich zu mir – ich muss mit dir reden."

Sie küssten sich, und Theo hielt sie im Arm, als sie ihr die Nachricht von Sergejs Tod mitteilte.

„Geht es dir gut? Möchtest du ihn noch einmal sehen vor dem Begräbnis, in Ruhe und ohne die anderen Leute?"

Sie schüttelte energisch den Kopf. „Nein."

„Aber es würde dir helfen, seinen Tod …"

„Theo, verdammt, als ich ihn das letzte Mal gesehen habe, hat er versucht, mich zu vergewaltigen, und ich bin vielleicht sogar mit verantwortlich dafür, dass er tot ist!"

„Nein, nein! Auf gar keinen Fall." Theo erzählte ihr von Annamarias Entdeckung.

Aglaja sah sie an. „Und ihr seid der Ansicht, dass es mein Bruder gewesen ist? Aber er hat Sergej aufgenommen und dafür gesorgt, dass er angemessene Pflege erhält. Warum hätte er ihm plötzlich nach dem Leben trachten sollen? Das ergibt doch keinen Sinn."

Theo musste zugeben, dass es sich nur um eine Vermutung handelte, basierend ebenfalls auf Annamarias Eindruck von Alexejs seltsamem Verhalten angesichts der Todesnachricht.

„Aber du musst zugeben, dass es mehr als verdächtig ist, dass der Arzt eine ganz andere Todesursache angegeben hat."

„Vielleicht war er sich einfach nicht sicher und hat das Naheliegende geschrieben?"

Theo zuckte mit den Schultern. „Er kann dafür in Teufels Küche kommen, sollte eine Untersuchung angeordnet werden."

„Was für eine Untersuchung?"

„Aglaja. Davon abgesehen, was aus Sergej geworden ist, fändest du es richtig, wenn ein Mörder ungestraft davonkommt?"

„Dann muss ich mich auch der Polizei stellen."

Theo fühlte sich wie vom Blitz getroffen. „Natürlich nicht! Ich meine, was du getan hast, war Notwehr. Aber das kann man jetzt nicht mehr nachweisen. Außerdem hat offenbar niemand den Fall je angezeigt. Es wäre völliger Blödsinn, dich jetzt einem Verfahren auszusetzen, von dem keiner sagen kann, wie es endet." Sie war in Sorge über die Richtung, die Aglajas Gedanken offenbar genommen hatten, aber ihr wurde klar, dass sie sie nicht ausschließen konnte, wenn sie mit Franz und Annamaria beriet, was nun zu tun sei. „Ich hab Kathi grad schon gebeten, dass sie dir heute frei gibt. Am Abend kommen Franz und Annamaria, und ich möchte, dass du auch dabei bist."

Sie nickte tapfer, obwohl ihre Augen vor Tränen überquollen.

Als sie wenig später in der Gardegasse zusammen um den Küchentisch saßen, herrschte zunächst bleiernes Schweigen bis auf das Schnarchen von Kaschmàr, nur unterbrochen vom Klirren der Weingläser, die der Professor bis an den Rand gefüllt hatte. Seine lange Jahre durch den Krieg hindurch gehütete Flasche Blauer Zweigelt, tiefrot, stark und belebend. Schließlich räusperte sich Theo.

„Also, es ist ziemlich sicher, dass Sergej umgebracht worden ist. Zutritt hätte jeder gehabt, der im Haus war und sich in den herrschaftlichen Räumen des Palais gut genug auskannte, um zu wissen, dass Annamaria direkt nebenan schläft, und weiß, wann und wie oft sie nach Sergej gesehen hat."

„Genau. Und das schließt meiner Meinung nach das Küchenpersonal und andere niedere Dienstboten eigentlich aus. Ich habe sie nie auch nur irgendwo außerhalb des Dienstbotentraktes gesehen", sagte Annamaria. „Aber es sind immer noch einige. Nur hat keiner von ihnen einen Grund gehabt, Sergej zu töten, da sie in keiner Weise mit ihm Kontakt hatten. Die beiden Dienstmädchen, die er verscheucht hat, sind nicht mehr im Palais angestellt." Annamaria zündete sich eine Zigarette an.

„Aber welchen Grund sollte Alexej haben? Sergej war genau so verarmt wie Alexej und ich. Er hatte nichts mehr, das es wert gewesen wäre, ihn dafür zu töten." Aglajas Stimme zitterte ein wenig, und sie hielt ihr Glas krampfhaft umklammert.

Franz nahm einen Schluck Wein. „Ich vermute auch, dass es Alexej war. Vielleicht war er es einfach leid, einen Krüppel bei sich zu beherbergen. Vielleicht hat ihm die Baronin auch in den Ohren gelegen, wer weiß das schon. Aber ganz egal, wer es war: Wenn wir die fehlerhafte Todesbescheinigung an die große Glocke hängen, gibt es eine Untersuchung, und dann landet die Sache vor Gericht." Er schwieg einen Moment, bevor er fortfuhr. „Dann wird Alexej den betroffenen Schwager geben und sich erinnern, dass Annamaria ihm geraten hat, Sergej zu erschießen."

„Ja, und dann dürft ihr dreimal raten, wer am Strang baumeln wird." Annamarias Stimme klang tonlos. „Wie konnte ich so dumm sein?"

„Es war allenfalls unüberlegt, das stimmt, aber so etwas konnte doch wirklich niemand ahnen. Uns kann er auch jederzeit wieder Schwierigkeiten machen." Aglaja erinnerte sich, dass Alexej als kleiner Junge manchmal Insekten die Flügel ausgerissen und Ameisen mit einer Lupe verbrannt hatte, aber taten nicht alle Jungen in dem Alter solche Dinge? Grundsätzlich traute sie Alexej einen Mord zu. Als Verteidigung. Aber war er imstande, jemanden zu ersticken, der sich nicht wehren konnte?

„Also, wenn ich auch etwas dazu sagen darf", ließ sich der Professor vernehmen, „ziehe ich aus dem, was ihr mir erzählt habt, den Schluss, dass der Weg, der am wenigsten Schaden anrichtet, der ist, nichts zu unternehmen."

Sie blickten alle vier den Professor an.

„Sergej Wolkov ist tot. Aglajas Verteidigungsschlag hat ihn offenbar in einen Zustand versetzt, der so eine Tat überhaupt möglich gemacht hat. Alexej muss geahnt haben, dass seine Versuche, Aglaja zurück zu ihrem Mann zu holen, nun endgültig zum Scheitern verurteilt waren und dass er selbst aus der Rolle des großzügigen Gastgebers zu der des Letzten, den die Hunde beißen, geworden war. Er hatte Sergej am Hals. Nennen wir die Dinge beim Namen. Seine Frau kann jeden Tag niederkommen, seine eigene Stellung wird noch immer mehr als zweifelhaft sein in der Gesellschaft, und wenn er so viel Geld für die Versorgung seines Schwagers zum Fenster hinauswirft, hätte ihm die holde Gattin vermutlich irgendwann die Apanage gekürzt. Nimm es mir nicht übel, Aglaja, aber so, wie ich deinen Herrn Bruder kennengelernt habe, wäre das für ihn Grund genug, sich Sergejs zu entledigen."

„Ich glaube, der Professor hat recht. Also damit, dass es am besten ist, die Sache auf sich beruhen zu lassen." Franz, der ja selbst gar nichts mit der Sache zu tun hatte, wollte, dass alle, die in dem Raum saßen, heil und unversehrt aus dieser Geschichte hervorgingen.

„Wir beginnen, uns im Kreis zu drehen. Wir können Alexej nicht anzeigen. Wenn wir das tun, ist Annamaria dran, und Aglaja und ich können auch darauf warten, wann mindestens eine von uns wieder im Kerker oder bei Adler landet." Niemand konnte zum Glück die Gänsehaut sehen, die Theo bei dem Gedanken den Rücken hinunterlief.

„Kinder, seid mir nicht böse, aber eines vergesst ihr dabei: Was sollte Alexej daran hindern, Annamaria trotzdem anzuzeigen? Was sollte ihn daran hindern, euch beide erneut zu denunzieren?" Der Professor sah Aglaja und Theo an.

Alexej schlug um sich, aber es gab kein Entrinnen. Sergej folgte ihm, auf allen vieren, kriechend, und er selbst konnte plötzlich nicht mehr weglaufen. Als Sergej ihn erreichte, hüllte ihn Verwesungsgeruch ein, und er rechnete damit, dass er ihm den Hals umdrehen wollte, aber nichts dergleichen. Sergej legte seine kalte, schwammig aufgedunsene Hand in seinen Nacken, zog ihn zu sich heran und küsste Alexej tief und gewaltsam.

Er schnappte nach Luft und erwachte schweißgebadet und hochgradig erregt. Angeekelt und dennoch erschauernd griff er in seine Pyjamahose und bereitete dem unwürdigen Zustand ein Ende.

Sein Schwager war tot, daran bestand kein Zweifel. Er lag mit verstopften Körperöffnungen, abgebundenem Schwanz und fachgerecht verschlossenem Mund in seinem Sarg bei Pietät-Huber. Er konnte ihm nichts anhaben, aber er beherrschte noch immer seine Träume.

Alexej hatte es sich zur Gewohnheit gemacht, nie vor vier Uhr früh schlafen zu gehen. Wenn bereits der Tag anbrach, kam mehr Bewegung ins Palais, er erwachte öfter kurz und entging so manchmal den Träumen. Aber sein übermüdeter Körper forderte den Schlaf ein, und in solchen Momenten kehrte Sergej zurück und folterte ihn auf jede erdenkliche, grausame Art und Weise. Langsam begann es Alexej Sorgen zu bereiten, dass Sergej am kommenden Tag beigesetzt werden sollte. Er hatte keine Zeit, sich in Ruhe zu überlegen, ob es sein konnte, dass der Tote noch aus dem Grab seine Hände nach ihm ausstrecken würde. Was, wenn er nach dem Begräbnis weiterhin Alexejs Nächte zur Hölle machen würde?

An dem Morgen des Tages, als Sergej auf dem Zentralfriedhof seine letzte Ruhe finden sollte, brach nach mehreren Tagen nahezu ununterbrochenen Schneefalls zum ersten Mal die Sonne durch. Theo, die früh aufgewacht war und nicht mehr einschlafen konnte, entschloss sich, das als gutes Omen zu werten, und schlängelte sich vorsichtig aus dem Bett, um Aglaja nicht zu wecken. Der Tag würde anstrengend für sie werden. Sie heizte unten in der Küche den Ofen an und machte Kaffee. Als Aglaja herunterkam, trug sie bereits ein schlichtes graues Kleid mit einem Trauerflor am Ärmel, den sie aus einem Stoffrest zusammengenäht hatte. Einen weiteren hatte sie an ihrem Mantel angebracht. Sie hatte darauf bestanden, allein zu dem Begräbnis zu gehen. Sie wollte nicht, dass Alexej Theos ansichtig wurde und auf dumme Ideen kam, hatte aber eingewilligt, sich bis zum Friedhof begleiten zu lassen.

Der Weg zur Kapelle war bereits leidlich vom Schnee geräumt. Alexej saß in der ersten Reihe. Allein. Die fortgeschrittene Schwangerschaft erlaubte es der Baronin vermutlich nicht mehr, bei so unsicherem Wetter das Haus zu verlassen. Hinter ihrem Bruder hatte sich eine durchaus große Trauergemeinde eingefunden, die großteils aus der Gesellschaft bestand, die Alexej als Emporkömmling verachtete. Sie atmete tief durch, schritt erhobenen Hauptes durch die Reihen und setzte sich neben ihren Bruder. Er sah kurz zu ihr hin, schien aber ansonsten kaum zu erkennen, dass sie da war. Sein Blick war stumpf, sein dunkles Haar unordentlich, und auch seine Kleidung wirkte nicht so aus dem Ei gepellt wie sonst, seit er in das Leben der Baronin getreten war. Die schwere schwarze Wolle des Mantels, das seidene Hemd änderten nichts daran, dass er verwahrlost wirkte und nach Alkohol roch.

Die Predigt des Pfarrers war kurz und unpersönlich. Man merkte, dass er es für eine Zumutung hielt, einen russisch-orthodox Getauften unter die Erde bringen zu müssen, aber Elsa von Seyring hatte darauf bestanden, ein katholisches Begräbnis durchführen zu lassen, denn Alexej war nicht in der Lage gewesen, irgendwelche Anweisungen zu erteilen, und außerdem wurde die Beerdigung – wie alles andere auch – aus den Mitteln der Baronin bestritten. Als sich der Trauerzug in Bewegung setzte, wirkte Alexej so desorientiert, dass Aglaja sich kurz entschlossen bei ihm einhakte und ihn mitzog.

Am Grab angelangt rezitierte, der Pfarrer ein letztes Gebet, und der Sarg wurde in die Erde gesenkt. Die umliegenden Gräber und die noch freien Grabplätze waren eine einzige Fläche gleißenden, hellen Lichts, und Aglaja musste niesen, als ein Reflex auf den bronzenen Griffen am Sarg sie blendete. Alexejs Arm entglitt ihr, und sie merkte, wie ihr Bruder zusammensank und gleichzeitig das Getuschel der Begräbnisgäste anhob.

„Alexej, steh auf!“ Sie beugte sich zu ihm herunter, aber er reagierte nicht. Aus seiner Kehle drang ein trockenes Schluchzen, das immer wieder von Hustenattacken unterbrochen wurde. Sie kniete sich neben ihn und redete auf ihn ein.

„Steh auf! Willst du diesen Leuten so ein Schauspiel bieten?", flüsterte sie eindringlich.

„Es ist mir egal", stieß er heraus. „Ich will nur, dass es vorbei ist! Ich kann es nicht mehr ertragen!"

„Aber Sergej ist tot, Alexej. Es ist vorbei."

„Du hast ja keine Ahnung!" Er sah sie an, und seine dunklen Augen schienen in dem blassen, übernächtigten Gesicht geradezu zu brennen. „Er sucht mich heim. Nacht für Nacht."

„Alexej, leise, sie hören dich."

„Es ist mir egal – auch als Toter sucht er mich noch heim. Er kommt jede Nacht und tut widerliche Dinge. Mein ganzes Schlafzimmer stinkt bereits nach Verwesung, weil er jede Nacht kommt!"

Er hatte eindeutig den Verstand verloren. Aglaja erhob sich, wandte sich den Trauergästen zu, die zurückgewichen waren.

„Ich muss Sie leider bitten zu gehen. Dem Baron geht es nicht gut." Sie hatte laut und klar gesprochen – die Umstehenden begannen, sich unverzüglich zu zerstreuen. Sie versuchte, die zusammengesteckten Köpfe der Klatschbasen zu übersehen und das Getuschel zu überhören.

„Für mich gibt es hier nichts mehr zu tun. *Requiescat in pace.*" Der Pfarrer schlug das Kreuz, wandte sich ab und ließ sie mit Alexej allein. Wie sollte sie jetzt Theo holen, die am Eingang auf sie wartete, um Alexej nach Hause zu bringen? Als die Totengräber kamen, bat sie die Männer, einen Moment zu warten und Alexej auf keinen Fall allein zu lassen. Sie rannte in Richtung Ausgang, und bereits auf halber Strecke kam ihr Theo entgegen, ebenfalls im Laufschritt.

„Theo!"

„Was ist passiert? Mir sind plötzlich haufenweise Trauergäste entgegengekommen und haben komisches Zeug geredet. Da dachte ich mir, dass etwas nicht stimmt."

„Alexej kniet am Grab und ist dort nicht wegzubewegen. Er ist vollkommen verwirrt und hat Wahnvorstellungen, dass Sergej ihn nachts heimsucht und Schlimmes mit ihm anstellt. Schon als Kind hatte er häufig Albträume, aber das war nichts gegen jetzt. Sieh ihn dir an!"

Sie deutete auf ihren Bruder, der umstellt von den drei Totengräbern noch immer am Boden hockte, weinte und zwischendrin unverständliche Satzfetzen herausstieß.

„Also wenn'S mich fragen, ist der ziemlich hinüber." Einer der Männer spie einen dampfenden, gelb-braunen Strahl Kautabaksaft in den glitzernden Schnee.

„Alexej, ich bin's, Theo. Komm, wir bringen dich heim."

„Theo?"

Es war eindeutig, dass er sie nicht erkannte. Das war in der Tat bedenklich. Theo stellte Alexej wieder auf die Füße, nahm seinen Arme, legte ihn sich um die Schulter und fasstc ihn um die Taille, während Aglaja den anderen Arm ihres Bruders nahm.

Gott sei Dank wartete der Wagen derer von Seyring direkt am Tor, und sie stiegen ein. Am Palais angelangt, läutete Aglaja, und der erste Hausdiener öffnete ihnen. Als er Alexej zwischen ihnen hängen sah, bildete sich eine steile Falte auf seiner Stirn. Seine ganze Haltung war pure Missbilligung.

„Ich denke, es ist am besten, ich lasse den Kammerdiener des gnädigen Herrn kommen, damit er ihm ins Bett hilft." Er entfernte sich ohne Hast.

Ein junger, kräftiger Bursche in Livree erschien kurz darauf und nahm Theos Platz ein.

„Soll ich Ihnen helfen?", fragte Theo.

Der Junge nickte, und so schleiften sie gemeinsam Alexej durch einige Flure und gelangten in ein komfortabel ausgestattetes Schlafgemach, wo sie Alexej auf seinem Bett absetzten. Er war in einem Zustand zwischen bewusstlos und wahnsinnig, wehrte sich aber nicht, als sein Diener ihm die Trauerkleidung aus- und einen seidenen Pyjama anzog, ihm gut zuredete und die Decke um ihn stopfte.

„Ich will nicht allein schlafen!"

„Wenn Sie es wünschen, Herr Baron, kann ich gern hierbleiben, bis Sie eingeschlafen sind."

„Nein! Aglaja, ich will Aglaja!"

Theo nickte. „Holen Sie bitte die Schwester von … Herrn Struzhanov. Sie wartet in der Halle."

Als sie eintrat, schien Alexej sich etwas zu beruhigen und ließ sich überreden, den Kopf auf das Kissen zu betten und die Augen zu schließen.

„Aber du musst mich wecken, wenn ich anfange zu träumen!" Er hatte bittend nach ihrer Hand gegriffen wie ein Kind.

„Aber ja, natürlich tue ich das. Schlaf nur!"

„Werden Sie bleiben? Ich kann Ihnen jemanden aus der Küche schicken mit einem kalten Abendessen, etwas Wein. Ich kann Ihnen auch Kissen und Decken bringen, falls Sie sich abwechselnd hinlegen möchten." Er wies auf ein tiefes Sofa in einer Zimmerecke.

„Das wäre sehr freundlich, vielen Dank."

Der junge Mann nickte und entfernte sich.

„Du musst nicht hierbleiben, Theo. Ich schaffe das. Er muss vermutlich nur einmal wieder genug schlafen und dann ..." Aglaja sprach leise, um Alexej nicht zu stören.

„Ich bleibe. Keine Minute lasse ich dich mit ihm allein!"

Sie erwachten beide von einem Schrei, der aus Alexejs heiserer Kehle drang. Theo packte ihn bei den Schultern und schüttelte ihn. „Alexej, wach auf. Du träumst nur, alles ist in Ordnung, hörst du?"

Obgleich er die Augen geöffnet hatte, schien er noch nicht wach zu sein, denn er brabbelte unverständliches Zeug vor sich hin und fuchtelte mit den Händen. Sein Pyjama war schweißgetränkt, klebte an seinem Körper.

Aglaja half Theo dabei, Alexejs durchnässte Kleidung durch einen frischen Pyjama zu ersetzen, den sie in einem Schrank gefunden hatte. Dann gab sie ihm Wasser zu trinken, das er gierig schluckte.

„Ich darf nicht einschlafen. Er wird wiederkommen, wenn ich einschlafe!"

„Aber nein! Theo und ich sind doch hier. Und schau, es dämmert draußen schon. Das sind nicht mehr die Stunden für Albträume, kleiner Bruder." Sie strich durch sein verschwitztes Haar und murmelte beruhigende Worte wie für ein Kind.

Wenig später war er wieder eingeschlafen. Diesmal atmete er tief und ruhig. Als es tagte, brachte der junge Diener vom Vortag ein Tablett mit Kaffee und frischem, warmem Backwerk. Als er sah, dass Alexej friedlich schlief, gab er ihnen einen Wink, ihm ins nebenan liegende Wohnzimmer zu folgen.

Sie tranken erschöpft und dankbar von dem Kaffee und aßen jede ein Kipferl. Es klopfte, und eine alte Dame trat ein.

„Die Frau Baronin wünscht Sie zu sehen. Würden Sie mir bitte folgen."

Die Neuigkeiten über den Skandal bei der Beerdigung dieses Schmarotzers, den Alexej unbedingt hatte beherbergen wollen, hatten das Ohr der Baronin in einem denkbar schlechten Moment erreicht. Sie war unvorsichtig genug gewesen, in den Spiegel zu schauen, der ihr offenbarte, dass sie nicht nur kugelrund war, sondern auch an den abstrusesten Körperstellen Wasser eingelagert hatte. Ihre Füße und Hände waren geschwollen und schmerzten. Ihr Haar hing in unschönen Strähnen um den Kopf, und sie fühlte sich, als würde sie jeden Moment platzen.

Als Theo und Aglaja eintraten, winkte sie ihnen müde zu und wies auf zwei Sessel.

„Aglaja, Liebes. Wie geht es Ihnen? Sie haben uns nie besucht, aber ich bin so froh, dass Sie gestern auf dem Friedhof waren, um meinen Mann vor einer seiner unerhörten Betisen zu bewahren. Ich weiß, Sie haben getan, was Sie konnten. Möchten Sie mir Ihren Begleiter nicht vorstellen?" Sie musterte Theo wohlwollend.

„Das ist Theo Brunner ..." Sie brach ab.

„Wenn das Ihr Geliebter ist, kann man nur gratulieren, Kindchen."

Aglaja wurde rot.

„Aber nicht doch, meine Liebe! Ich bitte Sie. Keine falsche Scham in meinem Boudoir. Sich als schöne, junge Frau an einen Krüppel zu binden, wäre im höchsten Grade unvernünftig gewesen. Sie haben gut daran getan, Ihre eigenen Wege zu gehen. Ich teilte nie und teile immer noch nicht die Meinung meines Mannes, der meinte, eine Versöhnung zwischen Ihnen und Herrn Wolkov herbeiführen zu müssen."

„Ich wurde mit Sergej verheiratet, als ich sechzehn war. Wir hatten uns gerade zweimal vor der Hochzeit gesehen. Dann kam der Krieg, die Revolution, und ich war sicher, dass Sergej tot ist wie der Rest unserer Familie. Und dann lernte ich Theo kennen …"

Theo Brunner, Theo Brunner … die Baronin grübelte. Sie hatte den Namen bereits gehört, da war sie sicher. Aber in welchem Zusammenhang nur?

„Aber bitte, erzählen Sie. Was ist beim Begräbnis geschehen? Ich fühlte mich bereits gestern schrecklich – ich meine: Sehen Sie mich an! Ich konnte unmöglich mit zu einem Begräbnis gehen."

Aglaja fing an, doch ihre Stimme brach, und Theo erzählte weiter, wie und in welchem Zustand sie Alexej nach Hause gebracht hatten.

„Ich denke, es wäre gut, wenn Sie dafür Sorge tragen, dass Ihr Gatte einen guten Arzt konsultiert. Vielleicht helfen Schlafmittel gegen seine Albträume?"

Die Baronin nickte. „Ich werde es anordnen. Herr Doktor Schütz kommt heute noch, um mich zu untersuchen. Er wird sich auch Alexejs annehmen. Und ich stelle einen Diener ab, der nachts bei ihm bleibt."

Aglaja atmete hörbar auf.

„Aber Sie müssen uns häufiger besuchen. Vielleicht bringen Sie auch Herrn Brunner mit. Also nicht sofort. Aber irgendwann wird Alexej es schon akzeptieren, dass Sie nicht ewig die trauernde Witwe bleiben können. Das wäre wirklich absurd!"

Plötzlich flog die Boudoirtür auf. Alexej stand im Türrahmen, nur in einem zerknitterten Pyjama und einem Morgenmantel, dessen Gürtel zu schließen er sich nicht die Mühe gemacht hatte. Seine Haare waren schweißverklebt, und in seinen Augen funkelte es bedrohlich.

„Aglaja – du warst nicht mehr da. Du hattest versprochen, dass du bei mir bleibst." Er quengelte wie ein verzogenes Kind.

„Alexej. Liebster. Wie schön, dich zu sehen. Geht es dir besser? Ich habe deine Schwester und Herrn Brunner zu mir gebeten, um mich in Kenntnis zu setzen, was bei dem Begräbnis gestern vorgefallen ist. Offenbar warst du indisponiert?"

„*Herr* Brunner?" Alexej lachte schrill und laut. Er verlor die Kontrolle, lachte, kicherte, kollerte, lallte, bis seine Frau sich schwerfällig erhob und ihm eine kräftige Ohrfeige versetzte.

„Du benimmst dich wie ein Idiot!"

„Ja, ich bin ein Idiot. Ich habe geglaubt, dass diese Sache endgültig vorbei ist! Darf ich vorstellen, Gnädigste: Fräulein Theodora Brunner. Überführte Lesbierin. War in Haft und in einer Irrenanstalt. Warum man sie da wieder herausgelassen hat, weiß ich allerdings nicht, denn sie trägt noch immer ihre Männerkleidung und scheint noch immer die Geliebte meiner Schwester zu sein."

Nach dieser Offenbarung herrschte Stille.

„Stimmt das? Lassen Sie sich mal ansehen, Fräulein Brunner. Das hätte ich jetzt nicht gedacht. Sie wären wahrlich einer der hübschesten jungen Männer, die ich je gesehen habe. Schade!"

„Diesmal sorge ich dafür, dass man euch beide einsperrt! Ihr könnt jede in einer eigenen Zelle verschimmeln, diesmal lässt man dich nicht wieder nach ein bisschen Geschwafel mit dem Irrenarzt gehen."

„Ach, Alexej. Ich finde, du übertreibst. Sicher, das ist ein wenig … ungewöhnlich. Ich erinnere mich, dass die Fifi von Waldheim damals so eng mit ihrer Cousine zweiten Grades befreundet war, dass ihr Mann eingreifen musste, weil er seine Felle davonschwimmen sah." Sie lächelte, als wäre das Ganze ein Riesenspaß.

„Halt dich da raus!"

„Alexej, wie redest du mit mir?" Die Baronin richtete sich auf.

„Schweig, und misch dich nicht in Dinge ein, von denen du nichts verstehst."

„Ich glaube, es ist besser, wenn wir jetzt gehen. Aglaja, kommst du?" Theo wandte sich um.

Die Baronin nickte und läutete. Als der Diener eintrat, sagte sie: „Bitte begleiten Sie Fräulein Struzhanov und *Herrn* Brunner hinaus. Doktor Schütz müsste bald hier sein. Bitte bringen Sie ihn unverzüglich zu mir hinauf, wenn er eintrifft. Alexej, mein Lieber, bleibst du zum Tee?“

Als sie aus dem Vordereingang des Palais auf die Straße traten, atmete Theo auf, obwohl dazu kein Grund bestand, aber sie war trotz allem froh, der bedrückenden Atmosphäre dieses Hauses entgangen zu sein. Eine Weile gingen sie schweigend nebeneinander her.

„Meinst du, er hat wirklich den Verstand verloren?“

Theo wiegte unschlüssig den Kopf. „Er benimmt sich ziemlich verrückt, aber er ist offenbar zumindest noch zeitweise klar genug, um sich an uns zu erinnern und daran, dass er die Welt vor uns bewahren muss.“

Aglaja wusste, dass Theo recht hatte. Alexej würde niemals aufgeben. Sie kannte den Hass in seinen Augen. Er würde dieses Mal nicht ablassen, bevor er sie beide endgültig zerstört hatte. Sie konnten sich zeitweise in Sicherheit wiegen, aber das Damoklesschwert würde weiter über ihnen schweben. Theo fluchte. Selbst wenn Alexej wider Erwarten Ruhe gab, konnte jederzeit jemand anderes kommen, der sich gern in das Leben anderer Menschen einmischte und meinte, die öffentliche Moral durch die volle Härte des Gesetzes hochhalten zu müssen. Für sie selbst würde eine Denunziation – als Wiederholungstäterin – in jedem Fall eine mehrjährige Gefängnisstrafe bedeuten, vielleicht sogar schweren Kerker. Wenn Aglaja mit angeklagt würde, konnte ihr leicht dasselbe blühen, wenn Alexej überzeugend darlegen konnte, dass sie bereits vor Theos erster Verhaftung zusammengewesen waren. Sie waren zu sorglos und unvorsichtig gewesen. Sie selbst verstand nicht, was so interessant daran war, wen oder wie andere Menschen liebten, und sich in der Folge dann auch noch ein Urteil darüber anzumaßen. Der Gedanke, Österreich zu verlassen, war keine Option, denn der Professor konnte kaum allein in Wien zurückbleiben, und ob er würde mitgehen wollen oder können, war wirklich mehr als zweifelhaft. Sie schwankte zwischen einem diffusen Angstgefühl, Empörung und – bei Weitem am schlimmsten – völliger Ratlosigkeit.

17. Kapitel – Wien Dezember 1920

Weihnachten stand vor der Tür, und dank der schnellen Reaktion der Baronin war die Gefahr zunächst gebannt. Alexej hatte auf ärztliche Anweisung seit der Beerdigung allabendlich Brom verabreicht bekommen. Da aber nach dem Absetzen des Medikaments die Albträume mit noch mehr Gewalt als vorher über ihn hereinbrachen, hatte Schütz ihm eine regelrechte Schlafkur verordnet. Er stand mit einem Doktor Kläsi aus der Schweiz in Korrespondenz, der dieses Verfahren mit großem Erfolg anwendete. Die Wirkung, so hatte er versichert, sei besonders gut bei Angst- und Erregungszuständen. Kläsi ging sogar so weit, dass er schizophrene Patienten mit dieser Therapieform behandelte, meist über einen Zeitraum von bis zu zehn Tagen. Doktor Schütz wollte Nägel mit Köpfen machen und setzte die Behandlungsdauer auf zwei Wochen fest, wie die Baronin Aglaja in dem kurzen Brief mitteilte, in dem sie ebenfalls schrieb, dass ihr Mann danach auf unbestimmte Zeit in einem Sanatorium in den Schweizer Alpen untergebracht werden würde.

„Er soll zwei Wochen schlafen?" Theo zweifelte nun ernsthaft am Verstand des Arztes.

„Ja. Sie geben ihm ein Medikament, das ihn zwei Wochen im Schlaf hält. Dieser Arzt aus der Schweiz hat damit viel Erfolg." Aglaja nahm mit sorgenvoll gerunzelter Stirn einen Schluck Wein.

Sie saßen nach der Sperrstunde noch mit Kathi zusammen. Auch Annamaria war da.

„Ich habe davon gelesen. Der Kläsi hat damit einigen Erfolg, aber es sind auch etliche Patienten gestorben."

„Was?" Aglaja verschluckte sich.

„Naja, der Begriff Schlafkur klingt harmlos. Im Prinzip ist es aber eine Narkose, wie man sie auch für Operationen anwendet. Das heißt, dass während der gesamten Dauer der Behandlung seine Atmung, der Puls und noch einiges andere sehr, sehr genau überwacht werden muss. Von der Pflege, die der Bewusstlose benötigt, ganz zu schweigen."

„Na, das wird dann wohl dein zweites Engagement im Hause von Seyring", bemerkte Kathi.

Sie zuckte mit den Achseln. „Doktor Schütz hat mich bereits informiert und gefragt, ob ich die Aufgabe übernehmen möchte."

„Und?", fragte Aglaja. „Wirst du es tun? Mir wäre viel wohler." Sie verstand sich gut mit Annamaria. Sie waren beide ähnlich vernünftiger, praktischer Gemütsart. Sie hatte sogar herzhaft lachen müssen, als Theo und Annamaria ihr mit verteilten Rollen die Geschichte von jenem Abend vor Annamarias Fronteinsatz erzählt hatten.

Annamaria nickte. „Ja, ich denke schon. Ich brauche eine neue Arbeit, und wenn du es auch gern möchtest, dass ich mich um ihn kümmere, dann ist das ein guter Grund mehr, um anzunehmen."

Kathi erhob sich. „Kinder, seid's mer net bös, aber ich muss ins Bett." Sie sah müde aus und hatte tiefdunkle Ringe unter den Augen.

„Natürlich - kommt, wir gehen."

Sie tranken ihren Wein aus, und Kathi sperrte ab.

Als Theo und Aglaja in der Gardegasse anlangten, fing Kaschmàr plötzlich an zu winseln und preschte voraus.

„Was hat er denn?" Auch Theo beschleunigte ihre Schritte, soweit es der frische Schnee zuließ. Die Haustür stand offen, und sie hörte ein Röcheln.

„Bleib hier und halt den Hund fest!"

Sie rannte die Stiegen hinauf und die Wohnungstür war nur angelehnt. Sie trat ein und fand ihren Vater vor, der auf einen

Küchenstuhl gefesselt war. Blutige Rinnsale zeichneten das bleiche Gesicht, und sein Kinn lag auf der Brust.

„Vater!" Theo zerrte an dem Seil, bekam aber die komplizierten Knoten nicht auf.

„Er … ist … oben", wisperte der alte Mann, der wieder zu sich gekommen war. „Theo … er ist bewaffnet!"

„Er ist nicht mehr oben", sagte eine Stimme, die sie erschauern ließ. Sie blickte sich um und sah Alexej mit einem Säbel in der Hand die Stiege herunterkommen. Er wirkte völlig ruhig. Sein Gesicht war genauso leichenblass und gelblich wie das des Professors, was in dem flackernden Licht der Petroleumlampe geradezu gespenstisch wirkte.

„Die Knoten kriegt keine Landratte jemals geöffnet – vergiss es. Ich könnte die Knoten aufschneiden … aber so ein Säbel ist eine recht unpräzise, wenn auch effiziente Waffe. Was soll ich tun, Theo?"

Sie stellte sich vor den Professor. „Du wirst ihm nicht zu nahe kommen mit deinem kleinen Spielzeug!"

„Sonst was? Theodora? Drohst du mir etwa? Das macht mich sehr, sehr traurig – denn das könnte heißen, dass ich die Nerven verliere und dich absteche, wie eine Sau es verdient. Ich bin im Moment etwas unschlüssig, was besser ist: Dafür zu sorgen, dass du im Gefängnis verrottest, oder jetzt dabei zuzuschauen, wie du schön langsam hier vor deinem Vater in eurer jämmerlichen Küche ausblutest. Ich neige fast zu Letzterem, obwohl es natürlich auch seine Reize hat, dich zwar am Leben zu lassen, aber dir alles wegzunehmen, was dir wichtig ist."

„Alexej, sei vernünftig. Du kannst nicht ungestraft hier einbrechen, mein Zimmer nach weiteren Beweisen für deine abstrusen Anschuldigungen durchsuchen, mit einem Säbel herumfuchteln und Menschen verletzen. Komm zur Vernunft!" Theo sprach lauter als notwendig, die letzten Worte brüllte sie ihm ins Gesicht und schob sich langsam näher. Sie musste versuchen, ihn zu überwältigen, und war dabei so laut es ging, weil sie hoffte, dass irgendwer hören würde, was vor sich ging, und die Gendarmerie rufen würde, aber selbst wenn, würden sie kaum rechtzeitig eintreffen.

Mit einem Mal ging alles ganz schnell, Theo machte einen schnellen Satz auf Alexej zu, der sich mit einem Wutschrei auf Theo stürzte. Sie spürte, wie die Schneide des Säbels durch den Stoff ihrer Kleider ging wie durch Butter und sich in ihre Schulter bohrte.

„*Kaschmàr, wzatj*!" Aglaja stand mit dem großen Hund in der Tür der plötzlich stark überfüllt erscheinenden Küche.

Der sonst so sanfte Kaschmàr stürzte sich ohne zu zögern auf den Widersacher, der zu Boden ging, und fixierte ihn mit seinem furchterregenden Gebiss an der Kehle. Aglaja nutzte das Überraschungsmoment und riss ihrem Bruder den Säbel aus der Hand. „*Mesto, lejat*, Kaschmàr." Der Hund grollte. Sein tiefes Knurren ließ vermuten, dass er mit dem Befehl nicht einverstanden war.

Rasch schnitt sie dem Professor die Fesseln auf, der sofort zusammensackte. Theo kroch zu ihm.

„Vater? Er ist ohnmächtig! Schnell!"

Aglaja tunkte ein Handtuch in das Waschbecken und tupfte dem Professor das Gesicht ab. Theo redete auf ihren Vater ein. Als er nicht reagierte, versetzte sie ihm eine leichte Ohrfeige, die besser wirkte.

„Was … was ist denn … Wo kommt ihr plötzlich her? Kaschmàr."

Der Hund richtete seinen Blick einen Moment auf den Professor, entfernte sich aber keinen Millimeter von Alexej, der bisweilen erstickte Flüche ausstieß.

Sie halfen dem Professor im Wohnzimmer auf das Sofa. Er schien nicht weiter verletzt zu sein. Das Blut im Gesicht rührte von einer kleinen Wunde an der Stirn her, die sich bereits schloss. Er war etwas verwirrt und stand unter Schock, aber hatte Glück gehabt.

„Wer weiß, was dieser Irre mit ihm gemacht hätte, wenn wir nicht gekommen wären!"

„Wir müssen die Gendarmerie verständigen." Aglajas Stimme klang nüchtern, aber Theo nahm ein leises Zittern wahr, das sich über ihren ganzen Körper ausbreitete. Sie hatte Alexej verteidigt, so lange es ging. Hatte Entschuldigungen für sein

Verhalten gesucht. Nun schien sie zu begreifen, dass es für ihren Bruder zu spät war.

„Das geht nicht, und das weißt du." Theo hatte Kaschmàr zurückgerufen und fesselte nun Alexej an den Küchenstuhl, auf dem der Professor gesessen hatte. „Er würde denen Gott weiß was erzählen, und am Ende kommt er aus der Sache heil raus und wir werden festgenommen."

„Aber er ist hier gewaltsam eingedrungen, hat den Professor verletzt und uns alle bedroht!" Ihr Bruder war ein gefährlicher Krimineller. Diese Erkenntnis ließ es ihr für einen Moment schwarz vor Augen werden. Sie setzte sich neben den Professor auf einen Sessel.

„Ich gehe jetzt ins Palais Seyring. Die Baronin soll ihren Gatten abholen lassen und ihn uns vom Hals halten!"

„Meinst du, dass sie das tut? Und selbst, wenn sie auf unserer Seite sein sollte, hat sie die Möglichkeit, Alexej dauerhaft an dem Verbreiten gefährlicher Gerüchte zu hindern? Wohl kaum." Sie ließ resigniert den Kopf sinken, als draußen Schritte und lautes Rufen ertönten. In der nächsten Sekunde stürmten vier Gendarmen die Küche.

„Was ist hier los! Die Nachbarn haben uns gerufen."

„Ich bin Professor Joseph Brunner – dies ist meine Wohnung. Ich bin überfallen worden, zum Glück sind …"

Aglaja unterbrach ihn. „Zum Glück waren wir rechtzeitig hier. Er …", sie deutete mit zitternden Händen auf Alexej, „ist hier eingebrochen und hat den Professor mit einem Säbel angegriffen!"

„Und Sie sind?"

Theo fiel ihm ins Wort. „Dies ist Theodora Brunner, die Tochter des Professors, und ich bin ihr Verlobter … Franz Achleitner."

Aglaja sah ihre Freundin entsetzt an, aber dann begriff sie, nickte und schmiegte sich zitternd an Theo. Der Professor sah verwirrt aus, blickte von einer zur anderen, sagte aber nichts.

„Wie es aussieht, Herr Achleitner, sind Sie gerade noch rechtzeitig gekommen. Kennen Sie den Einbrecher?"

Einer der drei anderen Gendarmen drehte die Petroleumlampe hoch. „Kruzitürken! Des is dieser Russe, der neue Ehemann der von Seyring! Meine Oide hat von den Tratschg'schichten gar nicht genug bekommen können im Sommer."

„Na, großartig." Der erste Gendarm seufzte. „Und was nun?"

„Wir müssen ihn verhaften. Sieh dir das hier doch an!", ließ sich einer von den anderen vernehmen.

Alexej hatte die Arme verschränkt, wiegte den Oberkörper hin und her und murmelte wirres Zeug, wobei das deutschrussische Sprachgemisch nicht eben zur Verständlichkeit beitrug.

„Herr Wachtmeister – wenn dies … wirklich der Herr von Seyring ist, dann wollen wir keine Umstände machen." Aglaja hatte ihre Locken zurückgestrichen, machte ein möglichst gefasstes Gesicht.

Der Wachtmeister sah finster aus. Das Ganze war ein Albtraum. Der alte Respekt vor dem Adel und der höheren Gesellschaft saß tief. Daran änderte die Abdankung des Kaisers ebenso wenig wie das Verbot von Adelstiteln im Allgemeinen. Sicher, von den einfachen Leuten würden es viele begrüßen, wenn auch ein früherer Baron für seine Taten zur Verantwortung gezogen wurde, wie es mit jedem anderen auch geschehen wäre. Aber er befürchtete, wenn er den Gatten einer reichen Dame der Wiener Gesellschaft abführte, könnten seine Beförderung für die letzten drei Berufsjahre und die damit verbundene höhere Pension dahin sein. Das war einfach zu kompliziert.

„Wie wäre es", säuselte Aglaja, „wenn Sie den jungen Herrn, der etwas außer sich scheint, zu seiner Frau zurückbringen. Bestimmt sorgt sie sich bereits um ihn."

Theo zuckte für einen Sekundenbruchteil ein Lächeln in den Mundwinkeln, wenn sie sich vorstellte, dass die resolute Frau von Seyring, verehelichte Struzhanova, sich um diese armselige Gestalt ihres Mannes sorgen könnte, dem sie nicht nur die fragwürdige Kur eines bekannten Irrenarztes hatte verordnen lassen, sondern den sie danach in eine Klinik abschieben wollte …

Der Wachtmeister dachte nach. Dieses Fräulein Brunner war nicht nur außerordentlich tapfer und sehr reizend, sondern anscheinend sehr klug. Er nickte Theo anerkennend zu. „Um Ihre Verlobte kann man Sie nur beneiden, Herr Achleitner. Wenn ich ein paar Jahre jünger wäre, würde ich ernsthaft versuchen, Ihnen das Fräulein Brunner abspenstig zu machen." Er lachte. „Nur ein Spaß natürlich. Aber manchmal sind Frauen in solchen Dingen einfach gewitzter als wir Männer. Es lohnt sich ja wirklich nicht, so einen Aufstand zu machen, wenn niemandem ernsthaft etwas passiert ist."

Seine Kollegen nickten zustimmend. Einer von ihnen zog Alexej unsanft von dem Küchenstuhl hoch und prüfte die Fesseln auf Tauglichkeit.

„Wir nehmen den werten Herrn jetzt mit und liefern ihn bei seiner Gattin ab. Eine Nacht im Häfn hätte er wahrlich verdient, aber das wirbelt nur unnötig Staub auf. Ich denke, wir sind uns alle einig?"

Sie nickten. Als die Gendarmen mit dem noch immer vor sich hin fluchenden Alexej das Haus verlassen hatten, warf Aglaja die Tür ins Schloss und lehnte sich daran. Ihre Kraft schien am Ende.

„Theo, was sollte das? Warum hast du dich als Franz ausgegeben?" Der Professor hatte sich aufgesetzt. „Mir dreht sich alles."

„Willst du dich wieder hinlegen, Vater?"

Der Professor schüttelte den Kopf. „Aglaja scheint ja nun meine Tochter zu sein. Nicht, dass ich etwas dagegen hätte, aber ich wüsste doch gern, warum."

„Wenn Theo die Wahrheit gesagt hätte, wäre sie jetzt abgeführt worden und nicht Alexej." Aglajas Hände zitterten. „Und mich hätten sie vermutlich auch noch abgeholt."

„Ja, ja – ich bin nicht begriffsstutzig. Aber was wollt ihr machen, wenn dein Herr Bruder irgendwann zumindest einen Teil seines Verstandes wiederfindet und eine ganz andere Geschichte erzählt?"

„Das kann er gern tun. Aber dann wird man ihn vermutlich in eine richtige Irrenanstalt einweisen und nicht nur in ein Sanatorium in guter Lage." Theo sah auf die Uhr, die bereits kurz vor sieben Uhr morgens anzeigte. „Aglaja, ich muss weg. Trink mit dem Professor eine große Tasse Kaffee und wartet auf mich. Ich weiß, das war eine harte Nacht, aber ich verspreche dir, dass wir alle spätestens um zehn Uhr im Bett liegen und schlafen werden. Vertrau mir, ich bin bald wieder da." Ehe Aglaja fragen konnte, was das sollte, war Theo aus der Tür.

„Theo? Wie spät ist es? Ist etwas passiert?" Franz war etwas verschlafen, kein Wunder, denn es war Sonntag. „Was ist denn passiert, du blutest ja!"

„Das ist nichts. Hilf mir, es zu verbinden, leih mir ein Hemd, und dann komm mit." Franz holte Verbandsmaterial aus einer Schublade. Als sie ihr Hemd auszog, errötete er und wandte sich ab.

„Los, mach schon. Wir haben keine Zeit."

„Was um alles in der Welt ist denn los?" Franz drückte eine Kompresse auf die Wunde, die zwar recht tief war, aber offenbar keine wichtigen Gefäße getroffen hatte, und wickelte diese mit einem Mullverband fest. „Jetzt erzähl schon."

„Wir hatten Besuch von Alexej …" Sie nahm das Stamperl Schnaps, das Franz ihr hingeschoben hatte, und leerte es in einem Zug. „Komm mit, ich brauche deine Hilfe – ich erzähle dir den Rest unterwegs."

Franz schnürte seufzend seine Stiefel zu und zog eine schwere Jacke an. „Na, da bin ich ja mal gespannt."

Sie eilten durch das Dunkel des frühen Morgens zurück zur Gardegasse. Franz war entsetzt. Theos Geschichte verschlug ihm den Atem.

„Das ist absolut verrückt! Theo! Das geht nicht. Das wird nicht funktionieren. Niemals!"

„Doch, Franz, es klappt … es muss einfach. Aber wenn du nicht mitmachen willst, dann kann ich das nur allzu gut verstehen."

„Darum geht es doch gar nicht, Theo … vermutlich gehöre ich dafür verprügelt, aber ich bin dabei!"

„Danke, Franz! Das vergesse ich dir nie!" Sie öffnete die Tür, und sie fanden Aglaja und den Professor, der sich sichtlich erholt hatte, am Küchentisch bei einem Kaffee. Aglaja stand auf und goss ihnen ebenfalls ein. Franz schaufelte sich vier Löffel Zucker in seine Tasse und trank in großen Schlucken. Das brauchte er zum Wachwerden – denn wach würde er sein müssen, wenn Theo ihren aberwitzigen Plan tatsächlich in die Tat umzusetzen gedachte.

„Aglaja, Vater, trinkt aus, wir müssen los."

„Aber wohin, Theo!" Aglaja rührte sich nicht von der Stelle.

„Ihr müsst mitkommen. Bitte", fügte sie hinzu. Sie nahm Aglajas Hand und zog sie hoch. „Vater, du auch. Geht es dir gut genug für einen kurzen Fußweg? Es sind nur ein paar Minuten."

Sie reichte dem Professor seinen Mantel, kniete vor ihm nieder und half ihm mit den Stiefeln. Aglaja kleidete sich ebenfalls an, und gemeinsam verließen sie das Haus.

Der Schnee knirschte unter ihren Füßen, dann blieb Theo stehen und klopfte lautstark an eine Franz nur allzu bekannte Tür.

Drinnen bewegte sich etwas, und eine alte Frau öffnete. „Was für ein Gfrett um diese Zeit! Ist wer hinich?"

„Nein, niemand ist gestorben. Ganz im Gegenteil." Sie drängte sich an der Haushälterin vorbei und hörte ein „Martha, wer ist da?" aus einem der hinteren Zimmer.

„Das erklärn'S besser selbst."

Theo schluckte. „Herr Pfarrer, wir sind da für die Trauung Brunner und Achleitner."

Dem Professor schwante etwas, und ihm fiel die Kinnlade herunter.

„Ach, wie schön! Haben'S sich die Sache doch noch überlegt! Kommen'S, gemma in die Kirchn." Er tastete nach seinem Stock und zog einen Schlüssel aus der Tasche seiner Soutane, den er Franz in die Hand drückte. „Schließen Sie auf, ich sehe nicht gut. Aber den Weg in meine Kirche find ich immer noch ohne Hilfe."

Franz tat, was man ihm sagte. Er hatte sich mit Theo verlobt, das stimmte, aber das war doch nur gewesen, um Adler davon zu überzeugen, dass er sie geheilt hat. Was sollte das jetzt?

Sie traten nacheinander in die Kirche, die bis auf ein ewiges Licht am Altar dunkel war. Für einen alten, fast blinden

Mann bewegte sich Pfarrer Dürnberger erstaunlich behände in dem dunklen Kirchenschiff. Er nahm seinen Platz am Altar ein und richtete seinen milchig verhangenen Blick auf das Kruzifix aus dunklem Holz.

„Lasset uns beten."

Nach einem mit inbrünstigem Pathos vorgetragenen Vaterunser wandte er sich um.

„Wir sind hier zusammengekommen, um vor Gott und den Menschen Franz Achleitner und Theodora Brunner im heiligen Stand der Ehe zu vereinen. Bitte treten Sie vor." Theo versetzte Aglaja einen leichten Stoß und schob sie neben Franz, dem vor lauter Aufregung die Knie schlotterten.

„Und wer gibt die Braut in die Hände ihres künftigen Ehemannes?"

Der Professor räusperte sich. „Das bin dann wohl ich." Er stellte sich neben Aglaja, nahm sanft ihre Hand und sah sie an. „Du bist schon lange wie eine Tochter für mich, Kind. Ich bin sicher dein … Verlobter weiß, was er tut."

„Nun denn. So frage ich dich, Theodora Brunner, möchtest du mit dem hier anwesenden Franz Achleitner in den heiligen Stand der Ehe eintreten, ihn lieben, schätzen, ehren und ihm gehorchen, so wahr dir Gott helfe, so antworte mit Ja."

Für einen Moment glaubte Aglaja, sie müsse ohnmächtig werden. Nicht, dass sie damit besonders viel Erfahrung hatte, dafür war sie zu gesund und kräftig, aber das konnte doch alles nicht wahr sein!

„Au!", entfuhr es ihr, dass es in der Kirche von den Wänden widerhallte.

Theo hatte sie empfindlich gekniffen – zum Glück wusste sie, dass der Pfarrer nahezu genauso schwerhörig wie fast blind war.

„Und nun frage ich auch dich, Franz Achleitner, möchtest du mit der hier anwesenden Theodora Brunner die Ehe eingehen, sie lieben, schätzen, ehren und beschützen, so wahr dir Gott helfe, so antworte auch du mit Ja."

Einen Moment lang herrschte Stille. Franz schluckte, und Aglaja spürte, wie eine Hand die ihre sanft aus der des Professors nahm. Und dann hörte sie, wie Theo laut und fest „Ja, ich will“ sagte. Professor Brunner zerrte sich rasch seinen eigenen Ehering vom Finger und drückte ihn Theo in die Hand, die ihn Aglaja überstreifte. Der Pfarrer wickelte seine Stola um ihre Hände.

„Dann erkläre ich euch hiermit für rechtmäßig verbundene Eheleute bis dass der Tod euch scheidet, denn was Gott zusammengefügt hat, das soll der Mensch nicht scheiden. Amen.“

Aglaja sah Theo an und verstand. Theodora Brunner war jetzt verheiratet. Mit Franz. Ganz so, wie sie es Adler vorgelogen hatten. Damit waren sie nun vor dem Gesetz unangreifbar. Nur dass sie an Theodoras Stelle gestanden hatte, und Theo an der des Bräutigams. Völlig wahnsinnig, aber genial!

„Sie dürfen die Braut jetzt küssen, junger Mann.“

Theo kam der Aufforderung ohne Umschweife nach, da sie merkte, dass Aglaja etwas sagen wollte.

Pfarrer Dürnberger lächelte zufrieden. Hochzeiten waren ihm am liebsten. Nicht auszudenken, wenn man ihn so früh am Tag hätte rufen lassen, um eine letzte Ölung zu erteilen.

„Meine herzlichsten Glückwünsche.“ Er schüttelte die Hände der kleinen Hochzeitsgesellschaft. „Ich war mir nicht sicher, ob Sie wirklich kommen. Ich hatte nie wieder von Ihnen gehört, nachdem das Aufgebot bestellt worden war. Die meisten jungen Paare kommen noch mindestens einmal, um …“ er zögerte, „… sich über gewisse … Eigenheiten des Ehestandes in Kenntnis setzen zu lassen.“

Aglaja spürte ein Kichern, das unwiderstehlich im Hals kitzelte. Orthodoxe Priester hatten meist eigene Familien – da wäre so ein Ausspruch längst nicht so unfreiwillig komisch gewesen wie bei katholischen Priestern, die ja nun einmal wirklich gar keine Ahnung hatten, wovon sie sprachen …

„Vielen Dank, Herr Pfarrer!“ Theo schüttelte dem Pfarrer die Hand.

„Und wie geht es jetzt für Sie weiter?“

„Wir gehen jetzt auf ein Frühstück ins Kaffeehaus – wir haben einiges zu besprechen.“ Professor Brunners Stimme ließ keinen Widerspruch zu. Er wandte sich an Franz. „Sei ein guter Trauzeuge, mein Junge, und reich einem alten Mann deinen Arm." Und im Hinausgehen: „Auch wenn du eigentlich der Bräutigam von Theo bist. Darauf kannst du dir was einbilden. Ich hätte nicht gedacht, dass ich das noch erleben darf!"

Als alle aus dem Portal in die eben beginnende Morgendämmerung traten, die den Schnee auf Dächern, Straßen und Laternen rosa färbte, schloss Franz die Kirchentür sorgfältig wieder ab. Inzwischen hatte auch er sein schiefes Lächeln wieder im Gesicht. Theo war einfach schlauer als die meisten anderen Menschen, die er kannte! Langsam ging er mit dem Professor voraus, während Theo und Aglaja nochmals dem Pfarrer dankten, der eine Einladung ins Kaffeehaus ablehnte. Die frühe Stunde und sein Gliederreißen verlangten nach entspannter Lage und mehreren heißen Ziegelsteinen im Bett, die Martha mit Sicherheit schon vorbereitet hatte.

„Ich liebe dich, Aglaja, und es tut mir leid, dass diese Charade die einzige Hochzeit ist, die ich dir geben kann … aber ich werde immer für dich da sein." Theo sah etwas geknickt aus, auch wenn sie sich vor Freude am liebsten zu Boden geworfen hätte, um eine Engelsfigur in den Schnee zu strampeln.

Aglaja sah sie streng an. „Das war ein brillanter Schachzug, aber das ist keine rechtsgültige Ehe. Das ist dir hoffentlich klar? Die zwischen dir und Franz besteht immerhin auf dem Papier, obwohl es nicht er war, der seine Einwilligung gegeben hat."

Theo nickte. Das war auch Teil ihres Plans gewesen, der ihr in dem Moment in den Kopf geschossen war, als es ihr gelungen war, Alexej den Säbel abzunehmen. Theo wollte etwas sagen, doch Aglaja schnitt ihr mit einer Geste das Wort ab. „So geht das nicht!"

Theo ließ den Kopf hängen und scharrte mit der Stiefelspitze im Schnee.

Aglaja räusperte sich und sagte feierlich: „Ja. Ich will. Von ganzem Herzen!" Sie schlang Theo die Arme um den Hals und küsste sie sanft auf den Mund. „Jetzt ist es richtig. Komm!" Sie nahm Theos Hand, und zusammen folgten sie Franz und dem Professor.

Vielen Dank an …

Jim und Ilona vom Querverlag für die immer wieder fruchtbare Zusammenarbeit und auch Regina für ihr scharfes Auge.

Veit, von der Buchhandlung Löwenherz in Wien für ortskundige und geschichtsaffine Unterstützung plus Erfahrungen aus erster Hand, militärische Musterungen betreffend.

Bea, deren thanatopraktische Expertise mir wertvolle Einblicke in die korrekte Versorgung Verstorbener ermöglicht hat.

Diana, für das Korrekturlesen in Sachen Wiener Schmäh.

Marina, für die russischen Hundekommandos!

Nachbemerkungen

Widmung
„Aber meine Letzte, die könntest du sein“ ist ein Zitat aus dem Lied „Du bist nicht die Erste“, das Walter Jurmann, Rudolf Bernauer und Rudolf Österreicher 1930 für die Comedian Harmonists geschrieben haben.

Doktor Alfred Adler
ist der Begründer der Individualpsychologie. Adlers Diagnose von Theos Zustand habe ich dem Doktor ins Ohr geflüstert, er hat damit nichts zu tun. Das Zitat aus seinem Werk entstammt dem Buch „Das Problem der Homosexualität und sexueller Perversionen“. Das Buch erschien 1930, also etwa zehn Jahre nach Theos Aufenthalt in der Klinik. Vermutlich brauchte er noch ein paar andere „Fälle“, um seine Theorien zu stützen.

Die Oktoberrevolution 1918
fand überwiegend im November desselben Jahres statt, was an den Verschiebungen durch unterschiedliche Kalendersysteme (julianisch / gregorianisch) liegt.

Über diese Zeit gäbe es unendlich viel mehr zu schreiben, als ich es tun konnte, ohne den Rahmen der Geschichte zu sprengen. Die Perspektive, aus der diese Thematik angerissen wird, ist überwiegend die Aglajas, einer russischen Adeligen, die durch diesen Umbruch alles verloren hat. All die Ziele und Hoffnungen auf eine Besserung ihrer oft desolaten Lage, die Befreiung von einem absolutistischen Feudalsystem, in dem die herrschende Klasse von den Arbeitern so weit entfernt war wie der Mond von der Erde, können in dieser Geschichte nur gestreift werden.

Russische Namen
Ein russischer Personenname setzt sich aus drei Komponenten zusammen. Die erste ist der Vorname (z. B. Aglaja, Alexej), der sogenannte Vatersname, abgeleitet vom Vornamen des Vaters (aus Fjodor wird: Fjodorowna für Frauen / Fjodorowitsch für Männer) und zuletzt der Familienname (Struzhanova für Frauen / Struzhanov für Männer).

Werst
Längenmaß (1 Werst = ca. 1067 Meter), das im zaristischen Russland verwendet wurde.

Eine Frauenliebe im viktorianischen England

Stefanie Zesewitz

Der Duft von Seide

Historischer Roman

Broschiert, 320 Seiten
ISBN: 978-3-89656-197-8
14,90 €

Als Camiel le Blanc 1848 erstmals nach London kommt, gerät sie unweigerlich in das Getriebe gesellschaftlicher Konventionen. Als sie der verheirateten Julia Norton begegnet, wird die Freidenkerin Camiel vor die Wahl gestellt: Entweder sie spielt die Charade von Sitte und Anstand mit oder sie wird Julia unwiderruflich verlieren. Das viktorianische England dient als bilderreiche Kulisse für ein Verhältnis unter Frauen, das seiner Zeit weit voraus ist. Stefanie Zesewitz webt historische Figuren wie die Schwestern Brontë ein, um eine Epoche aufleben zu lassen, die für ihr strenges und prüdes Frauenbild bekannt ist.

WWW.QUERVERLAG.DE